红　与　黑

（法）司汤达　著

许渊冲　译

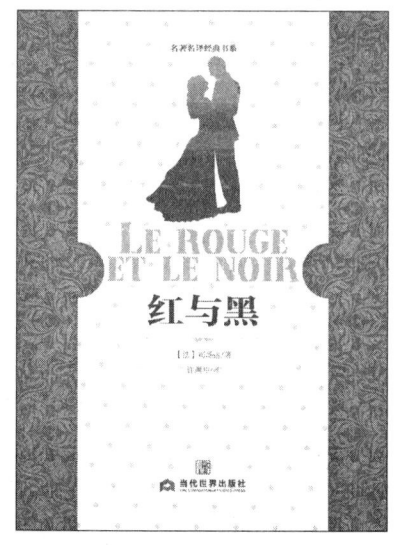

图书在版编目（CIP）数据

红与黑/（法）司汤达著；许渊冲译．—北京：当代世界出版社，2016.11

ISBN 978-7-5090-1120-1

Ⅰ.①红… Ⅱ.①司…②许… Ⅲ.①长篇小说－法国－近代 Ⅳ.①I565.44

中国版本图书馆CIP数据核字（2016）第152355号

出版发行：	当代世界出版社
地　　址：	北京市复兴路4号（100860）
网　　址：	http://www.worldpress.org.cn
编务电话：	(010) 83907332
发行电话：	(010) 83908409
	(010) 83908455
	(010) 83908377
	(010) 83908423（邮购）
	(010) 83908410（传真）
经　　销：	全国新华书店
印　　刷：	北京欣睿虹彩印刷有限公司
开　　本：	700毫米×1000毫米　1/16
印　　张：	25.5
字　　数：	380千字
版　　次：	2017年1月第1版
印　　次：	2017年1月第1次
书　　号：	ISBN 978-7-5090-1120-1
定　　价：	29.80元

如发现印装质量问题，请与承印厂联系调换。
版权所有，翻印必究；未经许可，不得转载！

译者前言

《红与黑》是 19 世纪欧洲文学中第一部批判现实主义杰作。高尔基说过：《红与黑》的主角于连是 19 世纪欧洲文学中一系列反叛资本主义社会的英雄人物的"始祖"。

《红与黑》的中译本至少已有四种：第一种是 1944 年重庆作家书屋出版的赵瑞蕻节译本，第二种是 1954 年上海平明出版社罗玉君的译本，第三种是 1988 年北京人民文学出版社闻家驷的译本，第四种是 1989 年上海译文出版社郝运的译本。就我所知，江苏译林、浙江文艺、广东花城还要出版新译，加上这本，共有八种，真是我国译本最多的一部世界文学名著了。

我在《世界文学》1990 年 1 期 277 页上说过："文学翻译的最高目标是成为翻译文学，也就是说，翻译作品本身要是文学作品。"那么，《红与黑》的几种译本是不是文学作品呢？第一种节译本我没有见到。现在将第二、三、四种译本第一章第三段中的一句抄录于后：

②这种工作（把碎铁打成钉），表面显得粗笨，却是使第一次来到法兰西和瑞士交界的山里的旅客最感到惊奇的一种工业呢。

③这种操作看起来极其粗笨，却是使初次来到法兰西和瑞士毗连山区的旅客最感到惊奇的一种工业。

④这种劳动看上去如此艰苦，却是头一次深入到把法国和瑞士分开的这一带山区里来的旅行者最感到惊奇的劳动之一。

比较一下三种译文，把碎铁打成钉说成是"工作"，显得正式；说成是"操作"，更加具体；说成是"劳动"，更加一般。哪种译文好一些呢？那要看上下文。下文如用"粗笨"，和"工作"、"操作"都不好搭配，仿佛是在责备工人粗手笨脚似的；如把"劳动"改成"粗活"，那就面面俱到了；但把"粗活"说成是"工业"，又未免小题大做，不如"手工业"名副其实。三种译文只有一个地方基本一致，那就是"旅客（旅行者）最感到惊奇的"几个字。

仔细分析一下，"旅客"指过路的客人，"旅行者"更强调旅游，那就不如"游客"更常用了。"惊奇"指奇怪得令人大吃一惊；把碎铁打成钉恐怕不会奇怪得到那种地步，所以不如说是"大惊小怪"，以免言过其实，不符合原作的风格。以上说的是选词问题。至于句法，法国作家福楼拜说过：一句中连用三个"的"（de）字，就不是好句子。第二、四种译文都一连用了三个"的"字，第三种译文虽然只用两个，但是读起来也不像一个作家写出来的句子。因此，无论是从词法或是从句法观点来看，三种译文都不能说是达到了翻译文学的水平，也就是说，译文本身不能算是文学作品，所以需要重译。试读本书译文：

⑤这种粗活看来非常艰苦，头一回从瑞士翻山越岭到法国来的游客，见了不免大惊小怪。

我在《世界文学》1990年1期285页上说过："翻译是两种语言的竞赛，文学翻译更是两种文化的竞赛。译作和原作都可以比作绘画，所以译作不能只临摹原作，还要临摹原作所临摹的模特。"比较一下以上四种译文，可以说第二至四种都在"临摹原作"，而第五种却是"临摹原作所临摹的模特"；换句话说，前几种是"译词"，后一种是"译意"；前者更重"形似"，后者更重"意似"，甚至不妨说是"得意忘形"。例如第四种译文用了"深入"二字，这和原文"形似"、"意似"；第二、三种译文用了"来到"，后面还说是"旅客"，意思离原文就远了，强调的是过路的客人，没有"深入"的意思；第五种译文也用了"到"、"来"二字，不能算是"形似"；但把"旅客"改成"游客"，强调的就不是"过路"，而是"旅游"，"旅游"当然比"过路"更"深入"，这就可以算是"舍形取意"、"得意忘形"的一个例子。更突出的例子是"翻山越岭"四字，这四个字所临摹的不是原文的关系从句，而是原文关系从句所描绘的"模特"（场景），所以译文可以说是脱胎换骨，借体还魂，青出于蓝而胜于蓝，发挥了译文的优势了。关系从句是原文的优势，就是法文胜过中文的地方，因为法文有，中文没有关系代词；四字成语却是译文的优势，也就是中文胜过法文的地方，因为中文有，法文却没有四字成语。法国作家描绘法瑞交界的山区，用了关系从句，这是发挥了法文的优势；中国译者如果亦步亦趋，把法文后置的关系从句改为前置，再加几个"的"字，那就没有扬长避短，反而是东施效颦，在这场描绘山景的竞赛中，远远落后于原文了。如果能够发挥中文的优势，运用中文最好的表达方式（包括四字成语），以少许胜人多许，用四个字表达原文十几个词的内容，那就好比在百米竞赛中，只用四秒钟就跑完了对手用十几秒钟才跑完的路程，可以算是遥遥领先了。竞赛不只是个速度问题，还有高度、深度、精确度等等。如果说"惊奇"在这里描写了人心的深处，那么，"大惊小怪"的精确度至少是"惊奇"的一倍。从这个译例看来，可以说文学翻译是两种语言文化的竞赛，是一种艺术；而竞赛中取胜的方法是发挥译文优势，或者说再创作。

什么是再创作？我想摘引香港《翻译论集》66页上胡适的话："译者要向原作者负责。作者写的是一篇好散文，译出来也必须是一篇好散文；作者写的是一首好诗，译出来的也一定是首好诗。……所谓好，就是要读者读完之后要愉快。所谓'信'，不一定是一字一字地照译，因为那样译出来的文章，不一定好。我们要想一想，如果罗素不是英国人，而是中国人，是今天的中国人，他要写那句话，该怎样写呢？"我想，如果《红与黑》的作者司汤达不是法国人，而是今天的中国人，他用中文的写法就是"再创作"。例如第四十四章于连想到生死问题，译文如下：

④"……因此死、生、永恒，对器官大到足以理解它们者是很简单的……

"一只蜉蝣在夏季长长的白昼里，早晨九点钟出生，晚上五点钟死亡，它怎么能理解'黑夜'这个词的意思呢？

"让它多活上五个小时，它就能看见黑夜，并且理解是什么意思了。"

对照一下原文，可以看出译文基本上是"一字一字地照译"的。但假如司汤达是中国人，他会说出"器官大到足以理解它们者"这样的话来么？如果不会，那就不是再创作了。因为法文可以用代词来代替生、死、永恒等抽象名词，中文如用"它们"来代，读者就不容易理解。代词是法文对中文的优势，译者不能亦步亦趋，而要发挥中文的优势，进行创作。后两段译文问题不大，但两段最后都是"意思"二字，读来显得重复，不是好的译文，还可加工如下：

⑤"……就是这样，死亡、生存、永恒，对人是非常简单的事，但对感官太小的动物却难以理解……

"一只蜉蝣在夏天早上九点钟才出生，下午五点就死了，它怎么能知道黑夜是什么呢？

"让它多活五个小时，它就能看到，也能知道什么是黑夜了。"

钱钟书在《林纾的翻译》中说："文学翻译的最高标准是'化'。把作品从一国文字转变成另一国文字，既能不因语文习惯的差异而露出生硬牵强的痕迹，又能完全保存原有的风味，那就算得入于'化境'。"在我看来，再创作就应该入于"化境"。仔细分析一下，"化"又可以分为三种：深化、等化、浅化。第四种译文"理解它们者"显得"生硬牵强"；第五种译文把"它们"删了，用的是减词法，也可以算是"浅化"法；把"者"字一分为二，分译成"人"和"动物"，用的是加词法或分译法，也可以算是"深化"法；第一例的"粗活"一词，是把原文分开的"粗"和"活"合二为一，可算是合译法或"等化"法；第四种译文说"器官大到足以理解它们者"，是从正面说；第五种译文说"感官太小的动物都难以理解"，是从反面来说，把"大"换成"小"，把"理解"改成"难以理解"，负负得正，大得足以理解，就是小得不足以理解，这是正词反译法，也可以算是"等化"法。总之，加词、减词，分译、合译，正说、反说，深化、等化、浅化，都是译者的再创作，都可以进入"化境"。

但"化"是不是"文学翻译的最高标准"呢？我们来看《红与黑》最后一章于连的遗言：

④"我很喜欢在俯视维里埃尔的高山上的那个山洞里安息——既然安息这个词用来很恰当。我曾经跟你讲过，我在黑夜里躲进那个山洞，我的目光远远地投向法兰西的那些最富饶的省份，野心燃烧着我的心；那时候这就是我的热情……总之，那个山洞对我来说是宝贵的，没有人能否认，它的位置连一个哲学家的灵魂都会羡慕……"

这段译文没有"露出生硬牵强的痕迹",不能算是没有"化"的译文吧。但还要更上一层楼,我们不妨读读本书的译文:

⑤"我喜欢长眠,既然人总是用'长眠'这个字眼,那就让我在高山顶上那个小山洞里长眠,好从高处遥望玻璃市吧。我对你讲过,多少个夜晚我藏在这个山洞里,我的眼睛远望着法兰西的锦绣河山,雄心壮志在我胸中燃烧,那时,我的热情奔放……总而言之,那个山洞是我钟情的地方,它居高临下,哪个哲学家的灵魂不想在那里高枕无忧地安息呢?……"

比较一下两种译文,不难看出"安息"这个字跟,既可用于生者,又可用于死者,不如"长眠"用得恰当;而"灵魂""安息",却只能用于死者,又不能说"灵魂长眠"了。"俯视"二字是书面语,不如"居高临下"更口语化。"富饶的省份"像是地理教科书中的术语,不如"锦绣河山"更像文学的语言。"野心"含有贬义,这里于连是在回顾,而不是在作自我批评,所以不如说"雄心壮志"。后面的"热情"也不明确,不如"热情奔放"。"宝贵的"更重客观;"钟情的"更重主观。"它的位置"又像地理术语,不如"居高临下"移后为妙。"羡慕"自然译得不错;但"高枕无忧"说出了羡慕的原因,似乎更深一层,从某种意义上来讲,这就是中西文化的竞赛,用中国语文来描绘于连的心理,看看能否描写得比法文更深刻,更精确。总之,这就是再创作。两种译文都不能说没有"化",但第五种译文还发挥了中文的优势。如果认为第五种译文优于第四种,那就是说,文学翻译的最高标准是"化",还有所不足,还要发挥译语优势。如果我的说法不错,那我就要打破一条几乎是公认的规律:能直译就直译,不能直译时再意译。我的经验却是:文学作品的翻译,尤其是重译,能意译就意译,不能意译时再直译。前几种译文遵照的可以说是前一条公认的规律;第五种却是后一条未经公认的译法,只是我个人五十年翻译经验的小结。

世界上的翻译理论名目繁多,概括起来,不外乎直译与意译两种。所谓直译,就是既忠实于原文内容,又尽可能忠实于原文形式的译文;所谓意译,就是只忠实于原文内容,而不拘泥于原文形式的译文。自然,由于忠实的程度不同,所以又有程度不同的直译,如第二例第四、五种译文的后两段;也有程度不同的意译，如第三例第五种译文意译的程度，就高于第四种译文。所以直译、意译之争，其实是个度的问题。因为两种语言、文化不同，不大可能有百分之百直译的文学作品，也不大可能有百分之百意译的文学作品，百分之百的意译与其说是翻译，不如说是创作。因此，文学翻译的问题，主要是直译或意译到什么程度，才是最好的翻译作品。比如说，第三例的译文到底是直译到第四种译文，还是意译到第五种译文的程度更好呢？在我国翻译史上，主张"宁信而不顺"的鲁迅是直译的代表；"重神似不重形似"的傅雷是意译的代表。茅盾也主张直译，他在《直译、顺译、歪译》一文中说："有些文学作品即使'字对字'译了出来，然而未必就能恰好表达了原作的精神。假使今有同一原文的两种译本在这里，一是'字对字'，然而没有原作的精神，又一种并非'字对字'，可是原作的精神却八九尚在，那么，对于这两种译本，我们将怎样批判呢？我以为是后者足可称'直译'。这样才是'直译'的正解。"在我看来，茅盾说的"直译"和鲁迅的忠实程度不同，是另一种"直译"，甚至可以说是"意译"，至少是介乎二者之间的翻译，这样一说，直译和意译就分别不大了。在国际译坛上，奈达大概可以算个意译派，因为他说过"为了保留信息内容，形式必须加以改变"。（转引自《中国翻译》1992年6期2页）纽马克则自称"多少是个直译派"，还说："好的译者只有当直译明显失真或具有呼唤、信息功能的文章写得太蹩脚的时候才放弃直译，而一个蹩脚的译者才常常竭尽全力避免直译。"又说："翻译的再创作的成分常常被夸大，而直译的成分却被低估，这尤以文学作品为甚。"（同前，3页）这和我的看法是针锋相对的。到底谁是谁非呢？检验真理的标准是实践，最好是论者本人的实践，可惜这两位英美学者都不懂中文，而中英互译是今天世界上最重要的翻译，因为世界上有十多亿人用中文，也有近十亿人用英文，所以不能解决中英互译问题的理论，实际上不能起什么大作用。还有一个原因，中英文之间的差距远远大于英法等西方文字之间的差距。我曾做了一个独一无二的试验，就是把中国的诗经、楚辞、唐诗、宋词、元曲中的一千多首古诗，译成有韵的英文，再将其中的二百首唐宋诗词译成有韵的法文，结果发现一首中诗英译的时间大约是英诗法译时间的十倍，这就大致说明了，中英或中法文之间的差距，大约是英法文差距的十倍。中英或中法互译，比英法互译大约要难十倍，因此，能够解决英法互译问题的理论，恐怕只能解决中英或中法互译问题的十分之一。由于世界上还没有出版过一本外国人把外文译成中文的文学作品，因此，解决世界上最难的翻译问题，就只能落在中国译者身上了。

　　本世纪末，刘重德提出了"信达切"的翻译原则，他说信是"信于内容"，达是"达如其分"，切是"切合风格"。从理论上说，"切"字没有提出来的必要，因为"切"已经包含在"信"和"达"之中。试问有没有"信于内容"而又"达如其分"的译文，却不"切合风格"的？从实践上说，《红与黑》的几种译文，哪种更符合"信达切"的标准呢？恐怕前几种都比第五种更"切"吧，但更"切"是不是更好呢？什么是"好"，前面胡适讲了："好，就是要读者读完之后要愉快"，用孔子的话来说，就是要使读者"知之"、"好之"、"乐之"。《红与黑》的几种译文之中，到底是"切合风格"的前几种，还是"发挥优势"的后一种译文，更能使读者理智上"好之"，感情上"乐之"呢？如果是后一种，我就要提出"信、达、优"三个字，来作为文学翻译的标准了。

　　我在《翻译的艺术》第4页上说过，所谓"信"，就要做到"三确"：正确，精确，明确。正确如《红与黑》第三例的"长眠"和"安息"，都算正确；精确如第一例的"大惊小怪"，要比"惊奇"精确度高；至于明确，第二例的"人"和"动物"就远比"理解它们者"容易理解。我在同书第5页上还说过所谓"达"，要求做到"三用"：通用，连用，惯用。这就是说，译文应该是全民族目前通用的语言，用词能和上下文"连用"，合乎汉语的"惯用"法。换句话说，"通用"是指译文词汇本身，"连用"是指词的搭配关系，"惯用"既指词汇本身，又指词的搭配关系。如以《红与黑》的三个译例来说：第二例的"理解它们者"就不是"通用"的词汇；第一例的"工作"和"粗笨"不好"连用"，"翻山越岭"却合乎汉语的"惯用"法。最后，刚才已经说了，所谓"优"，就是发挥译语优势，也可以说是"三势"：发扬优势，改变劣势，争取均势。这是指译散文而言，如果译诗，还要尽可能传达原诗的"三美"：意美，音美，形美。简单说来，"信、达、优"就是"三确"、"三用"、"三势"（或"三美"）。

　　这种简单的翻译理论，可能有人认为不够科学。我却认为文学翻译理论并不是科学，而是艺术，和创作理论、音乐原理一样是艺术。我在北京大学《英汉与汉英翻译教程》第1页上说过："科学研究的是'真'，艺术研究的是'美'。科学研究的是'有之必然，无之不然'的规律；艺术研究的却包括

'有之不必然，无之不必不然'的理论。如果可以用数学公式来表示的话，科学研究的是 $1+1=2$，$3-2=1$；艺术研究的却是 $1+1>2$，$3-2>1$。因为文学翻译不单是译词，还要译意；不但要译意，还要译味。只译词而没有译意，那只是'形似'：$1+1<2$；如果译了意，那可以说是'意似'：$1+1=2$；如果不但是译出了言内之意，还译出了言外之味，那就是'神似'：$1+1>2$。"根据这个理论去检查《红与黑》的几种译文，就可以看出哪句译文是译词，哪句是译意，哪句是译味，对译文的优劣高下，也就不难做出判断了。如果《红与黑》的八种中译本出齐后，再作一次更全面的比较研究，我看那可以算是一篇文学翻译博士论文。如果把世界文学名著的优秀译文编成一本词典，那对提高文学翻译水平所起的作用，可能比西文语言学家的翻译理论要大得多。

总而言之，我认为文学翻译是艺术，是两种语言文化之间的竞赛，这是我对文学翻译的"认识论"。在竞赛中要发挥优势，改变劣势，争取均势；发挥优势可以用"深化法"，改变劣势可以用"浅化法"，争取均势可以用"等化法"，这"三化"是我再创作的"方法论"。"浅化"的目的是使人"知之"，"等化"的目的是使人"好之"，"深化"的目的是使人"乐之"，这"三之"是我翻译哲学中的"目的论"。一言以蔽之，我提出的翻译哲学就是"化之艺术"四个字。如果译诗，还要加上意美、音美、形美中的"美"字，所以我的翻译诗学是"美化之艺术"。

著名的科学家杨振宁说过："中国的文化是向模糊、朦胧及总体的方向走，而西方的文化则是向准确而具体的方向走。"在我看来，中国传统的翻译理论也是走向总体，更重宏观；西方的翻译理论却是走向具体，更重微观。杨振宁又说："中文的表达方式不够准确这一点，假如在写法律是一个缺点的话，写诗却是一个优点。"（均见香港《杨振宁访谈录》83页）我却觉得，中文翻译科学作品，如果说不如英法等西方文字准确的话，翻译文学作品，提出文学翻译理论，却是可以胜过西方文字的。检验真理的唯一标准是实践，检验翻译理论的标准是出好的翻译作品。

目　　录

第　一　部

第一章　小城 …………………………………………（3）
第二章　市长 …………………………………………（5）
第三章　贫民的福利 …………………………………（8）
第四章　父与子 ………………………………………（12）
第五章　讨价还价 ……………………………………（15）
第六章　苦恼 …………………………………………（21）
第七章　道是无缘却有缘 ……………………………（27）
第八章　小中见大 ……………………………………（35）
第九章　乡间良宵 ……………………………………（41）
第十章　雄心薄酬 ……………………………………（47）
第十一章　良夜 ………………………………………（50）
第十二章　外出 ………………………………………（53）
第十三章　玲珑袜 ……………………………………（58）
第十四章　英国剪子 …………………………………（62）
第十五章　鸡鸣 ………………………………………（65）
第十六章　第二天 ……………………………………（68）
第十七章　第一副市长 ………………………………（71）
第十八章　国王到玻璃市 ……………………………（75）
第十九章　思想令人痛苦 ……………………………（85）
第二十章　匿名信 ……………………………………（92）

第二十一章　夫妻对话 ……………………………………… (95)

第二十二章　1830 年的风气 …………………………… (106)

第二十三章　官僚的隐痛 ………………………………… (115)

第二十四章　省城 ………………………………………… (126)

第二十五章　神学院 ……………………………………… (131)

第二十六章　人间贫富 …………………………………… (137)

第二十七章　初入人世 …………………………………… (145)

第二十八章　迎圣体的队伍 ……………………………… (147)

第二十九章　首次提升 …………………………………… (152)

第三十章　雄心 …………………………………………… (164)

第 二 部

第一章　乡下的乐趣 ……………………………………… (179)

第二章　初见世面 ………………………………………… (187)

第三章　起步 ……………………………………………… (193)

第四章　侯爵府 …………………………………………… (196)

第五章　敏感和虔诚的贵妇 ……………………………… (205)

第六章　说话的神气 ……………………………………… (207)

第七章　痛风病发作 ……………………………………… (212)

第八章　出众的勋章 ……………………………………… (218)

第九章　舞会 ……………………………………………… (226)

第十章　玛格丽特王后 …………………………………… (233)

第十一章　少女的王国 …………………………………… (239)

第十二章　他是个丹东吗？ ……………………………… (243)

第十三章　诡计 …………………………………………… (247)

第十四章　少女的心事 …………………………………… (254)

第十五章　是圈套吗？ …………………………………… (259)

第十六章　深夜一点钟 …………………………………… (263)

第十七章　古剑	(268)
第十八章　痛苦的时刻	(272)
第十九章　滑稽歌剧	(276)
第二十章　日本花瓶	(283)
第二十一章　秘密记录	(288)
第二十二章　讨论	(291)
第二十三章　教士、林产、自由	(297)
第二十四章　斯特拉斯堡	(304)
第二十五章　义不容辞	(309)
第二十六章　道德的爱	(314)
第二十七章　教会的肥缺	(316)
第二十八章　曼侬·莱斯戈	(318)
第二十九章　苦闷	(321)
第三十章　喜剧院包厢	(324)
第三十一章　使她害怕	(327)
第三十二章　老虎	(331)
第三十三章　弱者的苦海	(335)
第三十四章　聪明人	(339)
第三十五章　风暴	(345)
第三十六章　可悲的细节	(349)
第三十七章　塔楼	(354)
第三十八章　权大势大	(358)
第三十九章　精心策划	(362)
第四十章　平静	(366)
第四十一章　审判	(369)
第四十二章　狱中	(374)
第四十三章　最后的告别	(378)
第四十四章　断头台幽灵	(382)
第四十五章　于连离世	(388)

第 一 部

真理,不容情的真理。

——丹东

第 一 部

第一章　小城

> 千人共处，
>
> 无恶，
>
> 樊笼寡欢。①
>
> ——霍布斯

玻璃市算得是方施—孔特地区山清水秀、小巧玲珑的一座市镇。红瓦尖顶的白色房屋，星罗棋布地点缀着小山斜坡；一丛丛茁壮的栗树，勾勒出了山坡的蜿蜒曲折，高低起伏。杜河在古城墙脚下几百步远的地方流过；昔日西班牙人修筑的城堡，如今只剩下了断壁残垣。

玻璃市的北面有高山作天然屏障，那是朱拉山脉的分支。每年十月，天气一冷，嵯峨嶙峋的韦拉山峰就盖满了白雪。一条急流从山间奔泻而下，穿过小城，注入杜河，给大大小小的锯木厂提供了水力；这个行业只需要简单的劳动，却使大部分从乡下来的城市居民过上了舒服的日子。但使这个小城富起来的并不是锯木业，而是印花布纺织厂，厂里生产米卢兹花布，自拿破仑倒台后，玻璃市就几乎家家发财，门面一新了。

一进小城，一架样子吓人的机器发出的啪啦砰隆声，会吵得人头昏脑涨。二十个装在大转轮上的铁锤在急流冲得轮子转动时，不是高高举起，就是重重落下，一片喧声震得街道都会发抖。每个铁锤不知道一天要打出几千枚铁钉来。而把碎铁送到锤下敲成钉子的却是一些娇嫩的年轻姑娘。这种粗活看来非常艰苦，头一回从瑞士翻山越岭到法国来的游客，见了不免大惊小怪。如果游客进了玻璃市，要打听是哪一位大老板的铁钉厂，吵得上大街的人耳朵都要聋了，那他会听到无可奈何的、慢悠悠的回答："噢！是市长老爷的呀！"

---

① 原诗是英文，意思是说：成千上万的人生活在小城这个樊笼里，如果不搞歪门邪道，那笼子里也太不热闹了。

只要游客在这条从河岸通到山顶的大街上待个一阵子,十之八九,他会看到一个神气十足、似乎忙得不可开交的大人物。

一见到他,大家的帽子都不约而同地脱了下来。他的头发灰白,衣服也是灰色的。他得过几枚骑士勋章,前额宽广,鹰嘴鼻子,总的说来,脸孔不能算不端正;初看上去,甚至会觉得他有小官的派头,快五十岁了,还能讨人欢喜。但是不消多久,巴黎来的游客就会厌恶他的那股扬扬自得、踌躇满志的神气,还有几分莫名其妙的狭隘偏执、墨守成规的劲头。到头来大家发现,他的本领只不过是:讨起债来分文不能少,还起债来却拖得越久越好。

这就是玻璃市的当家人德·雷纳先生。他规行矩步地穿过大街,走进市政厅去,就在游客的眼前消失了。但是,如果游客继续往上走个百把步,又会看到一座气派不凡的房屋;从房子周围的铁栅栏往里瞧,还可以看见万紫千红的花园。再往上看,勃艮第的远山像衣带似的伸展在天边,仿佛是天从人愿设下的美景,供人赏心悦目似的。游客起初给金钱的臭味熏得喘不过气来,一见这片景色,却会忘记那铜臭污染了的环境。

人家会告诉他:这是德·雷纳先生的房子。玻璃市市长靠了铁钉厂赚的钱,才刚刚盖好了这座方石砌成的公馆。据说他的祖先是西班牙古老的家族,早在路易十四把西班牙人赶走之前,就在这里安家立业了。

从1815年起,他觉得当工厂老板丢了面子,因为那一年他当上了玻璃市的市长。他家派头很大的花园有好几层平台,每层边上都围着挡土墙,一层一层,从上到下,一直伸展到杜河边上,这也是德·雷纳先生善于做生铁买卖得到的报酬。

你不要想在法国看到风景如画的花园,像在德国的莱比锡、法兰克福、纽伦堡等工业城市周围看到的那样。在方施—孔特,谁砌的墙越多,谁在自己的花园住宅里堆起的层层方石越高,谁就越能得到左邻右舍的敬意。德·雷纳先生的花园里不仅石墙林立,而且用一两黄金换一寸土,买下了几小块土地,这更令人钦佩得五体投地。比如说,你还记得杜河边上那个占尽地利的锯木厂吗?你不会忘记那屋顶上高高竖起的大木牌,上面用引人注目的大字,写下了锯木厂老板"索雷尔"的大名,但这已是六年前的陈迹往事了,如今,德·雷纳先生正在锯木厂的旧址上,修筑他第四层花园平台的围墙呢。

虽然市长先生目中无人,也不得不放下架子,来和索雷尔老头打交道,这个乡巴佬又厉害又顽固，市长要不送他好多叮当响的金币，他是不肯答应把厂房搬走的。至于那条推动锯子的"公用"流水，德·雷纳先生利用他在巴黎拉上的关系，居然使流水改道了。他能这样有求必应，还得归功于他一八二几年投的选票。

他出四亩地换一亩地，索雷尔才肯搬去杜河下游五百步远的地方。尽管在这个地段做松木板生意更有利可图，但是索老爹（人一发财，称呼也就跟着改了）精明透顶，他利用邻居迫不及待的心情，"不到手决不罢休"的固执狂，敲了他六千法郎的大竹杠。

不消说，这样不公平的买卖，难免会引起当地的有识之士说长道短。于是，四年后的一个星期天，德·雷纳先生穿着市长公服从教堂回家的时候，远远看见站在三个儿子中间的老索雷尔，正意味深长地朝着他微笑呢。这一笑不幸地使市长大人的灵魂忽然开了窍，他恍然大悟自己吃了亏，从此以后，他就怀恨在心，念念不忘这笔上了大当的买卖。

在玻璃市，若要大家瞧得起，千万不要在大修围墙时，采用意大利石匠每年春天穿过朱拉山口，带到巴黎来的时新图样。因为标新立异，会使建筑师一失足成千古恨，永远背上一个"害群之马"的罪名，并且在方施一孔特那些老成持重、左右舆论的稳健派眼里，永世不得翻身。

事实上，稳健派的"专横霸道"是最可恶的，就是这可恶的字眼，使一个在巴黎民主社会生活惯了的人，无法忍受小城市的生活。专横的舆论能算是舆论吗？无论是在法国的小城市，还是在美利坚合众国，"专横"就是"愚昧"。

第二章 市长

> 显赫的地位！先生，难道不算什么？它使傻瓜尊敬，孩子发呆，有钱人羡慕，聪明人瞧不起。
>
> ——巴纳夫

德·雷纳先生想赢得做好官的名声，机会真是再好没有：高出杜河水面一百尺的环山大道，正需要筑一道加固的厚墙。环山大道居高临下，风景极美，是法国屈指可数的胜地。但是一到春天，雨水在路面上冲出了一道道深沟，使得大道难以通行。大家都说行路难，德·雷纳先生不得不筑一道二十尺高、七八十米长的防护墙，这会使他的政绩流芳百世。

为了把防护墙筑得高出路面，德·雷纳先生不得不到巴黎去了三趟，因为前两任的内务大臣曾经扬言，他恨透了玻璃市的环山大道，但是现在，防护墙已经高出路面四尺了，仿佛不把现任的和前任的大臣放在眼里似的，此时此刻正在防护墙上铺方石板呢。

我有多少回背靠着这蓝灰色的大石，一面回想载歌载舞的巴黎良宵，一面凝视杜河两岸的美景！远远望去，可以清楚地看见左岸有五六条小溪，蜿蜒曲折地流过山谷。溪水由高而低，形成了一叠一叠的瀑布，流入杜河。山间太阳很热，烈日当头，游客还可以冥思遐想，因为平台上有梧桐树的浓荫蔽日。梧桐长得很快，葱茏茂密，绿得发蓝，这全靠市长先生运来的土壤，添在防护墙后，因为他不管市议会反对不反对，硬把环山大道加宽了六尺（虽说他是极端保王党，而我是自由党，但他做了好事，我还该说好话）。因此，在他看来，环山大道的平台，比起圣日耳曼·昂·莱的王家平台来，毫不逊色，连玻璃市贫民收容所所长、红运高照的瓦尔诺先生，也欣然同意。

环山大道的官方名称是"精忠路"，大家可以在十几二十块大理石指路牌上，看到这三个字，这又使德·雷纳先生多得了一枚十字勋章。可是我呢，我对精忠路不满意的是：市政当局在修剪这些茁壮挺拔的梧桐时，简直是粗暴得伤筋动骨了。梧桐树要是能像在英国那样高耸入云，真是再好不过；精忠路上的树梢，却都剪得低低的、圆圆的、平平的，看起来像是菜园子里的普通蔬菜。但市长大人是说一不二的，于是本地区的树木，每年都要剃两次头，毫不容情地切断枝丫。当地的自由党人硬说（不免夸大其词）：马斯隆神甫把剪下来的树枝据为己有，习以为常，因此，公家的园丁就更不肯手下留情了。

这个年轻的神甫是省里几年前派来的，负责监视修道院的谢朗神甫，还有附近的几个本堂神甫。有一个远征过意大利的老军医，退伍后来到玻璃市，据市长先生说，他是个双料的革命派：既是雅各宾党人，又是拥护拿破仑的波拿巴分子。有一天，他居然当着市长的面，大发牢骚，说什么不应该定期把这些美丽的树木，砍得缺胳膊少腿的。

"大树底下好乘凉，"德·雷纳先生高傲得有分寸地答道，他晓得怎样对一个得过荣誉勋章的外科医生说话，才算得体，"我喜欢阴凉，我叫人修剪我的树木，就是要树叶能遮阴蔽日，我想不出树木还有什么用处，如果不能像胡桃木那样带来收益的话。"

"带来收益。"这正是在玻璃市决定一切的至理名言。仅仅这一句话，就说出了四分之三以上的居民习以为常的思想。

在这座清秀得似乎一尘不染的小城里，"带来收益"却是决定一切的因素。从外地来的游客，醉心于周围的幽谷美景，耳目为之一新，起初会以为当地居民对美的感受一定不同寻常。的确，他们谈起话来，三句不离家乡的美丽，谁也不能否认他们把美看得很重，但这只是因为美景能够吸引游客，使他们的钱落入旅店老板的腰包，再通过一套收税的办法，就给"全城带来收益"了。

这是一个秋高气爽的日子，德·雷纳先生在精忠路散步，他的妻子挽着他的胳臂。德·雷纳夫人一面听着她丈夫一本正经讲的话，一面不放心地看着三个孩子的一举一动。大孩子大约十一岁，时常走得离防护墙太近，好像要爬上去。于是一个温柔的声音喊出了阿多夫的名字，大孩子就打消了他跃跃欲试的念头。德·雷纳夫人看来是个三十岁的女人，但还是相当漂亮。

"这位巴黎来的先生要后悔莫及的，"德·雷纳先生有点生气地说，他的脸都气得发白了，"我在朝中并不是没有人的……"

虽然我不惜花二百页的篇幅来描写外省，但绝不会傻到这种地步，要勉强你们听外省人"啰里啰唆、转弯抹角、莫测高深"的对话。

玻璃市市长这样讨厌的那位巴黎来的先生不是别人，正是阿佩尔先生。他两天前想方设法，不但钻进了玻璃市的监狱和贫民收容所，还钻进了市长和当地大老板合办的免费医院。

"不过，"德·雷纳夫人畏畏缩缩地说，"那位巴黎来的先生有什么可以吹毛求疵的？您管穷人的福利，不是天公地道、小心谨慎的么？"

"他来翻箱倒柜，就是要在'鸡蛋里挑骨头'，然后再写文章，登到自由党的报上去。"

"您不是从来不看那些报纸的吗？我的朋友。"

"可是人家会来找我们谈这些雅各宾派的文章,这就要'妨碍我们做好事'了。至于我,我永远也不能原谅那个神甫。"

第三章 贫民的福利

一个道德高尚、不搞歪门邪道的神甫,简直是上帝下凡。

——弗勒里

应该知道,玻璃市的神甫虽然是个八十岁的老人,但是山区空气新鲜,所以他的身体健康,性格坚强,他有权随时去看看监狱、医院,甚至贫民收容所。大清早六点钟,阿佩尔先生带了巴黎的介绍信来找神甫。他怕这个爱打听的小城走漏风声,立刻就去神甫家里。

谢朗神甫读了德·拉莫尔侯爵给他的信,沉吟了一下,因为侯爵是法兰西贵族院的议员,也是本省最有钱的大地主。

"我老了,在这里还受到爱戴,"他到底低声地自言自语说,"谅他们也不敢!"于是他立刻转过身来,对着这位巴黎来的先生,老眼里闪射出圣洁的光芒,说明他为了做好事,冒点危险也是乐意的。

"跟我来吧,先生,但在监狱看守面前,尤其是当着贫民收容所管理人的面,不管我们看到什么,都请不要发表意见。"

阿佩尔先生明白:和他打交道的是一个好心人。他就跟着这位可敬的神甫,参观了监狱、医院、收容所,提了许多问题,虽然回答无奇不有,但他一点也没有流露出责备的意思。

他们参观了好几个小时。神甫请阿佩尔先生共进午餐,他推托说有信要写,其实,他是想尽量少连累他的带路人。下午三点钟前,这两位先生参观完了贫民收容所,然后回到监狱。他们在门口见到了看守,一个身高六尺,两腿内拱的大汉子,他的脸孔本来就难看,由于怕受上级苛责,变得更加叫人厌恶。

"啊!先生,"他一看见神甫就问,"这一位和您同来的,是不是阿佩尔先生?"

"是不是有什么关系?"神甫反问道。

"因为我们昨天得到省长大人派专人快马、连夜送来的紧急命令,明确指示我们,不许阿佩尔先生进监狱。"

"你听我说,努凡鲁先生,"神甫说,"同我来参观的,正是阿佩尔先生。难道你不知道:我有权随时进监狱来,不管白天黑夜,愿同谁来都行?"

"是,神甫先生。"看守轻声答道,他低下了头,就像一条怕挨打的巴儿狗,"不过,神甫先生,我有老婆孩子,要是有人告发,就会撤我的职,打碎我的饭碗。"

"也会打碎我的饭碗,我也会难过的。"好心的神甫说,声音越来越带感情。

"那可不同!"看守赶快接着说,"您么,神甫先生,谁不晓得,您每年有八百法郎的收入,还有上好的不动产……"

就是这样一件事,经过加油加酱,传来传去,两天以来,在玻璃市这座小城里,引起了各种各样的恶意议论。此时此刻,它也成了德·雷纳先生和夫人之间的话题。那天早上,市长在贫民收容所所长瓦尔诺先生的陪同下,来到神甫家里,对他表示强烈的不满。谢朗先生没有后台撑腰,他感到了这番话的压力。

"那好,两位先生!我八十岁了,让本地的教民看到我做第三个被撤职的神甫,也不要紧。我来这里已经五十六年,来的时候,这还是个小镇,镇上的居民差不多都是我行的洗礼。我天天为年轻人主持婚礼,以前为祖父,现在为孙子。玻璃市就是我的家,我舍不得离开,但也不能昧着良心做事呀!我一见这个外地人,心里就想:这个巴黎来的人可能真是一个自由派,不过现在自由派多得是,他们对我们的穷人和犯人,又会有什么害处呢?"

这时,德·雷纳先生,尤其是贫民收容所所长瓦尔诺先生的指责,越来越厉害了。

"那好,两位先生!要他们撤我的职吧!"老神甫声音颤抖,叫了起来,"不过,我还要住在这里。大家知道,四十八年前我就在这里继承了地产,一年有八百法郎的收入,这笔钱够我过日子。我并没有滥用职权谋取私利,两位先生,所以我不怕人家要撤我的职。"

德·雷纳先生和他的夫人日子过得非常和睦,但当她三番两次、畏畏缩缩地问道："这个巴黎来的先生对犯人有什么害处呢？"他不知道如何回答是好，正要发脾气了，忽然听见她叫了一声。原来是她的第二个儿子刚刚爬到靠平台的防护墙上，跑起来了，不怕墙头离墙外的葡萄园有二十尺高呢。德·雷纳夫人唯恐会把她的儿子吓得掉到墙外去，一句话也不敢说。倒是自以为了不起的儿子，看见母亲脸色惨白，就跳下墙朝她跑来。他好好挨了一顿骂。

这件小事转移了他们的话题。

"我一定要把锯木厂老板的儿子索雷尔叫到家里来，"德·雷纳先生说，"他可以替我们照管孩子，孩子们已经开始捣乱了。索雷尔差不多可以算是一个年轻的教士，拉丁文学得好，他会教得孩子们有长进的，因为听神甫说，他的性格坚强。我打算给他三百法郎，还管伙食。我本来怀疑他的品性，因为他是那个得过荣誉勋章的老外科军医的得意门生，军医借口是索雷尔的亲戚，就在他们家吃住。这个人实际上很可能是自由党的奸细。他说我们山区的空气新鲜，可以治他的哮喘病，但是没有证据。他参加过波拿巴远征意大利的战役，据说他当时还签名反对过建立帝国。这个自由党人教索雷尔的儿子学拉丁文，并且把他带来的大批图书都送给他了。因此，我本来不会想到叫木匠的儿子来教我们的孩子，但是恰巧就在我和神甫彻底闹翻的前一天，神甫告诉我，小索雷尔已经学了三年神学，还打算进修道院。这样说来，他就不是自由党人，而是学拉丁文的学生了。"

"这样安排还有一个好处，"德·雷纳先生带着一副会办外交的神气，瞧着他的夫人，接着往下说，"瓦尔诺家刚为敞篷马车买了两匹诺曼底骏马，得意扬扬。但是他的孩子总请不到家庭教师吧。"

"他会不会把我们这一个抢走？"

"这样说来，你赞成我这个主意咯？"德·雷纳先生说时微微一笑，表示感谢他妻子对他的支持，"行，那就一言为定了。"

"啊！天哪！我亲爱的朋友，你怎么决定得这样快！"

"这是因为我的个性很强，神甫已经领教过了。不瞒你说，我们周围都是自由派。所有的布商都妒忌我，我敢肯定，有两三个已经发了财。那好，我要他们开开眼界，看看德·雷纳先生家的孩子，怎样跟着家庭教师散步的。这多神气！我的祖父时常对我们讲，他小时候也有家庭教师。这可能要我多破费个百把金币，不过，没有这笔开销，怎么维持我们的身份呢？"

这个突如其来的决定引起了德·雷纳夫人的深思。她个子高，长得好，山区的人都说她是本地的美人。她显得很单纯，动作还像少女。在一个巴黎人看来，这种天真活泼的自然风韵，甚至会使男人想入非非，引起情欲冲动。要是德·雷纳夫人知道自己有这种魅力，她会羞得抬不起头来。她的心里从来没有起过卖弄风情、舞姿弄骚的邪念。据说有钱的收容所所长瓦尔诺先生曾经追求过她，但是徒劳无功，这更使她的贞洁发出了异样的光辉，因为这个瓦尔诺先生是个高大的年轻人，身强力壮，满脸红光，颊髯又粗又黑，是那种粗鲁、放肆、吵吵闹闹，外省所谓的美男子。

德·雷纳夫人非常腼腆，表面上看起来，性格不够稳定，她特别讨厌瓦尔诺先生不停的动作，哇啦哇啦的声音。她不像玻璃市一般人那样寻欢作乐，人家就说她太高傲，不屑和普通人来往。她却满不在乎，拜访她的男人越来越少，她反倒心满意足。不瞒你说，她在全城的女人眼里，成了一个傻子，因为她不会对丈夫耍手腕，放过了好多机会，没有从巴黎或贝藏松买些漂亮的帽子回来。只要让她一个人在她美丽的花园里散散步，她就没有什么不满意的。

她的心地单纯，从来不敢对丈夫妄加评论，也不敢承认他令人厌烦。她虽然口里不说，心里却认为：夫妻关系本来就是淡如水的。她特别喜欢德·雷纳先生，是在他谈到孩子们前途的时候：他要老大做武官，老二做文官，老三做神甫。总而言之，她觉得在她认识的男人当中，德·雷纳先生还是最不讨厌的一个。

妻子对丈夫的评价不是没有道理的。玻璃市市长附庸风雅的名声和派头，都得益于他叔叔的半打笑话。他叔叔德·雷纳老上尉，革命前在奥尔良公爵的步兵团服过役，去巴黎时进过公爵的"沙龙"。他在那里见过德·蒙特松夫人，出名的德·让利夫人，改建王宫的迪克雷先生。因此，这些人物一再出现在德·雷纳先生讲来讲去的逸闻趣事中。渐渐地，这些妙事的回忆对他成了家常便饭，后来，他只在重大的场合，才肯重新讲奥尔良家族的趣闻。此外，只要不谈到钱财的事，他总是礼貌周到的，因此，他理所当然地被认为是玻璃市最有贵族派头的人物。

第四章 父与子

事实如此！
难道是我的错？①

——马基雅维里

"我的妻子的确想得周到！"第二天早晨六点钟，玻璃市市长自言自语地朝老索雷尔的锯木厂走去。"虽然这件事是我开的头，那只是为了维持我高人一等的地位，可是我没想到：如果我不把小小的索雷尔神甫请来，这个懂拉丁文出了名的神童，就会被那个满脑子鬼主意的收容所所长挖走。那时，谈起他孩子的家庭教师来，他会多么扬扬得意啊！……这个教师来到我家，还能做修道士吗？"

德·雷纳先生正在思考这个问题，忽然远远看见一个身高将近六尺的农民，似乎一早就在忙着量河边纤道上的木材。农民唯恐市长先生走过来，因为木材堆在路上，阻碍交通，是违反规章的。

这个农民正是老索雷尔，他觉得非常意外，但更觉得高兴，因为德·雷纳先生居然会打他儿子于连的歪主意。但他不露声色，装出闷闷不乐、漠不关心的神气，这是山里人善于伪装的拿手戏。在西班牙人统治时期，他们当牛作马，现在，脸上还遗留着埃及农民吃苦受难的迹象。

一开头，索雷尔的回答，不过是背得滚瓜烂熟的一长串客套话。在他重来复去说空话时，脸上不自然的微笑更说明他心口不一，甚至是要骗人上当。其实，这个工于心计的乡巴佬正在盘算：为什么一个像市长这样重要的人物，要把他这个没出息的儿子带到家里去。他最不喜欢于连，偏偏德·雷纳先生出人意料地一年愿给他三百法郎，还要管吃，甚至管穿。管穿是老索雷尔灵机一动，脱口提出来的，德·雷纳先生却二话不说，满口答应。

这个要求提高了市长的警惕。"索雷尔对我提出来的事，照理应该满心欢

---

① 原文是意大利文。

喜才对，他怎么会无动于衷呢！显然，"他心里想，"另外有人也在打这个主意，而这个人要不是瓦尔诺，还能是谁呢？"于是德·雷纳先生催索雷尔当场拍板，但他枉费心机，这个狡猾的乡巴佬怎么说也不答应，他借口要和儿子商量，仿佛即使在外省，有钱的父亲和没钱的儿子磋商，并不是走过场似的。

水力锯木厂在"公用流水"旁有一个厂棚。棚顶搭在四根粗大的木柱支撑的屋架上。棚子中间八尺到十尺高的地方，可以看到一把锯子起起落落，另外有一个非常简单的机械装置，把一块木材送到锯子底下。流水冲动一个大轮盘，带动了这个有两重作用的机械：既使锯子起落，又把木料慢慢送到锯子下面，锯成木板。

老索雷尔走近锯木厂，高声喊于连。没有人答应。他只看见两个大儿子，都是彪形大汉，双手拿着大斧头，把松树干劈得方方正正的，再送到锯子底下去。他们聚精会神，瞄准木材上画好的墨线，一斧头劈下去，就会砍掉大块木屑。他们没有听见父亲的喊声。父亲朝着厂棚，走了进去，但在锯木机旁没有找到于连。他本来应该守在那里，却爬到棚顶下比锯木机高五六尺的一根横梁上，骑马似的坐在上头看书。于连居然不小心在意地看住机器运转，反倒看起书来。老索雷尔反感透了，他不怪于连身子单薄，不像他两个哥哥能干重活，但他讨厌这个读书的怪脾气：他自己就一字不识。

他喊了于连两三声，但不管用。年轻人的心思全都集中在书本上，连锯子的响声都听不见，哪里听得到父亲的喊声。最后，父亲不顾自己上了年纪，一下跳到正在锯开的树干上，再一下就跳上了支撑棚顶的横梁。他狠狠地一拳头，把于连手里的书打得掉到流水中去了；再狠狠地一巴掌打在他头上，打得他坐不稳。眼看他就要从十几尺高的地方掉下去，掉到正在运转的机器中，碾个粉身碎骨，还好他父亲不等他倒下，就用左手把他抓住。

"好哇，懒骨头！看你以后还敢看这些该死的书，丢下锯子不管吗？要看书也该晚上到神甫家鬼混的时候再看呀。"

于连虽然给一巴掌打得头昏眼花，牙齿出血，但还是赶快回到锯木机旁的岗位上。他眼睛里含着泪水，并不是因为打痛了，而是因为丢掉了他那本宝贝书。

"下来，畜生，我有话对你说。"

机器的响声吵得于连听不见这道命令。他的父亲已经下来了，懒得费劲再爬到机器上去，就捡起一根打胡桃用的长竿子，敲了一下他的肩膀。于连脚一沾地，老索雷尔就像赶牲口一样，赶他回家。"天晓得他要拿我怎么样？"年轻人心里想。他一边走，一边难过地望了望那条流水，水里有那本他最心爱的书：《圣赫勒拿岛回忆录》①。

他低着头，脸颊通红。这是个十八九岁的年轻人，看起来身体比较弱，相貌与众不同，但越看越可爱，有一个鹰嘴鼻。两只眼睛又大又黑，在平静的时刻，会发射出深思和热情的光辉，但在这时，却恶狠狠地流露出了仇恨的表情。深褐色的头发，长得很低，使额头显得不宽大；生起气来，使人觉得他不怀好意。人心不同，一如其面，他的心与面都不寻常。细长而匀称的身材，说明他力气不大，但是身体灵巧。他从小就沉思默想，脸色苍白，使他父亲以为他会夭折，即使不死，也是家庭的负担。全家人都瞧他不起，他也恨哥哥和父亲。星期天在广场上玩游戏，他总是输家。

不到一年以前，才有年轻姑娘说他的脸长得漂亮。于连是个男人都不瞧在眼里的弱者，他只钦佩那个不把市长放在眼里，敢为梧桐树打抱不平的老军医。

外科医生有时雇他打短工，却教他拉丁文和历史，所谓历史，就是他亲身经历的1796年远征意大利的战役。他临终前给了他一笔遗产，那就是他的十字荣誉勋章，拖欠未付的半饷②，还有三四十本书，其中最珍贵的已经掉进了"公用流水"，就是市长先生拉关系使得改变水道的那一条。

于连一进家门，觉得他的肩膀给他父亲的粗手抓住了。他发起抖来，以为又要挨打。

"老实告诉我。"乡下佬用粗嗓门对着他的耳朵喊道，同时用手把他的身子扭转过来，就像一个孩子拨弄玩偶似的。于连眼泪汪汪的黑色大眼睛，对着老木匠不怀好意的灰色小眼睛，仿佛父亲要把儿子的灵魂看透一样。

---

① 拿破仑流放到圣赫勒拿岛上的谈话记录。
② 拿破仑失败后，第一帝国瓦解。波旁王朝复辟，第一帝国的军官只有半饷，而且拖欠未发。

第五章　讨价还价

> 拖延时间就是胜利。①
>
> ——恩纽斯

"老实告诉我，要是你能够不撒谎的话，你这个只会啃书本的狗东西，你在哪里认识德·雷纳夫人的？什么时候和她说过话？"

"我从来没有和她说过话，"于连答道，"也从来没见过这位太太，除了在教堂里。"

"你能不看她一眼吗，大胆的小坏蛋？"

"从来不看！您知道：我在教堂里只看天主。"于连又说一句，同时装作一本正经的样子，免得再挨一记耳光。

"这里面一定有蹊跷，"这个有心眼的农民接着说，但他沉默了一阵子，"不过，我以后不管你的事了，该死的鬼东西。其实，少了你，我的锯木机转得更快。不知道是神甫先生还是别的什么人帮了你的忙，给你找到了一个好差事。去收拾你的东西吧，我带你到德·雷纳先生家里去，他要你当他孩子的家庭教师。"

"他给我什么呢？"

"管吃，管穿，还给三百法郎。"

"我不愿做佣人。"

"畜生，谁说去做佣人？难道我愿意儿子当佣人吗？"

"那么，我跟谁同桌吃？"

这个问题难倒了老索雷尔，他觉得再谈下去，可能会说出什么错话来，于是他大发脾气，大骂于连，说他好吃懒做，最后丢下了他，去找两个大儿子商量。

不消多久，于连就看见他们三个人在一起讨论，手还按着斧头。他瞧了

---

① 原文是拉丁文。

好一阵子,什么也猜不到,就跑到锯木机另外一边去,免得冷不防挨一闷棍。他要好好考虑一下这个意想不到的、改变他命运的消息,但却觉得怎么也想不周到。他已经心不在焉,想象自己在堂皇富丽的市长公馆里看到的豪华景象了。

"也不能为了这一切,"他心里想,"就落到和佣人同吃的地步呀!父亲要强迫我去,那还不如死了好呢。好在我身上还有十五个法郎八个苏,今夜可以逃走,抄小路不怕碰到巡警,只消两天,就可以到贝藏松。到了省会,我可以当兵,迫不得已,还可以越境去瑞士。不过这样一来,就没有前途了,我的志向也要落空,不能再当神甫,青云直上了。"

怕和佣人一日同吃三餐,并不是于连生而有之的念头。其实,为了出人头地,他有什么艰苦的事不肯做呢?这种厌恶情绪,他是读了卢梭的《忏悔录》以后,才学到的。只靠了这一本书,他就想象世界是个什么样子。还有《大军公报汇编》[①]和《圣赫勒拿岛回忆录》,也都是他的经典。为了这三本书,他可以出生入死。他从来不相信别的书。听了老军医一句话,他把世界上其他书籍全都当做欺人之谈,是骗子为了赚钱发财才写出来的。

于连有一颗火热的心,还有书呆子死记硬背的惊人本领。他知道他的前途要靠谢朗老神甫,就把拉丁文的《新约全书》背得滚瓜烂熟;他也背得出德·梅斯特先生的《教皇论》,但对这两本书并不相信。

仿佛心照不宣似的,索雷尔父子这一天都避免交谈。到了傍晚,于连到神甫家去上神学课。但他认为稳当一点,还是不必对神甫谈起这个古怪的建议。"不知道这葫芦里卖的是什么药,"他心里想,"最好装作忘记了的样子。"

第二天一大早,德·雷纳先生就打发人来叫老索雷尔,他却拖延了一两个小时才来,一进门就再三道歉,鞠躬如也。他假装不同意,旁敲侧击,总算搞清楚了他的儿子是和男女主人同桌用餐,只在有客人的日子,才单独和孩子们在另一间屋里吃。索雷尔看出了市长先生迫不及待的真心诚意,他却偏要节外生枝,加上他的不信任感和好奇心理,就提出要看看儿子的卧室。那是一间设备齐全的大房子,佣人正忙着把三个孩子的小床搬进去。

这间卧房照亮了老农民的心,他马上得寸进尺,装出不放心的样子,还

[①] 大军指拿破仑的军队。

要看看给他儿子穿的衣服。德·雷纳先生打开抽屉，拿出一百法郎。

"拿这笔钱，叫你儿子到杜朗呢绒店去定做一套黑色礼服吧。"

"将来他离开您这儿，"乡巴佬一下子把客套都忘到脑后去了，问道，"这套衣服还归他吗？"

"这不消说。"

"那好！"索雷尔慢吞吞地说，"现在，只剩下一件事还要商量：您到底给他多少钱？"

"怎么！"德·雷纳先生气得叫了起来，"昨天不是说好了吗？我出三百法郎。我看这不算少，恐怕是太多了。"

"这只是您出的价钱，我没有答应吧？"老索雷尔说得更慢了。要是你不了解方施—孔特的农民，那他们天生的机灵会吓你一跳。索雷尔只是目不转睛地盯住德·雷纳先生，又说了一句："我们还找得到更好的地方呢！"

一听这句话，市长大惊失色。不过，他还是控制住了自己，于是两人钩心斗角，足足斗了两个小时，没有一句脱口而出的话，到底还是乡下人的歪门邪道占了上风，因为有钱人不用靠歪门邪道也能过日子。最后，于连的生活条件一项一项地确定下来了：不仅他的工资提高到了四百法郎，而且还要在每月一号支付。

"好吧，我会给他三十五法郎的。"德·雷纳先生说。

"凑个双数吧，像市长先生这样慷慨大方的有钱人，"乡下佬用讨好的口气说，"哪里会在乎三十六个法郎呢！"

"可以，"德·雷纳先生说，"不要再啰唆了。"

这一下，市长生气了，说话的口气没有转弯的余地。乡下佬也识相，知道应该适可而止。不料，现在却轮到德·雷纳先生反守为攻了。他怎么也不肯把头一个月的三十六法郎提前交给老索雷尔，不管他怎样着急要把儿子的钱拿到手。因为德·雷纳先生忽然想到：他怎样向妻子交代呢？怎能说讨价还价没吃亏呢？

"把我刚才给你的一百法郎还给我，"他有点生气地说，"杜朗先生还欠我的账。我带你的儿子去剪黑呢料子呢。"

一见市长转退为进，索雷尔觉得形势不妙，赶快又低声下气地捡起他的客套话来，足足啰唆了一刻钟。最后，他看到确实没有什么油水好捞，才撤下阵来。他行告别礼时说道：

"我这就把儿子送到大公馆来。"

市长先生治下的老百姓要拍他马屁的时候，就这样称呼他的住宅。

回到锯木厂后，索雷尔白白地找了好久，也没找到他的儿子。原来于连不知道会出什么事，半夜里就溜出去了。他怕他的书和荣誉团十字勋章放在家里不稳当，就转移到一个朋友家去，朋友名叫富凯，是个年轻的木材商人，住在玻璃市外的高山上。

等到他一回家，父亲就对他说："该死的懒骨头！天晓得你要不要脸，我养了你这么多年，你会不会还我的债！赶快收拾你的破衣烂衫，到市长先生家去吧。"

于连居然没有挨打，觉得非常奇怪，于是赶快就走。但一看不见他那可怕的父亲，他又放慢了脚步。他认为要假装虔诚，最好还是到教堂去打个转。

这个字眼使你吃惊吗？其实，要达到假装虔诚的地步，这个农村青年的心灵还走了一段不短的路程呢。

从幼年时代起，于连就见过第六团的龙骑兵①，身披长长的白色披风，头戴黑缨飘拂的头盔，从意大利凯旋归来，把战马拴在他父亲窗前的铁栏杆上，威风凛凛，看得他如醉如狂，一心要当军人。后来，他又听老军医讲洛迪桥、阿科尔、里沃利的几次大战，听得他心醉神迷。他还注意到老人的眼睛发出的火光，射在他的十字勋章上面。

等到于连十四岁，玻璃市开始修筑教堂，对于这样一座小城，这个教堂可以算是宏伟的了：尤其是有四根大理石柱，给于连的印象很深。这四根柱子在当地出了名，引起了治安法官和年轻的神甫之间的深仇大恨，神甫是省城派来为圣公会做监视工作的。治安法官几乎丢掉了他的差使，至少大家都这么说。他怎么胆敢和神甫争高低呢？难道他不了解：神甫每半个月就要上省城去一趟吗？据说他在省城还能见到主教大人呢！

在这期间，儿女成行的治安法官改换门庭了，他对好几个案子宣布了似乎不公正的判决，要处罚《立宪报》②的读者。神甫那一派胜利了。的确，罚

---

① 1800年作者曾任龙骑兵第六团少尉。
② 波拿巴派报纸，后为自由派报纸。

款数目不多,不过三五个法郎,但有一笔罚款落到一个打铁钉的工人头上,他是于连的教父。一怒之下,他大叫起来:"这叫什么世道!二十多年来,我们还一直以为治安法官是个好人呢!"这时,于连的朋友老军医已经去世。

忽然一下,于连再也不谈拿破仑了。他说他打算当教士,大家只见他经常在他父亲的锯木厂里,一心一意地背诵神甫借给他的一本拉丁文《圣经》。老神甫看见他的进步,又惊又喜,常常彻夜给他讲神学。于连在他面前显得非常虔诚。谁想得到这个貌似少女、温和柔顺的白面书生,竟有不可动摇的决心,不怕九死一生,也要出人头地呢?

对于连说来,出人头地,首先要离开玻璃市。他讨厌他的家乡。他在这里的见闻,使他不能展开想象的翅膀,直上青云。

从小时候起,他就有过胡思乱想的时刻。他神魂颠倒地梦想着:有朝一日,他会进入美女如云的巴黎社交界;他会用光辉的成就博得她们的青睐。他为什么不能赢得她们的爱情?贫寒的波拿巴不是被光艳照人的德·博阿内夫人①爱上了吗?多少年来,于连念念不忘的是:波拿巴本是个既不出名,又没有钱的中尉,居然用剑打出了一个天下。这个念头,在他自以为不幸的时候,减轻了他的痛苦;在他高兴的时刻,却又增加了他的欢乐。

修筑教堂的事,加上治安法官不公正的判决,使于连恍然大悟,这种觉悟使他几个星期仿佛着了魔似的。最后,又像魔鬼附体一般,占据了他的全部心神,只有热情奔放的心灵,自以为破天荒第一遭想出了个新主意,才会这样全神贯注。

波拿巴成名时,法国害怕遭到侵略,所以需要军人在战场上立功,保卫祖国也成了时代风尚。今天,四十岁的神甫可以拿到十万法郎的年俸,这就是说,比拿破仑手下一员大将还要多上三倍。神甫也需要有助手。瞧这个治安法官,这样有头脑,原来这样公正,年纪又这样大,但为了害怕得罪一个三十岁的年轻神甫,居然不惜败坏自己的名声。看来还是当神甫好。

于连读了两年神学,心里充满了新的虔诚感,但有一次,他灵魂中的火山忽然爆发,泄露了他的真面目。那是在谢朗先生家里:在神甫们共进晚餐时,好心的老神甫向大家介绍了这个神童,不料他却不由自主地说起拿破仑

---

① 指约瑟芬爱上拿破仑·波拿巴的事。

的好话来。事后他惩罚自己，把右胳臂吊在胸前，说是搬松树干时脱了臼，就这样行动不便地吊了两个月。不受这种体罚，他绝不肯原谅自己。瞧这个十八岁的年轻人，外表文弱，看上去最多不过十七岁，这时却夹着一个小包袱，走进玻璃市宏伟的教堂里去了。

他觉得教堂阴暗沉寂。到了过节的日子，窗子都蒙上红布，结果耀眼的阳光，产生了令人肃然起敬、不得不信宗教的效果。现在他一个人在教堂里，不禁颤抖起来。他在一条最好看的长椅子上坐下，上面有德·雷纳先生的家徽。

于连看到跪凳上有一张印了字的纸条，放在那里，仿佛怕人看不见似的。他看了一眼，只见上面写着：

路易·让雷尔在贝藏松处决，临刑详情……

纸撕破了。反面可以看到第一行的头三个字："第一步"。

"谁放在这儿的？"于连说，"可怜的倒霉鬼！"他叹口气，又说一句，"他的姓和我的姓最后两个字是一样的……"说着，他把纸揉成一团。

于连出去时，仿佛看到圣水缸边有血；其实这是洒在地上的圣水，深红窗帘的反光照在上面，看起来就像血了。

出来以后，于连对内心的恐惧感到惭愧。

"难道我是个胆小鬼吗？"他自言自语说，"武装起来！"

老军医谈到当年的大战，翻来覆去地唱过《马赛曲》中的这句名言，这四个字鼓起了于连的勇气。他站起来，快步朝市长府走去。

他虽然下了决心，但一看到二十步外的大门，他又胆怯得无法克服。铁栅门是开着的，他觉得气派太大了，但他非走进去不可。

于连并不是唯一来到豪门大宅感到心慌意乱的人。德·雷纳夫人非常胆小，一想到有个陌生人因为职务关系，要经常插身在她和孩子们之间，也感到张皇失措。她习惯于儿子们睡在她房里。早上，她看到他们的小床搬到家庭教师住的那套大房间去，已经流了很多眼泪。她求丈夫把小儿子斯坦尼拉一扎维埃的小床搬回她房里，丈夫也不答应。

女人的敏感在德·雷纳夫人身上发展得过分了。她把家庭教师想象成一个非常讨厌的人，粗俗邋遢，只因为懂了几句拉丁文就来管她的孩子们，还会为了这种野蛮的语言打他们呢。

第六章　苦恼

我不再知道我是谁，
在做什么事。①

——莫扎特：《费加罗》

德·雷纳夫人在没有人看见的时候，天性是活泼优雅的，她就这样走出了客厅的玻璃门，走向花园，忽然看见大门口有个年轻的乡下人，几乎可以说还是个孩子，脸色苍白，刚刚流过眼泪。他穿了一件洁白的衬衫，夹着一件干净的紫色花呢上衣。

这个小青年面色这样白嫩，眼神这样温顺，有点浪漫思想的德·雷纳夫人，起初还以为他是女扮男装，来向市长先生求情呢。她同情这个可怜人，他站在大门口，显然是不敢举手按铃。德·雷纳夫人走过去，暂时忘了家庭教师会引起的苦恼。于连脸朝着门，没有看见她走过来。他耳边听到的温柔声音，使他吃了一惊。

"你来有什么事，孩子？"

于连赶快转过身来，德·雷纳夫人妩媚的目光使他神不守舍，他胆怯的心情也消失了几分。她惊人的美丽更使他忘了一切，甚至忘了他来干什么的。德·雷纳夫人又问了一遍。

"我来当家庭教师，夫人。"他到底开口了，因为流了眼泪而难为情，赶快把它擦干。

德·雷纳夫人不知道说什么好，他们两人离得很近，你看着我，我看着你。于连从来没有见过一个穿得这么好的人，尤其是一个娇艳得令人眼花缭乱的女人，这样和颜悦色地跟他说话。德·雷纳夫人瞧着他脸上的大颗泪珠，

---

① 原文为意大利文。

脸色先是苍白，现在却涨红了。随后，她笑了起来，像少女般欣喜若狂地笑；她笑她自己，她不敢想象她会这样快活。怎么，她原来以为家庭教师是个肮里肮脏，邋里邋遢，只会打骂孩子的教士，结果却是这个年轻的乡下人！

"怎么！先生，"她到底问他了，"你懂拉丁文？"

叫他做"先生"使他大吃一惊，他考虑了一下。

"是的，夫人。"他腼腆地答道。

德·雷纳夫人高兴了，她大胆地问于连：

"你不会老是骂我这些可怜的孩子吧？"

"我骂他们，"于连惊讶地说，"为什么？"

"先生，"她停了一下，然后用越来越带感情的声音说下去，"你会对他们好，是不是？你能答应我吗？"

又听见人家认真地叫他做"先生"，并且是一个穿得这样好的夫人叫他，这简直远远超出了他的预料之外，因为他小时候也空想过，要是他不穿上一套漂亮的军服，上流社会的女人对他是不屑一顾的。而德·雷纳夫人呢，她也给于连又白又嫩的脸孔，又大又黑的眼睛迷住了，还有他那一头漂亮的鬈发，因为刚在公共水池里冲过凉，卷得比平时更像波浪起伏。最使她放心的是：她发现这个命运送上门来的家庭教师，羞答答得像个少女，而她却怕他是个性情粗暴、面目可憎的人呢。对德·雷纳夫人这样一个心肠软的女人来说，心里的忧虑和眼前的现实，简直是相差十万八千里。她总算不再惊讶，恢复了平静。这时，她才觉得莫名其妙，自己怎么这样同一个几乎只穿一件衬衫的年轻男子站在大门口，而且离得这么近。

"我们进去吧，先生。"她说得不太自然。

德·雷纳夫人一生中，从来没有这样深深地感到过单纯的喜悦，也从没有在焦虑不安之后，接着却看到一个这样和气可亲的人儿。这样一来，她不必担心她精心照料的好孩子，会落到一个肮里肮脏、脾气不好的教士手里去了。刚刚走进门廊，她就回过头去，看见于连畏畏缩缩地跟在后面。他一见漂亮的房子，就流露出惊讶的神色，这在德·雷纳夫人看来，更加显得可爱。她简直不能相信自己的眼睛：她总觉得家庭教师是应该穿黑衣服的。

"是真的吗，先生？"她又站住问他，因为难以置信的事实使她感到如此幸福，她怕得要死，唯恐自己是搞错了，"你真的懂拉丁文吗？"

这句话伤了于连的自尊心，他在迷梦中沉醉了刻把钟，忽然一下惊醒了。

"真的，夫人，"他憋着一肚子的不高兴答道，"我像神甫先生一样懂拉丁文，有时他还客气地说，我拉丁文背得比他还熟呢。"

德·雷纳夫人看出了于连不怀好意，在离她两步远的地方站住了。她就走过去，低声对他说：

"开头几天，孩子们即使背书背不出，你也不会打他们吧？是不是？"

一位这样美丽的夫人，用这样温柔，而且几乎是恳求的口气说话，一下又使于连忘记了拉丁文老师的尊严。德·雷纳夫人的脸离他的脸很近，他闻到了女人夏装的香味，这使一个乡下的穷人顿时魂飞天外。于连满脸通红，叹了口气，有气无力地答道：

"不必担心，夫人，我一切听您的。"

直到这个时候，德·雷纳夫人对孩子们的担心完全消除了，她才注意到于连非常漂亮。他那少女似的容貌，不好意思的神情，在一个胆小怕羞的女人看来，一点也不显得好笑。而一般人认为是男性美的阳刚之气，可能反倒会使她害怕。

"你多大年纪了，先生？"她问于连。

"快满十九岁了。"

"我的大儿子已经十一岁了，"德·雷纳夫人完全放宽了心，又接着说，"他差不多可以和你交朋友了，你可以跟他讲道理。有一次他父亲要打他，吓得他足足病了一个星期，其实只不过是轻轻打了一下。"

"比起我来，多么不同啊！"于连心里想，"就在昨天，我的父亲还打我呢。这些有钱人真是有福气！"

德·雷纳夫人这时已经能看出家庭教师内心发生了细微的变化，但她以为他难过的表情是胆小的表现，于是她要鼓励他。

"你叫什么名字，先生？"她说话的声调和神态，使于连感到有一种说不出的魅力。

"我叫于连·索雷尔，夫人。这是我生平第一回走进一个陌生人家里，心里很不安，要仰仗您做靠山，头几天做什么事都要请您包涵。我没有上过学校，因为我太穷了；我也没有和人谈过话，除了我的亲戚、得过十字荣誉勋章的军医和神甫谢朗先生以外。神甫可以保证我的品行端正。我的两个哥哥老是打我,要是他们说我的坏话,请您不要相信;要是我做错了什么事,请您原谅,因为那绝不是存心做的。"

于连一打开话匣子,反倒放下心来,他仔细看了看德·雷纳夫人。女人有天然的风韵,尤其是在她没意识到的时候,这种风韵更会产生意想不到的效果。在会欣赏女性美的于连看来,德·雷纳夫人这时简直成了二十岁的妙龄少女。他马上想大胆地吻她的手。接着,这个念头使他感到害怕,过了一会儿,他心里又想:"我怎么这样胆小呢?为什么不敢做一件对我有好处的事呀?至少,这也可以使这位漂亮的夫人,不再那么瞧不起一个刚从锯木厂来的穷工人吧!"也许于连有点胆壮了,因为半年来,他星期天总听到姑娘们说他是漂亮的小伙子。当他内心在斗争时,德·雷纳夫人对他讲了两三句话,教他开始应该怎样对待孩子。于连由于尽力克制自己,脸色又发白了,他勉强答道:

"夫人,我绝不会打您的孩子,我敢对天发誓。"

他一面说,一面大胆地拉起德·雷纳夫人的手,放到自己嘴上。这个动作使她吃了一惊,她再一想,觉得更是冒犯了她。天气很热,她的光胳膊上只披了一条薄纱巾,于连一吻,使她的胳膊赤裸裸地露了出来。过了一会儿,她才责怪自己:她早就应该生气了。

德·雷纳先生听见谈话声,就从书房里走了出来。他摆出在市政厅主持婚礼那种唯我是尊的架势,对于连说:

"我要在你见到孩子之前,先和你谈谈。"

他把于连带进一个小房间,夫人要走,他却要她留下。关上房门之后,德·雷纳先生一本正经地坐下。

"神甫先生对我说过:你是一个好学生。这里,大家都会尊敬你的,如果你能使我满意,我将来可以帮你找一个好差事。我希望你以后不要再见你的亲友。他们不够格,配不上我的孩子。这是头一个月给你的三十六个法郎,不过,我要你一定答应我:这笔钱一个子儿也不许给你的父亲。"

德·雷纳先生吞不下对老索雷尔的这口怒气,因为索老头讨价还价,占了他的便宜。

"现在,先生,因为我吩咐过大家都称呼你做先生,你这就可以看出一个高尚人家的好处。现在,先生,你穿件短上衣,给孩子们看见,那是有失身份的。有佣人看到他没有?"德·雷纳先生问他的妻子。

"没有,我的朋友。"她一面想,一面答道。

"那好。穿上我这件吧,"他说时,把自己的一件小礼服给了年轻人,使他受宠若惊,"现在,我们到杜朗呢绒店去。"

一个多小时后,德·雷纳先生带着一个全身穿黑的新家庭教师回来,发现他的妻子还在原地坐着不动。一见于连,她才放了心;她看看他,奇怪以前怎么还会害怕。于连并没有想到她,虽然他不相信命运,也不相信人,但他这时的心情只是个孩子的心情;他哆嗦着离开教堂才三个小时,却好像过了几年。他看到德·雷纳夫人冷冰冰的样子,知道是自己的胆大妄为使她生了气。不过,穿了一身和以前大为不同的衣服,使他得意忘形,反而弄巧成拙,一举一动都显得生硬反常。德·雷纳夫人瞧着他,眼神有点惊讶失措。

"庄重一点,先生,"德·雷纳先生对他说,"孩子和佣人才会尊敬你。"

"先生,"于连答道,"我穿这身新衣服觉得束手束脚。我是个乡下的穷人,穿惯了短上衣。如果您允许的话,我还是去关上房门,待在房间里吧。"

"你看我花钱雇来的这个新人怎么样?"德·雷纳先生问他的妻子。

德·雷纳夫人出于自己也不了解的本能,对丈夫隐瞒了真情:

"我不像你那样喜欢这个年轻的乡下人,你对他太好了,反而会使他忘乎所以,不出一个月,你就会把他打发走的。"

"好吧!即使打发他走,不过多花个百把法郎而已,玻璃市却会看惯了:德·雷纳先生的孩子们有一个家庭教师。如果让于连还是穿得像个工人一样,这个目的就达不到。当然,要是打发他走,我不会让他带走刚在呢绒店定做的黑礼服。那套刚给他穿上的现成衣服,倒可以给他算了。"

于连回自己的房间,在德·雷纳夫人看来,不过是一片刻工夫。孩子们听说新老师来了,就缠住他们的母亲,问长问短。等到于连出来,那简直是换了一个人。如果说他十分庄重,那还不够;他是百分之百的庄重。孩子们见过礼之后,他说话的口气与以前大不相同,连德·雷纳先生也感到意外。

"诸位先生,我来这里,"于连结束讲话时,"是教你们拉丁文的。你们当然知道背书是怎么回事。这是一本《圣经》,"他指着一本黑皮精装、三十二开的小书说,"讲的主要是我主耶稣基督的事,就是大家叫做《新约》的那一部分。我以后会经常要你们背的,你们可以先要我背给你们听。"

老大阿多夫拿起书来。

"随便翻到哪一页，"于连接着说，"随便念一段的头三个字，我就可以背下去。这本圣书是我们行为的准则，你们要我背到哪里，我就背到哪里。"

阿多夫打开书，才念了两个字，于连接着就背了整整一页，背拉丁文就像说法国话一样熟练。德·雷纳先生眉飞色舞地瞧瞧妻子。孩子们看见父母惊讶的神色，都睁大了眼睛。一个佣人来到客厅门口。于连还在滔滔不绝地背拉丁文。佣人听得发呆，然后悄悄走了。不消多久，德·雷纳夫人的女仆和厨娘也来了。这时，阿多夫已经随便翻过了七八个地方，于连总是口若悬河地背着。

"天呀！好漂亮的小神甫！"厨娘高声叫了起来，她是个非常虔诚的教徒。

德·雷纳先生心里很不安，怕自己显得没学问。他并不想考倒家庭教师，但总得找两句自己还记得的拉丁文，来敷衍敷衍；他到底想起了贺拉斯的一句诗。不料于连懂得的拉丁文，并没有超过《圣经》的范围。他只好皱起眉头，答道：

"我打算从事教会的圣职，不允许我读一个世俗诗人的作品。"

于是德·雷纳先生就大念贺拉斯的诗，天晓得是不是他的作品。他还对孩子们大讲贺拉斯，不料孩子们已经拜倒在于连脚下，反倒不注意他们的父亲讲些什么。他们只瞧着于连。

佣人们一直站在门口。于连认为对他的考验应该延长，就对最小的孩子说：

"斯坦尼拉－扎维埃先生也应该要我背一段圣书。"

小斯坦尼拉得意扬扬，好歹总算念出一段书的第一个字，于连又从头到尾背了一整页。仿佛不等德·雷纳先生大获全胜，于连绝不收兵似的，他背书时来了两个客人：诺曼底骏马的主人瓦尔诺先生，专区区长夏尔科·德·莫吉隆先生。在这个场合，于连得到了"先生"的尊称，佣人哪敢不叫他做先生呢！

晚上，全玻璃市的人都涌到德·雷纳先生家来开开眼界。于连用不卑不亢，保持距离的态度来答话。他的名声很快就传遍了全城，几天以后，德·雷纳先生害怕有人把他挖走，就提出要签订两年的合约。

"不必，先生，"于连冷静地答道，"如果您要辞掉我，我签了合约也不得不走。一张合约只约束我，一点也不约束您，这不公平，我不能签。"

于连这样精明干练，来市长家还不到一个月，连德·雷纳先生也要敬他三分。谢朗神甫已经和市长、所长两位先生都闹翻了，不怕有人泄露于连以前对拿破仑的崇拜，于是他谈起波拿巴来，只做出深恶痛绝的样子。

第七章　道是无缘却有缘

只有折磨人，才能打动人心。

——现代人

孩子们佩服于连，但他却不爱他们。原来他别有用心，不管孩子们做什么，他都不会受不了。冷漠、公平、无情，却受爱戴，因为他把家里的闷气一扫而光了。他是一个好家庭教师。虽然他受到上流社会的接纳，但却只感到仇恨和厌恶，事实上，他坐的是餐桌的末座，这也许可以说明他憎恨的原因。在某些盛大的宴会上，他要竭力控制自己，才没有对周围的一切发泄他的愤恨。特别是8月25日圣路易节，瓦尔诺先生在德·雷纳先生家高谈阔论，旁若无人，于连气得几乎要爆发了。他赶快借口要照看孩子，溜到花园里去。"正大光明，口里说得多么好听！"他叫了起来，"人家还会以为这是独一无二的美德，但对一个负责穷人福利，却显然把自己的财产增加了两三倍的人，怎能低三下四，阿谀奉承呢！我敢打赌，他对孤儿救济金都不放过，这些无依无靠的穷人，他们救苦救难的基金，不是比别的钱更神圣不可侵犯吗？啊！狠心的魔鬼！狠心的魔鬼！其实，我和孤儿也差不多，我的父亲，我的哥哥，我的全家都厌弃我。"

在圣路易节前几天，于连一个人在小树林里散步念经，林中有个观景台，可以俯视下面的精忠路，他远远看见他的两个哥哥，从一条没有人迹的林中小径走过来，他要躲避也来不及了。这两个粗野的工人，一见弟弟这身漂亮的黑衣服，非常干净的外表，还有他不加掩饰的、对他们的轻视，不由得妒火直冒，狠狠地打了他一顿，打得他昏倒在地，浑身是血。德·雷纳夫人同瓦尔诺先生，还有专区区长，碰巧也来小树林散步，她看见于连躺在地上，还以为他死了。她这样关心他，甚至引起了瓦尔诺先生的妒忌。

他妒忌得未免太早。于连虽然觉得德·雷纳夫人很美，但正是她的美引起了他的恨。他恨她几乎成了他前进路上的第一块绊脚石。他尽量不和她谈话，要她忘记他一时冲动，吻了她手的那一天。

德·雷纳夫人的贴身女仆艾莉莎，当然会爱上这个年轻的家庭教师；她时常在女主人面前谈到他。艾莉莎小姐的爱，引起了一个男仆对于连的恨。一天，他听见这个男仆对艾莉莎说："自从这个肮脏的教师来了以后，你就不愿再跟我说话了。"于连并不是罪有应得，但出于漂亮小伙子的本能，他更加注意自己的外表了。这又引起了瓦尔诺先生加倍的忌恨。他公开说，这样爱打扮的年轻人是不适合做神甫的。其实于连除了道袍以外，穿的只有两套衣服。

德·雷纳夫人注意到，他和艾莉莎小姐谈话的时候比平常多。她了解到，谈话是因为于连的衣服太少引起的。他的内衣少得可怜，不得不三番两次送到外面去洗，而这些区区小事，只好麻烦艾莉莎帮忙。他穷到这种地步，是德·雷纳夫人猜想不到的，这打动了她的同情心。她想送些礼物给他，但又不敢造次。这种内心的冲突，是于连给她造成的第一次痛苦。在这以前，她只要一想到于连的名字，就会感到一种完全是精神上的、纯粹的乐趣。于连的贫穷折磨着德·雷纳夫人的心，她就对她丈夫说，要送于连几件内衣。

"怎么这样傻！"他答道，"他工作得这么好，我们又对他非常满意，还送什么礼？要是他不好好干，我们才不得不送点礼，给他鼓鼓劲啊！"

德·雷纳夫人觉得这种看法真是丢脸，但在于连来以前，她是不会注意这一点的。一看到年轻的神甫穿得非常整洁，却又简单朴素，她心里不由得不想："这个可怜的孩子，他的日子是怎么过的？"

渐渐地，她对于连的贫穷感到的同情，远远超过了她受到的折磨。

德·雷纳夫人是一个外省女人，在初见面的半个月里，你会把她当做一个傻瓜。她没有生活的经验，说什么话也不放在心上。她娇生惯养，又自视很高，像大家一样生来具有追求幸福的本能，虽然命中注定生活在庸人中间，却不屑花时间去注意他们做些什么事。

大家本来会注意到她的天性高尚，头脑灵活的，可惜她没有受过良好的教育。她是一个有钱的继承人，由修女教养长大，而修女都狂热地崇拜"耶稣的圣心",极端地仇恨那些反耶稣会的法国人。还好德·雷纳夫人通情达理,不久就发现修道院的教育非常荒谬,并且把修女的话忘记得干干净净。可惜她没有什么可以取代这些谬论的,结果就变得什么也不知道了。从小听惯了对继承人的阿谀奉承,而且显然倾向于狂热的信仰,使她过着一种完全内向的生活。她表面上极端随和,非常克己,使玻璃市的丈夫们都把她当做贤妻良母的典范,德·雷纳先生也引以为荣,其实,她这些习以为常的内心活动,只不过是自视甚高的结果。一个以高傲闻名的公主,似乎不大注意围着她转的贵族侍从。这个看起来如此温顺、如此谦虚的夫人,却更不注意她丈夫的言行。在于连来以前,她关心的其实只是她的孩子。只要他们生了一点小病,感到一点快乐或痛苦,那就会占据她的全部感情,如果她的心灵崇拜过天主的话,那也只有在贝藏松圣心修道院的时候。

她不肯告诉人,有一次,她的一个儿子发高烧,急得她也发起烧来,仿佛孩子死了一样。在结婚的头几年,她只能找丈夫倾吐衷情,发泄苦恼,但碰到的总是粗鲁的笑声,耸一耸肩膀,还有几句嘲笑女人痴情的陈词滥调。这种嘲笑,特别是在孩子生病的时候,简直像把尖刀在扎德·雷纳夫人的心。这些陈词滥调,取代了她早年在耶稣会修道院听惯了的甜言蜜语。她现在受到的是痛苦的教育。由于她自恃太高,不肯向人吐露自己的苦恼,甚至不肯告诉她的朋友德维尔夫人,于是她认为天下的男人都像她的丈夫,像瓦尔诺先生,像专区区长夏尔科·德·莫吉隆一样。在她看来,男人生性粗野,除了金钱、地位、勋章之外,对一切漠不关心;对不合他们心意的道理,就盲目地恨之入骨,他们对此习以为常,就像穿鞋戴帽一样。

多少年后,德·雷纳夫人还是看不惯这些爱财如命的男人,但又不得不在他们中间生活。

这样,农村青年于连反而得到了她的好感。她觉得在他高尚而自豪的同情心里,可以享受到含情脉脉、光辉熠熠的新鲜魅力。不久,德·雷纳夫人就原谅了他的无知,甚至认为他幼稚得可爱,还帮他改正了粗野的举止。她发现听他讲话并不会毫无所得,哪怕讲的是普普通通的事,比如说一条可怜的狗过街,给乡下人跑得快的大车压死了。一条狗的惨死只会引起她丈夫哈哈大笑,但她却看见于连紧紧地锁起了他那好看的、又黑又弯的双眉。她渐渐觉得:宽厚、高尚、人道思想,似乎只有在这个年轻的神甫身上才找得到。

这些品德本来要属于出身高贵的人，才能得到大家的同情和钦佩，而她却偏偏只同情、钦佩他一个人。

假如是在巴黎，于连对德·雷纳夫人的态度就不会这样复杂化，但巴黎的爱情只是小说里的产物。年轻的家庭教师和胆小的女主人，可以从三四本小说里，甚至从剧院的歌曲中，学到如何行动。小说会描绘他们要扮演的角色，提供要他们模仿的榜样。这个榜样虽然学起来没有什么趣味，也许还会令人讨厌，但或迟或早，虚荣心会逼得于连去依样画葫芦的。

假如是在一个南方小城，由于天气炎热，星星之火也可能很快发展成燎原之势，但在我们这个沉闷的地方，一个年轻的穷人如果有什么非分之想，只不过是他爱挑三拣四的心灵，需要享受一些金钱能够买到的乐趣而已。他每天看到一个心无邪念、年已三十的女人，一心一意照管她的孩子，一点也没想到去小说里找行动的榜样。因此，在外省，一切都进行得很慢，一切都要一步一步地来，一切都要顺其自然。

一想到年轻的家庭教师这样可怜，德·雷纳夫人往往心肠软得流下眼泪来。有一天，她又在伤心落泪，碰巧给于连看见了。

"唉！夫人，出了什么事吗？"

"没有，我的朋友，"她答道，"把孩子们叫来，我们散步去吧。"

她挽着于连的胳膊，紧紧地靠在他身上，使他觉得异乎寻常。这是她第一次叫他做"朋友"。

散步快到终点了，于连看见她满脸通红。她放慢了脚步。

"也许有人对你讲过，"她说时不敢看他一眼，"我有一个很有钱的姑妈，我是她唯一的继承人。她住在贝藏松，经常送礼给我……我的孩子们进步很大……大得令人高兴……所以我也想请你接受一点小小的礼物，表示我的谢意。其实不过就是几个金币，可以买几件衬衣。不过……"说到这里，她脸红得更厉害了，话也说不下去。

"不过什么，夫人？"于连问道。

"不过，"她低着头接着说，"这事用不着告诉我的丈夫。"

"我是个小人物，夫人，但我并不低人一等，"于连说时站住了脚，眼睛闪烁着愤愤不平的光辉，胸脯更挺得高高的，"您说这话，未免考虑不够周到。要是我对德·雷纳先生隐瞒关于钱财的事，我不是连仆人都不如了吗？"

德·雷纳夫人简直无地自容了。

"市长先生,"于连接着说,"自我来后,已经五次付给我三十六个法郎。我准备好了一本账簿,可以给德·雷纳先生过目,也可以给任何人看,甚至是对我怀恨在心的瓦尔诺先生。"

听了这场抢白,德·雷纳夫人面无血色,浑身颤抖,散步也就到此为止,两个人谁也找不出一个借口,来恢复已经中断的谈话。在于连高傲的心里要得到德·雷纳夫人的爱情,似乎越来越不可能了;而她呢,只是敬重他,佩服他,却受到他义正词严的责备。她借口要弥补她无意中使他受到的侮辱,就暗下决心,要对他关怀体贴,无微不至。这种挽救的方式如此新颖,使德·雷纳夫人高兴了七八天。结果于连的怒气总算消了几分,但他做梦也没想到,这种赔礼的方式中隐藏着她个人的好感。

"瞧,"他心里想,"有钱人就是这个样子。他们侮辱了人,却以为只要装模作样,就可以补偿了。"

德·雷纳夫人心里容不下心事,也太不懂人情世故,虽然暗自下过决心,还是把送礼碰钉子的事,一五一十地告诉了她丈夫。

"怎么,"虚荣心受了伤的德·雷纳先生叫道,"你怎么能容忍一个'奴才'给你碰钉子?"

德·雷纳夫人一听"奴才"二字,也叫了起来。

"我这样说,夫人,因为已故的孔代亲王就这样说过,他让他的侍从谒见他的新娘时说,所有这些人都是我们的奴才。这段话在贝桑瓦的《回忆录》中有记载,我曾对你念过,因为这对维持尊卑贵贱的秩序,是非常重要的。凡是住在你家里拿薪水的人,只要不是贵族,都是你的奴才。我要去对这位于连先生讲两句话,送他一百法郎。"

"啊,我的朋友!"德·雷纳夫人哆哆嗦嗦地说,"起码不要在佣人面前给他!"

"你说得对,他们难免会妒忌的。"她的丈夫边说边走,心里想到这笔钱的用处。

德·雷纳夫人倒在一把椅子里,痛苦得几乎晕了过去。"他要去侮辱于连,而这都只怪我!"她憎恨她的丈夫,用双手捂住了脸。她暗下决心,再也不对他说真心话了。

等她再见到于连的时候,她又浑身颤抖,胸口闷得发慌,什么话也说不出来。她不知道如何是好,只紧紧地握住他的双手。

"嗯,我的朋友,"她到底开了口,"你对我的丈夫没有什么不满意的吧?"

"我怎能不满意呢?"于连苦笑地答道,"他给了我一百法郎。"

德·雷纳夫人瞧着他,好像不能肯定他是否满意。

"请你挽住我的胳臂。"她到底鼓足劲说了出来,于连还从没见过她有这股劲头。

她甚至不怕玻璃市书店有自由主义的恶名,居然走进书店去了。她选购了十个金币的书,给她的儿子们。不过她心里明白,这些书是于连想要的。她就在店里把书分给孩子们,并且要求他们当场把名字写在书上。当德·雷纳夫人对自己赔礼的大胆方式感到高兴时,于连却为书店里琳琅满目的书籍而眼花缭乱。他从来不敢走进一个这样亵渎神明的地方;他的心跳得很厉害。他根本没空去猜测德·雷纳夫人的心情,只在内心深处盘算,一个学神学的青年用什么法子才能搞到一些书。他到底想出了一个主意,可能巧妙地说服德·雷纳先生,去买一些本省名人的传记,作为他儿子做练习的题目。经过一个月的处心积虑,于连看到这个主意落实了,结果他又得寸进尺,大胆对德·雷纳先生提出一个使市长更为难的建议,就是去书店订购书籍。那不是帮了自由党的忙吗?德·雷纳先生想到他的大儿子要上陆军学校,为了增广见识,能够"亲眼目睹"[①]耳闻过的名著,恐怕不是坏事,居然也同意了,但于连再提进一步的要求,市长先生就坚决不答应。他怀疑有什么不可告人的理由,但是猜不出来。

"我想,先生,"有一天,他对市长说,"如果在不光彩的书店账本上,看到雷纳这个名门望族的姓氏,那是有失身份的。"

德·雷纳先生额头的阴云消散了。

"即使是一个学神学的穷学生,"于连更低声下气地接着说,"如果有一天发现他的名字在租书店的账本上,那也一样会引起非议的。自由党会诬告我借过最下流的书,谁知道他们会不会把一些坏书记在我的名下。"

不过于连越说离题越远。他看见市长脸上又恢复了为难而生气的神情,

[①] 原文为拉丁文。

就住了口。"我猜到他的心理了。"他心里想。

几天以后，大孩子向于连问起《每日新闻》上预告的一本书，德·雷纳先生也在场。

"为了不让自由党的恶意得逞，"年轻的家庭教师答道，"又要让我有办法回答阿多夫先生，不妨让您手下地位最低的人去书店订购。"

"这一个主意倒不错。"德·雷纳先生显得非常高兴地说。

"不过应该把话说在前头，"于连认真地、几乎是惴惴不安地说，一个人期望已久的事，眼看就要大功告成，反而会这样不安。"应该特别指出：您手下的仆人不许订购小说。这种危险的坏书一进了家门，就会腐蚀夫人的女仆，也会带坏男仆本人。"

"也不许订购政治性的小册子。"德·雷纳先生做出高人一等的神气，加了一句。他佩服家庭教师发明的两全其美的折中方案，又不想流露出来。

于连的生活就是这样接二连三的讨价还价，他对讨价的胜利非常关心，却不在乎德·雷纳夫人对他的感情，其实也只消稍微留意，就可以看出夫人对他的偏爱。

他过去的那种心理状态，如今又在玻璃市市长先生家里死灰复燃了。像在他父亲的锯木厂里一样，他从内心深处瞧不起那些和他生活在一起的人，也受到他们的憎恨。他每天听到专区区长、瓦尔诺先生，还有市长家的其他朋友，对眼前发生的事说长道短，但是他们的议论距离现实多么远！只要他认为是一件好事，这件事就一定会受到他周围人的指责。他内心不得不反驳他们说，他们不是妖孽，就是蠢材！有趣的是，虽然他这样自负，其实，他根本不懂人家谈的是什么。

他这一生还没有认真同人谈过话，只有老军医除外，因此，他有限的一点知识，只和波拿巴远征意大利或外科手术有关。他年轻胆大，喜欢听老军医详详细细地讲最痛苦的外科手术；他心里想："我可不会皱一下眉头。"

有一回，德·雷纳夫人破天荒地和他谈到与孩子们的教育无关的事，他却谈起外科手术来，吓得她脸无人色，求他不要讲下去。

于连的知识超不过这个范围。因此，住在德·雷纳夫人家里，如果只有他们两个人在一起，你说怪也不怪，他们却无话可说。在客厅里，无论他的外表多么低声下气，她却可以从他的眼睛里看出一种智力上的优越感，他不把她家里的一切放在眼里。只要他们单独待一会儿，她就发现他局促不安。她也担起心来，因为女人的本能告诉她：这种不安不怀好意。

也不知道于连哪里来的想法，是不是老军医对他讲过：和上流社会的仕女交谈不能冷场，一冷场他就觉得是他个人的过错。这种感觉在两个人面对面交谈时，更使他痛苦百倍。关于男女单独谈话，他的想象中充满了荒乎其唐的过头想法，他一紧张，想法就更不近人情。他已经魂飞天外，自然打不破这难堪的冷落场面。因此，他陪德·雷纳夫人和孩子们散步，时间越长，折磨心灵的痛苦就使他的脸板得越紧。他连自己都瞧不起自己。如果不幸，他要勉强没话找话，那他说得简直可笑。更不幸的是，他知道自己笨拙，想要显得不笨，反而做得更笨，但他却没看到自己眼睛的表情。他的眼睛真美，显示了热情的灵魂，甚至像好演员一样，能够在无戏处演出戏来。德·雷纳夫人注意到，他单独和她在一起时，从来没有说过一句动听的话，倒是他心不在焉，无意恭维时，反能说得打动人心。她家的朋友唯恐光辉的新思想会玷污她的耳朵，因此，她只能从于连闪射出来的智慧光芒中，分享几分乐趣。

从拿破仑倒台后，一切表面上的风流韵事，已经毫不容情地从外省风俗中一扫而光。人人都怕撤职查办。欺世盗名的人都到圣会去找靠山，甚至连自由党人也学会了耍两面派。生活无聊透顶。除了读书种地以外，简直没有什么快活的事。

德·雷纳夫人是一个虔诚而富裕的姑妈的继承人，十六岁就嫁进了一个富贵之家，一生不知道，也没看见过爱情是什么。她只听到过谢朗神甫在她忏悔时提起过爱情，那是对瓦尔诺先生追求她的责备，因此他把爱情描绘得令人厌恶，这两个字在她看来，就等于是下流无耻的放荡生活。她把偶尔在小说中读到的爱情看成是例外，或者是违犯人性的。由于无知，德·雷纳夫人反而觉得生活非常幸福，她不断地照顾于连，却一点也没有受到良心责备。

第 一 部

第八章 小中见大

叹息越压抑越沉痛，
秋波越暗送越甜蜜，
不犯清规也会脸红。

——《唐璜》第一章七十四节①

德·雷纳夫人像天使一般温柔，因为她生性如此，生活幸福，但当她想到贴身女仆艾莉莎时，心态却不免有一点改变。这个女仆得到了一笔遗产，找谢朗神甫做忏悔时，承认她打算嫁给于连。神甫为他朋友的幸福感到真心实意的高兴，不料于连却一口回绝了艾莉莎小姐的美意，使他大吃一惊。

"小心，我的孩子，你的心里到底在想什么？"神甫皱着眉说，"如果你不把一大笔财产看在眼里，只是因为选择了圣职的缘故，那我要向你祝贺。我在玻璃市做神甫，已经整整五十六年了，但看来还是要撤销我的职务。我心里很难过，还好我有八百法郎的年金。我把这一点告诉你，免得你对当神甫这个圣职，抱有不切实际的幻想。如果你想讨好有权有势的人，那就肯定永世不得升天。你可以发大财，不过那就要做伤天害理的事，要阿谀奉承区长、市长、大人物，要投他们所好。这就是所谓的人情世故，对于一个世俗的教徒说来，这和灵魂得救并不是绝对不相容的。不过，在我们这种情况之下，那就不得不选择了：要么在世上发财致富，要么在天堂享受幸福，中间道路是没有的。去吧，我亲爱的朋友，好好考虑一下，三天后再告诉我你的决定。我很难过地隐约看到，你的性格深处有一股阴郁的热情，在我看来，这说明你还不具备一个神甫必不可少的克制精神，你还舍不得抛弃人世的荣华富贵。我认为你的聪明才智很有发展前途，不过，让我老实告诉你，"好神甫含着眼泪加了一句，"如果你要做教士，我担心你的灵魂能不能得救。"

于连激动得难为情了。他有生以来第一次看到有人真心爱他；他高兴得

---

① 《唐璜》是19世纪英国浪漫派诗人拜伦的政治讽刺诗。引诗原文是英文。

哭了起来，并且偷偷跑到玻璃市山上的大树林里去流眼泪。

"为什么我要当神甫？"他到底自言自语了，"我还觉得为了谢朗老神甫，我愿意万死不辞呢，而他刚才却向我证明了：我是在做一件傻事。我认为特别重要的，想瞒过他，而他却偏偏猜透了我的心思。他刚刚谈到隐藏在我心中的热情，那正是我要出人头地的打算。他认为我不配当神甫，而我却偏偏以为放弃了五十个金币的年金，会得到他最高的评价，他会夸奖我真心诚意要从事圣职呢！"

"将来，"于连接着想，"我要先考验一下，看看我的性格，哪一点靠得住。谁想得到：我会在流泪时感到快乐？谁想得到：我会爱一个证明我做了傻事的人？"

三天后，于连找到了头一天就该准备好的借口。这个借口其实是恶意中伤，但中伤又有什么关系？他吞吞吐吐地对神甫说，他的理由不便说明，因为牵涉到第三者，所以他一开头就不答应这桩婚事。这等于说艾莉莎品行不端。谢朗先生发现他的口气充满了世俗的热情，而不是能激动年轻教士的圣洁热情。

"我的朋友，"神甫又对他说，"我看你还是做一个有教养、受尊敬的乡下绅士，比做一个没有信仰的神甫更好。"

于连对这个新的劝告回答得非常得体，以语言而论，他找到了一个热诚的年轻修道士使用的词句；但他说话的声调，还有他眼中掩藏不住而爆发出来的火般热情，却使谢朗先生感到惊恐不安。

我们不能对于连的前途妄加推测。他捏造了虚情假意的花言巧语，说得面面俱到，无懈可击。在他这个年龄，这已经是难能可贵的了。至于声调和姿势，他过去和乡巴佬生活在一起，并没有见过大世面。以后，只要他有机会接触大人物，他的举止也和谈吐一样，不会不得到好评的。

德·雷纳夫人觉得纳闷，她的贴身女仆新近得到一笔财产，但是日子过得并不更快活。她看见女仆老是去找神甫，回来时眼睛里总有眼泪。直到最后，艾莉莎才对她谈起她的婚事。

德·雷纳夫人以为自己病了。她发高烧，睡不着觉，只有贴身女仆或者于连在她眼前，她才清醒。她一心只想着他们，想着他们婚后的幸福生活。他们的小家庭很穷，一年只靠五十个金币的收入过日子，但在她看来，却显得令人陶醉。于连可能到玻璃市外两法里的专区首府布雷去当律师，那么，她偶尔还可以见到他。

德·雷纳夫人的确以为自己要疯了。她告诉了她的丈夫，结果当真病倒。当天晚上，她的贴身女仆在服侍她，她注意到女仆在哭。这时，她厌恶艾莉莎，忽然骂起她来，接着又怪自己不该生气。艾莉莎更加泪如泉涌了，她说，如果她的女主人答应她，她想倾吐她的不幸。

"说吧。"德·雷纳夫人答道。

"唉！夫人，他拒绝了我。有坏人对他说了我的坏话，他就相信了。"

"谁拒绝了你？"德·雷纳夫人问时几乎透不过气来。

"还不就是于连先生！夫人，"女仆啜泣着答道，"神甫先生也说不服他。神甫先生说，他不应该拒绝一个好姑娘，借口她当过贴身女仆。其实，于连先生的父亲也不过是个木匠，他本人在来夫人家以前，又是靠什么过日子的呢？"

德·雷纳夫人不消再听下去了，她高兴得几乎失去了理性。她几次三番要艾莉莎保证：于连肯定拒绝了她，并且绝不回头重新考虑。

"我去做一次最后的努力，"她对贴身女仆说，"我去和于连先生说说看。"

第二天午餐后，德·雷纳夫人花了一个小时为她的情敌说好话，看到艾莉莎的感情和财产一直遭到拒绝，她感到一种微妙的乐趣。

于连开始答话还很拘谨，逐渐就摆脱了束缚，最后得心应手地答复了德·雷纳夫人好意的规劝。她在这么多灰心失望的日子之后，简直抵挡不住这怒潮澎湃、涌上心头的幸福感。她一下子昏了过去。等她恢复过来，回到卧房之后，她把所有的人都打发走了。她在心灵深处感到非常惊讶。

"难道我爱上了于连不成？"她到底扪心自问了。

这个发现，如果是在其他时刻，都会使她悔恨交加，坐立不安，但是现在对她说来，却只显得稀奇古怪，仿佛和她没有关系似的。她刚刚经历的大起大落，已经使她心力交瘁，甚至没有余力，连激情都感觉不到了。

德·雷纳夫人本想干点活，却睡了一大觉，等到她醒过来，也没有感到什么惊恐不安。她太幸福了，什么事都不会往坏处想。这个外省的好女人天真无瑕，从来不肯折磨自己的心灵，去尝尝新鲜的感情，或者自己没有体验过的不幸。在于连来家里以前，她全心全意料理一大堆家务，在远离巴黎的外省，这是一般贤妻良母的命运。德·雷纳夫人想到爱情，就像我们想到彩票一样，以为都是骗人的把戏，只有疯子才去追求的幸福。

晚餐的铃声响了，德·雷纳夫人听到于连带着孩子们走来的声音，脸就涨得通红。爱情也会使人变得机灵，她解释脸红的原因，是她头痛得厉害。

"瞧，女人就是这样，"德·雷纳先生哈哈大笑地说，"她们的机器总有什么地方需要修理。"

德·雷纳夫人虽然听惯了这一类开玩笑的话，但他说话的腔调还是很刺耳。她无可奈何地瞧瞧于连的脸，即使他是世上最丑的男人，在这一片刻，他也比她的丈夫更讨人欢喜。

德·雷纳先生非常注意模仿宫廷的生活方式，一到春暖花开的日子，就全家住到韦尔吉乡村别墅去。这个乡村由于加布里埃①的悲剧而远近闻名。离开古老的哥特式教堂美丽如画的废墟，大约有一百步远，是德·雷纳先生买下的古堡，古堡有四个塔楼，还有一个仿照杜伊勒里王宫御苑设计的花园，花园周围种了许多黄杨树，园里有许多小路，路边种了每年修剪两次的栗树。附近还有一片种了苹果树的园地，是个散步的好地方。果园尽头有八九棵葱茏茂密的大胡桃树，树叶浓荫蔽日，差不多有八十尺高。

"这些该死的胡桃树，"德·雷纳先生一听见妻子赞美胡桃树就说，"每一棵都要减少我的十亩地的收成。树荫下是长不好麦子的。"

乡下的景色对德·雷纳夫人显得别是一番风味。她流连忘返，简直到了心醉神迷的地步。这种美感使她思想更加活跃，做事更加果断。来到韦尔吉的第三天，德·雷纳先生回市政厅办公去了。德·雷纳夫人就自己出钱雇了几个工人来。原来是于连出了一个主意，要围绕果园铺一条沙子路，一直铺到大胡桃树下，这样，孩子们一清早出来散步，鞋子不会给露水沾湿。这个主意想出来还不到二十四小时，沙子路就动工了。德·雷纳夫人整天高高兴兴地同于连指手画脚，叫工人干这干那。

等到玻璃市市长从城里回来，发现了一条新修的沙子路，感到非常意外。他的来到也使德·雷纳夫人感到意外，因为她已经忘记了他的存在。两个月

---

① 加布里埃是法国一首古诗中的女主角，是韦尔吉古堡的女主人，因婚外恋而受侮辱，愤而自杀，情夫也刺穿心脏，殉情而死。

来，他一谈到这项如此重大的"改建工程"，居然没有和他商量，就擅自动工了，不免要发脾气。好在德·雷纳夫人花的是她自己的钱，他总算可以聊以自慰。

她白天同孩子们在果园里跑来跑去，捕捉蝴蝶。他们用浅颜色的薄纱做了一些大网罩，好捉这可怜的"鳞翅目"昆虫。这个野蛮民族使用的名词，也是于连告诉德·雷纳夫人的。因为她从贝藏松买来了戈达尔先生的名著①，于连就对她讲这些昆虫独特的生活习惯。

他们毫不动情地用大头针把蝴蝶钉在一块大纸板上，于连还给纸板做了一个框子。

在德·雷纳夫人和于连间，到底有了一个谈话的题目。他不必再担心为冷场而受罪了。

他们谈起话来没完没了，而且谈得津津有味，虽然谈的都是无伤大雅的事。日子过得又忙碌，又快活，大家都欢天喜地。只有艾莉莎小姐抱怨工作太累。"即使是狂欢节，"她说，"玻璃市开起舞会来，夫人也没有这样关心穿着打扮；现在，她一天要换两三次衣服。"

既然我们不想曲意逢迎，那我们就不得不承认：德·雷纳夫人做了几套袒胸露臂的时装，更显得皮肤超群出众。她的身材美丽绝伦，穿了这身时装，真是相得益彰，令人神魂颠倒。

"您从来没有这么年轻，夫人。"从玻璃市来韦尔吉赴宴的朋友们都这样说。这是当地的一种恭维话。

说来叫人不相信，德·雷纳夫人这样关心穿着，并没有什么立竿见影的目的。她只是自得其乐，并且心无杂念，不是同孩子们和于连捉蝴蝶，就是同艾莉莎一起缝衣试样。她只回过玻璃市一次，那是要买牟罗兹的夏季时装。

她把表妹德维尔夫人带到韦尔吉来了。表妹是她从前在圣心修道院的同伴，结婚以后，她们的关系不知不觉地密切起来。

德维尔夫人听了她表姐所谓的傻念头，笑得很厉害："我一个人怎么也想不出来。"她说。这些出其不意而来的念头，在巴黎会说成是妙语，在她丈夫面前，德·雷纳夫人会当做蠢话，羞得说不出口；但在德维尔夫人面前，她

---

① 戈达尔是19世纪初的法国生物学家，著有《法国鳞翅目自然史》（未完稿）。

的胆却大了。她起先还是吞吞吐吐地谈她的思想，等到两位夫人单独在一起的时间越久，德·雷纳夫人就越谈越来劲，一个上午一刹那间就过去了，两个朋友都很高兴。这次来韦尔吉，通情达理的德维尔夫人发现她的表姐远不如从前快活，但却幸福多了。

而于连呢，来到乡下以后，他过的真正是儿童生活，和三个小学生同追蝴蝶，玩得不亦乐乎。受过这么多的拘束，又挨过这么多的整，现在只他一个人，男人看不见他，而德·雷纳夫人，他的本能告诉他用不着害怕，于是他尽情享受生存的乐趣，在他这个年纪，面对着世界上最美丽的山景，怎能不乐而忘忧！

德维尔夫人一来，于连就觉得是来了一个朋友。他迫不及待地领她去沙子路尽头的大胡桃树下看风景。的确，这里的美景如果不说胜过瑞士和意大利的湖光山色，至少也可以相提并论。只要往前再走几步，开始爬上一个陡峭的山坡，不久就会走到橡树壁立、突出河上的悬崖。于连把两位夫人领到悬崖峭壁的顶峰。和她们共享这巍峨壮丽的景色，觉得乐趣倍增，他不只是幸福、自由，而且几乎可以说是成了天府的国王。

"对我说来，这简直是莫扎特的音乐。"德维尔夫人说。

他两个哥哥妒忌，父亲专横霸道，脾气又坏，使于连有眼睛也看不见玻璃市周围的乡村景色。到了韦尔吉，没有什么会引起痛苦的回忆。有生以来，他第一次在周围没有看见恨他的人。德·雷纳先生经常进城，那时他就可以放心读书。以前他只敢在夜里偷读，还要小心在意地把花盆翻过来做灯罩挡光，现在他夜里可以睡觉了。白天下课后，他就到悬崖上来读书，从书中找到行动的唯一准则，心旷神怡的无穷乐趣。读书使他幸福、入迷，失意时又给他带来安慰。

拿破仑说过的关于女人的话，在他统治下流行小说的功过是非，这些议论使于连大开眼界，他这才头一次知道了他的同龄人早就知道的一些看法。

炎热的日子来了。一到晚上，大家习惯于到门外几步远的一棵大椴树下去乘凉。树下是阴沉沉的。一个晚上，于连指手画脚，谈天说地，兴高采烈，尽情享受和年轻女人谈话的乐趣。德·雷纳夫人听得出神，手放在花园里漆过的木椅靠背上，于连谈话得意忘形，碰到了夫人的手。

她的手马上就缩了回去，但是于连心想，一个男人碰了一个女人的手，男人"义不容辞"的是：不能让女人把手缩回去。这个义不容辞的想法，使他觉得他没有尽到他的本分，甚至是闹了个笑话，或者不如说，引起了他的自卑感。于是，他刚才感到的乐趣一下就离开了他的心上，飞到九霄云外去了。

第九章　乡间良宵

盖兰画的迦太基女王，妙不可言。①

——斯托贝

　　第二天，他再见到德·雷纳夫人的时候，简直前后判若两人。他瞧着她，仿佛瞧着一个生冤家、死对头似的。他的目光和头一天晚上的大不相同，使德·雷纳夫人摸不着头脑。她对他不坏呀，他为什么生气呢？她的眼睛看着他的眼睛，百思不得其解。

　　好在有德维尔夫人在一起，于连可以少说话，多想他的心事。整个一天，他只做了一件事，就是读那本神来之笔写成的书，武装自己的头脑，锤炼自己的灵魂。

　　他大大缩短了孩子们上课的时间，等到德·雷纳夫人来了，他才想起要挽回丢了的面子，于是暗下决心，今夜一定要握住她的手不放。

　　太阳越来越低，决定性的时刻越来越近，于连的心也越跳越厉害。黑夜来了。他看到夜色很暗，满心欢喜，心上一块大石头才算落了地。天空乌云密布，热风劲吹，好像要起暴风雨似的。两位夫人散步的时间特别久。在于连看来，她们今晚的行动有点反常。她们怎么会喜欢这种天气呢？只有一颗热恋而又脆弱的心才会需要外界的刺激来增加内心的安乐啊！

　　她们到底坐下了，德·雷纳夫人坐在于连旁边，德维尔夫人又坐在她朋友旁边。于连心事重重，没有什么话好说。谈话要冷场了。

　　"难道我头一次决斗就这样哆嗦，这样倒霉吗？"于连心中暗想：因为他

---

① 盖兰（1774—1833）是法国新古典派画家。斯托贝是司汤达的朋友，写过司汤达传记。

太不相信自己，也不相信别人，不会看不清自己的精神状态的。

他痛苦得要命，在他看来，什么危险都比这种痛苦好受。他甚至几次三番地希望：德·雷纳夫人突然有事，不得不离开花园回屋里去，那就可以免掉他的烦恼！于连拼命压制自己，连说话的声音都起了深刻的变化，不料德·雷纳夫人的声音也颤抖起来，但于连没注意到。他的"本分"观念和他的胆怯心理，在作激烈的争夺战，使他自顾不暇，根本没有心思去管别人。古堡的钟楼已经敲过九点三刻，他还不敢动手。于连觉得自己这样胆小，真是丢脸，于是暗下决心："十点钟一响，我今天朝思暮想的事，一定要做到，否则，我就上楼回房间去，一枪打个脑袋开花。"

在焦急等待的最后时刻，于连的心情紧张过分，好像丧魂失魄一样，到底，他头上的钟楼敲响了十点钟。这要命的钟声，每一下都在他心中回响，仿佛打在他胸膛上似的。

十点钟的最后一响余音未了，他终于伸出手去，抓住德·雷纳夫人的手，但她立刻把手缩了回来。于连也不大清楚自己在干什么，又再把她的手抓住。虽然他自己很激动，但还像触电般感到，他握住的手是冰凉的；他抽筋似的用劲握住她的手，她作了最后一次挣扎，要把手抽出来，但到底还是让他捏在手里。

他心里洋溢着幸福感，并不是因为他爱德·雷纳夫人，而是因为他受的罪总算结束了。为了不让德维尔夫人有所发现，他觉得他应该讲话了，才一开口，声音就既洪亮，又有劲。而德·雷纳夫人却相反，说起话来激动得直颤抖，她的女朋友以为她病了，问她要不要进屋去。于连感到危险："如果德·雷纳夫人回到客厅里，我又要像白天一样紧张。我捏住这只手的时间还不够，不能算是已经挽回了面子。"

等到德维尔夫人再问她要不要回客厅去时，于连捏住那只由他摆布的手，捏得更紧了。

德·雷纳夫人已经站起来，又重新坐下，软弱无力地说：

"我的确有点不舒服，不过外面空气新鲜，还是外边好些。"

这句话使于连开心透了，他又滔滔不绝地说起话来，他忘了装腔作势，在两个女朋友眼里，他似乎成了最可爱的男子。虽然他口若悬河，但还是听得出来，他有一点心虚。他怕得要命的是：德维尔夫人累了，眼见暴雨欲来风满园,她会一个人回客厅去。那么一来,他就得单独面对着德·雷纳夫人。其实,他只是偶尔一鼓作气,才敢大胆妄为的;要是单独在德·雷纳夫人面前,他恐怕一句最简单的话也说不出口。如果她轻轻责备他两声,他一定会招架不住,败下阵来,那么,刚刚挽回来的面子又要丢掉了。

侥幸的是,那天晚上他说的话虽然夸大其词,却能打动人心,得到了德维尔夫人的好感,她本来觉得他别别扭扭,像个孩子,不太讨人喜欢。至于德·雷纳夫人,手捏在于连手里,她什么也不想,只是听之任之。在大椴树下度过的这几个小时,是她幸福的时刻。据当地传说,树是大胆的查理公爵亲手种的,树叶很密,风一吹就沙沙响,几滴雨开始落在下面的叶子上,听得她心情舒畅。一阵风吹倒了她们脚边的一个花盆,德·雷纳夫人不得不把手抽出来,去帮她表妹把花盆扶起,但一坐下,她又并不为难地把手放回于连手里,仿佛两人之间已有默契,这样一来,于连本可以大大放心了,但他却没有注意到这个细枝末节。

夜半钟声已经敲过好久,最后总得离开花园,各人回自己的房间去。德·雷纳夫人从来没有尝过爱情的幸福,简直是神魂颠倒了;她是这样无知,几乎完全没有责备自己。幸福使她睡不着觉。而于连却恰恰相反,自卑感和自尊心在他身上斗争了一整天,使他累得要命,一上床就昏昏沉沉入睡了。

第二天五点钟,他给人家叫醒。几乎整整一夜他都没有想起德·雷纳夫人,假如她知道的话,恐怕要伤心的。他却认为他已经尽了他的"本分",一个"男子汉大丈夫的本分"。心里充满了幸福感,他把自己锁在房里,从来没有这么高兴地读起拿破仑的英雄业绩来。

等到午餐铃声响时,他还在读大军战报,把头天晚上挽回的面子完全忘了。下楼去餐厅时,他又满不在乎地自言自语:"要告诉这个女人,说我爱她。"

不料他看到的,不是温情脉脉的眼睛,而是德·雷纳先生正颜厉色的脸孔。他两小时前刚从玻璃市来,发现于连整个上午都不管孩子,非常不满。他毫不掩饰地要发他的老爷脾气,这时,没有什么比他的脸更难看的了。

丈夫每一句刺耳的话,都伤透了德·雷纳夫人的心。而于连呢,他还在那里出神,拿破仑的丰功伟绩占据了他的心头,出现在他眼前,已经有好几个钟头,所以他先不屑分心去听德·雷纳先生对他说的粗话。最后,他才相当出人意料地冒出了一句：

"我病了。"

他回答的腔调，连脾气好的人听了也会恼火，更何况是玻璃市的市长。他真恨不得叫于连马上滚蛋。但再一想，他记起了他的处世之道：凡事不可操之过急，以免忙中出错。

"这个傻小子，"他马上想到，"在我家里已经有了一点名气，瓦尔诺家正巴不得把他挖走呢。再不然，他和艾莉莎一结婚，心里也会瞧不起在我家做教师的。"

德·雷纳先生虽然考虑周到，还是压不住心头的火气，接二连三地冒出许多粗话来，于连也听得越来越不耐烦了。德·雷纳夫人急得几乎要流眼泪。刚一吃完午餐，她就要挽着于连的胳膊去散步；她亲热地靠着他的肩头。但不管德·雷纳夫人对他说什么，于连都只低声回答：

"有钱人就是这样子！"

德·雷纳先生走得离他们很近，一看见他，于连更加生气。他忽然发现德·雷纳夫人靠着他的肩头，太显眼了。这个动作使他厌恶，他就使劲把她推开，抽出自己的胳膊来。

好在德·雷纳先生没有看见这不成体统的举动，只有德维尔夫人看到，她的朋友已经流眼泪了。这时，一个农家姑娘贪走近路，正在穿过果园的一角，德·雷纳先生见了，赶快扔小石头把她赶走。

"于连先生，求求你，克制一下。你想想看：我们哪一个人没有发脾气的时候呢？"德维尔夫人连忙说。

于连冷冷地看了她一眼，流露出根本不把她放在眼里的神气。

这个冷眼使德维尔夫人吃了一惊，要是她猜得到这种表情的真正含义，恐怕还要更吃惊的。从眼色中可以模糊看到凶狠的报复念头。说不定就是这种报仇雪恨的思想，造就了那些罗伯斯庇尔[①]。

"你的于连真是凶得吓人。"德维尔夫人悄悄地对她的朋友说。

"也难怪他生气，"德·雷纳夫人答道，"他教得孩子们进步这样大，一个上午不上课又有什么关系。应该承认，男人的心肠都硬。"

---

① 罗伯斯庇尔（1758—1794）是法国资产阶级革命时期雅各宾派的领袖，政府的首脑。

德·雷纳夫人有生以来第一次想到要对丈夫进行报复。于连对有钱人的仇恨眼看就要发作。还好德·雷纳先生叫上园丁，忙着用一捆捆荆棘，把那条穿过果园的捷径挡起来。在剩下来的散步时间里，两位夫人一直对于连说好话，他却一句也不回答。德·雷纳先生一走开，她们就都借口累了，一个人揽住于连一条胳膊。

这两个女人心慌意乱，满脸通红，局促不安，于连夹在她们中间，脸色苍白，目中无人，神气忧郁，毫不动摇，对比之下，好像冰炭同炉似的。他瞧不起这两个女人，也瞧不起一切脉脉的温情。

"怎么！"他心里想，"我连五百法郎都没有，学业怎么完成！啊！去他的吧！"

他一心想这些大事，两位夫人说的好话，他难得听进一两句，听了也觉得没有意思，糊涂浅薄，总而言之，不过是娘儿们那一套。

为了没话找话，免得冷场，德·雷纳夫人随便谈起她丈夫从玻璃市来，买了一个佃户的玉米皮。因为当地的习惯，是用玉米皮塞床垫。

"我的丈夫不会再来了，"德·雷纳夫人又说了一句，"他正同园丁和佣人忙着换床垫子呢。今天上午，他把二楼的草垫子都换上了新的玉米皮，现在，他还要把三楼换完。"

于连一听，脸色变得更白了。他用古怪的眼光瞧了瞧德·雷纳夫人，接着加快了步子，几乎是把她硬拉到一边去。德维尔夫人很识相，没有多管闲事。

"救救我吧，"于连对德·雷纳夫人说，"只有您能救我，因为您知道，那个男佣人恨死了我。我得老实告诉您，夫人，我有一张画像，藏在我的床垫子里。"

这一下，轮到德·雷纳夫人的脸色变白了。

"现在，夫人，只有您能到我房间里去，请您去找一找，但又不要给人看见，在我的床垫子靠窗的那个角落里，您会找到一个光滑的黑色小纸盒。"

"盒子里有一张画像！"德·雷纳夫人说，她几乎站不稳了。

她软弱的模样逃不过于连的眼睛，他立刻抓住机会。

"我还要请您帮个忙，夫人，我请求您不要看这张画像，因为这是我的秘密。"

"这是一个秘密!"德·雷纳夫人有气无力地跟着说。

虽然她生长在富贵人家,家人对财富感到骄傲,而且只关心金钱利益,但是爱情已经在她心中播下了慷慨的种子。因此,德·雷纳夫人不顾内心的伤痛,还是忠诚老实地向于连问清楚了情况,好去完成任务。

"这样说来,"她走开时对他说,"是一个小圆盒子。黑纸板做的,摸起来很滑。"

"是的,夫人。"于连急着要摆脱危险,紧张地答道。

她走到三层楼上,脸色苍白,好像要上刑场一般。更糟糕的是,她觉得不舒服,但一想到于连需要她帮忙,她又有了力气。

"我一定要拿到这个盒子。"她心里想,同时加快了步子。

她听见她的丈夫和佣人正在于连房里说话。还好他们马上走进孩子房里去了。她赶快掀起床褥,把手伸进草垫子里,但是用力太大,手指头擦破了。本来她一点疼痛都不能忍受,这次却连感觉也没有,因为手一伸进去,就摸到了光滑的纸盒。她一把抓住就走。

她没有碰到她的丈夫,总算放下心来,但是一波刚平,一波又起,这个盒子在她心中引起的恐惧,使她更加痛苦。

"这么说来,于连有情人了,我手里拿着的就是他情人的画像!"

德·雷纳夫人坐在套房外间的椅子上,妒火中烧。不了解人也有好处,莽撞反而会减轻痛苦。于连来了,他抓起盒子,没有道谢,没有说话,就跑回房去,点起火来,马上把盒子烧掉了事。他的脸色惨白,好像垮了似的,其实,刚才的危险并没有他想象得那么大。

"拿破仑的画像,"他摇着头,自言自语,"居然藏在我这个自称痛恨他的人房里!发现的人又是德·雷纳先生这样的极端保王党,这样恨我的人!更倒霉的是,画像背面的白纸板上,有我亲手写的几行字!一看就知道我是多么崇拜这个篡夺王位的英雄!而且每次顶礼膜拜,我都记了日期!就是前天还有一次呢。"

"我的名誉几乎要完蛋了,顷刻之间几乎名誉扫地!"于连自言自语,瞧着盒子烧掉,"而名誉是我的一切,没有名誉,叫我怎么生活!……况且,这是什么生活,伟大的上帝!"

一个小时之后,他感到疲倦,又可怜自己,心肠才不那么狠了。他碰到了德·雷纳夫人，就拉住她的手，从来没有这么真心实意地吻了一下。她高兴得涨红了脸，但几乎就在同时，她又妒忌得狠狠地把他推开。于连的自尊心刚刚受过伤，这时他又愣住了。他认为德·雷纳夫人不过是有钱而已，就满不在乎地放开了她的手，到花园里去了。他一边走，一边想，他的嘴边露出了一丝苦笑。

"我在这里散步，悠闲得好像时间都是我自己的！我连孩子们也不管了！这不又要惹得德·雷纳先生骂人吗？那也不能怪他啊。"说着，他就跑到孩子们房里去了。

他喜欢那个顶小的孩子，孩子一亲他，也减少了他一点痛苦。

"这个孩子还没有瞧我不起。"于连心里想，但他立刻就怪自己，认为这样减轻痛苦又是软弱的表现。"这些孩子亲我，不是就像亲昨天刚买的小猎狗一样吗？"

第十章　雄心薄酬

有情装成无情，
总会显出原形，
正如乌云蔽天，
预示风暴将临。①

——《唐璜》第一章七十三节

德·雷纳先生走遍了所有的房间，又回到孩子们房里。佣人抱着草垫子跟在后面。他的突然来到，对于连来说，就像满盆水里再加一滴，立刻溢出来了。

他的脸孔苍白，面色阴沉，超过平时。他冲上前去。德·雷纳先生站住了，瞧瞧他的佣人。

"先生，"于连对他说道，"你以为随便哪一个家庭教师，都能把你的孩子

---

① 原诗是英文。

们教好，像我教得这样好吗？要不然，"于连不让德·雷纳先生开口，接下去说，"你怎么敢责备我不管他们呢？"

德·雷纳先生听见这个乡下来的小伙子出言不逊，吓得惊慌失措，刚一恢复过来，就断定这小子有恃无恐，一定是想另谋高就。而于连却越说越生气：

"不要以为没有你，我就活不下去了，先生。"他接着说。

"看见你这样激动，我的确很难过。"德·雷纳先生有点结巴地答道。佣人们正在十步以外，忙着收拾床铺。

"我并不要你的难过，先生。"于连在气头上反驳道，"你想想看，你刚才讲的话真是岂有此理！而且是在女人面前讲的！"

德·雷纳先生太清楚于连要求的是什么了，于是在内心进行痛苦的斗争。偏偏于连这时又确实气得要命，他高声叫道：

"不在你家教书，先生，我也知道到哪里去。"

一听这话，德·雷纳先生似乎看见于连到瓦尔诺家去了。

"好吧！先生，"他到底叹了一口气，对于连说，神气好像是求外科医生动一次最痛苦的手术一样，"我答应你的要求。从后天起，也就是从下个月初一起，我每个月给你五十法郎。"

于连几乎要笑出来，他不知道怎样是好，一肚子的气都消了。

"我瞧不起这个畜生，恐怕还不够呢！"他心里想，"一个这样卑鄙的家伙，能够这样道歉，也算做到头了。"

孩子们听着这场争吵，听得目瞪口呆，连忙跑到花园里去，告诉他们的母亲说，于连先生大发脾气，以后一个月要挣五十个法郎了。

于连像平时一样跟孩子们走了，他甚至瞧都不瞧德·雷纳先生一眼，让他一个人在那儿生闷气。

"又要花我一百六十八个法郎，"市长肚子里打算盘，"这笔账要记在瓦尔诺先生头上。他要承包孤儿院的供应，我非得给他一点颜色瞧瞧不可。"

不一会儿，于连又来到德·雷纳先生面前。

"我有心事要找朗先生谈谈。我特别来告诉你，我要去几个小时。"

"啊，我亲爱的于连！"德·雷纳先生假惺惺地笑着说，"去一天都可以，要是你愿意，再加上明天一整天也行，我的好朋友。骑园丁的马去玻璃市吧。"

"瞧，"德·雷纳先生心里想，"他要给瓦尔诺回话去了。他还没有和我说定，不过年轻人火气大，让他头脑冷静一下也好。"

于连赶快离开韦尔吉，跑到去玻璃市路上的大树林里。他还不忙去找谢朗先生，他并不想勉强自己去说口是心非的话，他只需要看清楚自己的内心，仔细听听七情六欲的声音。

"我打了个胜仗，"他一到树林中，远远离开了别人的耳目，立刻自言自语，"我居然打了个胜仗！"

这句话从好的方面描绘了他的处境，使他心里多少恢复了一点平静。

"我现在一个月有五十个法郎的收入，一定是德·雷纳先生害怕了。不过，他有什么可怕的呢？"

这个有权有势、官运亨通的人，一小时前，于连刚对他大发脾气，他还会害怕什么呢？平静地思考一下，于连心更安定。他在树林中走着，顷刻之间，他几乎能欣赏周围的美景了。以前从山上滚下来的大块岩石，光秃秃地兀立在树林中。巨大的山毛榉树长得几乎和岩石一般高，投下了一片片凉荫，但在三步以外，阳光的炎热却使人根本不可能停留。

于连在这些岩石的阴影里歇了口气，然后再往上走。他走的是一条人迹罕至的羊肠小道，不久，他就登上了一个超世绝尘的岩峰。这个超越世人的地位使他微笑了，它描绘了他渴望达到的精神境界。高山上纯洁的空气，给他的心灵带来了宁静，甚至愉快。在他眼里，玻璃市市长一直代表了世上最傲慢的有钱人。于连觉得，刚才使他义愤填膺的仇恨，虽然来势很猛，但并不是个人意气用事。其实，他只要一个星期不见德·雷纳先生，就会把他忘到脑后，不止是他，还有他的古堡、猎狗、孩子，他的全家。"我也不晓得是怎么搞的，我居然逼得他做出了最大的牺牲。怎么！每年给我五十多个金币！在那之前，我还安然渡过了一道难关。瞧！一天之内，两次大获全胜，第二个胜仗不算什么，我还摸不清底细呢。不过，去他的，明天再伤脑筋吧！"

于连站在大岩石上，望着八月的太阳烧红了的天空。知了在崖下的田野里发出了鸣声；蝉鸣一停，周围一片寂静。他看见脚下方圆二十法里的土地。一只雄鹰蓦地从他头上的悬崖飞了出来，静静地在空中盘旋，画出了一个个大圆圈。于连的眼睛不由自主地追随着这只雄鹰。鹰的动作从容不迫，强劲有力,使于连十分赞赏,他羡慕它上下搏击的力量,也羡慕它独来独往的自由。

难道这不就是拿破仑的命运?有朝一日,会不会也是他自己的命运呢?

第十一章 良夜

> 朱丽亚冷淡却含情,
> 她的小手颤抖,轻轻
> 从他的手中抽出来,
> 却又轻轻地一捏,唉!
> 捏得令人心醉神迷,
> 仿佛是一个谜。①
>
> ——《唐璜》第一章七十一节

总得去玻璃市走一趟。于连从神甫家出来,恰巧碰上了瓦尔诺先生,他连忙把加薪的事告诉他。

回到韦尔吉后,于连一直等到天完全黑了,才下楼到花园里来。他的心灵感到疲倦,因为这么多强烈的感情,使他激动了整整的一天。"我对她们怎么说呢?"他想到了两位夫人,心里有点不安。他没看出:他的思想水平其实并不比女人高,所关心的都是些日常生活中的琐事。对德维尔夫人说来,甚至对他的朋友德·雷纳夫人说来,于连往往是难以理解的;而他呢,他对她们所说的话,也只是一知半解。这是力量的作用,如果可以这样说的话,也就是伟大的热情,在这个雄心勃勃的年轻人心上奔腾激荡的结果。在这个与众不同的人心里,几乎每天都会刮起狂风暴雨。

于连这天晚上走进花园,打算听听这两位表姐妹对他的看法。她们也正急着等他回来。他像平常一样,在德·雷纳夫人身边坐下。不久,夜色便深沉了。他想握住那只在椅背上靠了很久的纤手。纤手开始半推半就,到底还

---

① 原诗是英文。

是不高兴地抽了回去。于连本想算了,还准备兴高采烈地谈下去,忽然听见德·雷纳先生走过来了。

于连的耳边还回荡着他早上说过的粗话。"这家伙,"他心里想,"名利地位,应有尽有,占尽了便宜,我要当他的面,捏住他妻子的手,这不是叫他难堪吗?对,我就要这样做,谁叫他瞧不起我呢!"

于连生性本不冷静,这时更是沉不住气。他一心只想要德·雷纳夫人让他捏住她的手,急得简直心无二用了。

德·雷纳先生气愤地谈起政治问题来。玻璃市现在有两三个企业家,肯定比他更有钱,他们打算在选举中挫败他。德维尔夫人听着他讲。于连听得不耐烦了,把椅子挪得离德·雷纳夫人更近些。黑暗掩护了他的一举一动。他大胆地把手伸过来摸露在衣袖外面的胳膊。他心慌意乱,六神无主,他把脸颊靠在这美丽的胳膊上,甚至大胆地吻了起来。

德·雷纳夫人颤抖了。她的丈夫就在四步之外,她赶快把手给于连,同时稍微把他推开一点。德·雷纳先生还在骂那些微不足道的小人,和那些发了财的雅各宾党的暴发户,于连就狂热地吻那只伸过来的手,至少,德·雷纳夫人觉得吻是狂热的。但是在那个不幸的日子,这个可怜的女人手里已经有了把柄,可以证明她偷偷地热恋着的男人,其实爱上了别的女人!当于连不在家的时候,她受到了极端痛苦的折磨,痛苦得她反复思考。

"怎么!我还会恋爱?"她心里想,"我还会有爱情!我是一个有夫之妇,怎么还会成为情人!不过,"她继续想,"我对丈夫从来没有过这种痴情,而对于连,我思想上却丢不开。其实,他还没有成年,对我不过是敬爱而已!这种痴情也是短暂的。我对这个年轻人的感情,对我的丈夫有什么妨碍呢?我和于连谈话,随便想到什么就谈什么,德·雷纳先生听到都要厌烦的。他只想他的公事。我没有拿他的东西给于连,他并没有什么损失。"

她这样想并不口是心非,她天真纯洁的灵魂,只是让她从来没有体验过的热情引入了歧途。她受了骗还不自知,不过,维护贞操的本能开始警觉了。这就是于连走进花园时,她在内心进行的斗争。她听见他说话,几乎就在同时,她看见他在她身边坐下。这种令人心醉的幸福顿时使她魂飞九霄云外,半个月来,这种幸福令她神往,但更使她惊奇。一切都是意外。几分钟后,她心里想:难道于连一来,他的过错就一笔勾销了吗?她害怕了,就在这时,她抽出了自己的手。

　　充满了热情的吻，这样的吻她从没尝过，使她一下忘记了他也许另有所欢。于是在她的心目中，他不再有罪了。怀疑带来的剧烈痛苦消失了，取代的是她梦想不到的幸福，她感到了令人心荡神驰的爱情，如醉似狂的欢乐。这个良夜令人迷恋，但玻璃市市长却闷闷不乐，他念念不忘企业界的暴发户。于连忘了他那不可告人的野心，难以实现的计划。有生以来第一次，美的诱惑力牵着他的鼻子走了。他恍惚若有所失、神魂颠倒地沉入了朦胧而甜蜜的梦幻，温情脉脉地紧紧握住这只非常好看、令人爱不忍释的玉手，迷迷糊糊地听着夜间的微风吹动树叶的飒飒声，远远传来的河上磨坊里的狗吠声。

　　不过他感到的只是快乐，而不是激情。一回房间，他就只想到另一种幸福，那就是读书的乐趣：人到了二十岁，认识世界，认识自己对世界能起的作用，比什么都更重要。

　　但是不一会儿，他又把心爱的书放下了。老想着拿破仑的胜利，自己也想取得新的胜利。"不错，我打了个胜仗，"他心里想，"但是应该乘胜追击，趁这个目中无人的老爷撤退的时候，把他打得威风扫地。这才纯粹是拿破仑的打法。他责怪我不该荒废孩子们的功课！我偏偏还要多荒废三天，请假去看我的朋友富凯。要是他不答应，我就逼他摊牌，撒手不干，看他让步不让步。"

　　德·雷纳夫人一夜没有合上眼睛。在这一夜以前，她似乎没有尝过生活的乐趣。她神不守舍，怎么也忘不了于连的热吻带来的幸福。

　　忽然，"通奸"这个可怕的字眼出现在她面前。感官的爱情所能引起的最卑鄙无耻、最令人厌恶的想法，全都涌现在她想象中。这些想法千方百计，要使她自作多情所描绘的于连温存的形象，以及爱情幸福的神圣形象，都黯然失色。未来呈现在一片恐怖的色彩中。她看到自己为人所唾弃。

　　这个时刻是可怕的，她的灵魂到了一个她茫然无知的地方。头一天，她刚尝到她从没尝过的幸福；现在她却一下陷入了痛苦的深渊。她对这种痛苦毫无了解，难过得几乎失去了理智。一刹那间，她甚至想到要向丈夫倾吐真情，说她怕会爱上于连。这样一来，倒可以谈谈他了。幸亏她想起了在她结婚前夕，她的姑妈给过她一个忠告：向丈夫吐露秘密是危险的，因为他到底是她的主子。因此，她痛苦得无法可想，只好自己扭自己的手。

她被想象牵着鼻子乱走，这些想象互相矛盾，却又同样痛苦。一会儿她怕于连不爱她，一会儿又怕犯了通奸罪，仿佛第二天就要戴枷挂牌，拉到玻璃市广场上去示众似的。

德·雷纳夫人缺少生活的经验。即使她的头脑清醒，能用理智，她也分不清楚，上帝眼里的罪人和世人辱骂的罪人之间，到底有什么分别。

通奸的念头，还有她以为通奸罪会带来的耻辱，这些可怕的想法才下心头，让她得到一点安静，她就想起了和于连在一起天真无邪地生活的乐趣，但像以前一样，于连另有所爱这个可怕的想法，一下又涌上了她的心头。她还看得见他苍白的脸孔，他是多么害怕失掉那张画像，多么担心画像给人看见会连累画中人啊！她还是头一次在这张沉静而高贵的脸上，发现害怕的神色呢。他从来没有为了她或是为了孩子们显得这样激动过。这额外增加的痛苦激烈得令人难以忍受。德·雷纳夫人不知不觉大叫起来，惊醒了她的贴身女仆。她看见床边忽然出现了灯光，她认出了是艾莉莎。

"他爱的是你吗？"她精神恍惚地问道。

女仆发现女主人精神错乱，大吃一惊，根本没有注意这个怪问题。德·雷纳夫人觉得失言了。"我发烧了，"她说，"恐怕说了梦话。陪陪我吧。"她发现需要控制自己，这才完全清醒过来，并且觉得不那么痛苦。半睡不醒使她理智失控，现在又恢复了控制。为了免得女仆老盯着她，她就叫她读报，在她单调地读《每日新闻》的长文章时，德·雷纳夫人下了要循规蹈矩的决心：再见到于连时，一定要冷若冰霜。

第十二章　外出

> 巴黎人有风度，
> 外省人有性格。
>
> ——西耶斯

第二天才五点钟，德·雷纳夫人还没有露面，于连就向她的丈夫请了三天假。出乎意料，于连发现自己渴望再见到她，他一直想着她那双好看的手。

他下楼来到花园里，德·雷纳夫人让他等了很久。他哪里想得到，那自作多情的有心人，正在半开半关的百叶窗后，额头贴着玻璃，偷偷地瞧他呢！虽然她下了决心，到底还是到花园里来了。她平时脸色苍白，现在却容光焕发。这个天真的女人显得心情激动。自我克制的感觉，甚至有点愤怒的情绪，改变了她沉静的神气，这种神气本来仿佛超出了人世的庸俗利益，给她的天姿增加了不少妩媚。

于连急急忙忙走到她的身边，他心醉神迷地瞧着她美丽的胳膊，裸露在匆匆披上的肩巾下面。清晨的新鲜空气使她显得更加容光焕发，一夜的激动不安又使她对外界印象更加敏感。这种淡雅而动人的美丽，却富有下层阶级所不具备的思想美，似乎使于连第一次感到了心灵能起的作用。他贪婪的目光在全神贯注地饱餐秀色，但却一点也没想起他会受到怎样的接待。因此，一见她冷若冰霜，似乎是要他安分守己的样子，他就不免大吃一惊。

高兴的微笑从他嘴唇上消失了。他记起了他的社会地位，尤其是在一个富贵双全的女继承人眼里的地位。一刹那间，他的脸色大变，脸上只剩下了高傲和愤怒。他只恨他自己，为了受到这样丢脸的接待，居然把外出的时间推迟了一个多小时。

"只有傻瓜，"他心里想，"才会生别人的气。一块石头落地，是因为石头重。我什么时候才能不孩子气呢？什么时候才能养成好习惯，会看人家出多少钱，我再按酬付劳呢？如果要他们像我自己一样尊重我，那就一定要向他们表明，我们只是物质上贫富悬殊；而在精神上，我的心灵要比他们的傲慢高出十万八千里，一个天上，一个地下，他们的褒贬毁誉，既不能为我增光，也不能使我减色。"

这些情感的波涛涌上年轻教师的心头时，他那善变的面孔显出了自尊心受伤和狠心的表情。德·雷纳夫人一见，心乱如麻。她本来打算见面时表现得循规蹈矩、冷淡疏远，一见这突然的变化，大出意外，冷淡反而变成关心了。早上见面互致问候、谈论天气的客套话，他们两个怎么也说不出。于连的理智没有受感情的干扰，他很容易找到了下台阶的办法，要向德·雷纳夫人表示，他丝毫不把他们友好的关系放在心上；他根本不提他要外出的事，只向她行了一个礼，就掉头不顾地走了。

她看着他走开，不知所措，他头天晚上还是这样可爱，怎么一下又不高兴，拒人于千里之外呢？这时，她的大儿子从花园里跑出来，拥抱着她说：

"我们放假，于连先生出门去了。"

一听这话，德·雷纳夫人觉得冷得要命。她要循规蹈矩，已经很可怜了，再加上意志薄弱，那就更加可怜。

这个新情况使她无法分神，她的想象早已超越头天夜里刚做出的明智决定。现在的问题不再是抵制这个可爱的情人，而是怕要永远失掉他了。

但又不得不去吃早餐。更加痛苦的是德·雷纳先生和德维尔夫人心无二用地谈于连出门的事。玻璃市市长还注意到，他请假时语气强硬，有点异乎寻常。

"这个年轻的乡下人不知道葫芦里卖的是什么药？大约是有人要请他。不过这个人不管是谁，哪怕是瓦尔诺先生，要他一年从腰包里掏出六百法郎来，也不得不掂量掂量吧。昨天，他到玻璃市去，人家大约是要考虑三天，才能给他答复。今天一早，这位小先生不便给我回话，所以就到山上去了。不得不和一个目中无人的下贱工人打交道，我们已经落到这个地步了！"

"我的丈夫不知道他伤了于连的心，既然他都认为于连要走了，我还有什么办法想呢？"德·雷纳夫人心里想，"唉！无法挽救了！"

为了毫无拘束地哭上一场，又免得回答德维尔夫人的问题，她就推说头痛得厉害，躺到床上去了。

"瞧！女人总是这个样子，"德·雷纳先生又老调重弹，"她们复杂的机器总有什么地方会出毛病。"他带着挖苦的神气走了。

当德·雷纳夫人正受到偶然的爱情最无情的折磨时，于连却兴高采烈地在山间最美丽的景色中赶路。他一定要穿过韦尔吉北面的大山。他走的小路在布满山毛榉树的山坡上，蜿蜒曲折地往上爬，越爬越高，高山北面就是杜河流域。不久，行人就一览前山小，可以看见杜河向南方流去，一直流到勃艮第和博若莱肥沃的平原。虽然这个雄心勃勃的年轻人，对自然美的感觉并不敏锐，但是他也身不由己地走走停停，看看这广阔壮丽的景色。

最后，他到了山顶上，旁边有一条小路，通到他的朋友、木材商人富凯住的偏僻山谷。于连并不急着要见到他，也不想见到任何人。他像一只猛禽，藏在大山的岩峰中，可以居高临下，俯视自远而近的人。他发现一座悬崖的峭壁上，有一个小岩洞。他爬了上去，在洞里坐下。"这里，"他高兴得眼睛闪闪发光，说道，"谁也不能伤害我。"他想到把自己的思想写下来，其乐无穷，而在别的地方，要写却是危险无比。他用一块方石板当做写字台。他下笔如飞，看不见周围的一切。最后，他才注意到，太阳在博若莱远山后面落下去了。

"我为什么不在这里过夜呢？"他自言自语，"我有面包，我有'自由'！"一听到"自由"这个伟大的声音，他的心灵兴奋起来了；他口是心非地认为：即使在富凯那里，他也没有自由。他用双手托住下巴，望着遥远的平原，坐在这个岩洞里，心情激动，浮想联翩，沉醉在自由的幸福中，觉得自己一生从没有这样幸福过。不知不觉，金黄色的落日余晖，一道一道地熄灭了。在无边的黑暗中，他出神地想象着在巴黎的艳遇。他首先想到的，是一个才貌双全，远远胜过外省佳丽的美人。他们互相倾慕，彼此热爱。如果他暂时和她离别，那也只是为了将来载誉而归，给他们的爱情增加光彩。

于连的想象力太丰富了，假如他真是一个在巴黎上流社会成长的青年，那冷酷无情的现实早就把他的美梦惊破了。他伟大的行动和实现的希望都会落空，取而代之的是一句家喻户晓的名言："你一离开情妇，唉！她每天都会骗你两三回。"年轻的乡下人不知就里，以为他要实现英雄的业绩，所缺少的只是机会而已。

但是黑夜已经代替了白天，他还要走两法里，才能到达山下富凯住的村子。离开小岩洞之前，于连点起了一把火，小心在意地把他写的东西烧个干净。

直到清晨一点钟，他才去敲他朋友的门，使他大吃一惊。富凯正在记账。他是一个身材高大的年轻人，长得相当难看，浓眉粗目，鼻子太大，但讨厌的外表遮不住善良的内心。

"难道你和德·雷纳先生闹翻了？怎么这个时候才突然来找我？"

于连大致讲了讲头一天发生的事。

"留下来和我一起干吧，"富凯对他说，"我看你认识的人不少：德·雷纳先生、瓦尔诺先生、莫吉隆区长、谢朗神甫。你懂得这些人的心理。我看你去投标，完全够格。你的算术比我好，可以帮我记账。我的生意赚钱不少，但我不可能什么事都自己干，找人合伙，又怕上当受骗，所以每天都要错过一些好买卖。不到一个月以前，我就让米肖·德·圣阿芒赚了六千法郎，我都有六年不见他了，只是偶然在蓬塔列拍卖碰到他。为什么你不去赚这六千法郎呢，至少也可以赚个三千吧？因为那一天，要是我有你合伙，我就会出高价承包树木的采伐，大家都只好让我了。来和我合伙吧。"

这个建议并不讨于连的欢喜，因为它扰乱了他的狂想。富凯是个单身汉，两个朋友只好像荷马史诗中的人物一样，自己动手准备夜宵，吃的时候，富凯让于连看账本，说明木材生意有利可图。富凯对于连的才智品德，评价甚高。

等到于连一个人待在松木小房子里的时候，他暗自思量："的确，我在这里可以赚到几千法郎，然后再看法国流行的风气，去当兵或者当教士，都有好处。我在这里积蓄的一点钱，可以解决一切小小的困难。一个人在山里，不知道城里人关心的许多事，那也没有什么关系。不过富凯打算一辈子不结婚，又再三对我说，孤独的生活很苦闷。显然，他找一个没有本钱的人合伙，那是希望我和他做伴，永远不离开他。"

"难道我能骗我的朋友吗？"于连生气地叫了起来。口是心非，缺乏同情，本来是人间的正道，但是这次，于连却不肯对不起一个爱他的人。

忽然一下，于连又高兴起来了，他想到了拒绝的理由。"怎么！要我无所作为地浪费七八年！就这样混到二十八岁！到了那个年龄，波拿巴已经干出了轰轰烈烈的大事！而我却还在为销售木材而东奔西走，看小人的眼色行事，为了几个臭钱而低三下四，谁敢说我还会有火般的热情，要扬名天下呢？"

第二天早上，于连非常冷静地答复富凯，他要从事宗教事业，不能接受他的要求。富凯听了转不过弯子来，他以为合伙是说定了的。

"你想想看，"他反复说，"我要你合伙，其实是要每年给你四千法郎，你还要回到你的德·雷纳先生家去么？他把你看得比脚下踩的泥土还不如呢！等到你有了两百个金币，谁能不让你进神学院？再说，我能包你搞到本地最好的教区。因为，"富凯说时压低了声音，"某某、某某先生都烧我的木柴。我给他们的是上等橡木，但是，只收白木的价钱，你以为我这是白投资吗？"

什么也说不服于连。结果富凯以为他有点疯了。第三天一大早，于连就辞别了他的朋友到大山上的岩石之间去过一天。他又找到了他的小岩洞，但是再也找不到心灵的平静。他朋友的建议使他心潮起伏。像在善恶之间徘徊的大力神一样，他也在平凡的幸福和英雄的美梦之间犹豫了。"这样看来，我并不是真正坚强,"他想,怀疑使他最感痛苦,"我不是做大人物的材料,因为我怕挣了八年面包,就会消磨我的雄心壮志。"

第十三章　玲珑袜

小说,人生旅途中的一面镜子。

——圣雷阿①

于连遥遥望见美丽如画的韦尔吉古教堂废墟的时候,才发现自前天起,他一次也没有想到过德·雷纳夫人。"那一天我走之前,这个女人使我想起了:我们之间有天渊之隔,她把我当做一个工人的儿子。她当然是要我注意,她后悔那天晚上不该让我捏她的手……不过她的手的确很好看!这个女人的眼神多么迷人,多么高贵!"

他可能和富凯合伙发财,这就使他更容易想到:他不必因为自己贫贱的社会地位而自卑,也不必生气。他仿佛耸立在海岬之上,可以居高临下,判断贫富是非。他虽然不是哲学家,但还能看得清:在上山前后,他是"有所不同"了。

使他惊讶的是,德·雷纳夫人要他讲外出的经过,听的时候却心烦意乱。

富凯也打算过结婚,但是恋爱并不顺利。两个好朋友曾经推心置腹,促膝长谈。有钱并不真有幸福,富凯发现,对方爱的并不止他一个人。他讲的话使于连开了眼界,长了见识。于连孤独地生活在想象和怀疑中,远离现实,所以就耳不聪、目不明了。

他外出时,生活对德·雷纳夫人说来,只是剪不断、理还乱的痛苦,痛苦形形色色,但都不能忍受。她的确病倒了。

"要当心,"德维尔夫人看见于连回来时,对她说道,"你不舒服,今晚就不要到花园里去了,空气潮湿,会使病加重的。"

德·雷纳夫人平时穿着太不讲究,受到过她丈夫的责备,现在却穿起巴

---

① 圣雷阿(1639—1692),法国历史学家。引语可能是司汤达杜撰的。

黎新到的绣花鞋和精心镂花的玲珑袜子来,使德维尔夫人莫名其妙。三天以来,德·雷纳夫人无所事事,只是把一块非常流行的漂亮衣料,剪裁成夏天穿的连衣裙,并且催艾莉莎赶快缝好。于连一到,几分钟后,连衣裙就赶出来了,德·雷纳夫人迫不及待地穿在身上。她的朋友再也不怀疑了。"原来她在恋爱,这个不幸的人!"德维尔夫人心里想。她这才恍然大悟,她朋友的症状为什么这样稀奇古怪。

她看见她表姐和于连谈话。表姐的脸色一阵子通红,一阵子煞白。她焦急的眼睛盯着年轻教师的眼睛。德·雷纳夫人每时每刻都在等待他做出宣判:他到底是要离开这个家,还是留下来。哪里知道于连压根儿没想到要谈这个问题。经过激烈的斗争之后,德·雷纳夫人到底开口了,说话时声音颤抖,泄露了她内心的深情:

"你要离开你的学生,到别的地方去吗?"

德·雷纳夫人的眼神和畏畏缩缩的声音,使于连感到意外。"这个女人爱上我了,"他心里想,"不过,她这种软弱的时间很快就会过去,还会受到她自尊心的责备,只要她不再担心我会离开,她又会摆起架子来。"他们不同的地位像电光一般闪过于连的心头,他迟疑不决地答道:

"我真舍不得离开这些如此可爱,出身如此高贵的孩子,但又怕不得不离开他们,一个人总有自己应该做的事。"

说到"出身如此高贵"(这是于连近来学到的贵族老爷的口头禅),他的内心深处起了反感。

"在这个女人眼里,"他心里想,"我的'出身'并不'高贵'。"

德·雷纳夫人听他讲话,对他的才貌赞叹不已,一听到他隐隐约约露出要离开的口风,不禁心如刀绞。玻璃市的朋友们在于连外出期间来韦尔吉赴宴,没有一个不争先恐后地向她道贺,说她丈夫运气真好,发现了这样一个稀世奇才。其实,他们并不了解孩子们的进步。一个人会背《圣经》,而且是背拉丁文,这就已经使玻璃市的市民佩服得五体投地,百年不衰了。

于连不和人来往,对这一切都不知道。如果德·雷纳夫人稍微清醒一点,她就应该向他祝贺他所取得的名声,而于连在自豪感得到满足之后,本来也会对她温存体贴的,尤其是因为她的连衣裙增加了她的魅力。德·雷纳夫人对她的新裙子很满意,一听到于连的赞美更满意,于是要去花园里转一个圈子。没走多久，她就承认自己走不动了。她挽住于连的胳臂，但不挽则已，一挽不但没有给她鼓励，反而使她泄气了。

夜已降临。他们刚刚坐下，于连就趁着夜色，滥用他怀旧的特权，大胆用嘴唇吻他邻座美丽的胳膊，并且握住她的手。他想到的是富凯如何大胆吻他的情妇，而不是德·雷纳夫人；他还念念不忘"出身高贵"这句话呢。多情人紧紧握住他的手，这也不能给他带来快乐。对德·雷纳夫人这天晚上公然流露的深情，他非但不引以为荣，甚至连起码的感激也没有，美丽、高雅、娇艳，几乎都不能触动他的心弦。心灵纯洁，无忧无怨，当然会使一个人青春常在，而美人要老，总是容颜先衰。

于连整个晚上都不高兴。以前，他只怪社会不公平，自从富凯对他谈起，用低三下四的手段可以过上舒服的日子，他就开始怪自己了。于连心里自怨自艾，虽然有时也对两位夫人说上三言两语，结果却不知不觉地放开了德·雷纳夫人的手。这一下又使这个可怜的女人心慌意乱，她看到了不祥的预兆。

假如她能肯定于连对她有情，那么她的贞操观念也许还有力量抵制他。但一想到会永远失掉他，她就浑身哆嗦，六神无主，甚至伸出手去，抓住于连心不在焉地放在椅子背上的手。这一下就唤醒了年轻人的野心，他多么希望那些高傲的贵族老爷能来亲眼目睹，看他们还敢不敢神气活现，微笑地瞧着和孩子们坐在餐桌末席的家庭教师。"这个女人不敢再瞧我不起了，在这种情况下，"他心里想，"我应该表示对她的美貌不是无动于衷的；我义不容辞地要做她的情夫。"在他的朋友富凯对他推心置腹、开怀畅谈之前，这个念头是不会来到他心上的。

他刚刚突然做出的决定使他自得其乐。他心里想："这两个女人，我一定要得到一个。"他发现他更喜欢追求德维尔夫人。并不是因为她更可爱，而是因为她一直把他看做一个有学问、受尊敬的家庭教师，而在德·雷纳夫人眼里，她恐怕忘不了他是个夹着粗呢上衣的木工。

他哪里想得到，偏偏是这个羞得眼睛发红，站在门口不敢按铃的年轻工人，使德·雷纳夫人想起来觉得特别可爱。这个女人，当地的大老板都说她高人一等，其实，她很少想到等级地位，只要她心里肯定一个人性格好，就不在乎等级地位能给他带来什么前途。一个表现得勇敢的车夫，在她看来，比一个留小胡子，叼着烟斗，神气活现的骑兵上尉还更英雄。她认为于连的心灵比她的堂表兄弟都更高尚，虽然他们都是名门望族，好几个人还封了官。

于连回顾了一下自己的情况，看出他不应该妄想征服德维尔夫人，因为十之八九，她已经看出德·雷纳夫人对他表示的好感。因此，还是不得已而求其次吧："关于这个女人的性格，我又了解多少呢？"于连扪心自问，"只有这一点：在我上山之前，我抓住她的手，她把手缩回去；今天我缩回了手，她却抓住不放。这是一报还一报的好机会，谁叫她以前瞧不起我呢！天晓得她有过多少个情人！她选上了我，说不定只是因为见面方便啊。"

唉！文明反被文明误！一个二十岁的青年，如果受了一点文明教育，他的心灵离开自然就有十万八千里了，而不自然的爱情却只不过是最讨厌的任务。

"把这个女人搞到手，"于连的虚荣心说话了，"是我义不容辞的事，因为如果我发了财，有人笑我当过家庭教师这个低级差事的话，我就可以冠冕堂皇地说：我是为了爱情才教书的。"

于连又把手抽出来，然后再抓住德·雷纳夫人的手，并且紧紧捏住不放。等到他们半夜回客厅的时候，德·雷纳夫人轻轻地问他：

"你要离开我们，你要走吗？"

于连叹了一口气答道：

"我不得不走了，因为我非常爱你。这是一个错误……对一个年轻的教士来说，这是多么大的错误啊！"

德·雷纳夫人忘乎所以地靠在他胳臂上，她的脸都感到了于连脸上的热气。

这一夜对他们两个人来说，是大不相同的。德·雷纳夫人心情激动，如醉如痴，仿佛神游九天之上。一个风流的少女过早坠入情网，难免不尝到爱情的苦恼。等她到了真正懂得爱情的年龄，爱情又失去了新鲜感。德·雷纳夫人却不同，她从来没有读过小说，因此，爱情的酸甜苦辣，对她来说都是新鲜的。没有冷酷的现实，甚至没有未来的暗影，会使她感到胆战心寒。她看到自己十年之后，还和现在一样幸福。对德·雷纳先生发誓要忠贞不贰的念头，几天以前还使她心潮起伏，现在却吹不皱她心头的春水，因为一波乍起，风就停了①，好像一个不受欢迎的客人，一出现就给打发走了一样。"我不会答应于连非分的要求，"德·雷纳夫人心里想，"我们一个月来怎样生活，将来还是怎样生活。他永远是一个朋友。"

第十四章　英国剪子

十六岁的少女美得像
玫瑰，她却要搽胭脂。

————波利多里②

而于连呢，富凯好心的建议没有好结果，反而扰乱了他的幸福，使他拿不定主意。

"唉！也许我的个性不强。要是在拿破仑手下，我恐怕不是个好兵。不过，"他的话又说回来了，"跟我家主妇要耍小滑头，倒也能乐上一阵子。"

幸亏在这件末流的小事上，他口里说的很轻浮，但内心深处想的却是另外一码事。德·雷纳夫人的连衣裙太漂亮了，吓得他不敢冒进。这件连衣裙在他心目中就是巴黎的前哨。他的自尊心使他不敢铤而走险，或者凭一时的冲动胡作非为。根据富凯絮絮叨叨的体己话，还有他在《圣经》上读到的关于爱情的星星点点，他定了一个非常详细的进攻计划。虽然他不肯承认，其实，他是很紧张的，所以他把计划写了下来。

第二天早上，德·雷纳夫人有一点时间单独和他在客厅里。

"你除了于连，没有别的名字吗？"她问道。

对这句恭维的问话，我们的英雄不知道如何回答是好。这个情况是在他的作战计划预料之外的。假如没有定计划这件傻事，于连的才智敏捷，本来是会临机应变，脱口回答的。

他只有一分笨，现在却显得十分笨拙。好在德·雷纳夫人并不见怪。她

---

① 形象是译者杜撰的。
② 波利多里是英国诗人拜伦的私人秘书，司汤达是1816年10月在米兰认识他的。

反把这当做是忠厚老实的表现。在她看来,这个才华横溢的年轻人所缺少的,恰恰就是忠厚的神气。

"你那个年轻的家庭教师真叫我不放心,"德维尔夫人有时对她说,"我觉得他时时刻刻都在动脑子,做什么事都有心眼。这是一个城府很深的人。"

于连因为不知如何回答德·雷纳夫人,感到很难为情。

"一个像我这样的男子汉,一定要挽回这个丢了的面子!"趁大家走出走进房间的时机,他认为义不容辞的是,一定要吻一吻德·雷纳夫人。

没有什么比这一吻更勉强,更不愉快,更不慎重的了。对他们两个人说来,都是一样。他们差一点给人碰见。德·雷纳夫人以为他疯了。她又害怕,又恼火。这种冒失的勾当使她想起了瓦尔诺先生。

"他会干出什么事来呢?"她心里想,"要是我和他单独在一起的话。"爱情一吓走,贞操观念又回到她心上。

她安排好,总有一个孩子留在她身边。

白天使于连觉得烦闷,他整天在勉强自己执行勾引的计划。他每看德·雷纳夫人一眼,人家都看得出他打的是什么主意。当然他还不那么傻,看不出自己并不讨人喜欢,更休想引人上钩。

德·雷纳夫人惊魂未定,不明白他怎么这样笨拙,却又这样大胆。"大约有才气的人恋爱都是这样畏首畏尾的吧!"想到这里,她感到说不出的高兴,"难道他从来没有得到过我情敌的爱!"

午餐后,德·雷纳夫人回到客厅里,招待来访的布雷专区区长夏尔科·德·莫吉隆先生。同时,她在一个非常高级的小绷架上干刺绣活。德维尔夫人坐在她旁边。就在这种情况之下,而且是在大白天,我们的英雄居然认为不妨把他的靴子伸过去,踩一踩德·雷纳夫人好看的脚,她脚上穿着巴黎来的漂亮鞋子和玲珑剔透的袜子,显然已经吸住了风流区长的目光。

德·雷纳夫人吓坏了。她只好让她的剪刀、绒线团、刺绣针,都掉到地上去,使人家看起来好像是于连怕剪刀伤了她,却笨手笨脚地踩了她的鞋子。恰巧这把英国的钢制剪刀跌断了,于是德·雷纳夫人不断地埋怨,可惜于连坐得远了一点。

"你的眼睛倒快,不等剪刀落地就看见了。不过你的好心非但成事不足,反倒败事有余,重重地踩了我一脚。"

这番话瞒得了区长，却瞒不过德维尔夫人。"这个漂亮的小伙子笨头笨脑，真不懂规矩！"她想，"要是在省城，这样乱来是得不到原谅的。"德·雷纳夫人有机会就对于连说：

"你要谨慎，这是命令。"

于连看到自己笨手笨脚，心里有气。他一个人考虑了好久，是不是应该反抗"命令"这两个字。他糊里糊涂地想到："如果是谈孩子们的教育，她可以说'这是命令'；但谈到对我的爱情，那她和我是平等的。要不平等，还谈得上什么爱情呢！……"他的思想一钻进"平等"这个牛角尖，就再也出不来。他愤愤不平地背诵德维尔夫人几天前教他读的、据说是高乃依①的诗句：

……爱情
使人平等，但不强求平等。

于连一生还没有过情妇，却一心要扮演情夫的角色，整个白天，他看起来都蠢得要命。他只有一点自知之明：对他自己、对德·雷纳夫人都腻味了，他怕夜晚来到，又要坐到花园里去，在黑暗中坐到她的身边。他对德·雷纳先生说：他要去玻璃市看神甫，吃了晚餐就走，直到夜深才能回来。

他到玻璃市找谢朗先生，神甫正忙着搬家，他到底给免了职，接替他的是马斯隆神甫。于连帮老实的谢朗神甫搬了家，想到给富凯写封信，说他本来认为从事宗教事业是不可违抗的天职，所以开头没有接受他好心好意的建议，但是他刚刚亲眼目睹了一个这样不公平的事例，使他觉得不加入教会团体，也许对他的灵魂得救，反而更加有利。

于连对自己的小聪明沾沾自喜，因为他能从玻璃市神甫免职的事件中汲取教训，给自己留下一条退路，如果他的英雄主义不能得逞，他也可以稳稳当当地回过头来做生意。

---

① 高乃依（1606—1684），法国悲剧作家，这两行诗并不是他，而是罗特鲁（1609—1650）写的。

第十五章　鸡鸣

天下的爱情都一样，
最后总要产生死亡，
死前是啮心的悲伤，
血泪恩仇，悔恨沮丧。

——《爱的纹章》

于连往往自作聪明，如果他真有几分聪明的话，那从玻璃市回来的第二天，他就应该对这次外出产生的效果，感到扬扬得意了。因为他一走就使人忘记了他的笨拙。但是这一天，他却还是闷闷不乐。到了晚上，他忽然起了一个荒唐的念头，并且异常大胆地告诉了德·雷纳夫人。

刚在花园里坐下，也不等天全黑，于连就不怕败坏德·雷纳夫人的名声，把嘴对住她的耳朵说：

"夫人，今夜两点钟，我要到你房里去，有事要告诉你。"

于连浑身哆嗦，生怕她会接受他的要求。勾引女人的任务沉重地压在他心上，要是按照他的习惯，他会把自己在房间里关上几天，再也不见这两位夫人的。他心里明白：他头一天处心积虑的表现，已经把以前得到的好印象破坏得一塌糊涂，恐怕求哪一位天使也帮不了他的忙。

德·雷纳夫人在回答于连胆敢提出的无礼要求时，的确非常生气，一点也不过分。他认为从她短短的答话里，看得出她瞧不起他。他肯定在她低声的回答中，他听见了一个"呸"字。借口有话要对孩子们说，于连到他们房里去了，回来以后，他故意坐在德维尔夫人旁边，离德·雷纳夫人远远的。这样，他就免得去握她的手了。谈话是一本正经的，于连应付自如，只是在他想心事的时候，偶尔也出现了冷场。"为什么我想不出一个好办法，"他暗中想，"逼得德·雷纳夫人向我表示亲热？三天之前，她不是明明白白地使我相信她是我的了吗！"

于连把事搞得一团糟，几乎到了绝望的地步，觉得心慌意乱。其实，如果事情进行顺利,他更会不知所措了。

等到大家夜半分开以后,于连非常悲观,认为德维尔夫人瞧不起他,德·雷纳夫人对他也不会好。

于连心情很坏,觉得十分丢脸,怎么也睡不着。不过无论如何,他也不肯放弃计划,不再冒充好汉,只和德·雷纳夫人过一天算一天,像个孩子一样满足于日常生活的幸福。

他伤透了脑筋,想出了一些巧妙的办法,但过了一会儿,他又觉得这些办法荒乎其唐,总而言之,他非常痛苦,那时,他听见城堡的钟敲两点了。

钟声提醒了他,正如鸡鸣提醒了圣彼得①一样。他发现自己处在最痛苦的时刻。他想也不想他提出的要求是多么无礼;他只想到:他的要求遭到了无礼的拒绝!

"我对她说过两点钟要到她房里去,"他爬起来自言自语,"我可能没有经验,一个乡巴佬的儿子是粗鲁的,德维尔夫人已经说得相当清楚了,不过,起码我要说到做到。"

于连有理由为自己的勇气感到得意,他从来没有勉强过自己去做一件这样困难的事。但一打开房门,他就浑身哆嗦,腿也站不稳了,不得不靠到墙上。

他没有穿鞋子。他先走到德·雷纳先生房门口听听,只听到一片鼾声。他反倒不高兴了。因为他没有了借口,可以不到她房里去。但是,天哪!他去干什么呢?他心中茫然无数,假如他有打算的话,他感到如此心慌意乱,恐怕也不能照他打算的去做了。

他觉得简直比死还要痛苦百倍,到底走上了通到德·雷纳夫人卧房的过道。他用颤抖的手打开了房门,开门的响声大得吓人。

房里有灯光,壁炉下面点着一盏长明灯,他没料到要出洋相。一见他走进来,德·雷纳夫人赶快跳下床。"该死的!"她叫了起来,有一点乱了套。于连忘了他白天定的计划,又按照自己的天性行动了:一个这样可爱的女人,要不讨她欢喜,那真是罪大恶极!他不回答她的斥责,只是跪在她的脚前,抱住她的膝头。她说的话非常严厉,说得他流下了眼泪。

---

① 圣彼得是耶稣的门徒。耶稣曾经预言:鸡鸣之前,彼得会三次不认他。

几个小时以后，于连从德·雷纳夫人房里出来时，我们可以用小说中的俗话来说，他已经心满意足，另无他求了。其实，这一次胜利是由于他诱发了真正的爱情，还有她那令人神魂颠倒的魅力，对他产生了意想不到的影响，而不是他弄巧成拙的结果。

然而，即使在最温柔甜蜜的时刻，他也成了虚荣心的牺牲品，想要扮演一个惯于征服女人的角色；他令人难以置信地千方百计把自己的优点变成缺点。他没有全神贯注于男欢女爱所产生的销魂时刻，也不注意悔恨内疚可以掀起新的高潮，恰恰相反，在他眼前不断出现的，只是要完成"任务"的念头。他自己画地为牢，为自己树立了一个理想的榜样，不敢越雷池一步，以免永远受人嘲笑，后悔莫及。总而言之，于连要出人头地，反而享受不到常人的幸福。他好比一个天生娇艳的妙龄少女，为了参加舞会，却糊涂得去搽胭脂。

于连一来，德·雷纳夫人先是吓得要命，接着就惊恐万状。于连一伤心落泪，更使她心乱如麻。

即使她不再有什么可以拒绝于连的，她也带着一丝不假的愤怒把他推开，但是接着又投入他的怀抱。她这样做一点也不是精心策划的。她相信自己没有挽救的余地了，率性闭上眼睛不看地狱，并且如醉如痴地抚摸着连。总而言之，我们英雄的幸福简直是完美无缺了，如果他会享受的话，在他刚征服的女人身上，甚至还可以尝到火般的热情。于连走后，她一方面依然心醉神迷，不能自拔，另一方面却又悔恨交加，在作心碎肠断的斗争。

"天呀！幸福，爱情，难道不过如此？"这是于连回房后想到的头一个问题。他处在久旱逢甘雨的惊喜不知所措的状态中。他的心灵习惯于追求，现在追求的到了手，没有新的追求，而旧的追求又还没有变成回忆，内心反倒觉得空空如也。就像一个刚受检阅回来的士兵，于连认真细致地回顾了自己的一举一动。"我尽我的本分，是不是无懈可击呢？我的角色演得怎么样呀？"

什么角色？一个引男人注目、令女人倾心的角色。

第十六章　第二天

> 他用嘴唇吻她嘴唇，
> 用手整理她的乱发。
>
> ——《唐璜》第一章一七〇节

幸运的是，德·雷纳夫人惊喜交加，激动过度，而于连又光彩夺目，一转眼间，就占领了她的全部世界，使她看不出他的荒唐。

她看见天快亮了，就催他走：

"啊！天呀，"她说，"如果我的丈夫听见声响，我就完了。"

于连却从容不迫地斟酌字句，他想起了一句话：

"你贪生怕死吗？"

"啊！我现在非常贪生怕死，但我并不后悔认识了你。"

于连认为要在光天化日之下，大摇大摆地走回去，才算尽了男子汉大丈夫的本分。

他继续不断地专心研究自己的一举一动，想要扮演一个情场老手，这个荒谬的念头只有一个好处：他吃早餐再见到德·雷纳夫人的时候，他的举止简直无懈可击，不露一点马脚。

而她呢，她却一看到他，脸就涨得通红，一直红到眼角，而要一分钟不看他，她又活不下去。她也发现自己心慌意乱，想要尽力掩饰，反倒欲盖弥彰。于连只抬起头来，看过她一眼。起初，德·雷纳夫人很佩服他能不动声色。后来，见他只看了这一眼，再也没有重复一次，她又感到恐慌："难道他不再爱我了？"她心里想，"唉！对他来说，我是太老了一点，我比他要大十岁呢。"

从餐厅到花园去的时候，她握住于连的手。她这样露骨地表示情感是异乎寻常的，使于连觉得意外，他也热情洋溢地看了她一眼。因为他觉得她吃午餐时非常漂亮，虽然他表面上低着头，其实他的时间全都花来分析她眉目含情的媚态。他这一眼给德·雷纳夫人带来了安慰，虽然她还没有完全放心，但却几乎完全忘了她对丈夫感到的内疚。

吃午餐时,丈夫什么也没发觉,但什么也瞒不过德维尔夫人的眼睛。她看得出德·雷纳夫人已经到了悬崖边上。她们的交情使她说话大胆而尖锐,整个白天,她毫不容情,含沙射影地用最可怕的字眼,描绘了她表姐面临的危险。

德·雷纳夫人心急如焚,要和于连单独谈心,问他是不是还爱她。虽然她的性格一贯温柔,但有好几次,她实在不耐烦,几乎要当面说她的表妹太讨厌了。

到了晚上,在花园里,德维尔夫人又精心安排,坐在德·雷纳夫人和于连中间。而德·雷纳夫人本来打算重温旧梦,握住于连的手,把它送到嘴唇下面,现在却连一句知心话也说不成了。

这种不顺心的安排使她更加烦躁不安。她心中悔恨交加。她后悔头天夜里于连到她房里来时,她不该正颜厉色地斥责他的轻举妄动,她深深害怕他今夜吓得不敢来了。她早早便离开了花园,回到自己房里。但在房里等得不耐烦,她又走到于连房门口,把耳朵贴在门上听。虽然她受到疑虑和情欲的折磨,但还是不敢进门去。在她看来,这是最不要脸的行为,会背上外省最可怕的罪名。

仆人并不是全都去睡了。谨慎还是上策,她到底不得不回房里去。两个小时的等待,简直是受两百年的罪。

但是于连非常忠于自己所谓的本分,他会一丝不苟地执行自己规定的事。

一点钟刚响过,他就悄悄地溜出房来,看看市长府的主人是不是睡着了,然后再走进德·雷纳夫人的房间。这一夜,他翻云覆雨的时候,才尝到了更多的恩爱,因为他不再念念不忘他在扮演什么角色。他的耳目可以欣赏声色之乐了。德·雷纳夫人谈到她的年龄,也使他放了一点心。

"唉!我比你大十岁!你怎么可能爱我?"她没有心机,翻来覆去地说,因为这个念头一直压在她的心上。

于连想不出这是什么痛苦,但他看得出她的确是痛苦的,并使他几乎忘了自己怕闹笑话的担心。

他原来认为自己出身微贱,会被当做一个低人一等的情人,现在这个糊涂的观念也烟消云散了。于连的销魂神态渐渐使他的情妇放了心,她也重新尝到了一点爱情的甜头，并且恢复了判断情人的能力。幸亏这一夜，他几乎没有显出那股矫揉造作的神气，不像头天晚上那样使幽会变成了一个胜仗，但是毫无乐趣可言。要是她早就看出他在专心致志地扮演一个角色，那么，这个坏事的发现就会永远断送她的幸福。她还会把这个不幸看成是年龄相差悬殊造成的恶果。

虽然德·雷纳夫人从来没有想到过爱情的大道理，但在外省不谈爱情则已，一谈就要拿贫富悬殊，或是年龄悬殊来开玩笑。

不消几天，于连也像他的同龄人一样狂热，爱得神魂颠倒了。

"应该承认，"他心里想，"她的心好得像个天使，凡人哪有这么美的呢！"

他几乎完全忘记了要扮演一个角色的念头。在他放松自己的时刻，他甚至把自己担心的事也都告诉了她。这种体己话一石激起千重浪，把她的爱情推到了高峰。"这样说来，并没有什么更走运的情敌了！"德·雷纳夫人心花怒放地想着。她甚至大胆问起他如此关心的那张画像。于连向她发誓，说画的是一个男人。

等到德·雷纳夫人冷静下来后，她简直惊讶得不敢相信：世上哪有这等幸福的事。她连猜都不敢猜想。

"啊！"她自言自语，"要是我在十年前还算漂亮的时候认识了于连，那就好了！"

于连做梦也猜不到她的心事。他爱的不过是实现自己的奢望：他的爱情只是占有后的欢乐，他这样一个给人瞧不起的穷小子、可怜虫，居然占有了她这样高贵、这样美丽的一个女人。他一见到她的美色就心荡神驰，顶礼膜拜，这才使她放下心来，不再担心年龄的差距。如果她像她的同龄人一样懂得一点文明社会的人情世故，知道爱情的基础只不过是好奇和虚荣，那她就会为不能维持天长地久的爱情而胆战心惊了。

有时于连忘了自己的雄心壮志，心醉神迷地欣赏德·雷纳夫人的帽子、裙子。他闻她的衣香，老嫌闻得不够。他打开她的镜橱，目迷五色，一站就是几个小时。他的情人靠在他身上，瞧着他；他却瞧着这些衣饰珠宝，好像在瞧结婚花篮中的礼品。

"我本来可以嫁一个这样的男人！"德·雷纳夫人有时这样想，"多么火热的心！和他过的会是多么快乐的生活！"

对于连来说,他还从来没有这样亲近过女人以柔克刚的进攻武器。"即使在巴黎,"他心里想,"恐怕也不会有比这更美的东西了!"于是他沉醉在幸福中,失去了抵抗力。情妇对他真心实意的爱慕,心荡神驰的欢乐,使他常常忘了他的空头理论,而在他们开始私通的时候,这套理论却使他变得非常拘谨,甚至可笑,虽然他习惯于口是心非,但有时候还是难免温情脉脉地向这位爱慕他的贵夫人承认,他对人情世故一窍不通。他情妇的地位似乎也使他超越了自我。德·雷纳夫人呢,她也觉得把一大堆繁文缛节,告诉这个才华横溢、人人认为前程远大的青年,是精神上最甜蜜的享受。甚至连专区区长和瓦尔诺先生也不得不夸奖他,在这一点上,他们似乎并不那么蠢了。至于德维尔夫人,她表达的感情却又大不相同。对她认为猜到了的事,她感到灰心失望,看到她的忠言逆耳,反而惹起一个冲昏了头脑的女人厌恶,她没有说明理由,也没有人问她原因,就离开了韦尔吉。德·雷纳夫人流了几滴眼泪,但人一走,她反倒更快活。她几乎可以整天和情人形影不离了。

　　于连也更喜欢和他的情侣做伴,尤其是因为孤独的时间一长,富凯那个该死的建议还会使他动心。在这种新生活的头几天,一个从来没有爱过,也没有被爱过的人,有时会发现真情实意反能带来微妙的乐趣,他几乎要向德·雷纳夫人吐露他隐藏在灵魂深处的雄心壮志。他想问她对富凯建议的看法,如何对付这莫名其妙的引诱,但是一件小事使他没有泄露真情。

第十七章　第一副市长

> 唉,情人的青春多像
> 阴晴不定的四月天;
> 刚出现灿烂的阳光,
> 立刻来了乌云一片!
>
> ——《维洛那二绅士》[①]

[①] 莎士比亚的喜剧。引诗原是英文。

一天晚上，夕阳西下的时候，他和他的情人并肩坐在果园深处，远离了喧嚣的尘世，他陷入了沉思冥想。"这样甜蜜的时光，"他心里说，"能维持天长地久吗？"他一心一意想到就业的困难和必要；他惋惜他不得不进入人世，这种不幸结束了一个穷人的童年，又使他青春岁月的初期显得暗淡无光。

"啊！"他叫了起来，"拿破仑的确是上帝派下凡来拯救法兰西青年的救星！将来谁能代替他呢？没有他，即使比我有钱的可怜人又能怎么办？他们虽然有几个金币，可以受良好的教育，但是到了二十岁没有钱买马服兵役，他们能干出一番事业来吗！不管怎么样，"他叹了一口气，又接着说，"一想到这倒霉的前途，叫人怎么高兴得起来！"

他忽然间发现德·雷纳夫人皱起了眉头，她的神气显得冷淡，瞧不起人。在她看来，只有一个仆人才会有这种想法。她从小娇生惯养，听惯了别人曲意奉承，说她生长在富贵人家，她认为于连理所当然，也该和她一样。因为她爱于连胜过爱自己的生命，即使他忘恩负义，她也会照样爱他，并不把钱放在心上。

于连怎么也猜不到她的想法。她一皱眉才使他回到了现实世界。不过他心灵嘴巧，立刻改口，对同坐在草坪长凳上的贵妇人说，他刚才说的，只是重复他的朋友木材商人说过的话。他的朋友是不信教的。

"那好！以后不要再和这种人来往了。"德·雷纳夫人说，神气还有一点冷冰冰的，而在这突变之前，她是多么温存体贴，和蔼可亲啊。

这眉头一皱，或者不如说，于连对自己的冒失感到的后悔，是他的非分之想遭到的头一次失败。他心里说："她善良而温柔，对我的感情也强烈，可惜她生长在敌人的阵营里。他们一定特别害怕我们这个阶级有胆识的人，我们受了良好的教育，却没有钱去干一番大事业。这些贵族老爷，要是和我们拿一样的武器见个高低，那胜利会在哪一边呢！就说我吧，假如我当上了玻璃市市长，以好心善意，忠诚老实而论，我绝不比德·雷纳先生差，但我会把马斯隆神甫、瓦尔诺所长，还有那班坏蛋全都扫地出门！会使公道在玻璃市取得胜利！他们有什么本领和我作对吗？我会叫他们碰得头破血流，没完没了！"

这一天，于连的幸福几乎没个完。但是我们的英雄缺乏真诚。进行战斗一定要有勇气，而且"说干就干"。于连的话使德·雷纳夫人吃了一惊，因为她那个圈子里的人翻来覆去地说，下层社会的年轻人一受教育，罗伯斯庇尔就有可能重新出现。德·雷纳夫人冷淡的神气延长了很久，于连也看得出。因为他说的话使她反感，而她又怕自己转弯抹角说的话会使他觉得不中听。这种为难的感觉明显地流露在她脸上，而当她心情舒畅、无忧无虑的时候，看起来是多么天真纯洁。

于连不敢再随意乱想。他越冷静，就越薄情，觉得到德·雷纳夫人房里去不妥当。最好是要她到他房里来，万一仆人撞见，随便找个理由也就遮掩过去了。

不过这种安排也有不方便的地方。于连从富凯那里得到的一些禁书，是一个神学生不敢公然在书店里购买的。他只敢在夜里偷偷地读。因此，他总不乐意夜里有人来打搅，而在果园风波的前一夜，为了等她，他却没法安心读书。

多亏了德·雷纳夫人，他才真正看懂了这些书。他大胆向她问了一大堆小问题，要是不懂这些小事，一个出身寒微的年轻人，不管人家以为他的天分多高，智力也难得到发展。

于连真是有福，他从一个极端无知的女人那里，居然得到了真情实意的教育。他直接看到了今天社会的真面目。他的心灵没有受到过去记载的蒙蔽，不管是比伏尔泰早两千年，或者是只比路易十五①早六十年的记载。他感到说不出的高兴，因为遮住他眼睛的面纱揭开了，他到底明白了玻璃市发生的事。

首先暴露在他眼前的，是两年来在贝藏松接近省长的人精心策划的一个非常复杂的阴谋。阴谋得到巴黎要人来信的支持。问题是要本地最信教的德·穆瓦罗先生当上玻璃市的第一副市长，而不是第二副市长。

他的竞争对手是一个非常有钱的企业家，所以一定要千方百计，把对手压到第二副市长的位置上去。

于连总算搞明白了德·雷纳先生宴请贵宾时，他无意中听到的含糊其辞的说法，到底是什么意思。这些特权阶层的人物非常关心第一副市长的人选，而市里的普通老百姓，尤其是自由党人，却还蒙在鼓里。问题所以重要，正

---

① 路易十五（1710—1774），法国国王。

如大家所知道的，玻璃市的大街要往路东扩展九尺多，因为这条大街要修建成王家大道。

而德·穆瓦罗先生有三座房屋需要东移，如果他能先当上第一副市长，等到德·雷纳先生当选众议员时，他又可以荣升市长，那时，他对拆迁房屋的事，就会闭上眼睛不过问，让人家把突出在王家大道上的房屋，稍微做一点不露形迹的修理，这样一来，房子就过一百年也不必拆迁了。虽然德·穆瓦罗先生信教虔诚，为人正直，无人不知，但是大家相信他会"大开方便之门"，因为他的孩子很多。而在应该东移的房屋中，有九座是玻璃市的头面人物的。

于连从富凯送他的书里，头一回知道了丰特努瓦战役的故事，但是在他看来，这个阴谋却比那次战役还更重要。五年来，从他晚上到神甫家去学习开始，就有些事是于连百思不得其解的。但谦虚谨慎的精神，是一个神学生最大的美德，因此，他一直不敢提出他的怀疑。

一天，德·雷纳夫人吩咐她丈夫的跟班，就是于连的那个对头，去办一件事。

"对不起，夫人，今天是这个月最后的星期五。"跟班回答时露出了玄妙莫测的神气。

"那你去吧。"德·雷纳夫人说。

"怎么搞的！"于连说，"他要到干草库去了。仓库本来不是教堂吗？近来又在里面做礼拜。今天不是礼拜天，他去干什么呢？真是古怪，我简直不明白。"

"他去参加一个有益于世道人心，但又非常奇特的团体。"德·雷纳夫人答道，"妇女不许入会。我只知道一点，会员都用'你'字称呼对方，而不用客套话'您'。比方说，这个仆人在会场上见到瓦尔诺所长，虽然所长既骄傲又愚蠢，但是和我们的仆人圣让谈起话来，还是不分高低贵贱，彼此都用'你'字。如果你一定要知道开会的详细情况，我可以去向德·莫吉隆先生或者瓦尔诺先生打听。我们替每个男仆交二十法郎，就是怕九三年的恐怖行动会重演，希望他们一旦得势，不会把我们送上断头台去。"

时间过得飞快。只要一想起他情妇迷人的姿色，于连就心荡神驰，忘了他不可告人的雄心大志。因为他们属于对立的两方，谈起话来不能据理力争，只能报喜不报忧,这倒不知不觉地增加了他的幸福感,也增加了她对他的影响。

太聪明的孩子在面前的时候,他们的谈话受到了限制,只能谈些冷淡的、合情合理的话,于连眼里闪烁着爱情的光辉,非常温顺地瞧着她,听她讲解人情世故。有时,她谈起一个巧妙的骗局,不管是谈修筑道路还是供应货物,他正听得出神,德·雷纳夫人却忽然一下心不在焉,不知道说到哪里去了。于连不得不埋怨她几句,她就忘乎所以,和对待自己的孩子一样,对他亲热起来。有些日子,她的确错把他当做自己可爱的孩子了。难道她不是没完没了地回答他天真的问题吗?他问到的简单问题,难道不是十五岁的富家子弟都知道的吗?但一转眼,她又对他佩服得五体投地。他的才能使她吃惊,她自以为一天比一天看得清楚,在这个年轻神甫身上,她看到了未来的伟大人物。她看到他会当上教皇,会当上黎塞留那样的宰相。

"我能活着看到你享受荣华富贵吗?"她对于连说,"伟人的位置正虚席等待着你呢!王国、宗教都需要伟人,大人先生每天都这样说。要是没有黎塞留来力挽狂澜,那就一切都要完了。"

第十八章 国王到玻璃市

难道你们要像没有
灵魂的平民,没有血的
肉体一样陈尸街头吗?

——圣克莱芒主教

9月3日,夜里十点钟,一个宪兵骑着快马,跑上了玻璃市的大街,惊醒了全城的居民。他来通报国王陛下将于下星期日御驾亲临的消息,而当天已经是星期二了。省长特准,也就是说,特别要求组织好仪仗队;要尽可能讲究排场。一个传令兵派到韦尔吉去。德·雷纳先生连夜赶了回来,他发现全城已经群情沸腾了。每个人都有自己的打算;没事可干的人也租了阳台,好看国王御驾光临。

谁来对仪仗队发号施令呢？德·雷纳先生一下就看出了，为了拆迁房主的利益，让德·穆瓦罗先生来主持其事，是多么重要。这样一来，他就可以顺理成章，当上第一副市长了。德·穆瓦罗先生的忠诚是无可非议的，并且是无人能比的，但是他从来没有骑过马。虽然他已经三十六岁，胆子却太小，既怕从马上摔下来，又怕闹笑话。

　　一早五点钟，市长就派人把他请了来。

　　"你看，先生，我要征求你的意见，就像你已经担任了众望所归的职务一样。在我们这个倒霉的城市里，手工业太发达了，自由党人成了百万富翁，他们也想掌握大权，他们还会利用一切手段来做争权的武器。我们不得不考虑国王的利益、王国的利益，尤其是我们神圣教会的利益。你看，先生，仪仗队应该交给谁来掌管呢？"

　　虽然德·穆瓦罗先生不敢骑马，怕得要命，但他到底还是硬着头皮，像个殉道者那样接受了这个光荣的任务。"我会让仪仗队的一举一动都合乎礼仪的。"他对市长说。其实，剩下来的时间只够仪仗队整顿军容，因为他们的制服只是七年前一位王族路过时才穿过一次。

　　到了七点钟，德·雷纳夫人带着于连和孩子们，也从韦尔吉回来了。她发现她的客厅里已经坐满了自由党人的太太，她们说是各党派应该联合欢迎，所以来求她在她丈夫面前说情，同意她们的丈夫加入仪仗队。有一个太太还说：要是她的丈夫落选，他会因为伤心而倾家荡产的。德·雷纳夫人很快把她们全都打发走了。她虽然忙得不可开交。

　　于连觉得意外，尤其不高兴的是，她没有告诉他为什么她这样心神不安，使他摸不着头脑。"我早就料到了，"他痛苦地自言自语，"她家有幸接待国王，爱情自然烟消云散。这场热闹使她晕头转向。一定要等到等级观念不再冲昏她的头脑，她才会再爱我的。"

　　奇怪的是，他反倒更爱她了。

　　市长府里到处都有装潢工。他等了很久，但找不到机会和她说一句话。最后他碰到她从他房里出来，拿着一套他的衣服。他们只两个人，他要和她说话。她却听也不听就跑开了。"我爱一个这样的女人，真是太蠢了。争名夺位已经使她和她丈夫一样入迷了。"

　　其实，这时她比她丈夫还更着迷。她有一个最大的心愿，但从来没对于连讲过，因为怕违背了他的意志，那就是希望看到他脱掉他那套阴沉沉的黑衣服，哪怕只脱一天也好。像她这样毫不做作的女人，居然耍出了这样高明的手腕，的确令人佩服，她先找德·穆瓦罗先生，后来又找专区区长德·莫吉隆先生，要他们挑选于连参加仪仗队，而不选五六个富商的子弟，虽然他们中间至少有两个是非常虔诚的教徒。瓦尔诺先生打算把他的敞篷马车借给全城最漂亮的美人，好让他的诺曼底骏马出出风头，他还答应借匹马给于连，虽然心里恨透了他。不过仪仗队员都有自己的、或是借来的漂漂亮亮的天蓝色制服，还有两个上校佩戴的银肩章，都是七年前曾经招摇过市、轰动一时的。德·雷纳夫人要做一套新制服，虽然只剩四天时间，她还是派人去贝藏松做好了仪仗队需要的衣帽武器。有趣的是，她不愿在玻璃市为于连置装，以免泄露天机。她要于连和全城都大出意外。

组织仪仗队和鼓舞人心的工作一结束，市长又忙着安排一次盛大的宗教仪式：国王不愿经过玻璃市而不去参拜有名的圣克莱芒的遗骨，遗骨存放在离城不到一法里远的布雷一勒奥。官方希望参加仪式的教士多一些，这一下可难办了。新上任的本堂神甫马斯隆先生却无论如何也不肯让谢朗先生参加。德·雷纳先生说破了嘴也没有用。他说："德·拉莫尔侯爵先生的祖先曾任本省省长多年，这次他本人又被指定伴随国王的御驾。他认识谢朗神甫已经三十年了。一到玻璃市，他一定会问到神甫，要是他知道神甫撤了职，他会带了一大队随从去神甫住的小屋子。那不是给了我们一记耳光吗！"

"要是他参加仪式，"马斯隆神甫回嘴说，"那不是要我在这里丢脸，在贝藏松出丑吗！他是一个异端分子啊！我的天呀！"

"不管你怎么说，我亲爱的神甫，"德·雷纳先生答辩道，"我也不能让玻璃市政府冒险，受到德·拉莫尔先生的申斥呀！你还不了解他，他在朝中面面周到，但是到了外省，他却嬉笑怒骂，不给人留面子。他只顾自己开心，会让我们在自由党面前出丑的。"

经过三天的磋商，直到星期六夜里，马斯隆神甫的面子才对市长的担心让了步。市长甚至鼓起勇气来，给谢朗神甫写了一封甜言蜜语的信，说如果他的年龄和身体情况允许的话，请他来布雷一勒奥参加朝拜遗骨的仪式。谢朗先生答应来，还为于连要了一张请帖，来做他的助祭。

星期天一大早，成千的乡下人来自附近的山区，涌上了玻璃市的街头。

天气晴朗得再好不过。到了下午三点钟，人群终于沸腾起来了，远远望见离玻璃市两法里的一座悬崖上，点起了熊熊的烈火。这个信号宣布国王驾到本区。立刻钟声齐鸣，连珠炮响，古老的西班牙大炮表达了全城对这件大事的欢欣鼓舞。有一半人爬上了屋顶。女人都上了阳台。仪仗队出动了。大家对光彩夺目的制服赞不绝口，每个人都认出了一个亲戚朋友。大家都笑德·穆瓦罗先生胆小，他的手怕出事，随时准备抓住马鞍。但有一件引人注目的事使大家忘了一切，第九行的排头是一个非常漂亮的年轻骑士，身材细小，大家起先都不认识。不一会儿，有人发出了愤怒的喊声，有人惊讶得说不出话来，这说明群情已经激愤了。原来大家认出了这个小伙子，骑着瓦尔诺先生的诺曼底骏马，不是别人，却是木匠的儿子小索雷尔。于是立刻怨声载道，都冲着市长发出来了。自由党人尤其嚷得厉害。怎么！只因为这个神甫打扮的小工人是他家毛孩子的教师，他居然胆大妄为，把他选进了仪仗队，却把这位、那位有钱的少老板一脚踢开！"这些老板，"一个银行家的太太说，"真该好好教训这个粪堆里钻出来的、胆大包天的小奴才。""他很阴险，还有马刀，"她旁边的男人接嘴说，"要是给他在脸上砍一刀，那可糟了！"

　　上流社会的流言飞语更加危险。夫人们怀疑，这次处置失当是不是市长一个人的主意。说句公道话，市长对出身微贱的人，向来是瞧不起的。

　　在大家议论纷纷的时候，于连却成了最幸运的男子。他天生胆大，骑马的本领胜过了山城的多数青年。他从女人的眼里看得出：大家都在看他。

　　他的肩章也比别人的更亮，因为是全新的。他的马时不时后腿直立，使他乐不可支。

　　经过古城墙时，一声炮响惊得他的坐骑离开了队伍，使他觉得其乐无穷。真是侥幸，他没有从马上摔下来。从这时起，他觉得自己成了英雄。他成了拿破仑的副官，正在进攻炮兵阵地。

　　有一个女人比他还更快乐。起先，她在市政厅的格子窗后看见他经过；接着，她坐上了敞篷马车，飞也似的兜了一个大圈子，恰好赶上看见受惊的马离开行列，吓得她胆战心惊；最后，她的马车又飞速跑出了另外一道城门，在欢迎国王的大路上，赶上了仪仗队，跟在高贵的队伍后二十步远的滚滚黄尘中。市长荣幸地向陛下致欢迎辞，那时成千上万的乡下人都高声呼喊："国王万岁！"一小时后，国王听完了全部致辞，要进城了，那座小炮又发出了连珠炮声。不料接着却出了一件意外的事故,出事的不是经过莱比锡和蒙米莱战火考验的炮手,而是未来的第一副市长德·穆瓦罗先生。他的马稍微颠一下,就把他颠到大路上唯一的泥坑里去了,真是平地起风波,非把他从泥坑里拉出来不可,否则,国王的车驾不好通过。

国王陛下到了美丽的新教堂下车,这一天,教堂里挂满了深红色的帷幔。国王用了御膳,立刻上车去参拜有名的圣克莱芒的遗骨。国王刚到教堂时,于连就飞马跑回德·雷纳先生家。他叹口气,换下了美丽的天蓝色制服、马刀和肩章,重新穿上那套陈旧的黑色服装。他又骑上马,不消多久就到了小山顶上风景如画的布雷—勒奥修道院。"乡下人一狂热,就越来越多了。"于连心里想。在玻璃市挤得人动弹不了,到了这座古老的修道院,周围又有一万多人。革命时期破坏文物,半个修道院已经成了废墟,王政复辟以来重新大事修建,才恢复旧观,据说圣物又开始显灵了。于连找到了谢朗神甫。神甫狠狠地批评了他一通,才给了他一件黑道袍和一件宽袖的白法衣。他赶快换了装,就跟着谢朗先生去见阿格德的年轻主教。主教是德·拉莫尔侯爵的侄子,新近才上任的,由他主持国王参拜遗骨的仪式,但是却找不到这位主教。

神甫们都不耐烦了。他们在古修道院阴暗的哥特式回廊里,等候仪式的主持人。他们一共是二十四位神甫,代表了布雷—勒奥的教士会,在1789年以前,原来的教士会由二十四位议事司铎组成。神甫们觉得主教太年轻,他们惋惜了三刻钟之久,认为该由老教长先生进去禀告主教大人,说国王御驾要到了,应该准备上祭坛去。谢朗先生年龄最大,当然成了老教长。他虽然对于连不满意,但还是做了个手势,要他跟着去。于连穿了宽袖的白法衣,也很相称。不知道他用了什么化妆法,居然使漂亮的鬈发变直了,看起来更像个教士,不过,由于疏忽,在他黑道袍的褶边下,看得见仪仗队的马刺,这使谢朗先生更加生气。

他们到了主教的住所,几个穿了花边号衣的仆人,爱理不理地回答老神甫说:主教大人不见客。他想解释:作为尊贵的布雷—勒奥教士会的教长,他有权随时晋见司祭的主教,但仆从只是一笑了之。

仆从不讲道理,使天性高傲的于连非常生气。他跑遍了古修道院的宿舍,碰到一扇门就推一下。一扇很小的门给他用力一推就开了,他发现自己走进了一个修道士的小房间，四面站着主教大人的侍从，他们全身穿黑，颈上挂着念珠。侍从看见他急急忙忙的样子，以为是主教召唤他来的，就让他过去了。他再走了几步，又到了一个非常阴暗的哥特式大厅，墙上装了黑色橡木的护壁板；所有的弓形窗子，除了一个以外，全都用砖头堵死了。这些粗糙的砖头没有乔装打扮，和古色古香的护壁板一比，显得特别凄凉。这个勃艮第考古学家都知道的大厅，是大胆的查理公爵在1470年为赎罪而修建的，大厅的两侧有雕刻华丽的神职人员的祷告座。在祷告座上可以看到各色木头镶嵌而成的图画，画的是《启示录》中描绘的世界末日的恐怖景象。

大厅华丽之中带有几分阴郁，加上光秃秃的砖头和惨白的石灰，看来更有损于庄严，使于连不禁感慨系之。在大厅的另一头，在唯一的看得见光线的窗口下，有一架桃花心木框子的活动穿衣镜。一个年轻人身穿紫色长袍，外罩镶了花边的宽袖法衣，但是没戴帽子，站得离穿衣镜有三步远。这种新式的家具摆在这样古老的地方，未免显得奇怪，当然是从城里运来的。于连觉得这个年轻人有点不高兴的样子，他对着镜子，庄严地用右手做出祝福的动作。

"这是什么意思？"他心里想。"难道这个年轻的神甫是在为仪式做准备工作？他可能是主教的秘书吗？……他会不会像仆人一样无礼？……管他呢，有什么关系？等我试试看！"

他慢慢向前走，一直走到大厅的另一头，眼睛老是对着那唯一的窗口，看着那个年轻人继续不断地、缓慢地练习做祝福的姿势，不知道做了多少遍，但是一刻也不休息。

于连走得越近，越看得清他不高兴的神色。镶了花边的宽袖法衣十分堂皇富丽，使于连不由自主地在离穿衣镜几步远的地方就站住了。

"应该由我先开口。"他到底在心里做出了决定，但是大厅的华丽使他心情激动，而一想到对方说话可能粗暴无礼，他心里又不痛快了。

年轻人从穿衣镜里看见了他，转过头来，不高兴的神气忽然一下变成了最温和的口气：

"好啊，先生，到底修好了吗？"

于连不知道如何回答。等到年轻人转过身来，于连看到了他胸前挂的十字架，才知道他就是阿格德的主教。"这么年轻，"于连心里想，"顶多比我大七八岁！……"

他对自己脚上的马刺觉得难为情了。

"大人，"于连畏畏缩缩地答道，"我是教士会的教长谢朗先生派来的。"

"啊！我久闻他的大名了，"主教客客气气地回答，使于连感到心旷神怡。"不过我要请你原谅，先生，我把你错当成送帽子回来的人。帽子在巴黎没有包装好，顶上的银丝罩弄坏了。那可糟糕，"年轻的主教难过地说，"还要我老等呢！"

"大人，我去取主教冠吧，如果您允许的话。"

于连美丽的眼睛起作用了。

"去吧，先生，"主教亲切有礼地回答道，"我等着要帽子。让教士会的诸位先生等了这么久，我实在于心不安。"

于连走到大厅中央，回过头来，看见主教又在做祝福的动作。"这是为什么呢？"于连心里寻思，"大约是仪式需要的准备工作吧。"等他走进侍从室那个小房间，一眼就看到主教冠已经在他们手里。这些侍从一见于连不容分说的眼神，就不大情愿地把主教冠交给他了。

他感到送主教冠是一种光荣：穿过大厅的时候，他走得非常慢，手里恭恭敬敬地捧着帽子。他看见主教坐在穿衣镜前，右手虽然很累，还是时不时地做着祝福的动作。于连要帮他戴好主教冠。主教却摇了摇头。

"啊！不会掉下来的。"他满意地对于连说，"请你站开一点好吗？"

于是主教很快地走到大厅中央，然后又慢步向穿衣镜走去，他看起来又不高兴了，但还是认真地做着祝福的动作。

于连惊讶得一动也不动。他想搞个明白，但又不敢造次。这时主教站住了，没有一点架子地瞧着于连说：

"你看帽子戴得怎么样，先生，还合适吗？"

"非常合适，大人。"

"不嫌太靠后吗？那看起来会有点笨的，不过也不能戴得太前了，遮住了眉毛，那又会像军帽的。"

"我看戴得不前不后。"

"国王见惯了德高望重、庄严肃穆的神甫。我不愿意我的年龄给他一个不稳重的印象。"

主教又一面走，一面做起祝福的动作来。

"显然，"于连总算搞明白了，"他是在练习怎么祝福。"

过了一会儿，"我准备好了。"主教说，"去吧，先生，去通知教士会的教长和诸位先生吧。"

不久，谢朗先生后面跟着两位长老，从一扇雕刻华丽的大门走了进来，于连以前却没有发现这扇门。但是这一次论资排辈，他得站在大家后面，教士成群结队挤在门口，他只能从他们肩膀上才看得见主教。

主教慢慢地穿过大厅，等他走到门口时，神甫们正在排队。一阵忙乱之后，队伍开始行动了，口里唱着赞美诗。主教走在最后，左右是谢朗先生和一个年迈的神甫。于连作为谢朗教长的随从，一下就钻到了主教大人身边。大家顺着布雷—勒奥修道院的长廊往前走。虽然阳光灿烂，长廊却还是阴暗潮湿的。他们到底走到了内院门口。这样隆重的仪式，看得于连目瞪口呆，仰慕不已。主教这样年轻有为，唤醒了他的雄心壮志，主教这样和蔼可亲，这样彬彬有礼，又使他无所适从。"人越接近社会的最上层，"于连心里想，"风度就越高雅。"

大家从一道侧门走进了教堂。忽然一声巨响，震动了古老的拱形屋顶，于连以为屋顶要塌了。其实还是那门小炮，刚由八匹快马拉到，莱比锡的炮手大显威风，一分钟放五炮，仿佛还有普鲁士的大敌当前一样。

但这惊天动地的炮声对于连不再起作用了。他想到的不再是拿破仑和军人的光荣，而是："这么年轻，就当上了阿格德的主教！不过，阿格德在哪里？能有多少收入？恐怕有二三十万法郎吧？"

主教大人的侍从送来了堂皇富丽的华盖。谢朗先生举着华盖的一根竿子，事实上是于连帮他举着。主教站在华盖下面。他的确显得老成持重了，使我们的主角钦佩得无以复加。"只要眼明心巧，哪有做不到的事！"他心里想。

国王进来了。于连真是三生有幸，站得离他很近。主教对国王的颂词非常动听，但他没有忘记略带诚惶诚恐的神情，表示对陛下的敬畏。我们用不着翻来覆去地描写布雷—勒奥的仪式。半个月来，本省的报纸已经做了通栏的报导。于连从主教的颂词中才知道，国王是大胆查理的后人。

后来，于连核对这次仪式的账目。德·拉莫尔先生为他侄子谋到了主教的席位，慷慨地承担了全部费用。单是布雷—勒奥仪式的开销，就高达三千八百法郎。

在主教致辞、国王答辞之后,陛下站到华盖下面;然后,他非常虔诚地跪在祭坛前一个拜垫上。祭坛周围是神职人员祷告席,比地面高两个台阶。于连坐在谢朗先生脚下第二级台阶上,有点像罗马西斯廷教堂里替红衣主教拉长袍后裾的随从。这时唱起了赞美诗,升起了缭绕的香烟,响起了一片枪炮声。虔诚的乡下人欢天喜地,如醉如痴。这样的一天抵消了一百期雅各宾自由党的报纸。

于连离国王只有六步远,国王的确是全神贯注在祈祷中。于连头一次注意到一个身材矮小、目光犀利的人,穿了一套没有绣花的礼服。礼服虽然朴实无华,上面却佩了一条天蓝色的绶带。他离国王比其他贵人都近,虽然贵人们的礼服绣了金边,用于连的话来说,绣得连衣料都看不见了。他后来才知道,这个接近国王的人是德·拉莫尔侯爵。他觉得侯爵神气高傲,甚至是目中无人。

"侯爵不会像可爱的主教一样彬彬有礼。"他心里想,"啊!神职会使人温和而聪明。不过,国王是来参拜遗骨的,而我还没有见到遗骨。圣克莱芒在哪里呢?"

他旁边一个小教士告诉他,圣骨放在楼顶上的"烛光小祭殿"里。

"烛光小祭殿是什么?"于连心中寻思。

但他不愿问这个名词的意思。他更加全神贯注了。

在君王参拜圣骨时,根据礼节规定,并不需要司铎伴随主教。但阿格德的主教大人走向烛光小祭殿时,却招呼了一下谢朗神甫,于连也大胆跟着走了。

爬上了一道很长的楼梯,就看到了一扇很小的门,哥特式的门框上镀了金,显得灿烂辉煌。看起来这是前一天刚完工的。

门前跪着二十四个少女,都是玻璃市的大家闺秀。开门之前,主教也跪在这些漂亮的姑娘当中。在他高声祈祷的时候,她们对他美丽的花边、高雅的风度、年轻而温和的外貌,赞叹不已。此情此景使我们的主角所余无几的理智丧失得一干二净。在这一片刻,他简直可以为捍卫宗教、裁判异端,而真心实意地战斗。忽然一下小门开了。小祭殿里灯火辉煌。祭台上可以看到一千多支大蜡烛,分成八排,两排之间用一束束鲜花隔开。一阵阵纯净无比的香味,从圣殿门口扑鼻而来。新装饰得金碧辉煌的殿堂很小,但是很高。于连注意到,祭台上的蜡烛有的高过一丈五尺。年轻的姑娘忍不住发出了惊叹声。殿堂的小前厅只许二十四个少女、两位神甫和于连进去。

不久国王驾到,后面只跟了德·拉莫尔先生和侍从长。侍卫都跪在门外,持枪致敬。

国王陛下与其说是跪倒,不如说是扑倒在跪凳上。这时,全身紧靠镀金小门的于连,才从一个少女赤裸的胳膊下,看到了圣克莱芒引人注目的蜡像。蜡像放在祭台下面,身上穿了罗马战士的武装。他颈上有一道似乎还在流血的伤口。艺术家的本领不同凡响,使圣徒临终时半开半闭的眼睛,充满了悲天悯人的神色,半开半闭的嘴上新长出了短须,仿佛还在祈祷。一看到遗骸的蜡像,于连旁边的一个少女不禁热泪盈眶,一滴眼泪还掉在于连的手背上。

祈祷是庄严肃穆的,只听得见周围十法里以内的乡村小教堂传来的遥远钟声,祈祷之后,阿格德的主教请求国王准许他致辞。他结束他非常动人的简短致辞时,说了几句非常简单的话,但是效果肯定更好。

"千万不要忘记,年轻的女基督徒,你们看见过一位人世最伟大的君王,跪在令人敬畏的全能上帝的圣徒面前。这些圣徒在人世是弱者,受到迫害,受到残杀,正如你们从圣克莱芒的血迹未干的伤口所看到的那样,但是他们在天国却得到了胜利。年轻的女基督徒,你们会永远记住这一天,会厌恶不信宗教的人,是不是?你们会永远忠于如此伟大、如此威严、如此仁慈的上帝,是不是?"

说到这里,主教威严地站了起来。

"你们答应我吗?"他问时伸出了胳膊,仿佛圣灵附体一般。

"我们答应。"少女们泪如雨下地答道。

"用上帝令人敬畏的名义,我接受你们的诺言!"主教用雷鸣般响亮的声音又说了一句。仪式就结束了。

国王本人也流泪了。过了很久,等到于连冷静下来,才想到打听罗马给勃艮第公爵菲利普①送来的圣骨在什么地方。有人告诉他,遗骨就藏在引人注目的蜡像里。

---

① 菲利普(1396—1467)是勃艮第公爵,大胆查理的父亲,国王的祖先。

国王陛下恩准,在小祭殿里陪祭的少女,可以佩戴一条红色缎带,上面绣着这两句话:痛恨异端邪说,永远崇敬上帝。

德·拉莫尔先生发给乡下人一万瓶葡萄酒。到了晚上,玻璃市的自由党人找到了理由来张灯结彩,甚至胜过了保王党人百倍。国王离开之前到了德·穆瓦罗先生家。

第十九章　思想令人痛苦

日常的怪事掩盖了
感情造成的不幸。

——巴纳夫

德·拉莫尔先生走后,于连把家具放回原处时,在侯爵住过的房间里发现了一张厚纸,折成四页。他在第一页下面看到:

谨呈荣获王家勋章的法兰西贵族院议员……德·拉莫尔侯爵大人阁下。

这是厨娘一般粗手大指写的一张呈文。

侯爵先生:

我一生遵守教规。九三年①围困里昂之际,我身处弹火之下,至今心有余悸。我领受圣体,每周赴本区教堂礼拜。我过复活节,即使是心有余悸的九三年也不例外。我的厨娘(在革命前,我有仆人)斋日吃素。我在玻璃市受到尊重,而我敢说受之无愧。我排队时在华盖下,在神甫先生和市长先生左右。每逢盛典,我自费购买大蜡烛。以上证件,均存巴黎财政部备考。现谨向侯爵先生申请经销玻

---

① 1793年法国资产阶级大革命时期,雅各宾派专政,就是所谓恐怖时期。

璃市彩票事，该处即将出缺，因经销人病重，且投票失误，如此等等。

德·肖兰

呈文边上有德·穆瓦罗先生签名的批示，第一行是：

"日作①有幸与申请人谈及云云。"

"这样看来，就连德·肖兰这个笨蛋也晓得应该怎样走门路咯。"于连心中暗想。

国王路过玻璃市一星期之后，数不清的流言飞语，胡乱猜测，可笑的高谈阔论，等等，等等，传遍了全城，先后引起纷纷议论的人物是国王，阿格德的主教，德·拉莫尔侯爵，一万瓶葡萄酒，从马上摔下来的可怜人德·穆瓦罗，他为了想得到十字勋章，卧病一月之后才能出门，但是议论得最厉害的，还是把木匠的儿子于连·索雷尔"硬挤进"了仪仗队这个丑闻。关于这件事，一定得听听那些有钱的印花布商人的高见，虽然他们不分早晚，都声嘶力竭地在咖啡店里大谈其平等。德·雷纳夫人这个高高在上的女人，就是她干出这件丑事来的。原因呢？那只要一看索雷尔小神甫漂亮的眼睛和娇嫩的脸颊，就一切都不言自明了。

回到韦尔吉后不久，她的小儿子斯坦尼拉－扎维埃发高烧了。突然一下，德·雷纳夫人也悔恨交加起来。这是头一次，她持续不断地责怪自己婚外的恋情，仿佛出了奇迹似的，她恍然大悟，她听任自己犯下了多大的错误。虽然她生性笃信宗教，但是直到目前为止，她却没有思量过，在上帝心目中，她是多么罪孽深重。

从前，在圣心修道院时，她曾经热爱过上帝；在目前的情况下，她却同样惧怕上帝。她内心的斗争使她心碎魂断，尤其是因为她的恐惧毫无道理可言。于连发现他的安慰非但不能使她平静，反而使她生气，因为她仿佛听到了地狱的声音。然而，于连自己也很喜欢小斯坦尼拉，他只能来和她谈他的

---

① 日昨，德·穆瓦罗写的别字。

病情。不久,病情却恶化了。于是,德·雷纳夫人悔恨莫及,甚至连觉也睡不着。她整天一言不发,丧魂失魄,如果开口,那就是要向上帝忏悔,要向世人认罪。

"我求求你,"于连和她单独在一起时说,"千万不要声张出去。你的痛苦,只能对我一个人说。如果你还爱我的话,千万不能对别人讲,无论你讲什么,也不会使我们的斯坦尼拉退烧的。"

不过,他的安慰一点不起作用。他不了解德·雷纳夫人脑子里想的是什么,原来她认为要平息上帝的愤怒,就不得不痛恨于连,要不然,就只好眼巴巴地看着她的儿子死掉。正是因为她感到对她的情人恨不起来,所以她才痛苦万分的。

"离开我吧,"有一天她对于连说,"看在上帝面上,离开我的家吧。就是因为你在这里,才会断送我儿子的。"

"上帝惩罚我了,"她又低声说道,"这是天公地道的。我只能心悦诚服,我实在是罪孽深重,而我过去却没有受到良心的责备!这是上帝抛弃了我,我应该受到加倍的惩罚。"

于连深深地受到了感动。他在她的话里既看不到口是心非,也听不到夸大其词。"她真正相信:爱我就会断送她儿子的性命,尽管如此,这个不幸的女人爱我,还是超过了爱她的儿子。我没有什么可怀疑的:悔恨交加会置她于死地,这就可以看出情感的伟大了。不过,我有什么值得她爱的呢?我的出身微贱,没有教养,非常无知,有时举止还很粗鲁,哪一点配得到她的爱情呢?"

一天夜里,孩子的病情转危了。早晨两点钟,德·雷纳先生来看他。孩子在发高烧,满脸通红,连父亲也不认得。突然间德·雷纳夫人跪倒在丈夫脚下:于连眼看她就要坦白认罪,永远毁掉自己了。

幸亏这个莫名其妙的动作反倒吓走了德·雷纳先生。

"再见!再见!"他边说边走。

"不要走,听我说,"他的夫人跪在他面前说,还想拦住他,"你应该知道事实的真相。是我害了儿子。我给了他生命,现在又要了他的命。上天在惩罚我;在上帝眼里,我是个杀人犯。只有让我完蛋,让我丢脸,让我牺牲,也许才能使天主息怒。"

假如德·雷纳先生富有想象力的话，他就不难猜到其中的缘故。但他偏偏少了这份想象力。

"你想到哪里去了！"他高声说，离开了想要抱住他膝头的妻子，"简直是一派胡言乱语！于连，天一亮就叫人去请医生。"

他回房间睡觉去了。德·雷纳夫人跪倒在地上，处在半昏迷的状态中，于连要来扶她，她却抽搐地把他推开。

于连不知如何是好。

"难道这是通奸罪吗！"于连心中暗想，"难道那些阴险毒辣的神甫……他们反倒对了？他们犯了那么多罪，难道他们反倒有权，反倒懂得犯罪的道理？真是咄咄怪事！……"

德·雷纳先生已经走了二十分钟，于连却一直瞧着他心爱的女人，她的头靠在孩子的小床上，动也不动，几乎失去了知觉。"这个女人的智力不同寻常，只是因为认识了我，便落到了受苦受难的地步。"他心里想。

"时间过得很快。我能为她做什么呢？要做出决定了。这不是我一个人的问题。我也不必管那些装模作样的庸人。但我能为她做什么呢？……离开她吗？那就是让她一个人忍受最痛苦的折磨。她那个木头人一般的丈夫，对她的坏处比好处多。他只会不断说些令人难堪的粗话，会逼得她发疯，甚至跳楼自杀的。"

"要是我离开她，要是我不再照管她，她会把什么都说出去的。虽说她会给丈夫带来一大笔遗产，谁晓得他会不会闹得天翻地覆呢？天哪！她会把什么都告诉那个……马斯隆神甫的，他会借口照顾一个六岁的孩子，就不再离开这个家，难道他会没有自己的打算？她痛苦的心情，畏惧上帝的心情，会使她忘了他也是一个人，只记得他是一个神甫。"

"走吧。"德·雷纳夫人忽然睁开了眼睛，对他说。

"我情愿死一千次，只要能对你真有好处。"于连答道，"我从来没有像现在这样爱过你，我亲爱的天使，或者不如说，只是从现在起，我才开始爱慕一个值得爱慕的人。我怎么能离开你呢？我分明知道你是为了我才这样痛苦的。我的痛苦倒不要紧。我可以走，是的，我心爱的人。不过，要是我一走，要是我不再照管你，要是我不再出现在你和你丈夫之间，那你就会把什么都告诉他，就会毁了你自己。想想看吧，那他会毫不留情地把你赶出他的大门。

整个玻璃市,整个贝藏松,都会谈论这件丢脸的丑事。大家都会把过错完全推到你的身上,使你再也抬不起头来,永远也洗不清你的耻辱……"

"这正是我所要的,"她站起来,高声说道,"我要受罪,才能心安。"

"但是,如果你说出这件丢脸的丑事,你也会要你丈夫受罪的!"

"可我只是丢自己的脸,只自己跳进泥坑,这样,我也许能救我的儿子。在大家心目中丢尽了脸,这不就是公开赎罪吗?我虽然软弱,但在我看来,这不是我对上帝能做出的最大牺牲吗?……说不定上帝会开恩,接受我的赎罪,给我留下我的儿子呢。如果你能告诉我更痛苦的赎罪办法,我也会不怕做出牺牲的。"

"让我也惩罚自己吧!我也是有罪的人啊。你要我进苦修院吗?那里严格的苦修生活,说不定会使上帝息怒……啊!天哪!为什么斯坦尼拉的病不生在我身上呢?……"

"啊!你,你也爱他。"德·雷纳夫人说时站了起来,投入了他的怀里。

几乎就在同时,她又惊慌地把他推开。

"我相信你!我相信你!"她又重新跪下,接着说道,"唉!我唯一的朋友!唉!你为什么不是斯坦尼拉的父亲呢!如果是,那么,爱你胜过爱你的儿子,就不算什么可怕的罪过了。"

"你肯答应让我留下来吗?从今以后,只像弟弟一样爱你,好吗?这是唯一的合情合理的赎罪方法了,这也许会使上帝息怒的。"

"我呢,"她高声说,同时站了起来,双手抱住于连的头,自己退后一步,瞪着眼睛看他,"我呢,我能像爱弟弟一样爱你吗?这是我做得到的吗?"

"我听你的,"他跪倒在她脚下说,"无论你要我做什么,我都听你的,这就是我唯一能做的事了。我的心里只是漆黑一团,我不晓得做什么好。要是我离开你,你会把一切都告诉你的丈夫,叫他和你一起完蛋。要是他受到大家奚落,那就永远也当不上议员了。要是我留下来,你又以为我是杀害你儿子的凶手,你会伤心而死。怎么办呢?要不要我离开几天,你看怎样?要是你愿意,我就罚我自己离开你一星期。来补救我的罪过。我情愿随便躲到什么地方去,过这一个星期。比如说,躲进布雷—勒奥修道院。不过你得发誓,我走后,你绝不向你丈夫坦白。想想看,你一坦白,我就回不来了。"

她答应了,但他走后不到两天,她又把他叫了回来。

"没有你在跟前,我不可能遵守我的誓言。没有你用眼睛瞧着我,不许我坦白交代,我会把什么都告诉我丈夫的。没有你生活无聊透了,一个钟头比一天还长。"

老天总算对这个不幸的母亲发了善心。慢慢地斯坦尼拉的病脱离了险境。不过破镜很难重圆,心灵已经知道自己罪孽多么深重,也就很难恢复平静。悔恨虽然存在,但只是心灵的诚恳悔恨,却并没有行动,生活对她既是天堂,又是地狱:天堂就在于连脚下,不见于连就是地狱。

"我不再抱幻想,"她甚至在纵情欢乐的时刻,也这样对他说,"我注定了要下地狱,不可避免。你还年轻,你是受了我的引诱,上天会原谅你,但我是不可原谅的。从肯定的迹象看来,我会下地狱。我害怕,谁看到地狱不害怕呢?不过,说实在的,我并不后悔。要是从头来过的话,我还会重犯这个错误。只求老天不要今生今世就惩罚我,不要罚到我的孩子头上,我就谢天谢地了。可是你呢,我的于连,"她有时大声说,"至少你幸福吗?你看我爱你吗?"

于连令人痛苦的自尊心和不信任感,使他需要的是对方做出牺牲的爱情,但是看到如此巨大,如此无可怀疑,如此片刻不停的牺牲,他的自尊心和不信任感都退却了。他爱慕德·雷纳夫人。"她虽然是贵族,而我只是个工人的儿子,她却爱上了我……在她身边,我并不是仆人兼情人。"担心消除之后,于连就如醉如狂地享受爱情,但又怀疑爱情不能长久。

"至少,"她看见他怀疑时,就高声说,"在我们一起度过的短短日子里,让我使你幸福吧!赶快,明天,也许我就不再是你的了。如果老天爷打击我的孩子,我怎能只为爱你而活着?怎能不看到是我的罪过杀害了他们呢!我是怎么也受不了这种打击的。即使我想忍痛偷生,也做不到,我会发疯。"

"唉!要是我能承担你的罪过,就像你上次慷慨地要代替斯坦尼拉发烧一样,那就好了!"

这次精神上的大危机,改变了于连对他情妇的感情性质。他的爱情,不再只是对美色的仰慕,对占有的自豪。

从此以后,他们的幸福属于更高的层次。爱情的火焰燃烧得更猛烈了。他们爱得心醉神迷,如疯似狂。在别人看来,他们显得更加幸福。不过他们再也不能重温初恋时销魂的欢乐,万里无云的平静,自由自在的幸福了,那时,德·雷纳夫人担心的,只不过是于连用情不专。现在,他们的幸福有时却貌似犯罪了。

在他们最幸福的、看起来风平浪静的时刻,"啊!老天在上,我看见地狱了。"德·雷纳夫人会忽然一下喊了起来,并且抽搐地抓紧于连的手。"多么残酷的刑罚啊!唉!我是罪责难逃的。"她紧紧抱住他,就像常春藤缠在墙上一样。

于连尽力使她激动的心灵平静下来,但没有用。她抓住他的手吻个不停。然后,她又陷入阴森森的梦幻,"地狱,"她说,"来世入地狱,对我还算是开恩呢!我至少还可以在世上和他一起过几天,不过,如果今生今世就入地狱,如果我的孩子死了……不过,孩子付了代价,也许我的罪过可以得到赦免……啊!老天爷!千万不要让孩子付出代价才赦免我!这些可怜的孩子并没有得罪你。只有我,只有我才是唯一的罪人!我爱一个男子,他却不是我的丈夫。"

于连然后看到德·雷纳夫人表面上平静下来了。她要承担一切;她不愿破坏她情人的生活。

爱情,悔恨,欢乐交替出现,他们的日子过得像闪电一样快。于连已经不习惯思考了。

艾莉莎小姐去玻璃市打一场小官司。她发现瓦尔诺很厌恶于连。她也恨这个家庭教师,于是他们时常谈得非常投机。

"要是我说实话,先生,你会砸了我的饭碗的!……"有一天她对瓦尔诺先生说,"主人在大事上总是一个鼻孔出气……不让仆人走漏风声……"

瓦尔诺先生好奇心切,迫不及待地要她长话短说,才知道了对他的自尊心打击最大的事。

这个本地最出众的美人,六年来他在光天化日之下,对她大献殷勤,她却置若罔闻,使他面红耳赤,下不了台,现在居然看中了一个工人乔装打扮的家庭教师,而且把他当做情夫。更使贫民收容所所长消不了这口气的,是德·雷纳夫人还爱上了这个穷小子呢。

"而且,"女仆叹了口气,又加一句,"于连先生并不费力就成功了,他对夫人还是冷冰冰的。"

其实,艾莉莎是在乡下才知道这件事,但她却相信私通早就开始了。

"当然就是为了这个缘故，"她恨恨地接着说，"那时他才不肯娶我。而我真傻，还去和德·雷纳夫人商量！还去求她对家庭教师说我的好话呢！"

当天晚上，德·雷纳先生得到城里送来的报纸时，还得到了一封很长的匿名信，信中把他家里发生的事一五一十地告诉了他。于连见他读这张淡蓝信纸时，脸色发白，并且狠狠地看了他几眼。整个晚上，市长心烦意乱，没有恢复平静。于连想要投其所好，请他讲讲勃艮第名门望族的谱系，却是枉费心机。

第二十章　匿名信

不要恣意调情，
血一沸腾，海誓山盟
也会烧成灰烬。

————《暴风雨》①

夜半离开客厅的时候，于连还来得及对他的情人说：

"我们今夜不要再见面了，你的丈夫起了疑心。我敢发誓，他一边叹气一边看的那封长信，一定是一封告密信。"

幸亏于连锁了门。德·雷纳夫人头脑发昏了，居然以为于连通知她，只是不想见面的借口。她完全不知道怎么办才好，还像平时一样来到于连门前。于连听到走廊里的脚步声，赶快把灯吹熄。有人要打开他的房门，是德·雷纳夫人，还是她那个妒忌的丈夫呢？

第二天一大早，那个袒护于连的厨娘送来了一本书，封面上用意大利文写着："请看第一百三十页。"

于连见她这样轻举妄动，吓得直打哆嗦，赶快翻到第一百三十页，看到用大头针别住的一封信。信是匆忙写成的，上面沾满了泪痕，字迹也很潦草。平时，德·雷纳夫人写字都很工整，这个小节使于连非常感动，甚至忘了她

---

① 莎士比亚剧本。引诗原为英文。

这样轻举妄动会带来的后果。信上写着:"你今夜不愿和我同床吗?有时,我以为我从来没有了解你灵魂的深处。你的眼睛真吓人。我怕你。天哪!难道你从来没有爱过我?如果真是这样,那让我的丈夫知道我对你的爱情吧,让他永远把我关在乡下,远远离开我的孩子吧!也许这是天意。我不久就会死。而你却是没有人性的魔鬼。

"你不爱我了吗?对我的痴情,对我的悔恨,你厌倦了吗?不信神的人!你要毁了我吗?那很容易。去把这封信向全玻璃市公开。其实,只要向瓦尔诺先生一个人公开也就够了。告诉他我爱你。不,不,不要说这样渎神骗人的话。告诉他是我爱慕你,认识了你,我才开始生活。在我如醉如狂的青春年代,我也从来没有梦想到你会给我带来的幸福。告诉他我为你牺牲了生命,还要为你牺牲灵魂。你知道,我为你还可以做出更多的牺牲。

"但是这个人,他懂得什么是牺牲吗?告诉他,为了气气他,不妨告诉他我不怕任何坏人,在世上我只担心一件事,那就是怕使我留恋生命的人变心。为他而送命,为他做出牺牲,不用再为孩子担惊受怕,那是多么幸福!

"你不必猜疑,亲爱的朋友,如果有匿名信的话,一定是这个坏家伙写的,六年来他一直粗声粗气,讲他怎样骑马跳栏,自鸣得意,没完没了地吹嘘自己的本领,对我纠缠不休。

"到底有没有匿名信?狠心的人,这本来是我想和你商量的事,但是算了,还是你做得对。如果把你抱在怀里,而且可能是最后一次,我怎么也不能像一个人那样冷静思考。从现在起,我们不容易再得到幸福了。你会觉得不高兴吗?会的,在你没有富凯先生的书可以消遣的时候。往事已经不可挽回。明天,不管我丈夫有没有收到告密信,我都会告诉他,我得到了一封匿名信,我们一定要给你一笔钱,找个说得过去的借口,立刻打发你回家去。

"唉!亲爱的朋友,我们不得不分开半个月,甚至一个月!去吧,说句公道话,你会和我一样痛苦的。不过,这到底是对付告密信的唯一办法。这并不是我丈夫得到的第一封匿名信,而且信里谈的都是我。唉!我从前只是一笑置之!

"我现在这样做的目的,是要使我丈夫知道,信是瓦尔诺先生寄来的,关于这点我毫不怀疑。如果你离开我们家,一定要住到玻璃市内去。我会设法要我丈夫去市内住上半个月,好向那些蠢人表明:我们夫妻之间的关系并没有变化。一到玻璃市,你要广交朋友,甚至要结识自由党人。我知道他们的太太都巴不得结识你呢。

"不要生瓦尔诺先生的气,也不要像你说过的那样,想割掉他的耳朵;正相反,你得向他表示好感。重要的是,你该让玻璃市的人都相信你要去瓦尔诺家或别人家去教孩子。

"这是我丈夫绝不能容忍的事。即使他决心容忍,那也好嘛!至少你可以在玻璃市住下来,我有时还可以去看你。我的孩子都喜欢你,他们也会去看你的。天哪!因为他们爱你,我觉得我也更爱他们了。多么令人遗憾!这一切怎么了结呢?……我说到哪里去了……说到头,你要明白怎样做人;要和气,要客气,不要瞧不起粗俗的人,我跪下来求你了:因为这些人会决定我们的命运。片刻也不要忘记,我的丈夫怎样对你,要看'舆论'对你是好是坏啊!

"现在要你来准备匿名信了,那只需要一点耐心,还要一把剪刀。请你把下面那封信里的字从书上剪下来,然后用胶水贴在我送来的淡蓝信纸上,纸是瓦尔诺先生给我的。你得准备人家搜查,所以要把剪残了的那几页书烧掉。如果你在书里找不到现成的字,那就要请你耐心地一个个字母拼起来。为了怕你麻烦,我把匿名信写得短而又短。唉!如果你像我担心的那样不再爱我了,你还会觉得信太长了呢!"

匿名信

夫人:

你玩弄的小花招都给人识破了,不愿声张出去的人也得到了通知。由于我们交情未断,我奉劝你甩掉那个小乡巴佬。如果你还有这点聪明的话,你的丈夫会相信他得到的告密信是骗他的,别人当然也就不会追究。你要知道,我对你的秘密了如指掌。发抖吧,不幸的女人,从现在起,在我面前一定要规行矩步。

"等你贴好了这封信(你听得出所长说话的口气吗?)赶快到外边去和我见面。

"我会到村子里去,回来时神色不安。其实,我一定是非常不安的。天哪!我这是在冒什么险呢?不过是因为你猜到有一封匿名信而已。最后,我会神色大变地把你这封信交给我的丈夫，说是一个不认识的人转交给我的。你呢，你只管带着孩子们到大树林里的那条路上去散步，不到用餐的时候不要回来。

"站在岩石顶上，你可以看见鸽子窝。如果我们的事情进行得顺利，我会在鸽楼上挂一块白手帕，如果不顺利，就什么也不挂。

"薄情人，在你散步以前，难道你心里就想不出一个办法，来说一声你爱我吗？无论发生什么事，你都要知道：一旦生离或者死别，我连一天都活不下去。啊！我是个坏妈妈！我写这几个字有什么意思呢？亲爱的于连。我也感觉不到字的意义，我此时此刻想到的只是你啊，我责备我自己只是免得你来责备我而已，但是现在眼看就要失掉你了，我还何必假装责备自己呢！不错，宁可让你认为我对孩子狠心，我也不愿对我爱慕的人说谎。我这一生谎话已经说得太多。算了，即使你不再爱我，我也能谅解你。我没有时间把这封信再看一遍。想起在你怀抱里度过的幸福日子，即使舍了性命也算不了什么。你知道，我甚至愿意做出更大的牺牲。"

第二十一章　夫妻对话

唉，人总是人：
脆弱是人本性。

——《第十二夜》①

于连花了一个小时，像孩子一般高兴地把字剪好贴好。他走出房间的时候，刚好碰上他的学生和他们的母亲。她满不在乎地把信拿了过去，既大胆，又镇静，令人望而生畏。

"胶水干了吗？"她问道。

"这就是那个悔恨交加、颠三倒四的女人吗？"他心里想，"她现在打什么主意呢？"他太自负了，不好意思问她；不过，也许她从来没有像现在这样讨

---

① 莎士比亚剧本二幕二场。引诗原为英文。

他喜欢。

"如果事情变得糟糕，"她又同样冷静地补充说，"我会失掉一切。快把这点东西埋到山上什么地方去，说不定有朝一日，我只能靠这点东西过日子呢！"

她把一个摩洛哥红皮首饰盒交给他，盒子里装满了金子和几颗钻石。

"现在走吧。"她对他说。

她亲了亲孩子们，最小的那个亲了两回。于连站在那里，动也不动。她赶快离开了他，也不看他一眼。

自从德·雷纳先生拆开了匿名信，他觉得日子太难过了。1816年他几乎和人决斗以后，他还没有这样激动过。说句公道话，那时他虽然怕吃子弹，但也没有现在这么痛苦。他翻来覆去看这封信："这不是个女人的笔迹吗？"他心里想，"如果是的，那么，是哪个女人呢？"他数了数他在玻璃市认识的女人，不能确定该怀疑哪一个。"会不会是一个男人指使一个女人写的？那又是哪一个男人？"还是一样不能确定，他认识的男人多半都妒忌他，当然也都恨他。"应该问问我的妻子。"他习惯性地自言自语说，本来深深陷在一张安乐椅里，现在站了起来。

但是刚刚站起，"天哪！"他又拍拍头说，"怎么能问她呢！我要特别提防的就是她；她现在成了我的敌人了。"一气之下，眼泪也流了出来。

外省人的处世之道是外强中干，口是心非，现在，报应落到德·雷纳先生头上了，他内心最害怕的两个人，却是他原来口头上最亲密的朋友。

"除了他们两个，我说不定还有十个朋友，"于是他一个一个数下去，估计他们每个人能帮他多少忙，"全都一样！全都一样！"他气得叫了起来，"他们对我只会幸灾乐祸。"幸亏他认为，人家的妒忌不是没有道理的。除了他在城里款待国王过夜的豪华住宅之外，他还把韦尔吉城堡修缮一新。房屋的正面粉刷得雪白。窗子装上了漂亮的绿色百叶窗。一想到富丽堂皇的住宅，他得到了片刻的安慰。事实也的确是：他这座城堡在三四法里以外都看得见，而其他的乡间别墅或所谓的城堡，相形之下，就显得灰溜溜的、陈旧不堪了。

德·雷纳先生只能指望得到一个朋友的同情和眼泪，那就是本教区的财产管理委员，不过这是一个动不动就要哭的呆子。然而这个呆子却是他唯一靠得住的朋友。

第 一 部

"有谁比我更倒霉吗!"他气得叫了起来,"多么孤立啊!"

"这可能吗!"这个实在可怜的人自言自语,"这可能吗!我一倒霉,连个可以商量的朋友都没有!我糊涂了,这我感觉得到。啊!法尔科!啊!迪克罗!"他难过得叫了起来。这是他童年时代的两个朋友,因为他1814年翘尾巴,就和他们疏远了。他们不是贵族,他就不愿再用平等的口气,对待小时候的伙伴。

两个人当中,法尔科人聪明,心又好,在玻璃市做纸张生意,从省城买来了一架印刷机,办了一份报纸。圣公会决定要他破产,查封了他的报纸,吊销了他的营业执照。在这样不幸的情况下,他硬着头皮,十年来头一次给德·雷纳先生写了一封信。玻璃市市长认为回信应该像古罗马人一样执法无私:"即使御前大臣征求我的意见,我也会说:'让外省的印刷厂破产,不必客气;印刷业应该和烟草一样,由国家垄断。'"给一个亲密的朋友写一封这样的信,当时得到了全玻璃市喝彩,但德·雷纳先生回想起来,却不免感到害怕。"谁料想得到,有了我的地位,我的财产,我的十字勋章,我还会有后悔的日子?"他气得要命,有时恨自己,有时恨旁人,就这样过了可怕的一夜,幸亏他还没有想到要监视他的妻子。

"我和露意丝在一起过惯了,"他心里想,"我的事她都知道。即使明天我能自由选择配偶,我还找不到一个比她更合适的妻子呢。"于是,他宁可盲目相信他的妻子是清白无辜的。这样闭着眼睛的看法,使他可以不必大发脾气,却能更好地解决问题,何乐而不为呢?天下受冤枉的女人,我们见过的还算少吗!

"怎么!"他两腿抽搐地走来走去,忽然高声叫道,"难道我能容忍她和她的情夫不把我放在眼里,把我当做一个无用的、好欺侮的人吗?难道我能让全玻璃市的人都笑话我太老实吗?就像他们对夏米埃那个出名的王八蛋一样,有什么难听的话说不出口啊?一提到他,大家不都笑得合不拢嘴吗?他是个好律师,但是谁记得他辩护的口才呢?啊!夏米埃!大家偏要叫他夏米埃·德·贝尔纳,而贝尔纳是奸夫的姓啊!"

"谢天谢地,"德·雷纳先生有时又说,"我幸亏没有女儿,而惩罚母亲,不管用什么方式,都不会妨害儿子成家立业的。我可以出其不意地捉奸捉双,当场把这个小乡巴佬和我的妻子杀死。这样一来,悲剧也许不至于闹成笑话。"这个想法利多弊少，合他的意，他甚至想起细节来了。"刑法对我有利，不管出了什么事，圣公会和陪审团的朋友不会坐视不救的。"他检查了他的猎刀，刀很锋利，但一想到血，他又害怕了。

"我可以把这个无耻的家庭教师痛打一顿，把他赶走。不过这样一来，全玻璃市，甚至全省都会轰动了！取缔法尔科的报纸之后，主编也坐了牢，他一出狱，我又使他丢掉了六百法郎的职位。听说这个蹩脚文人居然敢在贝藏松卷土重来，那他就会藏头露尾地攻击我，但又使我没有把柄告到法庭上去。告到法庭上去！……这个坏蛋又会转弯抹角，千方百计使人相信他说的是真情实话。一个像我这样出身好、地位高的人，当然会受到老百姓的憎恨。我会看到巴黎的报纸对我肆意攻击。啊，天哪！多深的苦难！眼见得冷嘲热讽就要玷污德·雷纳古老的姓氏……如果我要出门旅行，还得改名换姓。什么话！我的荣誉，我的力量，都来自这个名门望族，要我一刀两断，不是天大的灾难么！

"如果我不杀死我的妻子，只把她赶出去，让她丢脸，那么，她在贝藏松的那位姑母，会亲手把全部财产交给她。我的妻子会同于连住到巴黎去。玻璃市的人也会知道，还会把我当成戴绿帽子的王八。"那时，这个倒霉的人看见灯光暗淡，发现天开始亮了。他到花园里去，呼吸一点新鲜空气。这时，他差不多已经打定了主意，不把事情闹大，免得他在玻璃市的好朋友幸灾乐祸。

在花园里散步，使他的心情平静了一点。"不行，"他又叫了起来，"我不能没有我的妻子，她对我太有用了。"他一想到家里没有妻子就害怕。他没有别的亲人，只有一位……侯爵夫人，而她又老又蠢，脾气又坏。

他想起了一个好主意，但是若要实现，就要有克制自己的力量，这个可怜人却力不从心。"如果我不赶走我的妻子，"他心里想，"我知道我的脾气，总有一天，她会气得我受不了，我就会把她的过错全抖出去。她的自尊心很强，不等到她继承了她姑母的遗产，我们就会先闹翻了。那时，人家会怎样笑我啊！我的妻子爱她的孩子们，到头来遗产会落到他们手里。可是我呢，我却成了玻璃市的笑话。'怎么！'他们会说，'他连自己的妻子都对付不了！'这样看来，我还不如大事化小，小事化了，只管怀疑，却不查证，岂不更好？我自己先束住手脚，以后就不必浪费口舌了。"

过了一会儿，德·雷纳先生又感到伤害了他的自尊心，他冥思苦想：在玻璃市游乐场或贵族俱乐部打台球的时候，一些尖嘴薄舌的人只要不打球，就要拿一个受骗的丈夫来开心取笑。现在看来，那些玩笑开得多么伤人啊！

"天哪！我的妻子为什么不死呢！她若一死，我就不怕冷嘲热讽了。我为什么不是鳏夫呢？鳏夫就可以到巴黎的上流社会去过上半年。"这个念头使他开心了一阵子，然后，他又想象怎样才能查明真实情况。夜深人静的时候，在于连房门口撒下一层薄薄的麦皮怎么样？第二天早晨，天一亮就可以看出脚印了。

"不过这个办法不行，"他忽然又气急败坏地叫了起来，"艾莉莎这个鬼东西会发现的，那全家上下都会知道我的醋劲了。"

他在游乐场还听人讲过：有个丈夫为了证实奸情，用蜡把一根头发像封条似的粘在他妻子和她情夫的房门上。

反复思考几个小时之后，他觉得还是这个主意最好，肯定能够搞个水落石出，他正打算下手，却在小路转弯的地方，碰到了那个他巴不得早点死掉的女人。

她从村子里回来，她刚在韦尔吉教堂望了弥撒。她相信一个头脑冷静的人所不信的传说，传说认为今天用的小教堂，就是当年韦尔吉堡的礼拜堂。这个传说使德·雷纳夫人祈祷时心神不安。她不断地想象她的丈夫在打猎时失手杀了于连，晚上还逼着她吃她情夫的心。

"我的命运，"她暗自思忖，"取决于他听了我的话会怎么想。过了这要命的一刻钟之后，恐怕我找不到机会对他讲了。他不是一个通情达理的聪明人。我稍微懂一点道理，也许可以猜到他会做什么，会说什么。他可以决定我们共同的命运，他有权决定。不过愤怒冲昏了他的头脑，使他看不清事实真相，这就要靠我的机智来引导他的想法了。天哪！我要的是本领，我要的是冷静，但是哪里要得到呢？"

说也奇怪，她一走进花园，一望见她的丈夫，立刻就恢复了平静。他的头发蓬乱，衣衫不整，说明他一夜没有睡觉。

她交给他一封拆开了又折好的信。他没有拆开信，只是疯子似的瞪着眼睛看她。

"这封可恶的信，"她对他说，"是一个其貌不扬的人交给我的，他说他认识你，还受过你的恩惠，我走到公证人花园后面，他就把信塞给我。我现在只要求你做一件事，那就是，立刻打发这位于连先生回家去。"德·雷纳夫人赶快说了，仿佛骨鲠在喉，先吐为快，可能说得太快了一点。

一见她丈夫的愁容化为乌有，她不禁喜上心头。从他瞪着看她的眼睛里，她又明白于连猜对了。于是非常现实的灾难非但没有使她痛苦，反而使她想到："多了不起！多么能干！他还是一个没有经验的年轻人呢！将来他有什么事做不成啊？唉！他一成功，恐怕就会把我忘了。"

对她爱慕的人这样佩服，使她的苦恼都忘到九霄云外去了。

对她自己耍的手腕，她也暗自得意。"我也并不是配不上于连。"她心里想，同时感到一阵温情蜜意，沁人心脾。

德·雷纳先生一言不发，避免表态，只是仔细地看第二封匿名信，读者当然记得，就是把铅印字剪贴在淡蓝信纸上的那一封。"他们想方设法来耻笑我。"疲惫不堪的德·雷纳先生心里暗想。

"又是一番污辱需要查明，总是为了我的妻子！"他正要破口大骂，一想到贝藏松的遗产，只好忍气吞声。但火气总得发泄，他就把第二封匿名信揉成一团，大步走开，他要远远离开他的妻子。但是不久之后，他又回到她的身边，气也消了一点。

"现在要下决心打发于连走了，"她立刻对他说，"说来说去，他不过是个工人的儿子。你多给他几个金币作为补偿吧，再说，他有学问，不愁找不到事做，比如说，瓦尔诺先生家或者德·莫吉隆区长家都有孩子。这样，你也不算对他不起……"

"你这样说多么糊涂！"德·雷纳先生厉声叫了起来。"一个女人能有什么见识？你从来也不管什么天理人情，怎么能懂事啊？你对什么都漫不经心，满不在乎，只有工夫捉蝴蝶，家里有了你这样不中用的人，真是倒霉！……"

德·雷纳夫人随便他说什么，他说了好久，用本地人的话来说，他是在"发脾气"。

"先生，"她最后回嘴了，"我这样说，是因为我的名誉受到了损害，而名誉是一个女人最宝贵的东西。"

在这次吃力的交谈中，德·雷纳夫人一直非常冷静，毫不动摇，因为于连能否还住在她家里，要看交谈的结果。于是她想方设法，尽最大可能去引导她盲目冲动的丈夫。对于他说的那些骂人话，她只是置若罔闻，根本不听，她那时想到的只是于连："他对我会满意吗？"

"这个年轻的乡下人，我们对他关怀备至，送了不少礼物，虽然他也许是无辜的，"她到底开口了，"但要不是他，我怎么会受到这头一次侮辱呢！……先生！我一看到这张可恶的信纸，就打定了主意：不是他，就是我，总得有一个人离开你的家。"

"你要大闹一场，出我的丑，也出你的丑吗？这才是让玻璃市的人看热闹呢！"

"你说得也对，大家都羡慕你官运亨通，看到你本人，你的家庭，你管理的城市，全都兴隆昌盛，哪一个不眼红？……那好！我去要于连向你请个假，到山上的木材商人那里去住上个把月，他们两个是好朋友呢。"

"千万不要去，"德·雷纳先生相当心平气和地说，"首先，我要求你不要和他谈话。你会惹得他生气，跟我闹翻的。你知道他心眼多小。"

"这个年轻人不知道分寸，"德·雷纳夫人答道，"他也许有学问，这点你清楚，但他其实是个真正的乡下人。自从他不娶艾莉莎以后，我对他的印象就不好了。怎么能放弃现成的财产呢？而借口只不过是她有时偷偷去看看瓦尔诺先生。"

"啊！"德·雷纳先生眉毛耸得老高，问道，"怎么，这是于连讲的？"

"不，他讲得不清楚，他老是谈献身宗教的心愿。不过，你知道，这些下等人的头一个心愿，就是要有面包吃。因此，他也谈到，他不是不知道这些私下的往来。"

"而我呢，我却一点也不知道！"德·雷纳先生叫了起来，他的气又上来了，个个字都使劲说，"我家里出了事，我却蒙在鼓里……这还了得！难道艾莉莎和瓦尔诺之间有过什么关系？"

"唉！这都是老早的事了，我亲爱的朋友，"德·雷纳夫人笑着说，"恐怕没有什么见不得人的丑闻。你还记得，你的好朋友瓦尔诺不是巴不得玻璃市的人说，在他和我之间，也有一点精神上的爱恋吗？"

"我想到过，"德·雷纳先生叫道，他捶捶脑袋，觉得新发现的事层出不穷，"你怎么没对我说过呢？"

"谁不知道我们亲爱的所长非常好色？难道能够为了这点小事，就让你们两个好朋友伤和气吗！哪个上流社会的漂亮女人没有得到过他献媚调情的风流信呢？"

"你得到过吗？"

"得到过不少。"

"马上拿给我看，你要听我的话。"德·雷纳先生仿佛一下就高人一头了。

"我怎能做这种事呢？"她温顺得几乎到了忘乎所以的地步，"我要等到你心平气和的日子，再给你看。"

"我马上要看，真该死！"德·雷纳先生叫道，不知道是气糊涂了，还是高兴坏了，十二个小时以来，他还没有这么称心如意过呢。

"那么你得向我发誓，"德·雷纳夫人非常认真地说，"你决不为了这些信和收容所所长吵嘴。"

"不管吵嘴不吵，我都不能再让他管孤儿院了。不过，"他气冲冲地接着说，"马上拿信给我。你把信放在哪里？"

"在我写字台的抽屉里，不过，我不能给你钥匙。"

"我会撬开抽屉。"他叫着向他妻子的卧房跑去。

他的确用锥子凿坏了一张贵重的写字台，台子是桃花心木的巴黎产品，台面上有美丽的年轮花纹，若在平时，只要他认为上面有点脏，就不惜用他的衣襟去擦个干净。

德·雷纳夫人跑上一百二十级台阶，才到了鸽子楼。她把一条白手绢系在小窗子的一根铁栏杆上。她真是一个最幸运的妻子了。眼睛里含着泪珠，她瞧着山上的大树林。"没有问题，"她心里想，"于连正在一棵葱茏茂密的山毛榉树下，等待着这个幸运的信号。"她侧着耳朵听了很久，一直在怪知了单调的鸣声，鸟雀啁啾的叫声。要不是这些不识相的声音，她也许可以听到大岩石上传过来的欢呼。她的眼睛恨不能看穿这无边无际的山坡，坡上深绿色的树梢，平整得好像一块大草坪。"他怎么没有心眼，"她有动于衷地想道，"发明一个信号来告诉我：他也和我一样高兴呢？"她待在鸽子楼，一直等到她怕丈夫会来找她，才走下来。

她发现他怒气冲冲。他从头到尾读了瓦尔诺先生平淡无味的情书，越读越生气。

她见缝插针，利用她丈夫唉声叹气的空隙，说道：

第 一 部

"我还是要旧话重提:最好让于连去旅行一次。不管他拉丁文多么好,到底是一个乡下人,土里土气,不知道分寸;他每天为了向我表示礼貌,总要说些过分夸大、趣味不高的恭维话,也不知道他是从哪本小说里学到的……"

"他从来不看小说,"德·雷纳先生高声说道,"这点我敢肯定。难道你以为我这个一家之主瞎了眼睛,连家里的事都不知道吗?"

"那好!就算这些可笑的恭维话不是书上学到的,那也是他自己的创作,这可更糟,他可能这样在玻璃市谈到过我。远处不说,"德·雷纳夫人说话的神情,仿佛有了新发现似的,"他很可能在艾莉莎面前这样说过,那就几乎等于是在瓦尔诺先生面前说了。"

"啊!"德·雷纳先生高声大叫,用尽平生的力气,在桌子上重重地捶了一下,连房间都震动了,"铅字剪贴的匿名信和瓦尔诺的情书,用的都是同样的信纸。"

"总算过了一关!……"德·雷纳夫人心里暗想。她装出给丈夫的发现吓坏了的样子,没有勇气再多说一句话,就走到客厅紧里首,在一张沙发上坐了下来。

这一仗到现在总算是打赢了,为了阻止德·雷纳先生去找写这封匿名信的人算账,她要做的事还多着呢。

"你怎么没有想到,如果证据不够就和瓦尔诺先生大吵起来,那不是有失身份的蠢事么?他妒忌你,先生,但是这能怪谁呢?要怪就怪你的本领,你的行政能力,你堂皇富丽的房屋,我给你带来的嫁资,尤其是我们可以指望从我姑母那里继承的一大笔遗产,大家夸张说是不计其数的遗产,这就使你成了玻璃市的头号人物。"

"你还忘了我的出身呢。"德·雷纳先生说时微露笑意。

"你是本省的名门望族,"德·雷纳夫人赶快接着说,"如果国王能够自作主张,按出身评等级的话,你当然是该进贵族院的。你的前程远大,怎么能让妒忌你的人有把柄来议论你呢?

"如果你去找瓦尔诺先生谈他的匿名信,这等于是向全玻璃市,不,向贝藏松,甚至是向全省宣布,一位雷纳家族的人,居然会和一个小人结为知交,并且引狼入室,引火烧身。如果你刚才找到的信,能证明我和瓦尔诺先生有什么不正当的往来,那你可以杀死我,即使千刀万剐,我也死而无怨,但是千万不要在他面前发脾气。你要想到,你左右的人都对我的优越地位眼红,正巴不得有个口实把你拉下马呢;还要想到,1816年的逮捕事件也有你的份。那个从屋顶上逃走的人……"

"我想到的只是你现在对我既不尊重,也不友好,"德·雷纳先生叫了起来,这不堪回首的往事刺到了他的痛处,"我还没进贵族院呢!……"

"我却想到,我的朋友,"德·雷纳夫人微笑地答道,"我将来会比你更有钱,我现在已经做了你十二年的伴侣,根据这些理由,我认为我也应该有发言权,尤其是对今天的这件事。如果你认为这一位于连先生比我更重要,"她接着说,一眼就可以看穿她的不高兴是装出来的,"那我准备去姑母家过个冬天。"

这句话说得不卑不亢,外柔内刚,使德·雷纳先生立刻打定了主意。但是,按照外省的习惯,说话不能直截了当,他又讲了很久,翻来覆去谈自己的理由,他的妻子随他怎么说,一听语调,她就知道他火气还没消。两个小时拖拖拉拉的谈话,到底使发了一夜脾气的男人精疲力竭了。应该如何对付瓦尔诺先生、于连,甚至艾莉莎,他都已经心中有数。

在这个重要的场合,德·雷纳夫人有一两次几乎要同情她真正不幸的丈夫,因为他们到底做了十二年的伴侣。但真正的爱情总是自私的。再说,她每时每刻都在等他承认头一天收到的匿名信,而他却一直闭口不提。为了德·雷纳夫人的安全,不得不了解丈夫对那封匿名信的看法,因为丈夫掌握了她的命运。在外省,丈夫可以左右舆论,丈夫抱怨妻子不好,虽然会闹笑话,但在法国,闹笑话的危险越来越小,而妻子呢,只要丈夫不给她钱,她就得去做女工,每天只赚十五个苏,还没有几个好心人肯雇用她。

土耳其后宫的嫔妃不得不全心全意爱苏丹,苏丹是万能的,无论她耍什么花招,也休想逃脱他的惩罚。主子的惩罚是可怕的,血淋淋的,不过也是武士式的,痛快淋漓的:一刀子就了事大吉。到了19世纪,丈夫改用精神上的刀子来杀死妻子,让所有的"沙龙"都请她吃闭门羹。

德·雷纳夫人回到房里,才发现危险并没有过去,她触目惊心地看到室内一片混乱。她漂亮的小箱子上的锁都砸开了,好几块地板也撬起来了。"他对我真狠!"她心里想,"居然这样糟蹋他喜欢的花地板,平时一个孩子穿着湿鞋子走进来,他都会气红脸的。现在却永远不能还原了!"看到这样粗暴的破坏，她对来得太快的胜利感到的良心不安，立刻烟消云散了。

晚餐钟响前不久，于连才带孩子们回来。吃餐后点心时，等仆人都退出去了，德·雷纳夫人干巴巴地对他说：

"你说过想到玻璃市去住半个月，德·雷纳先生准了你的假。你随时可以去。不过，为了不耽误孩子们的功课，每天会把他们的翻译练习送去，给你修改。"

"当然，"德·雷纳先生非常难堪地加了一句，"最好不要超过一个星期。"

于连看到他神色不安，内心非常苦恼。

"他还没有拿定主意。"等到客厅里只剩下他们两个人的时候，他对他的情妇说。

德·雷纳夫人赶快告诉他，从早上起，她做了什么事。

"夜里再细谈吧。"她笑着补充了一句。

"女人心肠真坏！"于连心里想，"欺骗男人是她们的本能，是她们的乐趣！"

"我觉得爱情既使你聪明，又使你糊涂了。"他有点冷淡地对她说，"你今天白天干得好，但是夜里再会面稳当吗？这屋子到处都有眼睛，不要忘了艾莉莎还非常恨我呢。"

"她对你非常恨，就像你对我非常冷一样。"

"即使是冷，我也不能让你陷入危险啊。万一德·雷纳先生对艾莉莎谈起，只要一句话，她就可以把事情戳穿。那么，他为什么不可以带着刀子监视我的房间呢……"

"怎么！你连这点勇气都没有！"德·雷纳夫人说时，显出了贵族小姐的高傲。

"我不屑谈什么勇气。"于连冷冷地说，"这有辱我的身份。不要根据空谈，要根据事实来判断。其实，"他握住她的手，又补充了一句，"你想象不到我事实上多么爱你，如果在这次惨别之前能来向你辞行，我会多么快活！"

第二十二章 1830年的风气

语言是用来掩盖思想的。

——玛拉格里达

刚到玻璃市，于连就怪自己不该对德·雷纳夫人不公平。"要是这个女人软弱无能，斗不过她的丈夫德·雷纳先生，那我会瞧不起一个弱者的。但她像一个外交家一样打了个漂亮的胜仗，而我却反倒同情那个打了败仗的敌人。可见我是一个多么心胸狭窄的小市民啊！因为我作为男子汉大丈夫的虚荣心受了伤，因为德·雷纳先生和我一样是个男人，是个比我更出名的男人，我却同情他了：多愚蠢啊！"

谢朗先生离职之后，不得不搬出了神甫的住宅，于是当地最重要的自由党人，争先恐后向他提供一席之地，他却都一一谢绝了。他自己租了两间房子，他的书籍堆得满屋都是。于连要让玻璃市的人看看，神甫应该如何受到尊敬，就到他父亲家里取了十二块松木板，沿着大街背到神甫家去。他还向一个老伙计借了工具，很快就做好了一个书架，把谢朗先生的书籍都摆到架上。

"我还以为世俗的浮华虚荣腐蚀了你的心呢！"老神甫高兴得流着眼泪说，"现在看来，你可以将功抵过了，你不知道你年幼无知地穿上了那套华丽的仪仗队制服，给你招来了多少敌人啊！"

德·雷纳先生交代过，要于连住在他家里。没有人猜得到发生过什么事，于连到玻璃市的第三天，一个来头不小的人物上了楼，一直走进他的房间，那是专区区长德·莫吉隆先生。他东拉西扯，谈天说地，大发牢骚，说什么人心险恶，管钱的人贪污腐化，可怜的法兰西面临危机，足足聊了两个小时，于连才总算看出了一点他的来意。他们已经走到了楼梯口，这个似倒霉非倒霉的家庭教师，不卑不亢，又不失礼地送一位未来的省长下楼，也不知道将来哪一省有幸，会得到这位省长的关怀。但目前有幸的是于连，多蒙省长关怀他的前途，并且称赞他对名利的淡泊态度，等等。最后德·莫吉隆先生和蔼亲热地把他抱在怀里,建议他离开德·雷纳先生,到另外一个有孩子要受"教育"的官员家里去,如果他肯答应,这位官员一定会像菲利普国王一样感谢上天,不是因为老天爷使他生了那么多孩子,而是因为孩子们有幸和于连先生出生在同一个地方。这些孩子们的家庭教师可以得到八百法郎的薪水,并且不是一个月付一次,那样做太不大方了,而是一个季度付一次,并且总是先付钱后上课。

现在轮到于连说话了,他已经不耐烦地等了一个半小时。他的回答非常圆滑,特别是冗长得像主教的训词;他说得面面俱到,但是一点也不直截了当。他的话里听得出对德·雷纳先生的尊敬,同时对玻璃市的公众也非常看重,而对大名鼎鼎的专区区长却又非常感激。区长碰到了一个比他自己还更滑头的对手,大为意外,他想方设法要得到一个肯定的答复,却是徒劳无功。于连非常开心地抓住机会,看看自己的本领是否过硬,又换汤不换药地再说了一遍。一个口若悬河的大臣在议会回答质询时,眼看会议快要结束,唯恐节外生枝,就滔滔不绝地大说空话,拖延时间,但比起于连来,他也要自愧不如了。德·莫吉隆先生刚走,于连就笑得前仰后合。他趁自己圆滑的余兴未尽,赶快给德·雷纳先生写了一封九页的长信,一五一十地报告了自己听到的话,并且谦虚地向他请教。"这个浑蛋没有说是谁要请我教书!那准是瓦尔诺先生,他以为我被迫住到玻璃市来,一定是他的匿名信起了作用。"

于连高兴得像一个猎人,在一个秋高气爽的早晨六点钟,在打猎场上发现了不计其数的猎物一样,赶快把信寄走,就去向谢朗先生讨教了。不等他走到神甫家里,偏爱他的老天爷却另有安排,叫他在路上碰到了瓦尔诺先生,于是他就向所长诉起苦来,说是他的心都碎了,一个像他这样贫穷的小伙子,本来应该全心全意听从上天的安排,去从事神圣的宗教职业,但是在这个世界上,一个人又不能完全按照自己的心愿做事,为了配得上在天主的园地里效劳,为了毫无愧色地跻身于学者之林,一定要先受教育,一定要花不少钱去贝藏松神学院待上两年,因此,必不可少的,甚至可以说是义不容辞的,是要开源节流,积蓄一笔钱,而要开源,一个季度先付八百法郎的薪水,当然比每个月只靠六百法郎吃饭要容易得多。但从另一方面来讲,上天把他安排在德·雷纳家的孩子身边,尤其是使他对孩子们产生了一种特殊的感情,这不等于是说,他不应该见异思迁,另谋高就吗?……

于连说得头头是道，几乎达到了珠圆玉润的完美程度，这种动听的辞令已经取代了帝国时期的迅速行动，结果说得多了，于连一听自己的声音都觉得腻味。

一到家里，于连看到瓦尔诺先生的一个身穿号衣的仆人，正在到处找他，手里拿着一张请他当天赴宴的柬帖。

于连从来没有去过这个人的家里，仅仅在几天以前，他还在想如何能够用棍子痛打他一顿，而自己却不至于被带上法庭呢。

虽然宴会定在一点钟，于连却觉得十二点半就到收容所所长的办公室去，似乎更有礼貌。他看到所长架子十足地坐在一大堆文件夹中间。他的连鬓胡子又粗又黑，头发又浓又密，一顶希腊便帽歪戴在头顶上，一个烟斗大得出奇，一双拖鞋还绣了花，一条纯金的表链纵横交叉地挂在胸前，那副派头就像一个自以为官运亨通的外省财主，但这一切于连都不屑一顾。他却更想要打他一顿。

他彬彬有礼地请求见见瓦尔诺夫人。夫人正在梳妆打扮，不能见客。但是他也并不吃亏，就在一旁看着贫民收容所所长整容。然后他们同到瓦尔诺夫人房里，夫人含着眼泪，让她的孩子们见过礼。这个女人是玻璃市最重要的人物之一，她的脸宽得像个男人，但是为了这次盛宴，却涂上了胭脂。她要使她脸上流露出母亲的感情。

于连想到的却是德·雷纳夫人。他对什么都不信任，看到的是正面，回忆起来的却是反面，正反对比，往往使他感动得流下眼泪。一看到贫民收容所所长的房子，这种不信任感竟变本加厉了。主人请他参观。室内的一切都是华贵的、崭新的，主人还告诉他每件家具的价钱。但是于连却看到了不光彩的一面，闻到了偷盗的铜臭味。这里所有的人，甚至包括仆人在内，都在装模作样，唯恐给人看穿底细。

征收直接税和间接税的税务官、宪兵队长，还有两三个公职人员，都同太太一齐来了。接着来了几个有钱的自由党人。宴会开始了。于连本来已经很不自在，甚至想到宴会厅隔壁就是收容所的贫民，摆在他面前的这些低级趣味的大鱼大肉，也许就是克扣贫民的口粮买来待客的。

"此时此刻，他们也许正在挨饿。"他心里想，喉咙觉得很紧，东西吃不下去，话也说不出来。一刻钟后，情况变得更糟，远远传来几声下流的歌曲，应该承认，歌声难登大雅之堂，因为那是一个贫民唱的。瓦尔诺先生瞧了一个仆人一眼，那个穿得花团锦簇的仆人立刻退了出去，不久之后，就听不见歌声了。这时，一个仆人给于连送上一杯莱茵葡萄酒，瓦尔诺夫人特意告诉他，这种酒是从产地买来的，卖九法郎一瓶。于连拿着绿色的酒杯，对瓦尔诺先生说：

"不再唱那种下流的歌子了。"

"当然！我想不会再唱了。"所长得意扬扬地答道，"我要他们安静一点。"

这句话对于连来说太过分了。他的外表能够随遇而安，他的内心却做不到。虽然他经常弄虚作假，但还是感到有一大滴眼泪沿着脸颊流了下来。

他设法用绿色的玻璃杯遮掩他的眼泪，但怎么也不可能硬下心肠来品尝莱茵美酒。"连唱歌也不许！"他心里自言自语，"我的天哪！你怎么忍受得了！"

侥幸，没有人注意到他这种不合时宜的感情冲动。税务官哼一首保王党的歌。大家乱哄哄地齐声合唱歌曲中的叠句，这时，于连受到了良心的责备："瞧！这就是你追求的名利地位，只有这样你才能升官，只有和这伙人同流合污，你才能发财！你的职位也许可以挣到两万法郎，但是在你大块吃肉的时候，却不得不禁止穷人唱歌：你克扣可怜人的口粮，来大办宴席，而你吃得越多，他们就越倒霉！——呵！拿破仑！你的时代多么美好！只要在战场上不怕危险，就可以青云直上！而在今天，却要卑鄙龌龊地加重穷人的痛苦！"

我得承认，于连独白时表现出来的软弱，并没有赢得我的同情。他不愧是黄手套党人的同伙，党人阴谋改变一个大国的现状，却不肯忍受一点点轻伤。

突然一下，于连想起了他在现实中扮演的角色。人家请他来参加这高朋满座的宴会，并不是让他来胡思乱想，不说一句话的。

一个退出了印花布行业的商人，同时是贝藏松学院和于泽斯学院的通讯员，从餐桌的另一头问于连，听说他读《新约全书》成绩惊人，这是不是传闻之误。

忽然一下出现了一片寂静，一本拉丁文的《新约全书》像变戏法似的出现在这位两个学院的通讯员手里。他一听于连的回答，就随口念出了半句拉丁文。于连接着背了下去：他的记忆丝毫不差，这种奇才使得酒醉肉饱的人赞不绝口。于连看了看夫人们容光焕发的脸，好几张脸并不难看。他特别看中了那个唱歌的税务官的妻子。

"真对不起，我在夫人们面前用拉丁文献丑了。"他说时瞧着她，"如果两个学院的通讯员吕比尧先生高兴的话，他可以随便念一句拉丁文，我不再用拉丁文往下背，而是当场把他的话翻译出来，给夫人们听听。"

这第二个表演使他的光荣达到了顶点。

在座的有好几个阔绰的自由党人，但幸而他们的孩子有可能得奖学金，于是听了最近一次传道说教之后，他们忽然就改变了政治观点。虽然他们这一招很高明，德·雷纳先生却从来不愿意在家里接待他们。这些好人只是久闻于连的大名，又在国王驾临那一天看到了他的马上英姿，因此，现在就成了他热烈的捧场人。"这些傻瓜对拉丁文一窍不通，听我念《圣经》怎么也不厌烦？"他心里想。他想不到他们正是因为不懂才觉得有趣，还边听边笑，但是于连却厌倦了。

六点钟一响，他就一本正经地站了起来，说是利戈里奥主教的新神学里有一章他还没有读熟，明天却要背给谢朗神甫听。"因为我的职务，"他欢欢喜喜地加了一句，"就是要人背书，自己也背书。"

大家笑得厉害，表示对他佩服，这就是玻璃市流行的风气。于连已经站了起来，大家也就不顾尊卑上下的礼节，跟着站起，这就是天才得到的尊敬。瓦尔诺夫人留他多待一刻钟，一定要他听听孩子们背诵教理入门。他们背得乱七八糟，非常好笑，但只有他一个人心里明白。他也懒得指出他们的错误。"对宗教的基本知识，居然这样一窍不通！"他心里想。他要告别，以为到底可以脱身了，不料还得再听一篇拉封丹的寓言。

"这个作家不大重视道德，"于连对瓦尔诺夫人说，"有的寓言居然嘲笑让·舒阿尔神甫。在他看来，世上没有什么值得尊敬的东西。难怪有些正派的评论家对他提出了严厉的批评。"

于连离开之前，还得到四五张赴宴的请帖。"这个年轻人为本省增光添彩！"客人们兴高采烈，异口同声地叫道。他们甚至谈到要从公积金中拨款，让他去巴黎深造。

这个贸然提出的建议还在餐厅里余音不绝，于连却已经轻快地走到了车马出入的大门口。"啊！低级趣味！低级趣味！"他低声地一连说了三四遍，又呼吸了几口新鲜空气，才觉得心里爽快。

此时此刻，他感到自己完全成了一个精神贵族，而长久以来，德·雷纳先生家虽然待之以礼，他却发现他们笑中有刺，目中无人，伤害了他的自尊心。今昔对比，他觉得简直是天渊之别。"但我怎能忘记，"他边走边想，"他的钱是从贫民身上搜刮来的，而且还不许他们唱歌呢！德·雷纳先生虽然也是一样。但还不至于把每瓶酒的价钱都告诉客人，来表示阔气吧？而这个瓦尔诺先生，总是不厌其烦地列举他的财产，只要他的妻子在场，他就故意把房屋产业，全都说成是'她的'！"

这个女人多么喜欢做表面上的房主业主啊！但午宴时一个仆人打碎了一个高脚杯，"害得她十二只玻璃酒杯不成套了"。她却小气得不顾体面，对仆人大发脾气；而这个仆人也不成体统，回话时根本不把主人放在眼里。

"这是一伙怎么样的人啊！"于连自言自语，"即使他们把搜刮来的钱财分一半给我，我也不愿和他们生活在一起。做了他们的家庭教师，总有一天，我会暴露思想的。我心里瞧不起他们，怎能控制自己不表现出来呢！"

然而，他还是不得不按照德·雷纳夫人的吩咐，参加许多大同小异的宴会。于连成了出风头的人物，大家不再怪他上次穿仪仗队的制服了，甚至可以说，正是那次小不慎造成了他这次大胜利。不久以后，玻璃市议论纷纷的，只是谁能争夺到这个博学多才的年轻人，是德·雷纳先生呢，还是贫民收容所所长？这两位先生再加上马斯隆神甫，多少年来，成了威镇全市的三巨头。谁见了市长不眼红？自由党人牢骚更多。不过说来说去，市长到底是个贵族，生来出人头地，而瓦尔诺先生的父亲，留下来的遗产还不到六百法郎呢。年轻的时候，谁不可怜瓦尔诺穿一身蹩脚的苹果绿衣服？而今天，要羡慕他的诺曼底骏马，他的金链条，他的巴黎时装，他的繁荣昌盛，恐怕还不容易转过弯子来吧！

在这个新世界的人流中，于连以为自己发现了一个老实人，他是几何学家，名叫格罗，据说是雅各宾派的。于连曾经发誓，逢人不说真心话，因此对格罗也只是半信半疑，适可而止。他收到从韦尔吉送来的大包拉丁文练习。他得到劝告，要他多去看看他的父亲，他也勉为其难地照办了。总而言之，他总算差不多挽回了他的名誉。一天早上，他还在睡觉，忽然有两只手蒙住了他的眼睛，一下把他惊醒了。

来的不是别人,是德·雷纳夫人进城了,她让孩子们照应他们心爱的兔子,自己抢先一步,四级一跨地跑上楼来,走进了于连的房间。这真是一刻千金,可惜时间太短;等到孩子们抱着乡下带来的兔子,上楼来给他们的朋友看时,德·雷纳夫人早已下楼了。于连欢迎他们大家,甚至包括兔子在内。他们仿佛是全家久别之后,重新团聚。他觉得自己真爱这些孩子,他喜欢同他们谈天说地。他感到奇怪的是,他们的声音怎么这样悦耳,他们的小动作怎么这样单纯而又高尚;他需要洗净头脑,把他在玻璃市呼吸到的污浊空气,看到的庸俗举动,听到的肮脏思想,全都一扫而光。在城里总是担心缺衣少食,总是贫富斗争。请他赴宴的人家谈起烤肉来,真是言者无耻,听者恶心。

"你们这些贵族,你们有什么理由可以骄傲!"他对德·雷纳夫人说。他还对她讲他参加宴会时受的罪。

"那么,你真出足了风头啦!"她一想到瓦尔诺夫人每次见到于连都要涂脂抹粉,不由得开心地笑起来,"我想,她是在打你的主意呢。"她又画龙点睛地说。

这顿午餐吃得味美无比。有孩子们在场,表面上看起来碍手碍脚,实际上却增加了共同的幸福感。这些可怜的孩子重新见到了于连,不知道如何表示他们的快乐才好。仆人早就告诉了他们,瓦尔诺愿意多出二百法郎,把于连拉过去"教育"他的孩子。

午餐吃到一半,大病刚愈的斯坦尼拉-扎维埃脸色还有点苍白,忽然问起他的母亲来,他的银餐具和喝水用的平底大口杯值多少钱。

"为什么问这个?"

"我要把刀叉卖掉,好把钱给于连先生,免得他教育我们'吃了亏'。"

于连眼里含着泪珠,对他又吻又抱。他的母亲率性哭了起来。这时,于连把斯坦尼拉抱到膝盖上,对他解释不该用"吃亏"、"上当"这类字眼,因为那是下人常用的口头语。一见德·雷纳夫人破涕为笑,于连就设法用些形象生动的例子,来解说什么叫"吃亏上当",使孩子们听得更加开心。

"我懂了,"斯坦尼拉说,"狐狸说乌鸦会唱歌,乌鸦一张口,嘴里的干酪就掉到地上,给狐狸叼了去,这就是'吃亏'、'上当'了。"

德·雷纳夫人高兴得如醉如狂,她接二连三地吻她的孩子们,这样一来,她的身子就难免要靠到于连身上。

忽然一下门打开了，走进来的是德·雷纳先生。他板着脸，一肚子的不高兴，和这里的欢乐气氛形成了黑白分明的对比，他一出现，欢乐立刻逃之夭夭。德·雷纳夫人吓得脸色惨白：她感到人证俱在，无法抵赖。于连抢过话来，提高嗓门，对市长先生讲斯坦尼拉打算卖掉他那套银餐具和大口杯的事。他明知这个故事不受欢迎。首先，德·雷纳先生早已养成了良好的习惯，一听到人家谈银子就会皱眉头。"一提金银，"他经常说，"那总是要我掏腰包的敲门砖。"

不过这一次还不止是金钱的问题，他内心的猜疑也增加了。他不在家，家里反倒一片欢腾，这对一个自尊心碰都碰不得一下的人，是多么难堪啊！他的妻子对他夸奖于连，说他多么有本事，有办法使他的学生接受新观念，这是火上加油。

"对，对，我明白了，他使我的孩子讨厌我，他很容易显得比我可爱百倍，因为我到底是可恶的家长。这个世纪的一切，都在'合法的'权力脸上抹黑。倒霉的法兰西！"

德·雷纳夫人懒得去考虑，她的丈夫对她的态度有什么细微的变化。她刚刚隐约看到，她有可能和于连在一起过上一天。她在城里有一大堆东西要买，就说一定要上馆子去吃晚餐，不管她的丈夫说什么，做什么，她都坚持自己的主意。孩子们一听到"上馆子"，就高兴得手舞足蹈，即使表现得假装正经的人不也乐坏了么！

德·雷纳先生等他的妻子走进了头一家时装店，就去拜访自己的朋友。他回来时比早上出去时还更闷闷不乐。他相信全城的人都在谈论他和于连的事。其实，谁也不敢对他提起流言飞语中最伤人的那部分。大家对市长说来说去的无非是：于连到底是拿他家的六百法郎呢，还是接受贫民收容所所长提出的八百法郎。

这位所长在人多的场合碰到了德·雷纳先生，就故意表示"冷淡"。他是这方面的老手，做得无可非议，在外省做事千万不能鲁莽。感情用事非常少见，万一感情冲动，也要使它石沉大海。

瓦尔诺先生是在巴黎方圆一百里内外，被人叫做"神气"活现的人；他生来胆大脸厚，粗俗不堪。自从1815年以来，他春风得意的生涯，使他更加肆无忌惮。简直可以说，他是奉了德·雷纳先生的命令，来统治玻璃市的，但是他比市长活跃得多，好管闲事，从不脸红，不停地上蹿下跳，写信投走，说东道西，不知人间有羞耻事，也没有个人的抱负，但在教会当权人的眼里，他到底却动摇了市长的信誉。几乎可以说，他把几个最愚蠢的老板，最无知的法官，走江湖的医生，总而言之，把各行各业最不要脸的人都聚在一起，对他们说："我们来统治吧。"

这些人的所作所为，损害了德·雷纳先生的名声。粗俗不堪的瓦尔诺却满不在乎，甚至年轻的马斯隆神甫当众拆穿他的谎言，他也若无其事。

不过，瓦尔诺先生虽然官运亨通，却需要做出一些鸡毛蒜皮的无礼行动，以便转移公众的视线，免得人家义正词严地对真正重要的大事提出批评。自从阿佩尔先生来后，这一类活动也随着他的担心而大大增加了。他到贝藏松去了三次，每次邮班他都要寄好几封信；他还要些不三不四的人，在半明半黑的晚上，来他家里把信带走。他使年高德劭的谢朗神甫失去了职位，这也许是个错误，因为他这种报复的行为，使得好几个出身高贵的女信徒，认为他是一个城府很深的坏人。再说，他这件事得到了代主教德·弗里莱先生的大力支持，也使他对代主教不得不言听计从，为他干一些莫名其妙的差事。他政治上已经到了这个地步，写一封匿名信，他何乐而不为呢？更麻烦的是，他的妻子对他说，要把于连请到家里来教书，这可以为她的虚荣心锦上添花。

在这种情况下，瓦尔诺先生预料到难免要跟德·雷纳先生摊牌，化友为仇。市长自然会说粗话骂他，这点他倒不怕；不过，市长还会写信到省里去，甚至会给巴黎写信。不知道什么时候，某个大臣的亲戚会从天而降，接管玻璃市的贫民收容所。瓦尔诺先生想到应该接近自由党人，因此请了好几位来参加于连背书的那次宴会。他们可能会大力支持他反对市长。但是，选举可能会意外地举行，又想当所长，又要投自由党的票，那显然是势难两全的。德·雷纳夫人善于推测政治斗争的内幕，就挽着于连的胳膊，一路细细讲来，他们从一家商店走到另一家，不知不觉就走到了"精忠路"，在那里过了好几个小时，心安理得，几乎就像在韦尔吉一样。

在这段时间里，瓦尔诺先生尽力避免和他的老上司闹翻，他对市长显出非常大胆的神气。这一次，他这套办法算是成功了，不过市长的脾气也更坏了。

虚荣心和爱财心的斗争，使德·雷纳先生"上馆子"的时候再难过也没有了。恰恰相反,他的孩子们那时却再开心不过。这个鲜明的对照结果刺痛了他的心。

"我看得出,我在自己家里成了多余的人。"他一走进馆子,就装腔作势地说。

他的妻子也不答话,只是把他拉到旁边,对他说明一定要打发于连走。她刚度过的幸福时光,使她从容不迫、坚定不移地执行她深思熟虑了半个月的行动计划。而玻璃市这位可怜的市长,却觉得从头到脚都苦恼得说不出,因为他明明知道,全城的人都公开嘲笑他爱财如命。瓦尔诺先生慷慨大方,好像是个强盗头子,钱来得太容易;而他呢,在圣约瑟兄弟会、圣母会、圣体会等最近举行的五六次募捐活动中,却表现得谨慎有余,体面不足。

在玻璃市和附近城镇的募捐簿上,捐款人的姓名是按捐款多少的顺序排列的,不止一次,大家看到德·雷纳先生的名字排在最后一行。他说自己没有赚钱,那也没用。教会对这类事是不开玩笑的。

第二十三章　官僚的隐痛

终年趾高气扬,
难免片刻忧伤。①

——卡斯蒂

让这个小人去小心在意、担惊受怕吧。为什么他家里要用一个雄心勃勃的人才呢?其实,他需要的只是一个奴才。为什么他不会挑选?一般说来,19世纪的权势人物,要是发现了一个有雄心壮志的人才,那不是把他置于死地,就是流放于千里之外,不是使他饱受牢狱之苦,就是对他百般凌辱,使他一时糊涂,顿起轻生之念。说也奇怪,在这里受苦受难的,却不是那个人才。法国的小城市也好,纽约的民选政府也好,不幸他们都忘不了世上还有德·雷纳先生这样有权无能的人物。在一个拥有两万居民的城市里,正是这

---

① 引语原为意大利文。

些人物在呼风唤雨，制造舆论，而舆论在一个按宪章治理的国家里是可怕的。一个心灵高尚的好人，本来可能成为你的朋友，但他远在百里之外，那就只能根据当地的舆论，来对你做出评价了，而舆论都是碰巧生长在富贵之家的傻瓜制造出来的。于是出类拔萃的人才就活该倒霉了。

餐后全家立刻回韦尔吉去，但过了一天，于连看见他们又回到了玻璃市。

使他感到意外的是，不到一个小时，他就发现德·雷纳夫人有什么秘密，要瞒住他。他一出现，她马上中断同她丈夫的谈话，并且几乎流露出不愿有人打扰的神气。于连很识相，用不着她再做什么表示就走开了。他变得很冷淡，尽力克制自己。德·雷纳夫人也看得出来，但是并不打算解释。"难道她喜新厌旧，见异思迁了？"于连心想，"就在前天，她还对我那么亲热呢！不过人家说，这些贵妇人做起事来，就是这样高深莫测。她们喜怒无常，有如帝王，当君主对大臣恩宠有加的时候，说不定大臣一回到家里，却发现大祸已经从天而降了。"

于连注意到，他一出现就忽然中断的谈话，谈的是一所玻璃市区的大房子，房子旧了，但是宽敞舒适，坐落在教堂对面，在全城最热闹的商业区。"这所旧房子和喜新厌旧有什么联系呢？"于连心里寻思。他闷闷不乐，就重来复去地念弗朗索瓦一世著名的两句诗。诗显得很新奇，因为那是德·雷纳夫人不到一个月以前才教他的。那时，多少山盟海誓，多少亲热的抚摸，都在否定这两句诗呵！

　　女人老是变心，
　　信她就要上当。①

德·雷纳先生坐驿车到贝藏松去了。这是两小时内才决定的，他看来心烦意乱。一回来，他就把一个大灰纸包扔在桌上。

"瞧，这该死的东西。"他对妻子说。

一个小时以后，于连看见贴布告的人把这一大包东西拿走了，他赶快跟着走。"只要走到头一个街角，我就会知道是什么秘密。"

---

① 全诗见《雨果戏剧选》第337页。

他迫不及待地等贴布告的人用一把大刷子，在布告背面乱七八糟地涂上了糨糊。布告刚刚贴上墙，好奇心切的于连就详详细细地看了一遍，原来是公开招租那所大房子的通告，就是德·雷纳先生和他的妻子谈话时常提到的那一所。投标租房子的时间定在第二天下午两点钟，地点在市政府大厅，点完了三根蜡烛，投标就得结束。于连不禁大失所望：投标的时限这样短，怎么来得及通知想租房子的人呢？再说，布告上写的日期又是半个月以前，他在三个不同的地方，把布告从头到尾再看了三遍，结果还是摸不着头脑。

他去看那所出租的房子。门房没有看见他来，正在神秘地对旁边的一个人说：

"呸！呸！不要白费劲了。马斯隆先生早已说好，要用三百法郎把房子租下来。市长表示反对，却被代理主教德·弗里莱叫到主教府里去了。"

于连一来，似乎打扰了这两个朋友的谈话，他们都一言不发了。

于连不能不去看看投标。半明不暗的大厅里，挤着一大堆人，但是大家都心怀鬼胎，互相打量。大家的眼睛都盯着一张桌子，于连看见桌上的锡盘子里，点着三个小蜡烛头。招标人喊道："有人出三百法郎，诸位先生！"

"三百法郎！太便宜了。"一个人低声对他旁边的人说，于连正好站在他们两人之间。"至少该租八百。我要去抬抬杠。"

"你这是放空炮，老虎屁股摸不得！得罪了马斯隆先生、瓦尔诺先生、主教大人，还有那位可怕的代主教德·弗里莱的一伙人，你会得到什么报应呢？"

"三百二十法郎。"那个人高声喊道。

"笨蛋！"他旁边的人对他说，"你也不看看，你身边就有市长的密探。"他指着于连，又说了一句。

于连急忙转过身来，要批驳这种谬论，但那两个方施—孔特地区的老乡却若无其事，不再注意他了。他们的冷静使他也冷静下来。这时，最后一个蜡烛头熄了，招标人拖长了声音宣布：房子租给某省科长德·圣吉罗先生，租金三百三十法郎，租期九年。

市长刚刚走出大厅，大家就议论开了。

"这三十个法郎是格罗若这个冒失鬼给市里赚来的。"一个人说。

"可是德·圣吉罗先生不会放过格罗若的。"有人接过嘴来，"这一下他要吃不消，兜着走了。"

"真不要脸！"于连左边的一个胖子说，"这所房子，我愿出八百法郎租来开工厂，还会觉得占了便宜呢。"

"去你的吧！"一个自由党的少老板回嘴说，"你不知道德·圣吉罗先生是圣公会的人吗？他的四个孩子不都得到了助学金吗？这个可怜的穷人！难道玻璃市政府不该贴补他这五百法郎的租金吗？这是一清二楚的事嘛。"

"连市长也拿他无可奈何，还有什么可说的！"第三个人插嘴说，"市长是一个极端保王派，真巧，不过，他并不盗窃公款。"

"他不盗窃？"另外一个人说，"难道鸽子也不飞了？钱都成了公款，到了年底才分账。瞧！小索雷尔在这里，我们走吧。"

于连回来，心情很坏。他看见德·雷纳夫人也闷闷不乐。

"你去看投标了？"她问他道。

"是的，夫人，我很荣幸，那里的人说我是市长先生的密探。"

"要是他肯听我的话，他本来该出门去旅行了。"

说到德·雷纳先生，德·雷纳先生就到；他也显得非常阴郁。大家吃晚餐时都不说话。德·雷纳先生吩咐于连同孩子们回韦尔吉去，一路上大家都不高兴。德·雷纳夫人安慰她的丈夫说：

"你也该习惯这一套了，我的朋友。"

晚上，大家静悄悄地围炉坐着，只听得见劈柴燃烧的噼啪声。这是最和睦的家庭也难免的苦闷时刻。一个孩子忽然高兴得叫了起来：

"门铃响了！有人来了！"

"见鬼！如果又是德·圣吉罗先生借口道谢来麻烦我，"市长叫了起来，"我可要对他老实不客气，这做得过头了。他应该去谢谢瓦尔诺先生，而我是被拖下水的。万一那些该死的自由党报纸拿这件小事当做把柄，来挖苦我这个二百五，叫我怎么办呢？"

一个非常漂亮的男子，颊髯又粗又黑，这时跟着仆人走了进来。

"市长先生，我是吉罗尼莫。在我动身的时候，驻那不勒斯大使馆参赞德·博韦西骑士先生要我带一封信给你。这只不过是九天以前的事，"吉罗尼莫先生瞧着德·雷纳夫人，非常高兴地又说了一句，"你的表弟博韦西先生是我的好朋友，夫人，他告诉我你懂意大利文。"

第 一 部

那不勒斯来的客人兴致真好,使这个愁眉不展的夜晚,变成了笑逐颜开的良宵。德·雷纳夫人一定要请他吃夜餐。她使全家都动了起来;她不惜任何代价,也要使于连忘掉他的烦恼,忘掉在这一天之内,人家有两次叫他做密探。吉罗尼莫先生是一位有名的歌唱家,既会应酬交际,又能自得其乐,这是法国人很难兼而有之的品德。他在夜宵之后,同德·雷纳夫人表演了一小段二重唱。他讲的故事很有趣。孩子们听到凌晨一点钟,还在啧啧叫好,于连说该睡了。

"还要听听那个故事。"大孩子说。

"那是我自己的故事,少爷。"吉罗尼莫先生接着说,"八年前,我像你一样,是那不勒斯音乐学院的年轻学生,我的意思是说,年纪和我差不多;但我没有福气,做美丽的玻璃市大名鼎鼎的市长先生的公子。"

这句话使德·雷纳先生叹了一口气,他还瞧了瞧他的妻子。

"津加勒利先生,"年轻的歌唱家接着说,他流露出了一点乡音,听得孩子们扑哧笑了起来,"津加勒利先生是个非常严格的老师。音乐学院的人不喜欢他,但他偏要大家做出喜欢他的样子。我只要有机会,就要外出;我喜欢去圣卡利诺小剧院听神仙般的音乐。但是,天哪!哪里弄得到八个苏去买一张正厅的门票呢?这可是一个大数目呀!"他说时瞧瞧孩子们,孩子们都笑了。"圣卡利诺剧院的经理乔瓦诺先生听过我唱歌。我那时才十六岁。'这个孩子,他是个宝。'他说。"

"'我雇用你好不好?好朋友'?他来问我。

"'你给我多少钱?'

"'四十个金币一个月。'

"诸位先生,这是一百六十法郎呀。我以为看见天门打开了。

"'不过,'我对乔瓦诺说,'怎么能使严格得不近情理的津加勒利放我出来呢?'

"'让我来办①。'"

"让我来办②!"大孩子叫了起来。

---

① 原文均为意大利文。
② 原文均为意大利文。

"你说得对,我的大少爷。乔瓦诺先生,他对我说:'亲爱的①,你先签一个小小的合同。'我签了字,他给了我三个金币。我从来没见过这么多钱。然后,他告诉我该怎么办。

"第二天,我要求见可怕的津加勒利先生。他的老佣人把我领了进去。

"'你找我什么事,小坏蛋?'津加勒利说。

"'老师②,'我对他说,我犯了错误,非常后悔。我以后再也不爬铁栅门溜出学院了。我要加倍用功。

"'要是我不怕耽误人世上最好的男低音,我准把你这个小淘气关上半个月,只准喝水吃面包。'

"'老师③,'我接着说,'我要做全校的模范,请相信我④。不过我要请你恩准,如果有人要我到外面去唱歌,务必请你谢绝。求你开恩,就说你不能答应。'

"'你想谁不怕倒霉,会来请你这样的小浑蛋?难道我会答应让你离开音乐学院?你是不是在开玩笑?滚蛋,滚蛋,'他一边说,一边要在我屁股上踢一脚,'否则,当心关起来啃干面包。'"

"一个小时后,乔瓦诺先生来找院长。"

"'我来求你帮忙,帮我发笔小财,'他对院长说,'把吉罗尼莫让给我吧。让他在我的戏院里唱歌,那么,今年冬天我就有钱嫁女儿了。'

"'你要这个小坏蛋干什么?'津加勒利对他说,'我不答应,你就得不到他;再说,即使我答应,他也不愿离开音乐学院,他刚刚还对我发过誓。'

"'如果问题只是他本人愿意不愿意,'乔瓦诺认真地答道,一面从口袋里拿出我的合同来,'演唱合同⑤!这是他的签字。'

"津加勒利立刻气得要命,使劲拉铃叫人:'给我把吉罗尼莫赶出音乐学院去!'他怒气冲冲地喊道,就这样把我赶走了。乐得我哈哈大笑。当天晚上,我就登台唱莫蒂普利柯咏叹调。丑角要结婚,扳着指头算他要买的家具,

---

① 原文均为意大利文。
② 原文均为意大利文。
③ 原文均为意大利文。
④ 原文均为意大利文。
⑤ 原文均为意大利文。

越算越不清楚。"

"啊！先生，请你给我们唱唱这支咏叹调好吗？"德·雷纳夫人说。

吉罗尼莫唱了，大家都笑得流眼泪，吉罗尼莫先生一直到早晨两点钟才上床，他翩翩的风度，彬彬的礼貌，勃勃的兴致，使全家人都着迷了。

第二天，德·雷纳先生和夫人把他需要的推荐信给了他，介绍他去法兰西宫廷。

"这样看来，哪里也不得不弄虚作假。"于连说，"瞧，吉罗尼莫先生要到伦敦去，薪金是六万法郎，假如当初圣卡利诺剧院经理没有弄虚作假，他那超凡入圣的歌声恐怕要耽误十年，才能为人所知，才能得到喝彩……说心里话，我还是情愿做一个吉罗尼莫，不愿做一个雷纳。他的社会地位虽然不那么高，但是生活愉快，不会有今天投标那样的烦恼。"

有一件事使于连觉得困惑不解：在玻璃市德·雷纳先生的房子里孤零零度过的这几个星期，对他而言，却是幸福的时光。他只有在参加宴会时才感到厌恶，感到难过；而孤零零地待在房里的时候，他不是可以静心读书、写作、思考，不必受到干扰吗？这时，残酷的现实不会打破他光辉的梦想，不会要他去研究卑鄙心灵的活动，甚至要用口是心非的语言或手段，去自欺欺人。

"难道幸福离我这么近？……而幸福生活的代价又是这么小。只要我愿意，我可以娶艾莉莎小姐，也可以和富凯合伙做生意……但是，一个刚登上山顶的游客，会觉得休息的乐趣无穷。如果要强迫他永远休息，他还会觉得幸福吗？"

德·雷纳夫人心里也起了命该如此的想法。她本来下了决心，不把投标的底细告诉于连，结果还是一五一十地说了。"这样看来，他会使我忘了我发过的誓！"她心里想。

如果她看见她丈夫的生命有危险，她会毫不犹豫，不惜牺牲自己的生命去救他。她是一个心灵高尚，而又带有浪漫色彩的女人，对她说来，见义不为，几乎等于犯罪，那会使她悔恨交加。然而，这并不能排斥在她心灵的黑暗角落里，她一想到成了寡妇就可以和于连结婚，又觉得其乐无穷。

于连爱孩子们，远在他们的父亲之上；虽然他管教严格，还是得到了他们的爱戴。她也知道，要和于连结婚，就得离开绿荫沁人心脾的韦尔吉。她想象自己在巴黎，继续让孩子们受令人羡慕的教育。孩子们，她自己和于连，都会幸福无比。

婚姻有意想不到的后果，这是19世纪造成的！婚前如果有爱情的话，婚后生活的无聊一定会使爱情化为泡影。然而，一位哲学家说得好，在那些钱多得不用工作的人家里，婚姻不久就会使平静的家庭生活变得毫无乐趣可言。只有那些心灵枯竭的女人，才不渴望得到爱情。

哲学家的话使我原谅了德·雷纳夫人，但玻璃市的人却不原谅她，她做梦也没想到，全市都在谈论她的风流丑闻。由于有了这件大事，这年秋天不像往年那样无聊。

秋天和一部分冬天，很快就过去了。是离开韦尔吉森林的时候了。玻璃市的上层社会看到他们的流言飞语，对德·雷纳先生居然没有起多大的作用，不由不恨得咬牙切齿。有些正人君子，平时一本正经，专以散布流长飞短为己任，来调剂自己无聊的生活，在不到一个星期的时间内，就使人对市长产生了最难堪的怀疑，不过他们使用的字眼却又很有分寸。

瓦尔诺先生精心安排，把艾莉莎安插到一个很有声望、阴盛阳衰的富贵人家。她说她怕冬天找不到工作，所以自动只要市长家工资的三分之二。这个女仆还有她自己的高招，既去找老神甫谢朗，又去找新神甫忏悔，好把于连的风流艳事，一五一十地告诉他们两个人。

于连回来的第二天，早晨六点钟，谢朗神甫就把他叫去了。

"我什么也不问，"他说，"我请求你，必要时我会命令你，什么也不要告诉我；我只要求你三天之内到贝藏松神学院去，或者去你的朋友富凯那里，他会为你安排美好的未来。我早就料到了，一切都安排了，你一定得离开，一年之内不要回玻璃市来。"

于连没有回答，他在考虑谢朗先生对他的关怀，是否有损他的名誉，因为说到底，神甫并不是他的父亲。

"明天这个时候，如果我能再见到你，我会觉得不胜荣幸。"他最后对神甫说了。

谢朗打算尽力说服这个年轻人，他费了不少口舌，于连用谦逊的态度和表情掩饰自己，没有开口。

他到底离开了神甫，跑去告诉德·雷纳夫人，但却发现她陷在痛苦之中，无法自拔。原来她的丈夫刚才相当坦白地对她说了心里话。他生来外强中干，一心想继承贝藏松那笔遗产，所以不敢怀疑她是清白无辜的。他刚刚对她推心置腹，说玻璃市的舆论使他莫名其妙。公众显然是错了，一些妒忌他们的人把舆论引上了邪路，但是说来说去，有什么办法呢？

德·雷纳夫人曾一度抱过幻想，以为于连只要在瓦尔诺先生家任教，就可以留在玻璃市。但她已经不是一年前那个简单而胆小的女人；她无法摆脱的情欲，她内心的悔恨，已经使她眼明心亮。她一边听她丈夫讲，一边无可奈何地认识到，他们恐怕不得不暂时分开了。"离开了我，于连一无所有，自然又会重新捡起那些野心勃勃的计划，而我呢，天呀！我这样有钱！但是有钱也买不到幸福！他会忘记我的。像他这样可爱的人，不会没有人爱，也会爱上别的女人。啊！我真不幸……我又能怪谁呢？天主是公正的，我陷入了罪恶的深渊，不能自拔，连判断力都失去了。其实，我当时为什么不花钱把艾莉莎收买过来呢？对我而言，还有什么比这更容易的呢？我舍不得花精力仔细考虑一下，爱情使我胡思乱想，占去了我所有的时间，我这下可完了。"

有一件事使于连感到意外：他把离别的噩耗告诉德·雷纳夫人的时候，发觉她并没有私心，说一句反对的话。显然她在竭力克制自己不流眼泪。

"我们需要坚强，我的朋友。"

她剪下了一束头发。

"我不知道我将来会怎样，"她对他说，"但是万一我死了，请答应我，永远不要忘记我的孩子。多多少少，总要把他们教养成人。万一再发生一次革命，所有的贵族都不免要上断头台，他们的父亲为了那个死在屋顶上的乡下人，说不定要逃亡国外。这个家就要拜托你了……伸出你的手来，再见，我的朋友！这是我们最后的时刻。做出了这个重大的牺牲，我希望在大家面前，我会有勇气想到我的名誉。"

于连本来以为她会伤心绝望。告别如此简单，反倒打动了他的心。

"不，我们不能就这样分别了。我走，这是他们的希望，也是你的希望。不过，三天之后，我夜里会回来看你。"

德·雷纳夫人忽然一下前后判若两人。这样看来，于连非常爱她，因为是他主动提出要回来看她的！她可怕的痛苦忽然变成了她有生以来没有感到过的快乐。一切都变得不难了。肯定能再见到她的情人，使这最后分手的时刻变得不那么令人心碎肠断。从这一片刻起,德·雷纳夫人的举动和她的外貌一样,变得高贵、坚强,几乎是十全十美了。

德·雷纳先生不久就回了家,他气得忘乎所以。到底,他对他的妻子谈起了两个月以前收到的那封匿名信。

"我要把这封信带到游乐场去,当众宣布是这个不要脸的瓦尔诺干出来的勾当,我把他从贫困中救了出来,使他成了玻璃市的一个大阔佬,他却恩将仇报。我要当众揭穿他的老底,然后跟他决斗,他实在是欺人太甚了。"

"糟糕!我可能要当寡妇了!"德·雷纳夫人心里想。差不多就在同时,她又自言自语,"如果我不阻止这场决斗,我岂不成了谋杀丈夫的帮凶吗!我肯定能阻止的。"

她从来没有这么巧妙地使丈夫回心转意。不到两个小时,她就使他看出得罪瓦尔诺先生对他自己不利,最好连艾莉莎也请回来,而转圜的理由,却是她引导他自己找出来的。德·雷纳夫人需要很大的勇气,才能下决心再雇用艾莉莎,因为她是一切不幸的根源。不过,这是于连出的主意。

德·雷纳先生经过三番五次的引导才上了路,最后独自一个人得出了经济上令人痛苦的结论,认为在玻璃市议论纷纷的时候,于连留在瓦尔诺先生家教孩子,对市长是很不利的。而接受贫民收容所所长的聘请,却显然对于连有利。相反,为了德·雷纳先生的名声,于连最好是离开玻璃市去贝藏松或第戎进神学院。但是怎么能使于连下决心呢?以后又怎样过活呢?

德·雷纳先生看见自己金钱上立刻要做出牺牲,比他的妻子还更难受。而她呢,在这次谈话后,她好像处在一个好汉的地位,已经厌倦了生活,服了一剂麻醉镇痛的曼陀罗,于是消极被动,对什么都不感兴趣。就是这样,路易十四在临终前也说过:"我总当过国王。"多么看得开啊!

第二天一大早,德·雷纳先生又得到一封匿名信。这封信真是岂有此理,每一行都可以看到侮辱他的粗鲁字眼。这是一个眼红心狠的下属人员写的。一看到信,他又想要和瓦尔诺先生拼个你死我活。气一上来,他马上就想动手。他一个人去武器店买了手枪,装好了子弹。

"的确,"他心里想,"即使拿破仑大帝起死回生,执行最严格的制度,也查不出我的钱来路不明。我最多是开一只眼、闭一只眼罢了。何况我抽屉里还有一大堆信件,说明我是奉命照办的呢。"

德·雷纳夫人看见她丈夫气得脸色煞白，吓得要死，又想起了她好不容易才摆脱了当寡妇的苦命。她关起门来，和他谈了好几个钟头，但没有用，新的匿名信已经使他狠下了一条心。最后，说来说去，她到底说服了他，是打瓦尔诺先生一个耳光，还是一年给于连六百法郎，作为他在神学院的膳宿费，哪一种办法更算是见义勇为呢？德·雷纳先生气得用千言万语来诅咒那个倒霉的日子，怪自己不该请一个家庭教师到家里来，他骂着骂着，却把匿名信忘到脑后去了。

他还有一个聊以自慰的主意，没有对他的妻子吐露：那就是巧妙地利用年轻人浪漫主义的心理，希望只出一笔小钱，就要他拒绝接受瓦尔诺先生的聘请。

德·雷纳夫人却不容易说服于连，要他接受她丈夫的津贴而不必难为情，她说他拒绝了收容所所长公开提出的八百法郎的薪金，只是为了她丈夫的缘故。

"不过，"于连老是这样回答，"我可从来没有想到过，连一片刻也没有想到过，要接受他的薪金呀。你使我过惯了高雅的生活，那些人的庸俗会要了我的命。"

无情的现实用铁腕折服了于连的意志。他的自尊心提出了一个幻想：他接受玻璃市市长这笔津贴算是贷款，他要开一张借条，五年之内，连本带利一齐还清。

德·雷纳夫人还有几千法郎，藏在山上的小山洞里。

她哆哆嗦嗦地把这笔钱送给于连，分明知道她会受到愤怒的拒绝。

"难道，"他说，"你要我回想起爱情来，就闻到铜臭味？"

最后，于连要离开玻璃市了。德·雷纳先生非常高兴的是：在他送钱的紧急关头，于连认为收钱是个太大的牺牲。他断然拒绝接受。德·雷纳先生扑上去拥抱他，眼泪都流了出来。于连只要求他开一张品德证明书，他太兴奋，甚至找不到那么好的字眼来赞美于连的行为。我们的主角只省下了五个金币，他打算向富凯再借五个。

他非常激动。但离开玻璃市才一法里，他就留下了他的爱情。一心只想到在贝藏松这样的省城，这样的军事重地，他会多么快活。

在三天短短的离别期间，德·雷纳夫人受到了假情假意的欺骗。她的日子还过得去，在她和最大的痛苦之间，还有最后一次和于连见面的机会。她掐着指头计算，还有多少小时，还有多少分钟把他们分开。最后，到了第三天夜里，她听到远远传来了约好的暗号。于连经过了千难万险，来到了她面前。

从这时起，她只有一个念头："这是我和他最后一次见面了。"于是她丧魂失魄，好像一具僵尸，对情人的热忱，远远做不出热烈的反应。如果她勉强说一声她爱他，那不自然的神气使效果适得其反。生离死别的残酷念头缠住了她，使她无法摆脱。于连生来多疑，有一阵子认为她已经忘记了他。于是他说了一些刻薄话，但得到的回答只是默默无言的眼泪，还有几乎是痉挛的握手。

"天呀！你叫我怎么能相信你呢？"于连听不懂他情人无言的申辩，"你对德维尔夫人，甚至对一个一面之交，都比对我更热情百倍啊！"

德·雷纳夫人目瞪口呆，不知如何回答。

"世上还有比我更不幸的人吗？……我真希望死了算了……我觉得心都冰凉了……"

这就是他听到她说得时间最长的答话。

天快亮了，他不得不走了，德·雷纳夫人的眼泪也流干了。她看着他把一根打了结的绳子系在窗子上，没有说一句话，也没有吻她。于连说的话有如石沉大海：

"我们总算到了这个地步，这不是你希望的吗？从今以后，你的生活不会再有什么悔恨了。万一你的孩子再生一点小病，你也不会大惊小怪，好像看见他们进了坟墓一样。"

"可惜你不能亲一亲斯坦尼拉。"她冷冰冰地对他说。

这个活死人的毫无热情的拥抱，到底给于连留下了深刻的印象。他走了好几里路，都不能忘怀这临别的情景。他的心很难过，在他翻过大山之前，只要他还能看见玻璃市教堂的钟楼，他就情不自禁地频频回首。

第二十四章　省城

多么热闹，多少繁忙！二十岁的青年多么憧憬未来！大可逍遥于情网之外！

——巴纳夫

第 一 部

最后,他远远看见了山上黑色的城墙,那就是贝藏松要塞。"假如我到这座军事重镇来,"他叹了一口气说,"是当驻防联队的一个少尉,那情况就大不相同了!"

贝藏松不仅是法国一座美丽的城市,而且人才济济。但于连只是一个乡下来的青年,根本接触不到那些名人。

他在富凯那里换了一套城里人的衣服,穿着过了吊桥。满脑子都是1674年围城的故事,他想在神学院过禁闭生活之前,亲眼看看这座堡垒林立的要塞。有两三次他几乎给哨兵抓了起来,因为他误入了工兵贮存干草的禁区,不知道干草每年可以卖十二到十五个法郎。

高高的城墙,深深的壕沟,威风凛凛的大炮,使于连心醉神迷了好几个小时,不知不觉已经走到了林荫道的大咖啡馆前。他一动不动,目瞪口呆地站着。虽然他已经看见了两扇大门上方,写着又粗又大的"咖啡馆"三个字,但还是不敢相信自己的眼睛。他努力克服自己胆怯的心理,大胆走了进去,到了一间三四十步长、天花板至少有二十尺高的大厅。这一天,对他说来,一切都令人神往。

有两场台球赛正在进行。侍者高声报分,打球的人围着球台转,旁边挤满了观众。大家嘴里吐出的腾腾烟气,像蓝色的云雾笼罩着大厅。这些人高高的身体,圆圆的肩膀,重重的步伐,密密的胡子,长长的礼服,都引起了于连的注意。这些古代贝藏松人的后裔,说起话来只是喊叫,装出武士的威风。于连看得发呆,想象不出像贝藏松这样的大省城,是多么宏伟壮观。他觉得自己根本没有勇气去向这些目中无人、高声报分的先生们要一杯咖啡。

但是柜台后面的小姐注意到了这个乡下青年可爱的脸孔,他夹着一个小包袱,站得离火炉三步远,正在仔细看国王的半身石膏像。这个小姐是方施一孔特人,亭亭玉立,打扮出色,使咖啡馆四壁生辉。她已经用低得只有于连能听见的声音叫了他两次:"先生!先生!"于连看到了一双非常温柔的蓝色大眼睛,明白了是在对他打招呼。

他赶快向柜台走去,走到这个漂亮小姐面前,好像在迎战似的。这个伟大的行动使他的包袱落到地上了。

巴黎的学生到了十五岁,已经会满不在乎地进出咖啡馆。看见我们这个外省来的乡下人，会觉得多么寒酸啊！不过这些十五岁就神气十足的年轻人，到了十八岁可能变得庸庸碌碌。而外省人热情胆小，但胆小是可以克服的，那时，他们反倒敢想敢做了。于连走到这个对他垂青的漂亮小姐身边："我应该对她说实话。"他心里想。克服了胆怯心理，他的勇气就上来了。

"女士，我有生以来是头一次到贝藏松。我要买一块面包和一杯咖啡。"

小姐笑了一下，脸就红了。她怕这个漂亮的小伙子会引起打球人的注意，他们会拿他开玩笑，吓得他再也不敢来了。

"坐这里，坐到我旁边来。"她说时指着一张大理石桌子，桌子几乎被伸到厅内的桃花心木大柜台挡住了。

小姐把身子探出柜台外，露出了她漂亮的身段。于连不会错过这个机会，他的想法也改变了。漂亮的小姐把一个杯子放在他面前，还有白糖和一块小面包。她考虑要不要叫侍者来倒咖啡，心里明白侍者一来，她就不能和于连亲密交谈了。

于连想起了使他心情激动的往事，不免要和这个快活的金发美人进行比较。一想到德·雷纳夫人对他的热爱，他羞怯的心理几乎完全化为乌有。美丽的小姐不消片刻时间，就从他的眼睛里看出了他的心思。

"这烟味呛得你咳嗽，明天早上八点以前来吃早餐吧，那时几乎只有我一个人在店里。"

"你叫什么名字？"于连问时，含情脉脉地微微一笑，腼腆得讨人喜欢。

"亚芒达·比内。"

"我能够在一个小时之后，给你送一个这么大的小包来吗？"

美丽的亚芒达想了一下。

"有人看着我，你的要求会连累我的；不过，我可以在纸上写下我的住址，你贴在小包上，就可以大胆送给我了。"

"我叫于连·索雷尔，"年轻人说，"我在贝藏松没有亲戚，也没有熟人。"

"啊！我明白了，"她高兴地说，"你是来上法学院的吧？"

"唉！不是，"于连答道，"我是来进神学院的。"

亚芒达的脸色一沉，显得非常失望。她把侍者叫来，她现在有勇气了。侍者给于连倒上咖啡，瞧也不瞧他一眼。

亚芒达在柜台上收钱。于连居然敢对生人讲话，感到得意。有一张球台上忽然争吵起来。打球的人喊叫、争辩，大厅里一片喧哗，把于连都吓坏了。亚芒达却做梦似的低下了头。

"小姐，"他忽然很有把握地问道，"要不要说我是你的表亲？"

这种自作主张的神气很合亚芒达的口味。"他不是一个没出息的青年。"她心里想，口里很快回答，但是却不瞧他，因为她的眼睛在看有没有人朝柜台走来。

"我是第戎附近让利的人，就说你也从让利来，是我娘舅家的。"

"我记住了。"

"在夏天，每个星期四下午五点钟，神学院的学生都要从咖啡馆门口过。"

"要是你想念我的话，我走过的时候，请你手里拿一束紫罗兰。"

亚芒达带着吃惊的神色瞧着他。她这一瞧，使于连的勇气变成了胆大妄为。不过，他答话时还是满脸通红的：

"我觉得我对你的爱情非常强烈。"

"说话声音低点。"她吓得赶快说。

于连想起了他在韦尔吉找到过一本残缺不全的《新艾洛伊丝》，他要试试看自己是不是记得书中的句子。他的记性真管用，一口气给亚芒达小姐背了十分钟，听得她如醉如痴。他很高兴自己如此勇敢，不料忽然一下，这个方施一孔特的美人变得冷若冰霜。原来是她的一个情夫来到了咖啡馆门口。

他吹着口哨，大摇大摆朝柜台走来，瞪了于连一眼。于连的想象力老走极端，不是爱之欲生，就是恨之欲死，这时，他只想和情敌决斗。他脸色非常苍白，推开杯子，显出死不回头的神气，也狠狠地瞪了情敌一眼。好在情敌是这里的常客，正低着头在柜台上倒烧酒给自己喝，亚芒达赶快乘机给于连送个秋波，叫他不要抬头看人。于连当然遵命，两分钟内，他一动不动地坐在位子上，脸色还很苍白，神气还很坚决，一心只想会出什么事，这时，他的表现的确不错。情敌看见于连的眼睛，吃了一惊；他一口气喝了一杯烧酒，对亚芒达说了一句话，双手插进礼服上衣两侧的口袋，吹起口哨，瞧瞧于连，就朝着球台走去了。于连压不住心头的怒气，站了起来，但又不知道怎样以眼还眼，以牙还牙。他放下了小包袱，也尽量做出大摇大摆的样子，向着球台走去。

劝他谨慎有什么用？一到贝藏松就决斗，教士生涯还没开始，就结束了。

"管他哩！我可受不了这口气。"

亚芒达看出了他的英雄气概，这和他天真的态度形成了鲜明的对比。顷刻之间，她就觉得他比那个穿礼服的年轻人更可爱。她也站了起来，装着要看一个似曾相识的过路人，迅速走到于连和球台之间。

"不要斜着眼睛看人，那位先生是我姐夫。"

"姐夫又怎么样？谁叫他瞪着眼睛看我！"

"你要叫我为难吗？当然，他瞪了你一眼，说不定他还要找你谈话呢。我告诉他，你是我娘家的亲戚，是从让利来的。而他是个方施—孔特人，从来没去过勃艮第，没去过比多尔更远的地方。因此，你爱和他谈什么就谈什么，不会露出马脚来的。"

于连还在犹疑。她站柜台的经验丰富了她的想象，使谎言可以脱口而出，她马上又加了一句：

"不错，他瞪了你一眼，不过那时他还没向我打听你是谁呢。这个人对谁都不客气，他并不是存心要跟你过不去。"

于连的眼睛盯着这个冒牌的姐夫，看见他把钱换成赌注，向着离得远的那张球台走过去了。于连听见他的粗嗓子气势汹汹地喊道："我来给你们露一手！"于连赶快绕到亚芒达小姐背后，要向球台走去。亚芒达一把抓住了他的胳臂：

"你先来付钱给我吧。"她对他说。

"她说得对，"于连心想，"她怕我不付钱就走了。"亚芒达也和他一样激动，满脸通红；她尽可能慢慢地找钱给他，再三对他低声说：

"马上出咖啡馆去，你不走，我就不爱你了；其实，我是很爱你的。"

于连只好走了出去，不过走得很慢。"难道我不应该，"他翻来覆去地想，"吹着口哨瞪这家伙一眼吗？"他拿不定主意，就在咖啡馆门前的林荫道上等了一个小时，看那家伙是不是出来。于连等不到人，只好走了。

他到贝藏松不过几小时，已经惹下了一场感到懊悔的祸事。老军医虽然有风湿病，以前还教过他如何击剑，这就是他能用来报仇雪恨的全部本领。其实，如果他知道发泄怒气并不一定要打人一个耳光，剑术的好坏也就无所谓了；再说，万一当真要动拳头，那么，他的情敌身材魁梧，一下就会把他打翻在地，动弹不得的。

"像我这样的可怜虫,"于连心想,"既没有保护人,又没有钱,进神学院还不是和坐牢差不多。我一定得把世俗人穿的便服存在一个小客店,然后再换上黑道袍。万一我能从神学院出来几个小时,那就可以换上便服,去看看亚芒达小姐。"这个如意算盘打得不错,但于连走过许多客店门口,却一家也不敢进去。

最后,他再走到大使旅馆门口,他惶惑不安的眼睛看到了一个还算年轻、红光满面、样子很快活的胖女人。他走过去讲他的事。

"当然可以,我漂亮的小神甫,"大使旅馆的老板娘对他说,"我可以存起你的便装,随时替你掸掉灰尘。像这样的天气,毛料衣服不掸灰是不行的。"她拿了一把钥匙,亲自把他带进一个房间,叫他把寄存的东西开张清单。

"天哪!你换上道袍多漂亮,索雷尔神甫先生!"他下楼走进厨房时,胖女人对他说,"我去给你做一顿晚餐。"她又低声加了一句,"只收你二十个苏,别人却要付五十个,因为你这个'小小的钱包'不能不省着用。"

"我有十个金币。"于连得意地答道。

"啊!天哪,"老板娘慌忙说,"声音小点。贝藏松坏人多,一下就把你的钱抢走了。千万不要进咖啡馆,那里都是坏人。"

"当真?"于连说时脑子动了一下。

"要喝咖啡只能来我这里。记住,这里总有一个朋友,一顿二十个苏的晚餐,我的话说了就算数。上桌吧,我亲自侍候你。"

"我吃不下,"于连对她说,"我太难受了,出了你的门,就要进修道院的门。"

老板娘不把他的口袋装满吃的东西,绝不肯放他走。最后,他不得不去那进去容易出来难的地方。老板娘在门楼上给他指路。

第二十五章　神学院

午餐每份八十三生丁,晚餐每份三十八生丁,每餐共三百三十六份,还有特供的巧克力。投标包伙可赚多少钱?

——贝藏松的瓦尔诺

他远远看见了门上镀金的铁十字架；他慢慢走过去，两条腿似乎发软了。"这就是进得去出不来的人间地狱！"他到底决定按门铃了。铃声打破了一片沉寂。十分钟后，才有一个脸色苍白、身穿黑色衣服的人来开门。于连看了他一眼，立刻低下头去。他发现守门人的相貌与众不同。绿色的眼球突出，像猫眼一样滚圆；眼皮一动不动，说明他无动于衷；薄薄的、半圆的嘴唇遮不住突出的牙齿。在这副面孔上看到的不是罪恶，而是使年轻人更胆战心惊的冷酷无情。于连一眼看出，这张虔诚的长脸瞧不起一切与天国无关的言谈。

于连勉强抬起头来，心跳得太厉害，连声音也发抖了。他说他想见神学院院长皮拉尔先生。黑衣人一言不发，只做个手势，要他跟着走。他们上了两层楼，有木栏杆的楼梯很宽，不靠墙的那一边向外倾斜，好像随时都会坍塌，一扇小门上方有个墓地用的、漆成黑色的白木十字架，门好不容易才打开了，守门人把他带进了一个又暗又矮的房间，用石灰粉刷过的墙上，挂了两大幅年深月久而发黑的油画。守门人丢下于连走了。他很害怕，心跳得更厉害，恨不得大哭一场才痛快。死一般的沉寂压得房子透不出气来。

过了一刻钟，这一刻钟对他来说比一整天还长，脸色阴沉的守门人又出现在房间另一头的门槛上，他不屑于开口，只做个手势要他往前走。于连走进了一间更大更暗的房间。墙壁也粉刷了，但是没有家具。不过在门后面的角落里，于连走过时看见一张白木床，两把草垫椅子，一把没有坐垫的松木扶手椅。在房间的另一头，在玻璃发黄的窗子下，在窗台上几个肮里肮脏的花瓶旁边，他看见一个人坐在一张桌子前面，穿了一件破旧的黑道袍；他的样子像在生气，拿了一大堆小小的方纸片，一张一张地在上面写几个字，然后摆在桌上。他没有注意到于连在他面前。于连一动不动站在房子中间，守门人把他留下后，关上门又走了出去。

十分钟就这样过去了，衣服破旧的人一直在写。于连又紧张又害怕，几乎倒在地上。一个哲学家会说，丑恶给爱美的心灵留下了强烈的印象。也许他说错了。

写字的人抬起头来，于连开始也没看到，即使看到之后，他还是一动不动地站着，仿佛给可怕的目光吓死了一样。于连的眼睛朦朦胧胧，几乎看不清那张长脸上的红斑，还有死尸一般惨白的额头。在红与白之间，闪烁着两只小小的黑眼睛，连最勇敢的人看了也会胆战心惊。额头上方是黑玉般的又粗又密的短发，使轮廓显得黑白分明。

"请你走过来，好不好？"那个人到底不耐烦地开口了。

于连脸色从来没有这么苍白，步子从来没有这样不稳，没走几步就要跌倒，离那张摆满了纸片的小白木桌子还有三步，又站住了。

"再走近点。"那个人说。

于连伸出手来，摸索前进。

"你叫什么名字？"

"于连·索雷尔。"

"你来得太晚了。"那个人对他说，又用可怕的目光打量他。

于连受不了这种目光，伸出手来要找依靠，不料却笔直倒在地上了。

那个人急忙按铃。于连只是眼睛看不见，没有力气动，但还听得见脚步声。

人家把他扶了起来，放在小白木扶手椅上。他听见那个可怕的人对守门人说：

"他看起来是发羊癫疯了，真是再倒霉也没有。"

等到于连张开眼睛，那个红脸人又在写字，守门人已经走了。"一定要拿出勇气来，"我们的主角心里想，"尤其不能让他们知道我的感觉，"他感到一阵强烈的恶心，"要是我出了什么意外，天晓得人家会怎么想。"这时，那个人不写了，斜着眼睛看着于连：

"你现在能答话了吗？"

"能的，先生。"于连有气无力地说。

"啊！那太好了。"

黑衣人半起半坐，咯吱一下打开了松木书桌的抽屉，迫不及待地找一封信。信找到了，他又慢慢坐下，再看了看于连，仿佛要把他剩下来的一口气都挤出来似的：

"你是谢朗先生推荐来的，他是全教区最好的神甫，世上只要有个好人，那就是他，他还是我三十年来的老朋友呢。"

"啊，我是有幸在和皮拉尔先生说话吗？"于连气息奄奄地说。

"那还消说。"神学院院长不高兴地瞧着他答道。

他的小眼睛更亮了,嘴角的肌肉不由自主地缩了一下。老虎吃羊之前就是这股神气。

"谢朗的介绍信很短,"院长自言自语似的说,"智者寡言①,到了今天,能写短信的人不多了。"他高声念道:

"我介绍本教区的于连·索雷尔来见你,他受过我的洗礼快有二十年了。他生在有钱的木匠家里,但是木匠不给他钱。于连会成为天主园里一个好园丁的。记性、悟性,他都不缺,还会思考。他向天主之心能持久吗?是真心吗?"

"真心!"皮拉尔神甫吃了一惊,重复念道,同时瞧了于连一眼,不过,神甫的目光已经不是那么不近人情了,"真心!"他又低声重复一遍,就接着念信了:

"我求你给于连·索雷尔一笔奖学金,必要的考试会说明他应该得奖。我教过他一点神学,博须埃、阿尔诺、弗勒里等宣扬的古老正宗的神学。如果他使你失望,请打发他回来,你认识的贫民收容所所长愿出八百法郎,请他教育子女。我的内心非常平静,这要感谢天主:我已经习惯于可怕的打击了。'再见,谢谢垂爱'。②"

皮拉尔神甫念到签名时,声音放慢了,叹了一口气才念"谢朗"两个字。

"他很平静,"他说,"的确,善有善报;但愿有朝一日,我也能得到天主的善报!"

他望着天,在胸前画了个十字。看到这个神圣的手势,于连感到内心深处的恐惧减少了,自他走进修道院后,这种恐惧使他浑身冰凉。

"我这里有三百二十一个人报名,要献身于圣职,"皮拉尔神甫到底严肃而没有恶意地说,"只有七八个得到谢朗神甫这样的人推荐。因此,在三百二

---

① 原文为拉丁文。
② 原文为拉丁文。

十一个人当中,你是第九个。不过,我的保护毫不偏袒,也不姑息,而是加倍关怀,严格要求,防止堕落。你去把门锁上。"

于连吃力地走到门口,总算没有倒下。他看到门旁有个小窗子,朝着田野。一看见树,他就好受多了,仿佛旧友重逢似的。

"你会说拉丁文吗①?"他回来时,皮拉尔神甫问道。

"会的,好神甫②。"于连答时有点恢复过来了。其实,半个小时以来,他认为世上没有哪个人不比皮拉尔先生好一些。

拉丁文的谈话继续进行。神甫眼睛的表情变温和了,于连也恢复了一点镇静。"我多差劲,"他心里想,"几乎上了假冒为善的当!这个人其实不过是马斯隆之流的骗子。"于连高兴的是,他的钱没上交,几乎全藏在靴子里。

皮拉尔神甫对于连进行神学考试,他惊讶地发现于连的知识面很广。特别是问到《圣经》时,他觉得更惊讶。但问到圣人的学说时,于连却几乎不知道圣哲罗姆、圣奥古斯丁、圣波拉文都、圣巴西勒等圣徒的名字。

"的确,"皮拉尔神甫想,"这就是我一直怪谢朗不该探讨的新教倾向。他对《圣经》的研究太深,深得过分了。"

(于连刚才未经提问,就谈到了《创世纪》和《摩西五经》等书的"真正"写作年代。)

"对《圣经》这样没完没了的推理研究,"皮拉尔神甫想,"如果不是导致个人的自由解释,也就是说,引向新教的荒谬教义,还能有什么结果呢?除了这些异端邪说之外,他对能纠正这些偏向的圣人学说,却又一无所知。"

但向于连问到教皇的权力时,神学院院长更惊讶得无法形容,原来他以为会听到古代高卢教会的格言,不料年轻人却把近代人德·迈斯特先生的全本《教皇论》都背了出来。

"这个谢朗真是个怪人,"皮拉尔神甫想,"他要于连读这本书,难道是要教他开玩笑吗?"

他想搞清楚于连是不是当真相信德·迈斯特先生的学说,但是再问也是枉然。年轻人的回答只是背书。从这时起,于连的确表现得不错,他感到自

---

① 原文为拉丁文。
② 原文为拉丁文。

已能应付自如。经过漫长的考试之后,他觉得皮拉尔先生对他的严格态度似乎只是装出来的。的确,神学院院长如果不是十五年来硬性规定,对神学院学生一定要严,那他看在逻辑的分上,早就该拥抱于连了,因为他的回答实在清楚明白,正确无误,干脆利落。

"这个人心灵强健,"他想,"但是'身体虚弱'①。"

"你时常这样晕倒吗?"他用法语问于连,同时用手指着地板。

"这是我有生以来第一次。守门人那张脸吓得我浑身发冷。"于连说时脸都红了,好像一个孩子。

皮拉尔神甫几乎微笑了。

"这是世上浮华虚荣的影响。你显然已经看惯了笑脸,不知道笑脸是骗人的舞台。先生,真理是严酷的。我们在人世的任务不也是严酷的吗?一定要使你的良心防止这个弱点,对外界的'浮华虚荣'不要太'多情善感'。"

"假如推荐你的人,"皮拉尔神甫又用拉丁语说,显然说拉丁语使他更加愉快,"假如推荐你的,不是谢朗神甫这样的人,我也会跟你打官腔,看来你对官腔太熟悉了。我会对你说,你申请的奖学金是世上最难得到的东西。不过谢朗神甫已经传了五十六年教,如果连神学院一笔奖学金也要不到,那未免太对他不起了。"

说完之后,皮拉尔神甫又叮嘱于连,没有他的许可,不要参加任何团体或秘密组织。

"我用人格担保。"于连说时流露了一个老实人的心情。

神学院院长第一次微笑了。

"这话不好在这里讲,"他说,"人格会使人想起世上的浮华虚荣,虚荣会使人犯错误,甚至会犯罪。按照教皇圣庇护五世'唯一教会'②的谕旨第十七条,你的神圣义务就是对我服从。我是你在教会里的上级。在这个神学院,我亲爱的孩子,听到什么都要服从。你有多少钱?"

"原来如此,"于连心想,"要我服从,才叫我'亲爱的孩子'。"

"三十五法郎,我的神甫。"

---

① 原文为拉丁文。
② 原文为拉丁文。

"用钱都要详细记账,还要向我汇报。"

这次令人难受的谈话长达三小时之久。于连把守门人叫来。

"让于连·索雷尔住一〇三室。"皮拉尔神甫对守门人说。

他给于连一个单间,这是特别照顾。

"把他的箱子搬去。"他又说了一句。

于连低下头来,看见箱子就在眼前。三个小时以来,他一直面对着箱子,但却认不得这是自己的东西。

到了一〇三室(这是一间八尺见方的小房子,在最高一层楼),于连看见窗外是城墙,墙外是田野,美丽的杜河把城乡分开了。

"多好看啊!"于连叫了起来,他自言自语,也不知道自己说了什么。他到贝藏松的时间很短,感到的刺激却这么强烈,已经使他筋疲力尽。他坐在斗室窗前唯一的一把木头椅子上,立刻昏昏入睡。他没有听见晚餐和晚祷的钟声,人家也把他忘记了。

第二天早晨,初升的朝阳照醒了他,他才发现自己睡在地板上。

第二十六章 人间贫富

> 我孤独,世上没有人想到我。我见到的人都厚颜无耻,心肠狠毒,难以想象。他们恨我心太好。啊!我快死了,不是饿死,就是看到人太无情,痛心而死。
>
> ——杨格

于连赶快刷刷衣服,跑下楼去,但已经迟到了。一个学监严厉地责备他,于连非但不解释,反倒双臂交叉,放在胸前:

"我有罪,我认错,啊!神甫。"他说时带着忏悔的神气。

他旗开得胜。神学院的明眼人看出了,他们要对付一个不守本分的人。到了休息时间,于连发现自己成了众矢之的。不过人家却只发现他沉默寡言。根据他自定的原则,他把三百二十一个同学都当做敌人,最危险的敌人在他看来,是皮拉尔神甫。

几天以后，于连要选忏悔神甫了，人家给他一张名单。

"唉！天哪！他们把我当成什么人了？"他心里想，"难道他们以为我不明白'忏悔是什么意思'？"于是他就选了皮拉尔神甫。

他没有料想到，这一步有决定的意义。一个小修道士，非常年轻，也是玻璃市人，从第一天起就自称是他的朋友，告诉他说，如果他考虑周到的话，也许该选神学院副院长卡斯塔内德先生做忏悔神甫。

"卡斯塔内德神甫是皮拉尔先生的对头，人家怀疑院长是严格的冉森派。"小修道士把身子俯在他耳边，又加了一句。

我们的主角自以为考虑周到，其实他所走的第一步都有点冒失，像选忏悔神甫一样。善于想象的人很自负，常常迷失方向，把意愿当成现实，以为自己口是心非，功夫已经很到家了。他甚至愚蠢到了这个地步，居然责备自己表现软弱而取得的胜利。

"唉！这是我唯一的武器了！换了一个时代，"他心里想，"面对敌人，单凭胜过雄辩的行动，我就可以挣到面包。"

于连对自己的表现很满意，他向周围一看，发现到处都有纯道德的表现。

八九个修道士生活在神圣的气氛中，他们见过显灵的幻象，就像圣德蕾丝和在韦尔纳山上五处受伤的圣方济各一样。不过这是一个大秘密，他们的朋友也不对外人讲。见过幻象的年轻人几乎一直都住在病房里。另外一百来个修道士，把不倦的勤修苦练和坚定的信仰结合起来。他们勤奋到了生病的地步，但也没有学到什么。只有两三个人以真才实学闻名，其中一个名叫夏泽尔，不过于连觉得他们不好接近，于是他们互相疏远。

在三百二十一个修道士当中，剩下的都是些庸俗之辈，他们自己也不一定知道，他们一天到晚背诵的拉丁文说些什么。他们几乎都是乡下人，觉得背几个拉丁文混饭吃，比用锄头刨地容易得多。根据自己亲身的观察，于连从头几天起，就打算早日取得成功。"各行各业都需要聪明人，因为说到底，总得要干一行，"他心里想，"在拿破仑时代，我可以当士官；在这些未来的神甫当中，我要做代理主教。"

"这些可怜虫，"他接着想，"他们从小干粗活，到这里来以前，喝的只是凝结了的牛奶，吃的只是黑面包。他们住在茅屋里，一年只吃五六次肉。就像古罗马的士兵把战争当做休息一样，这些乡巴佬也把修道院看成乐园。"

于连从他们死气沉沉的眼睛里，只看得到餐后伸腿、餐前张口的肉欲。就是在一伙这样的行尸走肉当中，他要脱颖而出；但是于连却不知道，也没人告诉他，在神学院上教理和教会史等课考第一名，在他们看来，只不过是冠冕堂皇地犯罪而已。自从出了伏尔泰之后，议会政治其实只培养对宗教的怀疑，对教理的自由解释，使老百姓心里也养成了怀疑的坏习惯，于是，法国教会似乎恍然大悟：书才是他们真正的敌人。在他们看来，只有真心服从才是最重要的事。学习出人头地，即使是研究神学，也要受到怀疑，而且不无道理。谁能阻止出类拔萃的学者投到对方的阵营里去？西耶斯和格古瓦不就是先例吗！摇摇欲坠的教会不是抓住教皇叫救命吗？只有教皇还能设法麻痹自由解释的精神，试用教廷虔诚的仪式，来影响世人厌世的病态心理。

于连对各派的真相都只一知半解，因为在神学院听到的言论，总在揭穿这些真相，因此，他深深感到苦闷。他拼命用功，很快就学会了对一个神甫非常有用的东西，在他看来，却是非常荒谬的东西，丝毫不能引起他的兴趣。但是除此以外，他又有什么事可做呢？

"难道我被人世遗忘了？"他心里想。他不知道皮拉尔先生已经收到了几封从第戎寄来的信，但把信都烧了。信内措辞虽然无可挑剔，但却流露出了难忘的热情。悔恨之心似乎在和爱情作艰苦的斗争。"那好，"皮拉尔神甫心里想，"这个年轻人爱过的女人，至少不是个不信宗教的。"

一天，皮拉尔神甫拆开了一封泪痕未干、字迹模糊的诀别信。"最后，"写信人对于连说，"天主开恩了，使我痛恨我的罪过，但并不恨使我犯错误的人，他将永远是我在世上最亲爱的朋友。牺牲已经做出了。这并不是没有流眼泪的，你也可以看出。不过，这是为了拯救那些我义不容辞，你如此热爱的人，我才做出牺牲的。公正而严厉的天主不再会因为母亲的罪过而惩罚他们了。再见，于连，对人要公正！"

信的最后几行几乎完全看不清楚。写信人留了一个在第戎的通信处，但又希望于连不必回信，万一回信的话，使用的语言至少不该使一个悔过自新的女人脸红。

于连的苦闷，加上包伙人供应八十三生丁一顿的午餐质量太差，开始影响了他的健康，不料一天早上，富凯忽然跑到他房里来。

"我总算进来了。我到贝藏松来过五次，要看看你。修道院总是不开门，这当然不能怪你。我派一个人守在门口等你，真是见鬼！你为什么从来也不出门呀？"

"我是作茧自缚，考验自己。"

"我发现你变了。不过，我到底又见到了你。我刚花了两个五法郎的金币才能进来，我真是个傻瓜，为什么第一次来没想到送礼呢！"

两个朋友谈起来没个完。于连的脸色忽然一变，因为他听见富凯说：

"顺便问一句，你知道吗？你学生的母亲已经变成最虔诚的教徒了。"

他说话的口气满不在乎，却对热情的心灵留下了意料不到的印象，他做梦也没有想到，他的话一石激起了千重浪。

"是的，我的朋友，简直虔诚得无以复加。据说她还去朝过圣呢。不过，最丢脸的是马斯隆神甫，他长期监视可怜的谢朗先生，到头来却得不到德·雷纳夫人的信任。她宁愿到第戎或贝藏松来忏悔。"

"她到贝藏松来！"于连说时，脸孔都涨红了。

"来过好几次。"富凯疑惑不解地答道。

"你身上有《立宪报》吗？"

"你说什么？"富凯反问道。

"我问你有没有《立宪报》"？于连又说一遍，神气若无其事，"这里买三十个苏一期。"

"怎么！连修道院里也有自由党！"富凯叫了起来，"倒霉的法国！"他又学马斯隆神甫假惺惺的温和口气，加了一句。

如果说于连进神学院的第二天，那个从玻璃市来的，孩子一般的小修道士对他说过的话，没有使他发现什么重大问题，那么，富凯的拜访对我们的主角就该留下深刻的印象了。于连来修道院后的一举一动，不过是弄虚作假的表现而已。他连自己都瞧不起自己。

说实在的，于连一生的重大行动都经过精心策划，但他不大注意细枝末节，而神学院的精明人却偏会小中见大。因此，在修道士眼中，他已经是个自由思想者了。一大堆琐碎的小事暴露了他的思想。

在他们看来，他犯了大罪，因为他"独立思考，自行判断"，而不盲从"权威"或先例。皮拉尔神甫也没有帮他什么忙。除了听忏悔之外，没和他讲过一次话，听忏悔也是听得多，讲得少。如果当初选了卡斯塔内德神甫，那就会大不相同了。

于连一发现自己的错误，就不再觉得烦恼。他要了解错误造成的后果有多大，因此，不再那么沉默寡言，拒人于千里之外。但这时大家趁机向他报复。他主动接近人，不但不受欢迎，人家反而说他装得低三下四，甚至十分可笑。他这才认识到，从他进神学院那一天起，没有一个小时，尤其是没有一个休息的片刻，他的敌人不在增加，或在减少，因为总有几个好心的修道士不像别人那样粗俗，也会对他产生好感。但要弥补的错误实在太大，工作也太难做。从此以后，于连不断注意提高防人之心，同时要把自己塑造成为性格焕然一新的人。

比如说，他的眼睛一看人就会给他自己添麻烦。

因此，在这种地方，大家老是低眉垂眼，不是没有道理的。"我在玻璃市多么自高自大啊，"于连心想，"我以为那就是生活。其实，那只是为生活做准备。我现在才算进入人世了，我看直到我演完这个角色，都会发现周围全是敌人的。多困难啊！"他又想道，"每一分钟都要口是心非！连大力神的丰功伟绩，相形之下，也会显得微不足道了。近代的大力神就是教皇西斯特五世，他年轻时性情急躁，态度傲慢，但是一连十五年，他却装得谦虚谨慎，瞒过了四十个大主教。"

"那么，学问在这里有什么用呢！"他心怀不满地想，"教理课和圣教史考得好，只是表面上得到重视。口头上的重视是要骗我这样的傻子上当吃亏的。唉！我唯一的本领不过是取得好成绩，会说连篇的废话而已。难道他们心里当真认为这些成绩和废话有价值吗？还是他们和我的看法一样呢？我真傻得到了家，居然还以好成绩为荣！哪里知道考试总得第一，离开修道院后去挣钱，就要得最后一名了。夏泽尔的学问比我好，他作文时故意说些文不对题的话，这就使他降到第五十名。如果他偶尔考个第一，那准是粗心大意，露了马脚。啊！只要皮拉尔先生一句话，哪怕一句话也比好成绩管用得多啊！"

于连一看透了这一套，就觉得长时间的勤修苦练，例如每星期祷告五次，需要一边祈祷，一边数念珠，需要唱圣心颂歌，本来似乎无聊得要死的一套，现在却变成最有趣的活动了。因为在修炼时，于连认真自我反省，一切量力而为，并不妄想做模范修道士，一举一动都有"意义"，这就是说，一举一动都要证明自己是个十全十美的基督徒。在修道院里，从白煮鸡蛋的吃法，似乎也可以看出一个人是否虔诚来。

读者也许会笑，那就请回忆一下，德利尔神甫应邀到路易十六宫廷命妇家去午宴，吃鸡蛋时犯了错误，这不说明了他是否虔诚吗？

于连起先努力做到"无罪"①。这就是说，一个年轻的修道士的一举一动，胳臂一摆，眼睛一瞧，都不能流露出一点俗念，但还没有达到"看破"今生，完全向往来世的地步。

于连不断在走廊墙上，看到一些用木炭写的警句："六十年的勤修苦练，比起天堂里永恒的幸福，或地狱里下油锅的痛苦，那又算得了什么！"他不再对警句熟视无睹，他明白应该念念不忘。"我要不要今生？"他扪心自问，"还是把天堂一席之地卖给信徒吧。怎能让他们看得见天堂的席位？那就要看我和俗人外表上有什么不同了。"

经过了几个月时时刻刻的勤学苦练，于连还是摆脱不了"思考"的神气。他一转眼睛，一动嘴唇，都看不出真心诚意的信仰，准备相信一切，支持一切，甚至以身殉教也在所不惜的精神。在这方面，于连发现自己远不如那些粗头笨脑的乡巴佬，不禁气得要命。其实，他们有什么理由要有思考的神气呢！

于连花了多大的力气啊！但怎么也装不出那副心满意足、头脑简单的模样，装不出狂热而盲目地准备相信一切，忍受一切的表情，而在意大利的修道院里，在奎契诺②为教堂作的画上，我们这些俗人可以看到多少这样的脸孔！简直是十全十美的典型！

在过节的日子，修道士可以吃到酸菜香肠。于连的同桌看到他对这种口福居然无动于衷，这真是天大的罪过。他的同学都把这看成最虚伪、最愚蠢、最可恶的表现，于是群起而攻之。"瞧这个城里人，瞧这个目空一切的家伙，"他们说，"他居然假装瞧不起最好吃的酸菜香肠！哼！这个坏蛋！这个骄傲的家伙！这个该下地狱的人！"

于连不吃酸菜香肠，本来可以借口说是为了赎罪的缘故，本来还该昧着良心做出牺牲，指着酸菜对一个修道士说："一个凡夫俗子有什么值得献给全能的天主？只好自觉忍痛牺牲了。"

---

① 原文为拉丁文。
② 原注：参看卢浮宫1130号弗朗索瓦·德·阿基坦公爵解甲修道的画像。

但是于连没有经验，很不容易看清楚这种明摆着的事实。

"唉！这些乡下来的年轻人，我的同学，他们的愚昧无知反倒成了一大笔本钱了。"他一泄气就叫了起来，"他们进神学院，用不着老师来改造他们的思想，而我带来的一大堆世俗观念，不管我做什么，都从我的脸上看得出来。"

于连仔细研究神学院里最庸俗的乡巴佬，仿佛妒忌他们似的。在他们脱下粗布短衣、换上黑道袍的时刻，他们所受过的教育，不过是方施一孔特人说的，对"硬币和现洋"的无限崇拜而已。

这是对"现金"这个崇高概念的一种神圣而勇敢的表达方式。

幸福，对这些修道士来说，就像对伏尔泰小说中的主角一样，主要是吃得好。于连发现他们几乎生来就尊敬穿"细呢子"衣服的人。他们在感情上看重"公平分配"，就像法庭赏罚分明一样，分配要按价值，甚至低于价值也不要紧。"和一个'阔佬'打官司，"他们之间时常反复地说，"能得到什么好处呢？"

"阔佬"是朱拉山区对有钱人的称呼。你想想看，他们对"阔佬"中最阔气的政府是多么尊敬！

一听见省长先生的名字而不恭恭敬敬地微笑，在方施一孔特的乡下人看来，那就是失礼；而一个穷人胆敢失礼，很快就会受到惩罚，就会没有面包吃。

于连起初瞧不起乡下人，觉得气闷，结果却又可怜他们：他同学的父亲在冬天晚上回到茅屋里的时候，多半连面包也没有吃的，当然也没有栗子或土豆。因此，"这没有什么好奇怪的，"于连心想，"他们当然认为幸福就是有吃有穿了！无怪乎我的同学都一心要做教士，因为他们看到一当教士，就不愁吃穿，可以过天长地久的幸福日子。"

于连偶然听到一个年轻的修道士异想天开地问他的同伴：

"我为什么不能像西斯特五世那样当上教皇呀？他不是也养过猪吗？"

"只有意大利人才能当上教皇，"同伴答道，"不过代理主教、议事司铎，甚至还有主教，都肯定是在我们中间抽签选出来的。夏隆的主教P先生就是个箍桶匠的儿子，而我的父亲也是个箍桶匠。"

一天上教理课的时候，皮拉尔神甫叫于连去。可怜的年轻人能够脱离身心都深陷其中的环境，觉得松了一口气。

不料院长先生对他的态度，就像他初进神学院那天一样，叫他感到害怕。

"你说说看,这张纸片上写的是怎么回事?"院长问时看了他一眼,看得他只恨入地无门。

于连念道:

"亚芒达·比内,八点以前在长颈鹿咖啡馆。就说是从让利来的,是我娘家的表亲。"

于连看出危险很大,卡斯塔内德神甫的密探偷走了这个地址。

"我到这里的头一天,"于连答时瞧着皮拉尔神甫的额头,因为他怕他的目光,"我很害怕。谢朗先生对我说过,这里的坏人坏事很多,同学之间互相揭发告密,就可以立功受奖。这是天意,好让年轻教士了解生活现实,厌恶人世的浮华虚荣。"

"你居然敢对我说废话,"皮拉尔神甫生气地说,"小坏蛋!"

"在玻璃市,"于连不为所动地接着说,"我的哥哥老打我,其实,他们是妒忌我。"

"别扯远了!别扯远了!"皮拉尔先生不禁气得叫了起来。

于连居然不动声色,接着往下讲。

"我到贝藏松的时候将近中午,我饿了,就进了一家咖啡馆,我讨厌这个俗气的地方,但我想到,这里的午餐比客店便宜。一个女人看来像是店里的老板娘,她可怜我人生地不熟,就对我说:'先生,贝藏松坏人多,你这样子叫人不放心。要是出了麻烦,就来找我吧,八点钟以前来。要是神学院的门房不给你方便,你就说是我的表亲,是从让利来的'……"

"你说的废话都要核实,"皮拉尔神甫叫道,他坐不住了,在室内走来走去,"回房间去吧!"

神甫跟着于连,把他锁在房里。于连赶快打开箱子,那张该死的纸片还是宝贝似的藏在箱底。箱子里什么也没丢。只是翻乱了,但箱子钥匙并没有离过他的身。"真走运!"于连心想,"卡斯塔内德先生老是主动准假,让我外出,我却糊里糊涂没去,现在我才明白他的好意了。万一我不小心,换上衣服去看了美丽的亚芒达,那我就完蛋了。现在他们抓不到把柄,又舍不得丢掉线索,就只好告发我。"

两个小时以后，院长又叫他去。

"你没有说谎，"院长说时目光不那么严厉了，"不过留下这样一个地址太不像话，你不知道有多严重。倒霉的孩子！十年后也许还会有麻烦。"

第二十七章　初入人世

天哪！现在是摩西十诫的时代。谁若犯了戒规就要倒霉。

——狄德罗

关于于连在这个时期的生活，请读者允许我们只简单谈谈清楚明确的事实。这倒不是因为我们无事可谈，恰恰相反，可谈的事太多，不过，他在神学院耳闻目睹的事太黑暗了，不宜保存在这本色彩温和的书里。受苦受难的同代人回忆起这些事来，仍然心有余悸，会破坏一切乐趣，连读书的乐趣也会化为泡影。

于连想要口是心非，说一套，做一套，但是瞒不过人，于是他感到厌恶，甚至灰心绝望。他非但没有成功，还得继续干这卑鄙的勾当。只要外界有点帮助，他还可以坚持下去，要克服的困难并不太大，但他孤立无援，有如大海扁舟。"即使我能成功，"他心里想，"也得在这伙人当中过一辈子！一些只想在晚餐时吃猪油煎鸡蛋的馋鬼，或者像卡斯塔内德这样无恶不作的神甫！他们会掌权的，不过要花多大的代价，我的天呀！

"人的意志是坚强有力的，到处都看得出，但意志能克服这种厌恶的心理吗？伟大的人物做什么事都容易，危险再大也是美的，但除了我以外，有谁知道这个环境多丑恶呢？"

这是他一生中最严峻的考验。如果要到贝藏松驻防联队中去当兵，那太容易了！他可以教拉丁语，要养活自己，他需要的东西并不太多！但到那时，他想象中的事业和前途就会化为乌有，那等于是死亡。这就是他愁思苦想，打发日子的一个生活细节。

"我过去因为和年轻的乡下人不同，时常觉得高人一等！唉！过了这么久我才看出来：'与众不同就会引起憎恨'。"一天早上他这样想。经过一次痛心的失败,他才明白了这个伟大的真理。他花了一个星期的时间,要取得一个圣洁修道士的好感。于连同他在院子里散步,耐心听他讲些叫人打瞌睡的蠢话。忽然天气大变,暴雨来了,雷声响了。那个圣洁的修道士粗暴地把于连推开,大声喊道:

"听着:世上人人都为自己,我并不愿天打雷劈。你不信神,你是个伏尔泰,让上帝把你雷劈电击吧!"

于连气得咬紧牙关,睁大眼睛,望着闪电划破的天空叫道:"要是我在暴风雨中还睡大觉,淹死了也活该。让我试试另外一个学究吧。"

上课钟响了,要上卡斯塔内德神甫的圣教史。

这些年轻的乡下人既怕艰苦的劳动,又怕过父亲一样穷困的生活,这一天,卡斯塔内德神甫只好对他们讲讲政府。政府在他们眼里是可怕的,其实,没有上帝派到人间的代表授权,政府并没有真正合法的权力。

"你们要配得到教皇的恩典,就要过圣洁的生活,要服从,要做'教皇手中的工具'。"他加了一句,"你们可以得到一个发号施令、不受监督的好差事,一个终身的职位。政府会给你们三分之一薪水,听道的信徒会出三分之二。"

下课后,卡斯塔内德先生来到院子里,站在学生中间,这一天他们听得更用心。

"谈到神甫,我们简直可以说:他有多大的本领,他的地位就可以得到多少好处。"他对围着他的学生说,"我本人就知道一些山村的教区,额外的收入比城里的神甫还多。他们的薪水一般高,还有人送肥鸡、鸡蛋、新鲜黄油,杂七杂八、数不过来的好东西。在那里,神甫是无可争议的头一把手,没有一桌酒席不请他光临的。"

卡斯塔内德先生刚上楼回到房间,学生就三五成群议论开了。于连被排斥在外,好像一匹害群之马。每一群人中,总有一个学生把铜币抛到空中,然后猜是正面还是反面落地,猜对了的,大家就说他将来的教区额外收入多。

接着就讲道听途说的小故事。一个年轻教士受职不到一年,送了一只兔子给老神甫的厨娘,就当上了候补人,几个月后,老神甫一死,他就得到了那个好教区。另外一个教士小心在意地服侍瘫痪了的老神甫,每餐帮他切鸡,结果他也捞到了那个肥缺。

神学院的学生像各行各业的年轻人一样,喜欢夸张小手段的大作用,吹得天花乱坠，使人想入非非。

"我也得习惯于人云亦云。"于连心想。他们不谈热香肠和好教区，就把宗教学说世俗化，大谈主教和省长、神甫和镇长的分歧。于连看到眼前出现了第二个天主，比第一个更可怕，权更大；这第二个天主就是教皇。他们窃窃私语，免得皮拉尔先生听见，说教皇懒得去任命法国所有的省长和市长，就封法兰西国王为教会的长子，委派他去操这份心。

大约就在这个时候，于连以为可以利用德·梅斯特的《教皇论》，来使人看重自己了。说实话，他的确使同学们大吃一惊，但这又活该他自己倒霉。谁叫他讲他们的意见，讲得比他们自己还清楚呢！谢朗先生对于连、对自己都忽略了一件事。在培养了于连正确推理、不说空话的习惯之后，忘了告诉他，地位不高的人有这种习惯就有罪，因为正确推理总会得罪人的。

于连能说会道，反倒成了他新的罪证。同学们挖空心思，居然想到了一个表达他们恐惧的字眼，给他取了一个绰号：马丁·路德①。据他们说，只有魔鬼的逻辑才能使他这样目中无人。

神学院有好几个年轻的学生肤色鲜嫩，可以算得上是比于连更漂亮的小伙子，但是于连有一双白白的手，他还掩饰不住爱清洁的习惯。命运却偏偏把他投进了这所糟糕的房屋，这个习惯就不成其为优点了。他生活在肮脏的乡下人中间，他们反倒说他放荡。要是我们再这样滔滔不绝地讲我们主角的倒霉事，读者怕要不耐烦了吧。只再举一个例子，有些身强力壮的同学老想打他，他不得不用铁圆规做武器，并且做个手势，表示他也会动武的。手势不像语言，写进密探的小报告并不一定有好处。

第二十八章　迎圣体的队伍

> 人心激动。天主仿佛降临在狭窄的哥特式街头，信徒们小心在意地到处挂起彩幔，地上铺满金沙。
>
> ——杨格

---

① 马丁·路德（1483—1546），新教创始人，否定教皇权威。

于连枉然低三下四，假装糊涂，但总讨不到别人欢喜，他太与众不同了。"然而，"他想，"这些老师都是非常精明、千里挑一的人，怎能不喜欢谦虚的学生呢？"只有一个老师似乎没有看穿他相信一切、甘心上当的鬼把戏。那就是大教堂的司仪夏斯－贝尔纳神甫，十五年来，他抱着当上议事司铎的希望，权且在神学院教传道术。在于连不明真相时，这门课他总考第一名。夏斯神甫因此对他表示好感，下课后总挽着他的胳膊在花园里兜几个圈子。

"他的目的何在？"于连寻思着。他惊讶地看到，整整几个小时，夏斯神甫都对他谈大教堂的祭服。除了丧服以外，共有十七件镶金边的祭披。他们还打德·吕邦普雷院长夫人的主意。夫人已经九十高龄，还保存着七十年前的结婚礼服，礼服是用金线镂空的上等里昂料子做的。"你想想看，我的朋友，"夏斯神甫忽然一下站住，睁大了眼睛说，"这种料子挂起来是笔直的，因为金线太重了。贝藏松的上等人一致认为，院长夫人的遗嘱一公布，大教堂的'宝库'就要增加十几件祭披，还不算四五件节日穿的法衣。我看还不止这些，"夏斯神甫压低声音又说一句，"我有理由相信，院长夫人会送我们八个豪华的镀金银烛台，据说是勃艮第公爵大胆查理在意大利买来的，夫人有一个祖先是公爵的宠臣。"

"这个人讲这堆旧衣服干什么？"于连想道，"他未雨绸缪好像有一个世纪了，却不露破绽。一定是他信不过我！他比别人都高一头，别人的秘密打算，不消半个月我就可以猜到。我明白了，这个人的野心十五年来都没有得逞！"

一天晚上，于连正在上剑术课，皮拉尔神甫把他叫去，对他说道：

"明天是圣体节，夏斯－贝尔纳神甫先生需要你去帮他装饰大教堂，去吧，要服从他。"

皮拉尔神甫又把他叫回来，用同情的口气加了一句：

"你看要不要趁机会到城里去走走？"

"我怕有人告密①。"于连答道。

第二天一大早，于连就低着头到大教堂去了。一看到街道，一看到城里开始热闹起来，他就觉得开心。为了迎圣体的队伍，到处都在屋前挂了彩幔。

---

① 原文是拉丁文。

在神学院过的这些日子,仿佛只是弹指一挥间。他想起了韦尔吉,又想起了漂亮的亚芒达·比内,他可能还会碰上她,因为她的咖啡馆离得并不太远。他打老远就看见了夏斯-贝尔纳神甫站在他心爱的大教堂门口。他身材肥胖,神情开朗,一脸快活相。这一天他得意非凡:"我等你呢,我的好孩子。"他远远看见于连,就大声叫道,"欢迎你来。今天的活又多又累,我们先吃一顿打个底,第二顿要等到十点钟做大弥撒再吃。"

"我希望,先生,"于连认真地说,"做什么事都要有人作证,请你注意。"他说时指着头顶上的大时钟,"我是五点欠一分到的。"

"啊!神学院的小坏蛋把你吓怕了!你怎么老是念念不忘?"夏斯神甫说,"一条路会不会因为路边篱笆上有荆棘就不美丽了?游客还是一样走他的路,让那些该死的荆棘自生自灭。闲话少说,快干活吧,我的朋友,快干活吧!"

夏斯神甫说得不错,要干的活的确很累。头一天在大教堂举行了隆重的葬礼,因为来不及做准备,所以要在一个上午,把三个殿的哥特式大柱子,都蒙上三十尺长的红色锦缎。主教先生还要了四个挂彩幔的师傅从巴黎坐驿车赶来,但这几个师傅不能什么都亲手干,而贝藏松的工人又笨手笨脚,不但得不到他们的帮助,反倒受到嘲笑,更加手脚不知所措了。

于连看到非自己爬梯子不可,好在他身子灵活,倒也方便。他就自告奋勇,指挥本地的工人。夏斯神甫看见他在梯子间穿梭疾行,爬来爬去,简直高兴坏了。等到柱子都蒙上了锦缎,还要把五个羽毛扎成的大花球,放到主祭坛顶的大华盖上去。华盖的木架镀了金,显得富丽堂皇,下面有八根意大利的螺旋形石柱支持。但是要爬到圣龛顶上的华盖中心,不得不走过一个年深月久的木头飞檐,木头也许给虫蛀坏了,而且离地有四十尺高。

一看到艰险的途径,刚才还兴高采烈的巴黎师傅一下泄了气;他们只在下面观望,议论纷纷,但是不敢上去。于连拿起几个大花球,轻巧地跑上梯子。他把花球好好地放在华盖顶部当中的冠状装饰物上。等他一下梯子,夏斯-贝尔纳神甫就紧紧地把他搂在怀里:

"好样的,"好神甫叫了起来,"我要禀告主教大人。"

十点钟那一餐吃得眉飞色舞。夏斯神甫觉得他的教堂从来没有这么漂亮过。

"我的好徒弟,"他对于连说,"我的母亲从前在大教堂出租椅子,所以我是在这里长大的。在罗伯斯庇尔的恐怖时代,我们遭了殃,那时我才八岁,已经能在做家庭弥撒时帮点小忙了,挣点吃的东西糊口。谁折祭披也不如我,金线饰带从没有折断过。等到拿破仑恢复了宗教信仰,我才有幸在大教堂管事。一年五次,我亲眼看到教堂打扮得漂漂亮亮。但它从来也没有像今天这样光彩夺目,锦缎也从来没有挂得像今天这样好,这样紧紧地贴着柱头。"

"他到底要谈他的心事了。"于连心想,"他已经在谈他自己,这是情不自禁的。他虽然很兴奋,说话还是滴水不漏。可他活也干了不少,他真快活,"于连自言自语,"好酒他也不少喝。多好的人!多好的榜样!我要退避三舍了。(这是他从老军医那里学来的一句反话。)"

大弥撒唱"圣哉"的钟声响了。于连想披上白法衣,跟着主教去参加迎圣体的队伍。

"小偷来了怎么办?我的朋友,小偷来了怎么办?"夏斯神甫喊道,"你没有想到吧!迎圣体的队伍就要走了,教堂就要走空了,只有你和我留下来看守。要是柱子脚下只丢掉两米漂亮的金线饰边,我们就算是走运了。这也是德·吕邦普雷夫人赠送的礼物;是她的曾祖父,那位大名鼎鼎的伯爵家传的珍品;全是纯金的,我亲爱的朋友,"神甫又在他的耳边加了一句,神气显得非常激动,"一点没有掺假!我要你负责看住北面的侧殿,千万不要出去。我自己看住南面的侧殿和正殿。特别要注意忏悔室,小偷的耳目就在那里等我们转过身去呢。"

他刚说完,时钟就敲十一点三刻,大钟也立刻响了起来。钟声当当,既洪亮,又庄严,深深地感动了于连。他已经神游天外了。

焚烧的香烛,装成圣徒的孩子们在圣体前撒下的玫瑰花瓣,发出阵阵香味,更使他心醉神迷。

庄严的钟声本来可能使于连想起,这项劳动需要二十个人,每人只挣五十生丁,说不定还需要十几、二十个信徒帮忙。钟声也可能使他想到钟绳和钟架磨损的程度,大钟每两百年掉下来一次的危险,还可能使他考虑如何减少敲钟人的工钱,或者只给他们赦罪,或者想些惠而不费的办法,使教会的宝库支出而金库收入。

于连的心灵听到这样雄伟而洪亮的钟声,却并没有这样精打细算,因为它已经飞到想象的广阔天地中去了。他永远不会成为一个好神甫,或是一个好行政官的。这样容易激动的心灵,最多只能成为一个艺术家。在这里,于连的抱负就暴露在光天化日之下了。在神学院他的同学中间,有五十个人因为对公众的仇恨,对潜伏在篱笆后面的雅各宾主义的恐惧,更注重生活的现实,一听见大教堂的钟声,就可能只会想到敲钟人的工钱。他们可能会用数学家的天才来计算,给敲钟人的工钱引起了如此高度的群情激奋,是否值得。如果于连想到了大教堂的物质利益,他超越现实目标的想象力,也许会计算如何为教堂节省四十个法郎的维修费,而不是斤斤计较,因小失大,只打二十五个生丁的小算盘。

天气晴朗得无以复加,迎圣体的队伍慢慢走遍了贝藏松,在奉官方之命争先恐后搭起来的光辉灿烂的临时祭坛前停下,而在这时,大教堂却沉浸在一片寂静之中。光线半明半暗,天气凉爽宜人;到处香烟缭绕,玫瑰花香扑鼻。

深长的侧殿既寂静,又凉爽,使于连的梦幻更加含情脉脉。他不用担心神甫来打扰,因为夏斯正在南边大殿里忙着。他的灵魂几乎已经出窍,只让他的肉体在他负责看管的北边侧殿里慢步走来走去。他很放心,因为他确信只有几个虔诚的女信徒在忏悔室里祷告;他的眼睛视而不见。

这时,他半出窍的灵魂忽然看到了两个穿得很好的女人,一个跪在忏悔室里,另外一个跪在她旁边的椅子上。他还是视而不见。然而,也许是出于模糊的责任感,也许是这两位夫人高贵的淡妆刺激了他的爱美之心,他看到忏悔室里并没有神甫。"这倒怪了!"他心里想,"这两位漂亮的夫人如果是虔诚的信徒,为什么不跪到街上的祭坛前去;如果只是世俗的贵妇,那又为什么不引人注目地坐到阳台前排的座位上?衣服的式样多么好!多么有风度!"他放慢了脚步,打算看看她们。

跪在忏悔室里的夫人,在一片寂静中听到了于连的脚步声,稍微转过头来。忽然,她轻轻地喊了一声,感到很不舒服。

这个跪着的夫人浑身无力,往后一倒,她旁边的朋友赶快冲过来扶她。这时,于连看到了往后倒的那位夫人的肩膀。一串他熟悉的螺旋形珍珠项链使他目瞪口呆。等他认出了德·雷纳夫人的头发时,他心里是什么滋味!的确是她。要扶住她的头,免得她跌倒的女人,是德维尔夫人。于连身不由己,一下冲了上去。要不是他扶住她们,德·雷纳夫人一倒,也许她的朋友也会跟着倒下。他看见德·雷纳夫人脸色苍白，毫无知觉，头在东倒西歪。他帮德维尔夫人把她的头靠在椅背上，自己跪在地下。

德维尔夫人转过身来，认出了他。

"走开，先生，走开！"她非常愤怒地对他说，"千万不要让她再见到你。一见到你，只会使她厌恶，你来以前，她是多么幸福！你做事太狠毒。走开吧，如果你还有点羞耻之心，就走远点。"

这话等于是命令，当时于连也太软弱，就走开了。"她一直恨我。"想到德维尔夫人时，他这样自言自语。

就在这时，打头的神甫鼻音很重的歌声在教堂里响了起来，迎圣体的队伍回来了。夏斯—贝尔纳神甫叫了于连好几遍，没人答应，结果从柱子后面把他拉了出来，他已经半死不活了。神甫要引他去见主教。

"你不舒服，我的孩子，"神甫看见他脸色苍白，几乎走不动路，就对他说，"你干得太累了。"神甫让他挽住胳膊。"来，坐在我背后这个洒圣水的位子上，我来挡驾。"他们这时到了大门旁边。"放心，主教大人至少还要二十分钟才到。你恢复一下，等他来了，我再扶你起来，别看我年纪大，力气还是不小。"

但主教走过时，于连抖得这样厉害，夏斯神甫只好放弃引见的念头。

"不要太难过，"他对于连说，"还有机会的。"

晚上，他送了十斤蜡烛给神学院的小教堂，说是于连熄灭蜡烛的动作迅速，省下来的。这是假话，可怜的孩子自己也像蜡烛一样快熄灭了，自从见到德·雷纳夫人之后，他已经万念皆空。

第二十九章　首次提升

了解时代，了解地区，就会有钱。

——《先驱报》

大教堂的巧遇使于连陷入深思，他还没有恢复过来，一天早上，严格的皮拉尔神甫又把他叫去。

"这是夏斯-贝尔纳神甫写来表扬你的信。总的说来,我对你的表现相当满意。但你太不谨慎,甚至有点冒失,虽然并不外露;然而,直到目前,你的心是好的,甚至是宽宏大量的,智力也高人一等。总而言之,我在你身上看到了不容忽视的星星之火。

"我在这里工作了十五年,现在该离开了。我的罪过是让修道士自行其是,既没有保护,也没有拆散那个你在忏悔室里对我谈过的秘密团体。离开之前,我想为你做点事。本来两个月前就该做了,其实,你是受之无愧的,但是人家在你房里找到了亚芒达的地址,告发了你。所以直到今天,我才能派你当《新约》和《旧约》的辅导教师。"

于连不胜感激,本来想跪下来感谢天主,一转念还是让真情流露好。他走到皮拉尔神甫身边,拿起他的手来,放在自己嘴唇下面。

"你这是干什么?"院长不高兴地叫了起来,但于连的眼睛比嘴唇还会说话。

皮拉尔神甫惊讶地望着他,就像一个长年不习惯于细腻感情的人一样。这副神情泄露了院长的内心,他的声音也变了。

"好了!我的孩子,我对你很关心。上天知道,这是由不得自己的事。我本应该公正无私,不恨人也不爱人,但是你的前途堪忧。我看你易犯众怒。妒忌和诽谤会追着你不放。无论上天把你安排到哪里,你都不可能不受到忌恨;如果伙伴们装着爱你,那一定是要你吃亏上当。有什么办法呢?只能求天主救你,天主让你遭人忌恨,就是为了惩罚你的自负,所以你应该表现得纯洁无瑕,这是你得救的唯一办法。如果你能抓住真理,紧紧不放,你的敌人迟早会不知所措的。"

于连好久没有听到如此友好的声音了,如果他泪下如雨的话,那是情有可原的。皮拉尔神甫伸出胳臂,把他抱在怀里。这一片刻他们真是亲密无间。

于连大喜若狂,这是他第一次得到提升,好处多得不可胜数。要想象好处有多大,你得足足受上几个月的罪,不得片刻清静,直接接触一些至少是讨厌的伙伴,大多数简直是令人无法容忍的。他们大叫大嚷,足以使体质太弱的人神经错乱。这些乡巴佬吃饱了,穿暖了,只有使尽吃奶的力气来放声大笑,才能表示他们多么快活,多么心满意足。

现在,于连几乎是单独用膳,他比其他修道士晚吃一个小时。他有一把花园的钥匙，没人时他可以去园里散步。

使于连大为惊讶的是，大家对他的忌恨并不像他预料得那样增加，反而倒不那么厉害了。他打心眼里不愿意理人，这太显而易见了，因此得罪了许多同学，但是现在看来，这也不是高傲得可笑的表现。在他周围的庸人眼里，地位高了，理所当然应该表现得高人一等。所以对他的忌恨明显地减少，尤其是那些年轻的同学，现在成了他的学生，但他对待他们还是一样客客气气。渐渐有人支持他了，再叫他做马丁·路德，反而会遭到白眼。

说谁是他的朋友，谁是他的敌人，这又有什么意思呢？这一些都是丑恶的，描写得越真实，也就越丑恶。然而，这些人是唯一能对老百姓宣传道德的教师，没有他们，老百姓怎么办呢？报纸能代替神甫吗？

自从于连担任了新职务以后，神学院院长自己规定，没有第三者在场，就不同他谈话。这种做法对于师生两人都是谨慎的表现，不过这首先是一个"考验"。皮拉尔是个严格的冉森派，对他来说，万变不离其宗的是：如果你认为找到了一个贤人，就要磨炼他的意志，阻碍他的行动。如果他真是个贤人，应该会化阻力为动力。

到了打猎的季节。富凯异想天开，用于连父母的名义，送给神学院一头鹿和一头野猪。猎物已经死了，放在厨房和餐厅之间的过道上。所有的修道士去用餐时都看得见。这又成了众矢之的。野猪虽然死了，还使年纪最小的学生害怕，他们大着胆子去摸摸獠牙。一个星期以来，这成了热门的话题。

这份礼物提高了于连家庭的社会地位，对同学们的妒忌心却给了致命的打击。有钱的人高人一等，这是天经地义的。夏泽尔和优等生都主动来献殷勤，几乎要怪他为什么早不透露一点风声，使他们对财富几乎失敬了。

当时正在征兵，于连是神学院的学生，免服兵役。这件事使他感慨万分。"要是在二十年前参军[①]，我本来可以干一番惊天动地的大事，但是这个英雄的时代已经一去不复返了！"

他一个人在神学院的花园里散步，听见几个修围墙的石匠在谈话。

"喂！该走了，又在征兵了。"

[①] 指拿破仑的时代。

第 一 部

"要是在那个人①的时代,那有多好;一个石匠可以做军官,可以当将军,有人亲眼见过。"

"去你的吧!瞧瞧现在!只有叫花子才当兵。有钱的人谁也不去。"

"生在穷人家里,只好穷一辈子,有什么办法!"

"喂!听他们说,那个人已经死了,是真的吗?"第三个石匠接嘴说。

"是有钱人说的吧?你看!那个人叫他们害怕。"

"多么不同啊!他那个时代做事多么顺利!他的元帅居然辜负了他!真对他不起!"

听了这番谈话,于连总算得到了一点安慰。走出花园时,他叹了一口气,翻来覆去地念道:

"唯一得到人民怀念的君王!"

考试的日子到了。于连考得非常出色,他看到夏泽尔也要大显身手。

第一天,大名鼎鼎的德·弗里莱代主教派来的考官就一肚子不高兴,因为他们不得不把于连·索雷尔列为成绩单上的第一名,至少也得列为第二,而人家告诉他们,这个于连是皮拉尔神甫的得意门生。神学院不少人打赌,认为于连的名字会高居榜首,而第一名可以荣幸地和主教大人同席进餐。可是考拉丁教义时,一个考官巧使诡计,问到圣哲罗姆和他对西塞罗的爱好之后,最后顺水推舟,谈到贺拉斯、维吉尔和其他不信神的作家。同学们哪里知道:于连能大段地背诵他们的作品。胜利冲昏了头脑,他忘记了身在何处,在考官的一再要求下,他居然背了好几首贺拉斯的颂歌,并且热情洋溢地又背又讲,讲了二十分钟。考官见他落入圈套,忽然脸色一变,尖刻地责备他不该浪费时间,研究这些不信神的作家,把一些无用的,甚至是有罪的思想,装进了自己的头脑。

"我是一个傻瓜,先生,你说得非常对。"于连谦恭有礼地说,恍然大悟,自己已经成了阴谋诡计的牺牲品。

即使是神学院的人也认为考官的诡计太卑鄙龌龊了,但是德·弗里莱神

---

① 指拿破仑。

甫先生权大势大，他精心策划了贝藏松的圣公会组织网络，他送往巴黎的密报使法官、省长，甚至驻防军的将军也胆战心惊，他不理睬舆论，大笔一挥，就把于连列为第一百九十八名。他得意扬扬地打击他的敌人，冉森派的皮拉尔。

十年来，他要做的一件大事，就是撤换神学院院长。皮拉尔神甫根据自己对于连讲的道德准则，为人老实、虔诚、不搞阴谋、忠于职守。但是老天一时愤怒，也给了他容易发作的脾气，使他深感人间的不平和仇恨。任何打击落在他这颗火热的心上，从来不会落空。他有一百次打算辞职，但又认为天意不可违反，还是要在岗位上起作用。"我使耶稣会和偶像崇拜不能得逞。"他心里想。

考试期间，他大约有两个月没和于连谈过话，然而，等他得到通知考试成绩的公函，看到神学院最光荣的学生只考到第一百九十八名，他气得病了一个星期。这个严于律己的人唯一可以自慰的是：他密切注视于连的结果，高兴地发现于连既不生气，也不怀恨，又不灰心。

几个星期之后，于连得到一封信，打了一个哆嗦，因为信上盖了巴黎的邮戳。"到底，"他心里想，"德·雷纳夫人记起她答应过的事了。"一位署名保尔·索雷尔的先生，自称是他的亲戚，给他寄来了一张五百法郎的汇票。信上附加了一句：如果于连继续研究优秀的拉丁文作家，成绩出色，每年都可以得到五百法郎。

"一定是她，一定是她的好意！"于连感动得自言自语，"她想要安慰我，但是，为什么连一句好话也不说呢？"

他猜错了。德·雷纳夫人听了她的好友德维尔夫人的劝告，全心全意沉浸在悔恨之中。她时常不由自主地想到这个不寻常的男人，他扰乱了她的一生，但是她警告自己不能给他写信。

如果要用神学院的语言，我们可以把这五百法郎看做是个奇迹，而且还可以说，天意要借德·弗里莱先生之手，把这笔钱送给于连。

十二年前，德·弗里莱神甫先生到贝藏松来，只带了一口小箱子，据传闻说，箱子里装的是他的全部家当。可现在他成了本地最有钱的财主。在他发财的日子里，他买下了半块土地，另外半块却是德·拉莫尔先生继承的遗产。于是这两位大人物打起官司来了。

德·拉莫尔侯爵先生虽然在巴黎过着荣华富贵的生活,在宫廷里又担任高官要职,但是要在贝藏松和一个可以任免省长的代主教较量一番,还不是没有风险的。他本来可以在国家预算之内,随便用个什么名义,申请五万法郎的额外报酬,而让德·弗里莱神甫打赢这场五万法郎的小官司,但侯爵忍不下这口气。他相信他有理,非常有理!

然而,话又说回来,我倒想问一句:哪个法官没有一个子侄需要人帮忙安插的?

为了让瞎子也看得清楚,初审之后一个星期,德·弗里莱神甫先生就坐了主教大人的四轮马车,亲自把十字荣誉勋章送上他律师的门。德·拉莫尔先生给对方的这个姿态搞得有点糊涂,唯恐自己的律师招架不住,就向谢朗神甫讨主意,谢朗神甫又把皮拉尔先生转而介绍给侯爵。

到了考试时期,皮拉尔神甫和侯爵已经有了好几年的交情。神甫不管倒也罢了,一管就热了冷不下来。他不断地会见侯爵的律师,研究案情,认为侯爵有理,就公开站在侯爵一边,反对无所不能的代主教。代主教气坏了,区区一个冉森派教徒,居然敢如此胆大妄为。

"瞧这位自命不凡的宫廷贵族到底有多大的能耐!"德·弗里莱神甫对他的心腹说,"德·拉莫尔先生连小小的十字勋章都没有捞到一个,没有什么可以送给在贝藏松为他出力的人,反而眼巴巴地看着他要撤职了。然而,有人写信告诉我,这位显赫的贵族没有一个星期不到掌玺大臣的客厅里去,而且总是佩着他的蓝绶带,也不问绶带是不是管用。"

无论皮拉尔神甫多么卖力,也无论德·拉莫尔先生和司法大臣以及司法部上上下下关系多么好,花了六年工夫,这场官司也只能说是没有一败涂地而已。

侯爵和皮拉尔神甫为了两人都关心的官司不断通信,结果侯爵非常欣赏神甫的品格。虽然他们的社会地位大不相同,他们来往的信件却渐渐用上了朋友商量的口气。皮拉尔神甫告诉侯爵,人家要强迫他提出辞职,当众丢脸。他们用来对付于连的卑鄙手法,使他一怒之下,向侯爵谈起了这个年轻人的事。

这位大贵族虽然非常有钱,但是一点也不小气。他从来没有法子酬谢皮拉尔神甫为他尽的心、出的力,甚至要还他为官司而花费的邮资,他也不肯接受。这一下侯爵抓住机会,给他的得意门生寄去了五百法郎。

德·拉莫尔先生不嫌麻烦,还亲自填写了汇款单。这又使他想起了神甫。

一天,神甫得到了一封短信,说有急事,请他立刻到贝藏松郊区的一家旅馆去。他在那里见到了德·拉莫尔先生的管家。

"侯爵先生派我用他的马车来接你。"管家对他说,"他希望你在看过信后,能够同意在四五天内,动身到巴黎去。在你确定日期之前,我利用时间去侯爵在方施—孔特的领地走一趟。然后,我们在你方便的日子动身去巴黎。"

信写得很短。

"摆脱外省的一切烦恼吧,亲爱的先生,到巴黎来呼吸一点平静的空气。我派马车来接你,命令它等你四天,听候你的决定。我自己在巴黎等你,一直等到星期二。只要你说一声'同意',先生,你就可以用你的名义,来管辖巴黎近郊一个最好的教区。你未来的教区最富裕的教民还没有和你见过面,不过他对你的诚意令人难以想象。他就是德·拉莫尔侯爵。"

严格的皮拉尔神甫没有想到,他居然爱上了这个到处是敌人的神学院,因为十五年来,他全心全意在院里工作。德·拉莫尔先生的来信,好像是要他做一次冷酷无情,然而又是非动不可的外科大手术。他的免职毫无挽回的余地。他只好约管家三天之后见面。

一连四十八个小时,他都犹疑不决,烦躁不安。最后,他给德·拉莫尔先生写了回信,并且上书主教大人,洋洋洒洒,真是教会文体的杰作。他字斟句酌,很难找到更无懈可击、更恭敬诚恳的文章。然而,这封信有意使德·弗里莱先生在他上司面前难堪,毫不含糊地列举了严重的控诉理由,甚至没有放过卑鄙龌龊的细枝末节,六年来皮拉尔神甫忍无可忍,迫不得已,只好离开教区。

比如说,有人偷他的木柴,有人毒死了他的狗,如此等等。

这封信一写完,他就把于连叫醒。于连一到晚上八点,就和所有修道士一样,已经睡觉了。

"你知道主教府在哪里?"他用漂亮的拉丁语对于连说,"把这封信给主教大人送去。不瞒你说,我是把你送去虎狼穴中。你要眼观耳听,处处留神。回答问题,不能有一字虚假;你要想到,盘问你的人正巴不得你出差错,好加害于你。我很高兴,我的孩子,在我离开之前,能够给你这个机会,因为我用不着瞒你,你送的这封信就是我的辞职书。"

于连一动不动,他爱皮拉尔神甫。谨慎之心对他说也枉然:

"这个好人一走,'圣心'派会降我的职,说不定还会把我赶出去。"

但他无心只顾自己。他这时感到为难的,是如何用一句话来婉转表达自己的心意,但他的确觉得自己已经江郎才尽了。

"怎么!我的朋友,你不想去吗?"

"我听人说,先生,"于连畏畏缩缩地说,"你做神学院院长这么久,却没有积下钱。我这里有六百法郎。"

眼泪使他说不下去了。

"这笔钱也要'涓滴归公'的。"神学院前任院长无动于衷地说道,"到主教府去吧,时间不早了。"

说来也巧,这天晚上,正是德·弗里莱神甫在主教客厅里值班;主教大人到省府赴宴去了。因此,于连没有把信交给主教,而是给了德·弗里莱先生,不过于连并不认识他。

于连非常惊讶,看到这个神甫居然大胆拆开了给主教的信。代主教漂亮的面孔顿时流露出又惊又喜的神色,不久就变得十分严厉了。在他读信的时候,于连从容地端详了他引人注目的相貌。他这张脸,如果不是眉目之间显出极端精明的神气,会使人觉得更加庄重,而只要他稍不留意,漂亮的面孔甚至还会给人虚伪的印象。鼻子突出,成了一条直线,不幸的是,使他与众不同的侧影看起来像只狐狸,这种损失简直无法弥补。这个神甫除了巴不得皮拉尔先生辞职之外,倒能赢得于连的欢心,因为他的穿着讲究,超过任何其他神甫。

于连后来才知道德·弗里莱神甫有什么高人一等的本领。原来他会讨好主教,主教年高德劭,和蔼可亲,本该住在巴黎,却来了贝藏松,好像贬官外放一样。主教大人老眼昏花,偏偏喜欢吃鱼。鱼一端上桌来,总是德·弗里莱神甫先把鱼刺挑得干干净净。

于连静静地看着神甫又读了一遍辞职书，忽然哗啦一声，门打开了。一个穿着华丽的侍仆急忙走过。于连刚向门口转过身来，就看见一个矮小的老人，胸前挂着主教的大十字架。他赶快跪下，拜倒在地，主教对他慈祥地微微一笑，就走过去。那个漂亮的神甫紧紧跟在后面，剩下于连一个人在客厅里，可以从容不迫地参观这堂皇而圣洁的大厅。

贝藏松主教长期外放，受过苦难的磨炼，但是光辉还没有陨灭，他已经过了七十五岁，因此，对于以后十年会发生什么事，是漠不关心的。

"我进来时好像看见一个很伶俐的修道士，那是谁呀？"主教问道，"他们怎么不守清规，到了时间还不睡呀？"

"我敢说，主教大人，这个修道士太机灵，睡不着，他送来了一个重要的消息：你教区里剩下的最后一个冉森派教徒呈上了他的辞职书。这个讨厌的皮拉尔神甫到底总算懂得了言外之意，话外之音。"

"哼！"主教不怀好意地微笑着说，"我怕你还找不到一个比得上他的接班人呢。你若不信，我明天请他来吃晚餐看看。"

代主教还想乘机谈谈接班人选的事，但是主教不愿处理公务，就对他说：

"旧的不去，新的不来。还是先了解一下旧的为什么要走吧。把那个年轻的修道士叫来，从年轻人嘴里可以了解到真相。"

于连被叫进来了："我要受到两面夹攻。"他心里想。但他反倒勇气倍增。

他进来时，两个穿得比瓦尔诺先生还更好的侍仆，正在替主教大人脱衣服。主教认为在谈皮拉尔先生之前，应该问问于连的学习情况。他问了问教义，回答使他大出意外。他就立刻问起人文科学，问到维吉尔、贺拉斯、西塞罗。"这些作家，"于连心想，"使我落到一百九十八名去了。还能落得更低吗？我倒要试一试，露一手。"不料这一手试对了头，主教自己就是一个出色的人文学者，一听简直喜出望外。

"在省府的宴会上，有一个名副其实的才女朗诵了一首诗《玛德琳》。"主教一谈起文学来，立刻就把皮拉尔神甫的事忘到脑后去了，反而和这个修道士讨论贺拉斯的家境贫富问题。主教引用了好几首颂歌来作证，不过有时他的记忆欠佳，于连立刻把整首颂歌都背出来，并且态度非常谦恭，给主教印象最深的，是于连的语气一点也不出轨，他背了二三十首拉丁诗，就像在谈神学院的家常一样。他们大谈维吉尔、西塞罗。最后，主教不得不表扬这个年轻的修道士。

"简直不可能学得更好了。"

"大人，"于连提出异议，"您属下的神学院就有一百九十七名修道士，比我更配得到您的夸奖。"

"此话怎讲？"主教不明白这个数字的来历，就问道。

"我可以从官方文件中找出证据来，说明我有幸向大人禀告的，都是真情实话。"

"在神学院的年终考试中，我的回答和刚才多蒙大人过奖的内容完全一样，结果我只得到了第一百九十八名。"

"啊！你是皮拉尔神甫的得意门生。"主教笑着叫了起来，看了德·弗里莱先生一眼，"我们早该料到。不过这是真刀真枪，没有弄虚作假吧，我的朋友？"他又转过来对于连说了一句，"是不是你还没有睡醒，就到这里来了？"

"是的，大人。我一生只有一次一个人离开了修道院，那是在圣体瞻礼那一天，我去帮夏斯－贝尔纳神甫装饰大教堂。"

"好样的①，"主教说，"怎么，就是你表现得这样勇敢，把羽毛花球放到华盖顶上去了？我每年都为这件事提心吊胆，总怕会出命案。我的朋友，你的前程远大，我不愿妨碍你光辉的事业，不能让你在这里饿死。"

按照主教的吩咐，端来了饼干和马拉加葡萄酒。于连也不客气，又吃又喝，德·弗里莱神甫更不示弱，因为他知道主教喜欢看人家吃得高兴，喝得有味。

主教这一晚的余兴未尽，又谈起圣教史来。他见于连没有听懂。于是主教转换话题，谈到君士坦丁时代罗马帝国的道德风气。信奉异教的结果产生了怀疑不安，直到19世纪，还使人的心灵感到悲观失望，灰心丧气。主教大人发现于连几乎连塔西陀的名字都不知道。

于连老实回答，使主教吃了一惊，原来神学院图书馆里，根本没有这位罗马史学家的作品。

"我的确很愉快。"主教高兴地说，"十分钟以来，我感到很为难，不知道用什么办法来表示我的谢意。出乎预料之外，你使我过了一个兴味盎然的晚

---

① 原文是拉丁文。

上。我没想到,我的神学院居然有你这样博学的高材生。我要送你一点礼物,虽然这个礼物不太符合教规,我还是要送你一套《塔西陀全集》。"

主教要人拿来了八本精装书,他还要亲自在第一本的扉页上,用拉丁文为于连·索雷尔题词。主教不肯放过显示拉丁文的机会。最后,他换了截然不同的语气,认真地对于连说:

"年轻人,如果你'规规矩矩'的话,总有一天,你会得到我管辖下一个最好的教区,离主教府还不到一百里,不过一定要'规规矩矩'。"

于连带着八本厚书,非常惊讶地离开了主教府,那时,夜半钟声响了。

主教大人根本没有提到皮拉尔神甫。于连尤其觉得意外的是:主教如此彬彬有礼。他想不到文雅的风度和庄重的气派能够融合为一。等他再见到阴沉沉的、等得不耐烦的皮拉尔神甫时,对比就显得格外分明了。

"他们说什么了①?"神甫打老远看见了他,就大声问道。

于连有点不知道如何把主教的话译成拉丁文。

"说法文吧,把主教大人的原话再说一遍,不要加油加水,也不要偷工减料。"神学院前任院长说,口气生硬,态度也不文雅。

"主教送给年轻修道士的礼物多么奇特啊!"他一边说,一边翻阅精装的《塔西陀》,好像很不喜欢烫金的切口。

听了一五一十的详细汇报之后,两点钟响了,他才让他的得意门生回房间去。

"把第一本《塔西陀》留下,那上面有主教大人的题词,"他对于连说,"在我走后,这一行拉丁文就是你的避雷针、护身符。"

"因为对你说来,我的孩子,未来的院长是一头愤怒的狮子,会到处找东西吃的②。"

第二天早上,于连发现同学们跟他谈话的态度,和以前有所不同,因此他更加谨慎小心了。"瞧,"他想,"这就是皮拉尔先生辞职的结果。全学院都知道了,而他们把我看成他的得意门生。他们的态度应该含有报复的意思。"但是他又看不出来。恰恰相反,他走出寝室后,并没有碰到憎恨的目光:"这

---

① 原文是拉丁文。
② 原文是拉丁文。

是怎么回事？大概是个圈套，我可不能大意。"最后，玻璃市来的那个小修道士一语道破了："《塔西陀全集》①。"

一听到这句话，大家都争先恐后来向于连祝贺，不但因为他得到了主教大人的贵重礼物，还因为他有幸和大人谈了两个小时。大家甚至知道谈话的细枝末节。从这时起，不再有人妒忌他了。大家都低三下四地讨他的好：卡斯塔内德神甫头一天还对他很不客气，现在却来挽住他的胳膊，要请他吃午餐。

于连生来没有这份福气：庸人粗暴无礼使他非常痛苦；他们卑躬屈节却又使他厌恶，毫无乐趣可言。

中午时分，皮拉尔神甫离开神学院之前，还对学生们训了一次话。"你们是要人世的浮华虚荣，"他对他们说，"社会上的优惠利益，控制别人、藐视法律、肆无忌惮、目空一切的乐趣，还是要灵魂永远得救？哪怕是最落后的人，只要睁开眼睛，也看得清这两条路。"

他刚走，"耶稣圣心派"的信徒就去小教堂唱起"感恩赞美诗②"来。神学院没有一个人把前任院长的训话放在心上。"他撤职了，脾气不好。"到处都这样说。没有一个修道士单纯地相信他是自动辞职，舍得放弃和大老板千丝万缕的联系。

皮拉尔神甫在贝藏松最好的客店住下，借口有事要办（其实没什么事），还要住一两天。

主教请他共进晚餐，还让他显示一番，好使德·弗里莱代主教扫点兴。吃点心时，巴黎传来了奇闻，皮拉尔神甫有新任命，要去离首都四里路的N教区赴任。主教真心祝贺他。他看出这件事"安排得很巧妙"，非常高兴并且对神甫的才能做出了高度的评价。他开具了一张拉丁文证书，对他赞扬备至，而且不许德·弗里莱神甫插嘴，提出不同的意见。

晚上，主教大人拜会了德·吕邦普雷侯爵夫人。这是贝藏松上流社会的一条重要新闻。这不寻常的拜会引起了种种猜测。大家好像已经看到皮拉尔神甫当上了主教。灵通人士认为德·拉莫尔先生当了大臣，于是对德·弗里

---

① 原文是拉丁文。
② 原文是拉丁文。

莱神甫先生装模作样的神气,居然胆敢嗤之以鼻。

第二天上午,皮拉尔神甫上街几乎都有人跟着,他为侯爵的事去找法官时,店铺的老板都站在门口看。他这是头一次受到法官客客气气地接待。这个严格的冉森派教徒对这一切都看不惯,他为侯爵选好律师,商量很久之后,就动身去巴黎了。有两三个中学时代的老朋友来送行,看到马车上的纹章,赞不绝口。神甫不慎失言,说他当了十五年的神学院长,离开贝藏松时,只有五百二十法郎的积蓄。老朋友拥抱他时流了眼泪,后来却说:"神甫何必说这种骗孩子的话呢?"

财迷心窍的庸人哪里懂得:皮拉尔神甫若不是真心诚意,哪有力量和天主教圣母会、耶稣圣心派、耶稣会和它的主教,孤军奋战,长达六年之久呢!

第三十章　雄心

只有一个贵族,就是公爵,侯爵算得了什么?只有公爵才值得顾盼。

——《爱丁堡评论》

神甫看到侯爵高贵的神气,又听到他几乎是快活的口气,感到非常意外。然而这位未来的大臣接待他时,一点也不像大人物那样讲究烦琐的客套,在明眼人看来,表面上客客气气,实际上是目中无人。何必浪费时间呢?再说,侯爵大事缠身,忙得不可开交,哪有时间浪费!

半年以来,他费尽心机要成立一个内阁,使国王和国民都能接受,希望将来内阁感恩图报,会封他为公爵。

侯爵多少年来,就要求他在贝藏松的律师,对方施一孔特的官司提出一份清楚明确的报告。但律师本人对案情了解不深,怎能讲得清楚?

神甫交给他的一张方方正正的小纸,却把案情解释得一清二楚。

"我亲爱的神甫,"侯爵在五分钟内说完了客套话,问过了个人的情况,就对他说,"我亲爱的神甫,人家都以为我一帆风顺,我却没有时间来认真处理两件相当重要的小事,那就是家务和私情。我从大处关心家庭的财务,我可以使财源茂盛；我也关心我个人的享受，这应该是比什么都更重要的事，至少我以为是如此。"他又加了一句，看到皮拉尔神甫眼里露出了惊讶的神色。神甫虽然通情达理，但是看到一个老人如此直言不讳地谈到自己的生活享受，不免觉得大出意外。

"巴黎当然有人在工作，"这位大贵人接着说，"但都住在五层楼上。等到接近了我，他就搬到二层楼来，他的妻子也要定期接待客人，于是他们不再工作，不再卖力，而只忙于社交。一个人有了面包吃，就只顾得上交际了。

"具体来说，他们帮我打官司，每场官司单独看来，都有律师为我卖命，前天还有一个死于肺病。但是，总的来说，先生，你相信吗？三年以来，我却找不到一个人在写报告时，对他所做的事有全面的了解。我说了这么些，其实还只是个引子。

"我尊敬你，而且敢这样说，虽然我们是第一次见面，我却喜欢你了。你愿意做我的秘书吗？薪金是八千法郎，再加一倍也行。我敢发誓，即使加倍，占便宜的还是我；我还要为你保留那个好教区，在我们合作之后再让你去。"

神甫谢绝了，但在谈话快结束时，他看见侯爵真正为难，就想起了一个主意。

"我在神学院里，"他对侯爵说，"留下了一个可怜的年轻人，如果我没有看错的话，他恐怕会受到无情的迫害。假若他只是一个普普通通的修道士，说不定早已关到'地牢①'里去了。

"现在，这个年轻人只熟悉拉丁文和《圣经》，不过，有朝一日，如果他的大才得到施展，他并不是不可能传教讲道、指导灵魂的。我不知道他的打算，但是他有圣洁的火花，前程一定远大。我本来打算把他推荐给我们的主教，假如我们有一位像您这样看人处事的主教就好了。"

"你那个年轻人是哪里来的？"侯爵问道。

"据说他是山区一个木匠的儿子，不过我看他更像一个阔佬的私生子。我见他收到过一封匿名信或者化名信，还附了一张五百法郎的汇票。"

"啊！你说的是于连·索雷尔。"侯爵说。

"您怎么知道他的名字？"神甫吃惊地问道，问后自觉唐突，脸都红了。

"这就不能告诉你了。"侯爵答道。

---

① 原文是拉丁文。

"那好！"神甫接着说，"您可以试用他做秘书。他精力充沛，头脑清楚。总而言之，值得试一试。"

"为什么不试？"侯爵说，"不过，他会不会受警察局局长或别的什么人收买，到我家来刺探消息？那我就不能接受了。"

皮拉尔神甫保证不会，侯爵就拿出一张一千法郎的票子来。

"把这点路费给于连·索雷尔，要他来吧！"

"您一直住在巴黎，侯爵先生，的确不了解外省的情况。因为您社会地位太高，所以不会知道可怜的外省人，尤其是耶稣会外的教士们受到的虐待。他们不会让于连·索雷尔走的，他们会巧妙地推脱，说他病了，邮局信没送到，如此等等。"

"我这两天请大臣给主教写封信吧。"侯爵说。

"我还忘了提醒您，"神甫说，"这个年轻人虽然出身寒微，可是心比天高，要是伤害了他的自尊心，他就可能成事不足，败事有余了。"

"我倒喜欢这种人，"侯爵说，"让他和我儿子做伴，这行了吧？"

不久之后，于连收到一个陌生人从夏隆寄来的信，要他凭票到贝藏松一家商号去领款，并通知他立刻到巴黎去。信上签的是个假名，于连拆开一看，打了一个哆嗦：第十三个字当中有团墨迹。这是皮拉尔神甫和他通信的暗号。

不到一个小时，于连又蒙主教召见，受到慈父般的款待。主教大人引经据典，说去巴黎前程远大，祝贺得很巧妙，答谢理应有所解释。但于连什么也说不出，因为他什么也不知道，主教大人对他更是关怀。主教府一个小教士给市长写了信，市长立刻亲自送来一张空白的通行证。

晚上十二点钟之前，于连到了富凯家里，这个考虑周到的商人，对似乎在等待他朋友的前程，感到惊多于喜。

"这件事的结果，"这个自由党的选民说，"不过是为你在政府中争得一席之地，那你就要听政府的指使，受报纸的指责。我将来看到你的消息，恐怕只会为你难过。记住，即使从经济的观点看来，自己当家做主，做木材生意挣到的一百金币，也比从政府得到的四千法郎更好，不管政府多么开明。"

于连认为这是土佬财主的狭隘看法。他到底要走上世界的大舞台了。他宁可没有充分的把握，也不愿失掉广泛的机会。他心里一点也不害怕饿死。他想象中的巴黎人才济济，善于玩弄阴谋，往往口是心非，但是都像贝藏松主教和阿格德主教一样温文尔雅。一想到去巴黎的幸福，其他一切在他看来都黯然失色了。但他却低声下气地对他的朋友表示，皮拉尔神甫的信已经使他不能自己做主了。

第二天午前，他到了玻璃市，觉得自己是世界上最幸福的人了，他打算去看德·雷纳夫人。他先去了他的第一个恩人谢朗神甫家。他发现接待并不热情。

"你打算报恩吗？"谢朗先生没有回答他的问候，就对他说。"你同我共进午餐之后，我会替你另外租一匹马，你立刻离开玻璃市，不要见任何人。"

"恭敬不如从命。"于连做出修道士的模样答道，于是他们只谈神学和拉丁文。

他骑上马，走了一里路，看见一片树林，没有人看见他，就进树林去了。夕阳西下时，他打发一个乡下人把马送回城里去。然后，他走进一个葡萄园，向园丁买了一把梯子，要他跟着走，把梯子送到居高临下、俯视玻璃市精忠路的小树林里。

"我是一个逃避兵役的穷人……也可以说是一个走私犯，"园丁离开他的时候说，"不过这有什么关系！你买我的梯子出了高价。在我自己这一辈子，也不是没有私运过钟表'零件'的。"

夜非常黑。凌晨一点左右，于连背着梯子走进了玻璃市。他赶快走下急流的河床，急流穿过德·雷纳先生美丽的花园。比花园低十尺，两岸都有高墙。于连很容易用梯子爬过去。"看门狗会怎样对我这个不速之客呢？"他心里想，"这就是问题了。"看门狗一边叫，一边向他跑了过来，但他轻轻地一吹口哨，狗就对他表示亲热了。

于是他爬上了一层层平台，虽然铁栅门都下了锁，他还是很容易就到了德·雷纳夫人的卧室窗下，卧室朝花园开的窗子离地只有八到十尺。

百叶窗上有个心形的小窗口，于连一见，有如旧友重逢。但使他大失所望的是，小窗口没有透出长明灯的微弱光线。

"天哪！"他心里想，"德·雷纳夫人今夜没有住在这间房里！那她住哪里呢？既然有狗看门，他们全家都该在玻璃市，可是房里没有长明灯，我也可能会惊动德·雷纳先生本人，或者别的生客，那可糟了！"

最稳当的办法是向后转，那不是前功尽弃了吗？"如果是个生客，我可以丢掉梯子赶快就跑，但如果是她，她会怎样对我呢？当然，她又悔又恨，又很虔诚，可她到底还给我写过信呀，总该有几分旧情吧。"想到这里，主意拿定了。

他提心吊胆，又不顾死活地要见她，于是对着百叶窗扔了几个小石子，但没有回音。他把梯子靠窗子边上放好，又用手敲窗板，先轻后重。"不管天多么黑，他们还是会朝我开枪的。"于连心想。这样一来，胆大妄为的行动就变成了是不是勇敢的问题。

"这间房子今夜没有主人，"他心里想，"要不然，不管住的是谁，现在也该醒了。因此，不必怕惊动他，只要不吵醒其他房间的人就行。"

他爬下来，把梯子靠在一扇百叶窗上，再爬上去，把手伸进心形的小窗口。他运气好，很快就摸到了窗板钩子上的铁丝。一拉铁丝，他感到说不出的高兴，窗板脱了钩，一拉就开。"应该慢慢开窗板，让她听出我的声音。"于是他把窗板拉开一点，把头探了进去，低声重复地说："不是外人，是个朋友。"

他仔细听听，肯定没有什么声音打破室内的沉寂。但在壁炉架上，也肯定没有点长明灯，甚至连半明不灭的灯光也没有。这不是好兆头。

"当心人家开枪！"他考虑了一下，然后大着胆子敲了一下窗玻璃，还是没有回音。他敲得重一点。"万一我把玻璃敲破，那就该完蛋了。"他敲得更重了，那时，他仿佛在一片黑暗之中，模糊地看到一个白色的影子穿过房间。最后，他不再怀疑是看见一个人影慢得不能再慢地向前走来。忽然一下，他发现一张脸紧贴在玻璃上，正对着他的眼睛。

他哆嗦了，稍微往后一退，但夜色这样黑，即使退后一点也看不出是不是德·雷纳夫人。他怕听到喊声，他听见狗在梯子脚下转来转去，低声嗥叫了好一会儿。"是我，"他相当高声地重复说，"一个朋友。"始终没有回音，白色的影子也不见了。"请打开窗子好吗？我要和你说话，我太不幸了！"他又敲起窗子来，仿佛要把玻璃敲破。

他听见一下清脆的响声，窗子的插销拔开了。他推开一扇窗子，轻轻地跳进了室内。

白色的影子走开了，他抓住影子的胳臂，果然是个女人。他勇敢的打算一下烟消云散。"如果是她，她会说什么呢？"轻微的喊声使他听出了是德·雷纳夫人，他不禁魂飞天外了。

他把她抱在怀里；她浑身发抖，几乎没有力气把他推开。

"坏蛋！你来干什么！"

她抽搐的声音勉强吐出了这几个字。

"我和你惨别了十四个月之后,特意看你来了。"

"出去,马上就走。啊!谢朗先生,为什么不让我给他写信?这事本来是可以避免的啊。"她不知哪里来的力气把他推开了。"我在悔罪,天使我开了眼。"她断断续续,翻来覆去地说,"出去!快走!"

"我们凄惨地分别了十四个月,我怎能不和你谈谈就离开你呢?我要知道你的一切。啊!我曾经那么爱你,难道不配听听你的知心话吗?……我什么都要知道。"

德·雷纳夫人由不得自己做主,于连不容分说的口气使她丧魂失魄了。

于连热情地把她紧紧抱住,不让她挣脱,然后又松开了胳膊。这个动作使德·雷纳夫人放了一点心。

"我去把梯子拉上来,"他说,"万一有个仆人听见声音出来看看,梯子会惹出乱子的。"

"啊!管他呢!出去,出去。"她说时真生气了,"仆人有什么关系?天主看见你和我争吵,他会惩罚我的。你卑鄙地利用了我过去对你的感情,我现在对你已经没有感情了。听见了吗,于连先生?"

他慢慢把梯子拉了上来,免得出声。

"你丈夫在城里吗?"他问时没有用您,并不是不尊重,而是过去这样说惯了。

"不要这样对我说话,我求求您,要不然,我就要叫我丈夫了。我刚才没有狠心把你赶走,已经是犯了大罪。其实,我只是可怜你。"她对他说,要伤害他容易受伤的自尊心。

她不许他用"你"称呼,她忽然要打断这亲密的联系,免得他还存非分之想,不料这反倒使他的爱情上升到了如醉如狂的地步。

"怎么!你不再爱我了!这可能吗?"他对她说,这发自内心的呼声,听了很难无动于衷。

她没有回答;他呢,哭得更伤心。

的确,他也没有力气说话了。

"这样说来,唯一爱过我的人,也完全把我忘记了!从此以后,活着还有什么意思?"自从他不再怕碰到人,他的勇气也没有用武之地。一切都从他心里消失了,只剩下了爱情。

他悄悄地哭了很久；她听得见呜咽的声音。他拿起她的手来，她想缩回去；但抽搐地挣扎了几回之后，她让他拉住了手。夜色一团漆黑，他们两个人并排坐在德·雷纳夫人的床上。

"这和十四个月以前多么不同啊！"于连心想，于是泪如雨下，"就是这样，生离死别肯定会消磨人的感情！我还不如走了更好。"

"能够告诉我你经历过的事吗？"最后，于连用痛苦得有气无力的声音问道。

"当然可以，"德·雷纳夫人用生硬的声音答道，干巴巴的语气流露出对于连的责备，"自你走后，全城都知道了我误入歧途的事。你做的事太不像话！不久之后，我正在绝望中，可敬的谢朗先生来看我。他花了好长时间要我坦白交代，但没有用。一天，他有了主意，把我带到我第一次领圣体的第戎教堂。他居然头一个开口……"

德·雷纳夫人的话被她自己的眼泪打断了。"多么羞愧啊！我承认了一切。这个好人非但没有把义愤之辞压在我的身上，反倒陪我伤心。那时，我每天给你写信，但是不敢寄出；我把信小心在意地藏起来，等我痛苦得难以忍受了，就关在房间里读信。

"最后，谢朗先生要我把信交给他……有几封写得问题不太大，给你寄去了，但没有回音。"

"我发誓，在神学院从没有得到你的信。"

"天哪！有谁拦途打劫了？"

"你想我多痛苦，在大教堂看见你之前，我连你的死活都不知道。"

"天主开恩，使我觉悟到我犯的罪过多么大，对天主，对孩子，对丈夫，"德·雷纳夫人接着说，"虽然我以为，我的丈夫从没像你这样爱过我……"

于连立刻倒在她怀里，的确没有什么打算，只是情不自禁而已。但是德·雷纳夫人把他推开了，相当坚定地接着说：

"我尊敬的朋友谢朗先生使我明白：和德·雷纳先生结婚，就要保证把我全部的感情都献给他，包括我自己不了解的，在毁了我的私情之前，从来不曾体验过的感情……自从我做出了那次巨大的牺牲，交出了我珍惜的信件之后，我的生活如果不算过得幸福的话，至少也是相当平静的。请你不要再打扰我。做一个朋友吧……做我最好的朋友。"于连不断地吻她的两只手，她感觉到他还在哭，"不要哭了，你哭得使我难受……现在，告诉我你经历过的事吧。"于连泣不成声。"我要知道你在神学院过的是什么生活，"她再说一遍，"然后，你就走吧。"

于连并没有想到他在讲什么，只是机械地叙述数不清的阴谋诡计，说不完的妒忌陷害，后来他当上了辅导教师，才过着比较平静的生活。

"我现在才看得清楚，"他接着说，"你长时间的沉默，目的当然是要我明白：你不再爱我了，你对我漠不关心了……"德·雷纳夫人紧紧地捏住他的手，"就在这时，你给我寄来了五百法郎。"

"没有呀。"德·雷纳夫人说。

"那封信盖了巴黎的邮戳，签了保尔·索雷尔的名，恐怕是免得引起怀疑吧。"

那封信可能是谁寄来的？他们之间起了一点争论。精神状态起了微妙的变化。不知不觉，德·雷纳夫人和于连谈话的口气，不再那么一本正经，而是变得亲切友好了。他们都看不见对方，因为周围一片黑暗，但说话的声音流露出了内心的感情。于连伸出胳膊搂住他情人的腰：这样做不是没有危险的。她要推开于连的胳臂，于连这时却讲起一个很有趣味的情况来，巧妙地转移了她的注意力。于是她忘记了这只胳臂，让它留在老地方。

他们猜来猜去，猜不出信和五百法郎是从哪里来的，于连又接着讲他的经历；谈到过去的生活，他更容易控制自己，比起眼前的情景来，过去有什么趣味呢？他集中精力想今夜会如何结束。"你该走了。"她老是过不了多久，就这样生硬地说一声。

"如果她把我赶走了，那对我是多大的耻辱啊！我会悔恨终生的，"他心里想，"她永远不会给我写信。天晓得我什么时候才能回到这个地方来！"从这时起，他心中的仙境迅速消失了。坐在心爱的女人身边，几乎把她抱在怀里，在一间曾经使他幸福过的卧房里，在一片深沉的黑暗中，非常清楚地听得出她一直在哭，从她胸脯的起伏感觉得到她在抽噎，但不幸的是，他却变成了一个冷酷的政客，几乎像当年在神学院院子里受到一个身强力壮的同学取笑时一样工于心计，一样无动于衷。于连尽量拖延他叙述的时间，讲他离开玻璃市后不幸的生活。"这样看来，"德·雷纳夫人心里想，"我们分别了一年，他周围几乎没有什么可以使他想起我的东西，就连我也把他忘记了，而他却老是念念不忘在韦尔吉度过的幸福日子。"她呜咽得更厉害了。于连眼看对方已经动情，大功就要告成。他心中有数，万事俱备，只欠最后一招。于是他急转直下，突然谈起他刚收到的巴黎来信。

"我已经向主教大人辞行了。"

"怎么，你不回贝藏松了？你要永远离开我们？"

"是的，"于连斩钉截铁地答道，"是的，我要离开这个地方，因为甚至我一生中最爱的人，也把我忘记了，所以我一走就不再回来。我要到巴黎去……"

"你要到巴黎去！"德·雷纳夫人相当高声地喊道。

她几乎泣不成声了，这说明她心烦意乱，无以复加。于连需要这种鼓舞斗志的暗示，才能试下一步，而下一步他可能做出违心的决定。在她高喊之前，他没看见鼓励，完全不知道下一步会产生结果。现在，他不再犹豫了；他唯恐自己会后悔，这种担心反倒加强了他的自制力；他站起来，冷冷地说了一声：

"是的，夫人，我要永远离开你了，祝你幸福。永别了。"

他朝窗子走了几步，已经把窗子打开。德·雷纳夫人扑了过来。他感到她的头靠在他肩上，她把他紧紧抱在怀里，脸贴着脸。

这样，谈了三个小时之后，于连才满足了他在头两个小时如饥似渴地要满足的欲望。如果德·雷纳夫人早一点回心转意，她的悔恨早一点销声匿迹，那对于连可能是此情只应天上有的幸福，但这样费尽心机才得到的爱情，只能算是一次胜利。于连不管他的情妇如何恳求，一定要把那盏熄灭了的长明灯点着。

"难道你愿意，"他对她说，"我心里不留下一星半点这次会面的美好记忆？你迷人的眼睛闪烁着爱情的光辉，难道要埋葬在无边的黑暗里？你这双美丽的玉手难道要逃避我如饥似渴的眼睛？想想看，我们分别之后，也许不知道要多久才能见面啊！"

"羞死人了！"德·雷纳夫人自言自语，但一想到生离死别，她就泪如雨下，什么也不能拒绝于连了。曙光已经开始勾画出玻璃市东山上松树的轮廓。于连心醉神迷，神魂颠倒，不但不肯离开，反倒要求在德·雷纳夫人卧房里藏一整天，到第二天夜里再走。

"有什么不可以的？"她答道，"既然命该如此，我又坠入了情网，连我自己也瞧不起自己了，这会造成我终身的不幸。"于是她如醉如痴地搂住他。"我的丈夫变了，他也起了疑心；他怕我在牵着他的鼻子走，因此老对我发脾气。要是他听到一点声音,我就完了,他会把我赶走,因为我是个坏女人。"

"啊!这像是谢朗先生的话,"于连说,"在我进神学院之前,你是不会说出这种话来的,因为那时你爱我啊!"

于连说这句话时非常冷静,他得到了报偿:他看见他的情人转眼之间忘了她丈夫会出现的危险,因为她怕于连怀疑她的爱情,在她看来,这才是更大的危险。白天迅速来到,照亮了整个房间。于连看见这个迷人的女性躺在他怀里,几乎倒在他脚下,他的自尊心又尝到了满足后的快乐,这是他爱过的独一无二的女人,几个小时之前,她还只害怕天主的惩罚,害怕自己对家庭没尽到责任。一年坚持不懈的努力才维持住的决心,面对着于连的勇猛攻势,就招架不住了。

不久,他们听见屋子里有响声,一件德·雷纳夫人没有想到的事使她紧张起来。

"那个心眼坏的艾莉沙要到房里来了,这把大梯子怎么办?"她问她的情人,"藏到哪里去好?我把它搬到顶楼上去吧。"她快活得叫了起来。

"这才是你当年的真面目。"于连高兴地说,"不过你得走过仆人的房间。"

"我会把梯子留在过道上,再叫仆人出去办事。"

"你也该准备好一个借口,万一仆人经过走廊,发现了梯子怎么办?"

"是的,我的天使,"德·雷纳夫人说时吻了他一下,"你呢,万一我出去的时候艾莉莎跑了进来,你就赶快躲到床底下去。"

她忽然高兴起来,使于连莫名其妙。"怎么?"他心里想,"实际的危险越接近,她不但不慌张,反倒越来越快活,因为她忘记了她的内疚!这真是个了不起的女人!啊!能够占有这颗心,是多么光荣!"于连高兴得出神了。

德·雷纳夫人拿起梯子来,梯子对她显然太重。于连赶快去助一臂之力,看到她娇弱的身子,以为她不会有力气,不料她忽然一下,一个人把梯子抬了起来,就像搬一把椅子似的。她赶快把梯子搬到三楼过道上,靠墙放下。她叫了声仆人,等他穿衣服的时候,自己就上鸽楼去。哪里知道五分钟后,下楼一看,梯子却不见了。到哪里去了呢?如果不是于连藏在家里,这个危险并不会使她提心吊胆。但在此时此刻,万一她的丈夫看见了梯子怎么办!那后果就不堪设想了。德·雷纳夫人东跑西跑。最后,她发现梯子在屋顶下,是仆人搬上去藏在那里的。这件事很蹊跷,若在从前,她不免要大惊小怪的。

"二十四小时后,"她心里想,"可能发生的事对我有什么关系?那时于连已经走了,剩下来的事,对我而言,不过是恐惧和悔恨而已!"

她有一个模糊的念头,好像她应该离开人世了,不过,那又有什么关系?在她以为是永别之后,他又回到了她身边,她又看到了他,而他来时经历的千辛万苦,不是说明他的千种相思,万般恩爱吗?

她对于连讲梯子的事。

"我怎么对丈夫说呢?"她问于连,"万一仆人告诉他发现了梯子的事?"她出了一会儿神,"他们要花二十四小时才能找到卖梯子给你的乡下人。"说时,她投入于连的怀抱,双手痉挛地搂住他:"啊!就这样死了吧,死了吧!"她叫一声吻一下,"不过,也不能让你饿死呀!"她笑着说。

"来吧,我先把你藏到德维尔夫人房间里,她的空房总是锁上的。"她走到过道的尽头看风,于连赶快跑了进去。"如果有人敲门,千万不要打开,"她一边说,一边把门锁上,"那充其量也不过是孩子们在玩游戏罢了。"

"要他们到花园里、窗子底下来。"于连说,"我看到他们也高兴,我要听他们谈话。"

"好的,好的。"德·雷纳夫人边说边走开了。

她一会儿就回来了,拿了橘子、饼干、一瓶马拉加葡萄酒,但她怎么也偷不到面包。

"你的丈夫在干什么?"于连问道。

"他在起草和老乡做买卖的规划。"

八点钟响了,屋子里响声此起彼伏。如果这时德·雷纳夫人还不露面,人家会到处找她的,所以她不得不离开于连。但是不一会儿,她又跑了回来,这可不够谨慎,还带来了一杯咖啡;她一想到他会饿坏了,就惶惶不可终日。午餐后,她总算把孩子们带到德维尔夫人房间的窗子底下。他发现他们都长大了,样子显得平庸,要不然,就是他的看法有了改变。

德·雷纳夫人对他们谈起于连。大孩子答话时,流露出他对前任家庭教师的友好和惋惜之情,但那两个小的却几乎都把他忘记了。

德·雷纳先生一个早上都没有出门;他不断地跑上跑下,忙着和乡下人做生意,要把当年的土豆卖掉。直到晚餐以前,德·雷纳夫人也抽不出片刻时间来看她锁在房间里的情人。晚餐钟响了,开始上菜了,她想到该偷一盘热汤给他送去。当她小心在意地端着汤盘,悄悄地走到他藏身之所的门前,忽然迎面碰到那个早上藏梯子的仆人。这时,他也不声不响地在过道里一边走,一边听着什么。是不是于连不小心,走动时出了响声?仆人有点尴尬地走开了。德·雷纳夫人大胆走进了于连的房间,谈起碰到仆人的事,吓得于连发抖。

"你害怕了!"她对他说,"我呢,我什么危险都不怕,连眉头也不皱一皱。我只怕一件事,那就是在你走了以后,我一个人怎么打发孤独的时刻。"她说完就跑了。

"啊!"于连激动地自言自语,"这个崇高的心灵害怕的只是悔恨!"

到了晚上,德·雷纳先生上卡西诺游乐场去了。他的妻子说是头痛得厉害,回到自己房里,匆忙把艾莉莎打发走,然后又赶快起来给于连开门。

于连的确饿得要命。德·雷纳夫人就到配膳室去拿面包。于连忽然听到一声喊叫。德·雷纳夫人回来告诉他,配膳室没有灯,她摸黑走到放面包的食橱前,伸出手来,却碰到了一只女人的胳膊。原来是艾莉莎,于连就是听见她叫。

"她在那里干什么?"

"不是偷糖,就是偷听。"德·雷纳夫人满不在乎地说,"还好我找到了馅饼和大面包。"

"那里面是什么?"于连指着她围裙的口袋问道。

德·雷纳夫人忘了,吃晚餐时已经在口袋里塞满了面包。

于连满怀激情,把她抱在怀里;在他看来,她似乎从来没有这样美。"即使在巴黎,"他心里模糊地想,"我也碰不到人格更伟大的女性了。她笨得像一个不习惯干家务事的女人,同时又勇敢得不怕人世的风险,只怕心灵的孤独。"

于连津津有味地吃着晚餐,他的情妇开玩笑说,晚餐太简陋了,因为她不喜欢板着脸谈话,那时,忽然有人使劲推门。来的是德·雷纳先生。

"你为什么把门锁上?"他对她大喊道。

于连刚来得及钻到长沙发底下。

"怎么!你还没脱衣服睡觉?"德·雷纳先生一进来就说,"你在吃晚餐,却把门锁上了!"

平时,丈夫这样干巴巴地提出来的问题,会使德·雷纳夫人惊慌不安的,但是现在,她担心的只是怕他发现于连,因为德·雷纳先生就坐在于连坐过的椅子上,正对着长沙发,只要一弯腰就会看见于连的。

头痛可能解释一切。于是她的丈夫就不厌其烦地讲起他在卡西诺游乐场赢了一盘台球的事,"十九个法郎一盘,的确!"他又说了一句,这时,她看到离他们三步远的一把椅子上,放着于连的帽子。她反而更加不慌不忙,开始脱起衣服来,一有机会,就赶快走到她丈夫背后,把脱下的衣服扔到椅子上,把帽子遮住了。

德·雷纳先生到底走了。她要于连再讲一遍他在神学院的生活:"昨天我等于没有听,在你讲的时候,我心里一直想怎样舍得打发你走。"

她不谨慎简直到了极点。他们高声谈话,肆无忌惮。大约到了凌晨两点,他们的谈话又被一阵紧急的敲门声打断。来的还是德·雷纳先生。

"赶快开门,家里有贼!"他说,"圣让今天早上发现了他们的梯子。"

"这一下可完了。"德·雷纳夫人高声说道,同时投入于连的怀抱,"他会把我们两个杀死的,他哪里会相信是有贼!我宁愿死在你怀里,死了也比活着幸福。"她根本不回答她气急败坏的丈夫,只是拼命地搂住于连。

"你不救自己,也要救斯坦尼拉的母亲!"他用命令似的目光瞧着她说,"我从洗脸间的窗口跳到院子里,再从花园里逃走,狗都认识我的。把我的衣服扎成一包,尽快扔到花园里去。让他们打破门进来吧。千万不要承认,我不许你交代,让他怀疑去吧,不要留下凭据。"

"你跳下去会摔死的!"这是她唯一的回答,也是她唯一的担心。

她跟着他走到洗脸间的窗前,然后赶快把他的衣服藏起来。最后,她才给气得要命的丈夫开门。他看看卧房,又看看洗脸间,一句话也没说就走了。于连的衣服一扔下来,他接住赶快就跑,从花园高头向山坡脚下、杜河边上跑去。

他跑的时候,听见一颗子弹的咝声,接着又是一声枪响。

"这不是德·雷纳先生开的枪。"他心里想,"他的枪打得没有这么准。"几条狗不声不响地跟着他跑,第二枪显然打中了一只狗的脚,因为它发出了哀鸣。于连跳下一座平台的护墙,在护墙的掩蔽下跑了五十来步,然后换了一个方向逃走。他听见人声互相呼应,看清楚了开枪的是那个仆人,他的情敌;一个农民也已赶来,在花园另外一边开枪,不过,那时于连已经到了杜河边上,穿起衣服来了。

一个小时以后,他离开玻璃市已有一里路,在去日内瓦的大路上走着。"即使他们怀疑是我,"于连心想,"他们也会到去巴黎的大路上找的。"

第 二 部

她不漂亮,她不涂脂抹粉。

——圣伯夫

第二部

第一章　乡下的乐趣

啊！乡村，我何时才能见到你？①

——维吉尔

"先生当然是等邮车上巴黎去的啰？"卖早餐的客店老板问道。

"今天的或明天的都行。"于连说。

在他装作不在乎的时候，邮车来了，有两个空位子。

"怎么！是你，我可怜的法尔科。"一个从日内瓦来的旅客，对一个和于连同上车的旅客说。

"我还以为你在里昂郊区定居了。"法尔科说，"罗讷河附近的山谷不是风景优美吗？"

"说什么定居，我逃还来不及呢。"

"怎么！你逃什么？你，圣吉罗，一副老实模样，你还会犯什么罪呀？"法尔科笑着说。

"的确，这和犯罪也差不多。我在逃避讨厌的外省生活。我喜欢树林中的新鲜空气，田园式的悠闲安静，你老说我有浪漫思想。我从来不喜欢听人家谈政治，现在，政治却把我赶出来了。"

"你是哪个党派的？"

"哪个也不是，这就叫我倒了霉。其实，我的政治就是喜欢音乐、图画，一本好书对我是件大事，我快满四十四岁了，还有几年好活？十五年，二十年，最多三十年罢了。那好！我想三十年后，大臣们总该能干一点了，至少也该是和今天一样的好人吧。英国的历史是一面镜子，从中可以看到我们的未来。将来总会有一个国王要扩大自己的特权；要当议员的雄心壮志，米拉波赢得的光荣和几十万法郎，总会使外省的阔佬睡不着觉。他们把这叫做自由，叫做热爱人民。要当贵族或者宫廷侍从的欲望，总会使极端保王党四处

---

① 原文是拉丁文。

奔波的。国家就是一条大船，人人都想掌舵，因为有利可图。但是，一个普通来客难道不该有一席之地吗？"

"谈事实吧，谈事实吧，连你这样喜欢安静的人都容不下，那也未免太可笑了。难道是最近一次选举把你从外省赶走的？"

"我倒霉的时间还更早呢。四年前我才四十岁，已经有五十万法郎，今天我大了四岁，钱倒恐怕要少五万，因为我不得不亏本卖掉蒙弗勒里城堡，城堡得天独厚，就在罗讷河附近。

"在巴黎的时候，我厌倦了所谓的19世纪文明，厌倦了永远演不完的喜剧。我渴望过简单淳朴的生活。于是，我在罗讷河附近的山区买了一块土地，风景优美，简直举世无双。

"半年来，村里的教士和附近的乡绅都来巴结我：我请他们晚餐。我离开巴黎，我对他们说，是为了这辈子不谈政治，也不听人家谈政治。你们看，我不订报纸。邮差来得越少，我越高兴。

"村里的教士却不是这样打算的。不久，数不清的冒昧要求，没完没了的麻烦事都找上门来了。我本想每年施舍两三百法郎救济穷人，他们却要我捐献给宗教团体，什么圣约瑟会、圣母会，等等等等，我拒绝了，结果就遭了殃。我也真傻，居然生气了。这下可好，我早上不出去欣赏山景则已，一去总会有烦恼事打破我的梦想，把我拉回到庸人的坏事的现实世界来。比如说，我喜欢听祈祷丰收的游行歌，这可能是一支希腊曲子，但是游行的队伍不为我的田地祝福，因为乡村教士说过，我是个不信神的人。一个虔诚信教的老农妇有一头母牛死了，她只怪我的池塘离得太近，因为我是从巴黎来的不信宗教的哲学家，于是一个星期之后，我发现我池塘里的鱼全都肚皮朝天，给人用石灰毒死了。形形色色的麻烦事，层出不穷。乡村的法官是个好人，但是他怕丢掉他的差事，打起官司来总判我输。田园的平静生活对我来说，已经成了地狱。一旦看到圣公会的带头人乡村教士抛弃了我，自由党的带头人退休上尉也不支持我，什么坏事都落到我头上来了，甚至我养活了一年的泥瓦匠也欺侮我，大车修理工给我修犁，也肆无忌惮地敲我的竹杠。

"为了找个靠山，打赢几场官司，我就加入了自由党；但是，你看，什么鬼选举又来了，他们要我去投票……"

"选一个你不了解的人？"

"不对,选一个我太了解的人。我拒绝了,真是不知天高地厚!从这时起,瞧,自由党也纠缠不休,真叫我无法容忍。我相信,假如乡村教士灵机一动,要控告我谋杀了我的女佣,圣公会和自由党都会各出十个证人,发誓说亲眼看见我犯罪的。

"你要在乡下过日子,却不肯讨好你的邻居,甚至不肯听他们的闲言碎语。那怎么行!……"

"到底,错误在改正了。蒙弗莱里在出卖,如果需要的话,我情愿损失五万法郎,不过,我还是很高兴,能够离开这个口是心非、令人心烦意乱的活地狱。我要去寻找田园式的清静,也许全法国只有一个地方找得到,那就是爱丽舍田园大道朝街的四层楼上。不过我还在担心,会不会因为送圣餐面包给教区,又要在鲁尔区重新卷入政治了。"

"如果是波拿巴时代,绝不会出这些咄咄怪事!"法尔科说,眼睛闪出愤怒和惋惜的光芒。

"说得好,不过,你那个波拿巴,他为什么保不住自己的江山呢?我今天吃的苦头,都是他造成的啊。"

听到这里,于连更加全神贯注。从头一句话他就听出来:波拿巴分子法尔科是德·雷纳先生幼年时代的老朋友,1816年才断绝关系的,而哲学家圣吉罗大约是某省科长的兄弟,这个科长通过投标把公产捞到了手。

"这一切都是你的波拿巴造成的,"圣吉罗接着说,"一个与世无争的老实人,已经四十岁了,还有五十万法郎,却不能在外省安身,过平静的日子,反被教士和乡绅赶了出来。"

"啊!千万不要说他的坏话,"法尔科叫道,"法国在全世界的地位,从来没有像他统治的十三年那么高。那时,人的一切作为都是伟大的。"

"你的皇帝,让他见鬼去吧!"那个四十四岁的人又说,"他只有在战场上才伟大,还有1802年整顿财政时也是伟大的。从此以后,他的所作所为有什么伟大可言呢?他的宫廷侍臣,他在杜伊勒里宫的排场和接见仪式,不过只是君主政体繁文缛节的翻版而已。这个版本经过修改,也许还可以用上一两个世纪。但是贵族和教士却想开倒车,退回到老版本上去,可惜他们缺少一个铁腕人物,来兜销他们的旧货。"

"这真是过时的印刷厂老板的陈词滥调!"

"谁把我从土地上赶走的？"印刷厂老板怒气冲冲地说，"就是教士。拿破仑和教皇签了协议，把他们召回来，但不像国家对待医生、律师、天文学家一样，不只把他们当做普通公民，而且还管他们是怎样谋生的。假如你的波拿巴没有乱封男爵、伯爵，今天会有这么多仗势欺人的乡绅吗？不，封官晋爵已经过时了。除了教士以外，最令人生气的，逼得我加入自由党的，正是这些乡下的小贵族。"

谈话没完没了，这个话题还可以在法国谈上半个世纪。因为圣吉罗老是翻来覆去地说，不可能在外省过好日子，于连就不好意思地提出德·雷纳先生来作反证。

"当然，年轻人，你说得不错！"法尔科叫道，"他是为了不做铁砧才做铁锤的，而且是厉害的铁锤。不过我看那个瓦尔诺比他还更厉害。你认识那个坏蛋吗？那才真坏呢。有朝一日，他会取代你那个德·雷纳先生，免了职的老市长拿新市长又有什么办法呢？"

"他是自食其果，"圣吉罗说，"那么，年轻人，你对玻璃市很熟悉了？那好！波拿巴，老天会惩罚他，和他那套骗人的君主政体！是他给德·雷纳和谢朗他们打了天下，又要让瓦尔诺和马斯隆他们坐天下了。"

谈到阴险的政治使于连吃了一惊，也打断了他美妙的梦想。

他远远看见了巴黎，但他最初的印象并不是心情激动。未来还要和过去作斗争：他要为自己的命运建筑一个空中楼阁，但还忘不了刚在玻璃市度过的二十四个小时。他发誓永远不抛弃他情妇的孩子，如果教士胆敢恢复共和国，对贵族进行迫害的话，他就不惜任何牺牲也要保护他们。

他到玻璃市的夜晚，把梯子靠在德·雷纳夫人卧室窗子旁边时，假如住在里面的是一个陌生人，或者就是德·雷纳先生，那后果又会如何呢？

但头两个小时，他的情人认真希望他走，他却赖在她的身边，在黑暗中讲个没完没了，回忆起来，这是多大的乐趣！像于连这样的心灵，一生都忘不了这样的往事。至于这次见面的其他情景，却已经和十四个月前初恋的时期混成一片，难解难分了。

于连还沉醉在梦想中，猛然一下惊醒过来，因为马车停了。他们已经到了卢梭街的车站，邮车刚进院子。

"我要到马梅松宫去。"他叫住一辆双轮轻便马车。

"这么晚了,先生,你去干什么呀?"

"这关你什么事!快走!"

真正的有情人都会想到拿破仑战败后住过的马梅松宫。因此,在我看来,巴黎人的感情是可笑的,他们总希望邻人关心他们,超过了关心自己。我不敢描写于连到了马梅松宫多么激动。他哭了。怎么!尽管这些年砌起了可恶的白墙,把马梅松宫的花园分割得七零八落?——是的,对于连来说,正如对后人一样,拿破仑打胜仗的阿尔科也好,战败流放的圣海伦岛也好,马梅松宫也好,是没有什么不同的。

晚上,于连在进剧场之前,犹疑了好久,他对这个使人堕落的地方,有些离奇的想法。

深深的不信任感使他不能欣赏生气勃勃的巴黎,只有他的英雄遗留下来的、死气沉沉的丰碑,反能使他深深感动。

"现在,我已经到了玩弄阴谋诡计、口是心非的中心!这里的统治者就是德·弗里莱神甫的保护人。"

第三天晚上,他本来打算观光之后再去见皮拉尔神甫,到底还是寻根问底的好奇心占了上风。神甫用不大热心的口气对他说明在德·拉莫尔先生家里过的是怎么一种生活。

"要是过了几个月你还不能起作用,那就回神学院去,不过走的还是大门。现在,你要去住到侯爵家里,他是法兰西的名门望族。你要穿黑衣服,好像戴孝似的,而不是像个出家人。我要介绍你去另一个神学院,你每星期去三次,继续研究神学。每天中午,你要去侯爵的图书室,为他起草函件,处理打官司的问题,他每收到一封信,都会简单批示如何答复。我认为,三个月后,你起草的回信,十之七八他会同意签字的。晚上八点,你把他的办公桌收拾好,到了十点,你就自由了。"

"也有可能,"皮拉尔神甫接着说,"会来个把年老的女人或者和气的男人,他们含糊地说你会得到好处,或者干脆送钱给你,要你给他们看侯爵收到的信……"

"啊,先生!"于连叫了起来,脸都涨红了。

"真是稀奇,"神甫苦笑着说,"你这样穷,又在神学院待了一年,居然还会感到义愤。恐怕你是睁眼瞎吧!"

"难道是血气方刚？"神甫仿佛自言自语似的低声说道，"奇怪的是，"他瞧着于连，接着又说，"侯爵认识你……我也不知道是怎么回事。他一开始就给你一千金币的薪水。他做事随兴所至，这是他的缺点。他的孩子气差不多和你不相上下呢。只要他高兴，你的薪水以后还会加到八千法郎。"

"不过你也感觉得到，"神甫不无酸意地接着说，"他给你这么多钱，并不是因为你的眼睛漂亮。问题是要对他有用。我若是你，我一定少说话，尤其是不要以不知为知。"

"啊！"神甫说，"我为你打听了一下；我还没告诉你德·拉莫尔侯爵的家庭情况。他有两个孩子：一个女儿和一个十九岁的儿子，儿子风度翩翩，得意扬扬，中午从来不知道下午要做什么。他聪明、勇敢，去西班牙打过仗。侯爵希望，我也不知道为什么，要你做他儿子诺贝伯爵的朋友。我说过你的拉丁文很好，也许他打算要你教他儿子几句西塞罗和维吉尔的名言。"

"我若是你，我绝不让这个漂亮的年轻人取笑。他表面上彬彬有礼，但是话里有点带刺，你可不能一听就信，总要经过多次反复，才能表态。

"不瞒你说，这位年轻的德·拉莫尔伯爵起初会看你不起的，因为你只是一个小小的老百姓。而他的祖先却是宫廷贵族，在1574年4月26日，他的一位祖先为了宫廷政变，还光荣地在河滩广场砍了头。你呢，你只是玻璃市一个木匠的儿子，而且是他父亲雇用的人。好好衡量一下轻重，读读莫雷里《历史大词典》中他们的家史；在他们家吃喝的清客，时不时都要提到他家族的掌故，他们说这是'引经据典'。

"诺贝·德·拉莫尔伯爵先生是轻骑兵上尉，未来的法兰西贵族院议员，如果他和你开玩笑，你要注意回答的方式，不要事后怪我没提醒你。"

"在我看来，"于连的脸红得非常厉害，"我根本不必回答一个瞧我不起的人。"

"你还想不到这种瞧不起是怎么回事，听起来还像是过分的客套话呢。如果你是个傻瓜，你上了当还不知道；如果你想捞到一点好处，那就只好甘心上当。"

"如果我不习惯这一套，"于连问道，"一走了之，回到神学院一〇三号斗室里去，有没有什么对不起人呢？"

"恐怕，"神甫答道，"这里的清客都要说你的坏话了，不过不要紧，我会出面的。我会这样，我会说是我决定的。"

于连听到皮拉尔先生的口气好像有苦难言，几乎有点不怀好意，心里觉得难过，因为这种口气使他代人受过的好意也大为减色了。

事实上，神甫喜欢于连，感到于心不安，而他这样直接干预另外一个人的命运，又感到一种宗教上的恐惧。

"你还会见到，"他仿佛有难言之隐，还用同样勉为其难的口气接着说，"还会见到德·拉莫尔侯爵夫人。她是一个高大的金发女人，虔诚，高傲，十分讲究礼节，但实际上很少可取之处，她是德·肖纳老公爵的女儿，公爵的贵族偏见是非常出名的。这位贵夫人的性格，可以说是她那个阶层的女人最突出的缩影。她毫不讳言，她唯一的光荣历史就是祖先参加过十字军东征。至于钱财，她倒不大放在心上。你觉得奇怪吗？我们现在不是在外省，我的朋友。

"你在她的客厅里还会见到许多大人物，他们谈起君主来，口气非常随便，简直令人吃惊。至于德·拉莫尔夫人，她每次提到一位君主，尤其是提到一位王妃，总要放低声音，表示敬意。因此，我劝你在她面前，千万不能说菲力普二世或亨利八世的怪话。他们当过国王，所以无论什么时候，都有权利受到尊敬，尤其是你我这样出身微贱的人，更要加倍尊敬。不过话又说回来，"皮拉尔先生加了一句，"我们是教士，因为她会把你看做教士；有了这个身份，她要灵魂升天，就把我们当做不可缺少的奴才了。"

"先生，"于连说，"这样看来，我在巴黎的时间恐怕不会太长。"

"那好，但是你要注意：像我们这样穿道袍的人，如果没有大人物撑腰，是不会有前途的。在你的性格中，有一种无以名之的东西，至少在我看来，你如果不能出人头地，就要受人迫害；对你而言，中间道路是没有的。你不要搞错了。人家看得出来，他们和你谈话，并没有得到你的好感；而在我们这个重社交的国家里，你要是得不到人家的好感和尊敬，就只会得到人家的恶感，注定了要遭殃。

"你要想想，若不是德·拉莫尔侯爵心血来潮提拔了你，你在贝藏松会落到什么地步？总有一天你会明白，他为你做的事是多么不寻常，只要你不是个冷血动物，你就会对他和他全家终身感恩图报呢。多少个可怜的神甫比你更有学问，他们在巴黎生活多年，只靠做弥撒挣十五个苏，还得在索邦神学院讲道挣十个苏！……你还记得去年冬天我对你讲的，杜布瓦红衣主教早年过的艰苦日子吗？难道你那么骄傲，认为自己比他本领更大？

"就拿我来说，我本事不大，只喜欢安静，原来打算老死在神学院，因为我太幼稚，居然对学院有了感情。那好！但我一提出辞职，就要一无所有了。你知道我存了多少钱吗？只有五百二十个法郎，不多也不少；我没有一个朋友，只有两三个认识的人。多亏这位没见过面的德·拉莫尔先生拉了我一把；他只消说一句话，我就得到了一个教区，教民都是不做坏事的有钱人，我的收入太高，工作太少，使我感到惭愧。我对你讲了这么久，其实只是希望你做事不要冒失。

"还要说一句话：我这个人脾气不好。有朝一日，你和我可能会闹翻的，甚至不再谈话。

"如果侯爵夫人目中无人，或者她的儿子恶意取笑，使你实在忍受不了，我建议你到巴黎三十里外的神学院去完成学业，巴黎以北比南边好。因为北边更加文明，比较公正。"他放低了声音又说，"我得承认，离巴黎的报纸越近，那些公子哥儿们越不敢胡作非为。

"如果我们乐意继续见面，而侯爵府又不合适的话，我想请你来做我的助理神甫，和我平分教区的收入。我欠你这份情，你的情不止是给我一半，"他打断了于连感激的话，接着又说，"因为你在贝藏松不同寻常地要把你的全部财产给我。假如我当时没有五百二十法郎，而是身无分文的话，你就救了我了。"

神甫说话的口气不再严厉。于连非常惭愧，觉得眼泪快要流出来；他恨不得扑到他朋友的怀里；他情不自禁地装出男子汉的气概说：

"我的父亲从小恨我，那是我最大的不幸；不过我不再怪命运，先生，因为见到了你，我又找到了一个父亲。"

"那好，那好。"神甫不好意思地说，然后，忽然想起一句当院长时说过的话："不要说命运，我的孩子，要说天意。"

马车停住了，车夫下车去敲大门上的铜门环：这是德·拉莫尔侯爵府。为了人家容易找到，这几个字还刻在大门上方的黑色大理石上。

于连不喜欢这副架势。"他们怕雅各宾派！他们一见篱笆，就看到了罗伯斯庇尔和囚车；他们真会把人笑死，但他们居然敢这样炫耀门第，仿佛是要骚乱的群众来放枪似的。"他把这些想法告诉了皮拉尔神甫。

"啊！可怜的孩子，你不久就要当我的助手了。你怎么会有这样可怕的想法！"

"我觉得这很简单。"于连说。

看门人的神气，尤其是庭院的整洁，使于连赞叹不已。这一天的太阳也好。

"多么华丽的建筑！"于连对他的朋友说。

这是圣日耳曼区一座貌不惊人的公馆，是在伏尔泰去世前盖好的。时髦和美，真是相距千里！

第二章　初见世面

> 笑煞人又感动人的往事：一个十八岁没有靠山的人，头一回走进"沙龙"！女人一眼使我丧魂失魄。我越想讨人喜欢，显得越笨。我什么都看不清楚：不是无缘无故把人看成知己，就是把瞪我一眼的人当做仇敌。回想起来，胆小使我烦恼，又使美好的日子显得多么美好啊！
>
> ——康德

于连目瞪口呆地站在庭院当中。

"神色不要外露，"皮拉尔神甫说，"你有些怪想法，其实你还是个孩子！记住贺拉斯说的：'不要激动[①]！'要想到这些仆人看见你来，是不服气的；他们把你看成同类的人，不该比他们高一等。他们表面上和和气气，给你出主意，指点你，实际上巴不得你出乖露丑。"

"我会当心。"于连说时咬咬嘴唇，又恢复了他的不信任感。

走到侯爵的办公室之前，先要穿过一楼的几间套厅，呵！我的读者，你会觉得这些房间既华丽又沉闷。要是原封不动地请你住进去，你可能会拒绝

[①] 原文是拉丁文。

的。住在这里只好打呵欠，发牢骚。但这里却使于连更加神往。"住在这样堂皇富丽的地方，"他想，"怎会感到不幸福呢！"

最后，这两位先生到了这高级套房中最不显眼的一间：房里光线很暗，里面有个又瘦又矮的人，眼睛灼灼有神，戴着金黄色的假发。神甫转过身来引见于连。这个人就是侯爵。于连几乎认不出了，因为他外表非常有礼貌。这哪里像他在布雷—勒奥修道院见过的那位神气高傲的大贵人！于连觉得他的假发太厚。发现了对方的弱点使他胆壮。起初，他认为亨利三世大臣的后代貌不惊人。他个子太瘦，动作太多。后来，他觉得侯爵的谈吐高雅，使对方轻松愉快，甚至超过了贝藏松主教。接见还不到三分钟。神甫出来时，对于连说：

"你看着侯爵，好像看画一样。我对这里的规矩也不大懂，不久你就会懂得比我更多；不过，你那样大胆地看人，我总觉得不太礼貌。"

他们又坐上了马车，车夫停在林荫道旁，神甫领着于连走进了一间接一间的套厅。于连看到大厅里没有家具。他正在看一座镀金的时钟，钟上的塑像在做他认为是下流的动作，这时，一位非常文雅的先生笑着走了过来。于连弯下了腰，鞠了半个躬。

这位先生微微一笑，把手放在他的肩上。于连吓了一跳，往后倒退一步。他的脸都气红了。皮拉尔神甫虽然很严肃，也笑出了眼泪。于连不知道这是给他量衣服的裁缝。

"我让你自由自在地过两天，"神甫出去时对他说，"过了两天才能引你去见德·拉莫尔夫人。在你初到巴黎的这两天，别的监护人也许会把你当做年轻姑娘一样，管得很严。如果你一定要堕落，马上就堕落吧，免得我为你操这份心。后天上午，裁缝会给你送两套衣服来。那个给你试衣服的伙计，你该给他五个法郎的小费。不过，不要让这些巴黎人听出你的外省口音。只要你一露马脚，他们就有法子取笑你了。这是他们的拿手好戏。后天中午，再到我这里来……去吧，堕落去吧……我还忘记了说：到这些店里去定做靴子、衬衫、帽子。"

于连看看写店名的笔迹。

"这是侯爵亲手写的，"神甫说，"他喜欢做事，考虑周到，宁可自己动手，不肯发号施令。他要你在他身边，就是希望你能代劳，省掉他这一类麻烦。你有没有心眼,会不会执行他一言半语的指示呢?这就要看你的了:要小心在意啊!"

于连按照侯爵写的地址走进店里,一句话也不说。他注意到人家对他毕恭毕敬,靴匠在账簿上登记他的名字,还加了个贵族用的"德"字,写成"于连·德·索雷尔先生"。

在拉雷兹神甫公墓,有一位先生十分热心,说话更是十二分自由党的口气,他主动带于连去看奈伊元帅①的坟墓,由于政治原因,墓前没有树碑立传。在分别时,这个自由党人流着眼泪,几乎把于连紧紧抱在怀里,分别之后,于连的表却不翼而飞了。吃一堑,长一智,第三天中午,他去找皮拉尔神甫,神甫看了他好一会儿。

"你也许要变成一个花花公子了。"神甫板着脸对他说。于连看起来很年轻,穿一身黑衣服,的确非常好看,但是神甫自己太土气,看不出于连的肩膀左右摇晃,还是外省人的神情风度。侯爵一见于连,看法却和神甫大不相同,他甚至问道:

"你会不会反对索雷尔先生学学跳舞?"

神甫发呆了。

"不会,"他最后答道,"于连并不是修道士。"

侯爵两步一走,上了一道暗梯,把我们的主角带到一间漂亮的阁楼,窗子朝着公馆的大花园。他要于连坐下,问他在女裁缝店买了几件衬衫。

"两件。"于连答道,因为看到一位大人物居然屈尊过问这种琐事,觉得惶恐不安。

"很好,"侯爵用命令式的干脆口气,认真地说,使于连不得不考虑考虑,"很好!再买二十二件衬衣。这是给你头一个季度的薪水。"

走下阁楼,侯爵叫来一个老仆人:"阿塞纳,"他对老仆说,"以后,你服侍索雷尔先生。"几分钟后,于连一个人待在华丽的图书室里,这个时刻真是其乐无穷。他怕有人看到他激动的心情,就躲到一个阴暗的小角落,从那里他喜不自胜地观赏着闪闪发亮的书脊:"这些书都是我的读物了。"他自言自语,"我怎能不高兴呢?德·拉莫尔侯爵刚才对我这么好,德·雷纳先生如果

---

① 拿破仑的大将,波旁王朝复辟后被处死刑。

能做到他的百分之一，恐怕也要认为丢了一辈子的脸了。"

不过，还有信件要抄写呢。抄完了信，他才敢去看书。一见伏尔泰全集，他简直是欣喜若狂。他跑去把图书室的门打开，免得有人撞进来他不知道。然后，他才兴致勃勃地一本一本翻开伏尔泰的八十册皇皇巨著。书装订得非常精致，是伦敦的能工巧匠的杰作。其实，并不需要这么高超的手艺，就可以使于连叹为观止了。

一个小时以后，侯爵来了，他看了看抄件，惊讶地发现于连把"这"字写成繁体的"這"。"神甫对我谈起过他的学问，难道那完全是无中生有吗！"侯爵非常失望，但却和气地对他说：

"你对字的写法还不大有把握吧？"

"的确是这样。"于连答道，一点也没有想到这对自己是不利的。侯爵和颜悦色，使他深受感动，并且联想起了德·雷纳先生的粗暴口气。

"试用方施一孔特这个小神甫，完全是浪费时间。"侯爵心想，"不过，我多么需要一个靠得住的人呀！"

"'这'字里面的'文'不能写成'言'"，侯爵对他说，"你抄完了信件，如果对字的写法没有把握，一定要去查查字典。"

到了六点钟，侯爵又叫于连去，看见他穿着长筒靴，显出不高兴的样子：

"这要怪我疏忽，我忘了告诉你，每天五点半钟，你应该穿礼服。"

于连莫名其妙地望着他。

"我是说应该穿袜裤，阿塞纳以后会提醒你的。今天，我只好替你向人道歉了。"

说完这几句话，德·拉莫尔先生把于连带到一间金碧辉煌的客厅里去。在同样的情况下，要是德·雷纳先生，他一定会加快脚步，争先恐后，头一个走进客厅的门。在老东家这点虚荣心的影响下，于连也加快了步子，结果踩了侯爵的脚，侯爵有痛风病，因此脚踩得很痛。"啊！不料他还是个笨蛋。"侯爵心想。他把于连介绍给一个身材高大、外表令人不敢接近的女人。这就是侯爵夫人。于连觉得她态度傲慢，有点像玻璃市的专区区长德·莫吉隆的夫人参加圣查理节宴会的神气。客厅的富丽堂皇，使于连有点心慌意乱，甚至没有听见德·拉莫尔先生在说什么。侯爵夫人屈尊看了他一眼。在客厅里的几个男人当中，于连非常高兴地认出了年轻的阿格德主教，几个月前，在布雷—勒奥修道院举行的宗教仪式上，主教曾经屈尊和他谈过话。于连怯生生地用温情脉脉的眼光望着年轻的主教，使他不知所措，他也就懒得去认个外省人了。

在于连看来，客厅里的男人都有一点沉闷，束手束脚。巴黎的人说话声音不高，也从不小题大做。

一个漂亮的年轻人，上唇留了小胡子，脸色很白，身材很瘦，快到六点半钟才来；他的头也很小。

"你总是要人家等你。"侯爵夫人说时，他就吻她的手。

于连一听，就明白他是德·拉莫尔伯爵。他对伯爵几乎是一见倾心。

"这个人怎么可能，"他心里想，"用损人的玩笑话把我赶出大门呢？"

于连从头到脚打量了诺贝伯爵一番，注意到他的靴子上有马刺，"而我呢，我只应该穿普通的鞋子，显然低人一等。"大家坐下来吃晚餐。于连听见侯爵夫人正颜厉色地说了一句话，声音也提高了一点。话音刚落，他就看见一个身材漂亮的金发女郎，走来在他对面坐下。然而她并不讨人喜欢，但他端详了她一番之后，却不得不承认，他从来没有看见过这样美丽的眼睛，可是眼里流露出来的，却是心灵的冷酷无情。然后，于连又在她眼睛里，发现她对察言观色，对时刻记住自己高人一等的身份，感到厌倦的表情。"当然，德·雷纳夫人的眼睛也很漂亮，"他心里想，"大家都赞不绝口，不过和这双眼睛不大相同。"于连阅历不够丰富，还看不出在玛蒂德小姐（他听见人家这样称呼她）眼睛里一闪一闪的，是俏皮的火花。而德·雷纳夫人的眼睛一亮，那却是热情的火焰，或是坏人坏事引起的义愤。晚餐快吃完了，于连才找到了一个词来形容德·拉莫尔小姐美丽的眼睛。"灿烂的星光。"他暗自得意。然而她太像她的母亲，母亲越来越讨人厌，他就索性连女儿也不看了。相反，在他看来，诺贝伯爵在各方面都很可爱。于连喜欢他简直入了迷，甚至一点也不妒忌、一点也不恨这位富贵公子。

于连觉得侯爵有点沉闷。

上第二道菜时，他对他儿子说：

"诺贝，你要好好对待于连·索雷尔先生，他是我班子里的新人，我打算把他培养成材，如果'這'可能的话。"

"这是我的秘书，"侯爵对他旁边的人说，"他把'这'字写成繁体。"

大家都瞧着于连,他赶快低下了头,特别不让诺贝看见他的眼神;不过,一般说来,大家对他倒不反感。

侯爵准是谈过于连所受的教育,因为一个客人考问起贺拉斯来了。"正是谈到贺拉斯,我才得到了贝藏松主教的好评,"于连心想,"显然,他们只知道这个作家。"从这时起,他就能应付自如了。对他来说,应付男人并不困难,而在他眼里,德·拉莫尔小姐绝不是一个女人。在神学院,他就对男人做了最坏的准备,不容易被他们吓唬住。如果餐厅不是这样富丽堂皇,他还更能游刃有余。但事实上,从两面八尺高的玻璃镜里,看到他的考官大谈贺拉斯,有时也会抬高镜中人的身价。于连高谈阔论,对外省人来说,他的话不算太长。他的眼睛漂亮,有点羞羞答答,回答得好,也不好意思,看起来更加容光焕发。大家对他都有好感。这样的考试给庄重的晚餐增加了几分趣味。侯爵做了个手势,要考官步步进逼。"难道这个小伙子还真有一手!"他心里想。

于连回答得很有新意,他越表现自己,就越胆壮,他倒不是卖弄聪明,这对不善于用巴黎语言的人来说,是不大可能的,不过他有新的看法,虽然表达得不够高雅,不算恰如其分,但是大家都看得出,他是精通拉丁文的。

于连的对手是碑铭研究院的院士,恰好他也懂拉丁文;他发现于连是个很好的人文学者,就不怕考得他难堪,而是想方设法要难倒他。在热烈的舌战中,于连到底忘了餐厅里富丽堂皇的陈设,他对拉丁诗人发表了一通前所未闻的高见。院士是个正派人,对年轻的秘书大加赞赏。说来也巧,大家又开始讨论贺拉斯的贫富问题:他到底是一个和蔼可亲、寻欢作乐、无忧无虑、像莫里哀和拉封丹的朋友夏佩尔一样,为了乐趣才写诗的人,还是一个出入宫廷、为国王生日写颂歌,像拜伦勋爵的对头骚塞那样的桂冠诗人。大家谈到奥古斯都治下的罗马社会,和乔治四世治下的英国社会。在那两个时代,贵族都权大势大,但在罗马,一个普通骑士麦赛纳夺了贵族的权;而在英国,贵族却使乔治四世差不多降低到威尼斯大公的地位。这场讨论使侯爵不像晚餐前那么沉闷,那么麻木了。

于连对骚塞、拜伦勋爵、乔治四世这些近代人一无所知,他是头一次听到他们的名字。但没人听不出,一谈到罗马的往事,只要是贺拉斯、马夏乐、塔西陀等人提到过的,于连就显示了无可争辩的优势。他毫不客气,把和贝藏松主教讨论时学到的东西都化为己有，结果大受欢迎。

侯爵夫人自订守则：凡是丈夫喜欢的，她都喜欢，因此等大家谈诗人谈累了，她又赏脸看了于连一眼。"这个年轻的神甫可能是大智若愚。"坐在他旁边的院士对她说，于连也依稀听到了。这句俗套话和女主人庸俗的心一拍即合，她觉得没有白请院士来吃晚餐。"他给德·拉莫尔先生解了闷。"她想。

第三章　起步

> 这个灯火辉煌、人群熙攘的大山谷使我眼花缭乱。谁也不认识我，人人都高我一等。我晕头转向了。
>
> ——雷纳律师的诗

第二天大清早，于连正在图书室里抄写信件，玛蒂德小姐从一扇被书架挡住了的小门走了进来。于连正为这点小聪明而自鸣得意，玛蒂德小姐却大吃一惊，觉得他在这里碍手碍脚。于连看见她鬈发纸还没有取下，神气生硬、高傲，几乎像个男人。德·拉莫尔小姐常常秘密地到她父亲的图书室来偷书，却不露一点痕迹。一见于连，她今天早晨等于是白跑了一趟，尤其恼火的是，她来偷的书是伏尔泰的《巴比伦公主》第二册，这是宗教和宫廷教育的绝妙补充读物，是圣心教派的杰作！这个可怜的姑娘，才十九岁，已经是为了精神上找刺激，才对小说感兴趣了。

快到下午三点，诺贝伯爵才到图书室来读报，晚上好谈政治，他见到于连时轻松愉快，他根本忘记了这个小秘书的存在。他对于连真好，居然邀他同去骑马。

"在晚餐前，父亲让我们自由活动。"

于连一听就懂，他喜欢"我们"这两个字。

"我的天呀，伯爵先生，"于连答道，"如果是要砍倒一棵八十尺高的大树，把树木劈得方方正正，然后锯成木板，我敢说，我可以得心应手；但是要骑马，我这辈子还没骑过六次呢！"

"那今天就骑第七次吧。"诺贝说。

其实，于连记得国王驾临玻璃市的情景，并且自命不凡，马骑得不错。不料，从布洛涅森林公园回来，走到巴克街当中时，为了避开一辆突然而来的马车，他却从马上摔了下来，弄得满身是泥，幸亏他有两套礼服。吃晚餐时，侯爵想同他说说话，问他骑马玩得怎么样；诺贝赶快含糊其辞，打算蒙混过去。

"伯爵先生对我太好了，"于连接着说，"使我非常感激，并且牢记在心。多蒙他关照，给了我一匹再驯善不过的好马；但他到底也无法使我稳坐雕鞍，一不小心，我就在长街当中，大桥附近，摔了下来。"

玛蒂德小姐忍不住，扑哧一声笑了起来，接着她就不顾体统，打听详细的情形。于连以不变应万变，老实交代；他有一种毫不做作的风度，连他自己都不知道。

"这个小教士看来很有出息，"侯爵对院士说，"一个外省人在这种场合表现得这样大方，过去从来没有见过，以后怕也不会见到；而且他还当着夫人小姐的面，谈自己出丑的事。"

于连谈他出丑的事，谈得听的人不觉其丑，结果吃了晚餐，话题已经转了方向，玛蒂德小姐还在向她的哥哥问长问短，追根寻底。她不断地问，于连好几次碰到她好奇的眼光，就不等她开口，大胆直接回答，结果三个人都笑了起来，好像他们是世外桃源中的乡下人一样。

第二天，于连听了两堂神学课，然后回来抄写二十来封信。他发现在图书室里他的座位旁边，坐着一个年轻人，衣服穿得非常讲究，但是其貌不扬，脸上流露出妒忌的表情。

侯爵进来了。

"你来干什么，唐博先生？"他正颜厉色地问那个新来的人。

"我以为……"年轻人低三下四地微笑着答道。

"不对，先生，你不是以为。你是来碰运气，不过运气不好。"

年轻的唐博气得站起来就走。他是德·拉莫尔夫人的朋友院士先生的侄子，也是做文书工作的。院士把他推荐给侯爵当秘书。唐博在另外一间房办公，听说于连得到眷顾，想来平分秋色，早上就自作主张，把文具搬到图书室来了。

下午四点钟，于连犹疑了一会儿之后，大着胆子去找诺贝伯爵。伯爵正要出去骑马，觉得有点为难，因为他是讲究礼节的人。

"我想，"他对于连说，"不久会要你去学骑马的。学了几个星期之后，我就会很高兴同你去骑马了。"

"首先，我要感谢你昨天对我的盛情厚意，先生，"于连非常认真地接着说，"请相信我会感恩图报的。如果我昨天笨手笨脚没有伤害到你的马，如果那匹马今天没人骑，我还想再骑一次。"

"天哪，我亲爱的索雷尔，出了事就要你自己负责了。你得假定，为了谨慎起见，我已经向你提过各种反对意见。事实是，现在已经四点，没有时间好耽误了。"

于连一上了马：

"怎样才能不摔下来？"他问年轻的伯爵。

"要做的事很多，"诺贝哈哈大笑，答道，"比如说，身子要向后仰。"

于连放马快步小跑。他们到了路易十六广场。

"啊！不要命的年轻人，"诺贝说，"这里车子太多，车夫也很莽撞！万一把你撞翻在地，他们的马车就会从你身上压过去；他们才不肯勒住马呢，因为怕会勒伤马嘴啊！"

总有二十回，诺贝看见于连差点要摔下马，但都化险为夷，安全回来了。一到家，年轻的伯爵就对他的妹妹说：

"好一个玩命的冒失鬼！"

吃晚餐时，他对坐在餐桌另一头的父亲谈话，对于连的大胆，倒做出了公平的评价，其实，如果要夸奖于连的骑术，除了大胆之外，也没有别的什么好说了。年轻的伯爵上午听见在院子里洗刷马匹的下人议论于连落马的事，那些挖苦话真会把人活活气死。

于连虽然得到照顾，但是不久他就感到，他在这个家庭中非常孤立。这家人的习惯在他看来都很奇怪，和他格格不入。他不合规矩的一举一动，都成了仆人们的笑料。

皮拉尔神甫已经到他的教区去了。"如果于连是经不起风雨的芦苇，那只好让他自生自灭；如果他是个有雄心壮志的人，那匹马单枪也能死里逃生的。"他心里想。

第四章 侯爵府

他在这里干什么？他喜欢这地方吗？他以为人家会喜欢他吗？

——龙沙

如果说在德·拉莫尔侯爵府高贵的客厅里，于连觉得一切都不顺眼，那么反过来说，谁肯降低身份来注意这个脸色苍白、身穿黑衣的年轻人，就会觉得他更不顺眼了。德·拉莫尔夫人甚至向她的丈夫提出：在宴请要人的日子里，打发于连出去办事。

"我倒想把这个试验做到底，"侯爵答道，"皮拉尔神甫认为，打击身边人的自尊心是不明智的。'你不能依靠一个没有招架之力的人'等等。这个年轻人除了面孔不熟悉之外，也没有什么不可做试验的地方；再说，他不爱打听，不乱说话，差不多是又聋又哑了。"

"为了认识这个地方的真面目，"于连心想，"我应该记下客人的名字，用三言两语做出评价。"

他先记下这一家的五六个常客，他们喜欢碰运气，以为于连是莫测高深的侯爵保护的人，所以也要讨他的好。这是些穷光蛋，多少有点低三下四；这类人在今天的贵族客厅里还能找到。不过，也该为这五六个人说句好话，他们并不是对任何人都低三下四，一视同仁的。有的人对侯爵可以逆来顺受，但要是德·拉莫尔夫人说了句不客气的话，他们就愤愤不平了。

这家主人的心灵深处，既太高傲，又太空虚：他们习惯于用语言伤人，来消愁解闷，因此得不到真正的朋友。但除了下雨的日子，除了难得的非常无聊的时刻之外，他们总是彬彬有礼的。

如果这五六个讨好于连的长辈也不来德·拉莫尔侯爵府的话，那侯爵夫人就很难打发这漫长的孤独时刻了；而在她这种地位的女人看来，孤独无聊是可怕的：这标志着她的客厅失去了上流社会的高雅地位。

侯爵为他的妻子考虑得非常周到；他注意使她的客厅高朋满座。来客不是贵族院的新议员，因为他们作为同僚，不能和他平起平坐，作为下级，又不能谈笑风生。

很久以后，于连才了解到这种内幕。当权派的政策只是资产阶级家庭的话题，在侯爵这样的贵族家庭里，只有在政策行不通的时刻，才谈政治。

在一个烦闷无聊的时代，人更需要寻欢作乐，因此，即使在举行宴会的日子，侯爵前脚刚离开客厅，大家后脚就溜之大吉。其实，只要你不取笑上帝、神甫、国王、达官贵人、宫廷艺术家建立了的制度；只要你不赞美贝朗瑞、反对派的报纸、伏尔泰、卢梭和敢说点实话的人，总而言之一句话，只要你不谈政治，你就可以无所不谈。

哪怕你每年收入十万金币，哪怕你有蓝色勋章绶带，你也不能改变客厅里的不成文宪法。稍微有点活跃的新思想就是罪大恶极。虽然说话语调客气，礼貌周到，都想讨人喜欢，但是每张脸上都看得出无可奈何的神气。年轻人来问候，生怕说漏了嘴，流露出新思想的蛛丝马迹，或者看过什么违禁书籍，因此，谈了几句天气和罗西尼的歌剧等冠冕堂皇的话之后，就一言不发了。

于连观察到谈话的活跃分子，平常总是两个子爵和五个男爵，他们是德·拉莫尔先生流亡国外时的患难之交。这些先生都有六千到八千法郎的年金；四个人是《每日新闻》派，三个是《法兰西报》派。有一个每天都要讲点宫廷逸事，"钦佩"二字从不离口。于连看到他有五枚十字勋章，别人一般只有三枚。

另一方面，在前厅可以看到十个穿着华丽制服的仆人。整个晚上，每一刻钟要送一次冷饮或者热茶，到了半夜，还要吃点夜宵，喝点香槟酒。

就是为了这个缘故，于连有时从头到尾都待在客厅里。其实，他也莫名其妙，一个人怎能在这金碧辉煌的客厅里，认真听这平淡无奇的谈话。有时，他瞧着那些谈话的人，看他们会不会惭愧得脸红。"德·梅斯特先生的书，我都背得出来，他说得比他们要好上一百倍。"他心里想，"但我连他都厌倦了。"

于连并不是唯一的感到精神上透不出气来的人。有些人无可奈何，大喝其冷饮；有些人聊以自慰的，是晚会后可以对人吹嘘："我去过德·拉莫尔侯爵府，听人家谈到过俄国，等等。"

于连从一个讨好的人那里听说，不到半年以前，德·拉莫尔夫人答谢了一个二十年如一日、经常参加晚会的勒布基翁男爵，他自王朝复辟以来，一直是个专区区长，忽然一下平步青云，升为省长了。

这件大事使所有的客人都热情高涨，他们以前稍不如意就会恼火，现在却对什么事也不生气了。对客人的怠慢，很少是直接表现出来的，不过于连在餐桌上无意听到侯爵和夫人的三言两语，对座上客简直是毫不容情。这两个贵人并不掩饰他们心里瞧不起祖先没有坐过"王家马车"的人。于连注意到，只有"十字军"三个字能使他们脸上露出尊重的表情，还带有几分敬意。平时挂在嘴上的敬意，不过是客套话而已。

对这富贵人家的无聊生活，于连一点不感兴趣，但对德·拉莫尔先生却是例外。一天，他高兴地听到侯爵声明，他对勒布基翁升官的事，并没有出过力。这分明是把功劳归之于侯爵夫人；于连事后才从皮拉尔神甫那里了解到事实真相。

一天早上，神甫和于连在侯爵的图书室里，研究同弗里莱那场打不完的官司。

"先生，"于连忽然问道，"每天陪侯爵夫人吃晚餐，这到底是我分内的事，还是对我的分外照顾？"

"这是破格的待遇！"神甫心里反感，接嘴就说，"恩院士先生十五年来大献殷勤，他的侄子唐博先生还没得到这种待遇呢！"

"对我来说，先生，这却成了最苦的差事。我在神学院也没有这样无聊过。我有时看到连玛蒂德小姐都无聊得打呵欠，其实，她应该习惯于这一套了。我真怕会打瞌睡。求你替我说个情，让我到个小客店去吃四十个苏一顿的晚餐好吗？"

神甫刚刚时来运转，对于连能和大人物共进晚餐，觉得不胜荣幸。他正尽力使于连得到这种荣幸感，一个轻微的响声使他们转过头去。于连看见德·拉莫尔小姐在听他们谈话。他脸红了。她是来找一本书的，无意中听见了他们谈的话；她对于连有了几分好感。"这个人生来不是软骨头，"她想，"不像那个老神甫。天哪！他多难看！"

吃晚餐时，于连不敢抬头看德·拉莫尔小姐，她却好意对他说起话来。这一天，要来很多客人，她偏偏叫他不要走。巴黎的年轻姑娘不大喜欢上了年纪的人，尤其是衣冠不整的男人。只要于连不是傻子，他就不难看出，勒布基翁先生的同事们在客厅里，非常荣幸地成了德·拉莫尔小姐开玩笑的目标。这一天，不管她是不是故意做作，反正她对她讨厌的人一点也不留情。

德·拉莫尔小姐是一个小圈子的中心人物，这一圈人几乎每天晚上都坐在侯爵夫人的大安乐椅后面。他们中有德·夸泽努瓦侯爵，德·凯吕伯爵，德·吕兹子爵，和两三个年轻军官，不是诺贝的，就是他妹妹的朋友。这些先生坐在蓝色的长沙发上。在长沙发的另一头，面对着引人注目的玛蒂德，摆了一把低人一等的草垫椅子，于连不声不响地坐在上面。这个二等座位却使头等客人羡慕不已。诺贝让他父亲的年轻秘书坐在那里，真是得其所哉，他有时和于连说上两句话，整个晚上总要提到他一两次。这一天，德·拉莫尔小姐问他，贝藏松城堡的山大约有多高。于连却答不出这座山比巴黎的蒙玛特是高是低。他听这小圈子里的人谈话，往往笑得非常开心；但他觉得自己即使挖空心思，想必也虚构不出这类话来。这好像是一种外国语，他能听懂，也会欣赏，就是说不出。

玛蒂德的朋友这一天不断指手画脚，对来到客厅里的客人评头论足。这家的常客首当其冲，因为批评他们是驾轻就熟的事。你可以想象得到，于连是多么全神贯注；他对一切都感兴趣了，无论是谈话的内容，还是开玩笑的方式。

"啊！德库利先生来了，"玛蒂德说，"他今天没有戴假发，是不是想凭真才实学当上省长？他露出了光秃秃的脑袋，据他自己说，那里面尽是光辉的思想。"

"这个人无论谁他都认识，"夸泽努瓦侯爵说，"他也到我叔叔红衣主教那里去。多少年来，他一直能在每个朋友面前编造一个谎言，而他的朋友有两三百个。他会培养友情，这是他的本领。你别看他这副模样，冬天早晨七点钟，他就已经满身是泥，来到一个朋友家门口了。

"他时常和朋友闹翻，翻脸也要写上七八封信。然后他们重归于好，又要写上七八封信歌颂友谊。他最出色的本领，是像个老实人那样推心置腹，毫无保留。尤其是他有求于人的时候，这套看家本领就拿出来了。我叔叔有一个副主教，谈起德库利先生在王朝复辟以后的生活，真是有趣极了。我以后带他来给你们讲。"

"呸！我才不相信这些话呢。这是小人之间同行相忌。"凯吕伯爵说。

"德库利先生会名垂青史的。"侯爵接嘴说，"是他同德·普拉德神甫、塔列兰外交大臣，还有意大利驻法大使，他们合力促成王朝复辟的。"

"这个人掌管过好几百万法郎，"诺贝说道，"我真不懂他为什么要来这里听家父的挖苦话？时常挖苦得叫他吃不消，兜着走。'你出卖过多少朋友呀，我的德库利？'有一天，家父对他高声叫道，叫得餐桌两头的人都听得见。"

"他当真出卖过朋友吗？"德·拉莫尔小姐问道，"哪一个人又没有出卖过呢？"

"怎么！"德·凯吕伯爵对诺贝说，"这个出名的自由党人森克莱先生怎么也来了？见鬼！他来府上有何贵干？我得过去和他谈谈，也要他谈谈。大家都说他很会谈话。"

"不过，你的母亲会怎样接待他呢？"德·夸泽努瓦先生问道，"他的想法是那样荒唐无稽，那样毫无顾忌，那样与众不同？"

"瞧，"德·拉莫尔小姐说，"这就是你那个与众不同的人，他向德库利先生行礼也与众不同，腰弯得都要碰到地了，还抓住人家的手。我几乎以为他是要吻一位夫人呢。"

"那一定是德库利和当权派的关系，好得超过了我们的想象。"德·夸泽努瓦先生答道。

"森克莱到这里来，是想当法兰西学院院士，"诺贝说，"夸泽努瓦，你瞧他是怎样向勒男爵行礼致敬的。"

"即使跪下来，他不会这么矮。"德·吕兹先生接嘴说。

"我亲爱的索雷尔，"诺贝说，"你是个聪明人，虽然你是从山区来的，但是千万不要学那位大诗人那样行礼，对上帝也不必那么恭敬嘛！"

"啊！又来了一个绝顶聪明的人，巴东男爵先生。"德·拉莫尔小姐说时，有点模仿通报姓名的仆人，把"巴东"说成"扒洞"。

"我想，甚至府上的仆人也在拿他开玩笑。多怪的名字，扒洞男爵！"德·凯吕先生说。

"'名字有什么关系？'有一天他对我们这样讲，"玛蒂德接着说，"'你们想想看，头一次通报德·布庸公爵的时候，大家不也听成不用公爵了吗？久而久之就习惯了。我的名字，只是大家还没听惯而已'……"

于连离开了长沙发旁边的座位。轻佻的玩笑虽然微妙，他却不以为然，他认为玩笑也要合情合理，听了才能使人发笑。在这伙年轻人的玩笑话里，他听出了贬低一切的口气,所以觉得刺耳。外省人或者英国人过分拘谨的心理,甚至使他在玩笑中看到了妒忌,这当然是他看错了。

"诺贝伯爵,"他想,"写一封二十行的信给他的上校,我见他打了三次草稿,要是他一辈子能写出一页像森克莱先生那样的文章,他该多高兴啊!为什么要嘲笑他呢?"

于连地位很低,行动没人注意,他先后走到好几伙人身边。他在远处看着巴东男爵,想听听他的高见。这个绝顶聪明的人看起来紧张不安,他总要想到了三四句锋芒毕露的妙语,才能稍稍安静下来。于连觉得他的聪明来之不易,需要时间。

男爵不会说简短的俏皮话,一说至少要说四句,每句至少要有六行,这样才能说得出色。

"这个人只会高谈阔论,舞文弄墨,却不会谈天说地。"有人在于连背后说。他转过身去,听见人家说这是夏尔韦伯爵,高兴得脸都红了。他是当代最精明的人。于连在《圣海伦岛回忆录》和拿破仑口授的历史资料中,时常见到他的名字。夏尔韦伯爵说话简短;他的警句有如闪电,准确、生动,有时还很深刻。他一发表高见,讨论立刻深入一步。他能引证事实,使人听得津津有味。不过,在政治上,他却胆大脸厚,玩世不恭。

"我是个独立自主的人,"他对一个佩戴三枚勋章的先生说,显然是在嘲笑他,"为什么一定要我今天的意见和六个星期以前相同呢?那样一来,我不成了意见的奴隶吗?"

四个一本正经的年轻人围着他,露出不以为然的神气;这几位先生不喜欢这种玩笑话。伯爵知道自己说过了头,幸亏他看见了老实的巴朗先生,他是个假装老实的伪君子。伯爵就找他谈话。大家都围拢来,知道可怜的巴朗要遭殃了。巴朗先生虽然面目可憎,但靠了高尚的道德品行,好不容易走进了上流社会,娶了一个非常有钱的妻子;妻子一死,他又娶了一个同样有钱的女人,这个女人却没在社交场合露过面。他非常谦虚地享受六万法郎年金,自然不会没有人奉承。夏尔韦伯爵毫不客气地把这一切都兜了出来。不一会儿,他们身边就围拢了三十个人。大家笑逐颜开,甚至那四个正经的年轻人,虽说他们是本世纪的希望,也都笑了。

"既然他明知道要做打击的靶子,为什么还要到德·拉莫尔先生府上来呢?"于连心想。于是他走到皮拉尔神甫身边,想问问他。

巴朗先生却溜走了。

"好哇!"诺贝说,"这个打听家父情况的暗探一走,就只剩下小瘸子纳皮埃了。"

"难道这就是谜底?"于连又想,"侯爵既然明知道巴朗先生是暗探,为什么还要接待他呢?"

皮拉尔神甫板着脸孔,待在客厅的一个角落里,听仆人通报客人的姓名。

"这里简直成了小酒店,"他像喜剧中的巴斯勒一样说道,"来的都是些不三不四的人。"

其实,这位严于律己的神甫并不了解维持上流社会的是什么。只是通过冉森派的教友,他才对到客厅里来的客人有非常准确的认识,他们不是投机取巧,卖身投靠政党,就是发了不义之财,才能进入上流社会的。这天晚上,他对于连有问必答,滔滔不绝地讲了好几分钟,忽然一下又打住了,觉得不该老说人家的坏话,真是罪过。他是一个性情急躁的冉森派教徒,相信基督教徒应该慈悲为怀,因此他对上流社会的生活,总是格格不入。

"那个皮拉尔神甫的脸多难看啊!"于连回到长沙发旁边时,德·拉莫尔小姐说道。

于连听了非常生气,但是她并没有说错。皮拉尔先生毫无疑问是客厅里最正直的好人,但他一受良心的责备,感情冲动,长了酒糟鼻子的脸就显得特别丑。"从此以后,怎能还相信人的外表呢?"于连心想,"皮拉尔神甫为了一点过失责备自己的时候,样子这样难看;而那个纳皮埃是个无人不知的暗探,他的脸上却流露出纯净而安详的幸福感。其实,皮拉尔神甫对他的教派来说,已经大大地让了步,他还雇用了一个仆人,衣服穿得也很整洁呢。"

于连注意到客厅里出了一件稀罕的事,大家的眼睛都望着门口,有一半人忽然不再说话。仆人通报出名的德·托利男爵来了,最近的选举引起了大家对他的注意。于连走上前去,看他是个怎等样人。男爵主持一个选区:他想出了一个高明的主意,把某个政党的选票全偷出来。他变魔法似的把同样多的选票放回去,不过选票上的名字换成了他中意的人。这个决定性的高招给几个选民看破了,他们赶快去向德·托利男爵道贺,吓得他脸色煞白,至今没有复原。有些不怀好意的人甚至提出:该罚他去服苦役。德·拉莫尔先生对他非常冷淡。可怜的男爵夹着尾巴溜走了。

"他这么快就离开了我们,准是找魔术师去了。"夏尔韦伯爵一说,大家又笑了起来。

这天晚上,一些不说话的大人物和阴谋家,多半臭名昭著,但没有一个是傻瓜,他们接连不断地来到德·拉莫尔先生的客厅里,因为听说他有可能组织内阁。在这些大人物面前,小唐博也要初试锋芒。如果说他的看法还不精辟,那也有法弥补,那就是他说起话来生动有力,这点我们马上可以看到。

"为什么不判这个人坐十年牢?"他在于连走过来时说,"应该把这些爬虫关在地牢的底层;应该让他们死在阴暗的角落里,否则,他们的毒液喷射出来,那要危险得多!罚他一千金币有什么用?他没有钱,不错,那岂不更好?他的政党会替他出。因此,应该只罚五百金币,但要他坐十年地牢。"

"天哪!他说的是哪个罪大恶极的坏人呀?"于连暗想,他佩服他的同事语气激烈,手势激动。院士心爱的侄子那张脸又瘦又小,这时拉得很长,更加难看。不久,于连就知道了他谈的是当代最伟大的诗人贝朗瑞。

"啊!坏蛋!"于连几乎叫了起来,眼里已经含着热泪。"啊,小恶棍!"他心里想,"你这样陷害好人,我会叫你得到报应的。"

"不过,"他又想到,"他们不过是侯爵那党的敢死队而已!而他们骂的那个名人,如果他肯卖身投靠,不是投靠德·内瓦尔先生那个庸庸碌碌的内阁,而是那些走马灯似的过去的大臣。多少勋章,多少肥缺,他都可以捞到手啊!"

皮拉尔神甫从老远向于连招招手,因为德·拉莫尔先生刚对他说了一句话。于连这时正低着头听一个主教诉苦,等他到底能够抽身出来,走到他朋友面前时,他看见那个讨厌的小唐博又把神甫缠住了。这个小坏蛋恨透了神甫,因为是他使于连得到照顾的,于是他也来巴结神甫。

"死神什么时候才能使我们摆脱这个老朽的败类呢?"这个小小的文书就这样引用《圣经》中的激烈措辞,来批评令人起敬的霍兰德勋爵[①]。勋爵的特长是对当代名人的生平了如指掌,他刚才就对英国新王统治下渴望权势的大人物,作了一番精简的评论。

---

① 英国记者(1772—1840),1814年拿破仑战败被俘,受到英国政府虐待,霍兰德曾表示抗议。

皮拉尔神甫到隔壁的客厅里去，于连也跟着他。

"侯爵不喜欢蹩脚作家，我要提醒你。这是他唯一厌恶的人。你要懂拉丁文，如果可能的话，还要懂希腊文、埃及历史、波斯历史，等等，他就会敬重你，保护你，像对待一个学者一样。但是不要用法文写文章，一页也不要写。尤其是不要乱谈你没有资格议论的上流社会的重大事件，否则，他就会说你是蹩脚文人，叫你倒一辈子的霉。怎么，你住在一个大人物的公馆里，居然不知道德·卡斯特里评论达兰贝和卢梭的名言：这些家伙竟敢说长道短，他们一年连一千金币也赚不到。"

"什么秘密都会泄露，"于连心想，"这里也和神学院一样！"他写过八九页关于老军医的评传，其中不无言过其实的话，如说是军医把他培养成人的，"而这个小本子，"于连心想，"还一直锁在房里呢！"他赶快跑上楼去，把手稿烧掉，再回到客厅里来。夸夸其谈的坏蛋都已经走了，剩下的只有戴勋章的人。

仆人刚把餐桌搬来，七八个夫人就围着摆满了食物的桌子坐下，她们都很高贵，都很虔诚，都很做作，年纪少则三十，多则三十五岁。光艳照人的德·费瓦克元帅夫人来了。她因为来晚了而道歉。时间已经过了夜半，她坐到侯爵夫人旁边。于连又惊又喜，她的眼睛和神情太像德·雷纳夫人了。

围着德·拉莫尔小姐的一伙人还没有散。她和朋友们正在嘲笑不走运的德·塔莱伯爵。他的父亲是大名鼎鼎、富可敌国的犹太人①，靠借钱给国王去打人民而发财致富。这个犹太人刚去世不久，给他的独生子留下了每月十万金币的收入，还有一个太出名的姓氏！这种与众不同的地位需要一个人的胸怀淡泊，或者意志坚强。可惜伯爵只是个老实人，他的奢望都是别人阿谀奉承、煽动起来的。

德·凯吕先生认为有人怂恿他下决心去向德·拉莫尔小姐求婚（德·夸泽努瓦侯爵当了公爵会有十万法郎年金，正在向她求爱）。

"啊，不要怪他下决心嘛。"诺贝做出怜悯的神气说。

"可怜的德·塔莱伯爵最大的缺点，就是下不了决心。以这一点性格而论，他简直有资格当国王。他不断向大家征求意见，但下不了决心把任何建

---

① 隐射18世纪法兰克福银行家老路特希尔德，其子侄在奥、英、法、意等国建立了分行。

议执行到底。"

"单凭他那副尊容,"德·拉莫尔小姐说,"就足以使他自得其乐,其乐无穷了。这是不安和失望奇妙地混成一片,有时却又一阵阵流露出自命不凡的神气,斩钉截铁的口气,显示他是法国最有钱的人,长得一表人才,年纪还不到三十六岁呢。""这是外强中干,"德·夸泽努瓦先生说。凯吕伯爵、诺贝和两三个上嘴唇蓄了小胡子的年轻人,随心所欲地拿他取笑,他却像没事人一样,等到一点钟响了,大家才打发他回家。

"这样坏的天气,你也让你名贵的阿拉伯骏马在门口等你吗?"诺贝对他说。

"不,这是一对新买来拉车的马,价钱不那么贵,"德·塔莱先生答道,"左边那匹花了我五千法郎,右边那匹只花一百金币。请你相信,我只在夜里才套这匹便宜马。其实,便宜的马和名贵的马跑起来完全一样合拍。"

诺贝的言外之意是催他快走,伯爵却听不出这话外之音来,反而以为是劝他要爱惜名马,不要让马在风里吹,雨里打。他走了,这些先生还取笑了他一阵子,才各自打道回府。

"这样说来,"于连在楼梯上听到他们的笑声,不禁感慨系之,"我今天总算看到了天渊相隔的两个极端。一个极端是我,每年的收入还不到二十个金币;另外一个极端是他,每个小时的收入都不止二十个金币;我们两个人并排站在一起,受到嘲笑的却不是我。而是他……——想到此情此景,还有什么眼红病治不好的呢!"

第五章　敏感和虔诚的贵妇

> 稍微新一点的思想看起来是大逆不道的,因为大家已经习惯于平淡无奇的语言。谁要独出心裁就该倒霉。
>
> ——福布拉斯

经过了几个月的考验,于连已经从管家手里领到第三季度的薪水。德·拉莫尔先生派他照管布列塔尼和诺曼底的地产工作。于连经常出差。他主要负责和德·弗里莱神甫打官司的通信事宜。皮拉尔神甫已经对他做过交代。

侯爵在各种文件的边上，潦草地批上几个字，就给于连送来，于连根据批语写好回信，侯爵几乎每次都在信上签字。

在巴黎的神学院，教师都怪于连不大用功，但是依然把他当做最出色的学生。于连的抱负不得施展，于是满腔热诚，投入各种各样的工作。不久就失去了从外省带来的红润脸色。在神学院的年轻同学看来，他的脸色苍白反倒成了一个优点。他觉得他们远远不像贝藏松的同学那样坏，不像他们那样拜倒在金币之下，他们却担心他得了肺病。侯爵曾经给了他一匹马。

于连怕骑马给他们看见不好，就说是医生规定要他骑马锻炼的。皮拉尔神甫带他去过好几个冉森派教堂。于连感到惊讶，原来在他心里，宗教的观念和口是心非、唯利是图是难解难分的。现在，他不得不钦佩这些虔诚、严格、从不考虑收支的人。好几个冉森派教徒把他当朋友，给他出主意。一个新的世界展现在他面前。他在冉森派教徒中认识了一个阿塔米拉伯爵，他身高将近六英尺，是在本国判处死刑的自由党人，但却是个虔诚的教徒。既信宗教，又爱自由，这个冰炭同炉的现象使于连很难理解。

于连和年轻的伯爵疏远了。诺贝发现于连回答他朋友开的玩笑，简直叫他们吃不消。于连对玛蒂德小姐失过一两次礼之后，便规定自己不再先开口对她说话。德·拉莫尔府上的人对他总是礼貌周到，无可指责，但他却感到不被人看重。他有外省人的常识，用一句俗话来解释这种现象："只有新的才是好的。"

也许他比初来的时候看得更清楚一点，要不然，就是巴黎上流社会一开始所产生的魅力已经消失了。

只要他一放下工作，就会觉得无聊透顶。这是上流社会与众不同的文明礼节造成的感情枯萎，这种礼节令人称羡，规矩合度，按照不同的地位，等级分明。但是稍微敏感一点的心灵，就会看出礼节的矫揉造作。

当然，你可以责备外省人土里土气，不够文明；不过他们的答话总有一点人情味。而在德·拉莫尔府上，虽然从来没有人伤害于连的自尊心，但往往在一天结束的时候，他拿起蜡烛走回房间，真恨不得放声大哭一场。在外省，如果你碰到了什么倒霉的事，只要你走进一家咖啡店，连伙计都会对你表示关心。不过，虽然这件倒霉事有伤你的自尊心，他表示同情的时候，却会翻来覆去提到使你觉得痛苦的字眼。巴黎人不会这样不识趣，他们要笑你，也不会让你听见，但他们总是把你当做外人。

我们避而不谈一大堆本来会使于连出丑的小事，因为于连是个不怕出丑的小人物。过分的敏感使他出尽了洋相。他要消愁解闷，就去采取预防措施：他每天练习手枪射击，他成了著名的击剑教师的得意门生。只要一有空闲，他不像从前那样去读书，而是跑到骑马场去，要骑最难骑的劣马。他同骑师遛马时，几乎每次都给马摔到地上。

侯爵觉得他是一把好手，在为他拼命工作，不乱说话，人又聪明，渐渐就派他去接办那些有点难解决的事务。侯爵在国家大事允许他歇口气的时候，就把聪明才智用在做生意上；他的消息灵通，证券交易所的买卖做得得心应手。他买下了房产、林产。不过他很容易发脾气。他把成百金币送人，却为了几百法郎打官司。有些阔佬心胸开阔，做生意追求的不是效果，而是乐趣。侯爵需要一个好帮手，能把他的金钱事务安排得条理分明，了如指掌。

德·拉莫尔夫人做事虽然四平八稳，有时她也会笑于连。过分敏感往往会做出"难以预料"的事，而这正是贵妇人最害怕的，因为这种行为不合规矩。而两三次，侯爵为于连说话了："如果他在你的客厅里显得可笑，那他在办公室里却是一把好手。"而于连呢，他自信看出了侯爵夫人的心事。只要一通报德·拉如玛特男爵来到，她就会换上一副笑脸，对什么都感兴趣。男爵是个冷冰冰的人，脸上毫无表情。他长得又瘦又小又丑，穿得却非常讲究，他一生出入宫廷，通常对任何事都不发表任何意见。这就是他的思想方法。德·拉莫尔夫人如果能得到这样一位女婿，那她有生以来头一回会感到心满意足。

第六章　说话的神气

他们崇高的使命是冷静地判断人民日常生活中的小事。他们的智慧应该防止小不忍而乱大谋，防止为传闻失真的事件而大发雷霆。

——格拉修斯

于连是个新手，自视甚高，不肯多管闲事，所以没有闹出太大的乱子。一天，在圣奥诺雷街碰到一阵急雨，他躲进了一家咖啡店，一个身材高大、穿了一件海狸皮小礼服的人，看见他的目光深沉，感到惊讶，就像从前在贝藏松时亚芒达小姐的情人一样，也瞪了他一眼。

于连时常责备自己不该放过那次对自己的冒犯，因此不能容忍这种目光。他提出了质问。穿小礼服的人立刻破口大骂。咖啡店里的人都围拢来，过路人也在门口站住了。外省人来到巴黎都谨慎为上，于连随身总带着小手枪；他的手捏住衣袋里的武器，有点紧张。不过他沉住了气，只是三番五次、重来复去地问对方："先生，你的地址？我并不怕你。"

他说这句话时如此耐心，结果连围观的群众也打抱不平了。

"太不像话！不要只管骂人，该把地址给他。"穿小礼服的人听得不耐烦了，就把五六张名片朝于连脸上扔过去。侥幸没有一张碰到他的脸；而他已经暗下决心，除非对方先动手打他，他自己绝不先开枪。那个人走了，有好几次还回过头来，口吐恶言，用拳头威胁他。

于连气得出了一身大汗。"一个微不足道的人居然把我气成这等模样！"他愤怒地自言自语，"我太敏感了，这太丢人，怎能沉得住气呢？"

他恨不得立刻找他决斗。但是有个困难使他止步，巴黎虽大，哪里去找一个证人？他没有一个朋友。他只认识几个人，不过交往一个半月之后，他们就分了手。"我不合群，这下可自食其果了。"他心里想。最后，他想到去找一个九十六团的前中尉。那人名叫列万，是一个时常同他一道练习击剑的可怜虫。于连对他说了实话。

"我很愿当你的证人，"列万答道，"不过有个条件：要是你没有打伤你的对手，就得当场和我决斗。"

"说了算数。"于连握住他的手，不胜感激地说。于是他们按照名片上的地址，到圣日耳曼区中心去找德·博韦西先生。

那时是早上七点钟。直到通报姓名时，于连才想到这个人可能是德·雷纳夫人的表弟，从前在驻罗马或那不勒斯大使馆工作过，还给歌唱家吉罗尼莫写过一封介绍信。

于连把头一天扔给他的名片，还有一张自己的，一起交给一个魁梧的仆人。

人家让他和他的证人足足等了三刻钟，才把他们带到一套讲究得令人咋舌的房间。他们见到了一个身材高大的年轻人，穿着橙红夹白的小礼服，打扮得像个洋娃娃；他的面目像个希腊美男子，外表无懈可击，其实毫无可取；他的脸非常窄，美丽的金黄头发梳成金字塔形；精心烫过鬈发，没有一根翘起来。"原来是为了把头发卷成这等模样，"九十六团的中尉暗想，"这个该死的花花公子才让我们等了这么久。"花里胡哨的晨衣、晨裤，甚至绣花拖鞋，一切都合乎身份，经过精心打扮。他的外貌既高贵又空虚，说明他的思想循规蹈矩，内容贫乏；他是一个典型的可爱人物，讨厌意外出轨的事，不喜欢开玩笑，装得一本正经。

于连听九十六团的中尉说：如此粗暴无礼地把名片扔到他脸上之后，又让他等了这么久，是可忍孰不可忍！于是气冲冲地走进了德·博韦西先生的房间。他打算摆出毫不客气的架势，同时又不愿意显得没有教养。

德·博韦西先生的态度温和，神情拘谨，自负而又自满，周围的一切非常雅致，令人倾倒，于连一见，转眼就把无礼的念头忘到九霄云外去了。这不是头一天的那个人。他见到的不是咖啡店的粗人，而是一个出色的人物，使他惊讶得说不出话来。他把一张扔给他的名片递了过去。

"这是我的名片。"时髦的人物说，于连从早晨七点起就穿上黑礼服，并没有引起他思考，"不过我不明白，说老实话……"

他说这句话的神气，使于连又冒火了。

"我是来找你决斗的，先生。"于是他一口气把事情的本末说个清楚。

夏尔·德·博韦西先生深思熟虑之后，对于连这身黑礼服的剪裁，觉得令人满意。"一眼可以看出，这是出自名师之手，"他一边听，一边想，"背心式样很好，靴子也做得不错。不过，一大早就穿这身黑礼服！……难道是为了免得子弹打穿胸膛？"德·博韦西骑士心里想。

他自己心里明白之后，立刻就恢复了周到的礼貌，几乎是平等地对待于连了。话谈得相当长，事情也很微妙；不过，于连到底不能睁眼不看明摆着的事实。他面前这个如此高贵的年轻人，和头一天辱骂他的粗人，毫无相似之处。

于连觉得自己如果一走了之，未免问心有愧，就尽量拖长解释的时间。他看出德·博韦西骑士对自己的门第很自负，他自称骑士，当于连只称他为先生时，他觉得对方失礼了。

于连佩服他庄重的神气，庄重中掺杂了三分谦虚，七分得意，但没有一刻是不庄重的。他说话时舌头转动得与众不同，使于连觉得奇怪……但说到底，自始至终，他找不到一星半点寻衅的借口。

年轻的外交官若无其事地提出来要决斗，但九十六团的前中尉坐了一个小时，两腿分开，双手放在大腿上，胳膊肘朝外，坐得不耐烦了，就开腔说：他的朋友索雷尔先生不能因为一个人的名片被盗，就向这个人无理取闹呀。

于连情绪不佳，走了出来。德·博韦西骑士的马车停在院子里，台阶前。于连偶然一抬头，认出了马车夫就是头一天的那个粗人。

一看到他，一把揪住他的宽大上衣，把他从座位上拉下来，用马鞭狠狠地抽他，只不过是一瞬间的事。两个仆人来帮他们伙伴的忙。于连挨了几拳。他立刻拿出手枪来，朝他们开枪。他们赶快逃跑。这也只是一分钟的事。

德·博韦西骑士走下楼梯，神气庄重得非常好笑，他重来复去地用大人物的口气问道："怎么回事？怎么回事？"他显然很好奇，但外交官的架子不允许他流露出太大的兴趣。等他明白了事情的原委，他不知道到底应该维护眉目之间的高傲神气，还是应该保住永不离开外交官脸上的冷静笑容。

九十六团的中尉看出德·博韦西先生想要决斗。他也想学外交官，把决斗的主动权掌握在他朋友的手里。"这一下，"他叫道，"决斗不是师出无名了！"

"英雄所见略同。"外交官答道。

"我要撵走这个浑蛋，"他对仆人说，"换个人来赶车。"马车门开了，骑士一定要让于连和他的证人先上。他们去找德·博韦西先生的一个朋友，朋友说出了一个僻静的地方。一路上谈得的确很好。奇怪的是，外交官还没有脱下晨衣。

"这些先生虽然很高贵，"于连心想，"但并不像来德·拉莫尔先生家吃晚餐的人那样没有趣味。我现在才明白了，"过了一会儿，他才找到了理由，"他们不在乎体面。"他们公然谈到头天晚上出风头的芭蕾舞舞女。这两位先生还隐约提到一些挑逗人心的趣事，那是于连和九十六团的中尉闻所未闻的。还好于连没有打肿脸充胖子，以不知为知，只是老实承认自己孤陋寡闻。骑士的朋友喜欢这种坦率的态度，就一五一十，有声有色地把这些故事讲给他听。

有一件事使于连听了大吃一惊。街心临时搭了一个迎圣体的祭坛，马车停了一下才能往前走。这两位先生却满不在乎，大开玩笑，说某某神甫是大主教的嫡亲骨肉。而在想当公爵的德·拉莫尔先生家中，这种话是没人敢说出口的。

决斗不消片刻就结束了：于连胳膊上中了一枪。伤口用手帕包扎好，手帕还用烧酒浸湿过。德·博韦西骑士彬彬有礼地请于连坐原车回去。当于连说出德·拉莫尔府时，年轻的外交官和他的朋友互相递了一个眼色。于连租来的马车也停在那里，但他觉得同这两位先生谈话，比同九十六团中尉谈话有趣得多。

"我的天呀！一场决斗，难道不过如此吗！"于连心想，"我的运气真好，居然还找到了这个车夫！如果出不了在咖啡店受的这口气，那我会多么难过啊！"有趣的谈话差不多接连不断。于连这才明白外交辞令并不是没有用的。

"这样看来，"他心里想，"上流人物谈的话，也并不一定是无聊的！这两个人拿圣体节的游行来开玩笑，他们居然敢原原本本地讲些不堪入耳的传闻，还讲得栩栩如生。他们所缺少的，恐怕只有政治上的推理能力，但他们谈话的风度，用词的得体，弥补这点欠缺也绰绰有余了。"于连觉得自己对他们已经倾倒，"要是我能经常见到他们，那真是三生有幸了！"

他们刚刚分手，德·博韦西骑士就去了解情况，但是情况并不尽如人意。

他非常想了解对方，去拜访他会不会有失体面？但他打听到的一点情况却鼓不起他的劲来。

"这件事太糟糕！"他对他的证人说，"我怎么能承认和德·拉莫尔先生的一个小小秘书决斗过呢？而决斗的理由只是马车夫偷了我的名片！"

"那的确会闹笑话的。"

当天晚上，德·博韦西骑士和他的朋友就到处散布流言，说这个索雷尔先生是德·拉莫尔侯爵一个好朋友的私生子，此外，他是一个很好的年轻人。流言很容易传开了。一旦大家信以为真，年轻的外交官和他的朋友就不惜屈尊来看于连，在他养伤的半个月里，来看过他好几次。于连老实告诉他们，他有生以来只上过一次歌剧院。

"这真难以想象，"他们对他说，"不上歌剧院能上哪里去呢？你伤一养好，头一次出门就该去看罗西尼的歌剧《奥里伯爵》。"

在歌剧院，德·博韦西骑士把他介绍给出名的歌唱家吉罗尼莫，那时他正红得发紫。

于连几乎拜倒在骑士脚下。自尊自大，神秘的优越感，年轻人的自命不凡，都五彩斑斓地杂陈在骑士身上，使于连不胜景仰。比如说，骑士有点口吃，因为他有幸时常见到的一位大贵人也有口吃的毛病。于连从来没有见过一个缺点也是这样可爱的人，而他优雅的风度更是可怜的外省人模仿唯恐不及的了。

大家在歌剧院常见他和德·博韦西骑士在一起。这种关系使人提到他的名字。

"哈！"一天德·拉莫尔先生对他说，"我还不知道你是和我要好的方施—孔特大阔佬的私生子呢？"

于连想要申明这个流言没他的份："是德·博韦西先生不屑和一个木匠的儿子决斗，才这样说的。"但侯爵不容分说，打断了他的话。

"我知道，我知道，"德·拉莫尔先生说，"现在是我要弄假成真了，因为这个传说正合我的意思。不过我要你答应我，在歌剧院演出的日子，到了十一点半钟散场的时候，你花上半个小时去前厅见见世面。我看你有时还会露出外省人的土气，非改掉不可；再说，认识大人物也没有坏处，至少要知道谁是谁，说不定哪一天我会派你去找他们。到票房去一趟，让他们认识你，入场券已经送来了。"

第七章　痛风病发作

我提升了，不是我有功，而是我的主子有痛风病。

——贝多洛蒂

读者也许会觉得奇怪：侯爵说话的口气怎么这样随便，甚至还很友好。我们忘了说：一个半月以来，侯爵因为痛风病发作，一直待在家里。

德·拉莫尔小姐同她母亲到海滨胜地耶尔看外祖母去了。诺贝伯爵只是偶尔来看看父亲；父子关系很好，但是无话可说。德·拉莫尔先生只剩下了于连做伴，他意外地发现于连很有头脑，他要于连读报。不久，年轻的秘书就会挑选侯爵关心的消息了。侯爵讨厌一种新出的报纸；他发誓不看，却每天要谈这张报。于连觉得好笑，他很高兴看到权力斗不过思想。侯爵的心胸狭窄使他的头脑恢复了冷静，整晚和一位大人物面对面打交道，是很容易失去控制的。侯爵不满现状，就要于连读《罗马史》。于连随口把拉丁文翻成法文，侯爵听了很高兴。

一天，侯爵用过分客气的语调对于连说话，这种语调往往使于连受不了：

"我亲爱的索雷尔，请允许我送你一套蓝色的礼服。如果你穿着来见我，在我眼里，你就成了雷斯伯爵的弟弟，也就是说，我的好朋友老公爵的儿子。"

于连搞不太清这是什么名堂。当天晚上，他就试穿了蓝礼服，侯爵果然和他不分上下。于连是个有心人，他感觉得到礼貌的真假，但对真中有假的细微差别，就分辨不出了。在侯爵出这个怪主意之前，于连做梦也想不到自己会受到这种接待。"这一手真叫人佩服！"于连心想。他起身告辞的时候，侯爵还道歉说，他有病在身，恕不远送。

于连心里也难免有想法："他是不是拿我寻开心？"他这样想。于是他去向皮拉尔神甫求教，神甫反倒不如侯爵彬彬有礼，只是吹吹口哨，就顾左右而言他了。第二天早上，于连又穿上黑礼服，拿了文件夹和待签的信件去见侯爵。他只受到了往常的接待。到了晚上，他再换上蓝礼服，接待的口气又大不相同，和头天晚上一样客客气气。

"既然你好意来看一个有病的老人，而不觉得太无聊，"侯爵对他说，"那就要无话不谈，哪怕是生活中的小事，也不妨老实讲讲，不必有所顾虑，只要讲得清楚，讲得有趣就行。人生应该及时行乐，"侯爵接着说，"其他一切都是空的。一个人不可能每天都在战争中救我的命，也不可能每天送我一百万；不过，只要里瓦罗这个作家在我的躺椅旁边，他就可以每天给我消愁解闷，每天减少我一小时的痛苦。我流亡在汉堡的时候，常常和他见面。"

于是侯爵对于连讲起里瓦罗在汉堡的故事，他说一句妙语，总要四个汉堡人凑在一起才听得懂。

德·拉莫尔先生只剩下了这个小神甫做伴，总想要他多谈一点。他用荣誉感来激发于连的自尊心。于连决定,既然要他讲老实话,他就什么都说出来,只是隐瞒了两件事:一是他狂热崇拜的人,侯爵听了那个名字都会生气;二是他根本不信神,这对一个未来的神甫也不太合适。他一讲起和德·博韦西骑士决斗的事,这才算是投其所好。侯爵听到在圣奥诺雷咖啡店里,马车夫破口大骂那一场,笑得简直流出了眼泪。这是主客坦诚相处的时期。

德·拉莫尔先生对这个与众不同的人物很感兴趣。开始,他对于连闹的笑话抚慰有加,听来可以开心解闷;不久,他就更加关怀如何不露痕迹地改正这个年轻人的错误。"别的外省人一到巴黎,对什么都叫好,"侯爵心想,"这个人却对什么都讨厌。别人太做作,他又太不做作了,而那些傻瓜反把他当傻瓜呢!"

冬天太冷,痛风病一发作,就拖了几个月。

"有人喜欢漂亮的西班牙猎狗,"侯爵心想,"我喜欢这个小神甫有什么不好意思的?他个性强。我把他当儿子有什么不好?我兴之所至,到头来也不过在遗嘱里给他一颗五百金币的钻石罢了。"

侯爵一旦明白了他手下人倔强的性格,就每天派他去办不同的事。

于连惊慌不安地注意到,这位大人物对同一件事,有时会做出前后矛盾的指示。

这可能使他陷入困境,有口难辩。从此以后,于连跟随侯爵工作的时候,总要带一本记录簿,写下侯爵的指示,并且请他签字。于连还用了一个助手,帮他把指示分门别类,记录在专用的本子里。这个本子还把往来信件全都抄录在案。

这个主意开头显得非常好笑,麻烦透顶。但不到两个月,侯爵就看出了其中的好处。于连又建议雇用一个银行里出来的办事员,把于连负责的地产收支,都记成复式账。

这些措施使侯爵对自己的财务心中有数,甚至不必要别人出面,就可以随意做两三次投机买卖,免得第三者从中渔利。

"给你自己留下三千法郎吧。"有一天,他对年轻的经理说。

"那怎么成,先生?那会玷污我的名声。"

"那你要什么呢?"侯爵生气地问道。

"能不能请您亲手在记录簿上写下您的指示:给我三千法郎。其实,这种记账的方法是皮拉尔神甫出的主意。"侯爵不耐烦地写下了他的指示,满脸的不高兴,就像德·蒙卡德侯爵在听他的管家普瓦松先生报账一样。

晚上,等到于连一穿蓝色的礼服,他们就不谈财务了。书中主角的自尊心受过损害,而侯爵的好意对症下药,最能医治这种创伤,结果不久之后,于连就不由自主地对这个可爱的老人依依不舍了。这并不是说,于连是巴黎人所理解的那种重感情的人;他只不过不是个忘恩负义的畜生而已,而自从老军医死后,还没有人这样好心好意对他讲过话。他惊讶地注意到,侯爵对他客客气气,避免伤害他的自尊心,而老军医却并不是这样。他到底明白了,军医对十字勋章,比侯爵对蓝色绶带还更感到自豪。而侯爵的父亲却是个大贵族。

一天早上,于连穿了黑礼服来见侯爵,事务谈得有趣,侯爵留他坐了两个小时,谈完了,侯爵一定要把交易所经纪人刚送来的钞票,给他几张。

"侯爵先生,我求您允许我说一句话,我希望这不会对您失敬。"

"说吧,我的朋友。"

"请侯爵先生恕我不能接受这笔赠款。这不应该赠给穿黑礼服的人,而对穿蓝礼服的人说来,这又会破坏您对他的恩典。"

他毕恭毕敬地行了个礼,就义无反顾地走了出去。

侯爵觉得他这一手很有趣。当天晚上,他就对皮拉尔神甫讲了。

"我到底应该向你说明了,亲爱的神甫。我知道于连的身世,关于这件事,我允许你不必再为我保持秘密了。"

"他今天早上表现得很高贵。"侯爵心想,"我要使他成为贵族。"

不久以后,侯爵到底能出门了。

"你到伦敦去两个月吧,"他对于连说,"专差和信使会把我收到的信同我的批语给你送去。你写好回信,连原信一起给我送回来。我估计来回不会超过五天。"

于连坐着邮车赶往加来海港,一路上惊讶地发现派他去办的"要事",其实毫不重要。

我们不谈于连踏上英国的土地时,感到多深的仇恨,甚至是极端的厌恶。我们知道他对波拿巴的狂热崇拜。他把每个英国军官都当做哈德逊·洛爵士,把每个英国贵族都看成巴瑟斯特勋爵,他们卑鄙地下令在圣海伦岛上虐待拿破仑，论功行赏，才当了十年内阁大臣。

在伦敦，他终于了解到上流社会的妄自尊大。他和几个年轻的俄国贵族交朋友，他们给他揭开了帷幕。

"你真是得天独厚，亲爱的索雷尔，"他们对他说，"你天生的不动声色，远离现实，我们费尽心机也做不到，你却得来全不费工夫。"

"你不了解你的时代，"科拉索夫亲王对他说，"人家要你向东，你就应该向西。老实说，这就是我们今天唯一的信条。不要发疯，不要做假。因为人家要你发疯，要你做假，你就偏偏不要让他们的希望实现！"

有一天，德·菲茨－福克公爵请他赴宴，还请了科拉索夫亲王，结果他在客厅里出足了风头。大家等了一个小时。在二十个等候的人当中，于连的表现最为出色，驻伦敦大使馆的小秘书直到今天还津津乐道。他脸上的神色是有钱也买不到的。

他不在乎他的好朋友或花花公子们的挖苦奚落，一定要去看看洛克之后英国唯一的哲学家菲利普·范。范已经坐了七年牢。"这个国家的贵族不喜欢开玩笑的人，"于连心想，"其实，范已经名誉扫地，受尽污蔑了……"

于连发现他是个乐天派，贵族的疯狂迫害反倒给他解了闷，"瞧，"于连走出监狱时暗想，"这是我在英国见到的独一无二的快活人。"

"对暴君最有用的思想，莫过于神权观念。"范对他说。

其他玩世不恭的言论，我们就不消一一列举了。

他一回来，"你从英国带来了什么有趣的想法？"德·拉莫尔先生问他。他不答话。

"你带来了什么想法，不管有趣的还是没趣的？"侯爵紧接着追问。

"第一，"于连答道，"最明智的英国人每天也有一小时在发疯；魔鬼每天都要登门拜访，缠着要人自杀，自杀的凶神就是英国的神。

"第二，不管是人才还是天才，一到英国，就要贬值百分之二十五。

"第三，世界上的风景没有比英国更美丽、更赏心悦目的了。"

"我也来说两句。"侯爵接过来说。

"第一，你为什么要在俄国大使馆的舞会上说：法国有三十万二十五岁的青年非常想打仗？你以为这是该对国王说的客套话吗？"

"我真不知道怎样同我们伟大的外交官谈话，"于连答道，"他们喜欢小题大做。如果你说的只限于报上的老生常谈，他们会把你当做傻瓜。如果你胆敢说老实话，出新主意，他们又会大惊小怪，不知如何回答是好，而第二天早上七点钟，他们就会派大使馆的一等秘书来通知你，说你出言不合规格。"

"不错，"侯爵笑着说，"其实，我说，高深莫测的先生，你没有猜到我派你去英国干什么。"

"对不起，"于连答道，"我只是每星期去国王的大使馆吃一次晚餐，大使是最讲礼节的人了。"

"你是去求功名的，瞧！这就是给你的十字勋章。"侯爵对他说，"我不打算要你脱掉黑礼服，但又习惯于和蓝衣人谈话，觉得那更有趣。在我改变主意以前，请你务必记住这点！只要我一看见这个十字勋章，你就成了我的朋友雷斯公爵的小儿子，他自己也不知道，外交部已经雇用他半年了。请你注意，"侯爵打断了于连谢恩的表示，非常认真地接着说，"我并不要你改变身份。改变身份无论是对我这个保护人，或是对你这个被保护的人，都是一个错误，甚至是件祸事。什么时候你觉得打官司无聊，或是我觉得用不上你了，我会为你谋一个好教区，就像我们的朋友皮拉尔神甫的教区一样。不过，'一切到此为止'。"侯爵非常生硬地加了这一句。

这个十字勋章使于连的自尊心不再受到约束；他可以随便谈话。他不再在争得脸红耳赤的时候，听到一句脱口而出的话就觉得受到了侮辱，或是听到含糊其辞、不太客气的语言时，就认为是在隐射自己。

这个十字勋章给他引来了一个意想不到的客人，那是德·瓦尔诺男爵先生，他来巴黎感谢内阁授予他的爵位，并且取得谅解。他将被任命为玻璃市市长，取代卸任的德·雷纳先生。

于连听德·瓦尔诺先生说，德·雷纳先生原来是个雅各宾派，心里觉得非常好笑。事实是这样的：在改选议员的普选中，新男爵是内阁提名的候选人，而自由党人却向极端保王党实际控制的省选举团推荐德·雷纳先生。

于连枉然想打听德·雷纳夫人的消息，男爵对过去的情敌显得耿耿于怀，滴水不漏。他反倒要求于连劝他的父亲，在未来的选举中投他一票。于连答应写信。

"骑士先生，你应该领我去见德·拉莫尔侯爵先生。"

"我的确应该，"于连心想，"但是一个这样的大坏蛋……"

"其实，"他回答道，"我在德·拉莫尔府的地位太低，担不起引见的重任。"

于连向侯爵如实汇报了一切。晚上，他又向侯爵谈起瓦尔诺的奢望，以及他1814年以来的所作所为。

"你不但应该，"德·拉莫尔先生十分认真地接嘴说，"明天给我引见新男爵，而且我后来还要请他吃晚餐，他会是我们的一个新省长。"

"这样说来，"于连并不热心地说，"我要请求让我的父亲接替贫民收容所所长了。"

"你说得正是时候，"侯爵说时又恢复了高兴的神气，"可以照准；我还以为你又要讲大道理呢！你开始成熟了。"

于连听德·瓦尔诺先生说，玻璃市彩票经销处处长不久以前死了。于连觉得如果把这个空位给德·肖兰先生，那倒蛮有意思，他还记得在收拾德·拉莫尔先生的房间时，捡到过这个老傻瓜的呈文。于连把呈文背给侯爵听，侯爵真心笑了，就在于连写给财政部的申请书上签了字。

德·肖兰先生刚任命不久，于连才知道省议会曾经申请把这个职位给著名的几何学家格罗先生；格罗慷慨大方，每年收入只有一千四百法郎，却把六百借给刚去世的彩票经销处处长，帮他养家糊口。

于连觉得奇怪，自己怎么会做出这种事来。死者的家庭今天怎能活下去呢？他一想到，心里就很难过。"这也不算什么，"他心里想，"如果我要出人头地，恐怕不得不做出不公平的事来，还要学会用漂亮动听的字眼，来掩盖丑恶的行为：倒霉的格罗先生！应该得十字勋章的是他，而实际上得到的却是我，政府给了我这枚勋章，我怎能不按照他们的意图办事呢！"

第八章　出众的勋章

"你的泉水不能解我的渴"，口燥唇干的天才说。——"然而这是整个迪亚—巴克地区最清凉的井水。"

——佩利科

第 二 部

一天，于连从塞纳河畔、风景美丽的维尔基埃领地回来了，这是德·拉莫尔先生最看重的土地，因为在他所有的地产中，只有这一块是他著名的祖先博尼法斯·德·拉莫尔的遗产。于连一到府中，看见侯爵夫人同她的女儿也从耶尔回来了。

于连现在成了一个花花公子，他懂得巴黎的生活艺术。他对德·拉莫尔小姐显得非常冷淡，仿佛完全忘了过去她是如何兴致勃勃，要他一五一十讲他怎样从马背上摔下来的。

德·拉莫尔小姐发现他个子高了，脸更白了。他的身材，他的举动，不再有外省的土气，但是他的谈吐却不一样，还听得出他太认真，太肯定。这是意料中的事，幸亏他自尊心强，言语毫不低声下气，人家只感觉到，他把事情都看得太重要。不过人家也看得出，他是说到做到的人。

"他缺少的不是聪明，而是轻松。"德·拉莫尔小姐和她的父亲开玩笑时说，她怪他不该给于连十字勋章，"我哥哥向你讨勋章，讨了一年半都没到手，他还是拉莫尔家的人呢！"

"对的，但是于连能够临机应变，你说的那个拉莫尔家的人做得到吗？"

这时仆人通报德·雷斯公爵先生来了。

玛蒂德忍不住要打呵欠。一看见他，她仿佛又看到了她父亲客厅里古老的镀金家具，常来的亲朋故旧。她想到又要过巴黎无聊的生活了。而在耶尔，她却还怀念巴黎呢。

"不过，我也十九岁了！"她心里想，"这是幸福的年龄，至少，这些无聊的精装书都这样说。"她瞧着八九本镀金切口的新诗集，那是她去南方旅行前堆在客厅架子上的。不幸的是，她比德·夸泽努瓦、德·凯吕斯、德·吕兹等几位先生都更聪明。不等他们开口，她就猜得到他们对南方的蓝天，美丽的诗歌，会说些什么。

她这双如此美丽的眼睛，散发出百无聊赖的神气，更糟的是，因为找不到乐趣而流露出灰心失望，这时，她的目光落到于连身上。"至少，他和别人不大一样。"

"索雷尔先生，"她说话的口气干脆利落，一点不带女性味，却是上流社会年轻女人的腔调。

"索雷尔先生，你今晚去参加德·雷斯先生家的舞会吗？"

"小姐,我还没有那种荣幸,可以被引见给公爵先生呢。"(简直可以说,这句话和这个头衔像一团火,高傲的外省青年既难吞下去,又难吐出来。)

"他托我哥哥把你带去他家。如果你去,就可以告诉我维尔基埃领地的详细情况了,因为我们春天要去。我想知道城堡好住人吗?周围的风景有人传说得那么美吗?名不副实的事多着呢!"

于连没有答话。

"同我哥哥来参加舞会吧。"她又干脆说了一句。

于连恭敬地鞠了一躬。"这样看来,就是在舞会上,我也得还他们家的账呢!我不是他们花钱雇来办事的吗?"他的坏脾气又加了一句,"天晓得我要对女儿说的话,会不会使父亲、哥哥、母亲的打算都落空啊!这真比宫廷还更复杂。一个人必须完全无我,而且还要八面玲珑,才能不得罪任何人。

"这位高个子的小姐真不讨人喜欢!"他心里想,一面瞧着德·拉莫尔小姐,她的母亲叫她去见几个女友。"她时髦得过了头;她的晚礼服露出了赤裸的肩膀……她比到南方去以前还更苍白……她的金发颜色太淡,看起来好像戴了一顶阳光织成的帽子!……她这种行礼的样子多么高傲,真是目中无人!好一副女王的架势!"

德·拉莫尔小姐在她哥哥刚要走出客厅的时候,把他叫住了。

诺贝伯爵走到于连面前:

"我亲爱的索雷尔,"他对于连说,"你愿意我今天半夜到哪里去找你,好同去参加德·雷斯先生家的舞会吗?他特意托我把你带去。"

"我知道领了谁的情,我才得到这份厚爱。"于连回答时一躬到地。

他的坏脾气不能发作,因为诺贝说话的语调非常客气,甚至非常关心,于是只好拿自己来出气,说些感恩戴德的违心话。他自己也听得出有点卑躬屈节。

晚上他来参加舞会,雷斯公爵府的豪华,真是他见所未见的。一进门的院子里,张开了深红色斜纹布的大天篷,上面缀满了金星,再没有更高雅的景色了。在大天篷底下,院子改装成了一片树林,橘子树和夹竹桃正鲜花盛开。因为人们小心在意地把花盆深深埋在土里,结果夹竹桃和橘子树看上去真像是土里长出来的。马车走的道路都铺上了金沙。

这一切在外省人看来简直成了仙境。他连想也想不出这种排场,心一激动,想象力就上了天,把坏脾气丢在千里之外了。坐马车来参加舞会时,诺贝兴高采烈,于连心里却是一团漆黑:一进院子,他们却倒了个。

诺贝只注意到一些鸡毛蒜皮的小事,在这样豪华的排场中,哪能不挂一漏万呢?他在估计各项开销,钱数越算越多,于连看见他几乎露出了妒忌的神色,脾气也变坏了。

而于连呢,他才到第一间舞厅,就目迷五色,心荡神驰,情绪激动,几乎有点胆怯了。大家挤到第二间舞厅门口,人多得不得了,简直不可能挤进去。第二间舞厅是仿照摩尔国王的红宫布置的。

"应该承认,她是舞会上的女王。"一个蓄了小胡子的年轻人说,他的肩膀顶住了于连的胸脯。

"整个冬天,美丽的女王都是富尔蒙小姐。"他旁边的人答道,"现在,她也看出该让位了。瞧她那与众不同的神气。"

"的确,为了讨人喜欢,她把身上的薄纱都揭开了。瞧,瞧她在四组舞中的独舞,她嫣然一笑,简直令人销魂。说实话,这是有钱也买不到的呀。"

"德·拉莫尔小姐分明知道自己取得了胜利,胜利使她快乐,但她似乎不让她的快乐全都外露。简直可以说,她害怕和她谈话的人都要拜倒在她脚下呢!"

"好极了!这才是勾魂摄魄的艺术。"

于连费了好大的劲也没看见这个勾魂摄魄的女人。七八个比他高的男人挡住了他的眼睛。

"一个高贵的女人总得留一手,风情越不外露,越发迷人。"蓄小胡子的年轻人又说。

"这双蓝色的大眼睛,看来含情欲吐。她却慢慢低下头去。"他旁边的人答道,"说真的,这简直是妙不可言。"

"你看,和她一比,美丽的富尔蒙小姐就显得不足为奇了。"

"她这种含情脉脉的神气仿佛在说:如果你是个配得上我的男人,我对你会表现得多么可爱!"

"什么人才配得上高不可攀的玛蒂德呢?"头一个人说,"只有一个王子,漂亮,聪明,强健,战场上的英雄,而年纪又不能超过二十岁。"

"俄国皇帝的私生子……为了这桩婚事还得登上王位……或者干脆就是

德·塔莱伯爵,他那乡下人的神气还得穿上……"

这时门口的人散开了,于连可以进去了。

"既然她在这些木头人眼里显得这样了不起,那倒值得我研究一下了,"他心里想,"至少我可以了解这些人的审美观。"

他用眼睛寻找玛蒂德,发现她正望着他。"我这是义不容辞了。"于连心想,但他的坏脾气还溢于言表。好奇心促使他朝玛蒂德走去,她露出肩头的舞衣使他心荡种驰,说句实话,他高兴得忘了自尊心。"她的美丽中包含了青春的魅力。"他心里想。五六个年轻人站在他们两个人之间,于连认出了站在门口谈话的那几个。

"先生,你整个冬天都在巴黎,"她问于连,"你看这个舞会是不是整个季度最美的一次?"

他没有搭腔。

"我觉得库隆的方舞很美,夫人们也都跳得很好。"那几个年轻人转过头来,看看她一定要求回答的幸运儿是个什么人。但是答话令人泄气。

"我不敢妄加评论,小姐,我靠抄写为生,这是我头一次参加这样豪华的舞会。"

蓄小胡子的年轻人觉得于连太不像话。

"你是个聪明人,于连先生。"对方显得兴趣更浓了,接着又说,"你像个哲学家,像卢梭一样看这些舞会,看这些晚会。狂欢的节日使你惊愕,但是对你没有吸引力。"

一句话就扑灭了于连心荡神驰的想象,驱逐了他心里的一切幻想。他的嘴角露出了也许有点夸张的、瞧不起人的神情。

"卢梭嘛,"他答道,"在我看来,他一评论上流社会,就露出了傻子的原形;他并不懂社会,在内心深处,他不过是个青云直上的下等人。"

"但他写了《民约论》呀。"玛蒂德用尊敬的口气说。

"这个得意的小人虽然口口声声鼓吹共和政体,提出推翻王权,但是只要有一个公爵晚餐后陪一个平民散散步,他就感激涕零了。"

"啊!你说得对,卢森堡公爵在蒙莫朗西为了陪一个出版商,居然改变了散步的方向,朝巴黎走了……"德·拉莫尔小姐接着说,她头一次感到了卖弄学问的纵情欢乐。她陶醉在自己的知识中,就像一个误以为自己做出了新发现的学者一样。于连的目光穿透了她的心，一点也不容情。她高兴不了多久，对方的冷淡使她扫兴。她习惯于使人难堪，现在却轮到她自己下不了台，所以更觉得受不了。

这时，夸泽努瓦侯爵急急忙忙朝德·拉莫尔小姐走来。眼看离她只有三步，人实在太拥挤，他居然过不来。他只好瞧着挡道的人群，对她微微一笑算了。年轻的德·鲁弗雷侯爵夫人站在他旁边，她是玛蒂德的表姐。她挽着她丈夫的胳臂，他们结婚才半个月。德·鲁弗雷侯爵也很年轻，他糊里糊涂由公证人安排，就结下了门当户对的亲事，并且觉得新娘很美，所以非常痴情。德·鲁弗雷先生只等他年老的伯父一死，就可以当上公爵。

在夸泽努瓦侯爵不能穿过人群，眼巴巴地瞧着玛蒂德微笑的时候，她那双天蓝色的大眼睛，也瞧着侯爵和他身边的人。"还有什么，"她心里想，"比这群人更平庸乏味的吗！瞧夸泽努瓦，他希望和我结婚；他温文尔雅，彬彬有礼，一举一动都像德·鲁弗雷先生一样无懈可击。要是这些先生不会使人日久生厌，他们倒是满可爱的。他将来也会胸无大志、沾沾自喜地跟着我参加舞会。结婚一年以后，我也会应有尽有，车水马龙，衣服城堡，巴黎二十里外的别墅，这一切会使一个新贵人，比如说，使一个德·鲁瓦维尔伯爵夫人眼红得要死。但是，再以后呢？"

玛蒂德想到未来，觉得厌倦了。这时德·夸泽努瓦侯爵总算到了她的身边，对她说话，她却心不在焉，听而不见。他说话的声音和舞会上的噪声混成一片。她的眼睛机械地追随着于连，于连却又高傲又不满地敬而远之。她在远离往来人群的一个角落里，发现了阿塔米拉伯爵，就是那个读者已经知道的、被本国判处死刑的流亡贵族。远在路易十四时代，他有一个亲人嫁了孔蒂亲王，这段历史因缘对他起了一点保护作用，避免了圣公会警探的追查。

"我看虽然判处死刑能使一个人出类拔萃，"玛蒂德想，"但这却是独一无二、人家不肯花钱去买的东西。"

"啊！我刚刚想到的是句妙语！可惜来的时间不巧，不是在我出风头时来到我的嘴边！"玛蒂德的高级趣味不允许她事先准备好一句妙语，来临时引用；但是她的虚荣心也太重，不能不自鸣得意。这时，幸福的神色取代了她脸上烦恼的表情。德·夸泽努瓦侯爵一直在对她说话，隐约看到成功有望，就更加喋喋不休。

"什么人会反对我的妙语呢?"玛蒂德问自己,"我可以回答反对的坏人说:男爵、子爵的头衔,可以买到;十字勋章可以赏赐;我的哥哥刚刚就得到了一个,但他立了什么功呢?军衔也不难得到。驻防十年,或者有个亲戚当了陆军大臣,你就可以像诺贝一样当骑兵上尉。只有一大笔财产!……这还是最难得到的,因此,也是最有价值的。说也奇怪!这和书上讲的完全相反……那好!你要发财,可以娶银行家罗特希尔德先生的女儿嘛。"

"的确,我的妙语有点深度。只有判处死刑是人家不肯花钱去买的东西。"

"你认识阿塔米拉伯爵吗?"她问德·夸泽努瓦先生。

她仿佛神游天外回来似的,提出的问题和可怜的侯爵讲了五分钟的话几乎没有什么关系,使和蔼可亲的侯爵也不禁张皇失措了。好在他是个聪明人,而且聪明得出了名。

"玛蒂德的脾气有点怪,"他心里想,"这是个毛病,但她会大大提高她丈夫的社会地位!我不明白这位德·拉莫尔侯爵是怎么搞的,他同各种色彩的头面人物都有密切联系,这是一条不会沉的船。再说,玛蒂德的怪脾气也许可以说是天才的表现。有了高贵的出身和巨大的财产,天才也不算闹笑话了,那是多么出色啊!况且,只要她愿意的话,她可以把天才、脾气和临机应变的本领合而为一,那就是十全十美了……"一个人很难想东说西,因此侯爵恍然若失,背书似的回答玛蒂德说:

"谁不认识这个可怜的阿塔米拉呢?"于是他就把那荒唐可笑的未遂政变对她讲了一遍。

"的确荒唐!"玛蒂德自言自语,"但他到底动了手。我要见的是一个男子汉大丈夫,请他过来吧。"她对面有难色的侯爵说。

阿塔米拉公开赞美德·拉莫尔小姐的几乎是傲慢无礼的态度。在他看来,她是巴黎最美丽的一个女人。

"假如她坐在女王的宝座上,那该有多美啊!"他对德·夸泽努瓦先生说,同时随便就跟着侯爵来了。

不少当权派想证明,世上没有比阴谋政变更坏的事,政变听起来就有雅各宾党的味道。还有什么比政变未遂的雅各宾党人更丑恶的呢?

玛蒂德看到阿塔米拉和德·夸泽努瓦先生打交道的自由态度,觉得好笑,但她津津有味地听他讲话。

"舞会上来了一个阴谋家，这是个多么鲜明的对比。"她心里想，但她发现这个蓄了黑胡子的阴谋家，脸孔看来像只不吃人的狮子。不久她又看出他的态度只不过是："实用主义，崇拜实用主义"。

除了在国内成立两院制的政府以外，年轻的伯爵认为没有什么值得他注意的。他很高兴地离开了舞会上最迷人的玛蒂德，只是因为来了一位秘鲁将军。

对欧洲感到失望，可怜的阿塔米拉不得不退一步寄希望于南美各国：是米拉渡把自由从欧洲送到南美，但愿南美各国强大之后，会把自由送回欧洲。

一群蓄了小胡子的年轻人像一阵旋风似的涌到玛蒂德面前。她看见阿塔米拉没有迷上她，居然一走了之，心里很不高兴；她又看见他和秘鲁将军谈话时，黑眼睛反倒闪闪发光。德·拉莫尔小姐再看看这群年轻的法国人，她那种深奥严肃的神情，是任何情敌都望尘莫及的。"他们哪一个，"她暗中掂量，"即使机会再好，肯舍得让自己判处死刑呢？"

她这奇特的目光只瞒得过糊涂人，却使明眼人担惊受怕。他们唯恐她说出伤人的话来，难以回答。

"高贵的出身给人无数优秀的品质，没有这些品质就不能满足我，这在于连身上看得非常清楚，"玛蒂德心里想，"但是好出身也会使人失掉那些舍生取义的好品质。"

这时，她旁边的人说："阿塔米拉伯爵是桑·纳查罗－皮芒泰亲王的第二个儿子。他家的祖先在1268年企图营救被处斩的康拉丹①，因此，他家是那不勒斯门第最高贵的家族之一。"

"瞧，"玛蒂德心里想，"这恰好证明了我的妙语：高贵的出身使人失掉了坚强的性格，不坚强怎舍得让自己判死刑呢！我今晚一定是魔鬼缠身了，怎么老是胡思乱想。既然我只不过是个女人，那好，就像别的女人一样去跳舞吧。"德·夸泽努瓦侯爵一个小时以来再三请她同跳快步舞，她答应了。为了忘掉在哲理上栽的跟头，她要在跳舞时大出风头，跳得德·夸泽努瓦先生神魂颠倒。

不过，跳舞也罢，讨好宫廷中一个最漂亮的人也罢，什么都不能使玛蒂

---

① 即康拉德五世，企图收复那不勒斯王国，战败被斩。

德消愁解闷。不可能有比她更得意的人了。她是舞会上的女王,她自己也知道,但是并不快活。

一小时后,他把她送回原位时,她心里想,"和一个夸泽努瓦这样的人在一起,生活有什么意思啊?……我在哪里找得到乐趣呢?"她苦闷地问自己,"离开巴黎半年之后,回到了个个女人都眼红的舞会上,我却闷闷不乐。再说,我使上流社会拜倒在我脚下,而他们都是百里挑一的精英啊!除了几个新贵和一两个于连以外,这里没有平民。而且,"她越来越苦闷了,"我一切都应有尽有,荣华富贵,青春年少,唉!只是没有幸福。

"他们整夜说我无美不备,但是我还怀疑。聪明,我想我聪明得使大家害怕。如果他们敢认真谈个问题,不到五分钟,他们就会上气不接下气,好像有大发现似的,重复我一小时以前讲过的话。我漂亮,我有德·史达尔夫人朝思暮想、不惜牺牲一切也得不到的美貌,然而,事实上,我的确无聊得要死。难道我把姓名换成德·夸泽努瓦侯爵夫人,就会不这样无聊吗?"

"不过,天呀!"她说时几乎要哭了,"难道他不是个十全十美的人吗?他是本世纪教育出来的杰出人物。你一看他,他就有好听的话,甚至是俏皮话对你说;他又勇敢……不过这个索雷尔真怪,"她想,眼色由苦闷变成了恼火,"我说了有话要对他讲,他居然敢不再来了!"

第九章　舞会

华丽的服装,辉煌的灯烛,芬芳的香气;多少漂亮的胳臂,美丽的肩膀!多少鲜花!令人神往的乐曲,西赛里的壁画!我已经魂飞天外了!

——《于泽里游记》

"你的脾气不好,"德·拉莫尔侯爵夫人对她的女儿说,"我提醒你,这在舞会上是有失体统的。"

"我只是觉得头痛罢了,"玛蒂德满不在乎地答道,"这里实在太热。"

正在这时,好像为了证明德·拉莫尔小姐说得不错似的,上了年纪的德·托利男爵一下昏倒了，不得不把他抬出去。有人说他中了风，这真是一件煞风景的事。

玛蒂德不理会这一套。她已经下定决心，永远不看年纪太大的老头，还有说伤心话出了名的人。

她跳她的舞，免得听人家谈中风的事，其实男爵并没有中风，因为两天后他又露面了。

"怎么索雷尔先生还不来？"她跳完舞后又在思忖。她甚至张大眼睛找他，结果发现他在另外一间客厅里。说也奇怪，他看来不像平常那样冷漠无情，也不像英国人那样冷冰冰了。

"原来他是在和阿塔米拉伯爵谈话，找那个判处死刑的犯人！"玛蒂德心里想，"他的眼睛射出了深沉的火光；他的神气像个乔装改扮的王子；他的目光显得更高傲了。"

于连走到离她很近的地方，但一直在同阿塔米拉谈话。她瞪着眼睛看他，研究他的面目，想从他的脸上找到崇高的特征，足以得到被判死刑的荣誉。

当他走到她身边时：

"是的，"他对阿塔米拉伯爵说，"丹东是个大丈夫！"

"啊，天呀！他会变成一个丹东吗？"玛蒂德心里想，"不过他的相貌这样高贵，而那个丹东却丑得吓人，像个屠夫，我想。"于连离她还相当近，她就不再犹豫，把他叫住。她故意傲慢地提出一个少女难说出口的问题：

"难道丹东不是个屠夫吗？"她问道。

"是的，在某些人眼里看来是的。"于连答道，他毫不掩饰他瞧不起人的表情，因为他在和阿塔米拉伯爵谈话，眼里还闪耀着火光，"不过，不幸的是，对那些出身高贵的人来说，他还是塞纳河畔梅里地区的律师。这就是说，小姐，"他不怀好意地加了一句，"他原来也和我们在这里看到的好几个贵族议员一样。的确，在美人眼里看来，丹东有一点大不如人的地方：他长得太丑了。"

最后这句话说得很快，说的口气也很特别，肯定是很不礼貌的。

于连等了一会儿，上身微微前倾，谦虚中流露出了高傲。他仿佛在说："我领了你家的薪水，所以不得不回答你，因为我是靠薪水生活的。"他不屑抬头看玛蒂德。而她却睁大了美丽的眼睛，盯住他不放，看起来反倒成了他的奴隶。最后，因为她一直不开口，于连就像仆人听候主人吩咐似的瞧了她一眼。虽然他的眼睛迎面碰上了玛蒂德盯住他的奇异目光，他还显然是迫不及待地走开了。

"他的确很漂亮，"玛蒂德到底大梦方醒似的自言自语，"但是却对丑恶这样赞美！而且从不改变主意，走回头路！他不像凯吕斯或夸泽努瓦。这个索雷尔倒有点像我父亲在舞会上模仿拿破仑的神气。"她已经把丹东忘到九霄云外去了。"的确，我今晚很无聊。"她一把抓住她哥哥的胳膊，不管他愿意不愿意，逼着他在舞场上兜个圈子。她心血来潮，想听听那个判处死刑的人和于连谈些什么。

人非常多。不过，她还是追上了他们，在她前面两步远的地方，阿塔米拉正从一个托盘上取一杯冷饮。他还侧着身子对于连讲话，但他看见一只绣花衣袖在取旁边的一杯冷饮。花边引起了他的注意，他转过身去看是谁的衣袖。立刻，他那高贵而天真的黑眼睛微微露出了轻蔑的神情。

"你看这个人，"他低声对于连说，"他就是我国大使德·阿拉塞利亲王。今天早上，他还向你们法国外交大臣德·内瓦尔先生要求把我引渡回国哩。瞧，他正在那里打牌。德·内瓦尔先生满可以把我交出去，因为我们在1816年曾把两三个阴谋分子交给你们。如果把我交给国王，不出二十四小时就会把我吊死。而把我抓起来的，就会是这些蓄小胡子的漂亮先生中的一个。"

"真卑鄙！"于连几乎叫了起来。

玛蒂德听他们谈话，一个字也没有漏掉，苦闷却消失了。

"并不算太卑鄙，"阿塔米拉伯爵接着说，"我对你谈到我自己，只是要给你一个生动的印象。瞧瞧德·阿拉塞利亲王，每过五分钟，他就要看一眼他的金羊毛勋章，他喜不自胜地瞧这个挂在他胸前的没价值的小玩意儿。这个可怜虫其实是生不逢时。一百年前，金羊毛勋章是个非同小可的荣誉，但那时却是他这等人可望而不可即的。今天，在出身高贵的人当中，只有阿拉塞利这种人才会对勋章着迷。他甚至不惜把全城的人吊死，也要搞到这小玩意儿呢。"

"他是花了这么高的代价才搞到手的吗？"于连急着问道。

"不一定那么高，"阿塔米拉不热心地答道，"也许是他把国内三十几个有钱的自由党人，活活淹死在河里了。"

"真是惨无人道!"于连还这样说。

德·拉莫尔小姐兴趣很高,她伸出来的头离于连这样近,美丽的头发几乎碰到了他的肩头。

"你还太年轻!"阿塔米拉接着说,"我对你说过,我有一个妹妹,嫁到普罗旺斯去了;她还漂亮,善良,温柔;她是个好家庭主妇,忠于一切职责,虔诚而不狂热。"

"瞧他到底要说什么?"德·拉莫尔小姐心想。

"她很幸福,"阿塔米拉伯爵接着说,"在1815年她也幸福。那时我藏在她家昂蒂布附近的领地上。好,她一听到奈伊元帅处决,却高兴得跳舞了。"

"这可能吗?"于连面如土色地说。

"这就是派性。"阿塔米拉答道,"19世纪已经没有真正的热情,因此在法国才觉得这样无聊。做了最残酷的事,但并不觉得残酷。"

"那太糟了!"于连说,"犯罪的时候,起码要感到乐趣;犯罪也只有这点好处,也只有为了乐趣而犯罪才说得过去。"

德·拉莫尔小姐忘乎所以,几乎站到阿塔米拉和于连中间来了。她的哥哥从来拗不过她,只好挽着她的胳膊,眼睛望着别的地方,装模作样,好像是人多得走不过去似的。

"你说得对,"阿塔米拉说,"人做什么事都没有乐趣,做了也就忘了,连犯罪也是一样。我可以在舞会上指出十个人来,他们都是杀人犯,应该判刑。但是他们忘了,别人也都忘了①。

"好多人只要狗受了伤,就会难过得流眼泪。在拉雪兹神甫公墓,一旦把鲜花撒在他们的坟墓上,瞧你们巴黎人说得多有意思!大家就会说死者智勇双全,甚至会谈到他们的祖先在亨利四世时代做出的丰功伟绩。如果德·阿拉塞利亲王费尽心机也不能把我吊死,而且我还享有巴黎的产权,我倒愿意请你同八九个生来光荣、死不悔改的杀人犯吃一顿晚餐。

"在这顿晚宴上,只有你和我是手上没有沾满鲜血的人,但人家却瞧不起我,甚至恨我,把我当做一个嗜血成性的雅各宾党人,也会瞧不起你,仅仅因为你是一个闯入上流社会的平民。"

---

① 原注:说话的人不满现状。(莫里哀《伪君子》注)

"你说得再对也没有了。"德·拉莫尔小姐插嘴说。

阿塔米拉吃惊地瞧着她，于连却懒得抬头。

"你看，我带头搞的革命没有成功。"阿塔米拉伯爵接着说，"只是因为我不肯砍掉三个人的头，也不肯把我金库里的七八百万现款分给同党。今天，我的国王千方百计要吊死我，而在革命以前，他对我却很亲密，只要我肯砍那三个人的头，而且把金库里的钱分掉，他就会授予我最高级的勋章，因为我至少也可以分享他一半的成功，我的国家可以有个原封不动的宪章……世界就是这样，好比下一盘棋。"

"这样说来，"于连眼里冒着火说，"那时你不会下棋，现在呢……"

"你是不是想说，我会要人头落地，不再做温和的吉伦特派，像你上次说的那样？……我要回答你，"阿塔米拉难过地说，"即使在决斗中杀了人，也比刽子手杀人要好得多。"

"那怎么行！"于连说，"你要达到目的，就得不择手段。如果我不是个小人物，而是掌握了生杀大权的话，我宁愿吊死三个人也要救四个人的命。"

他的眼睛发射出问心无愧的火光，流露了对别人判断错误的藐视；他的目光碰上了旁边的德·拉莫尔小姐的目光，但是他藐视的神色，非但没有变得温文尔雅一点，反而变本加厉了。

这深深地伤害了她的自尊心，她想把于连忘掉，但已经无能为力；她只好拉着她的哥哥，憋着一肚子气走开了。

"我一定要大喝糖茶酒，大跳其舞。"她心里想，"我要挑最好的舞伴，不惜任何代价，大出风头。啊！好，来的就是大名鼎鼎、目空一切的德·费瓦克伯爵。"她接受了他的邀请，他们一起跳舞。"看，我们两个人当中，"她心里想，"哪一个更目空一切？不过，要他大闹笑话，一定得先要他胡说八道才行。"不久，跳四组舞的人有三组都心不在焉。大家一字不漏地倾听玛蒂德带刺的俏皮话。德·费瓦克先生招架不住，只能说些华而不实的空话，露出了一脸窘相；玛蒂德要出胸中这口闷气，对他毫不容情，简直是把他当成了生冤家死对头。她一直跳到天亮，最后累得要命，才肯退场。但是一上马车，她还剩下的一口气又用来折磨自己。于连不把她放在眼里，她却无法瞧不起他。

于连高兴得不得了，不知不觉地沉醉在音乐、香花、美女、优雅的气氛中，尤其是在他自己的想象中，他出人头地，大家都自由自在。

"多美的舞会！"他对伯爵说，"什么也不缺。"

"只缺思想。"阿塔米拉回嘴答道。

他的脸上流露出藐视的神气，大家看得出，为了礼貌，他不得不收敛一点，但这反倒欲盖弥彰了。

"有你在场，伯爵先生。这不就是思想吗？而且是造反的思想啊！"

"我能在场靠的是我的出身。你们的客厅恨的是我的思想。因此，思想一定不能高于歌曲小调的水平，才能得到赏识。有思想的人如果出言新奇有力，你们就会说他厚颜无耻。你们的法官不就是把这个罪名强加在库里埃头上吗？你们把他和贝朗瑞一样关在监狱里。在你们的国家里，只要是精神上有价值的，圣公会就会送去轻罪法庭，而上流社会也会拍手叫好。

"因为你们老化的社会首先重视的是陈规旧习……你们的国家只会耀武扬威；只会产生缪拉元帅，却不会产生华盛顿。我在法国看到的只是浮华虚荣。一个说话有创见的人往往锋芒外露，招待会的主人就认为他出言伤人了。"

说到这里，伯爵的马车停在德·拉莫尔府门前，让于连下车。于连喜欢这个阴谋家。阿塔米拉说过一句恭维他的话，这显然是真情流露："你不像轻浮的法国人，还懂得'实用'的原则。"刚好就在前天晚上，于连看了卡齐米·德拉维涅的悲剧《玛里诺·法利埃罗》。

"以色列·贝蒂乔只是剧中一个普通的木工，难道他不比所有的威尼斯贵族性格更坚强吗？"我们这位愤愤不平的平民心里想，"然而威尼斯贵族世系有凭有据，可以上溯到公元 700 年，比查理曼大帝还要早一个世纪，而今晚在雷斯公爵家舞会上见到的贵族，最古老的即使上溯到 13 世纪，也都有点站不住脚呢。那好！威尼斯贵族虽然出身高贵，但是他们性格软弱，暗淡无光，大家记得的，只是以色列·贝蒂乔了。

"一次政变可以取消社会随意赠送给人的头衔。在政变中，一个人只要不怕死，就可以取得相应的社会地位。连聪明才智也都相形见绌了……

"今天，到了瓦尔诺和雷纳的时代，即使丹东复生，又能有什么作为呢？恐怕连个王家代理检察官都当不上吧……

"我说什么来着？他可以卖身投靠圣公会，当个大臣呀，因为到底伟大的丹东也曾盗名欺世的。米拉波也曾出卖自己。**拿破仑**在意大利掠夺了好几百万，没有钱，他也会穷困潦倒。只有拉斐德没有盗名欺世。一定得偷盗吗？得出卖自己吗？"于连心想。这个问题难住了他。他后半夜就去读法国大革命的历史。

第二天，他在图书室写信时，想的还只是阿塔米拉伯爵的话。

"事实上，"他出了好一会儿神，然后想到，"如果西班牙自由党人把人民拖下了罪恶的泥坑，那就不容易把他们驱逐出境。他们只是些扬扬得意、夸夸其谈的小伙子……就像我一样！"于连忽然一下恍然大悟似的叫了起来。

"我做过什么难做的事，有什么权利来评论这些可怜的家伙呢？他们一生到底有一次敢于动手，开始动手了啊！我只像一个吃饱了肚皮说空话的人，说什么：'明天我即使不吃，也会像今天一样结实，一样快活。'谁知道大事干了一半我会怎样？说来说去，那些事干起来可不像开枪决斗那么容易啊！"

不料德·拉莫尔小姐忽然走进图书室，打断了他高深的思想。但他对丹东、米拉波、卡尔诺这些人战无不胜的伟大品质钦佩得五体投地，眼睛虽然落在德·拉莫尔小姐身上，却心不在焉，没有和她打招呼，几乎是视而不见。等他睁大的眼睛到底看见了她，眼里的光辉却消失了。德·拉莫尔小姐有眼看得出，但是有苦说不出。

她无可奈何，请他到书架的最高一层，取下一本韦利的《法国史》来，于连这就不得不去搬一架比较高的梯子来。他搬来了梯子，找到了书，交给了她，但心还不在她身上。在搬回梯子的时候，他还若有所思，一胳膊肘撞破了书柜上一块玻璃；玻璃哗啦一声落在地板上，这才算打断了他的沉思默想。他赶快向德·拉莫尔小姐道歉；他要显得有礼貌，但也只是有礼貌而已。玛蒂德显然看出，她打搅了于连，他宁肯想心事，也不愿和她谈话。她瞧了他好一阵才慢慢走出去。于连瞧着她走。他在比较她今天朴素的打扮和头天晚会上的浓妆艳抹。两副面孔几乎也是一样不同。这个年轻的姑娘，在雷斯公爵家的舞会上是那样高傲，现在眼里却流露出了低声下气的神色。"其实，"于连心想，"这件黑色的连衣裙使她的身材显得更美。她的姿态像个女王，但是，为什么要穿黑色的丧服呢？"

"如果我去问她为什么穿丧服，恐怕又要出洋相了。"于连这才不再兴奋地深思，"我一定要把今天早上写的信全都再看一遍，天晓得我会发现多少错漏。"他正在勉强集中精力看第一封信，忽然听见身边有丝绸衣服的窸窣声；

他赶快转过头来，看见德·拉莫尔小姐站在离书桌两步远的地方笑。这第二次打搅使于连生气了。

至于玛蒂德，她刚才明白无误地意识到，这个年轻人并不把她放在心上，所以她笑一笑，那是为了掩饰她的窘态，她总算没出丑。

"显而易见，你是在想什么有趣的事，索雷尔先生。是不是和政变有关的奇闻？正是政变把阿塔米拉伯爵先生给我们送到巴黎来了啊！告诉我你在想什么，我非常想知道；我不会说出去的，我对你发誓。"她吃了一惊，莫名其妙怎么会讲出这种话来。怎么！她居然会恳求一个手下人！她越来越窘了，又用带点轻松的口气问了一句：

"你平时冷冰冰的，受了什么启示你才热情洋溢，成了米开朗琪罗那样的先知呢？"

这个开门见山、突如其来的问话深深地伤害了于连，他的脾气又发作了。

"难道丹东盗名欺世也是对的吗？"他突然质问她，神气越来越不客气，"皮埃蒙的革命党，西班牙的革命党，难道应该把人民拖下罪恶的泥坑吗？难道应该把军功勋章都赏给无功食禄的人吗？那些得到十字勋章的人难道不怕国王回来吗？难道应该抢劫都灵金库吗？总而言之，小姐，"他走到她身边，神色凶狠，"要把世上的愚昧和罪恶一扫而光的人，难道应该像狂风暴雨那样胡作非为吗？"

玛蒂德害怕了，她受不了他咄咄逼人的目光，往后退了两步。她瞧了一会儿，然后，对自己的恐惧感到惭愧，就轻轻地走出了图书室。

第十章 玛格丽特王后

> 爱情！无论在多大的痛苦中，你也能使我们找到乐趣。
>
> ——《葡萄牙修女书简》

于连重读了他写好的信。晚餐钟声一响，他心里想："在这个巴黎小姐眼里，我该是多么可笑啊！把我想到的老老实实告诉她，那是多么傻啊！不过，这也许不算太傻。在这种情况下说老实话，我是毫无愧色的。

"为什么来打听我的私事呢？她问这种问题未免有失身份。她也不懂人情世故。她的父亲给我薪水，并不是要我来讲对丹东的看法的。"

一进餐厅，看见德·拉莫尔小姐穿了黑色的丧服，于连的坏脾气就烟消云散了，尤其是全家没有别人穿黑，这更使他惊讶。

晚餐后，他紧张兴奋了一整天，这时心情才得放松。恰巧那个懂拉丁文的院士吃晚餐时也在座。"如果我打听德·拉莫尔小姐穿丧服的事，"于连心想，"像我猜测的那样，有点不妥当的话，这位先生也是最不会见笑的人了。"

玛蒂德瞧着他，表情不同寻常。"瞧，这个地方的女人是怎样卖弄风情的！德·雷纳夫人不是对我说过吗？"于连心想，"我今天早上对她不太客气，我没有顺着她的脾气和她谈心。我在她眼里的身价反而提高了。当然，魔鬼是不肯吃亏的。不消多久，这个目空一切、生性高傲的女人就会进行报复。她再坏又能干出什么来呢？她跟我失掉的那一位多么不同啊！那一位的性格多么温柔！多么纯真！我了解她的心，她话还没有说出口，我就先知道了，我看得见她的思想如何产生，在她心里我没有竞争的对手，她只害怕她的孩子会死。这种母子之情是自然而合理的，这虽然对我不利，我也觉得其情可悯。那时我可真傻。对巴黎的幻想使我不能欣赏现实中崇高的美人。

"多么不同啊，天哪！我在这里看到了什么？高傲而干巴巴的虚荣心，形形色色的自尊心，此外什么也没有了。"

大家起身离开餐桌。"不要放过找院士的机会。"于连心想。大家到花园去，他就走到院士身边，做出温顺谦恭的样子，院士对《艾那尼》上演的成功不胜愤慨，他也表示同感。

"如果我们还在国王能下密诏的时代！……"他说。

"那雨果就不敢了。"院士做了一个塔尔玛演剧的手势，高声说道。

谈到花的时候，于连引用了维吉尔的《农事诗》，并且认为谁的诗也比不上德利尔神甫的。总而言之，他奉承院士，不遗余力。然后，他假装满不在乎地问道："我想，德·拉莫尔小姐是不是继承了一位伯父的遗产，所以为他戴孝？"

"怎么！你是这家的人，"院士忽然站住说，"怎不知道这家的怪事？的确，更怪的是她母亲居然让她这样任性。不过，不要对别人讲，这家人出名的并不是性格坚强。玛蒂德小姐比谁都好一意孤行，谁也拗不过她。今天是4

月30日！"院士说到这里打住了，意味深长地瞧瞧于连。于连也微微一笑，尽可能显得机灵的样子。

"一意孤行，穿黑丧服，和4月30日有什么关系呢？"他心里想，"我恐怕越搞越糊涂了。"

"我得承认……"他对院士说时，眼里仍然流露出疑问的神气。

"我们到花园里去兜个圈子吧。"院士高兴地说，他隐约看到自己有机会表演讲故事的本领了，"怎么！你当真不知道1574年4月30日发生的事吗？"

"在哪里发生的事呀？"于连莫名其妙地问。

"在河滩广场上。"

于连还不明白河滩广场是砍头的地方。他生性好奇，喜欢听悲剧性的故事，于是两眼闪闪发光，讲故事的人多么喜欢听故事的人这样聚精会神啊！院士非常高兴碰到了一个没有听过这故事的人，就对于连滔滔不绝地讲起1574年4月30日的事来，当时最漂亮的青年叫博尼法斯·德·拉莫尔，他的朋友阿尼巴·德·柯柯纳是皮埃蒙特的贵族，那一天他们两个人在河滩广场上斩首示众。"拉莫尔是纳瓦拉王国玛格丽特王后心爱的情夫，请你注意。"院士提醒于连，"德·拉莫尔小姐的全名是玛蒂德－玛格丽特。拉莫尔是德·阿朗松公爵的宠臣，同时又是纳瓦拉国王的好友，国王就是后来的亨利四世，玛格丽特王后的丈夫。1574年封斋节前的星期二，在圣日耳曼宫廷里，大家在等可怜的国王查理九世驾崩。王太后卡特琳·德·美第奇把两个王子都关在王宫里，而他们都是拉莫尔的朋友，所以拉莫尔要把他们救出来。他派了两百名骑兵逼到圣日耳曼宫墙下，德·阿朗松公爵害怕了，就把拉莫尔交给了刽子手。

"但是最使玛蒂德小姐心情激动的——这是七八年前她亲口对我讲的，那时她才十二岁呢——是一个人头，一个人头！……"院士抬起头来望着天空，"最使她感动的，是在这场政治浩劫中，纳瓦拉的玛格丽特王后藏在河滩广场上的房子里，居然敢派人去向刽子手讨她情夫的头颅。第二天半夜里，她带着人头坐上马车，亲手把人头埋在蒙玛特山脚下一个小教堂里。"

"这可能吗？"于连感动得叫道。

"玛蒂德小姐瞧不起她的哥哥，因为，你也知道，他不把这段古老的历史放在心上，到了4月30日也不穿丧服。自从那两个人头落地之后，为了纪念拉莫尔和柯柯纳同生死的友情，因为柯柯纳是意大利人，名字叫阿尼巴，拉莫尔家的男人都取了这个名字。而且，"院士压低了声音，"据查理九世本人说，这个柯柯纳是1572年8月20日大屠杀中最残酷无情的凶手之一……不过，我亲爱的索雷尔，你和这家人同桌共餐，怎能不知道这段家史呢？"

"我这才恍然大悟，为什么德·拉莫尔小姐晚餐时，有两次都叫她的哥哥做阿尼巴。我本来还以为听错了呢。"

"这是说他不应该忘本。奇怪的是，侯爵夫人居然让她这样任性……将来这位大小姐的丈夫有的是活罪好受呢！"

这句话后面还有五六句讽刺的话。院士眼里流露出来的喜悦和亲密的神气，激起了于连的反感。"我们两个都是伺候这个家庭的人，"他想，"怎能在背后说主人的坏话！不过这个人是学院里出来的，也就不必大惊小怪了。"

一天，于连撞见这个院士跪在德·拉莫尔侯爵夫人面前，为他一个侄子在外省的烟草税务所求个一官半职。晚上，德·拉莫尔小姐的一个年轻侍女为了追求于连（就像艾莉莎那样），讨好于连说：她的女主人穿丧服并不是为了引人注目。这种古怪的脾气是她的天性。她的确爱上了她的那个祖先，他是当时最聪明的王后心爱的情夫，他为了两个朋友的自由而牺牲了自己的生命。那是两个怎么样的朋友啊！一个是国王的亲兄弟，一个是国王亨利四世。

于连看惯了德·雷纳夫人自然的动作，总觉得巴黎女人装模作样。只要他心情不太好，就会对她们无话可说，但德·拉莫尔小姐却是一个例外。

于连开始不把高贵的风度美看成心灵的枯竭了。他和德·拉莫尔小姐有过几次长谈，在美丽的春天，他们在花园里沿着客厅一溜敞开的窗子散步。一天，她对他说，她在读欧比涅写的历史和布兰多姆的作品。"她读的书真是无奇不有，"于连心想，"而侯爵夫人却连华特·司各特的小说都不许她看呢！"

一天，她对他讲了艾图瓦《回忆录》中的一段故事：在亨利三世时代，一个年轻女人发现丈夫不忠，就用匕首把他刺死。她讲时眼里闪烁着喜悦的光辉，说明她的赞赏是真心实意的。

于连的自尊心得到了满足。一个受到崇拜的女人，据院士说，她在全家可以一意孤行，居然肯用几乎可以说是友好的口气和他谈话。

"我不要搞错了，"于连立刻想到，"这并不是亲密，我不过是悲剧中的心腹左右而已，因为她需要有人听。这家人说我有学问。我得去读布兰多姆、欧比涅、艾图瓦。这样，我就可以对德·拉莫尔小姐讲的故事提出自己的意见。我不愿意扮演一个消极被动的心腹角色。"

慢慢地，他和这位既高傲又随和的小姐，谈得越来越投机了。他忘了自己是个心怀不满的平民。他发现她有学问，甚至通情达理。她在花园里和在客厅里发表的意见，大不相同。有时，她对他既热情又坦率，和平时表现的高傲而冷淡的态度，形成了鲜明的对比。

"联盟战争时期是法国历史上的英雄时代。"她有一天对他说，眼里闪烁着聪明和兴奋的光辉，"那时，每个人战斗都是为了达到自己向往的目标，为了自己那一派的胜利，而不仅仅是为了得到一枚十字勋章，像你的皇帝那个时代一样。你应该同意，那个时期的人不那么自私，不那么渺小。我爱那个世纪。"

"而博尼法斯·德·拉莫尔就是那个世纪的英雄。"他对她说。

"至少，他享受了爱情，而那种爱情也许是其乐无穷的。今天，哪个女人敢摸她的情夫砍下来的头呀？"

德·拉莫尔夫人喊她的女儿。口是心非不能让人看破，才能有点用处。我们看到，于连只是半吞半吐地对德·拉莫尔小姐泄露了他对拿破仑的崇拜。

"他们比我们有无比优越的条件，"于连单独留在花园里想道，"他们祖先的历史使他们高高超越了一般的感情，他们用不着时时刻刻考虑维持生活的问题！我多么倒霉啊！"他痛苦地想到，"我不配谈论这些大问题。我怎能看得准呢？我这一生只能口是心非，人云亦云，因为我没有一千法郎的年金来买面包啊！"

"你在想什么呀，先生？"玛蒂德问道。

这句问话问得有点亲密，而她气喘吁吁地跑回来，就是为了和他待在一起。于连对自卑情绪也感到厌倦了。他让骄傲抬了头，坦率地说出了自己的想法。对一个有钱的人谈自己的贫穷，他的脸红得很厉害。他想方设法用自负的口气表示，他并无求于人。在玛蒂德看来，他似乎从来没有这么漂亮；她发现他表达的感情真挚而坦率，而平时却不是这样。

不到一个月以后，于连在德·拉莫尔府的花园里散步时，还在沉思默想，但他脸上的表情不再有长期自卑留下的痕迹，不再那么生硬，也不再像哲学家那么傲慢了。他刚把德·拉莫尔小姐护送到客厅门口,她说她同哥哥跑的时候扭伤了脚。

"她靠在我胳膊上的样子实在稀罕!"于连心想,"是我想入非非了,还是她对我真有兴趣?她听我讲话时的神气这样温柔,甚至在我承认受了委屈时也是一样!而她对别人却是多么高傲!谁在客厅里看到她这副模样也会惊讶。非常肯定的是,她对别人从来没有这样温存体贴。"

于连尽量不夸大这种奇特的友情。他自己把这种友情比做武装谈判。每天一见面,还没有恢复头一天谈话亲密的口气,他们几乎都要问问自己:我们今天是朋友还是敌人?在开始交谈的几句话里,内容毫不重要。双方都只注意谈话的方式。于连心里明白,只要受到这位高傲的小姐一次侮辱,而不以牙还牙的话,那就一切都完了。"如果我们要闹翻,那就不如先下手为强,在保卫我的正当权利,维护我的尊严时闹翻,不要等到尊严受了损伤,再去对轻蔑的表示进行反击。"

玛蒂德在脾气不好的日子里,好几次要摆出贵族小姐的派头来对他说话;不管她做得多么巧妙,于连都毫不客气地把她顶了回去。

一天,他突然打断她的话头:"德·拉莫尔小姐有什么事要吩咐她父亲的秘书吗?"他对她说,他应该听她的吩咐,照她说的去做,除此以外,他就没有什么话要对她说了。他不是花钱雇来和她谈心的。

于连这种古怪的作风和古怪的猜疑,使他头几个月在客厅里感到的烦闷无聊都一扫而光了。这个客厅如此高贵华丽,什么都叫人害怕,什么玩笑都开不得。

"要是她爱上了我,那才有意思呢!管她爱我不爱,"于连继续想他的心事,"我有个聪明的小姐做知心人也不错。在她面前,我看见全家人都提心吊胆,尤其是德·夸泽努瓦侯爵。这个年轻人如此有礼貌,如此温顺,如此勇敢,具备了富贵公子所有的优越条件,而我只要有他的出身或财富,也就心满意足了!他爱她爱得要命,这就是说,尽量按照巴黎人恋爱的方式,他打算和她结婚。为了准备婚约,德·拉莫尔先生要我写了多少信给两个公证人啊!而我呢,早上手里拿着笔,看起来地位卑微,两小时后,我却在这个花园里占了上风,胜过了这个如此可爱的公子哥儿,因为她的偏向到底是显而易见,并不转弯抹角的。她也许还恨她这个未来的丈夫呢。她太高傲了,会瞧不起丈夫的。而她对我的好感,那只是赏给手下心腹人的!

"不对,不是我疯了,就是她在讨好我;我越显得冷淡,敬而远之,她越要接近我。她也许是打好了主意,是装出来的,但我偶然碰到她的时候,我看见她的眼睛也发亮。巴黎的女人会这样弄虚作假吗?管他呢!至少表面上看来她对我有好感,那就享受表面上的好感吧。天哪,她多美啊!她那双蓝色的大眼睛老是那样瞅着我,在近处看来,多么讨人喜欢啊!今年春天和去年春天多么不同!去年,我不幸待在三百个口是心非、卑鄙龌龊的坏家伙中间,要不是生性好强,我会支持不住,变得和他们一样坏的。"

在怀疑的日子里,于连心想:"这个小姐在拿我寻开心。她和她哥哥商量好了来愚弄我。不过,她又好像瞧不起她哥哥!'他很勇敢,不过如此而已。'她对我说过,'再说,勇敢也只限于在西班牙舞刀弄剑。而在巴黎,什么都使他害怕,到处他都怕人嘲笑。他从没有背离正道的想法。'总是我不得不为他说句好话。一个十九岁的姑娘!即使她想弄虚作假,能随时做到吗?

"另一方面,只要德·拉莫尔小姐与众不同地用蓝色的大眼睛盯住我,诺贝伯爵总是走开。这使我猜疑:他对妹妹看上了家里一个'佣人'能不生气吗?因为我听说德·肖纳公爵就叫我做'佣人'。"一想起这件事,愤怒就代替了其他感情,"难道这个古怪的公爵爱老调重弹吗?"

"管他呢,她很美!"于连继续想道,眼中露出凶光,"我要得到她,然后远走高飞,谁要阻拦就活该倒霉!"

于连心里只容得下这一桩事,他心无二用。他的日子过得很快,一天快得像一小时。

他一想干正事,思想就开小差,等到一刻钟后,他才如梦方醒,心扑扑跳,头昏脑涨,心里只有一个念头:"她爱我吗?"

第十一章 少女的王国

她的美丽使我倾倒,但是她的聪明使我害怕。

——梅里美

假如于连没有浪费时间，夸大其词地歌颂玛蒂德的美丽，或者感情激动地反对这家人天生的高傲（其实她在于连面前已经没有架子），而是观察一下客厅里发生的事情，那他就会明白玛蒂德为什么对上下左右有这么大的影响，简直可以说是建立了她的王国，只要有人不讨德·拉莫尔小姐的喜欢，她就会说一句笑话来惩罚他，话说得分寸合度，措辞得当，表面上无懈可击，说的时机再好没有，叫人越想越痛，渐渐地自尊心会痛得受不了。她不把家里人追求的荣华富贵放在眼里，因此，在他们看来，她总显得高高在上，无动于衷。贵族人家的客厅只有在离开后才值得一提，不过如此而已。毫无意义的谈话，庸俗不堪的客套，尤其是口是心非的逢迎吹拍，加上令人作呕的甜言蜜语，结果会叫人无法容忍。礼貌本身只在头几天还有点意思。于连尝过滋味，头一次还新鲜，多了就会麻木不仁。"礼貌，"于连心想，"不过是不让坏脾气发作而已。玛蒂德时常觉得无聊，也许她到处都觉得无聊。于是磨尖嘴皮讽刺人，对她说来就是消愁解闷，其乐洋洋了。"

也许她讽刺惯了她的长辈、院士，还有五六个逢迎他们的手下人，要找新鲜的牺牲品，于是就看中了德·夸泽努瓦侯爵、德·凯吕斯伯爵，还有两三个出色的公子哥儿。其实，他们不过是她讽刺的新对象罢了。

因为我们都喜欢玛蒂德，所以不得不遗憾地承认。她得到过好几个公子哥儿的情书，有时还给他们回信。他们得赶快补一句，她是个不把时代风气放在眼里的人物。因此，我们对在圣心修道院受过教育的贵族小姐，一般不能用行为不检点之类的话来责备她们。

一天，夸泽努瓦侯爵把玛蒂德头天写给他的信还给她，怕那封信会有损于她的名誉。他以为他这样非常慎重的表现会大大促进他的婚事。不料玛蒂德写起信来，就是不喜欢四平八稳。她的乐趣正在于拿命运来赌博。因此，她有六个星期没有再对他说一句话。

她拿这些年轻人的情书来消愁解闷，不过在她看来，这些情书都千篇一律，不是最深厚，就是最忧郁的爱情。

"他们都是十全十美的人物，准备去朝拜巴勒斯坦圣地，"她对她的表妹说，"你还知道什么更无聊的事吗？而我一辈子都要收到这样的信！要等到二十年后，时代风气变了，信才会有所改变。在拿破仑帝国时代，情书不会写得这样枯燥无味吧。那时，上流社会的青年不是见过，就是干过轰轰烈烈的大事。我的伯父恩公爵就上过瓦格拉姆战场。"

"需要多大的勇气才能砍下一刀去啊？他们砍过一刀，总是百谈不厌！"玛蒂德小姐的表妹德·圣埃雷迪泰小姐说。

"哈！我就是喜欢听这些故事。'真正地'打一仗，打一场拿破仑式的战争，杀死成千上万的敌人，这才能证明一个人勇敢。身体冒一次危险，精神就会提高一步，而且还可以摆脱烦闷，那些拜倒在我脚下的人，正沉浸在苦闷中不能自拔。他们的苦闷还有传染性。他们中间有哪一个想到要做一番惊天动地的大事业呢？他们向我求婚，这是现成的好买卖！我既有钱，我的父亲又会提拔他的女婿。唉！这样的女婿会有什么趣味呢！"

玛蒂德看问题的方法过于激烈，干脆利落，形象生动，也影响了她的语言，这点我们都看得到。有时她一言既出，在她彬彬有礼的朋友看来，却是污泥四溅。假如她不是个风头人物，他们恐怕要认为她说话这样有声有色，不像个娇滴滴的贵族小姐了。

而在她这方面，她对在布洛涅树林里骑马的漂亮男士也不太公平。她展望未来，并不觉得可怕，因为那种感情太偏激了，而是觉得可恶，在她这个年龄，那也是少见的。

她还希望得到什么呢？财富，高贵的门第，聪明，美丽，一切的一切，命运之神都已经双手送上门来了，大家都这样说，她也这样相信。

这位圣日耳曼区最令人羡慕的女继承人，同于连一道散步开始感到乐趣时，就是这样想的。她对他的骄傲觉得奇怪，但她欣赏这个小市民的才干。"有朝一日，他会像莫里神甫一样当上主教的。"她心里想。

不久，我们的主角反对她的好些想法，他真心实意，而不是假装出来的反对，这种态度时刻萦回在她的心头，引起了她的思索。她把他们谈话的内容一五一十地讲给一个女朋友听，但她发现怎么也讲不出本来的面目。

忽然一下，她恍然大悟："我太幸福了，我在恋爱，"真是令人难以相信，她大喜若狂地自言自语，"我在恋爱，我在恋爱，这是明摆着的！一个年轻、漂亮、聪明的小姐，在我这样的年纪，除了恋爱，还有什么能使我感情冲动呢？这是装不出来的，我永远不会爱上夸泽努瓦、凯吕斯'这一流人'[①]。他

———

[①] 原文是意大利文。

们十全十美,也许他们太完美了,反倒使我厌烦!"

她回想在《曼侬·勒斯戈》、《新爱洛伊丝》、《葡萄牙修女书简》等书中读到的关于爱情的描写。当然,她向往的只是伟大的爱情,轻率的爱情对她这样年纪和出身的小姐是不成话的。她只把法国亨利三世和巴松皮埃元帅那个时代的英雄情感叫做爱情。那种爱情不会向困难低头让步,恰恰相反,只会要人去建功立业。"我真是生不逢时,没有赶上卡特琳·德·美第奇或路易十三的时代!否则,有什么丰功伟绩是我力不能及的呢?难道我不能使一个像路易十三那样有雄心壮志的国王拜倒在我脚下吗!我会像德·托利男爵常说的那样,把他领到旺代,再去恢复他失去的王国,那时就再也用不着宪章了……而于连可以助我一臂之力。他缺的是什么?不就是名和利吗!他会功成名就,名利双收的。

"夸泽努瓦什么也不缺,他一辈子只会是个半保王党、半自由党的公爵,他优柔寡断,只动口不动手,永远不走极端,因此,无论到哪里,也只是个二流角色。

"哪个伟大的行动一开始不是个极端呢?只有等到大功告成之日,一般人才看到了可能性。对,是爱情和爱情的奇迹在支配我的心;我感到爱情之火在燃烧。上天只欠这点恩惠没有给我。这么多恩典不会白白地集中在一个人身上的。这样,我的幸福才配得上我。我未来的日子天天不同,蒸蒸向上。敢爱一个社会地位很低的人,这已经有几分伟大和勇气了。但是他能一直配得上我吗?只要一看到他不配,我就把他甩掉。一个像我这样出身的少女,有大家公认的骑士性格(这是她父亲的话),是不该干糊涂事的。

"如果我爱德·夸泽努瓦侯爵,那不是扮演一个糊涂角色吗?我得到的,不是我瞧不起的表姐妹们家庭幸福的旧版翻新吗?我预先就知道可怜的侯爵会说什么,我会回答什么。叫人打哈欠的爱情算什么?还不如出家当修女呢!难道我要像小表姐那样签婚约,让家长感激?万一对方的公证人头一天在婚约上节外生枝,他们又要发脾气了。"

第 二 部

第十二章　他是个丹东吗？

>　　需要忧虑，这就是我的姑母，美丽的玛格丽特·德·凡罗亚的性格，她不久后嫁给纳瓦拉国王，就是今天统治法国的亨利四世。需要赌博，这构成了这位可爱的公主性格的秘密；因此，从十六岁起，她和哥哥们时吵时好。然而一个少女有什么好赌的呢？她最宝贵的名声，是人家对她一生的看法。
>
>　　　　　　　　——《查理九世私生子德·昂古列姆公爵回忆录》

"于连和我之间不签婚约，不要公证人来举行市民式的婚礼。一切都是英雄式的，一切都会是幸运的宠儿。除了他缺少贵族家世以外，这简直就是玛格丽特·德·凡罗亚对当时最杰出的青年拉莫尔的爱情。宫廷里的年轻人只会'循规蹈矩'，一想到冒险就脸色发白，难道这能怪我吗？到希腊或非洲去旅行，对他们说来，是胆大包天的行动，若不成群结队，简直寸步难行。只要他们孤立无援，就会胆战心惊，不是害怕当地人的长矛，而是怕人笑话，简直怕得要死。

"我的小于连正好相反，他只喜欢单独行动。这个天生的英才从不求援呼救！他瞧不起别人，正是为了这个原因，我才瞧得起他。

"如果于连只是贵而不富，那么我的爱情也是平淡无奇的，不过是门不当户不对而已。我要这种爱情做什么？丝毫没有伟大爱情的特征：既没有巨大的困难要克服，也没有变化莫测的前途。"

德·拉莫尔小姐沉醉在头头是道的自问自答中，第二天不知不觉对德·夸泽努瓦侯爵和她哥哥夸起于连来。她滔滔不绝地说得他们两人都恼火了。

"当心这个劲头十足的年轻人。"她哥哥叫道，"如果再来一次革命，他会把我们大家都送上断头台的。"

她避免回答，赶快跟她哥哥和德·夸泽努瓦侯爵开玩笑，说他们害怕十足的劲头，其实是怕出现意外，怕对意外不知所措……

"永远是，永远是，两位先生，怕人笑话，其实，笑话这个怪物不幸在

1816年就死了。"

"在两党争权的国家里。"德·拉莫尔先生说过,"是不会再出笑话的。"

他的女儿懂得这句话的意思。

"因此,两位先生,"她对于连的两个对头说,"你们要怕一辈子的,事后会有人告诉你们:这不是蛇,只是杯弓蛇影。"

玛蒂德立刻离开了他们。她哥哥的话使她感到恐怖,使她非常不安;但是,从第二天起,她又在话里看出了,这反倒是对于连的颂扬。

"在这个没有劲的时代,他的劲头使他们害怕。我要把我哥哥的话告诉他,看他怎样回答。我要等他眼睛发亮才对他讲。那时他不会对我说谎。"

"他是一个丹东!"她朦朦胧胧出了好一会儿神,然后自言自语。"他呀!假如革命又来了,那时,夸泽努瓦和我哥哥会扮演什么角色呢?这是事先注定了的,束手待毙,从容就义。他们是英勇的绵羊,一声不响,任人宰割。他们临死前只怕死得丢人。我的小于连呢,如果雅各宾党人来抓他,虽然逃命的希望不大,他也会一枪打得来人脑袋开花。他是不怕丢人的,他。"

最后一句话引起了她的深思,唤起了一些痛苦的回忆,几乎使她失去勇气了。这句话使她想起了德·凯吕斯、德·夸泽努瓦、德·吕兹等几位先生和她哥哥的讥讽。他们一致认为于连有"教士"的神气,低三下四,口是心非。

"不过,"她忽然一下想通了,眼睛高兴得闪光,"他们老是开玩笑,说挖苦话,这反倒证明了于连是这个冬天最出众的人。他的缺点、笑话,那有什么要紧?他有他的伟大,这倒使宽宏大量的好人恼火了。当然他穷,读书是为了当教士,而他们是骑兵上尉,用不着读书,当然更方便。

"可怜的小伙子,他不得不永远穿黑道袍,不得不露出教士的神气,否则就得饥饿而死,这是对他不利的条件,但是他的有利条件却使他们害怕,这不是一清二楚的吗!而这副教士的神气,只要我和他单独在一起待一阵子,也会自然而然消失。这几位先生只要说了一句自命不凡、出乎意料的俏皮话,他们的第一眼不就是要看看于连的反应吗?这点我早就看出来了。然而他们也知道,他们若不问他,他是不会和他们说话的。他只对我一个人说话。他相信我的品格高人一等。对他们不同的意见,他如果回答的话,那也只是表示礼貌。他一下就转入客套话了。而对我呢,他可以谈上几个小时,只要我提出一点不同的意见，他就不坚持自己的想法。总而言之，整个冬天我们没有听到枪炮的声音，只有说话的声音引人注意。我父亲是个了不起的人，他使我们的家运持久不衰，好，他却把于连看得很重。其余的人都恨于连，但是除了我母亲那些虔诚的教友以外，没有人瞧不起他。"

德·凯吕斯伯爵非常喜欢，或者假装喜欢养马。他把时间都花在马厩里，时常在那里吃午餐。这种爱好，加上不苟言笑的习惯，使他受到朋友们的另眼看待：他是这个小圈子里的雄鹰。

第二天，他们刚在德·拉莫尔夫人的椅子后面坐下，一看见德·拉莫尔小姐来了，而于连不在场，德·凯吕斯先生在夸泽努瓦和诺贝的支持下，就不择时机，猛烈抨击玛蒂德对于连的偏爱。她一听就明白其中底细，觉得乐不可支。

"瞧，他们居然联合起来。"她心里想，"对付一个有天才的人，这个天才的薪水还不到十个金币呢，而且他们如果不问他的话，他是不能随便开口的。他穿的是黑衣服，他们就已经这样怕他，等他戴上了金肩章，那会怎么样呢？"

她从来没有这样锋芒毕露过。他们的攻击一开始，她那妙趣横生的讥讽就铺天盖地而来，凯吕斯和他的同伴只有招架之功，没有还手之力。等到他们进攻的炮火销声匿迹之后：

"如果明天方施一孔特山区有个小贵族，"她对德·凯吕斯先生说，"认出了于连是他的私生子，让他恢复了贵族的头衔，并且给他几千法郎，不出一个半月，诸位先生，他也会像你们一样蓄上小胡子；不出半年，诸位先生，他也会像你们一样当上轻骑兵军官。到了那个时候，你们就不会再笑话他人格太伟大了。我看你，未来的公爵先生，恐怕迫不得已，又要搬出那老掉了牙、站不住脚的理由来，说什么宫廷贵族高于外省贵族了。不过，如果我要把你逼上绝路，如果我说于连的父亲是个西班牙公爵，在拿破仑时代战败被俘，关在贝藏松，临终前良心不安，承认了于连是他的儿子，那时，你们还有什么话好说呢？"

所有这些有关私生子的假设，在德·凯吕斯和德·夸泽努瓦几位先生听来，都是相当不对口味的。这就是他们对玛蒂德高谈阔论的全部看法。

诺贝虽然沉得住气，但她妹妹说话太露骨，他不得不板起脸来，应该承认，这和他温和的笑容不太相称。他斗胆说了几句话。

"你不舒服吗，我的朋友？"玛蒂德有点认真地答道，"你要不是生病，怎么会一本正经地回答我开玩笑的话呢？

"你居然一本正经！难道你也想当省长？"

玛蒂德很快就忘了德·凯吕斯伯爵生气的样子，诺贝不高兴的神气，德·夸泽努瓦先生一言不发、灰心失望的姿态。一个命运攸关的念头刚刚来到她的心上，她得打定主意。

"于连对我相当真诚。"她心里想，"在他这个年纪，地位低人一等，却想出人头地，注定了要感到痛苦，他当然需要一个女朋友。他哪里找得到我这样的人呢？但我却看不出他有爱情的表现。像他这样大胆的性格，有爱情应该会说出来的。"

这种犹疑不决，这种自问自答，从这时起，没有片刻离开过玛蒂德的心头，每次于连对她讲话，她总能找到犹疑的新理由，这种犹疑却把她心头的烦闷无聊一扫而光了。

德·拉莫尔小姐有个精明强干的父亲，他有可能当上内阁大臣，并把林产还给教会，因此，她在圣心修道院时，就听到了过分的阿谀奉承。这种不幸是无法弥补的。人家要她相信，由于出身、财富等等有利条件，她理所当然，应该比别人更幸福。这就是王公贵族苦恼的根源，也是他们胡作非为的根源。

玛蒂德逃不脱这种思想的有害影响。无论一个人多聪明，在十岁上也招架不住全修道院的阿谀奉承，何况这种奉承从表面上看来，还是有充分根据的。

自从她确定爱上了于连的时刻起，她就不再感到烦闷无聊了。每天她都觉得高兴，因为她下了决心要投入伟大的情网。"这种消遣有很大的危险。"她心里想，"越危险越有意思！不可能更有意思了！"

"从十六岁到二十岁，这是人生最美的年华，没有伟大的爱情，我过得烦闷无聊。我已经虚度了我的青春，那时的乐趣只是听我母亲的朋友胡扯乱道，其实，据说她们1792年流亡在科布伦茨时，谈起话来也不像现在这样一本正经。"

正当这种犹疑使玛蒂德忐忑不安的时候，于连也在怀疑她的眼光为什么老是盯着他。他发现诺贝伯爵对他更冷淡了，德·凯吕斯、德·吕兹和德·夸泽努瓦这几位先生对他更傲慢了。他已经习惯于他们这一套。只要他在晚会上出的风头高过他的地位，事后他往往就会受到这种待遇。要不是玛蒂德对他的态度特别好，要不是这伙人引起他的兴趣特别大，他就不会在晚餐后跟着这伙蓄了小胡子的年轻人，陪着德·拉莫尔小姐到花园里去了。

"是的，我不能再假装视而不见。"于连心想，"德·拉莫尔小姐瞅着我的样子实在与众不同。即使在她睁大了那双美丽的蓝眼睛，满不在乎地盯着我的时候，我也总觉得她的心灵深处沉着冷静，在不怀好意地审查我。这可能是爱情吗？那和德·雷纳夫人的爱情是多么不同啊！"

有一次晚餐后，于连跟着德·拉莫尔先生到书房去，很快又回到花园里来。他毫无用心地向着玛蒂德那一群人走去，无意中听到了几句高声谈话。玛蒂德正叫她的哥哥下不了台。于连清清楚楚听见他们有两次提到他的名字。一见到他，大家立刻不再说话，谁也无法打破这冷场的局面。德·拉莫尔小姐和她的哥哥都太激动了，一下转不过弯子，找不出新的话题来。德·凯吕斯、德·夸泽努瓦、德·吕兹这几位先生，还有他们的一个朋友，都对于连摆出一副冷冰冰的面孔，于连就走开了。

第十三章　诡计

> 片言只语、偶然相逢，在想象丰富、热情如火的人看来，都可能变成证据。
>
> ——席勒

第二天，他又碰到诺贝和他妹妹在谈论他。他一来，又是死一般的沉默，像头一天一样。他的怀疑简直是无边无际了。"这些可爱的年轻人是不是打算拿我开玩笑？应该承认，这很可能，也很自然，德·拉莫尔小姐怎么会爱上一个可怜的小秘书呢！首先，这些人懂得爱情吗？欺骗才是他们的特长。他们妒忌我这一点口才，而妒忌是他们的弱点。这样一解释，就一通百通了。德·拉莫尔小姐要我相信她看上了我，其实，她只是要我在她的未婚夫面前出丑。"

这个无情的怀疑完全改变了于连的精神状态，毫不费力就摧毁了在他心里萌芽的爱情。这种爱情的基础只不过是玛蒂德出众的美丽，或者不如说是她王后般的派头和令人倾倒的盛装。在这方面，于连还不过只是一个暴发户。一个上流社会的漂亮女人，可以肯定地说，最能使一个初见世面、聪明伶俐的乡下人目瞪口呆。在前几天，使于连朝思暮想的，当然不是玛蒂德的性格。他的头脑相当清楚，知道自己并不了解这种性格。他看到的可能只是表面。

比如说，玛蒂德星期天要做弥撒，无论如何也不能不去，几乎每天她都要陪母亲上教堂。如果在德·拉莫尔府的客厅里，有人粗心大意，忘了身在何处，竟敢出言不逊含沙射影，损及王室或教会真真假假的利益，那时，玛蒂德会立刻脸色一变，冷若冰霜。她那锋芒毕露的眼睛也恢复了高不可攀、无动于衷的神色，就像一张古老家族的画像一样。

其实，于连已经抓到了把柄，知道她经常在卧房里偷读伏尔泰的哲学著作。他自己时常把这部精装书带几本回去。他把旁边的每一本书都挪开一点，免得人家发现他拿走了一本，但是不久他就看出，读伏尔泰的不止他一个人。他心生一计，让神学院的故伎重演，把几根鸟毛放在他认为玛蒂德会感兴趣的书上。果然不出所料，这几本书不翼而飞，几星期后才放回原处。

德·拉莫尔先生对书店送来的虚构捏造的《回忆录》看得不耐烦了，吩咐于连去采购有点刺激性的新书。但是为了书中的毒素不在家中传播，秘书奉命把新书放在侯爵房里的小书架上。但是不久他就发现，新书只要稍微有点反对王室和教会的利益，就会不知去向。可以肯定，读新书的绝不会是诺贝。

于连过高估计了这个故伎的试演，他以为德·拉莫尔小姐是个马基雅维里式的两面派。这种所谓的表里不一，在他眼里却有一种魅力，几乎可以说是她精神上唯一的魅力。他对口是心非、传道说教感到厌倦，所以反而走向另一个极端。

牵着他的鼻子走的，与其说是爱情，不如说是他自己的想象。

德·拉莫尔小姐窈窕的身材，高雅的打扮，白嫩的双手，漂亮的胳膊，"从容"的举动，使他浮想联翩，而他爱上的正是他自己的想象。而为了增加想象的魅力，他把她当做一个卡特琳·德·美第奇王后。他把她的性格想象得高深莫测，阴险无比。他年轻时羡慕过马斯隆·弗里莱、卡斯塔内德之流，这种阴险的性格正是他们的理想。概括地说，这就是他想象中的巴黎。

认为巴黎人的性格高深莫测，阴险无比，还有什么比这种想象更可笑的呢？

"可能'这三个'人在把我当傻瓜。"于连心想，如果你没有看到他瞧玛蒂德时，眼睛里露出的阴郁而冷淡的表情，你就猜不透他的性格。当德·拉莫尔小姐三番两次大胆向他表示友好时，使她大吃一惊的是，他的回答只是尖酸刻薄的反话。

这个年轻小姐生性冷漠、烦闷，对才华很敏感，忽然受到古怪的刺激，反倒变得要多热情有多热情了。但是玛蒂德的性格也有高傲的一面，把自己的幸福寄托在别人身上，这种感情一产生，就使她觉得忧郁，心情沉重。

于连来巴黎后也增长了见识，看得出这不是烦闷无聊、枯燥无味所产生的忧郁。再说，她也不像从前那样贪恋晚会、跳舞、看戏、寻欢作乐，而是能避免就避免。

法国人唱的歌剧使玛蒂德讨厌得要死，而于连却不得不在歌剧唱完的时候到剧院来，他看到她还是尽可能跟人来听。但他发现她的方寸有一点乱，不像从前那样一举一动都光辉闪烁，有时她回答朋友们的话，玩笑开得过火，语言有点伤人。看来她对德·夸泽努瓦侯爵最不留情面。"这个年轻人一定是爱财如命，要不然，不管她多有钱，怎么吞得下这口气啊！"于连心想。而他自己看到她侮辱了男性的尊严，反倒对她更加冷淡。有时他的答话甚至不大礼貌。

虽然他下了决心，不上玛蒂德的当，不听她表示关心的话，但是有些日子，她的关心表示得这样明显，于连的眼睛也不得不睁开了，一看见她这样漂亮，他简直不知道如何是好。

"这些上流社会的年轻人会耍手腕，又有耐心，我却缺乏经验，到底不是他们的对手。"他心里想，"我还是走开为妙，把这桩事告个段落。"侯爵刚把下朗格多克的房地产交给他经营。他觉得应该去一趟，德·拉莫尔先生不得不同意。除了国家大事以外，于连已经成了他的替身。

"说来说去，我到底没有落入他们的圈套。"于连整理行装时想道，"不管德·拉莫尔小姐和这几位先生开的玩笑是真是假，甚至打击他们是不是为了对我表示信任，反正我也玩够了。

"如果德·拉莫尔小姐不是在对木匠的儿子使什么诡计，那她的态度是不好解释的，不过她对德·夸泽努瓦侯爵的态度，至少也是一样不好解释。比如说，昨天她真发了脾气，我很高兴看到她居然为了我这个微不足道的穷小子，赶走了一个富贵双全的公子哥儿。这是我最得意的胜利。我坐着驿车在朗格多克平原上赶路的时候，一想起来也会眉开眼笑啊！"

他对动身的事保守秘密，但是玛蒂德知道得比他还清楚：他第二天要离开巴黎，并且要去很久。她借口头痛得厉害，客厅里沉闷的空气更加重了她的头痛。她去花园里散步，走了很久，她说了好多尖酸刻薄的玩笑话，逼得诺贝、德·夸泽努瓦侯爵、凯吕斯、德·吕兹，还有几个在德·拉莫尔府晚餐的年轻人，一起退场。她瞅着于连，样子很奇怪。

"这种目光也许是在演戏，"于连心想，"不过这样急促的呼吸，这种心慌意乱……管他呢！"他自言自语，"我是个什么人？能搞得清这类事吗？她是巴黎最高级、最精明的女人！她急促的呼吸几乎打动了我的心，那大概是从她心爱的女演员莱昂汀·费伊那里学来的吧？"

他们只剩下两个人了，谈话却显得无精打采。"不！于连对我并没有感情。"玛蒂德暗自伤心地想道。

他向她告别时，她用力抓住他的胳膊：

"你今晚会得到我的一封信。"她说时声音都变了，几乎听不出是她在说话。

此情此景立刻打动了于连的心。

"我的父亲，"她接着说，"对你为他做的工作看得很重。明天一定不要走，找个借口好了。"一说完，她就跑开了。

她的身材是迷人的。她的脚漂亮得无以复加，她跑的姿态优美，使于连心荡神驰，但一等她走得不见踪影了，谁猜得到他接踵而来的想法吗？他怪她不该用"一定"这种命令语气的字眼。路易十五临终前也怪御医不该笨口拙舌地说什么"一定"，而路易十五并不像于连一样是个暴发户。

一小时后，一个仆人把一封信交给于连，信里公然宣布了她对他的爱情。

"文笔倒并不太做作。"于连自言自语，他想借评论文字来掩饰自己的快乐。其实他已经高兴得脸上肌肉紧张，不由自主地笑了起来。

"到底,我,"他再也抑制不住自己奔放的热情,忽然一下高声叫道,"我这个乡下的穷小子,居然有一位千金小姐来向我表示爱情!"

"至于我呢,我倒不坏,"他尽量控制自己的喜悦,又说了一句,"我保持了人格的尊严。我没有说过我爱她。"他开始研究字体,德·拉莫尔小姐写得一手漂亮的英国式书法。他的手需要干点什么活,以免高兴得要发狂了。

"你要走了,我怎能不说话呢……不能再见到你,叫我怎么受得了……"

一个念头好像新的发现忽然来到于连心上,打断了他对玛蒂德来信的研究,使他喜不自胜。"我居然胜过了德·夸泽努瓦侯爵,"他高声说道,"我,一个只会谈正经事的小秘书!而他是那么漂亮!蓄了小胡子,穿着神气的军装;他总有话可说,说话的时机再合适没有,话说得又聪明又巧妙。"

于连过了一刻美妙的时光,他在花园里随兴所至,幸福得如醉如痴。

然后他上楼到办公室来,要见德·拉莫尔侯爵,还好侯爵没有出去。他拿出几份诺曼底寄来的文件,简单向侯爵说明,那里的官司要他处理,不得不推迟去朗格多克的日期。

"我很高兴你现在不走,"侯爵谈完了官司之后对他说,"我喜欢和你见面。"于连告辞出来,侯爵这句话使他觉得难为情。

"我呢,我却要勾引他的女儿!也许会使她和德·夸泽努瓦侯爵的婚事告吹,而这桩婚事是他未来的希望:即使他升不了公爵,至少她的女儿也可以坐上公爵夫人的席位。"于连觉得问心有愧,打算不顾玛蒂德的情书,不顾刚向侯爵做出的解释,还是动身到朗格多克去。不过这良心发现的一闪念,立刻就烟消云散了。

"我的心眼多么好。"他心里想,"我,一个卑贱的平民,居然怜悯一个如此高贵的家族!我是德·肖纳公爵叫做奴才的那种人!侯爵是怎么大发横财的?他在宫内看到第二天有政变的迹象,就把公债抛出。而我呢,仿佛我的天主也是后娘养的,把我扔在社会的最底层,给了我一颗高贵的心,却没有给我一千法郎的收入,这就是说,使我不能糊口,说准确点,就是没有面包吃;而我呢,居然拒绝一笔送上门来的买卖!我好不容易爬出了低三下四的沙漠，热得要命，怎能拒绝解渴的清泉！天哪，我才不那么蠢，在人生这片自私自利的沙漠里，人人都得为自己打算。"

他想起了德·拉莫尔夫人瞧他不起的眼光，尤其是她的女教友更不把他看在眼里。

战胜了德·夸泽努瓦侯爵的欢乐，使良心发现的一闪念偃旗息鼓，败下阵去。

"我多么希望他生气啊！"于连说，"我现在有把握叫他吃我一剑了。"他做出第二种招架的姿势，"以前，我是个无用武之地的穷书生。有了这封情书，我就和侯爵平起平坐了。"

"是的，"他感到无比痛快，慢慢地自言自语，"我和侯爵已经见过高低，朱拉山的穷木匠居然占了上风。"

"好！"他高声说，"我就在回信上签下木匠的名字。德·拉莫尔小姐，不要以为我会忘记我的身份。我要使你明白，还要使你感到，你是为了一个木匠的儿子，抛弃了大名鼎鼎的居伊·德·夸泽努瓦的一个后代，他的祖先跟随圣路易参加过十字军东征啊！"

于连压不住内心的欢喜，他不得不下楼到花园里去。他本来把自己锁在房间里，现在觉得房间太窄了，简直透不过气来。

"我，朱拉山可怜的乡巴佬，"他几次三番、重来复去地说，"我注定了永远要穿这倒霉的黑道袍！唉！要是我早生二十年，我也会像他们一样穿上军装的！那个时候，像我这样的人只要不是战死沙场，'三十六岁就会当上将军'。"这封信，他紧紧拿在手里，使他挺胸直腰，看起来也是一副英雄姿态。"现在，话又说回来，穿了这身黑道袍，到了四十岁，不是也可以有十万法郎的俸禄和蓝色绶带，像博韦的大主教先生一样吗！"

"那好！"他心里想，脸上露出了魔鬼般的笑容，"我比他们聪明；我会选择这个时代的装束。"他觉得他的雄心壮志，对黑道袍的感情，都翻了一番，"多少红衣主教出身还不如我，却成了统治者！比如说，我同乡的格朗韦尔红衣主教。"

渐渐地于连激动的心情平静下来了，谨慎的念头又占了上风。他把莫里哀剧中的达杜弗当老师，在心里背他的台词：

> "我相信这番话只是诡计
> ……
> 我不相信这些甜言蜜语,
> 除非我能得到我所向往
> 的一点实惠,我才能把心放。"
>
> 《达杜弗》四幕五场

"达杜弗是上了一个女人的当,别人也会同样上当……我的回信可能会拿出去示众……我得防着一手,"他慢吞吞地又说了一句,口气中流露出勉强压住的恶意,"回信一开头就引用高不可攀的玛蒂德最热情洋溢的词句。"

"那好,不过德·夸泽努瓦先生会派四个仆人向我扑过来,把信抢走的。"

"不怕,因为我有手枪,谁不知道,手枪是不吃素的。"

"不过,重赏之下,必有勇夫!仆人中总有个把不怕死的,他会向我冲过来,为了贪图一百个金币的赏钱。不管我把他打死或打伤,都会有好报,这是他们求之不得的。他们可以合法地把我关进监牢;我得上法庭受审,法官可以公平合理地把我关进普瓦西中央监狱,和丰唐同玛加隆两位编辑①先生为伍。在监狱里,我和几百个倒霉鬼乱七八糟地睡在一起……而我还会可怜这些人!"他猛然站起来,大声说道:"他们会可怜他们抓来的第三等级的穷人吗?"在这最后一声叹息中结束了他对德·拉莫尔先生感恩戴德的心情,在这以前,他还一直觉得问心有愧、于心不安呢。

"不要忙,贵族先生们,我懂得你们这套两面派的鬼把戏。马斯隆神甫和神学院的卡斯塔内德先生,比起你们来要望尘莫及了。你们会把这封向我'挑情'的信抢去,而科尔玛的卡隆上校②就成了我的前车之鉴了。

"等一下,先生们,我要把这封生死攸关的信包好封好,寄存到皮拉尔神甫先生那里。他是个正直的人,又是个冉森派教徒,这种人是不会受金钱引诱的。且慢,他喜欢拆别人的信……还是寄给富凯稳当一点。"

应该承认,于连的目光是凶狠的,面貌是可怕的,脸上露出了十足的犯

---

① 两位编辑先生因为刊物讽刺了波旁王朝的复辟政府,被判刑,关在普瓦西监狱。

② 忠于拿破仑的军官,在科尔玛从事军事阴谋活动,被处死。

罪表情。这是一个不幸的人在和全社会孤军作战。

"武装起来！"① 于连喊道。他一步跳下了公馆门前的台阶。他走进了街角上一个代书人的小摊子，他把代书人吓坏了。"抄一份。"他说时把德·拉莫尔小姐的信给他。

代书人抄信时，他自己也写信给富凯：他求他代为保存一件珍贵的东西。"不过，"他写到中间忽然想到，"邮政检查所会拆开我的信，那不是把你们要找的东西送上门去了吗？……不行，先生们。"他到新教徒开的书店去买了一本又大又厚的《圣经》，非常巧妙地把玛蒂德的信藏进封面的夹层里，连书带信打成一个包，托载客的马车给富凯的一个工人送去，而在巴黎，谁也不知道这个工人的名字。

这件事一办完，他就轻松愉快地回到德·拉莫尔府。"现在，该轮到我们了。"他锁上房门，脱下衣服，高声说道。

"怎么！小姐，"他给玛蒂德写回信，"德·拉莫尔小姐怎么会要她父亲的佣人阿塞纳，亲手把一封引诱力这样大的信交给朱拉山一个可怜的木匠呢？这不是拿头脑简单的人开玩笑吗……"于是他抄下来信中那些感情最露骨的词句。

他的老谋深算简直胜过了德·博瓦西骑士的外交辞令。那时还只有十点钟，于连感到自己的力量，这对一个可怜虫实在是桩新鲜事，他沉醉在幸福中，就走进了意大利歌剧院。他听他的朋友吉罗尼莫表演。音乐从来没有使他这样兴奋。他简直神游天外了。

第十四章　少女的心事

　　多少烦恼！多少不眠之夜！天哪！难道我要给人瞧不起吗？他自己就会瞧不起我。不过他走了，越走越远了。

——阿弗雷·德·缪塞

---

① 引用《马赛曲》中的歌词。

第 二 部

玛蒂德写信并不是没有内心斗争的。不管她对于连开始是不是关心,不久,这种关心甚至战胜了她的骄傲,而骄傲自从她懂事的时候起,就一直独霸着她的心灵。这颗高傲而冷漠的心第一次被热情征服了。热情虽然取得了胜利,但骄傲的习惯势力依然根深蒂固。两个月的内心斗争和新鲜感,简直可以说是使她的精神面貌焕然一新。

玛蒂德以为看到了幸福。这种前景对一颗智勇双全的心灵是无所不能的,但是还要和个人的尊严以及一切世俗的责任感作长期的斗争。一天早晨七点钟,她走进她母亲的卧室,求母亲允许她去维尔基埃过些安静的日子。侯爵夫人甚至懒得答话,只是叫她回去睡觉。这是她最后一次努力服从家规、尊重传统观念了。

怕做错事,怕违背了凯吕斯、德·吕兹、夸泽努瓦之流认为是神圣的观念,这对她的心灵并没有多大的压力:他们这种人在她看来是不会了解她的。如果要买一辆马车,或是一块土地,她也许会找他们商量,但她真正担心的,是怕于连对她不满。

"说不定他也只是表面上高人一等?"

她讨厌没有个性的人,这是她反对周围的漂亮青年唯一的理由。他们越是自命风雅地讥笑那些不合时代风气的事,那些赶时髦赶不上的人,她就越瞧他们不起。

"他们是勇敢的。不过如此而已。在哪方面勇敢呢?"她思忖着,"在决斗中。不过决斗已经成了一个仪式。一切都在事先规定好了,甚至连倒下去该说什么,躺在草坪上,手放在心口,慷慨大方地宽恕对方,为朝思暮想的美人留下遗言,而美人在你死的当天还去参加舞会,免得人家怀疑你是为她决斗而死的。

"他们敢带一队刀光闪闪的骑兵,出生入死,但要他们孤军作战,受到出其不意的袭击,面临不光彩的死亡呢?

"唉!"玛蒂德心里想,"只有在亨利三世的宫廷里,才找得到个性和身世一样伟大的人物!啊!假如于连在雅纳克或孔图尔打过仗,那我对他就不会有什么怀疑了。在那心雄胆壮的时代,法国人不是木偶。战争的岁月几乎可以说是烦恼最微不足道的日子。

"那时的生活不像埃及的木乃伊,千篇一律,一成不变。是的,"她又想道,"晚上十一点钟,一个人从卡特琳·德·美第奇王后住的苏瓦松王宫幽会回来,比今天到阿尔及尔去打仗,还更需要真正的勇气。一个人的生活就是前仆后继的冒险。现在,文明和警察局都禁止冒险,也防止意外。如果你出现了危险的思想,流言飞语会把它扑灭;如果你做出了什么冒险的事,我们一害怕,什么卑鄙的事都会干出来对付你。出于害怕而干出的蠢事会得到原谅。堕落而无聊的世纪啊!假如博尼法斯·德·拉莫尔在1793年把砍下了的头从坟墓里伸出来,看到他的十七个子孙像绵羊一样束手就擒,两天后送上断头台,他会怎么说呢?人总是要死的,进行自卫,打死一两个来抓你的雅各宾党人,有什么不好呢?啊!在法国的英雄时代,在博尼法斯·德·拉莫尔那个世纪,于连会当上骑兵上尉的,而我的哥哥呢,只好做个循规蹈矩的年轻教士,眼里温和驯善,嘴里只会传道说教而已。"

几个月前,玛蒂德渴望碰到一个与众不同的人物。她大着胆子和几个上流社会的年轻人通信,得到一点乐趣。一位年轻的小姐干出这样不检点、不谨慎的大胆行为,在德·夸泽努瓦侯爵,在德·肖纳公爵看来,是件丢脸的事。就是全公爵府如果看见婚变,也会觉得莫名其妙。那时,玛蒂德写了一封信都睡不着觉。其实,她写的还不过是回信呢。

这次,她居然敢说她爱上对方了,而且是她"先"写信的(多么可怕!),对方却是一个社会底层的人。

这件事一旦发觉了,肯定是桩永世不得翻身的丑闻。来看她母亲的女客,哪个敢为她说句好话?她家又能找出什么借口,请女客照本宣科,去扑灭"沙龙"中可怕的飞短流长呢?

说长道短已经这样可怕,更何况白纸写上黑字!"有些事是不能写下来的。"拿破仑知道了贝兰城下之盟,气得大声说过。而这还是于连告诉她的,仿佛他有先见之明,提前给她警告。

不过,这都不算什么,玛蒂德的苦恼还有别的理由。她不顾自己对上流社会造成的恶劣影响,使本阶层蒙受的损失和耻辱,给家庭带来无法洗刷的污点,居然给一个下等人写信,而这个人和夸泽努瓦、德·吕兹、凯吕斯他们却有天渊之别。

"于连的性格高深莫测,'捉摸不透',即使是做个普通的朋友,也会叫人提心吊胆。而我却要把他当做情人,甚至当做主子!

"如果我真成了他的奴才，谁知道他会怎样得寸进尺呢？那好！我只能以不变应万变，像美狄亚那样对自己说：'不管千难万险，我还是依然故我'。"

"于连对高贵的血统毫无敬意。"她这样想。更重要的是，他可能对她毫无爱情！

在这痛苦的怀疑时刻，女性的骄傲思想又抬头了。"像我这样的一位贵族小姐，命运就该是不平凡的。"玛蒂德不耐烦地高声说。于是，从小娇生惯养造成的骄傲，就变成了道德的对头。正在这时，于连要走的事加速了她性格的发展。

（幸亏这种性格非常少见。）

这一天很晚的时候，于连故意把一口很沉的箱子送到楼下门房里，他是叫德·拉莫尔小姐贴身女仆钟情的男仆把箱子搬去的。"这个花招也许不会有什么结果，"他心里想，"不过，如果能起作用的话，她就会以为我已经走了。"他开了这个玩笑之后，得意扬扬，一上床就昏昏入睡。玛蒂德却一夜没有合眼。

第二天一大早，于连悄悄地溜出了公馆，但在八点以前，他又转了回来。

他刚走进图书室，德·拉莫尔小姐就到了门口。他把回信交给她。他觉得应该说几句话，至少，时机非常方便，可是德·拉莫尔小姐不听他说就走了。于连如释重负，因为他也不知道说什么好。

"如果这不是和诺贝商量好了的圈套，显然是我无情的眼光点燃了这位贵族小姐自作多情的心。如果让她牵着鼻子走，当真爱上了这个大洋娃娃似的金发美人，那也未免太不懂事了。"这样盘算一番之后，他显得比以前更冷静，更有心计了。

"在我们准备进行的战斗中，"他接着想，"高傲的身世就像一座高山，构成了她和我争夺的战略要冲。我一定要拿下这块高地。我留在巴黎大大失算了。如果她是存心拿我开心，我推迟动身的时间就暴露了我的弱点，使我处于不利的地位。我早点动身有什么危险呢！如果他们拿我寻开心，我也可以拿他们寻开心。如果她对我有几分真情实意，那我一走，她的真情实意会增加一百倍。"

德·拉莫尔小姐的情书使于连的虚荣心得到了痛痛快快的满足，他美滋滋地笑了起来，竟忘了认真考虑早动身到底有什么好处。

他的性格有一个致命的弱点，那就是对自己的错误非常敏感。他对这次失算感到恼火，结果几乎不再去想失败之前超乎想象的大胜利。快到九点钟的时候，德·拉莫尔小姐又来到图书室门口，扔了一封信给他就走了。

"看来这些信可以编一本长篇小说，"他捡起信来说，"对方是在佯攻，我要冷静迎战，以德胜人。"

信上要求他做出确切的答复，口气高傲，使他心里乐不可支。他写了满满的两页，摆下了迷魂阵，要笑人的反被人笑，他可以自得其乐。在回信的末尾，他还锦上添花，开了一个玩笑，说他决定第二天早上动身。

信一写完，"花园是交信的好地方。"他心里想，就走进了花园。他看着德·拉莫尔小姐卧房的窗子。

卧房在一楼，在她母亲套房旁边，不过在一楼和底层之间，还有一个夹层。

这一楼相当高，于连手拿着信，在椴树下的林荫小道上走，从德·拉莫尔小姐的窗口是看不见他的。椴树的枝叶修剪得很好，搭成了一个穹顶，挡住了楼上人的视线。"怎么！"于连一想就生了气，"我又轻举妄动了！如果他们要拿我开心，让人看见我手里拿封信，这不是给我的对头帮了忙吗？"

诺贝的房间正好在他妹妹的房间上面一层，只要于连走出椴树枝叶剪成的穹顶，他的一举一动都逃不过伯爵和朋友们的眼睛。

德·拉莫尔小姐在玻璃窗后露出了面孔，他就把信露出半封，她低下了头。于连立刻上楼回房间去，偏偏冤家路窄，他在大楼梯上碰到了美丽的玛蒂德，她满不在乎地把信拿了去，眼里还含着笑。

"可怜的德·雷纳夫人即使在和我亲热了半年之后，"于连心想，"她接信时，眼睛也只敢脉脉含情！我相信她看我时，眼睛从来不敢露出笑意。"

他剩下的反应没有干脆表达出来，是不是无聊的动机使他难为情了？"不过，"他接着想，"她们的晨妆，她们的风度，也是多么不同！在三十步外看见德·拉莫尔小姐，有眼力的人就可以猜出她的社会地位。这就是所谓的明显优势。"

于连开玩笑时遗漏了一手，他没想到德·雷纳夫人没有德·夸泽努瓦侯爵可以牺牲。他的情敌只有一个微不足道的区长夏尔科先生，区长自称姓德·莫吉隆，其实，这家贵族早绝了后。

五点钟时，于连得到了第三封信，信是从图书室门口扔进来的。德·拉莫尔小姐又逃之夭夭了。"她大约有喜欢写信的怪脾气！"他想得笑了出来，"当面谈不是更方便吗！显然是我的对头要我的信，要好几封！"他并不忙拆信，"又是好听的话。"他想。不料拆开信一看，他的脸刷地一下变白了。信上只有八行：

"我有话要对你说，今夜一定要说。半夜一点钟一响，你就到花园里来。花匠的长梯子在井旁边，你把梯子摆到我窗下，再爬上楼。今夜有月光，不要紧。"

第十五章 是圈套吗？

啊！一件大事从计划到执行，这中间的时光多么难熬！多么虚惊！多么迟疑！这是生死攸关的大事——不，是有关生死荣辱的大事。

——席勒

"这就严重了，"于连心想，"也未免太明显了，"他想了一会儿再说，"怎么！这个美丽的小姐为什么不来图书室和我谈话呢？谢天谢地，我在这里不是可以自由自在，无拘无束吗？侯爵怕我拿账本麻烦他，从来不肯光临。怎么！德·拉莫尔先生和诺贝伯爵是唯一会来的人，他们几乎整天都不在家。万一他们回府，那也不难知道，而高不可攀的玛蒂德，即使做个王妃也毫无愧色，她为什么要我胆大妄为，干这见不得人的勾当呢！

"显然，他们要陷害我，至少是要拿我开心。开头，他们想利用我的信来害我，但是信中无懈可击。那好！他们就要我在光天化日之下出丑。这些年轻漂亮的先生把我当成一个傻瓜，或者当成花花公子。见他的鬼！要我在月色如昼的夜里，搬一把梯子爬到二十五尺高的楼上！即使在隔壁的公馆里也不难看到我。我在梯子上多么好看呀！"于连回到楼上房里，开始整理行装，口里还在吹口哨。他决定要动身，甚至连回信也不写。

但是这个聪明的决定并不能使他心情平静。"万一，"他一关箱子，忽然想到，"玛蒂德是真心诚意的呢！那我在她眼里，不成了一个十足的胆小鬼吗？我没有高贵的身世，所以我一定要有高贵的品质，过硬的本领，不是口里说得好听，而是要用响亮的行动来证明的……"

他在房里来来回回走了一刻钟。"不承认又有什么用？"他到底说了，"在她看来，我是个胆小鬼。我不但会失掉上流社会最出色的美人，那是德·雷斯公爵的舞会上大家公认的，还会错过令人魂飞天外的赏心乐事，那就是看到她为了我这个平民，而牺牲了德·夸泽努瓦侯爵，他是一个公爵的儿子，自己也要当公爵呢。这个年轻人有我所缺少的各种条件：随机应变的才智，富贵双全的家世……

"这种遗憾会使我悔恨终身，不是为了她，因为情妇去了一个，会来一打！

　　'而名誉一失却不复返！'

这是老唐·狄戈说过的话，现在清楚明白的是，我才碰到第一个危险就退缩了。上次同德·博瓦西先生的决斗不算危险，只是逢场作戏而已。这次可完全不同了。我可能会成为仆人射击的靶子，这还不算是最大的危险。我甚至会名誉扫地！

"这可严重了，孩子，"他用加斯科尼人爱吹牛的口音说，"事关'名誉'呀。像我这样被命运打入社会底层的可怜虫，哪能再有这种千载难逢的机会；即使再有艳福，也绝比不上这次……"

他考虑了很久，他急促地走来走去，有时忽地又站住了。在他房里摆了一座雕刻精美的德·黎塞留红衣主教的大理石半身像，图像吸引着他不由自主的目光。在灯光照耀下，雕像仿佛也在用严厉的目光瞧着他，似乎在责备他缺少法国人性格中应有的胆量。"伟人啊，若是生在你那个时代，难道我会这样犹豫不决吗？

"作最坏的打算，"于连最后想到，"假定这是一个圈套，难道这个阴险的圈套不会连累一位年轻的小姐吗？他们知道我的嘴是封不住的，那就非杀死我不可。在1574年，在博尼法斯·德·拉莫尔的时代，那是行得通的，但事到如今，他们就不敢了。现在的人和过去不一样。德·拉莫尔小姐是众矢之的！四百个'沙龙'明天就会议论她的丑事，而且津津乐道！

"仆人的嘴更没遮拦，他们私下里已经在谈论我是怎样得宠的，这我知道，我听他们谈过……

"还有她的信呢！……他们以为我会把信带在身上。要是在她房里捉到了我，他们就会把信抢走。我得对付两三个人，谁知道是几个？不过这些人到哪里去找呢？在巴黎找得到不乱说话的人吗？他们不怕法律吗？……天哪！只有凯吕斯、夸泽努瓦、德·吕兹之流亲自出马了。他们不是等着这个时机，等着看我在他们面前出乖露丑吗？当心阿贝拉①前车之鉴，秘书先生！

"那好，先生们，等着瞧吧！我会叫你们的脸上留下伤痕，我会像恺撒的士兵在法萨罗战场上那样，只朝你们的脸上砍……至于信么，你们休想抢去，我自有安全的地方存放。"

于连把后收到的两封信各抄一份，藏在图书室一本精装的伏尔泰文集里，然后自己把原信带到邮局。

等他回来以后，"我要干的是多危险的蠢事啊！"他又惊又怕地自言自语。他足足有一刻钟不敢正视当天夜里要采取的活动。

"我今夜若不去，我以后会瞧不起自己的！我一辈子都会怀疑自己，这种怀疑是最难熬的痛苦。亚芒达的情夫有例在先。我想明显犯罪反倒容易原谅自己，只要一认罪，就不再想了。

"怎么！这种千载难逢的喜事，万里挑一的好运，居然落到我头上，要我去和一个法国名门望族的富贵子弟见个高低，而我却甘拜下风了！这样临阵脱逃，不是胆小怕事又是什么！"这句话重如大山，决定了一切，于连站了起来，大声说道，"……何况她还很漂亮呢！

"如果这不是个圈套，那她为我做出了多么糊涂的事啊！……如果这是一个骗局，当心！诸位先生，要不要把玩笑当真，闹得满城风雨，那就全在我了，而我是不会善罢甘休的。

"不过，如果我一进房，他们就把我的胳臂绑起来呢？谁知道他们布下了

---

① 阿贝拉（1079—1142）与学生爱洛伊丝恋爱，秘密结婚，她的叔父派人将他阉割。

什么天罗地网啊！

"这就好像一场决斗，"他边想边笑，"有进攻就有防守，我的武术教师说过，但是天主不愿打个没完没了，所以两个人中，总有一个防守会出漏洞。再说，我还有我的防身武器呢！"他从口袋里掏出了手枪，虽然雷管并没有坏，他还是换了根新的。

还要等好几个小时，为了找点事做，于连就给富凯写信："我的朋友，请不要拆开附上的信件，除非出了意外的事。如果你听说我出了意外，那时，把我手稿上的名字涂掉，另外抄写八份，寄到马赛、波尔多、里昂、布鲁塞尔等地的报社；十天以后，请把这份手稿复印，第一份寄给德·拉莫尔侯爵先生；半个月后，再在夜里把其余的传单散在玻璃市的街头巷尾。"

富凯除非意外不得拆开的小小备忘录，是用故事形式写成的辩护书，于连尽可能使事情不连累德·拉莫尔小姐，但是说到最后，他把自己的处境描写得非常清楚。

于连把信封好，那时，晚餐的钟声响了，钟声使他的心跳得厉害。他的想象沉浸在他刚刚编写的故事中，充满了悲剧性的预感。他仿佛看到自己给仆人抓住，绑起，带进地窖，嘴里还塞了东西。有一个仆人看守他，如果贵族家庭的荣誉需要，那只消用一点不留痕迹的毒药，一切都很容易解决，这段艳事就会以悲剧告终；然后，人家会说他是病死的，并且把他的尸体抬到他房间里去。

于连像个悲剧作家被自己编的故事感动了，在他走进餐厅的时候，的确感到害怕。他望望服饰华丽的仆人。他研究他们的相貌。"他们挑了哪几个人来干今夜的勾当呀？"他心里寻思，"这家人对亨利三世的宫廷记忆犹新，并且念念不忘，一旦认为有辱家门，报复绝不会后人的。"他瞧瞧德·拉莫尔小姐，想从她眼睛里看出她家里人的打算。她的脸色苍白，看起来简直是一副中世纪的面孔。他从来没见过她这样神气，她的确漂亮，令人不敢仰视。他几乎真爱上她了。"脸色惨白说明来者不善。"[①] 他心里想。

晚餐后，他装模作样在花园里走了很久，但没有用，德·拉莫尔小姐没有来。这时能和她谈上几句话，也许可以搬掉他心上的大石头。

[①] 原文是意大利文，后加法文说明。

为什么不承认呢？他害怕了。既然已经决定行动，那就硬着头皮干下去吧。"只要行动时我有行动的勇气，"他心里想，"行动前害怕不害怕有什么关系呢？"他去察看地形，并且试试梯子的重量。

"我命里注定了，"他笑着想到，"是要爬梯子的！这里和玻璃市一样。但情况多么不同啊！那时，"他叹了口气，接着想，"我为她冒险，但用不着对她怀疑。那时的危险也是多么不同啊！

"假如我在德·雷纳先生的花园里给打死了，那与我的荣誉无关。他们可以说是死因不明。但在这里，在德·肖纳府，德·凯吕斯府，德·雷斯府，在所有的'沙龙'里，会编出什么卑鄙龌龊的丑闻来呢？后人不会说我是魔鬼吗？

"恐怕要说两三年哩，"他边想边笑，自己笑自己，不过这个想法使他万念皆空，"而我，谁能替我说得清呢？就算富凯在我死后把传单印出来，对我的名誉又有什么好处？人家会说，我恩将仇报，受到了殷勤款待，深情厚谊，我却印了本小册子，揭发人家的隐私！我甚至破坏了女人的名声！啊！那怎么行！宁可人负我，不可我负人！"

这个晚上真像一场噩梦。

第十六章　深夜一点钟

> 花园非常大，是几年前精心设计的。但是百年老树都是亨利三世时代决斗场上的遗迹。这里富有田园风味。
>
> ——马辛杰

他正要写信给富凯取消原来的决定，那时十一点钟响了。他故意重手重脚地锁上房门，要人听起来好像他是关在房里似的。然后，他轻手轻脚地去看看屋子里有什么动静，尤其是四楼仆人住的房间。一切都像平常一样。德·拉莫尔夫人的一个女仆在请客，男仆在兴高采烈地喝酒。"这样的欢声笑语，"于连心想，"不像是夜里要秘密活动的人，否则，他们不会这样轻松愉快。"

最后他走到花园里一个阴暗的角落。"如果他们不打算惊动家人，那抓我的人会跳墙进来。"

"只要德·夸泽努瓦先生头脑稍微冷静一点，他就该想到，若要不连累他想娶的这位小姐，最好是不等我走进她的房间，就先把我抓住。"

他做了一次万无一失的军事侦察。"这关系到我的名誉，"他心里想，"万一出了什么差错，我可不能原谅自己说：'只怪我当初没想到'。"

夜深人静，令人绝望。不到十一点钟，月亮已经升起，到了十二点半，月亮照着花园楼房的正面，光明如同白昼。

"她一定是疯了。"于连心想。一点钟响的时候，诺贝伯爵的窗口还有灯光。于连一生从来没有这样害怕过，他只看到这件事的危险，并没有一点兴致。

他去搬那把大梯子，等了五分钟，怕她会改变主意，到了一点过五分，才把梯子靠在玛蒂德的窗口。他轻手轻脚地爬上去，手里还拿着手枪，居然没人袭击，反倒觉得意外。等他爬到窗口，窗子就不声不响地打开了。

"你到底来了，先生，"玛蒂德非常激动地对他说，"我看着你的一举一动，已经看了一个钟头。"

于连觉得非常不安，他不知道做什么好，心里根本没有爱情。在局促不安中，他想胆子应该大点，他就动手动脚，要拥抱玛蒂德。

"你怎么搞的！"她推开他说。

遭到拒绝反而使他高兴，他赶快向周围看了一眼：月色越是明亮，玛蒂德小姐房里的阴影越暗。"很可能暗处藏了人，我看不见。"他想。

"你衣服侧边的口袋里放了什么？"玛蒂德问他，很高兴找到了话题。她难受得说不出来。一个名门淑女生而有之的娇羞又占了上风，使她受到折磨。

"我身上有武器，还有手枪。"于连答道，他有话可说，也松了一口气。

"应该把梯子放倒在地上。"玛蒂德说。

"梯子太大，怕会撞破客厅或夹层的玻璃窗。"

"当心不要撞破了玻璃窗。"玛蒂德接着说，她想恢复平常谈话的口气，但做不到，"我看，你可以拿一根绳子系在梯子的第一根横杠上，慢慢把梯子放下去。我房里就有绳子。""这是一个坠入了情网的女人！"于连心想，"她居然敢公开谈情说爱！今夜安排得多么不慌不忙，面面周到，这说明我以为我战胜了德·夸泽努瓦先生,其实是愚不可及;我不过是在接他的班而已。话又说回来,接班又有什么关系!难道我爱她吗?在某种意义上说,我是战胜了侯爵,因为他非常不高兴有人接班,更不高兴接班的人是我!昨天晚上他在托多尼咖啡馆看见我的时候,显得多么高傲,他假装不认识我;后来不得不和我打招呼,他又摆出一副多么不屑的神气!"

于连把绳子拴在梯子最高的一根横杠上,轻手轻脚地把梯子放倒,并且把身子伸到阳台外面,免得梯子碰到玻璃窗。"如果有人藏在玛蒂德房里,"他心里想,"要杀死我,这个机会真是再好也没有了。"不过,到处一片寂静。

梯子的上端碰到了地面,于连把梯子放倒在墙脚下种着奇花异葩的花坛上。

"母亲看到美丽的花草压坏了,"玛蒂德说,"她会怎么说呢!……绳子要扔下去。"她非常沉着地又说了一句,"要是有人看到绳子一头在阳台上,那可叫人有口难辩了。"

"你叫我怎么出去呢?"于连半开玩笑,半学一个女仆的土话说。(公馆里有一个女仆是在圣多明各出生的。)

"你走门口出去。"玛蒂德想出了这个主意,得意非凡。

"啊!这个人才配我爱。"她心里想。

于连刚把绳子扔到花园里去,玛蒂德就紧紧抓住他的胳膊。他以为是给敌人抓住了,赶快转身拔出匕首。她以为听到一扇窗子开了。两人一动不动,连气也不敢出。月色照着他们全身。他们没有再听到声响,这才放下心来。

接着又出现了尴尬局面,双方都手脚无措。于连看看门是不是关好了,插销是不是都已经插上,他非常想看看床底下,但是不敢,那里可能藏了一两个仆人。最后,他怕将来后悔自己太不谨慎,还是看了。

玛蒂德非常害羞,陷入了焦急不安之中。她厌恶自己的处境。

"你拿我的信怎么样了?"她到底开了口。

"机会太好了!如果这几位先生在偷听,那就可以叫他们张皇失措,不战而胜了!"于连心想。

"第一封信藏在一本又大又厚的《新约全书》里,昨天晚上的驿车已经把书带到很远的地方去了。"

他讲得清清楚楚,仔仔细细,如果有人藏在那两个桃花心木大衣橱里,也都可以听到,因为他刚才不敢查看衣橱。

"另外两封信也已经付邮,寄到同一个地方。"

"天哪!为什么这样小心呢?"玛蒂德惊讶地问道。

"有什么必要说谎呢?"于连心想,就把他的猜疑一股脑兜了出去。

"怪不得你的信写得那么冷漠无情啊!"玛蒂德叫了起来,不是温情脉脉,而是热情洋溢。

于连没有注意到温情和热情的差别。这种亲密的口气使他魂飞天外,至少,他的猜疑已经化为泡影;他发现在自己眼里,他的地位也提高了;他居然敢把这个天仙般的美人紧紧抱在怀里,而她居然半推半就。

他没话找话,就搜索枯肠,像从前在贝藏松和亚芒达·比内在一起的时候一样,背诵《新爱洛伊丝》中好些美丽的句子。

"你有男子汉大丈夫气,"她并没有怎么听他背诵的漂亮话,回答他说,"我想试试你的勇气如何,这我承认。你最初的猜疑和后来的决心,都说明你比我想象得更大胆。"

玛蒂德努力向他表示亲切,但形式上的亲切显得别扭,因为内容并不亲热。亲切的称呼而没有温柔的语气,使于连听后并不觉得快乐,他自己也奇怪为什么感不到幸福。最后,他只好用理智来代替感情。他的理智告诉他:这位小姐如此高傲,从来不随便称赞人,居然这样看重他,应该使他受宠若惊,自尊心一得到满足,他就认为自己幸福了。

其实,这并不是以前他在德·雷纳夫人身边有时感得到的心醉神迷。天呀!多么不同!他开始一点也感觉不到脉脉的温情。他只感到野心得逞后的强烈幸福,其实,他真是野心勃勃的。于是他又重新谈起他猜疑的人,他独出心裁的对策。他边谈边想如何利用胜利的成果。

玛蒂德还是非常不安,莫名其妙自己怎么会干出这等事来,等她找到了一个话题,就喜形于色了。他们商量以后怎么见面。商量时于连显得既聪明又勇敢,扬扬自得。他们要对付一些精明的人,小唐博一定是个暗探,不过玛蒂德和他也不是没有心机的。

要商量什么事,还有比在图书室见面更方便的吗?

"在公馆里,我随便到什么地方都不会引起怀疑,"于连又说一句,"甚至可以去德·拉莫尔夫人房里。"因为要进女儿的卧房,一定要穿过母亲的房间。如果玛蒂德觉得还是爬梯子上来更好,他会心甘情愿地冒这个微不足道的危险。

玛蒂德听他讲话得意忘形的口气,觉得反感。"难道他是我的主子!"她想。她已经感到内疚。她的理智厌恶她刚干出的荒唐事。如果她做得到,她不怕和于连同归于尽。有时意志力压下了内疚,羞怯心理和受了损害的贞洁观念使她十分痛苦。她一点没有料到这样可怕的处境。

"我一定要和他说心里话,"她最后想到,"和情人谈心是天经地义的事。"于是为了完成任务,她就亲切地对他讲,最近几天她为他做出了哪些决定,她的深情厚谊多半流露在字里行间,很少表现在口气之中。

她本来决定,如果他敢按照她所说的,用花匠的梯子爬到她房里来,她就是他的人了。但是这样温柔多情的话,她却用冷漠无情、彬彬有礼的口气说出来,真是闻所未闻!直到目前为止,幽会一直是冷若冰霜。这简直会使情人变成冤家。对于一个轻易失足的少女说来,这是多么严重的道德教训啊!为了这样的春宵一刻,值得牺牲自己的未来吗?

迟疑的时间拖得很长,一个肤浅的局外人可能会认为这一定是厌恶的结果,不知道即使是一个意志坚强的女人,要放弃守身如玉的责任感,也不是轻而易举的事,所以玛蒂德犹豫了很久,最后才成了于连可爱的情妇。

说老实话,这种男欢女爱有点勉强。热恋与其说是现实,不如说是难以仿效的理想。

德·拉莫尔小姐认为是在对自己、对情人做义不容辞的事。"可怜的小伙子,"她心里想,"他勇敢得无以复加,应该得到幸福,要不然,我就太不成话了。"然而,为了摆脱残酷的现实,她又情愿忍受无穷无尽的痛苦。

虽然他作茧自缚,内心斗争非常激烈,但说起话来,却一点也不露痕迹。

没有悔恨,没有责备,来破坏这个良宵,对于连来说,这一夜是个奇遇,而不是幸福。天哪!这和他在玻璃市最后的二十四小时多么不同!"巴黎人的仪态万千能使一切变质,甚至能使爱情变得乏味。"于连心想,觉得一切都不公平。

一听到隔壁德·拉莫尔夫人房里有动静,玛蒂德就要于连躲进一个桃花心木大衣橱,他站在橱里对比起巴黎和玻璃市来。玛蒂德跟母亲望弥撒去了,女仆也离开了房间,于连不等她们回来做扫尾工作,赶快溜之大吉。

他骑上马，不快不慢地到默东树林里去找最僻静的地方。他感到三分幸福，七分惊奇。一阵阵涌上心头的幸福，使他觉得好像一个立了奇功的少尉，一下被总司令提升为上校了。他感到自己青云直上。头一天高高在上的人，现在和他平起平坐，甚至在他之下。渐渐地于连走得越远，就越觉得幸福。

说来奇怪，玛蒂德和于连寻欢的时候，心里并没有爱情，只是在尽义务。良宵对她说来并不意外，不过她并没有找到小说中描写的销魂时刻，而只感到了不幸和羞愧。

"难道我搞错了？是不是我对他并没有爱情？"她心里想。

第十七章　古剑

> 我要认真；——是时候了，笑话被人当成真话，"善"嘲笑"恶"却是罪过。①
>
> ——《唐璜》第十三章

她没有来吃晚餐。晚上她到客厅里来了一会儿，但是没看于连一眼。在他看来，这太怪了。"不过，"他想，"我应该承认，我并不了解上流社会的习惯，我只知道他们天天做些什么，这我已经见过一百遍了，将来她会对我解释这一套的。"然而，在极端好奇心的驱使下，他注意看了玛蒂德脸上的表情；他不得不承认她的神气是干巴巴的，甚至有点存心不良。显而易见，她已经不是头天晚上那个女人，那时她做出或装出大喜若狂的样子，做得太过分了，不可能是真的。

第二天，第三天，她还是同样的冷漠无情；她还是不看他一眼，仿佛他根本不存在似的。强烈的不安吞噬着他的心，第一天使他得意忘形的胜利感，现在已经离他十万八千里了。"难道她会回心转意，"他心里想，"后悔不该违反了道德的清规戒律？"不过这句话太小市民气，不能用在高傲的玛蒂德头上。

---

① 原诗是英文。

"在日常生活中,她并不太相信宗教,"于连心想,"她喜欢宗教,那只是信教对她那个阶层有用。

"不过,女人总是脆弱的,她会不会强烈地责备自己,不该犯下不可饶恕的错误呢?"于连相信自己是她的第一个情夫。

"但是,"他有时又想,"应该承认,她为人一点也不天真、单纯、温柔。我从来也没见过她这样像一个刚走下宝座的女王。她是不是瞧不起我?就凭我的出身这样微贱,她也应该责备自己,不该有失身份,为我干出这种事来了!"

于连脑子里充满了从书中、从玻璃市的回忆中得到的偏见,幻想着一个温柔的情妇,她一旦献身于情夫后,就忘记了自己的存在,不料这时玛蒂德感到虚荣心受了伤,正恨他恨得要命呢!

两个月来,她不再觉得无聊,也就不再怕苦闷了。关于这点,于连毫不知情,因此,他就失掉了最有利的条件。

"这样看来,我是给自己找了个主子!"德·拉莫尔小姐心情激动地想着,一面还在房里走来走去,"他的荣誉感太强了,那好。不过,如果我损害了他的虚荣心,使他忍无可忍,他就会报复的,会把我们的关系对外公开。我们正是生不逢时,无论我们怎么另辟蹊径,也摆脱不了时代的苦闷。"于连是玛蒂德的第一个情人,在这种情况下,生活会使最枯燥无味的心灵也产生一点温柔的幻想,因此,玛蒂德就受到了痛苦思考的折磨。

"他对我可以有很大的影响,因为他是靠恐怖来统治的,如果我把他逼上了绝路,他就会用狠毒的手段来惩罚我。"单凭这个想法就足以使玛蒂德去进行挑衅了,因为她生来最大的特点,就是不甘示弱。除了拿生命去赌博之外,没有什么想法能激动她的心,能医治她那一波未平、一波又起的苦恼。

第三天,德·拉莫尔小姐还是坚决不看于连一眼,于连在晚餐后不管三七二十一,就跟着她走进了台球室。

"喂,先生,你以为你有权找我谈话吗?"她压不住心头的怒火说,"你怎敢违背我明白表示的意愿?你知道不知道,世界上还没有人敢这样胆大妄为?"

没有什么比这对情人的谈话更好笑的。他们没有料到,居然双方都怒从心头起,恶向胆边生。他们两人谁也没有耐性,却都养成了上流社会的习惯,不消多久，就干脆表示两人闹翻了。

"我向你发誓，我会永远保守秘密。"于连说，"我还可以再说一句，只要这种太明显的变化不会损害你的名誉，我绝不再找你说话。"他毕恭毕敬地鞠了一躬，就走开了。

他并不太困难就完成了给自己安排的任务，但他万万没有想到，他会深深地爱上了德·拉莫尔小姐。当然，三天前藏在桃花心木衣橱里，他并不爱她。但是一旦决裂，他的内心很快就发生了变化。

他的记忆毫不容情地使他回想起那天夜里的细枝末节，其实，当时自始至终，他都是冷漠无情的。

决裂后的第二天夜里，于连几乎要发疯了，因为他不得不承认他是爱上了德·拉莫尔小姐。

接着来的就是可怕的内心斗争，他的感情陷入了一场混战。

一个星期之后，见到德·夸泽努瓦先生，他不但骄傲不起来，反倒想抱住他痛哭一场。

习惯于痛苦之后，他恢复了一点理智，决定动身去朗格多克，他就打点行装，到驿车站去。

他觉得快要昏倒了，那时已经到了驿站，票房告诉他，碰巧第二天去图卢兹的班车上有一个座位。他订了座，回到德·拉莫尔府，要向侯爵禀报。

德·拉莫尔先生出去了。于连半死不活地走进图书室去等他。偏偏德·拉莫尔小姐也在那里，叫他怎么办呢？

一见他来，她就显得不怀好意，并且使他不可能会误解。

痛苦使于连身不由己，惊讶又使他精神恍惚，他居然软下心来，用灵魂深处最温柔的口气对她说："这样看来，你不再爱我了？"

"我恨我随便委身于人。"玛蒂德悔恨交加，说时流出了眼泪。

"随便委身于人！"于连叫了起来，同时冲向一把中世纪的古剑，那是图书室收藏的古董。

他对德·拉莫尔小姐说话的时候，以为自己已经痛苦无比，再看到她流下羞愧的眼泪，痛苦更增加了一百倍。假如他能一剑把她杀死，那他会认为自己是世上最幸福的人。

他好不容易才把剑从古老的剑鞘里拔了出来，那时，从来没有经历过的新奇感使玛蒂德觉得幸福,她毫不畏缩地向他走来,连眼泪也干了。

于连忽然一下想起了他的恩人德·拉莫尔侯爵。"怎么!我要杀死他的女儿!"他心里想,"多可怕的念头!"他正要把剑扔掉,"且慢!"他想,"她一看到这个滑稽的动作,一定会笑出来的。"想到这点,他又恢复了冷静。他好奇地看看古剑的锋刃,仿佛在找锈斑,然后把剑插回鞘内,非常从容地把古剑挂回镀金的铜钉上。

他的动作越到后来越慢,至少花了一分钟,德·拉莫尔小姐目瞪口呆地瞧着他:"这样看来,我差一点给我的情人杀死了!"她心里想。

这个想法使她心荡神驰,回到了查理九世和亨利三世最美好的年代。

她动也不动,站在刚把古剑挂回原处的于连面前,她瞧着他,眼睛里的恨已经烟消云散了。应该承认,她这时的魅力令人神魂颠倒,怎么也不能说她像一个巴黎的玩偶,而这却是于连讨厌当地女人的重要原因。

"我又要对他暴露我的弱点了。"玛蒂德心想,"我刚对他说得斩钉截铁,再要坠入情网,就会变成他的俘虏,再也不得翻身。"于是她就赶快逃之夭夭。

"我的天哪!她多么漂亮!"于连看着她跑开时说,"就是这个妙人儿,不到半个月以前,那么狂热地投入了我的怀抱……这样的时光永远一去不复返了!而这都只怪我!这样难得的机会,对我这样重要的利害关头,我居然毫无感觉!应该承认,我生来就是个凡夫俗子,注定了是个倒霉鬼。"

侯爵回来了,于连赶快向他禀报自己要动身的事。

"到哪里去?"德·拉莫尔先生问道。

"去朗格多克。"

"不行,对不起,我还有更重大的事要你做,如果你要动身的话,那会是要你到北方去……甚至可以用军事术语来对你说,我要把你'禁闭'在公馆里。如果外出的话,也绝不能超过两三个小时,我可能随时需要你。"

于连行了一个礼,不说一句话就走了,使侯爵感到纳闷。其实,他什么话也说不出,就把自己锁在房里。在那里他可以随便夸大说:命运对他是多么残酷。

"这样说来,"他心里想,"我连要走也走不了,天晓得侯爵要我在巴黎留多少日子。伟大的天主!我会变得怎么样呢?没有一个朋友可以商量,皮拉尔神甫不会听我说完头一句话；阿塔米拉伯爵为了替我分忧解难，也许会要我参加什么秘密活动。

"然而我感觉得到，我要疯了，我要疯了！

"谁能指引我呢？我会变得怎么样呢？"

第十八章 痛苦的时刻

> 她对我承认了！连细枝末节都没有遗漏！她美丽的眼睛盯着我的眼睛，流露出来的却是她另有所爱！
>
> ——席勒

德·拉莫尔小姐大喜若狂，一心只想到死在情人手里是多么幸福。她甚至自言自语："他才配得上做我的主子，因为他居然敢把我杀死。要把多少个上流社会的漂亮青年加在一起，合而为一，才做得出这样热情奔放的事啊！

"应该承认，他站在椅子上，把剑挂回原处的样子真漂亮，室内装饰师挂剑的地方就像一个画框，把他衬托得更加可爱！说真的，我还没有这样疯狂地爱过他呢。"

这时，如果出现了不丢面子而能言归于好的机会，她会欣然抓住不放的。但是于连却把门上了两道锁，把自己关在房里，让狂风暴雨般的绝望折磨自己。她一糊涂，真想跪倒在他脚下。其实，假如他不是这样闭门不出，而是到花园里或公馆里去走走，那么，远在天边的机会就近在眼前，一转眼间，他也许会把可怕的痛苦变成激动人心的幸福。

我们怪他不够灵活，不过太灵活的人就做不出大丈夫拔剑的动作来，而正是这种丈夫气概，当时在德·拉莫尔小姐的眼里是英俊无比的。她对于连反复无常的痴情，使她兴奋了一整天；她把热爱于连的短暂时刻想象得令人入迷，流连忘返。

"其实，"她心里想，"我对这个小伙子的热情，在他看来，是从半夜一点钟才开始的，当时我看见他爬梯子上来，衣袋里还藏着手枪，但到早上九点钟热情就算完了。一刻钟以后，我在圣瓦莱尔教堂听到弥撒的钟声，才开始想到他自会以为是我的主子,还可能会试用恐怖的手段压服我呢。"

晚餐后,德·拉莫尔小姐不但不回避于连,反而找他说话,几乎可以说是邀他同到花园里去,他跟着她去了。他还没有受过这种考验。玛蒂德让了步,她不知不觉地恢复了对他的爱情。她发现和于连并肩散步其乐无穷;她好奇地瞧着早上拔剑要杀她的那双手。

然而,在那个惊险的场面之后,再也不能恢复从前的谈话了。

渐渐地,玛蒂德开始对于连推心置腹地谈自己的心情。她发现这种谈话令人心旷神怡;她甚至不厌其烦地讲她从前一时的感情冲动,先是对德·夸泽努瓦先生,后是对德·凯吕斯先生……

"怎么!还有德·凯吕斯先生!"于连叫了起来,这句话里爆出了情人失恋后的妒忌。至少玛蒂德是这样看的,但是她并不见怪。

她继续折磨于连,对他一五一十地讲她旧日的恋情,讲得栩栩如生,口气也很亲切,听来是真心话。他看见她绘声绘色,仿佛事情就发生在她眼前。他痛苦地注意到,她在讲旧情时仿佛在讲新恋。

妒忌产生的痛苦简直无以复加了。

怀疑自己的恋人爱上了情敌,这已经是非常痛苦的事,听到恋人详详细细讲情敌在她心中引起的爱情,那恐怕是痛苦的顶峰。

骄傲情绪使于连自认为远远胜过凯吕斯、夸泽努瓦之流,这时,他受到了多少惩罚啊!反过来,他又夸大他们微不足道的优点,这时,他真心感到多么不幸!他是如何诚心实意、忧心如焚也瞧不起自己啊!

玛蒂德在他看来似乎是超凡入圣的人物,任何言语都不足以表示他的仰慕之情。在陪她散步的时候,他偷看她的手,她的胳膊,她女王般的风姿。爱情和痛苦已经把他压垮,他正要拜倒在她脚下,高声喊道:"可怜我吧!"

"这个美丽超群的人物居然一度爱过我,不久以后再得到她垂爱的,恐怕是德·凯吕斯先生了。"

于连不能怀疑德·拉莫尔小姐说的是真心话,她说每句话的口气听来显然都没有掺假。为了使他痛苦得无以复加,有时玛蒂德不断谈到她对德·凯吕斯先生的旧情,仿佛是个新欢似的。她口气中有爱情,于连听得出来。

他的胸膛内部即使灌满了熔化的铅水,恐怕也不会这样痛苦。可怜的小伙子难过到了极点,他哪里想得到德·拉莫尔小姐只是因为同他谈话,才这样津津乐道地回忆她从前对德·凯吕斯先生或德·夸泽努瓦先生那一点点淡薄的爱情。

言语无法表达于连的痛苦。他听她推心置腹、详详细细地讲她对别人的爱情，而不久以前，就在这同一条椴树成荫的小路上，他却等待过钟敲一点，好进入她的卧房。是可忍孰不可忍，人的忍受力已经到了极限。

这种残忍的亲密关系足足拖了一个星期。玛蒂德有时似乎在寻找时机，有时是不失时机和他谈话，而他们两人似乎都带着令人痛苦的快感重新捡起的话题，总是她对别人的恋情：她对他讲她写过的情书，甚至回想信中说过的话，整句整句地背给他听。最后几天，她似乎不怀好意、兴致勃勃地瞧着于连。他的痛苦成了她的享受；她看出了她这个暴君的弱点，因此，她的理智允许她的感情去爱他了。

我们看得出于连没有生活经验，他甚至没有读过小说。假如他不是那么笨，假如他能冷静地对这个他如此爱慕，却又如此奇怪地对他推心置腹的小姐说："你得承认，虽然我比不上那些先生，然而你爱的却是我……"

也许她会觉得高兴，因为他猜到了她的心思；至少，于连的成败完全取决于他说话的态度和他选择的时机。无论如何，他可以摆脱目前不利的处境，因为在玛蒂德眼里，局面快要变得单调无味了。

"你不再爱我了，可是我爱你呀！"一天，在漫长的散步之后，陷入了爱情和痛苦的于连对她说道。这是他触犯的最大错误。

这句蠢话一转眼就破坏了德·拉莫尔小姐向他推心置腹的乐趣。她开始觉得奇怪，听了她讲对别人的恋情，他为什么不生气；在他说这句蠢话之前，她甚至以为他也许不再爱她了。"自尊心一定使爱情熄灭了，"她想，"他不是肯向凯吕斯、德·吕兹、夸泽努瓦之流低头服输的人。不，我看他不会再拜倒在我脚下了！"

在前几天，于连的不幸使他变得天真，他时常在她面前热情地称赞这几位先生的优点，甚至还加以夸大。这种变化当然逃不过德·拉莫尔小姐的眼睛，她不免觉得奇怪，不知道于连如醉如狂的心灵，在称赞他认为是受到了钟爱的情敌时，却也分享了情敌的幸福。

他的这句蠢话，说得如此坦率，一刹那间使一切改了观。玛蒂德知道他失恋后还爱她，反倒瞧他不起。

第 二 部

他们本来正在散步，一听这句蠢话，她立刻撇下他就走，她最后看他一眼，露出了最可怕的鄙视。回到客厅，整个晚上她都不再瞧他。第二天，这种蔑视还占据着她的心头，再也没有一个星期以来的那种冲动了，那时，她把于连当做最知心的朋友，自己也觉得其乐融融；现在，他的形象都使她感到不愉快。不久，玛蒂德的感情甚至发展成为厌恶，只要她一眼看到他，她感到的极端鄙视简直是无法形容。

于连不能洞察玛蒂德的内心变化，但他敏感的自尊心能觉察到她的蔑视。他非常知趣，尽可能不在她面前出现，也绝不看她一眼。

他这样避免和她见面，其实痛苦得要命。他以为他感觉到的痛苦还在增加。"一个人的勇气不是没有止境的。"他心里想。他在顶楼的一扇小窗子后面打发他的日子，百叶窗小心在意地关得留下了缝，等德·拉莫尔小姐到花园里来的时刻，至少他可以看得见。

晚餐后，他看到她同德·凯吕斯先生、德·吕兹先生，或者另外一个她从前表示过淡淡爱情的人，在一起散步的时候，他的心情如何呢？

于连没有想到过痛苦会这样剧烈，他几乎压不住自己的喊叫。一个如此坚强的人到底彻头彻尾乱成一团糟了。

凡是和德·拉莫尔小姐没有关系的事，他一想到就觉得讨厌。他连最简单的信也写不好了。

"你怎么糊涂了！"一天早上，侯爵对他说。

于连担心会露马脚，只好说是病了，侯爵居然信以为真。幸亏吃晚餐时，德·拉莫尔先生和他开玩笑说，他是不是"禁闭"得生病了，那就出门去吧。玛蒂德明白这次出门时间可能很长。于连躲避她，已经有好几天，她天天见到的这些年轻人，虽然有于连所缺少的一切，但她却只想念这个她爱过的、脸色苍白而阴郁的小秘书，而他们却无法把她从她的想念中拉出来。

"一个普通的少女，"她心里想，"会在客厅里这些引人注目的年轻人当中找一个意中人；而天才与众不同的特点，就是要打破常规，不能随波逐流。

"于连缺的只是财产，而我却有，如果我们结合，一定可以引人注目，不会虚度一生。我用不着像表姐妹那样提心吊胆，害怕革命，害怕人民，甚至不敢责骂一个不好好赶车的马车夫。我肯定要演一个角色，而且是一个大角色，因为我选中的男人既有个性，又有雄心壮志。他缺少什么？缺钱吗？朋友吗？我都可以给他。"但她思想上总有一点把于连当做手下人，她可以使他随时发财，她也可以要他怎么爱她，就得怎么爱她，这是不容怀疑的。

第十九章　滑稽歌剧

唉！青春之恋多么像变化莫测的四月天；
现在是灿烂的阳光，等会儿却是乌云一片！①

——莎士比亚

玛蒂德一心想到未来，想到她希望扮演的与众不同的角色，不久，她甚至怀念从前和于连进行过的枯燥无味的抽象讨论。这种高深的思想使她疲倦了，她又会怀念在他身边度过的幸福时刻。怀念中夹杂着悔恨，有时悔恨交加，压得她受不了。

"不过人人都有弱点，"她心里想，"一个像我这样的女子，只有为了一个才华出众的男子而忘了我的本分，那才是毫无愧色的。我不能让人家说，使我入迷的只是他漂亮的小胡子和骑马的英雄姿态，我喜欢他高谈阔论法国的未来，我们这里要发生的事和1688年英国革命有什么相似的地方。我入迷了，"她要堵住悔恨的嘴，"我是一个软弱的女子，但是至少我不像个玩偶，迷恋的不是外界的浮华虚荣。

"如果发生革命，于连•索雷尔为什么不可以扮演革命家罗兰的角色呢？而我不就是罗兰夫人②吗？我喜欢这个角色，远远超过德•史达尔夫人扮演的作家：在我们这个世纪，违犯了道德上的清规戒律，对前途总是一个障碍。我肯定不能再度失足，免得受人指责，否则，我要羞愧死了。"

玛蒂德一出神，应该承认，并不是每次想到的都是大事，像我们刚才描写的那样。

她偷偷地看看于连，觉得他的一举一动，都有可爱的地方。

---

① 原诗是英文。
② 罗兰夫人（1754—1793），法国女革命家，说过一句名言："自由！自由！假借你的名义，做了多少坏事！"

"当然,"她心里想,"他认为他应有的权利,都给我破坏得一干二净了。

"一个星期以前,在花园里,这个可怜的小伙子天真地对我说起爱情的话,他的神气充满了热情和内心深处的痛苦,说明他是真心实意的。应该承认,我这个人真是反常,听了一句这么热情、这么尊敬我的光辉语言,居然会生起气来。难道我不是他的妻子吗?他自然会说那句话了,而且应该承认,他还是很可爱的。我对他谈个没完没了,不能否认,谈起来毫不容情,谈的全是生活无聊逼得我对那些上流社会的青年表示的淡薄爱情,他对他们非常妒忌,但还是一样爱我。唉!他哪里晓得,他们是毫无危险的竞争对手!和他一比,他们显得多么苍白无力,简直像是一个模子里做出来的木偶。"

玛蒂德想心事的时候,她的母亲瞧着她,为了在母亲面前故作镇静,她就随手拿起一支铅笔,在她的画册上信笔涂鸦。说来也怪,她刚画好的一个侧面像使她又惊又喜:画得太像于连了。"这真是天意!简直是爱情创造的奇迹,"她喜不自胜地叫了起来,"我连做梦也没想到,我居然画出了他的肖像。"

她跑回房里,把门关上,取出颜料,全神贯注,认真要给于连画像,但却画不好,惟妙惟肖的还是那张随笔画。玛蒂德高兴得入了迷。她把这看成是爱情的明证。

她手不释卷,一直等到很晚的时候,侯爵夫人叫她上意大利歌剧院去,她才离开画册。她一心想找到于连,好让她的母亲要他陪她们去歌剧院。

但他没有露面,在包厢里陪这两位女眷的,只有几个凡夫俗子。歌剧第一幕上演时,玛蒂德神魂颠倒地梦想着她热恋的情人;到第二幕,一句谈情说爱的唱词,应该承认,配上的乐调真不愧为契玛罗萨的杰作,结果震动了玛蒂德的心弦。歌剧的女主角唱道:"过度的热情怎能不受到惩罚?我实在是太爱他!"

从她听到这句高唱入云的歌词起,世上的一切对她都不再存在。人家对她说话,她不回答;她的母亲怪她,她甚至懒得瞧母亲一眼。她心荡神驰,已经到了魂飞天外的地步,只有几天以来,于连对她狂热的爱情才可以相比。这句唱词的音调优美,简直是此曲只应天上有,而歌词和她的心情如此吻合,令人惊奇,结果只要她不直接想到于连,她就沉醉在音乐中。由于她对音乐的爱好,这天晚上她思念于连的时候,心情和德·雷纳夫人非常相似。理性之爱当然比感情之爱更明智，不过激动的时间更短，更有自知之明，更有不断批判的精神，因此不会使思想迷失方向，恰恰相反，这种爱情是靠了思想才建筑起来的。

玛蒂德回家后，不管德·拉莫尔夫人会怎么说，她硬说自己发低烧，回到房里去弹钢琴，翻来覆去弹那段使她入迷的曲调，以免虚度良宵的时光。她还唱着那句使她沉醉的歌词：

"过度的热情怎能不受到惩罚？
我实在是太爱他，太爱他……①"

这如醉如狂的一夜，结果使玛蒂德相信她战胜了自己的爱情。（这一页会对不幸的作者非常不利。冷漠无情的人会怪他不道德。其实，说巴黎的"沙龙"里出风头的小姐当中，只有一个会做出玛蒂德这样的荒唐事来，那并不是侮辱巴黎的小姐们。因为玛蒂德是一个完全虚构的人物，并且虚构得违反了社会的风俗习惯，而正是这些风俗习惯使19世纪的文明能在世界文明史上占有一席之地。

为冬季舞会增光添彩的少女，她们缺少的并不是谨慎。

我也不认为她们会瞧不起荣华富贵，高头大马，上等土地，以及保证社会地位的好东西。这些好东西并不会使她们烦闷无聊，而是她们朝思暮想、孜孜以求的目标，如果她们心里有热情的话，那就是渴望得到这些东西。

像于连这样有几分才华的年轻人，决定他们命运的也并不是爱情。他们应该结党成派，紧紧抱成一团，只要这个党派走运，社会上的好东西都会从天而降，落到他们头上。倒霉的是无党无派的学者，哪怕他们只取得一点微不足道的成就，非但得不到什么好处，人家反而要指责他们追求名利，而德高望重的大人先生把他们的成果窃为己有，反倒可以飞黄腾达，直上青云。唉！诸位先生，一本小说不过是大路上的一面镜子。有时，镜子反映到眼里来的是蔚蓝的天空，有时却是道路上的污泥浊水。你们怎么能责怪背着一面镜子的人，说他不道德呢！他的镜子照出了污泥，你们却怪镜子！为什么不

---

① 原歌词是意大利文。

怪道路上的泥坑呢！更有甚者，为什么不责备那些负责修桥补路的检察官让污泥浊水积成泥潭呢！

现在，大家都认为，在我们这个谨慎和道德都占上风的世纪，不可能有玛蒂德这种反常的性格，那么，我继续讲这个可爱的少女干出的糊涂事，就不必那么担心会引起别人的愤慨了。）

第二天一整天，玛蒂德都在等待机会证实她战胜了她疯狂的热情。她的主要目标是随时随地都使于连感到不痛快，但是他的一举一动，都没有逃过她的眼睛。

于连太痛苦了，尤其是太激动了，猜不透她的葫芦里卖的是什么药，更看不出其中有利于他的地方；他成了她钩心斗角的牺牲品；他的痛苦从来没有这样深不见底。他的行动已经不太受心灵的控制，如果有个悲观的哲学家对他说："赶快利用对你有利的条件吧，在巴黎，这种理性的恋爱，无论如何都不会超过两天。"他会觉得莫名其妙。但是不管于连多么激动，他还没有忘记荣誉。对他而言，千头万绪，谨慎为上，这点他懂。向人求教诉苦，也许会使他痛快一时，就像穿过沙漠时找到了清泉一样。但他知道危险，他怕不明底细的人问起他来，他会泪如雨下，回答不出，所以他把自己关在房里。

他看见玛蒂德在花园里散步，走了很久；等她到底离开了花园，他才下楼来走到玫瑰花丛中，因为她刚摘了一朵玫瑰。

夜是阴沉沉的，他可以悲叹他的不幸而不怕有人看到。在他看来，显然德·拉莫尔小姐爱上了一个年轻的军官，她刚才同他谈得多么亲热啊。她也爱过于连，但她看透了他的身价不高。

"的确，我的身价不值几文！"于连深信不疑地这样想，"总起来说，我是一个凡夫俗子，叫别人讨厌，也叫自己受不了。"他一反常态，对自己的优秀品质，对自己热爱的东西，都恨得要死；他的想象处在颠倒是非的状态，他却用这种想象来判断人生。这就叫做聪明一世，糊涂一时。

好几次他起了轻生的念头。这个念头很有吸引力，像休息一样甜蜜，像一杯清泉献给在沙漠中焦渴待毙的行人。

"我一死，她更会瞧不起我！"他叫了起来，"我留下了什么值得回忆的呀！"

一个人陷在痛苦的深渊里，没有勇气是无法自拔的。于连还没有先见之明，敢说胆子要大；不过当他夜里瞧着玛蒂德卧房的窗户时，他从百叶窗缝中看到她在熄灯。唉！他的想象中又出现了他这一生只见过一次的绣房，他就不能再想象下去。

一点钟响了。一听见钟声，他立刻想到："我要爬梯子上楼去。"

这是天才的一闪念，正当理由涌上心头。"我还能比现在更不幸吗！"他心里想。他跑去搬梯子，花匠用链子锁住了。于连拆下手枪上的扳机，他这时竟有了超人的力气，撬开了锁链的一环。不消几分钟，梯子就成了他的，让他搬到玛蒂德的窗前了。

"她会生气，她会瞧不起我，那有什么关系？我要吻她，最后一吻，再回房去自杀了事……死前也要吻她的脸！"

他飞也似地爬上梯子，敲敲百叶窗。过了一会儿。玛蒂德听见了，她来开窗，梯子挡住了，于连抓住撑开窗子用的铁钩，冒着随时摔下去的危险，使劲摇动梯子，总算挪动了一点，玛蒂德才能把窗子推开。

他跳进房去，已经半死不活了。

"果然是你！"她一说就投入了他的怀抱……

幸福到了极点，是言语无法形容的。谁能写出于连的幸福呢？玛蒂德的也不相上下。

她在于连面前自怨自艾。

"惩罚我的高傲，惩罚我的狠心吧。"她说时紧紧把他搂在怀里，几乎叫他透不过气来，"你是我的主子，我是你的女奴，我要跪下来请你宽恕，我曾经打算造反。"她离开他的怀抱，跪倒在他脚下，"是的，你是我的主人，"她还在说，沉醉在爱情和幸福中，"永远管住我吧，只要你的女奴想造反，就严厉地惩罚她吧！"

过了一会儿，她挣脱了他的拥抱，点着蜡烛，要剪半边头发送他，于连费了好大力气也拦不住。

"我要提醒自己，"她对他说，"我是你的女奴，万一可恶的骄傲又使我忘乎所以，你就拿头发给我看，并且提醒我说：'现在不再是爱情的问题，也不是你心里有什么感情的问题，你用荣誉担保过，发誓要服从的，那你就服从吧！'"

但是神魂颠倒、欣喜若狂到了这种地步,还是不去描写为妙。

于连在极端幸福中,也没有完全忘记道德:"我一定要爬梯子下去了。"他对玛蒂德说,因为他看见花园之外,遥远的东方高耸的烟囱上,出现了一线曙光。"我不得不做出牺牲,才能不辜负你,我不得不放弃几个小时销魂的艳福,这是人生难得尝到的,但是为了你的名誉,我只好忍痛割爱,做出牺牲;如果你了解我的心,你就会知道我忍受了多大的痛苦,才舍得离开你。你会永远像现在这样对我吗?你用荣誉担保过,这就够了。你要知道,自从我们第一次在这里会面以后,人家怀疑的已经不止是小偷了。德·拉莫尔先生派了人来看守花园。德·夸泽努瓦先生身边也安插了暗探,他每天夜里的活动都会密报上来……"

"可怜的年轻人。"玛蒂德笑着叫了起来。笑声吵醒了她的母亲和一个女仆,忽然间她们隔着门对她说话了。于连瞧着她,她的脸色发白,只责备女仆不该大惊小怪,却懒得回答她母亲的话。

"万一她们想到打开窗户,那就会看见梯子!"于连对她说。

他再一次紧紧地把她搂在怀里。然后一下跳上梯子,不是一级一级往下爬,而是顺着梯子往下滑,一转眼就到了地上。

三秒钟后,梯子已经搬到椴树下的小路旁,玛蒂德的名誉总算保住了。于连定了定神,才看见自己浑身是血,几乎是赤身露体的,他滑下来时,不小心受了伤。

极端的幸福使他又恢复了他坚强的性格。这时,即使有二十个人来打他一个,他也乐于迎战。侥幸,没有人来试试他的武艺。他把梯子放回原处,再用链子锁上;他甚至没有忘记回到玛蒂德的窗前把梯子留在花坛上的痕迹除掉。

他在暗中用手摸摸松软的泥土,看看痕迹是不是完全除掉了,那时,他感到有什么东西落在他的手上,原来是玛蒂德剪下来扔给他的半边头发。

她出现在窗口。

"这是你的女奴送给你的。"她说话的声音不低,"这象征着天长地久的服从。我已经不是理智的主人了,你做我的主子吧。"

于连吃不消,又要去搬梯子再上楼去。但到底还是理智战胜了感情。

从花园回房间并不容易。他总算拧开了地下室的门,回到楼上,他还得尽量不出响声，撬开他的房门。忙中难免出错，他刚才离开绣房时，甚至忘了拿他衣服口袋里的钥匙。"但愿她会想到，"他心里想，"把我丢下的衣服藏起来，否则就要命了！"

幸福到底不是疲劳的对手，等太阳升起时，他已经昏昏入睡了。

午餐的钟声好不容易才使他醒了过来，他走进餐厅。不久之后，玛蒂德也进来了。一看到这位大家奉承的美人眼里闪耀着爱情的光芒，于连的虚荣心得到了片刻的满足；但紧接着，他的谨慎之心不免使他惊慌。

玛蒂德借口打扮的时间不够，把头发梳得使于连一眼就能看出，她昨夜剪下的头发是为他做出了多大的牺牲。如果有什么能使一张这样漂亮的脸蛋减色的话，那就是玛蒂德做的事：半边灰黄色的美发剪得参差不齐，只留下了半寸长的发茬。

吃午餐时，玛蒂德的一举一动，和她剪头发的不谨慎行为，几乎是一唱一和。人家会以为，她是唯恐大家不知道她对于连如醉如狂的爱情。幸亏这一天，德·拉莫尔先生和侯爵夫人正忙着颁发蓝色绶带的事，名单上没有德·肖纳先生。午餐快吃完时，玛蒂德对于连说话，居然叫他做"我的主子"。他连耳根都羞红了。

不知道是事出偶然，还是德·拉莫尔夫人的精心安排，玛蒂德这一天没有什么时候没人陪着。晚上，从餐厅到客厅的路上，她才好不容易找到机会对于连说：

"我的通盘计划都打乱了。你恐怕会以为是我的借口吧？不是，妈妈刚才决定要一个女仆晚上睡到我房里来。"

这一天像闪电似的过去了，于连简直幸福得无以复加。第二天，从早上七点起，他就坐在图书室里，他盼望德·拉莫尔小姐光临，还给她写了一封没完没了的长信。

他等了几个钟头，直到吃午餐时才见到她。这一天，她经过精心的梳妆打扮，用巧夺天工的手法，遮住了剪掉头发的地方。她瞧了于连一两回，但是眼睛规规矩矩，平平静静，不可能再叫一声"我的主子"了。

于连惊讶得透不过气来……玛蒂德反复无常，几乎后悔为他做的每一件事。

经过深思熟虑之后，她断定即使于连不是一个平庸之辈，至少也不是什么超群出众的人，不值得她这样醉心痴情，甚至为他干出糊涂事来。总而言之，她不再想谈情说爱。这一天，她对爱情已经厌倦了。

而于连呢，他内心激动得像个十六岁的孩子。时而怀疑，时而惊讶，时而绝望，这顿午餐在他看来似乎永远也吃不完。

一等到他规规矩矩离开了餐桌，他就不是跑，而是冲到马房里去，自己给马备鞍，飞也似的奔向默东树林；他怕自己会向玛蒂德低头示弱，丧失人格。"我要累死我的心。"他在林中驰骋的时候想道，"我做了什么错事，说了什么错话，要受这种活罪？"

"今天什么也不要做，什么也不要说，"他回到公馆时想道，"让肉体和心灵同归于尽吧！"于连不再是在生活，他只是行尸走肉而已。

第二十章　日本花瓶

> 开始，他的心不明白他有多么不幸；他心慌意乱，甚于心情激动。但理智越恢复，他越感到他的不幸有多深。对他说来，人生的乐趣已经烟消云散，他只感到失望的利刃使他心碎肠断。肉体的痛苦还可以忍受，精神的痛苦却是无法比拟的。
>
> ——让·保尔

晚餐钟声响了，于连只来得及穿衣下楼。他在客厅里看见玛蒂德，正在劝阻她的哥哥和德·夸泽努瓦侯爵，要他们不去参加德·费瓦克元帅夫人在絮伦举行的晚会。

她对他们表现得既可爱，又迷人，简直无以复加。晚餐后，德·吕兹、德·凯吕斯几位先生带几个朋友来了。人家会说，德·拉莫尔小姐不但恢复了兄妹之情，而且循规蹈矩，不越雷池一步。虽然那天晚上天气很好，她却坚决不肯到花园里去，而要大家围着德·拉莫尔夫人的安乐椅坐下。蓝色长沙发又成了这伙人的中心，仿佛冬天来了一样。

玛蒂德对花园产生了反感，觉得它非常讨厌：因为一进园里，就会想起于连。

人一倒霉，思想也会变得迟钝。我们的主角居然笨得离不开那把垫草的小椅子，因为椅子从前见过他取得如此辉煌的胜利。今天，谁也不对他说一句话，大家都视而不见，仿佛他不存在似的。德·拉莫尔小姐安排坐在长沙发尽头的朋友，虽然离他很近，却故意转过身去，至少，他认为是受了冷落。

"这就是宫廷中趋炎附势、落井下石那一套。"他心里想。他要研究一下这些瞧他不起的人。

德·吕兹先生的叔父在王宫担任要职，因此，他漂亮的侄子和新来的客人谈话，开头一定要提到这件激动人心的事：他的叔父七点钟就动身到圣克卢王宫去，晚上还打算在那里过夜。这话说得漫不经心，但从来没有漏掉过。

于连用倒霉人的严厉眼光来观察德·夸泽努瓦先生，发现这个可爱的好青年认为神秘的力量能起极大的作用。如果人家认为发生一件大事的原因既简单又自然，他就会既难过又生气。"这是疯狂的开始，"于连心想，"他的性格和科拉索夫亲王谈到过的沙皇亚历山大的性格，有惊人的相似之处。"可怜的于连从神学院到巴黎来的头一年，觉得这些年轻人的优雅风度对他说来显得这样新鲜，这样可爱，使他拜倒在地。他们的真面目直到今天才呈现在他眼前。

"我在这里扮演的是丢脸的角色。"他恍然大悟。怎样才能不太笨拙地离开这张草垫椅呢？他要想出个新花招，但他心不在焉，想象力不听使唤。他要搜索枯肠，但是应该承认，他这方面的经验不太丰富，记忆里也搜不出办法来。这个可怜的小伙子又不懂俗套，因此他只好硬着头皮，在众目睽睽之下离开客厅，样子显得奇笨无比。大家都看到，他的一举一动都流露出不幸的神情。三刻钟以来，他扮演的角色一直是一个不识相的手下人，人家甚至毫不掩饰对他的鄙视。

他刚对情敌们做出的一针见血的评论，总算使他没有把自己的不幸看成一场悲剧；加上他还有前天夜里发生的事来支持他的自尊心。"不管他们有多少优越条件，"他一个人走进花园时想道，"玛蒂德一生同我做过两次的事，却没有同他们任何一个人做过。"

他的聪明只能用到这里为止。命运使那个与众不同的妙人儿成了他幸福的主宰，他却一点也不了解她的性格。

第二天，他骑了一天马，要把人和马都累死。晚上，他尽量远远地离开玛蒂德常坐的蓝色长沙发。他注意到，诺贝伯爵在家里碰到他的时候，甚至懒得看他一眼。"他本来那么有礼貌，"他心里想，"这一定是勉为其难才做出来的。"

对于连来说，睡得着就是幸福。他的肉体虽然疲倦，迷人的回忆却开始侵入他的想象。他看不出，在巴黎附近的树林里跑马，只对他自己起作用，而对玛蒂德的心灵却毫无影响，他跑马只是听天由命。

在他看来，似乎只有一件事可以大大减轻他的痛苦：那就是找玛蒂德谈话。然而，他敢对她说什么呢？

一天早上七点钟，他正在反复考虑这个问题，忽然看见她走进图书室来。

"我知道，先生，你要找我谈话。"

"天哪！谁告诉你的？"

"我知道就行了，这和你有什么关系？如果你没有荣誉感，你可以要我名声扫地，或者至少可以试一试；不过这种危险，我看不大现实，即使有，我也还是要对你说实话。我不再爱你了，先生，是我发狂的想象蒙住了我的眼睛……"

爱情和痛苦使于连昏头颠脑，一受到这个可怕的打击，他还想为自己辩护，真是荒唐无比！难道辩护能使讨厌转变成喜欢吗？不过理智已经不能控制他的行动。盲目的本能促使他拖延决定命运的时间。他觉得只要他还在说话，就还没有绝望。玛蒂德不听他讲，她一听他的声音就恼火，她不能想象他居然敢打断她的话。

这天早上，悔恨不该失身，不该屈尊，同样使她痛苦。想到自己居然把掌握荣辱的大权交给一个小神甫，一个乡下人的儿子，她觉得简直抬不起头来。"这几乎等于是，"她在夸大自己的不幸时，心里想道，"怪我不该跟个佣人胡搞。"

对大胆而骄傲的人来说，生自己的气和对别人发作之间，只有一步之隔；在这种情况下，大发雷霆可以得到泄愤的快乐。

一刹那间，德·拉莫尔小姐出言伤人，简直无所不用其极。她聪明无比，这种聪明用来折磨人的自尊心，制造残酷的创痛，取得了辉煌的胜利。

于连有生以来第一次碰到一个聪明过人、仇恨满腔的对手，自己甘拜下风。这时，他不但没有想到为自己辩护，他的想象力甚至见风转舵，跟着她瞧不起他自己了。听见她毫不留情的损人话，工于心计的巧言妙语，要摧毁他可能有的自负心，他甚至认为玛蒂德言之成理，说得并不过火，反而有所不足。

对她说来，这样报复自己几天前对于连的热恋，既惩罚了自己，也惩罚了于连，自豪感又尝到了一点甜头。

她用不着挖空心思去想，怎样得意扬扬地对于连破天荒第一次讲些残酷的话。她只要重复一个星期以来，她在心里批驳爱情的语言，那就绰绰有余了。

每一句话都使于连痛苦百倍。他想溜之大吉，但是德·拉莫尔小姐不容分说，一把抓住他的胳膊。

"请你留意，"他对她说，"你的声音太高，隔壁都听得见。"

"那有什么关系！"德·拉莫尔小姐满不在乎地答道，"谁敢说他听见了？我要一下挖掉你自负的想法，免得你在我面前自以为了不起。"

等到于连离开图书室的时候，他也莫名其妙，怎么不大感觉到自己的痛苦。"唉！她不再爱我了。"他自言自语，翻来覆去高声地说，仿佛要使自己明了当时的处境似的。看来她只爱了我八九天，而我却要爱她一辈子。

"我可能爱她一辈子吗？几天以前，我对她还满不在乎，完全不在乎呢！"

玛蒂德心里洋溢着自豪的欢乐：她就可以这样快刀斩乱麻，和于连一刀两断了。她原来如此倾心于他，现在却能力挽狂澜，所以她觉得幸福无比。"这样一来，这位小先生就会明白，他现在没有，将来也不会对我有什么影响，永远也不会有。"她是这样兴高采烈，在这时候，她的确把爱情抛到九霄云外去了。

她这样残忍无情，这样使人丢脸地说了一大通之后，换了一个不像于连这样深深陷入情网的人，是不可能再和她谈情说爱的。德·拉莫尔小姐说的话，没有一句不合乎她的身份，句句都很令人难堪，字字都有的放矢，听来头头是道，即使事后冷静回想起来，也会觉得是真情实话。

在这场好戏下台后，于连最初的结论是：玛蒂德的老虎屁股摸不得。他坚信他们之间的一切已成过去，但第二天吃午餐时，他一见她就变得既笨拙，又胆小。在这以前，他可不是这样。事无大小，他都知道该怎么做，并且能自作主张，把事做好。

第 二 部

那一天午餐后,德·拉莫尔夫人要于连拿一本难得见到的小册子给她,小册子有煽动性,是神甫早上不动声色地送过来的,放在茶几上,于连拿时一不小心,撞倒了一个蓝色的古瓷瓶,这个说多难看有多难看的瓷瓶就摔破了。

德·拉莫尔夫人站了起来,难过得喊了一声,走到她心爱的瓷瓶前面,仔细看看那些碎片。"这是个古老的日本瓷瓶,"她说,"是我的姑婆给我的,姑婆当过谢尔修女院院长。古瓶原先是荷兰人送给摄政王奥尔良公爵的礼物,公爵又传给他的女儿……"

玛蒂德跟着母亲走过来,看到她讨厌的蓝瓷瓶打碎了,非常高兴。于连一言不发,也不慌乱,他看见德·拉莫尔小姐在他面前。

"这个花瓶碎了,"他对小姐说,"不能够再复原,我的心情也是一样。请接受我的歉意,我不该干这种蠢事。"说完,他就走了出去。

"人家的确会以为,"德·拉莫尔夫人在他走开时说,"这个索雷尔先生对他刚才所做的事,不但感到十分满意,而且非常得意。"

这句话说到了玛蒂德的心坎上。"的确,"她心里想,"我的母亲猜对了,这正是他的心情。"直到这时,她头一天发泄怒火得到的快乐又戛然中断,"那好,一切都不能复原了,"她故作镇静地想道,"这对我是一个莫大的教训。我的错误是可怕的,丢人的!我以后要谨慎一辈子。"

"难道我说得不对吗?"于连心想,"为什么我还舍不得这个女疯子呢?"

爱情之火非但没有像他希望的那样熄灭,反而越烧越旺。"她是个女疯子,不错,"他想,"难道她就不可爱了?难道有谁比她更漂亮吗?最高雅的文明能提供的乐趣,难道不是一浪高过一浪,全都涌现在德·拉莫尔小姐身上吗?"失去了的幸福也涌上于连的心头,以迅雷不及掩耳之势,把理智构筑的工事一扫而光。

理智妄图和回忆作垂死的斗争,但越挣扎,越显出了回忆的魅力无穷。

打破日本古瓶二十四小时后,世上再也没有比于连更痛苦的人了。

第二十一章 秘密记录

> 我讲的都是我亲眼得见的；如果我可能看错的话，我讲时绝没有欺骗之意。
>
> ——《给作者的信》

侯爵打发人来叫他。德·拉莫尔先生显得青春焕发，眼睛闪烁发亮。

"我们来谈谈你的记忆力吧，"他对于连说，"听说你的记忆力好得惊人！你能记住四张纸到伦敦去背出来吗？但是不能有一字差错？……"

侯爵生气地揉着当天的《每日新闻》，枉然想掩饰他非常紧张的神气，于连从来没见过他这样，甚至在谈到弗里莱的案件时他也不紧张。

于连已经习惯于这一套，他明白对侯爵的轻松口气，他应该装出信以为真的样子。

"这份《每日新闻》也许不太有趣，不过，如果侯爵先生允许，我敢答应明天早上全背出来。"

"怎么！连广告也在内？"

"一点不错，而且保证一字不漏。"

"你能保证说到做到？"侯爵接着说时，口气忽然变得郑重了。

"能够，先生，只有担心说得到做不到，才可能干扰我的记忆力。"

"我昨天忘了对你提这个问题：我看不必要你发誓说，永远不把你听到的话说出去。因为我了解你，所以免了这个俗套。我已经为你担了保，我要带你到一个客厅去，那里有十二位先生要开会，你得把他们每个人的话都记下来。

"不必担心，这不会是语无伦次的谈话，每个人要轮流发言，也没有一定的次序，"侯爵接着说时，又自然而然地恢复了他机灵而轻松的口气，"我们说时你记下来，大约有二十页。然后你跟我回到这里，把这二十页精简成四页。你明天早上要背的就是这四页记录，而不是那份《每日新闻》。然后你立刻动身坐驿车去旅游。你的目的是不要引人注意。你要去见一位大人物。到了那里你更要机灵。不能让他左右的人发觉,因为在他的秘书和仆人当中,有人被我们的敌人买通了,他们一有机会就要拦截我们的使者。因此,你身上只能带一封无足轻重的介绍信。

"在公爵大人瞧着你的时候,你就拿出我的这只表来,我借给你出门用。你就带在身上,只当是你的表,同时把你的表给我。

"你一面讲你记得很熟的那四页,公爵会亲自记下来。

"在这之后,请你注意,不是在这之前,如果公爵大人询问,你可以讲讲你要去参加的这次会。

"不必担心旅途上会烦闷无聊,从巴黎到公爵府,一路上都会有人盯梢,想对索雷尔神甫先生开枪。他一打中,你的使命就完不成,可要耽误大事。因为,我亲爱的,我们怎能知道你的死活呢?你再热心,也没法通知我们呀!

"赶快去买一套衣服,"侯爵认真地接着说,"买一套两年前过时的服装。今晚,你的穿着不能讲究。一出了门,那可不同,你要和平时一样,不能打扮过时。你觉得奇怪,你没有猜到吗?对,我的朋友,你要去听发言的大人物当中,有一个会走漏风声,到了晚上,你在客店里吃晚餐时,至少有人会给你吃麻醉药的。"

"最好是,"于连说,"多弯三十里,不走直路。是不是去罗马?我猜想……"

侯爵露出了高傲而不满的神气,自从离开布雷—勒奥修道院后,于连不曾见过他这副模样。

"到时候你会知道的,先生。我不喜欢人家多问。"

"这并不是多问,"于连觉得不吐不快,接下去说,"我敢发誓,先生,我只是在高声自言自语,心里在想走哪条路更安全。"

"是的,看来你的心里想得很多。不过千万不要忘记,一个使者,尤其是像你这样年轻的使者,不应该勉强人家相信你。"

于连觉得受了天大的委屈,其实,他是错了。他的自尊心想找个借口,但找不到。

"因此,你要明白,"德·拉莫尔先生接着说,"一个人做了什么蠢事,总是怪自己的好心不得好报。"

一个小时以后,于连来到侯爵的接待室,一副下人的模样,服装是老式的，白领带不干净，看起来土里土气。

侯爵一见到他，不禁笑了起来，直到这时，于连才表明他是完全可靠的。"如果这个年轻人不可靠，"德·拉莫尔先生心里想，"那还信得过谁呢？不过在行动的时候，总得有信得过的人。我的儿子和他那一伙好朋友，个个勇敢忠诚，胜过十万雄兵。如果打起仗来，他们会战死在王座阶下，他们什么都会……就是不会做现在需要他们做的事。如果他们中哪一个能背下四页书来，还要跑一百里不被发现，那真是比见鬼还难。诺贝会和他的祖先一样出生入死，不过一个新兵也做得到……"

侯爵陷入了深思幻想："即使是出生入死，"他叹了一口气说，"可能这个索雷尔也不会落在他后面……"

"上车吧。"侯爵说时，好像要赶走一个不识时务的念头。

"先生，"于连说，"我在置装的时候，已经把今天的《每日新闻》第一版背下来了。"

侯爵拿起报纸。于连背诵时果然一字不差。"好，"侯爵说，心里像外交家一样盘算，"这个年轻人今晚不会留神我们走过哪些街道了。"

他们来到一间大客厅，客厅看起来阴沉沉的，墙壁下半装了护壁板，上半挂了绿色天鹅绒帷幔。在客厅当中，一个愁眉不展的仆人刚摆好一张大餐桌，接着又铺上一张绿色大台布，餐桌就成了办公桌，台布上到处是墨水迹，不知道是哪个部里报废了的用品。

房主身材魁梧，不知姓甚名谁。从他的面貌和口才看来，于连认为他是个深思熟虑的人。

在侯爵的示意之下，于连坐在长桌的下方。为了不失常态。他就开始把鹅毛笔削尖。他用眼角一瞄，一看有七个人，但于连只见他们的背部。听两个人和德·拉莫尔先生谈话的口气，他们是平起平坐的，另外几个人或多或少表示了他们的敬意。

一个新到的人没有通名报姓就进来了。"真怪，"于连心想，"这个客厅来了客人都不通报。难道是怕我泄露机密才这样谨慎小心的吗？"大家都站起来迎接新到的客人。他佩戴的高级勋章和客厅里其他三个人的勋章一样。他们说话低声细语。于连只能根据面貌和举止来判断新到的人。他个子又矮又粗。脸色通红，眼睛很亮，表情像只野猪似的不怀好意。

接着来了一个完全不同的人,一下分散了于连的注意力。这个人又高又瘦,穿了三四件坎肩。他的目光温和,态度谦恭。

"这简直像是贝藏松老主教的相貌。"于连心想,"他显然是教会的人,年纪看来超不过五十或五十五岁,神气真是再慈祥不过。"

年轻的阿格德主教来了,他向四边一看,眼光落到于连身上。显得非常惊讶。自从在布雷—勒奥修道院见过一面之后,他没有跟于连说过话。他惊讶的眼光使于连觉得不自在,不舒服。"怎么!"于连心想,"认识一个人总会使我不走运吗?我从来没有见过这些大人物,他们一点也没有使我感到胆怯,而这个年轻主教的目光却使我寒心!应该承认,我是个不幸的怪人。"

不一会儿,一个身材矮小、全身穿黑的人来了,一进门就喋喋不休;他脸发黄,有点像个疯子。这个说话没遮拦的人一到,大家就三三两两分开,显然是要避免听他啰唆。

大家离开壁炉,走近于连坐着的长桌下方。于连显得越来越为难,因为不管他怎样不听,他到底不是聋子;不管他多么无知,他也听得出他们高谈阔论的事多么重要;而他面前的这些大人物,又是多么希望保守机密的啊!

于连尽可能慢慢地削尖鹅毛笔,但他已经削了二十来支,他不能再用这个办法来磨时间。他望望德·拉莫尔先生,想从他眼睛里得到指示,但侯爵已经把他忘了。

"我做的事真可笑。"于连一边削笔,一边暗想,"这些其貌不扬的人,负了如此重要的责任,一定是惹不得的。我要是不幸看了他们一眼,那既失礼,又像询问,一定会得罪他们。要是我一直低着头,那又像在搜集情报似的。"

他为难到了极点,他听到了一些怪事。

第二十二章　讨论

共和国!——今天,如果有一个人因公忘私,就有成千上万人只知浮华虚荣,寻欢作乐。巴黎是只重车马不重人的。

——拿破仑:《回忆录》

仆人匆忙进来通报:"某某公爵先生。"

"住口,你怎么这样蠢!"公爵进来时说。他这句话说得神气十足,于连不由得想到,对仆人发脾气就是这个大人物的全副本领。于连刚抬起头,赶快又低下去。他已经猜到了这位贵人的重要性,唯恐看他一眼也会冒犯虎威。

公爵五十岁了,穿着却像个年轻的公子,走起路来富有弹力,他的头尖,鹰钩鼻子很大,向前突出,很难找到比他更高贵又更空虚的架子了。他一到就立刻开会。

于连正在研究相面术,忽然一下,德·拉莫尔先生的声音打断了他的思考。"我向诸位介绍一下索雷尔神甫先生,"侯爵说,"他的记忆力非常惊人。一个小时以前,我刚告诉他可能要担负的光荣使命,为了证明他的记忆力,他就背熟了《每日新闻》的第一版。"

"啊!是关于恩先生的国外消息吧……"房主问道。他赶快拿起报纸,用好笑的神气瞧瞧于连,要显示自己的重要地位,"背吧,先生。"他对于连说。

大家都不说话,眼睛盯着于连。他背得很熟,才背了二十行,公爵就说:"够了。"眼神像野猪的矮子坐下了。他是主席,因为他刚入座,就指着一张小牌桌,要于连把它搬到他身边来。于连把文具放好。他数了数,围着绿台布坐了十二个人。

"索雷尔先生。"公爵说,"你先到隔壁房间去,等下会有人去叫你。"

房主神色不安:"百叶窗没关好。"他低声对邻座说,"窗外是看不到窗内的。"他又傻头傻脑地对于连高声说道。

"我就这样糊里糊涂拖下了水。"于连心想,"幸亏这种阴谋还不至于送上河滩广场的断头台。即使有危险,为了侯爵,再大的危险我也应该冒。我干的蠢事有朝一日会给他惹来大麻烦,能够弥补万一,也就是万幸了!"

他一面想他干下的蠢事和他的不幸,一面瞧瞧这个地方,以便永志不忘。直到这时,他才想起没听见侯爵对仆人说到什么街道,甚至连马车都是租来的,这是从没有过的事。

于连想了很久。他的房间挂了金边红绒帷幔。靠墙的茶几上放了一个象牙的大十字架,壁炉架上放了一本德·梅斯特先生的《教皇论》,皮面烫金,装帧豪华。于连翻开书看,免得好像在听。隔壁房间说话的声音,有时一阵高过一阵。最后门开了,有人来叫他。

"诸位先生，"主席说，"从现在起，不要忘了我们是在德公爵面前讲话。这位先生，"他指着于连说，"是个年轻教士，忠于我们的神圣事业，他的记忆力过人，能一五一十复述我们的发言。"

　　"现在发言的是这位先生。"他说时指着那位面目慈祥、穿了三四件坎肩的人。于连觉得不如称他为坎肩先生更加自然。他赶快拿纸，开始有闻必录。

　　（作者本想在这里留下一页虚点。"那未免不太雅观。"出版人说："像这样的稗官小说，若不雅观，岂不等于判了死刑？"

　　"政治，"作者答道，"是拴在文学脖子上的一块大石头，不出半年，就会把文学活活淹死。想象丰富本来是一大乐事，政治一来，就像是音乐会上的枪声。枪声使人心碎肠断，却不能使人精力充沛。手枪和任何乐器的声音都不协调。政治会得罪一半读者，又会使另一半看过早报的读者觉得不够味，有气无力……"

　　"如果你的人物不谈政治，"出版人接嘴说，"他们就不是1830年的法国人，而你的书也不像你吹嘘的那样，是背上的一面镜子了……）

　　于连的记录有二十六页，后面的摘要大为逊色，因为按照惯例，不得不把荒谬言论删掉，谬论太多既讨人厌，又显得不真实。（参阅《法庭公报》）

　　那位面目慈祥的坎肩先生（可能是一位主教）时常微笑，一笑时，他那双眼皮浮肿的眼睛就露出了异样的光辉，表情也不像平时那样迟疑。这就是头一个在公爵面前发言的人（"那一位公爵呢？"于连心里寻思），大家选中了他，显然是要他讲清楚各种意见，起到代检察长的作用，但在于连看来，他说话犹豫不决，结论含糊不清，犯了一般法官的通病。在讨论的过程中，公爵甚至当场对他进行指责。

　　说了好些道德高尚、宽大为怀的哲理名言之后，坎肩先生说道：

　　"高尚的英国，在一位不朽的伟人皮特首相①的领导之下，曾经花费了四百亿法郎来阻止革命。如果这次会议允许我稍微坦率地提出一个悲观的看法，我要说英国还不大懂得怎样对付波拿巴这样的人，尤其是不能只用一大堆善良的意愿来制裁他，而是要由个人来用决定性的手段……"

　　"啊！又要为暗杀唱赞歌了！"房主神色不安地说。

---

① 反对法国革命、反拿破仑联盟的组织者。

"做做好事,不要感情用事来传道说教了!"主席气得叫了起来,他的野猪眼睛里射出了凶光,"接着讲吧。"他对坎肩先生说。主席的脸颊和额头都气得发紫了。

"高尚的英国,"发言人接着说,"今天也拖垮了,因为每个英国人不但要花钱买面包,还不得不支付四百亿法郎的利息,还清对付雅各宾党欠下的旧债。英国不再有皮特了……"

"但是有德·威灵顿公爵①。"一个神气十足的军人说。

"求求你们,请静下来,诸位先生。"主席叫道,"要是我们还争个不休,何必要索雷尔先生进来呢?"

"我们知道先生意见很多。"公爵不高兴地说道,说时瞧着那个打断别人说话的军人,他原先是拿破仑手下的将军。于连听得出这句话含沙射影,攻击了个人的私事。大家都微微一笑,那位变节的将军看来气得要命。

"不再有皮特了,诸位先生。"发言人接着说,神情沮丧,仿佛听众不可理喻似的,"即使英国有个新皮特,上过一次当,第二次就学乖了……"

"所以法国也不可能再有一个百战百胜的波拿巴将军了。"打岔的军人高声叫道。

这一回,主席也好,公爵也好,都不敢说半个不字,虽然于连从他们眼里看得出,他们都气得要发作。但他们只低下了头,公爵还叹了一口气,大家都听得见,也就算了。

但是发言人忍不下这口气。

"有人听得不耐烦,"他一发火,就把微笑的礼貌和有分寸的措辞都抛到脑后去了,而于连本来还以为那才是他流露的本性,"有人听得不耐烦,不管我怎样尽力不得罪任何人,也不管那些人的耳朵多么长。那好,诸位先生,我讲短点。"

"我要老实告诉你们:英国拿不出一文钱来支持我们的事业了。即使皮特复活,即使他的本领再大,英国的小业主再也不肯上当受骗,因为他们知道,就是滑铁卢短短的一个战役,就花费了他们十亿法郎。既然你们要我干脆说,"发言人越来越激动地加上一句,"我要告诉你们:靠你们自己吧,因为

---

① 在滑铁卢打败拿破仑的联军统帅,后任英国首相。

英国没有钱可帮忙了,英国一不出钱,奥地利、俄罗斯、普鲁士出不了钱,只能出力,最多只能同法国的雅各宾余党打一两仗。

"你们可以指望雅各宾党招的新兵不堪一击,也许第二个战役他们还会打败仗;但到了第三个战役,哪怕你们的有色眼镜把我看成是革命党,我也要说,打到第三仗,你们的对手就会是1794年的老兵,而不再是1792年新招的农民了。"

这时,前后左右有三四个人打断他的话。

"先生,"主席对于连说,到隔壁房间去把记录的头一部分誊写清楚吧。"于连非常遗憾地走了出去。发言人刚谈到的可能的情况,正是他经常思考的问题。

"他们怕我笑话他们。"于连心想。等到再叫他回来时,德·拉莫尔先生正在一本正经地发言,在了解他的于连看来,这股神气非常有趣。

"……是的,诸位先生,尤其是对我们这个不幸的民族,我们可以引用拉封丹的寓言问:

'大理石要刻成天神、桌子还是盆子?'

"'要成为天神!'寓言家叫道。这句高尚而深刻的名言,诸位先生,难道不是你们的心声吗?靠自己行动吧,高贵的法兰西就会重新出现,像我们的祖先所创建的那样,像路易十六逝世以前我们亲眼得见的那样。

"英国,至少是英国的贵族,同我们一样憎恨卑贱的雅各宾党。没有英国的黄金,奥地利、俄罗斯、普鲁士只能帮我们打两三仗。这两三仗的结果能不能占领法国,像黎塞留[①]先生在1817年糊涂地放过的机会一样呢?我想恐怕不能。"

这时又有人打岔,但大家嘘得他不敢多说。打岔的还是拿破仑帝国时代的将军,他想得到勋章和蓝绶带,所以要表明他是秘密记录的起草人。

"我想不能。"德·拉莫尔先生在嘘声之后接着说。他说时特别强调"我"字,这种目中无人的态度使于连听入了迷。"表演得真棒!"于连心想,一面下笔如飞,写得几乎和侯爵说得一样快,"德·拉莫尔先生一句话,抵得上变

---

① 黎塞留让英、奥、俄、普占领军撤出法国。

节将军打二十仗。""我们不能把军事占领的希望,"侯爵非常有分寸地接着说,"完全寄托在外国人身上。我们自己的年轻人,那些在《寰球报》上写煽动文章的人中间,可以选出三四千名年轻军官来,也许还会出个把克莱贝·奥什·于尔丹·皮舍格吕那样的将才,自然不如他们忠诚。"

"那是因为我们没有给他荣誉,"主席说,"应该使他名垂青史。"

"到底,法国应该有两个政党,"德·拉莫尔先生接着说,"不是两个有名无实的政党,而是立场鲜明、截然不同的两党。我们要知道应该打倒谁。一边是记者、选民、舆论,总而言之,是青年和拥护青年的人。当他们被空话冲昏了头脑的时候,我们这一边呢,我们要切实掌握预算的开销。"

这时又有人打岔了。

"先生,"德·拉莫尔先生用令人钦佩的高傲而从容的口气对打岔的人说,"你不喜欢'开销'这个字眼,那你就是要独吞列入国家预算的四万法郎,还有从王室经费中得到的八万法郎。"

"好吧,先生,既然你逼得这样说,那我就只好斗胆举你为例了。你高贵的祖先追随圣路易参加过十字军远征,你也该像他们一样,拿出你不想独吞的十二万法郎来,招募一个团,一个连,哪怕是半个连或五十个人也行,只要他们准备出生入死,为我们神圣的事业战斗。但是你没有兵,只有仆人,造起反来,他们会叫你害怕。

"王位、圣坛、贵族,明天都可能化为乌有,诸位先生,除非你们在各省建立一支五百人的忠诚队伍;不过我说的忠诚,既包括法国人的勇敢,又包括西班牙人的耐心。

"这支队伍的一半人应该是我们的子侄,是真正的贵族子弟。他们每个人的左右,不应该是只说不做的小市民,如果1815年的政变再发生,又会戴上三色帽徽的变节者,而应该是像卡特利诺那样头脑简单的老实农民。我们的子弟对待他们,应该像对同一个奶妈喂大的兄弟一样。让我们每个人拿出五分之一的收入,在每个省组织一支五百人的忠诚队伍吧!那时,你们才能指望外国进行军事占领。外国军队如果在一个省找不到五百个友军,他们连深入到第戎都是不敢的。

"外国国王不会听你们说的话,除非我们宣布,两万贵族子弟准备拿起武器,为他们打开法国的大门。你们会说,这是一件痛苦的事。诸位先生,要保住我们的头颅，就得付出这个代价。在言论自由和贵族生存之间，有一场生死斗争。如果你们不愿意干手工业或做农民，就得拿起枪来。你们可以胆小怕事，但是绝不可以愚蠢；睁开你们的眼睛吧！

"'组织队伍！'① 我要用雅各宾党人唱的歌词来劝你们了：总有一天，总有一个像瑞典国王居斯塔夫·阿道夫那样的人，看到君主制度危在旦夕，会不远千里而来，为我们立下丰功伟业，就像居斯塔夫为新教诸侯立过的功一样。你们愿意只是空谈而不行动吗？如果是，那么五十年后，欧洲就会只有共和国总统，而没有国王了。随着国王，教会和贵族也会消灭。我们只能看到候选人巴结那些臭群众。

"那时，你们再说什么也没用了，你们可以说，法国没有一个大家信任、熟悉而又爱戴的将军，军队只是为了朝廷和教会的利益才组织起来的，所有的老兵都遣散了，而每一个普鲁士或奥地利的团队里，却有五十个上过火线的下级军官。"

"二十万年轻的小市民都热爱战争……"

"不要谈泄气的现实了！"一个一本正经的大人物用自命不凡的口气说，显然他在教会里的地位很高，因为德·拉莫尔先生非但没有生气，反而高兴地微微一笑，这对于连是个重大的启示。

"不要谈泄气的现实了，让我们总结一下，诸位先生，一条烂腿就该锯掉，如果对医生说：这条腿没毛病，那怎么行！请原谅我不得不打这个比喻，因为高贵的德公爵就是我们的医生……"

"总算泄露了天机。"于连心想，"我今夜快马加鞭，要去……"

第二十三章　教士、林产、自由

生物的要义是保全自己，是生存下去。你播的是毒芹，休想收获麦子。

——马基雅维里

---

① 《马赛曲》中的一句歌词。

一本正经的大人物继续发言，可以看得出他了解情况。他摆事实，讲道理，很有口才，温和稳重，听得于连满心欢喜。

"第一，英国没有钱帮我们的忙。他们提倡节约，流行的是休谟哲学，甚至新教徒也不会给我们钱，自由主义者会笑话我们。

"第二，没有英国出钱，欧洲的国王不可能出力为我们进行两次以上的战役，而两次战役并不足以打垮小市民阶级。

"第三，法国必须组织一个武装政党，否则，欧洲君主国家甚至不敢冒险进行这两次战役。

"因此，我敢说，显然应该提出第四点：

"没有教士，不可能在法国成立武装政党。我敢大胆向你们这样说，因为我可以证明这一点，诸位先生，所以一切该归教士。

"首先，因为他们日夜操劳，他们的领导人能力高强，远在风暴之外，远离国境三百法里……"

"啊！罗马，罗马！"房主叫了起来。

"是的，先生，罗马！"红衣主教得意扬扬地接着说，"不管你们年轻时听过多少俏皮的笑话，我要大声疾呼，到了1830年，只有罗马领导下的教士对老百姓有说服力。"

"五万教士异口同声，在领导人指定的同一天，翻来覆去说同样的话，最能说服老百姓和当兵的平民，肯定比世上的民歌歪诗更能感动人……"（这个民歌手引起了纷纷议论。）

"教士的本领比你们大，"红衣主教提高了声音接着说，"为了成立武装政党这个主要目标，你们要采取的步骤，我们已经都采取了。例如，谁把八万条枪送到旺代？如此等等。"

"只要教会没有恢复林产，它就无所依靠。打起仗来，财政部就会发通知，只发给神甫薪水。其实，法国并不信教，只是好战。无论谁要他们打仗，谁就会得到民心，因为打仗，用世俗的话来说，可以使教士挨饿，因为打仗可以使自豪的法国人不受外国干涉的威胁。"

红衣主教的话受到欢迎。"德·内瓦尔先生，"他说，"应该退出内阁，他的名字引起的反对，对我们没什么好处。"

一听到这句话,大家都站起来,七嘴八舌同时发言。"他们又要打发我走了。"于连心想。不料细心的主席忘了他在场,甚至忘了他的存在。

大家的眼睛都在找一个人。那就是首相德·内瓦尔先生,于连在德·雷斯公爵先生家的舞会上见过他。

"全场一片混乱。"就像记者报道议会消息时说的那样。足足乱了一刻钟,才恢复了一点平静。

那时德·内瓦尔先生才站起来,说话的口气像个圣徒:

"我不能肯定说,"他的声音有点反常,"我不留在内阁之内。"

"事实已经说明,诸位先生,我的名字引起许多温和派的反对,这就加强了雅各宾党人的力量。因此,我很乐意隐退。但是天主的意图只对少数人显示。"他把眼睛盯着红衣主教,加了一句,"我有一个使命。上天对我显示过:只要你不上断头台,就要在法国恢复君主政体,并且把议会降低到路易十五治下高等法院的地位,而这一点,诸位先生,我会说到做到。"

他不多说,坐了下来,全场一片肃静。

"这是个出色的演员。"于连心想。他想错了,他又像平时一样把人想得太聪明,不知道德·内瓦尔先生听了一晚上激烈的争辩,看到了讨论的真诚,觉得非常兴奋,真以为自己负有使命。其实他是勇气有余,通情达理却有不足。

听了"说到做到"这句豪言壮语,全场一片肃静,这时,夜半钟声响了。于连觉得钟声令人肃然起敬,却又预兆不祥。他的心情激动。

不久讨论又恢复了,并且越谈劲头越足,大家都返老还童,幼稚得令人难以相信。"这伙人会把我毒死的。"于连有时的确这样想,"怎么能在一个平民面前这样出乖露丑呢?"

两点钟响了,大家还在谈。房主早已睡着,德·拉莫尔先生不得不叫人来换蜡烛。德·内瓦尔首相先生是在一点三刻退席的,走前他曾几次从身边的镜子里研究于连的相貌。他一走。大家都松了一口气。

换蜡烛的时候,坎肩先生低声对邻座说:"天晓得首相会对国王说些什么!他会把我们说得很可笑,好拆我们的台。

"应该承认,他的自负是少见的,而且胆大脸厚,所以才来开会。入阁以前,他倒常来这里;不过高官厚禄会改变一切,会淹没个人的兴趣,这一点他应该感觉得到。"

首相一走，波拿巴的将军就闭上了眼睛。这时，他谈的是自己的健康和伤口，看看表，也走了。

"我敢打赌，"坎肩先生说，"将军追首相去了。他会道歉说他不应该，他来是要牵着我们的鼻子走。"

半睡半醒的仆人们刚把蜡烛换完了。

"我们仔细考虑一下吧，诸位先生，"主席说，"不要再批来驳去了。我们要想到记录的内容，四十八小时后，记录就要送到外国朋友的眼前。大家谈到过内阁大臣。讨论了一小时以后，他眼里冒出了火光。现在德·内瓦尔先生一走，我们可以放心说了：大臣有什么要紧？我们要他们向东，谅他们也不敢向西。"

红衣主教微微一笑，表示同意。

"在我看来，总结情况是再容易也没有的事。"年轻的阿格德主教说，最兴奋的宗教狂热受到了压抑，现在集中火力，要爆发了。在这以前，他一直没开口。于连注意到，他的眼睛起初是温和而平静的，讨论了一小时以后，他眼里冒出了火光。现在，他的热情像维苏威火山爆发时的岩浆一样涌出来了。

"从1806年到1814年，英国只犯了一个错误，"他说，"那就是没有直接采取对付拿破仑个人的行动。等到这个人封官晋位，登上皇帝的宝座后，天主赋予他的使命便宣告结束，只能把他当做祭祀的牺牲品了。《圣经》里不止一个地方教导我们用什么方法消灭暴君。（他在这里引用了好多句拉丁文。）

"今天，诸位先生，今天要牺牲的不再是一个人，而是整个巴黎。全法国都在模仿巴黎。每个省武装你那五百人有什么用？那会是一个没完没了的冒险行动。为什么要把整个法国和巴黎一个地方的事纠缠在一起呢？只有巴黎和它的报纸、'沙龙'，才是罪魁祸首；让这个新巴比伦消灭吧！

"在教会和巴黎之间，应该一了百了。这场灾难，甚至连王室的利益也在劫难逃。为什么巴黎在波拿巴统治下不敢出一口气呢？请你们去问拿破仑攻打圣罗克教堂的大炮吧……"

……

直到清晨三点钟，于连才跟着德·拉莫尔先生离开了会场。

侯爵又惭愧，又疲倦。他和于连谈话，这是头一次用了恳求的口气。他要求于连保证，绝不泄露他刚才偶然亲眼得见的过度狂热（这是他的原话）。"不要告诉外国朋友，除非他们一定要知道这些年轻疯子的情况。国破家亡和他们有什么关系？他们会当红衣主教，逃去罗马。而我们呢，我们会在城堡里遭到农民屠杀。"

侯爵根据于连二十六页的记录，写了一份秘密备忘录，一直写到四点三刻才完。

"我疲倦得要命，"侯爵说，"备忘录最后写得不清楚，可见我多么累；我这一生没有做过比这更不满意的事。拿去，我的朋友，"他又说了一句，"快去休息几个小时，为了怕人绑架，我要把你锁在房里。"

第二天，侯爵把于连带到远离巴黎、前不搭村、后不搭店的一座孤堡。那里有些身份不明的人，于连猜是教士。他拿到了一本化名护照，上面到底写明了他一直假装不知道的旅行目的地。他一个人坐上一辆敞篷马车。

侯爵对于连的记忆力很放心。于连已经在他面前背了好几遍备忘录，不过他怕路上有人绑架。

"尤其是要装作一个游山玩水的公子哥儿，"侯爵在于连离开客厅时亲切地对他说，"昨天晚上开会的人，可能不止一个是冒牌兄弟。"

旅途过得很快，但也很闷。于连一不看见侯爵，就忘了秘密记录和使命，只想到玛蒂德对他的蔑视了。

过了梅斯几里路后，到了一个乡村驿站，站长来对他说，没有马可换了。那时已是晚上十点，于连生怕耽误，就吩咐准备晚餐。他在门口转转，神不知鬼不觉地转到马厩的院子里。那里果然没有马。

"这个站长的神气蹊跷，"于连心想，"他那双不客气的眼睛在打量我。"

不难看出，他开始不太相信站长说的话了。他打算在晚餐后溜走，为了打听当地的情况，他离开房间到厨房去烤火。但他喜出望外，在那里碰到了出名的歌唱家吉罗尼莫先生。

这个那不勒斯音乐家坐在一把搬到炉边来的扶手椅里，高声叹气，一个人说的话，比张口结舌地围着他的二十个德国乡下人还多。

"这些家伙要拆我的台，"他高声对于连说，"我答应了明天在美因兹演出。有七位王公远道赶来听我唱呢。我们还是出去走走，换换新鲜空气吧。"

301

他意味深长地加了一句。

等他在大路上走了百来步，人家听不见他了。

"你知道这是怎么回事吗？"他对于连说，"这个站长是个坏蛋。我散步时给了一个小淘气二十个苏，他就什么都对我说了。村子那一头马房里有十几匹马。他们说没有马，是要耽误一个信使。"

"当真？"于连装憨卖傻地问。

摸了底还不够，怎么走得了呢？这就难倒了吉罗尼莫和他的朋友。"等到天亮再说，"歌唱家心生一计，"他们怀疑我们。不是你，就是我。明天我们定下一顿丰盛的早餐，他们备餐时，我们就去散步，赶快溜之大吉，另外租马赶到下一个驿站去。"

"你的行李怎么办呢？"于连说时想到，吉罗尼莫会不会是派来阻挠他的？该吃晚餐睡觉了。于连刚睡一觉，就给两个人的声音惊醒了，那两个人满不在乎地在他房里说话。

他认出了一个人是站长，手里提着一盏暗灯。灯光照在他马车的行李箱上，箱子是于连要人搬到房里来的。站长旁边的人正在不慌不忙搜查打开了的箱子。于连只看得见这个人的衣袖，袖子是黑色的，紧紧缠住胳膊。

"这是道袍。"他心里想，赶快悄悄地抓住枕头底下的手枪。

"不必怕他会醒，神甫先生，"驿站长说，"我们给他喝的是你亲自准备的麻醉药酒。"

"我连文件的影子也没有找到，"神甫答道，"只找到内衣、香水、头油、零零碎碎的小玩意。这是个时髦的年轻人，只会寻欢作乐。密使恐怕是那个装着用意大利口音说话的人。"

这两个人走到于连身边，搜他旅行装的口袋。他真恨不得把他们当做小偷打死。不会有什么危险的后果。他正想动手……"我怎么这样蠢！"他一转念，"那不是要耽误大事了吗！"搜完了衣服，神甫说，"这不是一个办外交的人。"说完就要走开，幸亏他走开了。

"如果他摸到床上来搜我的身，那他就活该倒霉！"于连心想，"他很可能刺我一刀，那我可受不了。"

神甫转过头来，于连半开半闭的眼睛大吃一惊，原来他看见了卡斯塔内德神甫！的确，虽然这两个人不想高声说话，于连一开始就觉得有一个声音好熟。他怒从心头起,真恨不得把这条害人虫从世上除掉……

"那我的使命呢!"他又转念想到。

神甫和他的同伙出去了。一刻钟后,于连假装醒了过来。他高声大喊,把大家都吵醒了。

"我中了毒!"他大叫道,"我难过得要命!"他要找个借口去救吉罗尼莫。音乐家喝了酒里的麻醉剂,还处在半昏迷状态。

于连对这类恶作剧早有戒心,晚餐吃的是从巴黎带来的巧克力。他要叫醒吉罗尼莫,怎么也没办法要他动身。

"要我去当那不勒斯国王,"歌唱家说,"我也舍不得离开这张床啊!"

"那七位王公呢!"

"让他们等着吧。"

于连只好一个人走,总算没有意外就到了公爵府。他花了一上午请求谒见,也没见到。幸亏下午四点,公爵要呼吸新鲜空气。于连见他走出来,机不可失,迎上前去请求施恩。离公爵两步远的地方,他掏出德·拉莫尔侯爵的表,故意让他看见。"跟我来,不要走得太近。"公爵说时,瞧也不瞧于连。

走了大约一里路,公爵忽然走进一家小咖啡店。就是在这个小店的一间低级房子里,于连有幸在公爵面前背那四页记录。等到他背完了,"再背一遍,背慢一点。"公爵对他说。

公爵做了笔录。"走到下一站去。行李和马车留在这里。尽可能去斯特拉斯堡,本月22日(今天才是10号)中午十二点半再回这家咖啡店来。等我走后半小时再出去。不要说话!"

这就是于连听到的吩咐。他听了心悦诚服。"这才是大人物办事的方式,"他想,"要是他听到三天前七嘴八舌没完没了的唠叨,他会怎么想呢?"

于连绕了弯路,走了两天才到斯特拉斯堡,他无事可做。"要是该死的卡斯塔内德神甫认出了我,他会追踪到底,使我有辱使命,那他才高兴呢!"

卡斯塔内德神甫是圣公会在北部边境的警探头目,幸亏他没有认出于连。斯特拉斯堡的耶稣会教士虽然眼观六路,却没想到要监视一个佩戴勋章、穿蓝礼服、爱好打扮的青年军人。

第二十四章　斯特拉斯堡

> 迷恋！你和爱情一样，能经得起痛苦的磨炼和考验。但销魂的乐趣和甜蜜的享受，却是你可望而不可即的。看到美人春睡，可惜我不能说："她是我的，她天仙般的美丽和柔弱，都听任我摆布。大慈大悲的天主造了她，就是为了这样迷住天下男人心的。"
>
> ——席勒：《颂歌》

于连不得不在斯特拉斯堡消磨一个星期，他尽力用建功报国的思想来消愁解闷。难道他是在恋爱吗？他自己也不知道，他只发现在他心灵深处，玛蒂德使他朝思暮想，魂牵梦萦。他需要人格的全力支持，才能免于悲观绝望。凡是和德·拉莫尔小姐无关的事，他想也懒得想。从前，雄心壮志、浮华虚荣，只要稍有成就，就可以分散他对德·雷纳夫人的感情。现在，玛蒂德却已经勾魂摄魄，无所不在，甚至占有了他的未来。

从各方面看来，于连都觉得将来成功无望。这个在玻璃市如此自高自大、自以为是的青年，居然落到如此可笑、极端自卑的地步。

三天以前，他敢满不在乎地打死卡斯塔内德神甫，而到了斯特拉斯堡，即使是一个小孩子和他吵起来，他也会认为是孩子有理。回想他这一生碰到的冤家对头，几乎都是他自己心虚理亏。

因为现在，他战无不胜的想象力成了他自己不共戴天的仇敌，而在从前，他总是不断用想象力来为自己描绘光华灿烂、成就辉煌的前途。

完全孤独的旅途生活，更增加了想象力阴暗的影响。"有一个朋友是多么可贵啊！不过，"于连心想，"难道有一颗朋友的心在为我跳动吗？即使碰到一个朋友，为了荣誉，难道我不应该对他保持沉默？"

他骑着马闷闷不乐地在凯尔郊外消磨时间。凯尔是莱茵河畔的一个小镇，德赛将军和古维翁·圣西尔元帅的保卫战，使小镇名垂史册。一个德国农民指给他看，那些英勇的大将用兵的小河、道路、莱茵河中的小岛。于连左手牵着马缰绳，右手展开圣西尔元帅《回忆录》中的精美地图。忽然一声欢呼

第 二 部

使他抬起头来。

原来是在伦敦认识的科拉索夫亲王，几个月前，亲王对他讲过高谈阔论的入门知识。科拉索夫昨天才到斯特拉斯堡，到凯尔不过一个小时，他一生没有读过一行1796年保卫凯尔的回忆录，但他精于买空卖空的本领，居然对于连大谈起围城战来。那个德国农民目瞪口呆地瞧着他，因为农民也懂一点法语，听得出亲王的讲解错误百出。于连的想法和农民的却相差万里，他惊奇地瞧着年轻漂亮的亲王，羡慕他的马上英姿。

"多么豪爽的性格！"他心里想，"瞧他的裤子穿得多么合身，他的头发剪得多么高雅！唉！如果我有他这么潇洒，也许她不会只爱我三天，就感到厌倦了。"

亲王吹完了围攻凯尔的战役："你怎么愁眉苦脸的，像个缄口苦修会的修道士？"他问于连，"我在伦敦对你讲过严肃的原则，不过你做过头了。愁眉苦脸不可能是风度好：应该显得烦闷厌倦。发愁表示欠缺或者失败。

"这说明你'低人一等'。如果你厌倦呢，恰恰相反，那表示别人枉然要讨你欢喜，说明你高人一等了。你看，我亲爱的朋友，你的误会多么严重！"

于连扔了一个金币给那个张嘴结舌的农民。

"好！"亲王说，"风度不错，抬高了自己，贬低了对方！很好！"于是他拍拍马，飞快地跑了起来。于连紧紧跟在后面，对他佩服得五体投地。

"唉！要是我能像他这样，她就不会喜欢夸泽努瓦而抛弃我了！"于连的理智越受到亲王高谈阔论的冲击，就越羡慕他而瞧不起自己，甚至因为自己不能高谈阔论而感到痛苦。他自惭形秽，简直无以复加了。

亲王发现他的确很痛苦："哎呀！我亲爱的朋友，"回到斯特拉斯堡时，亲王问他，"你是不是上了坏人的当，丢了你的钱包，还是爱上了一个女戏子？"

俄国人模仿法国的风气，可是总要落后五十年。他们目前还在路易十五时代。

关于爱情的戏言使于连流下了眼泪："为什么不请教这个可爱的人呢？"他忽然想到。

"唉！你猜对了，我亲爱的朋友，"他对亲王说，"你看，我在斯特拉斯堡爱上了一个漂亮的女人，却被她抛弃了。她住在附近的城里，和我热恋三天

305

之后，却甩了我，她一变心不要紧，可要了我的命。"

他用假名字向亲王描述了玛蒂德的行为和性格。

"不必说下去了，"科拉索夫说，"为了使你相信我会治病救人，我来替你说完。这个女人的丈夫很有钱，要不她就是当地的名门望族。她总该有骄傲的资本。"

于连点了点头，他没有勇气说下去。

"很好，"亲王说，"我这里有三剂苦口的良药，你要立刻服用。"

"第一，每天去看这位夫人，她叫什么名字？"

"德·土布瓦夫人。"

"土布瓦！多土气的姓！"亲王说时放声大笑，"对不起，只要你不觉得土气就好。问题是要每天去看这位卖土布的夫人；对她既不能冷淡，也不能生气；记住你这个世纪的大道理：别人要你向东，你就偏要向西。你要表现得像受宠前一个星期那样。"

"唉！我那时很平静，"于连绝望地叫了起来，"我还以为我是同情她呢……"

"你是灯蛾扑火，"亲王接着说，"这个比喻是古已有之的。

"第一，你要每天都去看她。

"第二，你要追求一个社交界的女人，但是表面上不要太热情，听懂了吗？不瞒你说，你这个角色很难演；你在演戏，但若被人识破，那就完蛋了。"

"她这样聪明，而我这样笨！我当然要完蛋。"于连难过地说。

"不见得。你只是爱得比我想象得更深。德·土布瓦夫人只顾得上她自己，得天独厚的富贵女人都是这样！她只有眼睛看自己，没有眼睛看你，因此，她并不了解你。她有两三次同你干了风流事，那是她献身给自己的想象，她把你当成她梦中的英雄，而不是真正的你……

"不过，真见鬼！这都是起码的常识，我亲爱的索雷尔，你怎么无知得像个小学生呢？……

"得了！到这家商店看看吧。瞧！这条黑领带很漂亮，人家会以为是英国的名牌货。你为什么不买一条？扔掉那根系在你脖子上的黑绳子吧！"

"啊！"亲王走出斯特拉斯堡最大的服饰商店，对于连说，"德·土布瓦夫人出入什么社交场合？天哪！多土气的姓！请不要见怪，我亲爱的索雷尔，我实在听不惯……你打算追求谁？"

"一个非常正经的少女，袜店富商的女儿。她有世界上最漂亮的眼睛，非常讨我喜欢；她生在当地第一流的人家；地位很高，但一有人谈到商店的生意经，她却会满脸通红，不知所措。不幸的是，她父亲偏偏是斯特拉斯堡一个最出名的商人。"

"这样说来，只要一谈企业，"亲王笑着说，"你可以肯定你的美人想到的是她自己，而不是你了。这个可笑的脾气真是再好没有，对你非常有用，你不会给她美丽的眼睛迷得如醉如狂。因此，十拿九稳你会得心应手。"

于连想到的是常来德·拉莫尔府的德·费瓦克元帅夫人。她是一个漂亮的外国女人，结婚一年后，元帅就去世了。她一生似乎没有什么目的，只要人家忘记她是一个"企业"界大老板的女儿，而要在巴黎出人头地，她就显得一本正经，带头维护道德。

于连对亲王心悦诚服。如果他能像亲王这样高谈阔论，他几乎是不惜任何代价的。这两个朋友谈起话来没完没了，科拉索夫兴高采烈，从来没有一个法国人这样听他长谈的。"这样看来，"亲王得意扬扬地自言自语，"我到底使我的法国老师变成我的学生，反来听我讲课了！"

"我们同意，"他翻来覆去第十次对于连说，"在德·土布瓦夫人面前，你对斯特拉斯堡袜店美人谈话的时候，不要流露一点热情的影子。相反的是，你写的情书却要像火一般热。读一封写得好的情书，对一个假装正经的女人说来是一种莫大的快乐；这是她道德上放松的时刻。她不再演戏了，她敢听她内心的呼声；因此，你每天要写两封信。"

"不行，不行！"于连垂头丧气地说，"你就是把我磨成粉，我也写不出三句话来。我比死人还不如，亲爱的朋友，不要对我存什么希望。你还不如见死不救呢！"

"谁要你写文章来着？我提包里有六本抄好的情书。对付各种女人的都有，不管她的道德多么高尚。你当然知道，卡利斯基就不远千里，写信追求过全英国最漂亮的修女？"

他们一直谈到清晨两点钟，于连在离开他朋友的时候，觉得不那么痛苦了。

第二天，亲王叫了一个抄书人来。两天以后，于连得到了五十三封情书，还编了号，都是写给道德高尚、心情忧郁的名门淑女的。

"没有第五十四封，"亲王说，"因为人家拒绝再接受卡利斯基的情书，不过，你不是只想打动德·土布瓦夫人的心吗？那袜商的女儿拒绝你又有什么关系呢？"

他们每天骑马，亲王简直是迷上了于连。他不知道怎样向于连表明自己一见如故的交情，甚至提出要于连娶他的一个表妹，她要在莫斯科继承一大笔财富。"一结了婚，"他锦上添花说，"我的力量加上你的十字勋章，可以使你在两年内当个上校。"

"可我这个十字勋章不是拿破仑发的，那差多了。"

"那有什么关系？"亲王说，"十字勋章不是他发明的吗？这还是欧洲的头等勋章啊！"

于连几乎要答应婚事了，但他不得不回去见公爵。他离开科拉索夫时，答应以后写信再谈。他得到了对秘密记录的答复，立刻快马加鞭跑回巴黎。一连两天，他都是孤零零的，这时，离开法国和玛蒂德，在他看来，简直比死还难受。"我不会为了科拉索夫提出的百万家财而结婚，"他心里想，"但是我要按照他的话去做。

"总之，勾引女人是他的拿手好戏。他打这种主意不止十五年，到今年已经三十岁了。不能说他不聪明，他很机灵，又会花言巧语，但是热情和诗意却不可能在他的性格中找到。他是个检察官，那就更有理由相信他不会搞错。

"应该这样，我要去追求德·费瓦克夫人。

"她也许有一点讨厌，但是我只要一看她那双美丽的眼睛，我就会想起世界上最爱我的那个人。

"她是个外国人，那倒是一个需要观察的新人物。

"我疯了，我陷入了绝境，我应该听一个朋友的忠告，而不应该盲目自信。"

第二部

第二十五章　义不容辞

> 如果寻欢作乐需要这样谨小慎微，那对我而言，就不成其为欢乐了。
>
> ——洛佩·德·维加

我们的主角刚回到巴黎，见了德·拉莫尔侯爵，侯爵读了他带来的回信，神色显得十分不安。于连一出书房，就跑去找阿塔米拉伯爵。这个漂亮的外国人因为被判死刑反而出了名，他的态度庄严，信教虔诚，这两种优秀品质再加上最重要的出身高贵，使他得到了德·费瓦克夫人的青睐，并且经常出入她的客厅。

于连一本正经地承认自己深深爱上了她。

"她是一个道德高尚、品行纯洁的人，"阿塔米拉答道，"不过有点做作，有点夸张。有时，我懂得她话里的每个字，却不懂整句的意思。她时常使我想到，我并不像人家说的那样懂法语。认识她能提高你的知名度，抬高你的社会地位。不过，我们还是去找比斯托吧，"阿塔米拉伯爵说，"他是一个有条有理的朋友，还追求过元帅夫人。"

唐·迪埃戈·比斯托听他们讲了很久，自己却不说话，就像律师在事务所里一样。他的脸胖得像个修道士，留了黑胡子，神气庄严无比；他还是个烧炭党人。

"我明白了，"他到底开了口，"德·费瓦克元帅夫人有过情夫吗？还是从来就没有过？因此，你有成功的希望吗？问题就在这里。这等于告诉你，我失败了。现在，我已经不生气了，所以我可以心平气和地做出结论：她脾气不好，我马上要告诉你，她的报复心强。

"我没有发现她肝火太旺，而肝火旺是天才的气质，会给一切行动蒙上一层热情的光彩。恰恰相反，我发现她身上有荷兰人的淋巴质，使她这样艳若桃李，冷若冰霜。"

这个西班牙人慢条斯理、不动声色的谈吐，使于连听得不耐烦了，他时不时地从牙缝里蹦出几个单音节的词来回答。

"你愿意不愿意听我说?"唐·迪埃戈·比斯托认真地问于连。

"请原谅法国人脾气急①,我在听呢。"于连答道。

"德·费瓦克元帅夫人非常记恨,她毫不容情地打击一些她没见过的人,一些律师,一些穷文人,例如科莱,你知道吗?就是那个写流行歌曲的:

'我爱玛莫特,

可惜摸不得……'"

于连不得不耐心听他唱完。这个西班牙人喜欢用法语唱歌。

这首神圣的歌曲从来没有唱得这样叫人不耐烦听。歌一唱完,唐·迪埃戈·比斯托就说,"元帅夫人却使这首歌曲的作者失了业:

'一天在小酒店打情骂俏……'"

于连怕他又要唱下去,身上起了鸡皮疙瘩。但他只分析了一下歌曲。的确,歌词亵渎神明,有伤风化。

"元帅夫人一看这首歌就有气,"唐·迪埃戈说,"我赶快提醒她,像她这种地位的人,不必费神去看无聊的印刷品。不管上流社会多么虔诚,多么严肃,法国的下流社会总有一种酒吧间文学。德·费瓦克夫人不听我的,使这个可怜的穷酸文人失了业,他本来就只领半薪,这下连那一千八百法郎的年金也丢了。'当心,'我对她说,'你用手一挥,就打倒了这个歪诗的作者,但他会用歪诗回敬你的,当心他会写隐善扬恶的歌曲。金碧辉煌的客厅都站在你一边,但嬉皮笑脸的下等人却会翻来覆去散播他的俏皮话。'先生,你知道元帅夫人怎样回答我吗?'为了天主的利益,全巴黎会看到我走上殉教的道路,这是法国见所未见的新奇事。老百姓该学会尊重高尚的品德。那会是我一生中最美的日子。'她的眼睛也从来没有那么美。"

"美得超凡入圣,有如天仙!"于连叫了起来。

---

① 原文是西班牙文。

"我看你是陷入情网了……因此，"唐·迪埃戈·比斯托认真地接着说，"她不是肝火旺才喜欢报复的。然而，如果她喜欢伤害人，那是因为她很痛苦，我猜想是'内心痛苦'。她会不会是个对自己的所作所为感到厌倦、假装正经的女人呢？"

西班牙人默默地瞧着于连，足足有一分钟。

"问题就在这里，"他认真地又说一遍，"你的希望也在这里。在我伺候她的这两年，我对这点想得很多。你的未来，多情的先生，取决于这个大问题。她是个对自己的所作所为感到厌倦、假装正经的女人吗？她是因为痛苦才伤害人的吗？"

"或者，"阿塔米拉到底打破沉默，开了口说，"是不是我对你说过二十遍的，只是法国人的虚荣心在作祟。一想起她的父亲只是个出名的布商，就使这个生性忧郁、枯燥无味的女人感到痛苦了。她只可能有一种幸福，那就是住到托勒多去。天天听忏悔师折磨她说，地狱的门是大敞开的。"

于连走出来的时候，唐·迪埃戈越来越认真地对他说："阿塔米拉告诉我，你是自己人。有朝一日，你会帮我们恢复自由的，所以我才在这桩小事上助你一臂之力。了解元帅夫人的文笔对你会有好处，这里是她的四封亲笔信。"

"我去抄下来，"于连高声说，"然后还给你。"

"不会有人从你口里听到我们谈过的话吧？"

"绝对不会，我用荣誉担保！"于连高声说。

"那么，愿天主保佑你！"西班牙人又说了一句，就默默地把阿塔米拉和于连送到楼梯口。

这次拜访使我们的主角有点开心，他几乎要笑出来。"瞧这个虔诚的阿塔米拉，"他心里想，"居然帮我拉皮条了！"

在听唐·迪埃戈·比斯托认真谈话的时候，于连同时留意听阿利格府报时的钟声。

晚餐的时间快到了，他又要看见玛蒂德啦！他一回来，就赶快更衣整容。

"这是头一件蠢事，"他下楼时忽然想到，"一定要一字不差地按照亲王开的药方去做。"

他又上楼回到房里，换了一套再普通不过的旅行装。

"现在，"他心里想，"要留意的是我的眼神。"这时只有五点半钟，而晚餐要等到六点才开。他打主意下楼到客厅去，客厅里没有人。一见那张蓝色的长沙发，他赶快跑过去跪下，吻玛蒂德放过胳臂的地方，他流下了眼泪，脸颊也发烧了。"一定要把这种愚蠢的多情善感消尽磨光，"他愤怒地想道，"否则就会露出马脚来。"他拿起一张报纸来做做样子，从客厅到花园走了三四次。

　　他哆哆嗦嗦，藏在一棵大橡树后面，才敢抬起头来望德·拉莫尔小姐的窗子。窗子关得很紧，他几乎要昏倒了，就靠着橡树站了很久；然后，他摇摇晃晃地去看园丁的那把梯子。

　　他从前撬开过的铁链，唉！现在时过境迁，但是链环还没修好。在狂热感情的冲动下，于连居然吻起铁链来。

　　在客厅和花园之间走了很久之后，于连感到累得要命；这是他强烈地意识到的第一次胜利。"我的眼睛不会有神，那就不会泄露天机！"渐渐地，就餐的人都到客厅来了，没有一次开门的时候，于连不感到心慌意乱的。

　　大家开始入席。德·拉莫尔小姐最后才到，她总是习惯于要人家等候。一见于连，她的脸涨得通红，还没有人告诉她于连回来了。遵照科拉索夫亲王的嘱咐，于连只瞧她的手，手在颤抖。此情此景使他自己也心慌意乱，简直无法形容，幸亏他疲乏的模样把这掩饰过去了。

　　德·拉莫尔先生称赞他。过了一会儿，侯爵夫人也赏脸和他谈话，称赞他非常勤劳。于连一刻也没有忘记："我不应该过多地看德·拉莫尔小姐，但也不必回避。一定要不卑不亢，像她抛弃我之前的一个星期那样……"他有理由对自己的表现感到满意，就留在客厅里。他这是头一次留意侯爵夫人的举动，他尽力使她的男宾谈话，避免冷场。

　　他的礼貌得到了报答。八点左右，仆人通报德·费瓦克元帅夫人到。于连赶快回房间去，换了一身打扮再来。德·拉莫尔夫人见他这样郑重其事，非常满意，就对德·费瓦克夫人谈起他的旅行来。于连坐在元帅夫人旁边，正好不让玛蒂德看见他的眼睛。这样坐下之后，他就可以按照恋爱艺术的规定，向德·费瓦克夫人表示神魂颠倒的仰慕之情。科拉索夫亲王送给他的五十三封情书，头一封开始就是一大段倾诉衷情的台词。

　　元帅夫人说她要上滑稽歌剧院去。于连赶快跟踪而来，他碰到了德·博瓦西骑士，骑士把他领到宫内侍从先生们的包厢里，恰好在德·费瓦克元帅夫人的包厢附近。于连目不转睛地望着她。"我一定要，"他一回公馆就说，"写围城日记，以免忘了进攻。"他勉为其难地写了两三页，说来也妙，他却几乎忘了德·拉莫尔小姐。

在于连外出期间，玛蒂德也几乎把他忘了。"他到底不过是个普通人，"她心里想，"他的名字总会使我想起，他玷污了我一生的清白。应该真心诚意回到世俗人循规蹈矩的道路上来，一个女人失去了理智和名誉，就会什么也没有了。"她到底表示答应早和德·夸泽努瓦侯爵商量好的婚事。侯爵高兴得如醉如狂，如果有人对他说，不要高兴得太早，玛蒂德答应这桩婚事，其实有不得已的苦衷，那他会莫名其妙的。

一见于连，德·拉莫尔小姐的想法完全变了。"说老实话，他才配做我的丈夫，"她心里想，"如果我要回到明智的道路上来，显然是应该嫁给他。"

她以为于连会不识相，会来诉苦，准备好了回答，因为一出餐厅，他当然会来找她谈话的。不料他一直留在客厅里，眼睛也不看一下花园，天晓得他多痛苦啊！"最好立刻要他解释清楚。"德·拉莫尔小姐心里想，她一个人走进花园，于连却老也不来。玛蒂德在客厅的落地窗前走来走去；她看见于连正忙着对德·费瓦克夫人讲莱茵河畔小山顶上的古堡废墟，古堡点缀了山河，生色不少。他开始讲得感情丰富，描述生动，俨然是某些"沙龙"的才子了。

科拉索夫亲王如果来巴黎一看，他会感到得意扬扬。那天晚上的事，果然不出他的所料。

他也会赞成于连以后几天的所作所为。

有些内阁大臣密谋颁发蓝绶带，德·费瓦克元帅夫人为她叔祖父申请骑士勋章，德·拉莫尔侯爵为他岳父提出同样的申请。他们合力进行，元帅夫人几乎每天都到德·拉莫尔府来。于连是从她那里才听说侯爵要当大臣了，侯爵向"王党"献了条妙计：三年取消宪章而不酿成大乱。

如果德·拉莫尔先生入阁，于连可能当上主教；不过在他眼里，这些大事都像雾中看花，非常朦胧，非常遥远。他的痛苦使他变得偏执，衡量一切，都看是否有利于他和德·拉莫尔小姐的关系。而他盘算，总要花五六年的工夫，才能重新赢得她的爱情。

我们看到，这个冷静的人已经心乱如麻。他从前的优秀品质只剩下了一点毅力。他的肉体还在按照科拉索夫亲王提出的计划行动，每天晚上坐在德·费瓦克夫人身边，但却无话可说。

他竭力要在玛蒂德眼里显得创伤已经痊愈，结果搞得筋疲力尽，在元帅夫人身边呆若木鸡；连他的眼睛也痛苦不堪，失去了昔日的光辉。

德·拉莫尔夫人可能当上公爵夫人，对她丈夫更是亦步亦趋，几天以来，简直把于连的才干捧上了天。

第二十六章　道德的爱

听艾德琳的谈吐显出贵人的高雅，从不越雷池一步，像自然那样表达；满大人心中有数，从不说一句好话让他的心事流露。
——《唐璜》第十三章三十四节

"这家人的看法有点古怪，"元帅夫人心想，"他们怎么都迷上了这个小神甫？其实他只会瞪着眼睛听，眼睛倒的确相当漂亮。"

而于连呢，他在元帅夫人身上几乎看到了贵族气派的典型，循规蹈矩，一丝不苟，更重要的是，不可能产生任何强烈的感情。意外的举动，失控的行为，会使德·费瓦克夫人觉得丢脸，几乎像在下人面前有失尊严一样。在她看来，最微不足道的感情流露也是精神上的酒后失态，应该使人脸红，大大地有损于上流人的品德。她最大的幸福是谈论国王最近的狩猎，她心爱的书是《圣西门公爵回忆录》，尤其是关于家谱的那一部分。

于连知道如何灯下看美人，从哪个地方看德·费瓦克夫人会显得更美。他先到那里，并且小心翼翼地把椅子转得看不见玛蒂德。他这样经常地躲避她，使她觉得奇怪，有一天，她离开了蓝色长沙发，坐到元帅夫人附近的一张小桌旁。于连从德·费瓦克夫人的帽檐下，看见她离自己相当近。她那双勾魂摄魄的眼睛，在近处看来，开始使他害怕，接着就使他身不由己，忘乎所以，滔滔不绝地谈起话来。

他对元帅夫人说话，但他唯一的目的却是要打动玛蒂德的心。他讲得这样心情激动，结果德·费瓦克夫人不明白他说什么。

这是他初试锋芒。如果于连想到乘胜追击，加上几句德国神秘主义、宗教狂热、耶稣会教义，元帅夫人会一下以为他是奉召来改造时代的超人。

"既然他的趣味不够高级，"德·拉莫尔小姐心里想，"可以和德·费瓦克夫人谈这么久，而且这么起劲，我犯不着听下去了。"晚上的座谈结束以前，她说到做到，但并不是没有困难。

到了半夜，她拿着蜡烛送母亲回房间去，德·拉莫尔夫人在楼梯上还大大地夸奖了于连一番。玛蒂德恼火透了，一夜没有睡着。只有一个想法使她平静一点："我瞧不起的，在元帅夫人眼里，却还是了不起的呢！"

而于连呢，他行动了，所以并不那么痛苦，他的眼睛偶然看到那个俄罗斯皮夹，里面有科拉索夫亲王送他的五十三封情书。于连看到第一封信下面有个附注："见面后一星期送出。"

"我已经晚了！"于连叫了起来，"因为我第一次见到德·费瓦克夫人是很久以前的事。"他立刻开始抄第一封情书，信里全是传道说教，无聊得要死，幸亏于连只抄到第二页就睡着了。

几个小时以后，大太阳把他照醒，他还伏在桌子上。他生活中最难过的时刻，就是每天早上醒来，不知道如何打发这个痛苦的日子。这一天，他却几乎是笑着把信抄完的。"哪里找得到，"他心里想，"一个年轻人会写这种情书！"他一数，有好几句长达九行。原稿下面还有铅笔加注：

"信要亲自送去：骑马，打黑领带，穿蓝礼服。信交给门房时，要面露愁容，眼神要忧郁。如果见到女仆，要偷偷擦眼睛。还要找女仆说话。"

这些事都一一照办了。

"我真是胆大妄为。"于连走出德·费瓦克府时心想，"这都要怪科拉索夫。居然敢向这样德高望重的女人写信！她会怎么瞧不起我啊！不过也好，我可以拿自己来开心。的确，这是唯一能使我感兴趣的滑稽剧了。对，我自己都讨厌自己，让我出乖露丑，不是再开心不过吗？要依着我，为了消遣，什么罪不可以犯呢！"

一个月来，于连最喜欢把马牵回马厩的时刻。科拉索夫特别关照过他，不要找任何借口去看抛弃了他的情妇。但玛蒂德熟悉于连的马蹄声，还有他用马鞭敲门的叫人声，这有时会把她吸引到窗帘后面来。窗纱薄得于连可以看透。他从帽檐下往上看，可以看见玛蒂德的身体而不见她的眼睛。"因此，"他心里想，"她也看不到我的眼睛，这就不算是看她了。"

晚上，德·费瓦克夫人好像根本没有收到那封哲学论文似的情书。头天晚上，于连碰巧发现了侃侃而谈的秘诀，他就照样安排座位，可以偷看玛蒂德的眼睛。她在元帅夫人来后，不久就离开了蓝色长沙发，抛弃了陪伴她的常客。德·夸泽努瓦先生见她三心二意的旧病复发，不免大惊失色，他明显的痛苦减少了于连的不幸。

意外的发现使于连谈话如有神助；道德最高尚的人也有自尊心，元帅夫人上马车时暗想："德·拉莫尔夫人有理，这个小神甫的确不错。头几天一定是我把他吓坏了。其实这家人都很浅薄，他们是靠了年高才算德高望重的。这个年轻人可不同，他信写得好，不过我怕他信里说要我指点，其实只是不自觉的感情流露。"

"但多少人信教都是这样开始的啊！这次大有希望，他的文体与众不同。看得出有宗教热忱，严肃深刻，信心坚定。小神甫会当上大主教的。"

第二十七章　教会的肥缺

勤劳！才干！功绩！去你的吧！要有党派。

——泰雷马克

这样，主教和于连，这两个观念第一次在一个女人头脑里联系起来了，而法国教会的肥缺，迟早是要由这个女人来分配的。但这个肥缺并不能使于连动心。此时此刻，他的思想超越不了他目前的不幸：一切都在加深他的痛苦，比如说，看到他的卧房就使他受不了。晚上，他拿着蜡烛回房，每件家具，每件小装饰品，似乎都会说话，都在毫不容情向他诉说星星点点的不幸。

"我干了一天的苦工，"他回来时心里想，他好久没有这样恼火了，"但愿第二封信跟第一封一样无聊。"

第二封信还更无聊，还更荒唐，结果他只好一行一行照抄，不知道信里说什么。

"伦敦外交学院教授要我抄写的《明斯特和约》,"他心里想,"也没有这样夸大其词呢!"

直到这时,他才想起了德·费瓦克夫人写给西班牙人唐·迪埃戈·比斯托的信,他忘了把信归还原主。他把信找出来,信的确和俄罗斯亲王的情书几乎一样不知所云,意思含糊至极,好像什么都想说,又什么都没有说。"这种文体像风一吹就会响的竖琴。"于连自言自语,"高谈阔论什么虚无、死亡、无限,等等,其实我看只不过是怕人笑话而已。"

我们刚才节录的独白,于连翻来覆去一连说了半个月。抄写《启示录》注解一类的信件,一直抄得昏昏入睡,第二天神情忧郁地去送信,把马牵回马厩时希望看到玛蒂德的衣裙,工作,晚上如果德·费瓦克夫人不来德·拉莫尔府,就去歌剧院,这就是于连单调生活的日程表。元帅夫人来看侯爵夫人,他的生活才有点趣味;那时,他可以从元帅夫人的帽檐下偷看玛蒂德的眼睛,他说起话来也头头是道。他的语言形象生动,情感丰富,既引人注意,又简洁明了。

他感到他的话在玛蒂德听来是荒谬的,只好用漂亮的语言来打动她。"我的话越假,越要说得讨她喜欢。"于连心想,于是他就大胆把人性的某些方面说得天花乱坠。他很快就发现,要在元帅夫人眼里显得不同凡俗,就不能说简单合理的话。于是他有时小中见大,有时长话短说,一切要看他能否讨好这两个女人。

总而言之,他的生活不像那些无所作为的日子那么可怕了。

"可是,"一天晚上他心里想,"我已经抄到第十五篇论文式的信了,前十四篇都一一交给了元帅夫人的门房。我会有幸把她的书桌抽屉塞满。然而她对待我,却简直像没得到信一样!这会有什么结果呢?再写下去,会不会使她和我一样厌烦呢?应该承认,科拉索夫的俄罗斯朋友,爱上了修道院美女的那一位,的确是当时最可怕的人;今天也没有人比他更讨厌的。"

正如凡夫走卒不懂大将的战略攻势一样,于连也不懂俄国青年对英国修女展开的攻心战。头十四封信只是战争的序曲,解除她的心理武装,要她原谅他的大胆冒昧。这个美人儿也许感到无限烦闷,应该使她养成习惯,觉得书信并不像日常生活那样索然无味。

一天上午,于连收到一封信,信封上有德·费瓦克夫人的纹章,他带着几天前不可能有的迫切心情拆开了火漆封口,却只是一张晚宴请帖。

他跑去查科拉索夫亲王的指示。不幸,这个年轻的俄国人对这种简单明了的事,只是浮光掠影,一带而过;于连猜不出在元帅夫人的宴会上该怎么办。

客厅堂皇富丽,金光灿烂,像王宫的画廊,护壁板上挂着油画。画上有涂抹的痕迹。于连后来才知道,女主人觉得不雅观的地方,要人修改过。"好一个道德的世纪!"他心里想。

在客厅里,他注意到有三位参加过起草秘密记录的大人物。一位是德主教大人,他是元帅夫人的叔叔,掌握了分配教士俸禄的大权,据说他对侄女是有求必应的。"我向前迈了多大一步啊!"于连想到这里,忧郁地微笑了,"而我多不在乎!我现在同著名的德主教共进晚餐了。"

晚餐很普通,谈话令人不耐烦。"这像一本坏书的目录,"于连心想,"人类思想的大问题都谈到了。听了三分钟后,我们不禁要问:这些人是大言不惭呢?还是狂妄无知呢?"

读者恐怕已经忘了那个名叫唐博的小小文人,他是院士的侄子,未来的教授,他的任务似乎就是用卑鄙的诬蔑,来毒害德·拉莫尔府客厅的。

这个小人物却使于连开了窍,德·费瓦克夫人不回他的信,很可能是宽容了他写信的情感。唐博先生的黑暗灵魂一想到于连取得的成功,就心碎肠裂;不过话又说回来,好人和坏人都无法分身,"如果索雷尔成了元帅夫人的情夫,"未来的教授心里想,"她就会在教会里给他找个肥缺,而我就可以把他挤出德·拉莫尔府了。"

皮拉尔神甫先生对于连在德·费瓦克府取得的成功,大大地训了他一通。在苦修的冉森派和元帅夫人保王的耶稣会之间,还存在派性和妒忌。

第二十八章　曼侬·莱斯戈

　　一旦他知道了修道院长的愚昧无知,他就可以随心所欲,颠倒黑白。

——里希腾贝格

俄国亲王的指示硬性规定，不准在口头上反驳通信人。不准找任何借口，放弃假扮爱得神魂颠倒的角色。情书都是以这个假设为前提的。

一天晚上，在歌剧院德·费瓦克夫人的包厢里，于连把芭蕾舞剧《曼侬·莱斯戈》捧上了天。他这样吹捧的唯一原因，是他觉得这出舞剧无所谓。

元帅夫人说，舞剧远不如普雷沃神甫的小说。

"怎么！"于连又惊又喜地想道，"道德这样高尚的人居然夸奖小说了！德·费瓦克夫人一个星期要批评两三次小说家，说他们用无聊的作品腐蚀了年轻人，唉！年轻人太容易犯错误了。"

"在这类不道德的危险作品当中，"元帅夫人接着说，"《曼侬·莱斯戈》据说是第一流的。犯罪心灵的软弱和应该受到的痛苦，据说写得既真实又深刻；但你的波拿巴却在圣海伦岛上说，这是一本为下人写的小说。"

这句话使于连恢复了他的内心活动。"有人要我在元帅夫人面前失宠，对她讲了我崇拜拿破仑的话。这件事使她不高兴，所以她忍不住要让我知道她生气了。"这个发现使他高兴了一晚上，说起话来也讨人欢喜。他在歌剧院前厅向元帅夫人告别时，"记住，先生，"她对他说，"爱我的人是一定不会爱波拿巴的，最多只能把他当做上天勉强要我们接受的现实。再说，拿破仑这个人头脑不够灵活，不会欣赏杰出的艺术品。"

"爱我的人！"于连反复想道，"这不是无意，就是故意说的。这是我们可怜的外省人听不懂的神秘语言。"他一面抄写给元帅夫人的长信，一面却想着德·雷纳夫人。

"怎么，"第二天元帅夫人故作冷淡地问他，却给他一眼看穿了，"你昨夜从歌剧院回家后给我写的信，怎么谈起'伦敦'和'里奇蒙'来了？"

于连不知如何回答是好，他昨夜一行一行地照抄，却没有想他抄的是什么，显然是忘了把原稿中的"伦敦"和"里奇蒙"改成"巴黎"和"圣克卢"了。他有头无尾地说了两三句话，觉得几乎要大笑起来。最后，在字斟句酌的时候，他灵机一动，找到了一个借口："在讨论人类灵魂最崇高、最伟大的利益之后，我的灵魂高兴得出了窍，所以给你写信难免笔误。"

"她对我有了深刻的印象，"他心里想，"因此，在今晚剩下的时间里，我可以免得无聊了。"他跑出了德·费瓦克府。晚上，他再看一遍头天抄写的原稿，很快就找到了年轻的俄国人谈到的伦敦和里奇蒙这两个要命的地名。但于连居然惊讶地发现，这封信写得几乎是情长意真的呢。

于连谈起话来似乎浅薄，写起信来却很深刻，几乎像《启示录》那样深刻而崇高，这种对比使他显得与众不同。他的长句特别讨元帅夫人欢喜。"这不是流行的伏尔泰文体，伏尔泰这个不道德的人写起文章来也是神出鬼没的。"虽然我们的主角尽力避免露出马脚，不谈合情合理的想法，但他反对君主政体、不信宗教的色彩，还是逃不过元帅夫人的眼睛。这位夫人周围的人道德都很高尚，但是整个晚上谈话毫无主见，所以她对稍有新意的谈吐特别敏感；但是同时她又觉得义不容辞，不能见怪不怪。她把自己这个缺点说成是"打下了时代浅薄的烙印"……

不过这种客厅，不是有事相求的人是不屑一顾的。于连生活的烦闷无聊，读者当然不难想到。这等于是旅途中的一片荒野。

费瓦克插曲占了于连的时间，德·拉莫尔小姐需要控制自己，才能不去想他。她的内心起了激烈的斗争：有时她自鸣得意，不把这个可怜的年轻人放在眼里；但是他的谈话又使她身不由己，心醉神迷。特别使她吃惊的，是他十足的虚伪。他对元帅夫人说的，简直没有一句不是谎话，至少是要掩饰他的真实思想，而玛蒂德对他在各个问题上的想法，几乎是知道得一清二楚的。这种两面派的手法给她的印象强烈。"多深刻啊！"她心里想，"比起唐博先生这样吹牛拍马、招摇撞骗的人来，他们虽然说的是同样的话，但却是多么不同啊！"

然而，于连有些日子却不好过。他是为了完成最困难的任务，才每天都到元帅夫人客厅来的。他为了扮演一个角色而尽心竭力，已经筋疲力尽了。夜里走过德·费瓦克府的大院子时，他往往是靠了毅力和理智，才能支持自己不陷入绝望的。

"我在神学院克服了失望，"他心里想，"然而，我那时的前景是多么可怕啊！无论成败得失，我都不得不和天下最可鄙、最可恶的人朝夕相处，度过一生。曾几何时？十一个月后的春天，我却也许是同龄人中最幸福的了。"

可是这些漂亮的理由碰到了可怕的现实，却往往不堪一击。每天午餐和**晚餐**时，他都要见到玛蒂德。从德·拉莫尔先生口授的大量信件中，他知道了她快要嫁给德·夸泽努瓦先生了。这个可爱的年轻人已经每天要来德·拉莫尔府两次：一个失恋的情人怎能不用妒忌眼光瞧着他情敌的一举一动呢？

于连以为看出了德·拉莫尔小姐对她未婚夫的好感，一回房间就要心情激动地看看手枪。

"啊！如果我聪明点，"他心里想，"还不如除掉衣服上的记号，到巴黎百里外的荒林里去了结这可悲的一生呢！那里没有人认识我，半个月内，不会有人知道我死了，半个月后，谁还管我呢！"

想得倒好。但第二天，一见玛蒂德的胳膊裸露在衣袖和手套之间，我们年轻的哲学家又沉醉在不堪回首的往事中，又对生活无限留恋了。"好！"他想，"我要照俄国人的话干到底，结果会怎样呢？

"元帅夫人的信，抄完五十三封，当然不再写了。

"玛蒂德呢，演了六个星期的苦肉计也不能使她息怒，至多只能得到片刻的和解。天哪！这片刻就使我高兴死了！"他不能再想下去。

空想了很久后，他才恢复理智，"这样，"他又想道，"我只能得到一天的幸福，然后又是痛苦，唉！因为我不讨她欢喜，我没有办法，我永远完了……

"她那种性格怎能保证会爱我呢？唉！只怪我一无所长。我的举动不够高雅，我的谈吐单调沉闷。天哪！为什么我是我呢？"

第二十九章　苦闷

为爱情而牺牲，那还说得过去，但自作多情呢！啊，可悲的19世纪！

——吉罗代

德·费瓦克夫人读于连的长信，开始并不感到乐趣，后来却丢不下了，不过使她苦恼的是："可惜索雷尔先生还不一定是个教士！否则，关系可以亲近一点。现在，他的十字勋章加上几乎是世俗的打扮，怎能不引起难堪的议论，而且怎样回答呢？"她想不下去了，"存心不良的女朋友会胡猜乱想，甚至散布谣言，说他是我娘家没有地位的表弟，是在国民自卫军得到勋章的少老板。"

在见到于连以前,德·费瓦克夫人最大的快乐,就是在姓名后写下"元帅夫人"四个字。后来,暴发户容易受到打击的病态虚荣心,又和新发生的兴趣开始了斗争。

"我可以毫不费力,"元帅夫人心想,"就使他当上巴黎近郊某个教区的代理主教!但是他光叫索雷尔先生而没有头衔,还是德·拉莫尔先生的小秘书!这可拿不出去。"

她那顾虑重重的心灵,总怕有失身份,或是贬低了社会地位,现在头一回关心的不是身份地位了。她的老门房注意到,只要他送上这个面带愁容的漂亮年轻人的信,一定可以看到元帅夫人忘了装出对下人心不在焉、满不在乎的神气。

一心只想留下深刻印象,其实内心深处并不真正欣赏这种成功,这种生活方式使她苦闷,自从她想念于连后,她简直苦闷得难以忍受,只要头天晚上这个与众不同的年轻人来谈了个把小时,第二天女仆们就可以过上一整天好日子。于连得到的信任如日初升,不管写得多么好的匿名信也无奈他何。虽然小唐博善于造谣诬蔑,德·吕兹、德·夸泽努瓦、德·凯吕斯几位先生不问青红皂白,就到处散播,也无济于事。元帅夫人顶不住这些流言飞语,就把她的怀疑告诉玛蒂德,总能得到安慰。

一天,德·费瓦克夫人问了三次有没有信之后,忽然决定给于连写回信了。这是苦闷取得的胜利。才写第二封信,元帅夫人就几乎停了笔,她怎么能有失身份,亲笔写信给一个凡夫俗子,"德·拉莫尔侯爵府的索雷尔先生"呢?

"一定要记得,"她晚上干巴巴地对于连说,"带几个写上你地址的信封来。"

"我这下成了情人加佣人了。"于连心想,他鞠了一躬,高兴地装出侯爵的老仆阿基纳那副模样。

当天晚上,他就送去了几个信封,第二天一大早,他得到了第三封信;他只看了开头五六行和末尾两三行。信用小字密密写了四页。

慢慢地,她养成了几乎每天都要写信的好习惯。于连照抄俄国人的回信作答,这就是夸大其词的好处。尽管回信写得牛头不对马嘴,德·费瓦克夫人也看不出破绽。

假如小唐博这个自告奋勇的暗探能告诉她,于连信也不拆就随便丢在抽屉里,她的自尊心会受到多大的打击啊!

一天早上,门房把元帅夫人给他的信送到图书室来,碰见了玛蒂德,她认得信封上的字是于连的笔迹。门房一走,她就走进了图书室,信还放在桌子边上,于连忙着写字,还没把信放进抽屉。

"你叫我怎么受得了!"玛蒂德抓起信来叫道,"你根本忘记了我是你的妻子。你这样做太不成话,先生。"

说到这里,她的自尊心感到惊讶,怎么这样大失体统,连话也说不出,只是泪如雨下,不久,在于连看来,她几乎透不出气来了。

于连慌慌张张,看不出此情此景对他说来,正是千金难买到的一刻。他扶玛蒂德坐下,她却差不多倒在他怀里。

这一片刻,他开始快活得到了极点。接着,他就想到了科拉索夫:"我可不能因小失大。"

俄国人的指示勉强他做出痛苦的努力,他的胳膊都变僵了。"我甚至不能把这个温柔可爱的人儿紧紧抱在怀里,否则她会瞧我不起,对我不好的。多么可怕的性格啊!"

他抱怨玛蒂德的脾气不好,却反倒百倍爱她,仿佛在他怀里的是个女王。

于连无动于衷的冷漠表情,更打击了德·拉莫尔小姐的自尊心,她痛苦得要心碎肠裂了。她的心灵失去了必要的冷静,不能从他的眼睛里猜出他此时此地对她的真实情意。她甚至不敢看他,怕碰到他目中无人的表情。

她一动不动地坐在图书室的长沙发上,头转过去不看于连,自尊心和爱情正在她灵魂深处交锋,使她痛苦不堪。她刚才做出了多么丢脸的事!

"我多么不幸啊!居然落到这个地步,有失身份地表白爱情,而且还遭到了拒绝!遭到了什么人的拒绝呢?"痛苦得要发狂的自尊心接着问道,"遭到我父亲手下人的拒绝。"

"叫我怎么消得了这口气!"她高声说。

她愤愤地站了起来,打开了两步外于连书桌的抽屉。一见八九封没有拆开的信,和早上门房送来的那封一模一样,她不禁呆若木鸡了。信封上的姓名地址,她都认得是于连的笔迹,虽然故意写得有点走样。

"好大的胆!"她不由自主地叫了起来,"你不但和她要好,还敢瞧她不起。你一无所有,居然敢瞧不起德·费瓦克元帅夫人!

"啊!原谅我,我的朋友,"她说时跪倒在他面前,"你要瞧不起我,就瞧不起我吧,但是你一定要爱我,没有你的爱情,我活不下去了。"她一下昏了过去。

"瞧,这个高傲的女人,居然跪倒在我脚下!"于连心想。

第三十章 喜剧院包厢

最黑暗的天空预告最强烈的风暴。①
——《唐璜》第一章七十三节

在大动荡之中,于连惊多于喜。玛蒂德的气话说明了俄国人的计策多么高明。"少说话,少行动,这是我稳操胜券的不二法门。"

他扶起玛蒂德来,一言不发,把她搀扶到长沙发上。慢慢地,她又泪如泉涌了。

为了做做姿态,她把德·费瓦克夫人的信拿在手里,并且慢慢把信拆开。当她认出了元帅夫人的笔迹时,显然神经紧张得动了一下。她并没有读信,只是一页一页地翻着,大半的信都有六页。

"至少要回答我,"玛蒂德到底用恳求的声调说,但还是不敢看于连,"你明知道我很骄傲,这是我的地位,甚至是我的性格带来的不幸,这我承认。难道德·费瓦克夫人真抢走了你的心?……难道她为你会做出爱情使我做出过的牺牲?"

于连沉默了一阵子,没有回答。"她有什么权利,"他心里想,"要求我泄露秘密,做不齿于正派人的事呢?"

玛蒂德想要看信,但她满眼是泪,看不清楚。

一个月来,她一直很痛苦,但这个高傲的心灵不肯承认自己的感情。只

---

① 原诗为英文。

有偶然的机会才能使她热情奔放。在片刻之间，妒忌和爱情战胜了自尊心。她坐在长沙发上，离于连很近。他看见她乌黑的头发和白玉般的脖子。刹那间，他忘记了俄国人的嘱咐，他伸出胳膊来抱住她的腰，几乎要把她抱在怀里。

她慢慢转过头来；他一见她眼中流露的极端痛苦，大吃一惊，他已经找不到过去的炯炯眼神了。

于连感到自己非常泄气，他要勉强装出勇气来，实在难得要命。

"如果我让爱情的幸福牵着鼻子走，"于连心想，"她这双眼睛马上就会显出无情的轻视。"然而就在这时，她却用有气无力的声音，再三向他表示悔恨，不该做出那些盛气凌人的蠢事。

"我也是年少气盛的。"于连用考虑还不成熟的声音对她说，脸上露出筋疲力尽的神色。

玛蒂德赶快转过身来看他。听见他的声音就使她喜出望外。这时，她已经忘了她的自尊心，即使想起来也只是咒骂自己，她恨不得能找到一些不合常情、难以相信的办法，来向他证明她多么崇拜他，多么恨自己。

"也许就是因为我年少气盛，"于连接着说，"你才一度看上了我；而你现在看重我的，一定是勇敢坚强的男子气概。我可能爱上了元帅夫人……"

玛蒂德哆嗦了，她的眼睛露出了不寻常的神色。她等着听他的宣判。她的神情逃不过于连的眼睛；他感到自己的勇气减弱了。

"唉！"他听到他嘴唇发出的声音，却不知道嘴里说的什么，心里想道，"我真恨不能吻遍你苍白的脸颊，同时又不让你感到我的吻啊！"

"我可能爱上了元帅夫人，"他接着说，他的声音越来越弱，"但可以肯定的是，我不能说她对我一定感兴趣……"

玛蒂德瞧着他；他经受住了目光的考验，至少他希望脸上没有流露出感情。其实，他感到爱情已经深入到心灵的深处。他从来没有对她爱慕到这种地步；他几乎和玛蒂德一样如醉如狂。假如她能冷静一点，勇敢一点，要点花招，他会跪倒在她脚下，发誓不再演这出喜剧了。但他现在还能继续说话。"啊！科拉索夫，"他发出了内心的呼声，"你为什么不在这里！我多么需要你的指点啊！"而他口里说的却是：

"即使没有别的感情，我对元帅夫人的感激之心，也足以使我对她依依不舍了。她对我恩重如山,当我受到轻视的时候,她却安慰我……我可能没有无限的信心,不信某些表面上看来当然是讨人欢喜、实际上却也许维持不久的现象。"

"啊!天主呀!"玛蒂德叫了起来。

"那好!你可能给我什么保证呢?"于连接着说,语气急切而坚决,仿佛暂时不用谨慎的外交辞令似的,"哪个天主能保证你现在打算让我恢复的地位,能够维持两天以上呢?"

"我无限的爱情,如果你不再爱我了,那我无限的痛苦就是保证。"她说时转过身来,抓住他的双手……

她猛然一转身使她的披肩露出了她迷人的肩膀。她有点蓬松的头发使于连回忆起了美妙的往事……

他快要魂不守舍了。"出言不慎,"他心里想,"就会前功尽弃,旧事重演。德·雷纳夫人的理智是为感情服务的;这位上流社会的千金小姐却只会要感情为理智服务,如果她没有充分的理由,她是不会感动的。"

一转眼间,他看到了真理,又一转眼间,他恢复了勇气。

他把玛蒂德紧握着的双手抽了出来,做出恭恭敬敬的样子,稍微离她远了一点。一个男人对一个女人,再勇敢也超不过这一步了。然后,他连忙把德·费瓦克夫人的信从长沙发的各个角落里收集起来,表面上显得彬彬有礼,实际上这时却是残忍无情地又说了一句:

"请德·拉莫尔小姐允许我考虑一下。"他赶快走出图书室。她听见房门接二连三地关上。

"这只魔鬼好狠心啊!"她心里想。

"我说什么?魔鬼!他聪明,小心,人好,是我犯了难以想象的错误。"

这种看法维持了一天。玛蒂德几乎感到了幸福,因为她想到的只是爱情。人家会以为她从没受过自尊心的折磨,哪知道她的自尊心啊!

晚上,她在客厅里听到仆人通报德·费瓦克夫人来到,她厌恶得颤抖起来。仆人的声音听来不是好兆头。她怕见到元帅夫人,赶快走开。于连对来之不易的胜利,并不引以为荣,他怕自己的眼睛会泄露秘密,就没有在德·拉莫尔府吃晚餐。

他离开情场的战斗时间越久,他的爱情和幸福感就增加得越快;他已经在责怪自己。"我怎能和她作对呀!"他心里想,"万一她不再爱我呢!一刹那间就可能改变她这颗高傲的心啊!应该承认,我对她实在太坏了!"

晚上,他觉得他不得不到滑稽歌剧院德·费瓦克夫人的包厢里去。她特意邀请过他,而玛蒂德不会不知道他是去了,还是失礼没去。虽然道理非常明显,但他开始还是舍不得花时间去陪她。因为一讲话,他的幸福就会少了一半。

十点钟一响,不能再拖延了。

幸亏元帅夫人包厢里坐满了女眷,他就坐在门口,前面的帽子使人看不见他。这个位置免得他出乖露丑。卡罗琳在《秘婚记》①中悲痛欲绝的歌声听得他泪流满脸。德·费瓦克夫人看见了他脸上的眼泪,泪水和阳刚的男子气概是不相容的,这位贵夫人的心虽然长期受到暴发户趾高气扬的腐蚀,已经麻木不仁,但这次却感动了。她身上还剩下的一点女人气使她开了口。她这时要欣赏自己说话的声音。

"你看见德·拉莫尔家的女眷吗?"她问他道,"她们在三楼包厢里。"于连立刻不客气地挤到包厢前座,探身出去,他看见玛蒂德也热泪盈眶。

"这不是她们上歌剧院的日子,"于连想,"急什么呢!"

虽然人家送的票层次不合她们的身份,玛蒂德还是怂恿母亲来滑稽歌剧院了。她要看,于连是不是同元帅夫人共度良宵。

第三十一章　使她害怕

> 瞧!这就是你们的文明不寻常的奇迹!你们使爱情变成了寻常的事。
>
> ——巴纳夫

于连跑到德·拉莫尔夫人的包厢里去。他的眼睛首先碰到玛蒂德热泪盈眶的眼睛;她毫无顾忌地流泪,不把包厢里的人放在眼里,借包厢给她们的

---

① 原文是意大利文。

女友和她的熟人地位都不高。玛蒂德把手放在于连手上，她似乎不怕她母亲看见。泪水哽住了咽喉，她只说了两个字："保证！"

"至少我不该对她说什么。"于连心想，其实他也非常激动，勉强用手遮住眼睛，借口吊灯照得三楼包厢太亮。"如果我一说话，她就会听出我激动的心情，我的声音会泄露天机，可能一切又要落空。"

他内心的斗争比上午更艰巨，他到底不能无动于衷。他怕看见玛蒂德的虚荣心又要发作。陶醉在爱情和欢乐中，他拿定主意不对她说话。

这在我看来，是他的个性胜过常人的地方。一个能够战胜自己的人才有远大的前程，"如果命运这样安排的话"①。

德·拉莫尔小姐坚决要于连同车回公馆去。还好雨下得大。但是侯爵夫人要他坐在自己对面，不断跟他说话，使她女儿没有插嘴的机会。人家会以为侯爵夫人是关心于连的幸福。于连不再怕心情激动会使一切落空，就沉醉在奔放的热情中。

你相信吗？于连一回房里，居然跪在地上，把科拉索夫亲王给他的情书吻了又吻呢！

"伟大的人物啊！我怎能不感激你呢？"他如醉似狂地喊道。

渐渐地他恢复了几分冷静。他把自己比做一个刚赢得半决战的将军。"优势是肯定的，巨大的，"他心里想，"不过明天局势会不会转变呢？胜败是兵家常事啊！"

他心情激动地打开了拿破仑口授的《圣海伦岛回忆录》，强制自己一连读了两个小时；他只有眼睛在读，那不要紧，他强迫心跟上去。说也奇怪，他的心和脑居然不知不觉地上升到了前所未有的高度。"玛蒂德的心和德·雷纳夫人的大不相同。"他心里想，但不再想下去了。

"使她害怕，"他忽然一下把书扔得远远的，叫了起来，"敌人越是怕我，才越会服从我，那时就不敢小看我了。"

他在小房间里走来走去，高兴得如醉如痴。说句实话，他的幸福三分来自爱情，七分来自高傲。

"使她害怕！"他翻来覆去自豪地说，他的确有理由自豪，"德·雷纳夫人

---

① 原文是拉丁文。

即使在最幸福的时候,也总是害怕我对她不如她对我情深。而现在要制服的是妖魔,因此一定要她'服服帖帖'。"

他明知第二天早上八点钟玛蒂德会来图书室,他偏偏等到九点才来,虽然他心急如火,但头脑却更冷静。几乎无时无刻他不在反复警惕自己:"要使她永远怀疑我是不是爱她!她的地位,周围人的奉承,使她太容易恢复自信了。"

他看见她脸色苍白,人很镇静,坐在长沙发上,显然动也不能动了。她向他伸出手来。

"朋友,我的确得罪了你,你可以生我的气。"

于连没有料到她说得这样简单。他几乎要露出马脚了。

"你不是要保证吗?我的朋友,"她沉默了一会儿,看见没人打破沉默,接着又说,"你要求得对。把我带走,带到伦敦去吧……我会身败名裂,永远抬不起头……"她鼓起勇气,把手从于连手里抽了出来,遮住自己的眼睛。不该放任的感情和女性道德的观念又回到了她心上……"那好,让我抬不起头,"她最后叹口气说,"这总是保证吧!"

"昨天我严格要求自己,才得到了幸福。"于连心想。沉默了一会儿之后,他能控制住自己的情绪了,又冷冰冰地说道:

"一旦上路去了伦敦,或者用你的话来说,一旦你身败名裂了,谁能保证你会爱我呢?谁能保证你在邮车上不会讨厌我呢?我不是个魔鬼,使你在大家面前抬不起头来,对我更是一个不幸。不是你的社会地位,而是你的性格,不幸成了我们之间的障碍。你能对自己保证,你对我的爱会持续一个星期吗?"

"唉!但愿她能爱我一个星期,只要一个星期,"于连心里暗想,"我就死也心满意足了。未来对我有什么要紧?生命又有什么要紧?从天而降的幸福现在就可以开始,只要我愿意的话,而且完全取决于我!"

玛蒂德看见他在深思。

"这样说来,我完全配不上你了。"她握住他的手说。

于连拥抱她,但亲王的告诫像只铁手抓住了他的心。"如果她看出我多么爱慕她,我又会失掉她的。"于是他不等放开胳臂,就恢复了一个硬汉的尊严。

这一天还有以后的日子，他极端的幸福都没有流露出来。有时，他甚至不惜牺牲拥抱她的乐趣。

在另外的时候，他幸福得如醉如痴，又忘了要谨慎的告诫。

花园里藏梯子的地方长满了忍冬，于连习惯于站在那里，远远地望着玛蒂德的百叶窗，为她的反复无常而伤心落泪。旁边有一棵大橡树，树干遮住了他的身子，使外人看不见他。

他同玛蒂德走过这个地方的时候，过去的痛苦历历如在目前，和现在的幸福形成了强烈的对比，使他这种性格的人热泪盈眶，他把情人的手放到自己唇边："就是在这里，我度过了想念你的时刻；就是在这里，我望着你的百叶窗，等了整整几个小时，只等着看你的手打开窗子的幸运时刻……"

他的弱点已经暴露无遗。他用栩栩如生，而不是凭空捏造的形象，向她描述他当时的灰心绝望。短短的叹词说明眼前的幸福已经取代了可怕的痛苦……

"我在干什么？天哪！"于连忽然清醒过来，心里想道，"这一下要完了。"

他一惊慌失措，就以为已经看见玛蒂德的眼睛也不那么多情了。这只是个幻觉，但于连的脸忽然呈现出死灰色。他眼里的光辉也陨灭了，不怀好意的高傲表情，立刻取代了真正倾心的爱情。

"你怎么啦，我的朋友？"玛蒂德温柔而不安地问道。

"我说谎了，"于连说时脾气不好，"我对你说谎了。我问心有愧，然而天主知道，我尊重你，不该对你说谎。你爱我，你对我忠诚，我何必用花言巧语来骗你呢？"

"天哪！你说了十分钟非常动听的话，难道那都是花言巧语？"

"我的良心觉得非常不安，亲爱的朋友。从前有个女人非常爱我，但却使我厌烦，我就编了这些花言巧语来骗她……这是我性格的弱点，我老实向你交代了，原谅我吧。"

痛苦的眼泪流满了玛蒂德的脸颊。

"我一不顺心，就会胡思乱想，"于连接着说，"我这该死的记忆力也会搜罗往事，我就信口开河。"

"难道我刚才无意中做了对你不顺心的事？"玛蒂德问时天真得可爱。

"一天，我记得，走过忍冬的时候，你摘了一朵花，德·吕兹先生抢了去,你也没要回来。我就在两步外。"

"德·吕兹先生吗?这不可能,"玛蒂德接嘴说,自然而然流露了高傲的神气,"我不会让他这样做的。"

"我亲眼看见的。"于连赶快反驳。

"那好!就算有其事吧,我的朋友。"玛蒂德说时忧郁地低下了头。她敢肯定,几个月来,她都没有答应德·吕兹先生这样对她随便。

于连带着不便明言的温情瞧瞧她。"不,"他心里想,"她还是一样爱我。"

晚上,她笑着怪于连不该对德·费瓦克夫人自作多情:"一个小市民爱一个新贵人!恐怕你无法使这种女人的心如醉如狂。反倒是她使你变成个花花公子了。"她说时玩弄着他的头发。

在于连以为玛蒂德瞧不起他的那段时间里,他特别下工夫讲究穿着。不过他比巴黎的花花公子高出一等,一旦穿戴好了,他并不留意他的衣着。

有件事使玛蒂德不痛快。于连还在抄俄国人的情书,并且把信送给元帅夫人。

第三十二章 老虎

唉!为什么事情是这样的,而不是那样的?

——博马舍

一个英国旅客谈到他是怎样和老虎做伴的:他把老虎带大了,时常抚摸它,但是桌上总放着一把装好子弹的手枪。

于连不敢放任自己,只有玛蒂德在他眼睛里看不见幸福表情的时候,他才敢尽情享受幸福。他严格执行亲王告诉他的任务,时不时对她说几句无情的话。

他惊讶地注意到玛蒂德对他的温存体贴,还有她的极端忠诚,快要使他忘乎所以,失去自制力了,那时,他能鼓起勇气,忽然一下离开了她。

这使玛蒂德头一次尝到了爱情的滋味。

生活在她看来,过去总是慢得像乌龟爬,现在却快得像在飞。

自尊心一定要通过某种方式表现出来，因此，不管爱情可能使她冒多大的危险，她都大胆迎战。倒是于连反而谨慎小心了，偏偏是出了危险的时候，她却不跟他走，她对他百依百顺，但对家里其余的人，上到父母，下到仆从，反倒显得更高傲了。

晚上，在客厅里的六十个人当中，她会把于连单独叫出来，和他谈个不停。

一天，小唐博坐在他们旁边，她就支使他去图书室找一本斯摩莱特的书，书里谈到1688年的革命。他犹豫了一下，"你做什么事都不急。"她盛气凌人地又说了一句，使于连得到很大的安慰。

"你注意到这个小坏蛋的眼神没有？"他问道。

"他的伯父是这里十来年的常客，否则，我会马上打发他走。"

她对德·夸泽努瓦、德·吕兹等几位先生，表面上非常客气，其实并不把他们放在眼里。她也恨自己从前不该对于连推心置腹，尤其是不敢承认她对这些先生的好感，几乎都是夸大其词。

虽然她每天都下决心要告诉于连，但总放不下小姐的架子来对他说："我让德·夸泽努瓦先生的手在大理石桌上碰了我的手，而我不好意思把手缩回来，那是因为我想到，对你讲我这个弱点的时候，我会感到快乐。"

今天，随便哪位先生和她谈了几分钟话，她总会有个问题要问于连，其实，这是把他留在身边的借口。

她发现自己怀孕了，非常高兴地告诉于连。

"现在，你还怀疑我吗？这不就是保证？我永远是你的妻子了。"

这个消息使于连大吃一惊。他几乎要忘了亲王的嘱咐。"怎么能故意冷落、对不起这个为我牺牲了一切的小姐呢？"只要她有一点不舒服的样子，不管理智怎么严格要求他，他也没有勇气对她说一句无情的话，虽然根据他的经验，为了维持他们的爱情，有时不得不装作无情。

"我要写信告诉父亲，"玛蒂德有一天对他说，"他对我不止是父亲，还是朋友。要欺骗这样的好人，不管时间多短，都是你和我干不出来的。"

"天哪！你要干出什么事来了？"于连吃惊地问道。

"尽我的责任。"她答时眼里闪出快乐的光辉。

她比她的情人更看得开。

"他会毫不客气把我赶走的!"

"那是他的权利,我们只好尊重。不过我会挽着你的胳臂,在光天化日之下,从车马出入的大门走出去的。"

于连惊讶得请她推迟一个星期。

"我不能够,"她答道,"荣誉在说话了,我看到了我责无旁贷,不能不立刻尽责。"

"那好!我只能命令你推迟了。"于连最后说,"你不必担心你的荣誉,我是你的丈夫。这件大事一说出去,我们两人的情况就会改变。我也有我的权利。今天是星期二,下星期二是德·雷斯公爵招待客人的日子。等到德·拉莫尔先生晚上回家时,才能让门房把你这封决定命运的信交给他……他一心只希望你当上公爵夫人,这点我敢肯定,你想他会多么痛苦!"

"你是不是想说:他痛苦得要出这口气?"

"我可以同情我的恩人,因为伤害了他而感到痛苦,但我并不害怕,永远也不怕任何人。"

玛蒂德让步了。自从她把怀孕的事告诉他之后,这是他头一次用丈夫的口气对她说话。其实,他从来没有像现在这样爱她。他心中的几分温情好不容易才抓住了怀孕这个借口,可以不对她说无情的话了。但一想到这件事总要告诉德·拉莫尔先生,他又深深地感到激动不安。他会和玛蒂德分开吗?不管分开时她多么痛苦,一个月之后,她还会想念他吗?

想到侯爵可能对他做出义正词严的斥责,他几乎感到同样的不安。

晚上,他对玛蒂德承认了他感到不安的第二个原因。后来,他在爱得神魂颠倒的时候,又把第一个原因也泄露了。

她立刻变了脸。

"分开半年,"她问他道,"对你当真是痛苦吗?"

"痛苦得不得了,是世上最可怕的痛苦。"

玛蒂德很幸福。于连专心扮演情人的角色,结果使玛蒂德认为她爱得比于连还更深。

决定命运的星期二很快就到了。侯爵半夜回府后看到一封信,说明要他在身边没有别人的时候再拆开。

"我的父亲,

"让我们把社会关系撇在一边,只谈自然的父女关系吧。除了我的丈夫,您现在是,而且永远是我最亲爱的人。我热泪盈眶地想到我会给您带来的痛苦,不过为了我不公开有失体面,为了您有时间考虑,采取行动,我不能再隐瞒下去,不告诉您事实的真相了。您对我是非常慈爱的,如果您能答应给我一小笔年金,我就可以同我的丈夫住到您愿意我们去的地方,比如说瑞士。我的丈夫默默无闻,因此,没有人会认出您的女儿成了索雷尔夫人,玻璃市一个木匠的媳妇。瞧,写到这个姓也使我痛苦。我为于连担心,怕您会生他的气,表面看来,您生气是合情合理的。不过,我的父亲,我不想当公爵夫人了。我爱他时,就知道了这一点,因为是我先爱上他,是我引诱他的。您和祖辈给了我崇高的心灵,使我不能属意平庸之辈。为了讨您欢喜,我曾想到过德·夸泽努瓦先生,但没有用。谁叫您把真有价值的人放在我眼前呢?您自己在我从耶尔回来时也说过:这个年轻的索雷尔是唯一能使我开心的人。这个年轻人如能看到这封信,他对信给您带来的痛苦,会和我一样感到难过,作为父亲,你也许不能不生气,但请您永远像朋友一样疼爱我吧!

"于连很尊重我。如果他有时跟我谈话,那只是出于他对您感恩戴德的深情。因为他生性高傲,对于地位太高的人,没有公事,他是轻易不肯高攀的。他天生地强烈意识到社会地位的悬殊。而是我,我不得不红着脸向我最亲密的朋友承认,但不可能向别人承认,是我有一天在花园里挽住了他的胳臂。

"过了二十四小时之后,您为什么还要生他的气呢?错得无法挽救的是我啊!如果您一定要的话,应该由我来表示他对您的深切敬意,他对我的错误感到的悔恨。您永远不会再见到他了,但我要到他愿意去的地方去。这是他的权利,也是我的义务,因为他是我孩子的父亲。如果您慷慨答应给我们六千法郎做生活费,我会感激不尽;否则,于连打算到贝藏松去教拉丁文学。不管他的起点多么低,我相信他会有出息的。同他在一起,我并不怕会默默无闻。如果发生革命,我敢肯定他会出人头地。您能说向我求婚的人当中,有这样出色的人吗？他们有的是地产！但我不能只为了这一点就爱他们呀！我的于连即使在今天的制度下也会青云直上的，如果他能得到百万家产和我父亲的保护……"

玛蒂德知道侯爵是个凭一时冲动办事的人，所以写了八页长信。

"怎么办？"在德·拉莫尔先生读信的时候，于连一个人深更半夜在花园里走来走去，心中寻思，"首先，我欠他多少恩情？其次，这合乎我的利益吗？我欠他的恩情太多了：没有他，我只能是个下等人，不得不讨人厌，受人迫害，但他使我成了上等人。我不得不做的坏事，第一是少了，第二是也不那么低级了。这比百万家产还更难得啊！不是他，我哪来的十字勋章？我哪里干得上这出人头地、大见世面的外交工作？

"如果他拿起笔来写下我的行为准则，他会怎么写呢？……"

德·拉莫尔先生的老仆忽然来打断了于连的思索。

"侯爵要你立刻就去，睡下了也要去。"

老仆同于连并肩走的时候，又低声说了一句："侯爵先生在大发脾气，你要当心啊！"

第三十三章　弱者的苦海

> 磨钻石时，笨拙的首饰匠会磨掉灿烂的光泽。在中世纪，我该怎么说呢？即使在黎塞留时代，法国人的意志力也没有磨掉。
>
> ——米拉波

于连发现侯爵怒气冲冲，也许这位大人物是有生以来第一次大失体统，他把说得出口的骂人话都强加到于连身上。我们的主角不胜惊讶，无法忍受，但他的感激心情却没有动摇。"可怜的侯爵在心灵深处打了多久的如意算盘，现在却一下化为泡影了！不过我还是应该回他的话，我不开口反倒会使他的火气更大的。"于是他就借用达杜弗这个角色的话答道：

"'我不是个天使'……我为您效过劳，您的恩赐使我不胜感激……不过我只有二十二岁……在府内理解我思想的，只有您和您可爱的女儿……"

"该死！"侯爵叫了起来，"可爱的！可爱的！你一觉得她可爱，就该马上滚开。"

"我试过，当时我请求您派我到朗格多克去。"

侯爵苦恼得要命，气得走来走去，累得倒在安乐椅上。于连听见他低声自言自语："这小家伙还不是个坏人。"

"对您来说，我不是个坏人。"于连高声说道，同时跪倒在地。但他觉得这样太难为情，马上又站起来。

侯爵的确气得心烦意乱。看见于连站起来，他又破口大骂，语言粗鲁，听来像是马车夫的话。也许骂得出奇，能够泄愤消气。

"怎么！我的女儿要做索雷尔太太！怎么！我的女儿不当公爵夫人！"这两个念头一涌现，德·拉莫尔先生就心如刀绞，不由自主。于连怕会挨一顿打。

等到侯爵开始对痛苦习惯了，在他清醒的时刻，他对于连的责备是合情合理的。

"你非走不可，先生，"他对于连说，"……你应该做的事就是快走……你是世上最下流的人……"

于连走到桌子前写道：

"很久以来，我就活得不耐烦了，我要结束我的一生。我带着无限感激的心情，请侯爵先生原谅我死在公馆里可能引起的麻烦。"

"请侯爵先生看看这张纸条……然后杀死我吧，"于连说，"或者要您的仆人把我打死。现在是夜里一点钟，我到花园里去散步，我会朝后面的围墙走。"

"见鬼去吧。"侯爵在他走时叫道。

"我明白，"于连心想，"如果他的仆人饶我不死，他也不会不高兴的……要杀就杀，这是我对他的报答……不过，当然，我爱生活……我还要有儿子呢！"

他散步的头几分钟，心里只想到危险，后来，他头一次想到儿子，就全神贯注了。

对儿子的关心使他考虑得更周到了。"我一定要向别人请教，如何对付这个发火的人……他不讲理，什么事都干得出来。富凯离得太远，再说他也不懂侯爵这种人的心情。

"阿塔米拉伯爵……谁能保证他永远不说出去呢？我向他请教一定不能变成打官司，反而使我的处境复杂化。唉！只好去请教板着脸的皮拉尔神甫了……冉森派的教义使他变得狭隘……远不如一个耶稣会的坏蛋，反倒了解人情世故，对我更加有用……皮拉尔先生一听到我犯的罪，还可能打我呢。"

又是达杜弗来解了围："那好，我去向他忏悔得了。"这是于连在花园足足走了两个小时之后，做出来的最后决定。他不再担心有人会朝他开冷枪，他困得不得了。

第二天一大早，于连跑到巴黎几里以外，来到严格的冉森派教士那里敲门。使他大为意外的是，他对神甫吐露了他的秘密之后，神甫并没有大吃一惊。

"这也许该怪我，"神甫自言自语，三分烦恼，七分忧虑，"我早就猜到会出这种事……但是我对你的关心，不幸的孩子，使我没有告诉她的父亲……"

"他会拿我怎么样呢？"于连急着问道。

（他这时真喜欢神甫了，因为万一他们要吵起来，他会很痛苦的。）

"我看有三个办法，"于连接着说，"第一，德·拉莫尔先生可以把我处死；"于是他就讲起那封交给侯爵的绝命书，"第二，他可以要诺贝伯爵来找我决斗，瞄准我射击。"

"你能接受吧？"神甫说时气得站了起来。

"你还没等我说完呢。我当然不会向我恩人的儿子开枪，永远不会。"

"第三，他可以要我远走高飞。如果他对我说，到爱丁堡去，到纽约去，我都会照办。那时，他们就可以把德·拉莫尔小姐的情况隐瞒过去；但是我最怕的是，他们搞掉我的儿子。"

"这一点恐怕没有什么可怀疑的，他第一个念头就是要做这件不道德的事……"

在巴黎，玛蒂德正痛苦得要命。早晨七点以前，她见到了她的父亲。父亲给她看了于连的信，她怕他会认为自杀是件高尚的事："怎能不得到我的同意呢?"她气得要死。

"如果他一死,我也活不了。"她对父亲说,"是你要他死的……你也许会高兴……不过我要对他的亡灵起誓,首先我会戴孝,我会公开承认我是索雷尔的寡妇;我还会发讣闻,你等着瞧好了……你会看到我既不胆小,也不懦弱。"

她简直爱得发疯了。这一下,德·拉莫尔先生也不知道如何是好。

他开始用合理的态度来对待这件事。吃早餐时,玛蒂德没有下楼来。侯爵心里一块石头落了地,尤其是看到她什么也没有告诉她母亲,他更加放了心。

中午时分,于连回来了。院子里响起了马蹄声。于连一下马,玛蒂德就把他叫来,并且几乎当着女仆的面,投入他的怀抱。于连觉得她过分了,他和皮拉尔神甫长谈后,变得更加老练,更会算计。老谋深算,甚至使他的想象熄灭了。玛蒂德眼泪汪汪地告诉他,她看到了他要自杀的绝命书。

"我的父亲可能会改变主意。请你看在我分上,立刻到维尔吉埃去。赶快上马,不等他们吃完就离开这里。"

于连脸上还有惊讶而冷漠的神情,她就泪如雨下。

"让我来应付我们的事吧,"她激动得叫了起来,并且把他紧紧抱住,"你知道,并不是我愿意和你分开。写信来吧,寄给我的女仆,信封请别人写,我会给你写长信的。再见!快逃走。"

最后一句话伤了于连的心,不过他还是照办了。"真要命,"他心里想,"这些人即使是好心也会办坏事,也会误伤人。"

玛蒂德坚决不同意她父亲"谨慎的"计划。她磋商的基础不变:她是索雷尔太太,愿跟丈夫去瑞士过穷日子,或者住在巴黎父亲的家里。她坚决不肯秘密分娩。"那样倒会引起诬蔑诽谤。不如结婚两个月后,我同丈夫出门旅游,我们愿意说孩子什么时候生的,就说什么时候。"

她这种坚决的态度开始惹起了侯爵的愤怒,最后到底使他犹疑了。

他的心一软下来,就对女儿说:"好了,这是一万法郎年金,拿去给你的于连吧,不要等我反悔,那就来不及了。"

于连知道玛蒂德喜欢发号施令,只好听她的话,不必要地跑了四十法里,到维尔吉埃去和佃户们算清账目;侯爵一开恩,他又赶了回来。他求皮拉尔神甫收留他，神甫在他走后，帮了玛蒂德的大忙。每次侯爵问他，他都向侯爵说明，除了公开结婚之外，别的办法在天主眼里都是罪过。

"幸亏在这个问题上，"神甫又说，"人情世故和宗教并不矛盾。德·拉莫尔小姐性子太急，她自己都不肯保守秘密，怎能不传出去呢？如果不正大光明地公开举行婚礼，那社会上对这门不当、户不对的婚事，更要议论不休了。还不如一劳永逸，表里一致，不要留下一点神秘的印象。"

"说得也对，"侯爵沉思着说，"这种公开结婚的做法，最多谈上三天，就会觉得没意思了。不过最好能够利用政府大举反对雅各宾党的行动，事情就可以悄悄过去。"

德·拉莫尔先生有两三个朋友和皮拉尔神甫所见略同。在他们看来，最大的障碍是玛蒂德不肯让人的性格。这些话虽然说得有道理，但侯爵心里最舍不得的，还是女儿当上公爵夫人，就有"御前赐座"的特权。

他回忆过去，想象未来，都离不开青年时他所习惯的形形色色的阴谋诡计，弄虚作假。向现实低头，害怕法律，对他这种地位的人说来，似乎是荒谬的，不光彩的。十年来，他为这个爱女的前途做过许多美梦，现在却要化为泡影，这个打击多么沉重！

"谁料得到？"他心里想，"她的性格如此高傲，天赋如此聪明，对家族的荣誉比我还更自豪，法国多少名门子弟早就来向她求婚啊！

"应该抛开谨慎的老一套。这个世纪要颠倒是非，混淆黑白！我们正在走向混乱。"

第三十四章　聪明人

> 省长骑着马边走边想："我为什么不能当大臣、议长、公爵？瞧我怎样斗争……我要给改革派戴上手铐脚镣……"
> ——《环球报》

任何空谈，妄想推翻十年美梦在心灵深处建立的王国，谈何容易！侯爵知道生气无济于事，但又下不了宽恕于连的决心。"如果于连能死于非命，那就好了。"他有时甚至异想天开……这种无可奈何的幻想居然给他带来了几分安慰，抵消了皮拉尔神甫明智的劝告能起的作用。一个月就这样过去了，事态没有一点进展。

对付家庭问题也像政治问题一样，侯爵有时自以为得计，空欢喜了三天。这时，他不喜欢合理的行动计划，而只喜欢支持他空想的妙计。于是他像个心血来潮的诗人一样白忙了三天，三天一过，空想就泄气了。

侯爵行动迟缓，于连先是觉得不解，过了几个星期之后，他才开始猜到德·拉莫尔先生对这件事，还拿不定主意。

德·拉莫尔夫人和全家人都以为于连到外省办理地产的事去了，其实他藏在皮拉尔神甫的住宅里，几乎每天都要和玛蒂德见面。她每天早上和父亲在一起过上个把小时，不过，有时父女两人整整几个星期谁也不谈真正的心事。

"我不想知道这个人在哪里，"有一天侯爵对她说，"把信交给他吧。"玛蒂德一看，信上说：

朗格多克的土地每年收入二万零六百法郎。其中一万零六百法郎给我女儿，一万给于连·索雷尔先生。当然是连土地一起赠送。告诉公证人分别写两份过户证书，明天给我送来。以后我们就不再有任何关系了。唉！先生，我哪能料到今天？

德·拉莫尔侯爵

"我真是不胜感激，"玛蒂德高兴地说，"我们要住到埃居荣去，就是阿让和马芒德之间的那座城堡。听说那个地方美得像意大利。"

这笔赠款完全出乎于连意料之外。他再也不是我们知道的那个严酷无情的男子汉了。他一心一意只想到他儿子的命运。天外飞来的巨款使一个穷小子也跃跃欲试。他看到他的妻子，或者不如说他自己一年会有三万六千法郎的收入。至于玛蒂德呢，她却一心一意只爱慕她的丈夫，并且对这样称呼于连，引以为荣。她唯一的雄心大志，就是要使她的婚事得到承认。她把自己的命运和一个超群出众的人物联系在一起，认为并无不妥之处，这种想法未免过分夸大。她头脑里压倒一切的，只是个人的才能。

几乎经常分开,事情错综复杂,谈情说爱时间太少,使于连从前发明的妙计更能奏效。

玛蒂德看到自己真心实意爱上的人,却是相见时难别亦难,结果未免不耐烦了。

她一时气上心头,就给她的父亲写信,信一开始,有点奥赛罗的口气:

"我选择了于连做我的丈夫,这就说明我爱他,超过了社会能给德·拉莫尔侯爵小姐的乐趣。浮华虚荣对我说来算不了什么。我和丈夫分开,快到六个星期了,这证明我非常尊重您的意见。下个星期四之前,我要离开生我养我的家。您的恩赐使我们能过上富裕的生活。除了可敬的皮拉尔神甫之外,没有人知道我的秘密。我要到他那里去,请他为我们举行婚礼,婚礼后一小时,我们就动身去朗格多克,不再回到巴黎,除非是您要我来。不过使我担心的是,人家会把这事编成丑闻,对您和我进行恶意中伤。群众愚昧的流言飞语,可能会使好心的诺贝受不了,他会不会来找于连决斗呢?如果他来,我承认,我是无能为力,左右不了于连的。我们都知道他心灵深处有平民的反抗精神。因此,我跪下来求您,亲爱的父亲,下星期四到皮拉尔神甫的教堂里来参加我的婚礼吧。这样,恶意中伤可以减轻,您独生子的生命安全,我丈夫的生命安全,都可以得到保证,等等。"

这封信把侯爵的心投入了一片难以形容的混乱之中。他到底非下决心不可了。过去处理小事的习惯,一般普通的朋友都帮不了他的忙。

在这种特殊的情况下,他青年时代经历的大事对他的性格留下的烙印,现在又起作用了。流亡时期的苦难生活使他的想象力更加丰富。1790年,他在朝中享受了两年荣华富贵之后,又被投入了流亡生活的苦难深渊。这种艰苦的磨炼改变了一颗二十二岁的心灵。其实,他只是在现实的财富中安营扎寨,并没有沦为财富的奴隶。如果说他的想象力使他摆脱了金钱的腐蚀,却摆脱不了名位的枷锁,他如醉似狂地渴望他的女儿能得到公爵夫人的封号。

在刚过去的六个星期里,侯爵有时心血来潮,希望能使于连发财,因为贫穷在他看来是丢人的,甚至会丢德·拉莫尔家的脸,穷人是不可能当他女婿的,所以他想把钱扔出去。但第二天,他的想象却会背道而驰,觉得于连应该明白他慷慨解囊的无声信息,自动改名换姓,流亡到美洲去,并且写信给玛蒂德说,只当他已经死了……德·拉莫尔先生仿佛看到这封信已写好,并且继续想象信对女儿的性格会产生什么影响……

这一天,他幼稚的幻想被玛蒂德"真实"的来信打破了,于是他在想象如何杀死于连或者使他失踪之后,又做梦似的想到如何给他一个光辉的前程。他可以给于连一块封地,并且在他名字后面加上封地的称号。为什么不能让于连继承他贵族的爵位呢?他的岳父德·肖纳公爵自从独生子在西班牙战死之后,不是几次三番说过,要把他的爵位传给诺贝吗?……

"谁也不能否认于连办事的才干出众,胆量过人,甚至可以说是'光彩夺目'。"侯爵心里想,"……但是这种性格里深深地隐藏着什么可怕的东西。这是大家都有目共睹的,因此一定是实有其事(这实有的印象越难捉摸,越使老侯爵想象丰富的心灵感到可怕)。

"有一天,我的女儿非常巧妙地(在一封我们删去了的信里)告诉我:'于连不属于任何'沙龙',不属于任何小团体。'他并没有养精蓄锐,待机而动,寻找支持来反对我。如果我抛弃他,他就会一筹莫展……不过,难道他对社会现状的确毫无所知?……我对他说过两三次:只有'沙龙'的支持,才是真正的、有用的支持……

"不,看来他没有检察官那种钩心斗角、不失时机的本领……他不是路易十一那种城府很深的人。但另一方面,他说起话来又毫不容情……把我都搞糊涂了……他几次三番引用严酷无情的名言妙语,是不是为遏制他奔放的热情呢?

"也不对,有一件事他遏制不住,只要有人瞧他不起,他就怒形于色,这是很突出的。

"他对高贵的出身并不崇拜,的确,他对我们的尊敬并不是出自本性……这是一个错误;不过这也难怪,一个神学院的修道士受不了的,只应该是没有享乐的生活和没有钱财。而他却与众不同,他无论如何也受不了别人的轻视。"

女儿的信一逼,德·拉莫尔先生不得不做出决定:"到底,最大的问题是：于连居然胆大妄为，敢追求我的女儿，是不是因为他知道我爱女儿超过一切，而且我有十万金币的收入？

"玛蒂德的说法自然和这相反……'不，我的于连，'关于这一点，我可不愿意抱任何幻想。

"难道这是真正的一见钟情吗？还是庸俗的小市民想往上爬的野心呢？玛蒂德看得很清楚，她早知道如果我怀疑他有野心，他在我心目中就算完了，所以她才承认：是她起意先爱于连的……

"一个性格这样高傲的女儿，居然会忘了自己的身份，屈尊纡贵，干出见不得人的事来！……居然会在晚上，在花园中把他搂在怀里，这是多么可怕！难道她就束手无策，想不出个全面点的方法，来表示看上了他吗？

"她这样为于连开脱，其中必定有蹊跷。我信不过玛蒂德了……"这一天，侯爵想来想去，比平时更加果断。但习惯力量还是占了上风，他决定拖延时间，先给女儿写封信。因为公馆里的人也写信联系的；德·拉莫尔先生不敢和玛蒂德当面争论。他又怕一让步，就前功尽弃了。

信

"千万不要再做蠢事；这里有一张轻骑兵中尉的委任状，交给于连·索雷尔·德·拉韦内骑士先生。你看我为他做了什么事。不要不听话，也不要问我。叫他二十四小时之内到斯特拉斯堡去报到，他的团驻扎在那里。信里还有一张银行支票。叫他也要听话。"

玛蒂德感到无限的爱情，无限的欢喜；她要乘胜追击，立刻就写回信：

"德·拉韦内先生要是知道了您为他费的心，尽的力，一定会感激得不知所措，拜倒在地的。不过，我亲爱的爸爸，您对他这样宽宏大量，怎么忘了您女儿的名声有受损害的危险呢？考虑稍微不周到，就可能使我抱恨终身。两万金币的收入也无法弥补啊！如果您不答应我下个月在维尔吉埃公开举行婚礼，我怎能把委任状交给德·拉韦内先生呢？因为过了这个期限，您的女儿如果不用德·拉韦内夫人的名义，就不便在大庭广众之前露面了。求求您，我亲爱的爸爸，您挽救了我的名声地位，使我不必做个普通老百姓的妻子，我对您是多么感激啊！等等……等等……"

但是回信出乎她意料之外。

"听我的话，否则，我会收回成命的。你怎么不发抖，不懂事的丫头？我还不了解你的于连是个怎么样的人，而你了解得比我还更少。叫他到斯特拉斯堡去，记住要走正路。
过半个月，我再告诉你我打算怎么办。"

回信的口气这样坚决，使玛蒂德大吃一惊。"我不了解于连"，这句话使她浮想联翩，结果她很快就找到了一相情愿的解释，并且信假为真。"我的于连在心灵深处还没有穿上千篇一律的'沙龙'制服，所以我的父亲不相信他高人一等，其实他与众不同，就证明了他不同凡响……

"然而，如果我不听父亲一时冲动的吩咐，事情就可能闹大了。一闹会降低我的社会地位，甚至使我在于连眼中显得不那么可爱。闹过之后……可能要过十年贫穷的生活。选择一个人才做丈夫，如果没有钱财做靠山，这种傻事难免惹人耻笑。要是我住得离父亲太远，他这一把子年纪，可能会把我忘了……诺贝会娶一个伶俐可爱的妻子。路易十四到了老年，不还受到他的孙媳妇德·勃艮第公爵夫人的勾引吗？……"

她决定听话，但没有把父亲的信交给于连，这个野性子的人什么糊涂事干不出来呢！

晚上，她告诉于连他是轻骑兵中尉了，他快活得没法说。想想他一生的抱负，现在他对儿子的热爱，我们就不难猜到。但改姓的事使他大吃一惊。

"到底，"他想，"我的传奇结束了，全靠我一个人。我使这个高傲的妖精爱上了我。"他瞧了玛蒂德一眼，又想，"她父亲没有她活不了，她没有我也活不了。"

第 二 部

第三十五章　风暴

天哪，我还不如庸庸碌碌好呢！

——米拉波

于连全神贯注，对玛蒂德表示的奔放热情，他只作了半心半意的回答。他不说话，脸色阴沉。在玛蒂德眼里，他从来没有这么伟大，这么令人敬仰。她又害怕他的自尊心太敏感，会把事情搞糟。

几乎每天早上，她都看见皮拉尔神甫到公馆来。难道于连不会通过他来了解一点她父亲的意图？难道侯爵不会在兴头上亲自给他写信？在这样大的喜事之后，于连为什么板着脸孔呢？她百思不得其解，但又不敢问他。

她怎么"不敢"！她是玛蒂德呀！从这时起，她对于连的感情变得有点模糊，难以预料，几乎有点恐惧。这颗干枯的心灵，在巴黎过度的文明中成长，现在尝到了热情的酸甜苦辣。

第二天一大早，于连就到了皮拉尔神甫的住宅。他坐着驿站租来的老马破车走进了院子。

"这样的车马恐怕过时了。"严格的神甫不得已对他说，"这是德·拉莫尔先生送你的两万法郎。他要你在一年内用完，但是千万不要当冤大头，闹大笑话。（给一个年轻人这样一大笔钱，在神甫看来，只是给了他犯罪的机会。）

"侯爵还说：'于连·德·拉韦内先生的这笔钱，是他父亲给的，至于他的父亲是谁，就不必多打听了。德·拉韦内先生也许应该送点礼物给玻璃市的索雷尔先生，就是那个小时候照料过他的木匠……'这件事可以由我去办。"神甫又说，"我好不容易总算使德·拉莫尔先生和那个耶稣会的德·弗里莱神甫妥协了。他在贝藏松的影响实在太大，我们不能等闲视之。心照不宣的妥协条件之一，就是他默认你高贵的出身。"

于连高兴得不由自主地去拥抱神甫，他总算得到承认了。

"不要得意忘形！"皮拉尔先生说时把他推开，"这种尘世的浮华虚荣算得了什么？……至于索雷尔和他的两个儿子，我会用我的名义，每年送他们五百法郎，只要我对他们感到满意，我会分给他们每一个人的。"

于连已经冷了下来，变高傲了。他空空洞洞地道了谢，并没有承担什么义务。"难道我真可能是个大贵族的私生子？"他心里想，"难道我的父亲真是拿破仑放逐到山里来的？"每过一片刻，他越觉得这不是不可能的……"我为什么恨我父亲呢？这不就是证明吗？这样说来，我并不是大逆不道的禽兽了！"

这样自言自语之后，没过几天，最出色的轻骑兵十五团在斯特拉斯堡的校场上演习战斗队形。德·拉韦内骑士先生花了六千法郎买来的骏马，是阿尔萨斯最漂亮的一匹。他当上中尉了，但他从来没当过少尉，除非是在某某团的花名册上，而他却从没听说过这么一个团。

他无动于衷的神气，严格无情、几乎是不怀好意的眼睛，苍白的脸色，以不变应万变的沉着态度，使他从第一天起就博得了好名声。不久以后，他周到而合度的礼貌，并不太卖弄就显出来了使用手枪和武器的技巧，吓得谁也不敢高声拿他开玩笑。开头五六天，团里对他的看法还忽左忽右，后来就只听到好话。连爱说长道短的老军官也承认：这个年轻人除了年轻以外，什么都具备了。

于连从斯特拉斯堡写信给谢朗先生，这位玻璃市的老神甫现在已经到了风烛残年。

"您大概已经知道了我的家庭使我富起来的事，我不怀疑您会感到高兴。奉上五百法郎，请您不要声张，也不要提我的名字，把钱用去救济穷人，他们现在和我当年一样穷，您当然会像从前救济我一样去救济他们。"

于连并不是沉醉在虚荣中，而是野心勃勃，但他还是非常注意外表。他的马匹、军服、仆人的号衣，全都无懈可击，连一丝不苟的英国大贵族也无法挑剔。他靠人恩赐才当了两天中尉，却已经打算最晚到三十岁要当总司令了，那么，像所有的大将一样，二十三岁就不该只当中尉。他一心想到的只是光辉的前途，还有他的儿子。

不料正在他这不着边际的狂妄野心使他飘飘然的时候，德·拉莫尔府的

第 二 部

一个年轻仆人却给他送来了一封信。

"全都完了,"玛蒂德在信里写道,"赶快回来,不惜牺牲一切,甚至是开小差。你一到,就在马车里等我,车停在某街某号的花园小门旁……我会来找你,也许带你进花园来。全都完了,我怕没法挽救,相信我吧,在逆境中,我会忠实坚强。我爱你。"

几分钟后,于连得到上校批准,快马加鞭离开了斯特拉斯堡,但是焦虑不安在咬着他的心,到了梅斯,他不能再跑下去了。他跳上了一辆驿车,用几乎令人难以相信的速度赶到了指定地点,停在德·拉莫尔府花园的小门外。门一打开,玛蒂德立刻毫无顾忌地投入了他的怀抱。幸亏那时是早晨五点钟,街上还没有人。

"全都完了,我父亲怕我哭,星期四夜里就走了。去了哪里?没人知道。这是他的信,你看。"她同于连上了一辆出租马车。

"我什么都能原谅,但不能原谅因为你有钱而来勾引你。倒霉的女儿,不幸的事实偏偏就是如此。我发誓,绝不同意你和这个人的婚事。我答应,如果他愿意远走高飞,离开法国,最好是去美洲,那我保证每年给他一万法郎。为了打听他的情况,我得到了这封回信,你看看吧。是这个不要脸的人亲自要我写信给德·雷纳夫人的。不要再提起这个人,我一句话也不愿听。我甚至对巴黎、对你都讨厌了。我要你对这事完全保密。痛痛快快地抛弃一个坏蛋吧,那你就可以重新得到一个父亲。"

"德·雷纳夫人的信在哪里?"于连冷冷地问。"在这里。我要你思想有准备,才给你看信。"

信

"神圣的宗教和道德的原因,先生,使我不得不对您做出一件痛苦的事。万无一失的信条命令我现在去伤害一个人,不过那只是为了避免一场更大的灾祸。我感到的痛苦只好由责任感来克服。的确，先生，您向我了解真实情况的那个人，他的行为看上去是难以解释，甚至是不错的。我本来以为不妨隐瞒或者掩盖一部分真相，那是为了谨慎起见，或是为了宗教的缘故。但您要打听的那个人，他的行为实在是有罪的，甚至是我无法形容的。他穷而贪，只好用甜言蜜语、口是心非的虚伪手段，来勾引软弱不幸的女人，使自己得到地位，成为一个宠儿。我痛苦的责任使我不得不再说一句，我相信于连先生是不信宗教的。说良心话，我不得不相信，他在一个家庭取得成功的方法，就是勾引最有声望的女人。他外表装得没有私心，说的是小说里的语言，他唯一的大目标就是摆布一家之主，支配全家的财富。他留下的只是痛苦和无穷的悔恨，等等，等等，等等。"

这封信长得不得了，墨迹渗了泪水，有一半看不清，这的确是德·雷纳夫人亲笔写的，甚至写得比平时还更仔细。

"我不能怪德·拉莫尔先生，"于连看了信说，"他是公道的，慎重的。哪个父亲能把自己的爱女嫁给一个这样的男人呢！再见！"

于连跳下出租马车，向着停在街头的驿车跑去。他似乎忘了玛蒂德，她跟着他走了几步。不过，店铺的老板到门口来了，他们都认得她，她怕他们看见，就赶快回花园去。

于连动身去玻璃市。旅途匆匆，他本来打算写信给玛蒂德也写不成，他的手在纸上横七竖八写些什么，自己都认不清。

他在星期天早上到了玻璃市。他走进当地的武器店，店老板说了一大堆恭喜他发财的话。他的事成了当地的新闻。

于连好不容易才使老板明白了他要买两把手枪，并且请老板装好子弹。

钟响三下，这是法国乡下人都知道的信号，各种晨钟响过之后，再响三下就是弥撒要开始了。

于连走进玻璃市的新教堂。所有高大的窗子都蒙上了深红色的窗帘。于连站在德·雷纳夫人凳子后面，离她有几步远。她似乎在虔诚祈祷。看见这个如此热爱过他的女人，他的胳膊抖得这样厉害，使他起初简直下不了手。"我不能够，"他心里想，"我没有力气。"

这时，协助做弥撒的年轻教士摇铃要"举圣体"。德·雷纳夫人低下了头，顷刻之间，她的头几乎全给披肩的皱褶遮住。于连看不见她的面目；他朝她开了一枪，没有打中；他再开第二枪，她倒下了。

第三十六章 可悲的细节

> 休想我会显得软弱。我已经报了仇。我的死亡是罪有应得，我并不怕。为我的灵魂祈祷吧。
>
> ——席勒

于连一动不动，视而不见。等到他稍微清醒的时候，他才看到善男信女拼命跑出教堂，神甫也走下了祭坛。于连慢步跟着几个边叫边跑的妇女走。一个争先恐后的女人拼命推他，他跌倒了。他的脚绊在推翻了的椅子里，等他站起来时，他的脖子给掐住了，一个穿制服的警察逮捕了他。于连机械地想动手枪，但是第二个警察抓住了他的胳膊。

他被押进监狱，带到一间牢房。看守给他戴上手铐，把他一个人关在房里，牢门上了两道锁，动作干脆利落，他一点也感觉不到。

"我的天，一切都完了。"他清醒后高声说，"是的，半个月后上断头台……或者不等上断头台就先自杀。"

他再也想不下去，他感到头好像夹得很紧。他看看有没有人抓住他。过了一会儿，他就昏昏沉沉地睡着了。

德·雷纳夫人并没有受致命伤。头一粒子弹只打穿她的帽子；她一转过头来，第二枪已经打响。子弹打着她的肩膀，说也奇怪，肩骨虽然打碎，却把子弹顶了回去，碰在一根哥特式的石柱上，打掉了一大块石头。

德·雷纳夫人觉得痛。外科医生认真包扎了半天之后对她说："我敢用生命担保，你的生命没有危险。"她听了却觉得非常悲痛。

很久以来，她就巴不得死了倒干净。她给德·拉莫尔先生的信，是听她忏悔的神甫逼她写的，她不断受到痛苦的折磨，已经筋疲力尽，这封信给了她最后的打击。她痛苦的原因是于连不在身边，她却说成是"良心的责备"。

新从第戎来的年轻神甫既有道德，心又虔诚，倒会对症下药。

"这样死了，而且不是死在自己手里，不能算是有罪。"德·雷纳夫人心里想，"我对死感到高兴，这也许会得到天主的原谅。"她不敢再加上一句，"死在于连手里，简直是到了极乐世界。"

她刚打发走外科医生和成群结队赶来看她的朋友，就把她的贴身女仆艾莉莎叫来。

"监狱的看守，"她满脸通红地对艾莉莎说，"是个残忍无情的人。他一定会虐待犯人，以为这样会讨我的好……其实这使我受不了。你能不能把这一小包金币送给看守，就当这是你自己的主意？你对他说，宗教不许他虐待犯人……特别要嘱咐他，不能对别人谈送钱的事。"

由于我们刚谈到的这个原因，于连才得到玻璃市监狱看守的人道待遇。看守还是那个见钱眼开的努瓦鲁先生，大家记得巴黎来的阿佩尔先生曾经吓得他魂不附体。

一个法官来到牢房里。

"我是存心杀人，"于连对他说，"我在武器店买了手枪，上了子弹。刑法第一千三百四十二条明文规定，我该判死刑，我等候处决。"

习惯于老一套的法官反而听不懂这"说一是一"的语言，他反复盘问，想要被告露出马脚。"难道你看不出，"于连微笑着对他说，"我已经像你希望的那样承认有罪了？去吧，先生，到了手的猎物不会跑掉的。你可以高高兴兴地判罪了。请你不必在这里浪费时间了。"

"还有一件讨厌的事不得不做，"于连心里想，"我应该给德·拉莫尔小姐写一封信。

"我已经报了仇。"他在信上写道，"不幸的是，报上会登我的名字，我不能无声无息地一走了之。我要请你原谅。不出两个月，我就不在人世了。报应是痛苦的，正如生离死别的痛苦一样。从现在起，我禁止自己写到或说到你的名字。永远不要再谈到我，甚至对我的儿子也不要谈。让我默默无闻是纪念我的唯一方法。对一般人来说。我是个普通的杀人犯……请你在这最紧要的关头让我说句实话：你会忘记我的。我劝你永远不要开口对任何人谈这场大难，我看需要几年时间,才能消耗你性格中的浪漫主义和冒险精神。你生来是与中世纪的英雄为伍的。因此。在这场大难中,表现出和他们一样坚强的性格吧。应该发生的事,让它悄悄过去,不要连累了你。你可以用个假名字,千万不能对人谈真心话。如果你一定需要一个朋友帮忙。那我就把皮拉尔神甫留给你了。

"千万不要跟别人谈,尤其是你那个阶级的人,比如德·吕兹呀,凯吕斯呀。

"我死了一年之后,嫁给德·夸泽努瓦先生吧;我请求你,作为你的丈夫,我命令你。不要给我写信,我不会回信。我自己觉得并不像亚古①那样存心不良,但我却要跟他一样说:'从今以后,我再也不说一句话了。'②

"我不再说话,也不再写信;我最后的话和最后的爱慕之情,都给了你。

于·索"

信寄出去之后,于连稍微清醒一点,才第一次感到非常不幸。他的雄心奢望一个接一个地被"我要死了,我应该死"这句豪言壮语连根拔除。死亡本身在他眼里看来并不"可怕"。他的一生不过是为死亡的不幸做长期的准备而已,他当然不会忘记这个大家都认为是最大的不幸。

"怎么!"他心里想,"如果我在两个月后要和一个剑法高强的人决斗,难道我就应该软弱得一天到晚不停地想,吓得胆战心惊吗?"

他花了一个多小时,想方设法从这方面来认清自己。

等到他看清了自己的心灵,等到真相像监牢里的石柱一样明摆在他眼前时,他想到后悔了。

"我有什么要后悔的?我受了伤心的侮辱;我杀了人,所以该死,不过如此而已。我和人类算清了账才死。我没有什么未了的事,也不欠人的债;我死得毫无愧色,只不过死在刀下而已;而这在玻璃市的老百姓看来,已经是

---

① 亚古是莎士比亚的剧本《奥赛罗》中的人物,他挑拨奥塞罗杀死妻子。
② 亚古说的话原文是英文。

个耻辱了；但在聪明人眼里，这种看法不值一笑！我倒有个办法使老百姓瞧得起我：那就是在上断头台的路上，把金币散给他们。我的名声和黄金挂上了钩，在他们看来，就是光芒万丈的了。"

这样想了一分钟之后，他觉得道理再明显不过，"我在世上已经无事可做。"于连心里想，接着就昏昏入睡了。

到了晚上九点钟，看守给他送晚餐来，把他叫醒。

"玻璃市的人怎么说？"

"于连先生，我就职那一天，在王家法院的十字架前宣过誓，不能随便讲话。"

看守不开口，也不走开。这种既要钱又要脸的虚伪态度，使于连看得很开心。"他要出卖良心，"于连心想，"盼望得到五个法郎，我非要他多等等不可。"

看守见晚餐吃完了，还没有收买的迹象。

"于连先生，出于我对你的好心，"他用虚伪而温和的口气说，"我不得不告诉你，虽然人家会说这不符合法庭的利益，因为这可以帮你辩护……于连先生是个好心人，如果我告诉他说德·雷纳夫人的伤势好转了，他一定会很高兴的。"

"怎么！她没有死？"于连情不自禁地站了起来，高声叫道。

"什么！你一点都不知道！"看守呆头呆脑地说，接着就露出了贪婪的得意神气。"先生照理该送点东西给外科医生，他根据规定是不能开口的。不过我为了讨好先生，已经到他那里去过，他什么都告诉了我……"

"这么说来，她没有受到致命伤。"于连说时，不耐烦地向看守走去，"你敢用生命担保吗？"

看守是个身高六尺的大汉，却吓得朝门口后退了好几步。于连眼见自己用错了方法，反而了解不到真相，就又坐了下来，拿一个金币扔给努瓦鲁先生。

看守向于连慢慢说清楚，德·雷纳夫人受的伤不是致命的，他不禁要流眼泪了。

"走开！"他忽然喊道。

看守连忙遵命。牢门刚刚关上，于连就叫了起来："伟大的天主！她没有死！"他立刻热泪盈眶，跪倒在地。

在这紧要关头，他却有了信仰。教士们的虚伪有什么关系？难道他们的虚伪能改变天主形象的真实与崇高吗？

只是到了这时，于连才开始后悔自己犯的罪。说来也巧，只是到了这时，他从巴黎到玻璃市来时身体上受到的刺激，精神上陷入的半疯狂状态，才戛然终止，使他避免了绝望。

他的眼泪源源不断地涌了出来，毫无疑问，等待着他的是判处死刑。

"这样说她还会活着！"他心里想，"她活着才能原谅我，才能爱我……"

第二天时间不早了，看守来把他叫醒。

"你真是了不起，于连先生，"看守对他说，"我来过两次了，都不忍心叫醒你。这里有两瓶好酒，是马斯隆神甫先生送来的。"

"怎么？这个坏蛋还在这里？"于连问道。

"是的，先生，"看守放低了声音答道，"不过，说话声音不要太高，免得对你不好。"

于连不由得笑了。

"在我目前的情况下，我的朋友，只有你能对我不好，如果你不和气，没有人情味的话……我会给你钱的，"于连说到这里又中断了，摆出了不客气的神情。这副神情不是没有道理的，因为他立刻又给了看守赏钱。

努瓦鲁先生再把他所知道的德·雷纳夫人的情况，详详细细讲了一遍，不过他不谈艾莉莎小姐来过的事。

这个看守奴颜婢膝，要多低级有多低级。于连忽然起了一个念头：这条粗头笨脑的大汉一年最多只能赚到三四百法郎，因为监狱里的犯人不多；如果我答应给他一万法郎，他不会同我逃到瑞士去吗？……困难的事是要他相信我是当真的。但一想到要和一个这样卑鄙的小人长时间打交道，于连感到厌恶，他就懒得想了。

晚上再想已经来不及了。半夜里一辆驿车把他押走。他觉得押送他的警察对他很好。早上他到了贝藏松监狱，被客客气气地关在哥特式城堡的塔楼上。他看出这是14世纪初的建筑，轻巧雅致，令人赞赏。从深院高墙的窄缝中，他可以看见一线天。

第二天审问了一次，然后几天都没有他的事。他心如死水。他觉得他的案子再简单不过:"我存心杀人,理应处死。"

他懒得想下去。审判、出庭、辩护,他把这一套都看成是小麻烦,讨厌的手续,到时候再想吧。他对死期也不关心:"等审判后再想不迟。"日子不难打发,他用新眼光去看旧事物,不再有野心了。他难得想到德·拉莫尔小姐。悔恨倒占了更多的时间,往往想到德·雷纳夫人,尤其是夜深人静,在高楼上只听得见白尾海雕悲鸣的时候!

他感谢上天,还好他没有把她打死。"说也奇怪!"他心里想,"我本来以为她给德·拉莫尔先生的信,永远破坏了我未来的幸福,但她写信还不到半个月,我却把未来的幸福忘到脑后去了……其实,一年有两三千法郎的收入,平平静静地在韦尔吉那样的山村别墅里过日子……我那时也很幸福……可惜我不知道那时是幸福的!"

有时,他忽然从椅子上跳了起来。"如果我打死了德·雷纳夫人,那我就要自杀……我一定要搞清楚她死了没有,才能不对自己下毒手!

"自杀!这是个大问题,"他心里想,"法官只会写官样文章,死死抓住可怜的被告,为了挂上勋章,不惜吊死最好的老百姓……我可不能落入他们的毒手,不能让他们用法国的脏话来咒骂我,而外省的报纸还说他们有口才呢……

"我大约还可以活五六个星期……自杀!我的天,犯不着,"过了几天,他又想道,"拿破仑也没有自杀……"

"再说,我日子过得蛮不错,这个地方很安静,没有什么麻烦。"他想得笑了,于是坐下来开书单,要巴黎寄书来。

第三十七章 塔楼

一个朋友的坟墓。

——斯特恩

他听见走廊里响声很大,这不是查牢房的时间。白尾海雕边叫边飞走了,门一打开,可敬的谢朗神甫浑身哆嗦,手拄拐杖,扑倒在他怀里。

"啊！天哪！这可能吗，我的孩子……不，我应该说：魔鬼！"

这个老好人再也说不出一句话来。于连怕他跌倒，不得不把他扶到椅子里。时间的巨手沉重地压在他身上，压掉了他昔日的锐气。在于连看来，他已经成了昨天的影子。

等到他缓过气来："我前天才收到你从斯特拉斯堡寄来的信，还有你救济玻璃市穷人的五百法郎。信是带到利韦吕山村来的，我退休后住在我侄子家里。昨天，我才听说这场大祸……天哪！这怎么可能！"老人不再哭了，看起来好像头脑中空空如也，只是机械地说，"你也许会需要你的五百法郎，我给你带来了。"

"我需要见到的是你，我的神甫。"于连感动得叫了起来，"钱，我倒是有的。"

但他再也听不到合情合理的回答了。谢朗先生不时流下几滴眼泪，泪珠无声无息地顺着脸颊流下；然后他又瞧瞧于连，莫名其妙地看着于连亲他的手。他的这张脸从前反应如此灵敏，表现高尚的情感如此强烈有力，现在流露出来的却是麻木不仁的神气。过了一会儿，一个乡下人来接老人。"他不能劳累，不能多讲话。"乡下人对于连说，原来他就是老人的侄子。这次见面使于连陷入了伤心的痛苦之中，连眼泪也流不出了。在他看来，一切都很悲哀，使他无以自慰；他感到心都冰冷了。

此时此刻是他犯罪以来感到最痛苦的时刻。他看见了死亡，而且是令人难堪的死亡。关于伟大心灵和慷慨胸怀的幻想，一碰到死亡的风暴，立刻就烟消云散了。

这场可怕的风暴持续了好几个小时。在精神上中毒之后，身体需要解毒的灵丹妙药、香槟美酒，于连却认为只有懦夫才需要药酒解危。在狭窄的塔楼里走来走去，度过了可怕的一天，于连忽然叫了起来："我多么蠢！假如我像别人一样老死，那看见这个可怜的老人才应该伤心难过；现在我风华正茂，忽然一下死去，那不正好避免了可悲的衰老病死吗？"

不管于连怎样在理智上说服自己，情感上还是无法控制，结果他还是像个意志薄弱的人，见了老人后觉得非常难过。

于连身上不再有伟大豪放的气概，不再有古罗马人的美德，死亡对他显得高不可攀了。

"这是我的温度表。"他心里想,"今天早上,我的勇气还高,可以毫无惧色地上断头台。今天晚上,勇气下降了十度。其实,这有什么关系?如果需要时,勇气会回升就行了。"温度表的想法使他开心,最后使他忘了痛苦。

第二天他一醒,对头一天的事觉得很惭愧。"我的幸福,我的安静都成了问题。"他几乎决定写信给检察长先生,要求不许人来看他,"不过富凯呢?"他心里想,"如果他特意来贝藏松,见不到我,他会多难过啊!"

他恐怕有两个月没想到富凯了。"我在斯特拉斯堡真是个大傻瓜,我想到的不过是衣服领子范围以内的事。"关于富凯的往事涌上心头,使他感动不已,"我现在离不怕死的水平,肯定要差二十度……如果这种软弱的情绪继续增长下去,还不如自杀干脆。要是我死得像个孬种,那些马斯隆神甫,那些瓦尔诺才会求之不得呢!"

富凯来了,这个老实人难过得要命。他唯一的想法,如果他还有想法的话,就是变卖全部财产,买通监牢看守,把于连放走。他谈了很久德·拉瓦莱特先生如何男扮女装越狱的事。

"你使我难受,"于连对他说,"德·拉瓦莱特先生是清白无辜的,而我却是罪有应得。你是言者无心,想到的只是同,我却想到不同了……

"怎么!你当真要变卖全部财产?"于连忽然一下不信任富凯了。他要察言观色。

富凯看见他的老朋友到底对他心头的想法做出了反应,非常高兴,就把变卖财产的收入,一五一十算给他听,算了很久,上下差不了一百法郎。

"对一个外省的小老板来说,这要做出多么崇高的努力啊!"于连心想,"我从前看见他节省开支,斤斤计较,都要觉得脸红,现在他却毫不吝惜,为我做出牺牲!我在德·拉莫尔府见到的那些漂亮的年轻人,他们喜欢读浪漫主义的小说《勒内》,但没有一个会做这种浪漫可笑的事,除了那些年轻不懂事、靠遗产发财而不知道金钱价值的花花公子,有哪个漂亮的巴黎人肯做出这样的牺牲呢?"

富凯不通的法语,粗俗的举动,于连听而不闻,视而不见,他们热烈拥抱。外省人和巴黎人比较,从来没有这样占过上风。富凯从他老朋友眼中看到热情的瞬间,还以为他同意越狱呢。

看到富凯崇高的精神,于连和谢朗先生见面后失去的力量,又完全恢复了。他还很年轻；不过，在我看来，他是棵好苗子。随着年龄的增长，他不会像大多数人那样变得老奸巨猾，他的心软，容易感动，疑神疑鬼的不信任感也会消除……不过，我这样胡乱猜测有什么用呢？

审问越来越多了，虽然于连尽力简化案情，每次都翻来覆去回答说："我杀了人，或者至少是企图杀人。"但法官十之八九是烦琐的形式主义者。于连爽快的招认一点也不能缩短审问的时间，反而伤害了法官的自尊心。于连不晓得他们本来打算把他关进黑牢，要不是富凯买通了上下，他就住不上这间要爬一百八十级台阶的高楼了。

德·弗里莱神甫是一位大人物，但他也靠富凯供应取暖的木柴。这个木柴商好不容易才见到了权大势大的代理主教。使他喜出望外的是，德·弗里莱先生对他说：于连的优秀品质和从前在神学院的表现，使他深受感动，他打算去对法官说情。富凯隐约看到他的老朋友有得救的希望。他告辞的时候跪倒在地，请求代理主教先生在做弥撒时，代为布施十个金币，祈求宣布被告无罪。

富凯犯了一个不该犯的错误。德·弗里莱先生不是瓦尔诺。他拒绝了，还设法使乡下人明白，钱还是自己留住更好。他看见说得太露骨会有失检点，就劝富凯把这笔钱施舍给穷苦的犯人，事实上，他们什么都缺。

"这个于连是个怪人，他的行为无法解释，"德·弗里莱先生想，"不过总跳不出我的手心……也许我可以说他是殉教……无论如何我要摸清这事的底细，也许可以乘机吓吓这个德·雷纳夫人，她不尊重我们，其实是讨厌我……通过这件事也许可以找到办法，和声势显赫的德·拉莫尔先生和解，因为他偏袒这个神学院的小修道士。"

代理主教和侯爵的官司，几星期前已经签字了结，皮拉尔神甫离开贝藏松之前，当然不会不谈到于连神秘的出身，偏偏就在那一天，不幸的于连在玻璃市教堂里开枪打了德·雷纳夫人。

于连在死以前，最讨厌的事是他的父亲来探监。他和富凯商量，想要写信给检察长，免除一切探视。这样怕见自己的父亲，并且是在这样的紧要关头，深深地伤害了木材商人这颗老实的心。

他认为直到现在，他才明白为什么这么多人痛恨他的老朋友，为了避免增加不幸人的痛苦，他把这个想法藏在心头。

"无论如何,"他冷冷地答道,"禁止探监的命令也不能适用于你的父亲呀!"

第三十八章 权大势大

她的行踪如此神秘,身材如此窈窕!她可能是谁呢?

——席勒

第二天大清早,塔楼的门忽然大开,把于连从睡梦中惊醒。

"啊!天哪!"他心里想,"我的父亲来了。多糟糕!"

他还没想清楚,一个村姑般打扮的女人就投入了他的怀抱,用痉挛的双手紧紧搂住他。他简直认不出是谁。原来是德·拉莫尔小姐。

"狠心人,不得到你的信,我还不知道你在哪里。你所说的罪行,不过是高尚的报复而已。报复使我看到你胸膛中跳动的心是多么高尚。我是到了玻璃市后,才知道这件事的……"

虽然于连对德·拉莫尔小姐模模糊糊地抱有成见,他还是觉得她很漂亮。怎能看不见她的举止谈吐流露出来的崇高无私的感情呢?那是凡夫俗子渺小的心灵所望尘莫及的!他简直以为他爱的是一位女王。过了一会儿,他才能用同样高尚的言语和思想对她说:

"我清清楚楚地看见了前景。我死之后,我要你再嫁给德·夸泽努瓦先生。他会要一个寡妇的。这个可爱的寡妇心灵高尚,但是有点浪漫,经历了一件奇特而悲惨的大事之后,会猛醒过来,发现一般人的谨慎还是上策,承认年轻的侯爵有非常实际的价值。你会不得不改弦更张,享受普通人的幸福:名声地位,荣华富贵……不过,亲爱的玛蒂德,你到玻璃市来,如果给人发现,这会给德·拉莫尔先生带来致命的打击,那我就永远不能原谅自己了。我已经给他造成多少痛苦啊!院士先生会说:我是他养在怀里的一条毒蛇。"

"我得承认,我没料到你有这么多冷冰冰的道理,这么多对未来的打算。"德·拉莫尔小姐半恼半恨地说,"你简直像我的女仆一样谨慎,她也办了张通行证,我就是用米什莱夫人的名字坐驿车来的。"

"一个米什莱夫人能这样容易找到我吗?"

"啊!好一个与众不同的人物!你真是我百里挑一挑出来的!起先,我找到法官的秘书,他说要进塔楼是不可能的,我就送了他一百法郎。这个好人一拿到钱,还要我等等看,并且提出了一些难题,我怕他想骗我……"说到这里,她打住了。

"怎么样?"于连问道。

"不要着急,我的小于连,"她拥抱着他答道,"我不得不把真名实姓告诉这个秘书,他原来还把我当做一个巴黎的小女工,爱上了漂亮的于连呢……的确,这是他的原话。我对他发誓说,我是你的妻子,我每天都要来看你。"

"真发疯了,"于连心想,"我拿她也没有办法。好在德·拉莫尔先生到底是个大人物,不管哪个年轻的上校娶了这个可爱的寡妇,舆论也不会大惊小怪。我一死,坏话就会销声匿迹。"于是他沉醉在玛蒂尔德的爱情中:真是疯狂,心胸多么伟大,要多怪有多怪。她居然当真提出要和他同归于尽。

头一阵狂热过去后,再见到于连的幸福使她心满意足,忽然一下,她心里起了一个非常好奇的念头。她仔细端详她的情人,发现他的形象胜过了她的想象。她觉得他简直是博尼法斯·德·拉莫尔再世,但是还更有英雄气概。

玛蒂尔德去看当地最出名的律师,一见面就生硬地送钱,叫人面子上下不去;不过他们到底还是收下了。

她很快就明白,在贝藏松,凡是难办的事或重大的事,都得请示德·弗里莱神甫先生。

一个默默无闻的米什莱夫人,开头就碰到克服不了的困难,见不到这位权大势大的教会大人物。好在她来的消息已经在全城传开,说巴黎时装店一个漂亮的女郎,迷上了年轻的于连·索雷尔神甫,到贝藏松探监来了。

玛蒂尔德一个人在贝藏松街上东奔西走,她又想要隐姓埋名。无论如何,她认为抛头露面对事不无小补,至少可以给市民留下深刻的印象。她头脑一发热,甚至想到煽动群众去救出走向死亡的于连。德·拉莫尔小姐穿得简单朴素,一副苦相,她以为这样才合乎她的身份,她的打扮的确引人注目。

她在贝藏松已经引起了大家的注意,申请了一星期之后,她总算得到德·弗里莱先生召见了。

不管她的勇气多大,她心里一想到圣公会权大势大的人物,就会联想起精心策划的阴谋诡计,结果她按主教府门铃时,不禁浑身震颤起来。在她不得不上楼到代理主教房间里去时,她几乎走不动了。空虚的主教府使她不寒而栗。"我一坐上椅子,胳膊就可能陷入机关,人也就失踪了。我的女仆哪里找得到我呢?宪兵队长也不会采取行动……在这个大城市里,我真是孤立无援了!"

德·拉莫尔小姐走进房间一看,她立刻就放了心。首先,给她开门的是个服装华丽的仆人。候见厅也豪华精致,但不同于庸俗的排场,即使在巴黎也是上流人家的气派。她一见德·弗里莱先生和蔼可亲地向她走来,一切残暴罪恶的想法都烟消云散了。在他好看的脸上,她甚至找不到使巴黎人反感的刚劲而有点粗野的神色。这个左右贝藏松大事的要人眉开眼笑,说明他并不难相处,是个有学问的神甫,很能干的大官。玛蒂德觉得又回到巴黎了。

德·弗里莱先生不消花很多时间,就使玛蒂德承认,她是他的对头德·拉莫尔侯爵的女儿。

"其实,我并不是米什莱夫人,"她说时恢复了高傲的态度,"我对你说实话并不碍事,因为,先生,我是来向你请教如何使德·拉韦内先生越狱的。首先,他犯的罪不过是一时糊涂而已;他开枪打的那个女人并没有受重伤。其次,为了疏通下面的人,我可以立刻拿出五万法郎来,甚至可以加倍。总而言之,为了报答救出德·拉韦内先生的人,我和我的全家没有什么不愿做的事。"德·弗里莱先生听到这个姓名觉得莫名其妙。玛蒂德就拿出几封国防大臣给于连·索雷尔·德·拉韦内先生的信来。

"你看,先生,他的前程有我父亲负责。这很简单,我私下里嫁给他了,这对拉莫尔家有点离谱,所以我父亲要等他升为高级军官以后,再宣布婚事。"

玛蒂德看到德·弗里莱先生一发现这些重要的情况,和颜悦色立刻就消失了,脸上露出了精明的本色,加上几分内心的虚伪。

神甫有些怀疑,他把官方信件慢慢地再看了一遍。

"这些不可思议的心腹话对我有多少好处啊?"他心里想,"我忽然一下和德·费瓦克元帅夫人的密友搭上了关系,而这位一手遮天的夫人是德主教大人的侄女,要在法国当上主教,非通过她不可。

"我本来以为是远在天边的事,却出乎意外地近在眼前。这可能使我达到朝思暮想的目的。"起初，玛蒂德看见这个权势人物单独和她待在僻静的房间里，蓦地变了脸色，心中不免吃惊，继而一想，"这算什么！如果不能影响这个冷酷自私、权欲熏心的神甫，那才算是倒霉透顶呢！"

主教职位从天而降，使德·弗里莱先生喜出望外，玛蒂德的聪明伶俐，又使他忘乎所以，几乎要拜倒在她脚下，野心使他激动得发抖了。

"一切都明朗化了，"她心里想，"德·费瓦克元帅夫人的女友在这里没有什么做不到的事。"虽然妒忌的感情使她非常痛苦，她还是鼓起勇气来解释说，于连是元帅夫人的密友，几乎每天都在夫人家中见到德主教大人。

"三十六个陪审官的名单是从本省名人中抽签决定的，要一连抽四次，"代理主教的眼光野心毕露，字字强调地说，"即使是我最不走运的时候，每张名单里也有八九个我精明强干的朋友。几乎每次我都可以得到多数票，超过定罪需要的多数。你看，小姐，我多么容易使犯人得到赦免……"

神甫忽然一下打住，仿佛吃了一惊，自己嘴里怎么会说出这种声音来。他对教外人泄露了教会内部的机密。

但他不甘示弱，反戈一击，也使玛蒂德大吃一惊，他告诉她，于连干出这种怪事，使贝藏松人既感意外，又感兴趣的是，他从前引起过德·雷纳夫人的热恋，并且长期热恋着她。德·弗里莱先生不难看出，他的话使她心烦意乱。

"我总算报复了！"他心里想，"到底，我找到了制服这个小美人的办法。她是这样果断，我真怕她不就范呢。"在他看来，这副高人一等、不容易驾驭的神气，更增加了这个小美人的魅力，她几乎要向他恳求了。于是他恢复了冷静，毫不犹豫地转动那把插进了她心窝的匕首。

"到底，"他用轻松的口气说，"如果人家告诉我们，索雷尔先生是出于妒忌，才朝他从前热恋的女人开了两枪，那也不足为怪。她并没有失去风韵，不久以前，她还常去第戎看一个马基诺神甫，那是一个不规矩的冉森派教士，像所有的冉森派一样。"

德·弗里莱先生看穿了这个少女的心事，他就随兴所至，尽情折磨她的心。

"为什么，"他的眼睛冒出火光，瞧着玛蒂德说，"索雷尔先生要到教堂里来开枪呢，如果不是他的情敌在主持弥撒的话？大家都承认你保护的这个幸运儿非常聪明,更加谨慎。他对德·雷纳先生家很熟,假如他藏到花园里,一枪打死他妒忌的女人,那不是非常方便吗?那几乎肯定不会给人看见,抓住,甚至不会引起怀疑啊!"

这些理由听来头头是道,结果使玛蒂德痛苦得要命。在这颗高傲的心灵里,渗透了枯燥无味的谨慎观点,因为上流社会认为只有谨慎才是人心的忠实写照,所以她这颗火热的心,不明白只有甩掉了谨慎的包袱,才能得到强烈的幸福。在玛蒂德生活的上层社会里,热情很少能放荡于谨慎之外,而头脑发热、跳楼自杀的,都是住在五层楼上的穷人。

最后,德·弗里莱神甫肯定玛蒂德跳不出他的手心,就信口开河,说他可以随意摆布对于连起诉的检察院。

等到抽签决定了本届的三十六个陪审官之后,他至少可以直接去找其中的三十个。

如果在德·弗里莱先生眼里,玛蒂德不是这样漂亮的话,那恐怕不见五六次面,他是不会开门见山的。

第三十九章 精心策划

1676年于加斯特尔。——哥哥刚在我家附近杀死了妹妹;他以前还有人命案。但他父亲私下里用五百金币买通了法院的推事们,免了他的死罪。

——洛克:《法国游记》

玛蒂德一出主教府,毫不犹豫就打发人送信给德·费瓦克夫人,一点也不害怕有损于她的名誉。她求她的情敌要德主教大人写一封亲笔信给德·弗里莱先生。她甚至恳求元帅夫人赶快亲自到贝藏松来。一颗妒忌而骄傲的心灵居然出此下策,真是够英雄的了。

她听富凯的话,谨慎小心地没有把她的活动告诉于连。她的到来已经使他不安了。他越临近死亡,越成了个好人,比他一生任何时候都更好,他觉得自己不但对不起德·拉莫尔先生,也对不起玛蒂德。

"怎么！"他心里想，"我和她在一起的时候，居然会心不在焉，甚至还会感到厌烦。而她却为我牺牲了自己，难道我就是这样报答她的吗！我这岂不成了个坏人？"这个问题在他野心勃勃的时候，是并不会放在心上的；那时，在他眼里，只有不成功才是可耻。

他在玛蒂德身边，越来越摆脱不了精神上的不安，因为此时此刻，他引起了她无奇不有、如醉似狂的热情。她和他谈的，只是为了救他，她愿意做出不可思议的牺牲。

她引以为傲的、压倒了自尊心的感情，使她兴奋激动，她恨不得不放过生活中的一分一秒，一定要做出不同凡响的行动来。她和于连长谈的，都是最离谱的，对她最危险的计划。监狱看守得了重赏，在牢房里唯她之命是听。玛蒂德的想法并不限于牺牲她的名誉，即使全社会都知道了她的现状，她也满不在乎。她甚至想到拦住国王飞跑的马车，跪下来求他赦免于连，只要能引起国王顾盼，她就粉身碎骨，万死不辞，而这只是她心血来潮、感情冲动时千奇百怪的幻想之一。她在国王驾前有人，她肯定能够进入圣克卢御花园的禁区。

于连看到她如此忠诚，觉得当之有愧，说老实话，他对英雄主义已经感到厌倦了。反倒是单纯、天真、羞羞答答的脉脉柔情能够打动他的心，而玛蒂德高傲的灵魂却总需要在大庭广众之中、万目睽睽之下，才能得到满足。

她焦急不安，担心情人的生死，要和他同归于尽，在她这种痛不欲生的感情中，于连觉察到她需要用无边无际的爱情、至高无上的行动，来做出惊天动地的表演。

于连对这种英雄主义无动于衷，只怪自己麻木不仁。如果他知道了玛蒂德对忠诚老实、见识不广的富凯说过的疯话，那会怎么样呢？

富凯认为玛蒂德的忠诚无可非议，因为他自己也愿意牺牲全部财产，冒一切生命危险去营救于连。但玛蒂德挥金如土，却使他傻了眼。她头几天的开销就使看重金钱的外省人肃然起敬了。

他到底发现了德·拉莫尔小姐的计划时常改变，这才松了一口气，找到了一个字眼来责备这种麻烦透顶的性格：那就是"靠不住"。从这个字眼到外省最严重的骂人话："坏透了"，相差不过一步而已。

"说也奇怪，"有一天在玛蒂德离开牢房之后，于连心里寻思，"她对我的热情如此强烈,而我却如此麻木不仁!两个月前,我还拜倒在她面前呢!我在书上看到过:人越接近死亡,越对一切都不在乎;不过这样一来,我不是忘恩负义了吗?若不悔改,那就太可怕了。难道我自私自利到了这个地步?"他就是这样受到了良心的责备。

野心已经熄灭,但另一种感情却又在他心头死灰复燃:那就是他后悔不该对德·雷纳夫人下毒手。

其实,他爱她爱得要命。等到剩下他一个人不怕打扰的时候,他就全神沉浸在回忆里,想起从前在玻璃市和韦尔吉度过的良宵,觉得幸福无比。往事如过眼烟云,历历在目,使他心醉神迷。至于他在巴黎的辉煌胜利,他却想也懒得去想,甚至感到厌倦。

他对往事越来越迷恋,妒忌心重的玛蒂德不会猜不到几分。她看得非常清楚,她要同他爱好孤独的心情作斗争。有时,她胆战心惊地提到德·雷纳夫人的名字。她就看见于连颤抖。而她对他的无限热情反倒高涨起来,不可收拾了。

"只要他一死,我也活不了。"她真心诚意地这样想,"看到一个我这种身份的小姐,这样拜倒在一个要判死罪的情人面前,巴黎的'沙龙'会说些什么呢?要找到这种崇高的感情,一定要回顾英雄的时代:在查理九世和亨利三世那个世纪,震撼人心的不正是这一类爱情么!"

她在神魂颠倒的时候,把于连的头紧紧贴在心上:"怎么!"她毛骨悚然地想道,"这个可爱的人头就要落地!那好!"英雄主义燃烧着她的胸膛,使她感到一股幸福的暖流,她又想到:"我的嘴唇现在正吻着他美丽的头发,在他死后二十四小时,我的嘴唇也会变得冰冷。"

这些表现了英雄气概的、狂欢和恐怖合流的时刻,回想起来,就紧紧缠住了她,剪不断,压不下,摆不脱。自杀的念头也一沾上了就甩不掉,原来离这颗高傲的心非常遥远,现在却步步深入,不久就要建立它绝对统治的王国。"不,我祖先的热血传到我身上,一点也没有变凉。"玛蒂德自豪地想道。

"我要请你答应我一件事,"一天,她的情人对她说,"给你的孩子在玻璃市请一个乳母抚养,请德·雷纳夫人照管乳母。"

"你说的话好狠心……"玛蒂德脸都白了。

"的确,千万请你原谅。"于连如梦方醒,把她抱在怀里,大声说道。

擦干了她的眼泪之后,他又旧话重提,不过方式更加巧妙。他使谈话带上悲观哲学的色彩。他谈到他就要闭幕的未来。

"应该承认,亲爱的朋友,强烈的爱情并不是人生的常规,爱只出现在超群出众的人心里……其实,你家为了体面,巴不得我的儿子死了才好,这是佣人都猜得到的。使全家蒙羞忍辱的孩子注定了没人关心……我不愿确定个日期,但我大胆希望你会按照我的遗愿,嫁给德·夸泽努瓦侯爵。""你说什么话来!我已经名声扫地了!"

"名声扫地和你的名门世家是扯不到一起的。你不过是一个寡妇,嫁过一个不安分守己的人而已。我还要进一步说:我犯的罪不是谋财害命,因此不会使人名声扫地。说不定有朝一日,一位哲学家当了立法官,能够力排众议废除死刑。到了那时,就会有人友好地举例说:'你们看,德·拉莫尔小姐的第一个丈夫只是个不识时务的疯子,并不是个坏人,也不是个凶犯。砍他的头实在是荒乎其唐的……'到了那时,我的名声也不那么臭了,但那至少要过一段时间……你的社会地位,你的财产,请让我说,还有你的才华,如果你嫁给德·夸泽努瓦先生,就会使他起到单枪匹马所不能起的作用。他只有门第和勇气,单凭这两样,在1729年也许可以使他功成名就,但到了一百年后的今天,就未免太落后于时代,只能引起不识时务的讥笑了。要想在法兰西青年中出人头地,那非得有其他的品质不可。

"你坚强的性格和敢作敢当的精神,对你丈夫加入的政党,可以起很好的作用。你可以继承投石党人谢弗勒兹公爵夫人和隆格维尔公爵夫人①……不过到了那时,亲爱的朋友,此时此刻在你心中燃烧的圣火恐怕要凉却一点了。

"请让我再说一句,"他使玛蒂德有了心理准备才开口,"十五年后,你会把你对我的爱情看成是情有可原的蠢事,但到底还是蠢事……"

他忽然打住,又出起神来。他面前重新出现了使玛蒂德恼火的想法:"十五年后,德·雷纳夫人还会疼爱我的儿子,而你却会把他忘了。"

---

① 投石党运动是1648年到1653年法国反专制的政治运动。谢弗勒兹夫人(1600—1679)和隆格维尔夫人(1619—1679)都是运动中的主角。

第四十章　平静

> 正是因为我一时糊涂，今天我才变聪明了。啊，只看到一刹那的哲学家，你的目光多么短浅！你的眼睛看不见激情的隐蔽活动。
>
> ——歌德

这次谈话被审讯打断了，接着他又和辩护律师交谈。这是他最不高兴的时刻，他宁愿沉醉在温柔的梦想中，过着漫不经心的生活。

"这是杀人，而且是预谋杀人。"于连对法官和律师都直认不讳，"我很抱歉，两位先生。"他又微笑着说，"不过这样一来，你们就几乎无事可做了。"

"到底。"于连摆脱了这两个人之后，心中暗想，"我一定要勇敢，显然非比这两个人勇敢不可。他们把这个不幸的结局看成一场大难，'恐怖之王'，我却不怕等到大难临头再说。

"这是因为我忍受过更大的痛苦。"于连接着像哲学家一样自思自忖，"在我头一次去斯特拉斯堡的时候，我以为玛蒂德抛弃了我，那时的痛苦要大得多呢……谁想得到，我那时热烈追求的亲密关系，今天却使我漠不关心了！……事实上，我觉得孤独更幸福，不愿意和这个漂亮的小姐分享我的寂寞……"

律师是个按照成规俗套办事的人，他和大家一样以为于连是一时糊涂，又妒又恨，才拿起手枪来的。一天，他随便和于连谈起，这个借口不管真假，都是很好的辩护理由。不料转眼之间，被告反倒变得脸红脖子粗了。

"我要你用生命担保，先生。"于连不容分说，高声喊道，"千万记住，再也不要说这种可恶的谎话了！"谨慎小心的律师还以为他还要杀人呢。

律师准备辩护词，因为关键时刻越来越近了。贝藏松和全省都在谈论这个出名的案件。于连却不知详情，因为他求人不要对他谈这一类事。

一天，富凯和玛蒂德打算告诉他一些大有希望的传闻，他却一下就堵住了他们的口。

"让我过我的理想生活吧。你们那些实际生活中的琐事，多少总会给我带来烦恼,把我从天堂里拉出来。一个人能怎么死,就让他怎么死;我对死有我的想法。'别人'和我有什么相干?我和'别人'的关系快要一刀两断了。开开恩吧,不要再和我谈这些人;光看见法官和律师,已经使我羞与为伍了。"

"事实上,"他心里想,"我的生死不过是梦幻一场。一个像我这样的无名之辈,不到半个月就会被人忘记,如果还要装模作样,应该承认,那不过是自欺欺人而已。

"然而说也奇怪,不到生活的尽头,我还没尝到生活的甜头呢。"

最后这些日子,他在塔楼狭窄的平台上散步,吸着玛蒂德派人去荷兰买回来的上等雪茄,没有料到每天都有望远镜从四面八方等他露面,而他想到的却是韦尔吉。他从来不对富凯谈德·雷纳夫人,但有两三次,他的朋友告诉他说,她的身体很快就复原了,这句话在他心里引起了震动。

于连整个心灵差不多一直沉醉在想象的世界里,而玛蒂德这颗贵族的心却忙于现实世界的事务,她能使德·费瓦克夫人和德·弗里莱先生之间的直接通信发展到这样亲密的地步,他们已经谈到"主教职位"这四个大字了。

可敬的德主教大人掌握着任免圣职的大权,他在他侄女的信上加了一个批注:"这个可怜的索雷尔不过是个糊涂虫,希望不要冤枉了他。"

一看见这两行字,德·弗里莱先生高兴得忘乎所以。他不怀疑他能救出于连。

"都怪雅各宾党的法律,规定要组织人数众多的陪审团,这份名单的目的不过是要剥夺贵族的权力而已。"他在抽签决定本届三十六位陪审员的前一天,对玛蒂德说,"否则,我是可以确定判决案的。我就曾使恩神甫无罪释放。"

第二天,德·弗里莱先生高兴地看到抽签决定的名单中,有五个人是贝藏松本地的圣公会会员,在外地的陪审官中又有瓦尔诺、德·穆瓦罗、德·肖兰三位先生。"首先,这八个陪审官我都可以担保。"他对玛蒂德说,"头五个不过是'机器'。瓦尔诺是我的代理人,穆瓦罗什么都靠我,德·肖兰是个什么都害怕的蠢家伙。"

报纸登了陪审官的名字,全省都知道了,德·雷纳夫人也要来贝藏松,她丈夫感到说不出的害怕。德·雷纳先生只好要她答应绝不离开病床,免得抛头露面，出庭作证。

"你不了解我的处境。"玻璃市前任市长说，"我现在是他们所谓的'卖身投靠'自由党的'变节分子'；当然，瓦尔诺这个坏蛋和德·弗里莱先生很容易要检察长和法官让我出丑的。"

德·雷纳夫人并不为难就答应了听她丈夫的话。"要是我在法庭露面，"她心里想，"那看起来好像是我要报复似的了。"

虽然她答应了忏悔神甫和她的丈夫，说她会谨慎从事，但刚到贝藏松，她就亲手动笔，给三十六个陪审官每个人写了一封信：

"先生，在审判的那天我不出庭，因为我怕出庭会对索雷尔先生不利。我在世上别无他求，只热望着他能得救。请你相信，想到一个无辜的人为了我的缘故要判死刑，就会毒害我的余生，并且会缩短我的生命。我还活着，怎么能把他处死呢？不能，社会当然没有权利剥夺一个清白人的生命，尤其是像于连·索雷尔这样的人。在玻璃市，大家都知道他有时会精神失常。这个可怜的年轻人有些权大势大的对头，但即使是他的对头（他们有多少人啊！），哪一个又能否认他有惊人的才华和渊博的学识呢？先生，你要审判的不是一个寻常的人。差不多有一年半的时间，我们大家都知道他很虔诚，聪明，用功；不过，一年有两三次，他的忧郁症会发作，甚至发作到精神错乱的地步。玻璃市的老百姓，我们在韦尔吉度假时的邻居，我的全家上下，甚至专区区长本人，都可以为他虔诚的模范行为说公道话；他能够把《圣经》从头到尾背得滚瓜烂熟。一个不信宗教的人会下几年苦功去背熟圣书吗？我有幸要我的三个儿子给你送上这一封信；他们还是孩子。先生，请你问问他们，他们会把这个可怜人的详细情况一五一十地告诉你，那你就会相信判他死刑是不文明的。死刑不但不是为我报仇，反倒是要了我的命。

"他的对头怎么能否认事实呢？我的孩子们亲眼见过他们的家庭教师神经错乱的时刻，我受的伤就是他精神失常造成的结果，不过伤势并不危险，我不到两个月就可以坐车从玻璃市到贝藏松来了。先生，如果我听到你稍微有点迟疑不决，不肯使一个无罪的人不受不公正的法律制裁，那我会不顾我丈夫唯一的嘱咐，跑下我的病床来跪倒在你面前。

"先生，请你宣布预谋杀人案不能成立，那你就不会因为处死了一个无辜的人而受到良心的责备了，等等，等等。"

第四十一章 审判

  本地人会长期记得这个出名的案子。对被告的关心甚至引起了骚动：因为他犯的罪令人惊奇，但是却不残暴。即使残暴，这个年轻人也太漂亮了！他的前程远大，马上就要结束，更增加了人们的同情。"他会判死刑吗？"女人问她们认识的男人，从她们苍白的脸上可以看出，她们急着等待回答。

——圣伯夫

这一天到底来了，德·雷纳夫人和玛蒂德都提心吊胆。

全城反常的气氛更增加了她们的恐惧，就连富凯这条硬汉子也心情激动，沉不住气了。全省人都跑到贝藏松来看审判这个浪漫的案子。

几天以来，客店里就住满了人。刑事法庭庭长先生时常受到包围，大家向他讨旁听证；全城的仕女都想听听审案；街上还有人叫卖于连的画像，等等，等等。

玛蒂德手里有一封德主教大人的亲笔信，就是为了在这紧要关头派用场的。这位主教大人领导着法国的教会，掌握了任免主教的大权，居然屈尊请求宣布于连无罪。在审判的头一天，玛蒂德把这封信送给实权在握的代理主教。

会见之后，她泪流满面地走出来，德·弗里莱先生到底也把外交辞令撇在一边，几乎有动于衷地对她说："我可以保证要陪审团怎么说。十二个陪审官负责审查你保护的人罪名能否成立，特别是有无预谋，其中有六个人忠于我的事业，我已经告诉他们，我能不能晋升主教，就要看他们的了。瓦尔诺男爵是靠了我才当上玻璃市市长的，他完全可以支配他的两个部下，德·穆瓦罗先生和德·肖兰先生。说老实话,这次抽签也抽上了两个非常靠不住的陪审官;不过,他们虽然是极端自由党人,在重大问题上,还是会听我的话,我已经请求他们投瓦尔诺先生一样的票。听说第六个陪审官是个非常有钱的企业家,又是一个非常喜欢说话的自由党人,他希望和国防部暗中交易,供应物资,当然他也不想得罪我。我已经转告他,德·瓦尔诺先生知道我的最后决定。"

"这个瓦尔诺先生是个怎么样的人呢?"玛蒂德放心不下地问道。

"只要你认识他,你就不会怀疑他为什么会马到成功了。他是一个胆大脸厚、说话粗鲁的人,生来就是傻瓜的头头。1814年他才走的运,我打算提拔他当省长。要是别的陪审官不照他的意思投票,他还可能大打出手呢!"

玛蒂德这才稍微放了一点心。

不料一波未平,一波又起,晚上还有一场争论在等着她。原来于连认为结局已定,不必多费口舌,他决定在法庭上不发言,以免这个不愉快的场面拖得太长。

"有我的律师讲话那就够了。"他对玛蒂德说,"我不愿意示众的时间太久。这些外省人恨我靠了你飞黄腾达,请你相信,他们没有一个不希望我判死刑的,虽然看到我上刑场,也许会假惺惺地流几滴眼泪。"

"他们希望你出丑,那倒是真的。"玛蒂德答道,"不过,我不相信他们心狠。我一到贝藏松,女人看到我的痛苦,都对我很关心。何况你的长相这样漂亮,什么人能不关心呢?只要你在法官面前一讲话,大家听了都会同情你的,等等,等等。"

第二天九点钟,于连从牢房里下来,到法院的大厅里去,法警好不容易才把挤在院子里的人群分开,让出一条路来。于连好好睡了一觉,这时非常冷静,他没有别的感觉,只是像个哲学家一样冷眼旁观这些眼红的群众,他们虽然心肠不狠,却会对判处死刑喝彩叫好。但是使他大为意外的是,他在人群中走了一刻多钟,他不得不承认,群众看见他时,流露出来的却是温存体贴的同情。他没有听到一句恶言。"这些外省人并不像我臆想得那样坏。"他心里想。

一进审判大厅,建筑的高雅使他目眩。这是货真价实的哥特式建筑,精工细雕的小石柱琳琅满目,美不胜收。他简直以为到了英国。

但是不久之后，他的眼睛就盯在十几个美人身上，她们坐在被告席对面，占满了法官和陪审官楼上的三个包厢。他转过头去看看听众，只见梯形大厅周围的楼座里，也到处是女人：她们多半都很年轻，在他看来，还非常漂亮；她们的眼睛亮晶晶的，流露出了关心的神色。大厅里到处是人，门口打起来了，法警也无法要人安静。

大家的眼睛都在找于连，一见他来，走上稍微高出地面的被告席，大家都发出了惊叹声，或者窃窃私语，表示同情关怀。

这一天，人家会以为他还不到二十岁；他穿得并不讲究，不过风度翩翩，他的头发和前额都讨人喜欢；玛蒂德一定要亲自管他的打扮。于连的脸上没有血色。他刚坐上被告席，就听见四面八方有人在说："天哪！他多么年轻！……他还是个孩子呢……他比画像还好看得多。"

"被告，"坐在他右边的法警对他说，"你看见楼上包厢里的六位太太没有？"法警指着梯形大厅陪审官席上面一个突出的小看台，"那一位是省长夫人，"法警接着说，"旁边是恩侯爵夫人，她非常喜欢你；我听见她对预审法官说的话。再过来是德维尔夫人……"

"德维尔夫人！"于连叫出声来，满脸通红，"她一离开法庭，"他心里想，"就会给德·雷纳夫人写信的。"他不知道德·雷纳夫人已经到贝藏松来了。

大家先听证人发言，花了几个小时。然后代理检察长提出控诉，他一说话，两个坐在于连对面小包厢里的太太就泪流满面。"德维尔夫人可不会这样动情。"于连心想。然而他注意到她的脸也很红。

代理检察长用蹩脚的法语，尽力夸大罪行是多么野蛮。于连注意到德维尔夫人旁边的几位太太看起来非常反感。有好几个陪审官显然认识这几位太太，同她们交谈，似乎是要她们放心。"这恐怕是个好兆头。"于连心想。

直到这时为止，于连对参加审判的男人，深深地感到瞧不起，并且感情中毫不掺假。代理检察长的控诉平淡无奇，更增加了他的厌恶感。但是看到大家明显地对他关怀，他的硬心肠也渐渐软化了。

他对律师的坚定神气觉得满意。"不要夸大其词。"他的律师要发言时，他低声对律师说。

"用书上抄下来的夸张说法对付你，反倒帮了你的忙。"律师答道。的确，他发言还不到五分钟，几乎所有的女人都掏出了手帕，准备要擦眼泪。这给律师打了气，他劲头一来，对陪审官说话更加理直气壮。于连听得发抖，他感到眼泪快要流出来了。"老天呀！我的对头会怎么说呢？"

他的心正要软下来，侥幸，他一眼看到了德·瓦尔诺男爵先生凶狠的目光。

"这个坏蛋的眼睛里在冒火。"他心里想，"怎么能让这个卑鄙的小人取得胜利呢！如果我犯的罪只有这么一个结果，那就真该死了。天晓得到了冬天晚上，他会怎么对德·雷纳夫人说我！"

这个念头压倒了一切。过了一会儿，于连听到大家叫好，才又如梦方醒。他的律师刚刚念完了辩护词。于连想起了，照理他该和律师握手致谢。时间过得很快。

有人给律师和被告送来了点心。直到这时，于连才发现了一件怪事：没有一个女人离开听众席去吃晚餐。

"说实话，我饿得要死。"律师说，"你呢？"

"我也一样。"于连答道。

"瞧，省长夫人也在这里吃晚餐。"律师指着小包厢对他说，"不必担心，一切都很顺利。"审判又开庭了。

庭长作总结时，半夜的钟声响了。庭长不得不中断一下。大厅里一片寂静，大家都焦急不安，只听见回荡的嘡嘡钟声。

"这是我末日的开始。"于连心想。不久，他觉得责任感在他心中燃烧。直到这时，他控制了他的情感，坚持了不发言的决心。但当刑事庭长问他还有什么话说没有，他却站了起来。他看见对面是德维尔夫人的眼睛，在灯光下亮晶晶的。"难道她也会哭？"他心里想。

"诸位陪审官先生，

"我本来以为死到临头，是不怕人瞧不起的，但是这种恐惧还是使我发言了。诸位先生，我很荣幸并不属于你们那个阶级，所以在你们看来，我不过是一个反抗卑贱命运的乡下人而已。

"我不请求你们宽恕，"于连用越来越坚定的声音说，"我并不抱任何幻想，等待着我的是死亡：死亡是公平的。我居然打算杀死一个最值得尊敬、最令人钦佩的妇女。德·雷纳夫人对我简直像是一位慈母。所以我的罪行是狠毒的，而且是有预谋的。因此，我的死是罪有应得，诸位陪审官先生。即使我的罪不那么重,我看到有些人也并不肯罢休,不肯因为我年轻而怜惜我,反倒是要借我来杀一儆百,来惩罚妄图非分的年轻人,因为我们出生在下等人家里,可以说是受过贫穷的煎熬,侥天之幸,受到了良好的教育,却不安分守己,居然胆大妄为,要混进有钱人引以为荣的上流社会里去。

"这就是我的罪行,诸位先生,我会受到分外严格的惩罚,因为事实上审判我的,都不是和我同等的人。我在陪审官席上,没有看到什么发财致富的乡下人,而是清一色的讨厌农民的城里人……"

于连就用这种口气讲了二十分钟,他的心里话不吐不快。代理检察长要巴结贵族,气得从席位上跳了起来;虽然于连在辩论时用的字眼有点抽象,女人却都听得哭了。连德维尔夫人也掏出手绢来擦眼睛。结束之前,于连又谈到了预谋,悔恨,在那比较幸福的日子里对德·雷纳夫人的尊敬,像子女般的无限热爱……德维尔夫人喊了一声,昏了过去……

陪审官退席的时候,已经一点钟了。没有一个女人离开座位,好几个男人也流了眼泪。谈话开始还很热烈,但是陪审团老也不宣判,大家都等累了,大厅才静下来。这个时刻是严肃的,灯光显得暗淡。于连非常疲倦,他听见身边的人在谈:不知迟迟不决是吉是凶。他很高兴看到人心都向着他;陪审团还不出来,而女人也没有一个退席的。

两点钟刚敲过,起了一阵骚动。陪审团的小房门打开了。德·瓦尔诺男爵先生迈着庄严的台步走了出来,后面跟着其他陪审官。他先咳嗽一声,然后宣布,根据天理良心,陪审团一致认为于连·索雷尔犯了杀人罪,而且是预谋杀人:这一宣布的结果必然是死刑,但死刑是过了一会儿才宣布的。于连看看他的表,想起了判死刑的德·拉瓦莱特先生;那时是两点一刻。"今天是不吉利的星期五。"他心里想。

"是的,但今天是瓦尔诺走运的日子,他判了我死刑……我受到的监视太严,玛蒂德不能像德·拉瓦莱特夫人那样救我……这样,再过三天,到了这个时刻,我就会明白什么是'伟大的可能'① 了。"

这时,他听见一声喊叫,把他唤回到了现实世界。他周围的女人都在哭泣;他发现大家都脸朝着哥特式墙柱上的一个小看台。他后来才知道那是玛

---

① 法国大作家拉伯雷(1494—1553)临终时说:"我要去寻找伟大的可能。"

蒂德的藏身之所。喊声没有再起，大家又回过头来看于连，法警正在设法开路，把他带走。

"千万不能让瓦尔诺这个坏蛋笑话我。"于连心想，"他在宣判死刑时，多么装模作样、虚情假意啊！而那个刑事法庭的庭长，虽然当过多年法官，宣判时还落泪呢。瓦尔诺从前在德·雷纳夫人面前栽了跟头，现在能够报复他的情敌，他是多么痛快！……我再也见不到她了！一切都完了……连最后的告别也不可能，我感觉得到……只要能告诉她，我多么痛恨我的罪行，也就心满意足了！

"哪怕只说一句：我是罪有应得。"

第四十二章　狱中

押回监狱之后，于连被关进了死囚牢房。他平时事不管多小，都能细心观察，这次却没发现他没有押回塔楼上去。因为他一直在想，如果在末日来临之前，他还有幸能见到德·雷纳夫人的话，他对她说什么好呢？他怕她会打断他，巴不得头一句就能倾吐他的悔恨。"干出了这种蠢事之后，怎能叫她相信我爱的只是她一个人？因为说来说去，我要杀她，不是因为她妨碍了我实现我的野心，就是妨碍了我对玛蒂德的爱情。"

他一上床，才发现被单是粗布的。他眼睛睁大了。"啊！我是在死牢里，"他心里想，"这没有什么可以抱怨的……

"阿塔米拉伯爵对我讲过，丹东在临刑前夕用粗嗓子说：'真怪，砍头这个动词不能有各种时态变化；我们只能说：我要砍头，你要砍头，但不能说：我已经砍了头。'

"为什么不能呢，"于连接着想，"如果有来生的话？……说良心话，如果来生碰到基督教的上帝，我又完蛋了；他是一个暴君，而暴君总是不饶人的；《圣经》里讲的只是恶毒的惩罚。我从来就不喜欢上帝；我甚至从来就不相信真有人会爱他。他不是慈悲为怀的（他记起了《圣经》中的好几段）。他的惩罚是残酷的……

"不过，如果来生碰到的是费奈隆慈母般的上帝呢！那他也许会对我说：

'你可以得到宽恕,因为你真心爱过'……

"我真心爱过吗?啊!我爱过德·雷纳夫人,但是我的所作所为是多么狠心啊!对她像对别人一样,我抛弃了淳朴谦虚的内心,去追求闪闪发光的外表……

"可是,外表的浮华会带来什么前途呢?……打仗的时候是轻骑兵上校,和平的时期是大使馆秘书,然后是大使……因为不消多久,我就会懂得外交场合那一套……哪怕我是个傻瓜,德·拉莫尔侯爵的女婿也不怕什么竞争的对手!不管我做什么蠢事,都会得到原谅,甚至还会说成是有本领。有本领的人就可以去维也纳或伦敦过最好的生活……

"靠不住吧,先生,不消三天就要上断头台了。"

于连听到自己打趣自己的话,开心得笑了。"的确,每个人都有两副面孔,"他心里想,"哪一副鬼面孔狠得下心来开这种玩笑?

"那好,你说得对,老兄,不消三天就要上断头台了,"他回答自己打岔的鬼面孔说,"德·肖兰先生会租一个窗口,马斯隆神甫会出一半钱,和他合租。那好,在租钱问题上,这两个难兄难弟,到底谁捡了便宜呢?"

他忽然一下想起了罗特鲁在诗剧《汪赛拉》中的两句对话:

汪赛拉:……一心要归天。
父 王:断头台上好长眠。

"多么巧妙的对答!"他心里想,很快就昏昏入睡。一到早上,紧紧的拥抱把他弄醒了。

"怎么,就来了!"于连睁开还没睡醒的眼睛说。他以为是刽子手来抓他。

来的是玛蒂德。"幸亏她不懂我说的是什么。"这样一想,他又恢复了冷静。他发现玛蒂德好像生了半年大病,完全变了样,简直认不出来了。

"这个卑鄙无耻的弗里莱变了卦。"她说时扭着两只手,气得哭都哭不出来。

"我昨天发言的时候不漂亮吗?"于连答道,"我没有准备就发言了,这是我有生以来第一次,的确,恐怕也是最后一次!"

这时,于连在冷静地拨弄玛蒂德的心弦,就像钢琴家的巧手在弹钢琴一样……"的确,我没有显赫的出身,"他接着说,"但是玛蒂德崇高的心灵,把她的情人抬得和她自己一般高了。你认为博尼法斯·德·拉莫尔在法官面前会表现得比我更好吗?"

这一天,玛蒂德温存体贴,一点也不做作,像住在五层楼上穷人家的女儿一样;但是于连说话反倒转弯抹角,仿佛从前受够了她的折磨,现在不自觉地回过头来要折磨她似的。

"没有人认识尼罗河的源头,"于连心里想,"因为凡胎肉眼看到一条小溪,认不出小溪会变成江河之王;同样的道理,肉眼也见不到软弱的于连,首先,因为他并不软弱。不过我的心很容易感动;一句最普通的话,只要说的人真动了感情,我说话的声音也会激动,甚至还会流出眼泪来。冷酷无情的人有多少回为了这个弱点瞧我不起啊!他们以为我是在讨饶呢!是可忍,孰不可忍!

"据说丹东在断头台下想起了他的妻子,心情也很激动;但丹东是何等英雄!他使一个弱国变得强大,他使敌国不能侵入巴黎……至于我呢,只有我自己一个人知道我能干出什么事来……对于别人,我充其量不过是个'可能'罢了。

"假如到我牢里来的是德·雷纳夫人,而不是玛蒂德,我能保证不动感情吗?这样一来,我无可挽回的绝望和悔恨,在那些瓦尔诺之流,在那些当地的贵族老爷看来,就成了可耻的贪生怕死了;他们会多么得意扬扬啊,这些软骨头!他们是靠了金钱地位才没有入邪门,坐监牢的。'瞧!'刚判我死刑的德·穆罗瓦先生和德·肖兰先生准会说,'木匠的儿子能做出什么好事来!他可以有学问,能干,但是他的心呢!……心是变不好的。'甚至这个可怜的玛蒂德,她正在哭,或者不如说,她不会再哭了。"他说时瞧着她哭红了的眼睛,并且把她紧紧抱在怀里;看到真正的痛苦使他忘记了逻辑推论……"她也许哭了一整夜,"他心里想,"但是总有一天,她回想起今天来,会觉得多么羞愧啊!她会认为自己在青春时期,因为想念一个卑贱的平民而误入歧途……夸泽努瓦是个软弱的人,他将来会娶她的,说句良心话,他们倒是一对。她会使她丈夫扮演一个重要角色。

"坚强的性格、远大的抱负

有权利会胜过俗子凡夫①。

"啊！这倒真有意思：自从我判死刑以后，我这一生读过的诗句，全都回到记忆里来了。难道这是衰退的迹象？……"

玛蒂德用有气无力的声音，对他说了又说："他来了，就在隔壁。"她到底引起了他的注意。"她的声音虽然微弱，"他心里想，"但说话的口气还流露出了发号施令的性格。她压低了声音，只是为了免得发脾气。"

"你说谁来了？"他温和地问道。

"律师来了，要你在上诉书上签字。"

"我并不上诉。"

"怎么！你不上诉，"她说时霍地站了起来，眼睛里闪烁着怒火。"那是为什么？请你说说看！"

"因为我觉得我现在有勇气，并不怕死，也不怕人笑话。谁知道在这间潮湿的地牢里关上两个月之后，我还有没有这股勇气呢？在这漫长的时间里，我料得到，要见神甫，要见我的父亲……世上没有比这更讨厌的事了，还不如死了的好呢。"

这个意外的冲突使玛蒂德高傲的脾气又发作了。她在贝藏松的监牢开门以前，见不到德·弗里莱神甫，于是她的满腔怒火都发泄到于连头上。她本来崇拜他，但在这一刻钟，她却诅咒于连的性格，悔恨自己错爱了他，总而言之，她又恢复了从前在德·拉莫尔府图书室里无情辱骂于连的高傲本色。

"为了光宗耀祖，你生下来就该是个男人！"他对她说。

"而我呢，"他心里想，"要把我在这个讨厌的地方再关上两个月，听那些贵族老爷肆无忌惮地诬蔑侮辱②，而我唯一的安慰只是听这个女人疯狂的诅咒，那不是大上其当吗？……好，还不如后天早上，找个杀人不眨眼，放枪不虚发的人决斗呢……'真是弹无虚发，'他心中的魔鬼插嘴说，'简直是万无一失。'

"那好，就这样吧，越早越好（玛蒂德还在滔滔不绝地施展她的辩才）。

---

① 引自伏尔泰的悲剧《穆罕默德》二幕五场。
② 原注：这是他雅各宾党的心灵在说话。

老天在上，不行，"他心里想，"我绝不上诉。"

决心一下，他又沉入梦乡……梦见邮差像平时一样，六点钟把报纸送来；到了八点，德·雷纳先生看完报之后，艾莉莎踮着脚走来，把报纸放在德·雷纳夫人床上。然后，她醒了，在读报时，她忽然大吃一惊，她美丽的手发抖；她一直读到这几个字……到十点零五分，他离开了人世。

"她会流下热泪，我了解她；虽然我妄图要她的命，她还是把这一切都忘了。而我恨之不欲生的人，却真心实意地哭我一直哭到死。

"啊！这是多么鲜明的对照！"他心里想，在玛蒂德和他争吵的一刻钟里，他想到的却尽是德·雷纳夫人。虽然他口里随时要回答玛蒂德的话，但他的心却不由自主，怎么也离不开玻璃市的那间卧房。他看见贝藏松的报纸放在橘黄色的缎被上；他看见洁白的手紧紧捏住报纸；他看见德·雷纳夫人在哭……他的眼珠跟着她的泪珠顺着这张可爱的脸往下溜。

于连什么也没有答应德·拉莫尔小姐，她只好要律师进来。幸亏律师是1796年远征过意大利的老上尉，曾和自由党人马纽埃并肩作战。

按照惯例，律师批驳了死刑犯的决定。于连对他表示尊重，向他陈述了自己的理由。

"当然，你可以有自己的想法，"费利克斯·瓦诺律师最后说，"不过，你还有整整三天可以提出上诉，而我有责任每天来看你。假如两个月内，监狱底下有座火山爆发，你还可以免受死刑。你也可能病死。"他说时瞧瞧于连。

于连和他握手。"我感谢你，你是个正派人。我会考虑考虑。"

等到最后玛蒂德和律师都走了，他却觉得律师比玛蒂德还更够朋友。

第四十三章　最后的告别

一个小时以后，他睡得昏昏沉沉的，忽然给滴到手上的眼泪惊动了。"啊！又是玛蒂德，"他半睡半醒地想道，"她说得到就做得到，要用柔情来进攻我的硬心肠。"对动情的争吵感到厌烦，他就懒得睁开眼睛。贝费戈躲避妻子的诗句又回到了他的心头。

他听到一声和从前不同的叹息，睁开眼睛一看，却原来是德·雷纳夫人。

"啊！我到底在死前又见到你了，难道这是梦幻？"他跪在她脚前，大声说道。

"不过，对不起，夫人，我在你眼里，不过是一个杀人犯罢了。"他一清醒过来，立刻又改口说。

"先生，我是来请求你提出上诉的，我知道你不愿意上诉……"她泣不成声，说不下去了。

"请你原谅我。"

"如果你要我原谅你，"她说时站了起来，倒在他怀里，"那就立刻对宣判死刑提出上诉。"

于连上下左右吻她的脸。

"以后两个月，你每天都来看我吗？"

"我对你发誓，每天都来，除非我的丈夫不准许。"

"那我签字上诉！"于连高声说道，"怎么！你原谅我了！这可能吗！"

他把她紧紧搂在怀里，他简直疯了。她轻轻地喊了一声。

"这不要紧，"她对他说，"你搂得我有点痛。"

"是肩膀痛？"于连泪流满脸，大声问道。他稍微离她远一点，用火热的嘴唇吻她的手，"我最后一次在玻璃市你房里见到你的时候，哪里料得到这件事？"

"谁又料得到我会给德·拉莫尔先生写那封丢人的信呢？……"

"你要知道，我一直爱的是你，而且只爱你一个人。"

"这可能吗！"这一下轮到德·雷纳夫人兴奋得叫了起来。于连跪在她面前，她又靠在于连身上，两人默默无言地哭了很久。

于连在他一生的任何时刻，都没有感到这样的幸福。

很久以后，他们才能说话：

"而那位年轻的米什莱夫人，"德·雷纳夫人说，"我还不如叫她德·拉莫尔小姐呢，因为我真的相信这个离奇的故事了！"

"只在表面上看来是真的，"于连答道，"她是我的妻子，但不是我的情人……"

他们不知道多少次互相打断对方的话，好不容易才说清了对方不知道的事。写给德·拉莫尔先生的信，是听德·雷纳夫人忏悔的年轻神甫起的草稿，再由她抄好的。"宗教使我犯了多么可怕的罪过啊!"她对他说,"你不知道,我还把信里最可怕的字句改得温和了一点呢!"

于连心醉神迷的幸福感说明他原谅了她。他从来没有这样爱得如醉如狂。

"我还以为我是虔诚的,"德·雷纳夫人在接着谈话时对他说,"我以为我真信天主,即使在证明了我可怕的罪过以后,我还一样相信,但一见到了你,甚至在你对我开了两枪之后……"说到这里,于连又不容分说,上下左右地吻她。

"放开我,"她接着说,"我要和你谈个清楚,不谈又要忘了……只要我一见你,我就把所有的责任感都忘到脑后去了,我对你便成了爱情的化身,其实,连爱情这两个字都嫌不够达意。我对你的感情简直成了对天主的感情:既敬又爱,而且唯命是听……的确,我也说不出你引起的是一种什么情感。假如你叫我去刺监牢看守人一刀,我想也不想,就会照办的。你讲讲看,这是什么道理,要在我离开你以前就讲,我想要看清楚我自己的心,因为两个月后,我们要分开了……你说,我们会分开吗?"她微笑地问他。

"那我可要收回我的话了。"于连站起来叫道,"如果你想用毒药、刀子、手枪、煤气,或者随便什么办法来结束你的生命,或者阻挠你活下去的话,那我就不对宣判死刑提出上诉了。"

德·雷纳夫人的脸色忽然一变,最强烈的柔情变成了无边际的梦幻。

"假如我们马上就死呢?"她到底对他说了。

"谁知道来生是怎么回事?"于连答道,"也许只是痛苦,也许什么都没有。难道我们不能在一起过上两个月甜蜜的生活吗?两个月有很多天呢。我过去从来没有这么幸福!"

"你过去从来没有这么幸福!"

"没有,"于连高兴得重复说,"我对你说话,就像对我自己说话一样,无拘无束。老天在上,我绝没有夸大其词。"

"你这样说话,不是要命令我吗?"她羞怯而忧郁地微笑着说。

"那好!你发个誓,看在我爱你的分上,你绝不自杀,无论是用直接的还是间接的方法……你要想到,"他又加了一句,"你应该为我的儿子活下去,玛蒂德一成了德·夸泽努瓦侯爵夫人,就会把我儿子交给佣人,自己再也不管的。"

"我发誓，"她不热心地答道，"不过我要你亲笔写好上诉书，签上名字，我好带去找总检察长先生。"

"小心，这会连累你的。"

"自从我来探监之后，在贝藏松全省和整个方施—孔特地区，我已经成了传奇中的女主角了。"她带着非常沉痛的神气说，"严格的羞耻心，对我已经不是不可逾越的界限……我成了一个身败名裂的女人，的确，这都是为了你……"

她的语气非常悲痛，于连把她紧紧搂住，心里感到一种崭新的幸福。这不再是爱情的陶醉，而是无限的感激。他是有生以来第一次看出她为他做了多大的牺牲。

当然，有人大发慈悲，告诉了德·雷纳先生，说他的妻子到监狱里来探望于连的时间太长；因为三天之后，他就把马车派来了，特别吩咐要她立刻回玻璃市去。

凄惨的生离死别使于连这一天都很难过。两三个小时后，有人告诉他说，一个心怀鬼胎，但在贝藏松耶稣会吃不开的教士，从清早起就站在街上，待在监狱门外。天正在下大雨，他要在雨中扮演受苦受难的角色。于连心情不好，这种愚蠢的勾当深深打击了他。

早上，他已经拒绝了这个教士探望，但这家伙打定主意要听于连忏悔，并且打算利用他探听到的隐私，在贝藏松的年轻妇女中间夸耀一番，博得一点名声。

他高声宣布，不分昼夜，他都要待在监狱大门外："天主派我来感化这颗不信宗教的心……"老百姓喜欢看热闹，就把他围住了。

"是的，兄弟们，"他对他们说，"我要在这里待一天，一夜，还有以后的日日夜夜。圣灵对我说过，我是奉了天命，来拯救索雷尔的年轻灵魂的。请你们跟我一起祈祷吧，等等，等等。"

于连讨厌起哄，不愿别人注意自己。他想抓住机会，悄悄离开人世，但是他还希望再见到德·雷纳夫人，因为他如醉如痴地爱着她。

监狱的大门朝着一条最热闹的街道。一想到这个满身是泥的教士在哗众取宠，他就觉得在受活罪。"没有问题，他时时刻刻都要提我的名字！"这比死还痛苦。

每隔一个小时，他总要两次三番，打发那个对他忠心耿耿的看守人，去看看那个教士是不是还在监狱大门外。

"先生，他还是跪在泥里，"看守人总是这样对他说，"他在高声为你祈祷，念连祷文拯救你的灵魂……""这个可恶的家伙！"于连心想。这时，他果然听见嗡嗡的祈祷声，那是老百姓在跟着他哼连祷文。更使他不耐烦的是，他看见监狱看守人的嘴巴也哼起拉丁文来了。"有人在说，"看守人又加了一句，"你的心肠一定很硬，否则，怎能拒绝这个圣人的拯救呢？"

"啊！我的祖国！你怎么还处在野蛮时代！"于连气得大声叫了起来。他继续高声讲他的道理，也没想到看守人还在面前。

"这家伙希望报上谈到他，看吧，会有人写报道的。

"啊！该死的外省人！在巴黎，就用不着受这种活罪了。招摇撞骗，也得有点学问啊！"

"叫那个圣人般的教士进来吧。"他到底对看守说了。汗水一道一道地从他额头上流下来。看守在胸前画了个十字，高高兴兴地出去了。

这个教士丑得吓人，脏得更加可怕。下雨天冷，黑牢显得越发阴暗潮湿。教士想要拥抱于连，说话装出同情的样子。"这种卑鄙的假貌伪善叫人一眼就看穿了。"于连一生从来没这样生气。

教士进来一刻钟后，于连发现自己胆小怕死了。教士的形象第一次使死亡显得可怕。他联想到了自己处决两天以后腐烂的尸体。

他正要暴露自己的弱点，再不然，就扑到教士身上，用铁链把他掐死，幸亏他脑子一转，想到花四十个法郎，请这个圣人当天就去为他做一次大弥撒。

教士溜之大吉，时间还不到中午。

第四十四章 断头台幽灵

教士一走，于连就大哭起来，为死亡而痛哭。慢慢地他心里想到，如果德·雷纳夫人还在贝藏松，他会对她承认自己的软弱……

当他正在惋惜他爱慕的女人不在身边的时候，他听到了玛蒂德的脚步声。

"在监狱里最大的不幸，"他心里想，"就是不能关上牢门，不让人进来。"玛蒂德对他说的话只能使他生气。

她告诉他说，在审判的那一天，德·瓦尔诺先生的省长委任状已经到手，所以才敢不把德·弗里莱先生放在眼里，判了于连的死刑。

"'你的朋友打的是什么主意？德·弗里莱先生刚才问我，为什么要唤醒资产阶级贵族微不足道的虚荣心，并且肆意攻击！为什么要谈到阶级？他向他们指明了如何维护他们的政治利益：这些蠢货本来想不到这上面去，他们都快要哭了。但是阶级的利益蒙住了他们的眼睛，使他们看不见判死刑是多么可怕。应该承认，索雷尔先生太不懂事。如果我们请求特赦还救不了他，那只能怪他自己走上绝路……'"

玛蒂德猜想不到：德·弗里莱神甫看见于连无法挽救了，认为自己如果能够接替于连，那对他实现他的野心，是大有好处的。

于连事不如意，又无能为力，气得要命："去为我听一次弥撒吧，"他对玛蒂德说，"让我安静一会儿。"玛蒂德对德·雷纳夫人来探监，已经非常妒忌，刚听说她走了，才明白于连发脾气的原因，就大哭起来。

她的确很痛苦，于连也看得出，但他却更生气了。他迫切需要孤独，怎么才能得到呢？

玛蒂德千方百计用种种理由打动他，到底还是留下他一个人走了，她前脚刚走，富凯后脚就来。

"我要孤独，"他对这个忠实的朋友说……看见富凯犹豫，"我在写申请特赦的上诉书……再说……请不要对我谈死的事。如果那天我有什么事要你帮忙，我会先找你谈的。"

等于连到底只剩下一个人的时候，他感到精神已经压垮，比原来更加胆小害怕。他越来越软弱的心灵鼓起来的最后一口气，为了向德·拉莫尔小姐和富凯掩饰真相，已经用得一干二净了。

到了晚上，他才聊以自慰地想到：

"假如今天早上在我怕死的时候要执行死刑，观众的眼睛也会像针一般刺激我爱荣誉的心。那时我走起路来也许会有点生硬，但只不过像个胆小的公子哥儿走进'沙龙'一样。外省人里如果有眼明心快的，也许可以猜到我是外强中干……但是谁也看不出我的软弱。"

他感到痛苦减轻了。"我现在是个懦弱的人，"他翻来覆去唱歌似的说，"但是谁也看不出来。"

第二天，有一件他更讨厌的事在等他。他的父亲说了很久要来探监。这一天，于连还没有睡醒，满头白发的老木匠就到牢里来了。

于连觉得自己软弱不堪，他等着最难听的责备。为了使他的痛苦感达到顶点，这天早上他甚至非常后悔，为什么不爱他的父亲。

"命运安排我们在世界上成了父子，"他心里想，眼睛看看管钥匙的看守收拾牢房，"我们却尽量伤害对方。我快死了，他还要来给我最后一次打击。"

等到看守一走，老人严厉的责备就开了闸。

于连忍不住流下眼泪来。"我软弱得多么可耻！"他有气也只能往肚子里吞，"他会到处去说我是个孬种。瓦尔诺之流听了才高兴呢！玻璃市简直是小人和伪君子的天下！他们成了法国的大人物，占尽了社会的便宜。直到现在，我至少还可以扪心自问：他们有钱，一点不错，他们名利堆积如山，但是我呢，我有一颗高尚的心。

"我的父亲一来，瞧，他就成了大家信得过的证人，他就可以向全玻璃市证明，甚至夸大其词地说：我在死亡面前多么软弱！在大家都明白的生死考验中，我却成了一个懦夫！"

于连几乎是绝望了。他不知道怎样才能把他的父亲打发走。想弄虚作假瞒过这个精明的老头，这时完全超乎他的能力之外。

他搜索枯肠，有了！

"我还有积蓄呢！"他忽然一下叫了起来。

这句天才的妙语改变了老人的脸色和于连的地位。

"我该怎样处理这笔钱呢？"他平静地接着说，妙语产生的效果消除了他的自卑感。

老木匠生怕这笔钱会失之交臂，因为于连似乎想把一部分积蓄给他的两个哥哥。老头谈了很久，眼睛冒出火光。于连能开开玩笑了。

"那好！天主启发过我怎样写遗嘱。我给两个哥哥每人一千法郎，其余的全归你。"

"好得很，"老头说，"其余的该归我。不过，既然天主开恩，打动了你的心，如果你想死得像个信徒，就该还清你生前欠的债才好。不要忘了，我给你垫付的伙食费和教育费……"

"瞧，这就是父子之情！"于连等到父亲走后，非常难过，翻来覆去地说。过了一会儿，监狱看守人又来了。

"先生，老爷子探监后，我总要带一瓶香槟酒来。价钱贵一点，六法郎一瓶，但喝了好开心。"

"拿三个杯子来，"于连孩子似的急着说，"我听见有两个犯人在过道里走来走去，叫他们进来。"

看守人领来了两个屡教不改的劳改犯人，他们正准备回劳改监牢去。这是两个过一天快活一天的坏蛋，老奸巨猾，胆大脸厚，做了坏事也脸不红，心不跳。

"如果你给我二十个法郎，"两人中的一个对于连说，"我就把我一生一世的事，都一五一十地讲给你听，都是'呱呱叫'的。"

"不过，若是你说谎呢？"于连说。

"不会，"他答道，"有我的伙伴在这里，他看到我得了二十个法郎就眼红，若是我说假话，他不会不揭穿的。"

他讲的事叫人听不下去，说明这家伙胆大妄为，要钱不要命。

他们一走，于连简直成了另外一个人。他对自己的痛恨已经消失。自从德·雷纳夫人走后，他一直痛恨自己的软弱，现在，这种折磨他的痛苦已经变成了忧郁。

"如果我能少受表面现象的蒙蔽，"他心里想，"我就看得更清楚：巴黎'沙龙'里的人不是像我父亲这样的正人君子，就是像劳改犯这样的坏蛋小人。'沙龙'里的人总是有理，他们早上起床，从来不用费尽心机去考虑：今天怎么吃得上晚餐呢？他们自吹是好人，当了陪审官，就趾高气扬地宣判偷银餐具的穷人有罪，但是他们却不知道，穷人是饿得要昏倒了才去偷东西的！

"但是如果有个法庭，审判的是得到或者失掉高官厚禄的案子，那么，这些'沙龙'里的好人犯下的罪，和这两个劳改犯为了得到一顿晚餐而犯下的罪，不是一模一样的么？……

"世上没有'天然的公平'，这种'公平'不过是老掉了牙的奇谈怪论而已，那天紧紧追查我的代理检察长，他的祖先不就是靠路易十四没收别人家产而发的横财么？法律禁止你做某件事，做了就要受罚，只有这才算是'公平'。没有法律以前,没有'公平',只有'天然';狮子力大,这是'天然';饥寒交迫的人需要吃穿,这也是'天然';总而言之一句话,'天然'就是'需要'……大家尊敬的人,不过是犯罪时侥幸没有被当场抓住的坏蛋而已。那个控告我的起诉人,还是靠犯罪发的财吗?……我犯了谋杀罪,我公平地判了刑,但是,判我死刑的瓦尔诺除了没有杀人以外,对社会的危害难道不比我厉害一百倍吗?

"好啦!"于连不生气了,忧郁地接着想,"我的父亲虽然贪财,还是比这班人好得多。他从来没有爱过我。我的死刑更使他丢尽了脸。他爱财如命,这个毛病被夸大其词地叫做'贪婪',但我给他留下了三四百金币,这种贪婪的天性却不可思议地使他得到了安慰和安全感。一个星期天,吃了晚餐后,他会拿出金币来给玻璃市眼红的人看。'只要能得到这笔钱,'他的目光会问他们,'你们哪一个不肯砍儿子的头呢'?"

这种哲学思想也许不错,但会使人觉得活还不如死好,就这样过了漫长的五天。他对玛蒂德客气而温和了,他看得出她妒忌得要命。有天晚上他当真想死。德·雷纳夫人走后,他的心灵陷入了痛苦的深渊。他对现实生活和想象世界都毫无留恋。待在牢里不动,有损健康,使他的性格也像德国大学生那样脆弱而容易激动。他失掉了男子汉的丈夫气,不能用一句不入耳的骂娘话,把盘踞心头的痛苦扫地出门。

"我爱过真理……真理在哪里?……到处都是虚伪,至少是说话不算数,甚至连德高望重的大人物也是如此。"于是他的嘴唇露出了厌恶的神气……"不行,人不能相信人。"

"德夫人为孤儿募捐,对我说某某王公大人捐了十个金币,其实她在说谎。谁又不说谎呢?就连拿破仑到了圣海伦岛……他宣布他的儿子做罗马王,说话又哪里能算数!

"天哪!一个像他这样伟大的人物,在大难临头,应该严格尽责的时候,居然也堕落到说话不算数的地步,何况其他等而下之的人呢?

"真理在哪里?在宗教信仰中……对的,"他极端藐视地苦笑了一下,接着又说,"在马斯隆、弗里莱、卡斯塔内德这些人的嘴里……也许在真正的基督教里?但教士得到的好报并不比圣徒多……不过圣保罗还可以训诫,可以谈话,可以使人谈到自己,这也是一乐了……

"啊！如果有真正的宗教……我是多么傻！只要我看见哥特式的大教堂，令人肃然起敬的彩绘玻璃窗，我软弱的心就会想到彩画上的教士……我们会息息相通，因为我的心灵需要他……但我实际上看到的却是不修边幅、装模作样的人……除了装束不同，简直就是个德·博瓦西骑士。

"但真正的教士是马西荣、费奈隆那样的人……马西荣为杜布瓦祝过圣。圣西蒙的《回忆录》使我误解过费奈隆；不过，一个真正的教士到底……可以使亲切的心灵在世界上找到一个交流的地方……我们就不再孤独了……这个好教士会和我们谈到天主。哪一个天主呢？不会是《圣经》里那一个，那个专横暴虐、渴望报复的天主……而是伏尔泰那个公平、善良、无所不在的天主……"

他回忆起了那本他背得烂熟的《圣经》，不免心情激动起来……"不过天主成了'三位一体'，又被教士过分滥用之后，怎么能叫人相信呢？

"孤独生活吗！……多么痛苦啊！……

"我会发疯，会不讲理，"于连想到这里拍拍脑门，"我现在在牢里是孤独的，但我过去在世上生活并不孤独，因为我有过强烈的'责任'感。我给自己规定的责任，不管对不对……都像一棵结实的大树，哪怕风狂雨暴，我也有个依靠。我会动摇，我站不稳。到底，我不过是个人……但是我并没有被吹倒冲走。

"是监牢潮湿的空气使我感到孤独……

"为什么我诅咒别人虚伪，自己也要欺骗自己呢？使我痛苦的不是死刑，不是地牢，也不是潮湿的空气，而是德·雷纳夫人走了啊。假如在玻璃市要见到她，不得不在她家地窖里躲上整整几个星期，我会有什么怨言吗？

"我同代人的影响得逞了。"他苦笑着高声说，"离死只有两步，一个人自言自语，我还要口是心非……啊！19世纪！

"……一个猎人在树林里开了一枪，猎物应声落地，他跑过去一把抓住。他的靴子踢翻了一个两尺高的蚂蚁窝，把蚂蚁和幼虫都踢得老远去了……蚂蚁即使会思想，也不明白猎人的靴子是怎么回事；它只知道一个可怕的、又黑又大的东西，快得不得了地闯进了蚁穴，只听到一声巨响，只看到红色的火焰……

"……就是这样，死亡、生存、永恒，对人是非常简单的事，但对感官太小的动物却难以理解……

"一只蜉蝣在夏天早上九点钟才出生,下午五点就死了,它怎么能知道黑夜是什么呢?

"让它多活五个小时,它就能看到,也能知道什么是黑夜了。

"我也一样,二十三岁就要死了。让我再活五年,我就可以和德·雷纳夫人一起生活……"

他像魔鬼一样大笑起来。"讨论这些大问题,真是发疯了!

"首先,我是自己欺骗自己,仿佛旁边有人在听我似的。

"其次,我剩下的日子不多了,使我忘记了生活和爱情……唉!德·雷纳夫人不在这里,恐怕她的丈夫不会再让她到贝藏松来,以免搞得名声扫地。

"瞧!这才是我感到孤独的原因,并不是公正、全能的好上帝存心不良,渴望报复……

"啊!如果上帝存在……唉!我会跪倒在他脚下,会对他说:'我罪该万死。'但伟大的天主,仁慈的天主,宽大的天主,把我心爱的那个女人还给我吧!"

这时,夜已经很深。他平静地睡了一两个小时之后,富凯来了。

于连感到自己决心已下,性格坚强,就像一个看透了自己灵魂的人。

第四十五章 于连离世

"我不忍心请可怜的夏斯-贝尔纳神甫来听我的临终忏悔,"于连对富凯说,"他会三天吃不下东西的。还是给我找一个皮拉尔先生的朋友,找一个与阴谋诡计无缘的冉森派教士来吧。"

富凯等他开口说这句话,几乎不耐烦了。还好于连处理一切都很得当,符合外省的规矩。有了德·弗里莱神甫先生帮忙,虽然听忏悔的神甫挑得不如人意,于连在监牢里还是受到了圣公会的保护。如果他有心越狱的话,他并不是逃不走的。不过监牢里的空气太坏,对他产生了坏影响,使他的头脑糊涂了。这倒也好,德·雷纳夫人一回来探监,他反而觉得更幸福。

"我头等重要的事是对你尽到责任,"她说时紧紧地拥抱着他,"我是从玻璃市逃出来的……"

于连在她面前没有一星半点自尊心，他把自己内心的虚弱一五一十地告诉了她。她对他既亲切又可爱。

晚上，她刚走出监狱，就把那个紧跟于连、寸步不离的教士找到她姑母家里来。因为教士一心想得到贝藏松上流社会少妇的信任，所以德·雷纳夫人很容易支使他去布雷—勒奥修道院做一次九日祈祷。

没有什么语言能够原原本本地说出于连的爱情疯狂到了什么地步。

德·雷纳夫人一方面用金钱买通，另一方面既利用、又滥用她姑母信教虔诚的名声，居然一天可以探监两次。

玛蒂德一听到这个消息，妒忌得发疯了。德·弗里莱先生向她承认，无论他的力量多大，也找不到什么借口，可以不把一切规矩放在眼里，让她去看她的朋友每天超过一次。玛蒂德只好打发人去盯梢，要了解德·雷纳夫人的一举一动。德·弗里莱先生千方百计，挖空心思向她证明：于连其实配不上她。

说来也怪，她受的折磨越多，反倒越发爱他，几乎每天都要和他大闹一场。

于连尽心竭力，一直到死，都不能对不起这个可怜的年轻小姐，因为他如此荒唐地玷污了她的名声。但是随时随地，在他心里占上风的总是对德·雷纳夫人的疯狂爱情。他不能用站不住脚的理由瞒过玛蒂德，说她的情敌探监是无害的，这时他心里就想："这台戏快要收场，纸包不住火也无所谓了。"

德·拉莫尔小姐得到了德·夸泽努瓦侯爵的死讯。原来非常有钱的德·塔莱先生对玛蒂德不在巴黎，居然说出了不堪入耳的话。德·夸泽努瓦先生去找他更正事实，于是德·塔莱先生就拿出一些写给他的匿名信来，信里精心编制的细节使可怜的侯爵隐约看到了事实的真相。

德·塔莱先生甚至大开玩笑，毫无分寸。德·夸泽努瓦先生又是愤怒，又是痛苦，要求赔礼道歉，条件提得太高，百万富翁下不了台，宁愿选择决斗。决斗中愚蠢得到了胜利，于是，巴黎一个前程似锦的青年不到二十四岁就呜呼哀哉了。

他的死在于连日渐枯竭的心里，留下了荒唐而病态的印象。

"可怜的夸泽努瓦，"他对玛蒂德说，"他对我们真是通情达理，老实正派。你在你母亲的客厅里不给他面子,照理他应该恨我,找碴儿跟我吵架,因为受到轻视之后,接着来的总是恨得要命……"

德·夸泽努瓦先生的死,改变了于连对玛蒂德的安排打算。他花了好几天的时间向她说明,她应该接受德·吕兹先生的求婚。"这个人胆小,不算太虚伪,"他对她说,"他当然会加入求婚的行列。比起可怜的夸泽努瓦来,他的野心更不表面化,更不会放松,他家又没有公爵领地,因此,他不会反对娶于连·索雷尔的寡妇。"

"一个无情人的寡妇,"玛蒂德冷冷地答道,"因为她已经活够了,不到半年,就看见她的情人爱另外一个女人,而这个女人还是造成他们不幸的根源。"

"你这就不公道了:德·雷纳夫人来探监,正好使为我请求特赦的巴黎律师振振有词。他可以描写凶手怎样得到受害者的照顾。这会起作用的,也许有朝一日,你会看到我成了戏剧中的角色呢,等等,等等。"

气得发疯而又无法报复的妒忌心,继续不断而又毫无希望的痛苦(因为,即使于连能够得救,又怎能重新得到他的心呢?),死心塌地单恋一个不忠实的情人而感到的羞愧,把德·拉莫尔小姐投入了痛苦的沉默中,无论是德·弗里莱先生殷勤体贴的关怀,还是富凯耿直坦率的照顾,都不能使她脱离苦海。

而于连呢,除了玛蒂德侵占的时间以外,他生活在爱情中,几乎没有想到明天。说也奇怪,这种极端真诚、毫无虚假的爱情居然有不可思议的感染力,使德·雷纳夫人也能分享几分无忧无虑、又善又悲的甜情蜜意。

"从前,"于连对她说,"我们在韦尔吉树林里散步的时候,我本来可以像今天一样幸福的,但是我勃勃的野心却使我向往着虚妄的他乡。那时,你可爱的胳膊离我的嘴唇也像今天一样近,我却没有把你抱在怀里,反倒为了明天而离开了你;为了建功立业,我进行了数不清的钩心斗角……一切都是枉费心机,假如不是你到监牢里来看我,我死了也不知道什么是幸福。"

有两件事打扰了他平静的生活。听于连忏悔的神甫虽然是个冉森派教徒,也不能置身于耶稣会的阴谋之外,不知不觉竟成了他们的工具。

一天,他来对于连说,如果他不想犯自杀罪,就应该尽可能活动,去得到特赦。既然教会对巴黎的司法部门有很大的影响,那有一个轻而易举的办法：就是大肆声张地悔过自新，皈依宗教……"

"大肆声张！"于连跟着他说，"唉！这从哪里说起！我的神甫，你怎么也像传教士一样演起戏来了……"

"不！你的年纪，"冉森派教士认真地接着说，"上天给你的讨人喜欢的面孔，你无法解释的犯罪动机，德·拉莫尔小姐为你不惜牺牲一切的勇敢行动，甚至你的受害者对你表示的出人意料的友谊，总而言之，一切的一切都使你成了贝藏松年轻女人心目中的英雄。她们为你忘了一切，甚至忘了政治……

"你的悔悟会在她们心里引起震动，会留下深刻的印象。你对宗教会起很好的作用，耶稣会在相同的情况下也会像我一样做的，不过，我也不能因此就不这样做呀！即使他们这次不能得逞，下次还是要做坏事的！但愿他们不致如此……你的悔悟使人流下的眼泪，可以抵消伏尔泰反宗教作品印上十版的腐蚀作用。"

"这样一来，"于连冷冷地答道，"我连自己都瞧不起自己了，还算什么人呢？我有过野心，我并不怪自己。那时，我不过是按照时代的要求行事而已。现在，我活一天算一天。如果我还做出什么卑鄙的事来，那在全国人眼里，我成了什么人呢……"

另外一件扰乱了于连心灵的事情，是德·雷纳夫人干的。不知道哪个工于心计的女人说服了这个天真而胆小的夫人，使她认为义不容辞该到圣克卢去，跪倒在国王查理十世面前求情。

她曾做出过牺牲，和于连分开，抛头露面去救于连，若在这次分开之前，她会觉得比死还更难受，但在这次分开之后，在她看来就不算什么了。

"我要去见国王，我要公开承认你是我的情人；人命关天，于连的生命应该高于一切考虑。我会说你是出于妒忌才要我的命的。可怜的年轻人在同样的情况下，请求慈悲为怀的陪审官或国王开恩，得免一死的并不少啊……"

"我不要见你了，我要把牢门关上，"于连叫了起来，"如果你不发誓不做这种使我们两个人都当众出丑的事，明天我就一定会失望得自杀的。去巴黎绝不是你自己的主意。告诉我这是哪个女人使的诡计……

"我剩下来的日子已经不多，让我们快活地度过短暂的余生吧。不要再抛头露面了，那会使我的罪行欲盖弥彰的。德·拉莫尔小姐在巴黎很有办法，你要相信她会尽全力的。在外省，有钱有势的人都反对我。你的活动只会使那些阔佬生气，尤其是那些日子好过的中间派……不要让人笑话，那些马斯隆、瓦尔诺之流，还有成百成千比他们更强的人。"

监牢里的污浊空气对于连说来，变得不可忍受了。幸亏宣布执行死刑的那一天，阳光普照大地，鼓起了于连的勇气。在光天化日之下走路，使于连觉得轻松愉快，好像航海后登陆一样。"行了，一切顺利，"他心里想，"我并不缺少勇气。"

人头落地之前最富有诗意。他从前在韦尔吉树林中最温柔的时刻，现在像潮水奔腾般涌上心头。

死刑进行得很简单，没有惊人之举，他也没有冒充好汉。

两天前，他对富凯说过："情绪么，我不能说没有。监牢这样丑恶，这样潮湿，使我时常发烧，连自己都不认得自己了；但是害怕么，不会，没有人会看到我吓得脸煞白的。"

他事先做好了安排，到了他末日的早上，要富凯把玛蒂德和德·雷纳夫人都送走。

"要她们坐同一辆驿车走，"他对富凯说，"要马不停蹄地跑。她们两个不是倒在对方的怀里，就是双方互相恨得要命。不管是哪一种情况，这两个可怜的女人总可以减少一点伤心的痛苦。"

于连曾经要求过德·雷纳夫人发誓活下去，好照顾玛蒂德生下的儿子。

"谁说得准？也许我们死后还会有感觉呢。"有一天他对富凯说，"我喜欢长眠，既然人总是用'长眠'这个字眼，那就让我在高山顶上那个小山洞里长眠，好从高处遥望玻璃市吧。我对你讲过，多少个夜晚我藏在这个山洞里，我的眼睛远望着法兰西的锦绣河山，雄心壮志在我胸中燃烧。那时，我的热情奔放……总而言之，那个山洞是我钟情的地方，它居高临下，哪个哲学家的灵魂不想在那里高枕无忧地安息呢？……好了！贝藏松的圣公会没有什么东西不可以换钱的。如果你会走门路，他们会把我的尸体卖给你……"

富凯做成了这笔伤心的买卖。夜里，他一个人呆在房里守着他朋友的尸体，使他大吃一惊的是，他看见玛蒂德走了进来。几个钟头以前，他不是把她送到贝藏松几十里外去了吗!？她的眼睛失神，目光迷惘。

"我要看看他。"她对富凯说。

富凯没有勇气说话，也没有站起来。他指着地板上一件蓝披风，下面盖着于连的遗体。

她跪下来。回忆博尼法斯·德·拉莫尔和玛格丽特·德·纳瓦拉女王的往事，无疑给了她超人的勇气。她发抖的双手揭开了披风。富凯转过脸去。

他听见玛蒂德急促地在房里走动。她点着了几根蜡烛。等到富凯鼓起勇气来看她时，她已经把于连的头放在她面前的一张大理石小桌上，正在吻他的前额……

玛蒂德把她的情人一直送到他自选的墓地。许多教士送葬，没人知道她一个人坐在蒙了黑纱的马车里，膝盖上放着她难舍难分的人头。

这样到了朱拉山的一座高峰之后，半夜里小山洞中点起了数不清的蜡烛，烛火辉煌，二十个教士做着安灵的弥撒。沿路的村民从没见过这样奇怪的仪式，眼花缭乱，也跟送葬队伍上山来了。

玛蒂德穿了长长的丧服，站在大家当中，仪式完后，散发了好几千五法郎的银币。

她叫富凯单独留下，她要亲手埋她情人的头。富凯难过得几乎要发疯。

玛蒂德花了大量金钱，从意大利买了精工雕刻的大理石，来装饰这个荒野的山洞。

德·雷纳夫人忠于她的诺言，没有自寻短见，但在于连死后三天，她也吻着孩子，魂归离恨天了。